Reginald Hill
Ins Leben zurückgerufen

EUROPA
VERLAG

Aus dem Englischen
übersetzt von
Xenia Osthelder

REGINALD HILL

Ins Leben zurückgerufen

Roman

Europa Verlag
Hamburg · Wien

»Hattet Ihr alle Hoffnung aufgegeben, ausgegraben zu werden?«
»Längst.«
»Ihr wißt doch, daß Ihr ins Leben zurückgerufen seid?«
»Davon höre ich.«
»Ich hoffe, es hat noch einen Wert für Euch?«
»Ich weiß es nicht.«

Die Originalausgabe
»Recalled to L ive«
erschien 1992 bei HarperCollins, London
© Reginald Hill, 1992

Deutsche Erstausgabe
© Europa Verlag GmbH Hamburg, Mai 2004
Umschlaggestaltung: Kathrin Steigerwald, Hamburg
Satz: Pinkuin Satz und Datentechnik, Berlin
Druck und Bindung: Ueberreuter Buchbinderei und Buchproduktion GmbH
ISBN 3-203-78011-9

Informationen über unser Programm erhalten Sie beim
Europa Verlag, Neuer Wall 10, 20354 Hamburg,
oder unter www.europaverlag.de

Anmerkung des Autors

Alle Einleitungen der Kapitel
stammen aus
Charles Dickens' Roman
Eine Geschichte zweier Städte.

ERSTER TEIL

DAS GOLDENE ZEITALTER

EINS

»*Ich sage dir, daß es, wenngleich es lange braucht, doch schon auf dem Wege ist und kommen wird.*«

Es war das beste Verbrechen, es war das schlimmste Verbrechen; es war aus Liebe geboren; es war aus Habgier gezeugt; es war vollkommen ungeplant, es war kalt überlegt; es war ein glasklarer Fall, es war ein Fall im abgeriegelten Raum; es war die Tat eines arglosen Mädchens, es war das Werk eines raffinierten Schurken; es war das Ende einer Ära, es war der Beginn einer Ära; ein Mann mit dem Gesicht eines lachenden Knaben regierte in Washington, ein Mann mit den Zügen eines wehmütigen Hundes in Westminster; ein ehemaliger Angehöriger der Marines erhielt einen Posten in einem Buchmagazin in Dallas, ein ehemaliger Kriegsminister verlor seinen Posten in der Politik; eine Gruppe, die unter dem Namen The Beatles bekannt wurde, machte ihre erste Million, eine Gruppe, die unter dem Namen die großen Postzugräuber bekannt wurde, machte ihre ersten zwei Millionen; es waren die Jahre, in denen diejenigen, die für das Überleben des Planeten gekämpft hatten, ihn an diejenigen abtraten, für die sie diesen Kampf geführt hatten; Dixon of Dock Green machte den Weg frei für Z-Cars, Bond mußte Smiley weichen, die Monsignori den Maharischas und Matt Dillon dem Bob Dillon, als das Abendglühen des Goldenen Zeitalters zur psychedelischen Morgendämmerung des neuen Dallas-Glamours wurde.

Es war im Jahr des Herrn 1963, und es paßt wie das Tüpfelchen auf dem i, daß das Verbrechen, von dem hier die Rede ist, auf Mickledore Hall, einem der großen Güter Yorkshires, begangen wurde, und daß seine Aufklärung am traditionsreichsten aller Orte, nämlich in der alten Bibliothek stattfand ...

Ins Leben zurückgerufen

Die Tür der Bibliothek sprang auf. Ein Mann kam herausgerannt. Er hielt eine Sekunde inne. Die Flügel des Eingangsportals waren angelehnt, und goldenes Sonnenlicht flutete über den alten Steinboden. Der Mann machte einen Schritt auf das Licht zu, da schrie eine Stimme: »Faßt ihn!« Er drehte sich auf dem Absatz um und rannte die breite Treppenflucht hinauf. Alles an ihm war von wunderbarer Ausgewogenheit, und seine Figur verjüngte sich nach unten wie die eines Athleten. Mit weit ausholendem Schritt übersprang er mühelos drei Stufen auf einmal.

Nun tauchte ein zweiter Mann aus der Bibliothek auf. Er war fast so groß wie der erste, jedoch dunkelhaarig statt blond und stämmig und muskulös statt feingliedrig und schlaksig. Auch er sah für einen Augenblick zum sonnenerleuchteten Portal hinüber, bevor er sich in aller Ruhe daran machte, die Treppe hinaufzusteigen. Er nahm eine Stufe nach der anderen und bleckte die gelblichen Zähne wie ein hungriger Bär, der sich auf sein Fressen freut.

Auf der Galerie in der ersten Etage wandte sich der Fliehende ohne zu zögern nach rechts und bog dann in den ersten Raum rechter Hand ab. Wenige Augenblicke später hatte sein stämmiger Verfolger dieselbe Tür erreicht. Das Zimmer führte in ein zweites, durch dessen offene Tür ein Doppelbett sichtbar war. Der Blonde bemühte sich nicht, noch weiter zu flüchten, sondern blieb trotzig bei einem riesigen Mahagonikleiderschrank stehen, die Schultern kampfbereit gespannt.

»Aber nicht doch, Sir Ralph, lassen wir die Spielchen. Die Frau Ihres Herzens wartet auf Sie. Über Mord läßt sich streiten, aber Sie wollen doch wohl nicht, daß man Sie schlechter Manieren beschuldigt.«

»Was versteht ein Neandertaler wie Sie schon von guten Manieren?« höhnte der Mann.

»Da haben Sie voll ins Schwarze getroffen. Dumm wie das hinterste Ende vom Schwein, das trifft's genau. Das hier ist wohl eine sogenannte Umkleide, was? Ich glaube Ihnen, weil Sie es sind. In meinen Augen hat die allerdings einen schmutzigen Boden, und in der Ecke windet sich ein Haufen alter Eierschützer.«

Beim Sprechen bewegte sich der Stämmige langsam vorwärts. Schlagartig auf die Gefahr reagierend, packte der andere einen Wäschekorb, der beim Kleiderschrank stand, und riß ihn hoch, als wollte er ihn seinem Verfolger entgegenschleudern. Da löste sich der Dekkel, und über seinen Kopf regnete es männliche Kleidungsstücke.

»Wollen Sie mir das Gefühl geben, daheim zu sein, Sir Ralph? Wie zuvorkommend von Ihnen«, sagte der Stämmige grinsend.

Bei der spöttischen Bemerkung verlor der andere die Beherrschung. Mit Wutgebrüll riß er die Tür des Kleiderschranks auf, und wie um den Stämmigen daran zu hindern, ihm noch weiter auf den Leib zu rücken, begann er, Kleidung von den Bügeln zu reißen und sie dem anderen wie Palmwedel vor die Füße zu werfen. Doch der walzte die robusten Tweedjacketts, die elegante Abendkleidung, die Wolle, Baumwolle und feinste Seide unerbittlich platt, bis ihn nur noch wenige Zentimeter von dem Blonden trennten.

Eine Hand so schwer wie Blei fiel auf Sir Ralphs Schulter. Im gleichen Moment schienen alles Leben und alle Energie aus dessen Gliedern zu weichen. Der angespannte Körper erschlaffte, als sei er durch die Berührung in Narkose versetzt.

»Schön brav mit mir kommen«, sagte der Stämmige.

Am Fuß der Treppe wartete ein älterer grauhaariger Mann mit kantigem Kinn.

»Gut gemacht, mein Junge«, sagte er.

»Soll ich ihm Handschellen anlegen, Sir?«

»Soweit werden wir wohl nicht gehen müssen, doch wenn er noch mehr Ärger machen sollte, könntest du ihm eine Ohrfeige verpassen.«

Der Stämmige lachte. Die alten Witze waren die besten, besonders wenn der Chef sie machte.

Draußen stand die Sonne tief, aber es war noch warm. Die drei Polizeiautos auf dem weißen Kies unterhalb der Terrasse warfen lange Schatten. Im hintersten war das blasse Gesicht einer Frau zu erkennen, die eingekeilt zwischen zwei Polizistinnen saß. Sie stierte vor sich hin, leblos wie eine Totenmaske.

Uniformierte Beamte übernahmen den Blonden und führten ihn von der Terrasse hinunter zum zweiten Wagen. Vor dem Einsteigen wandte er sich noch einmal um und schaute zurück, nicht zu den Gestalten über ihm auf der Terrasse, sondern auf das Haus und musterte langsam die Fassade in ihrer ganzen Länge. Dann ließ er sich ohne Gegenwehr auf den Rücksitz schieben.

Auf der Terrasse sagte der Mann mit dem kantigen Kinn ein paar

Ins Leben zurückgerufen

Worte zu seinem stämmigen Untergebenen, bevor er leichtfüßig die Stufen hinuntereilte und in das Auto an der Spitze des Konvois einstieg. Das Fenster war offen, und er streckte seinen Arm heraus wie ein Zugchef bei den Vorbereitungen zur Abfahrt seines Zugs. Dann ließ er den Arm nach vorne fallen, die Wagen setzten sich knirschend in Bewegung, und gleichzeitig begann es zu lärmen und zu blinken.

Der Stämmige stand auf der Terrasse, breit lächelnd, bis er die Lichter zum letzten Mal aufblitzen sah und auch die Sirenen nicht mehr hören konnte.

Dann drehte er der Sonne den Rücken zu und ging langsam zurück ins Haus.

ZWEI

»*Könnt Ihr ein bißchen mehr Helligkeit ertragen?*«
»*Ich muß wohl, wenn Ihr sie hereinlaßt.*«

Lampen.

Einige strahlen sie dauernd an, heiß und grell. Andere bewegen sich auf sie zu wie Schnee und zerschmelzen vor der Berührung.

Eine flache Plattform, eine Stufe hinauf.

Sie steigt sie hoch, hält inne, schwankt, vernimmt das Innehalten und Schwanken im Atem ihrer Zuschauer.

Sie denkt: So muß es für Mick gewesen sein, beim ersten Schritt zum Schafott.

Eine Hand hält sie fest. Nicht die Hand des Henkers, sondern die ihres Retters Jay, ihres Vetters Jay Waggs. Nur, als Retter empfindet sie ihn noch nicht. Sie drückt ihre alte, ledergebundene Bibel an die magere Brust. Er lächelt ihr zu, ein warmes Lächeln in einem jungen Gesicht. Es löst eine Erinnerung an längst vergangene Zeiten aus, an ferne Orte. Er drängt sie vorwärts.

Da steht ein Stuhl. Sie sitzt. Zu ihrer Linken ein Krug mit Wasser und ein Glas. Zu ihrer Rechten eine kleine Vase, aus der ein Fresienzweig seine Ruhmeshand hebt. Vor ihr ein Sträußchen Mikrophone, das ihr zwar Schutz vor den Blitzlichtern und den forschenden Blicken gewährt, doch nicht vor den Fernsehkameras, die jede ihrer Bewegungen festhalten, ihr folgen wie Gewehre auf einem Gefängniswachturm.

Mr. Jacklin spricht. Ihr Anwalt. Ein kleiner grauer Mann, der so vertrocknet aussieht, als würde er beim geringsten Druck zu Staub zerfallen. Doch wehe ein Funke Ungerechtigkeit fällt in diese Dürre, und schon lodert ein Feuer auf.

Er sagt: »Lassen Sie mich die Situation rekapitulieren, falls hier jemand zufällig von einem anderen Stern hereingeschneit sein sollte. Meine Mandantin, Miss Cecily Kohler, wurde 1963 des Mordes an ihrer Arbeitgeberin, Mrs. Pamela Westropp, angeklagt. Sie wurde für schuldig befunden und zum Tode verurteilt. Das Urteil wurde später in eine lebenslängliche Haftstrafe umgewandelt. Fast unmittelbar nach dem Prozeß wurden Zweifel an dem Urteil laut, doch aufgrund verschiedener Umstände war eine Wiederaufnahme des Verfahrens nicht möglich, bis sich vor zwei Jahren Jay Waggs für das Schicksal seiner entfernten Verwandten Cissy Kohler zu interessieren begann. Das von ihm entdeckte neue Beweismaterial wurde im Frühling zum ersten Mal der Öffentlichkeit in der Fernsehsendung *Zweifel* vorgestellt. Zwischenzeitlich hat der Innenminister endlich eingesehen, daß es ernstzunehmende Gründe gibt, von einem groben Justizirrtum auszugehen. Er hat die vorläufige Entlassung meiner Mandantin bis zur endgültigen Entscheidung des Appelationsgerichts angeordnet.

»Bis die Entscheidung des Gerichts öffentlich bekanntgegeben wird, kann ich natürlich keinen Kommentar zu den juristischen Implikationen des Vorgefallenen abgeben. Auf das Offenkundige kann ich jedoch verweisen. Meine Mandantin hat mehr Jahre im Gefängnis verbracht als jede andere Frau in den Annalen der englischen Kriminalgeschichte. Es braucht nicht extra betont zu werden, daß sie eine entsprechend lange Zeit braucht, sich in der Freiheit zurechtzufinden. Doch da sie sich des großen öffentlichen Interesses an ihrem Fall bewußt ist, ist sie auf die Empfehlung ihrer Berater eingegangen, diese Pressekonferenz zu geben. Sie hofft, daß die Medien sie dann in Ruhe lassen, so daß sie wieder zu sich selbst finden kann.«

»Gilt das auch für Jay Waggs und Ebor Television?« ruft eine junge Frau mit scharfen Zügen.

Jay Waggs fragte sie lächelnd: »Eine Frage pro Zeitung lautete die Abmachung. Ist das Ihre Frage, Sally?«

»Nein! Miss Kohler, ich bin Sally Blindcrake vom *Daily Sphere*. Was empfanden Sie bei der Nachricht, daß man Sie frei lassen würde?«

Cissy Kohler sprach so leise, daß noch nicht einmal das Mikrophonsträußchen ihre Stimme auffangen konnte.

»Tut mir leid. Das habe ich nicht gehört.«

»Sie sagt, daß sie nichts gefühlt hat«, sagt Waggs. »Nächste Frage.«

»Nichts?« wiederholt Blindcrake ungläubig. »Nach all den Jahren sagt man Ihnen, daß Sie unschuldig sind, und Sie fühlen *nichts?*«

Kohler hebt den Kopf und spricht erneut, diesmal laut genug, um gehört zu werden.

»Das wußte ich bereits.«

Eine Pause, dann Lachen, eine kleine Welle des Applauses.

»Der nächste«, sagte Waggs.

»Martin Redditch, BBC Television. Miss Kohler, Sie haben erst 1976 einen Antrag auf Straferlaß gestellt, obwohl sie das schon früher hätten tun können. Was hat Sie davon abgehalten?«

Sie runzelt die Stirn und sagt: »Ich war noch nicht so weit.«

»So weit wofür?« ruft jemand, doch Redditch drängt auf Antwort, obwohl er nur eine Frage stellen darf.

»Aber 76 waren Sie dann so weit, richtig? Und es sah so aus, als ob Sie entlassen würden, bis Sie die Gefängniswärterin Daphne Bush im Gefängnis von Beddington angriffen und töteten. Oder behaupten Sie, auch in diesem Fall unschuldig zu sein?«

Sie läßt sich Zeit, nicht als sei die Anstrengung des Erinnerns schmerzlich, sondern als sei die Maschinerie ihres Gedächtnisses rostig.

Schließlich sagte sie: »Ich habe sie getötet.«

Redditch versucht, noch eine Frage nachzuschieben, aber nun unterbricht Waggs ihn.

»Okay, Martin, Sie haben zwei gestellt. Sagen wir eine für jeden Kanal. Weiter!«

»Norman Proudfoot, *Church Times*. Miss Kohler, in der Fernsehsendung wird die Bibel erwähnt, die Ihre Mutter Ihnen als Kind gab. Ich vermute, daß es dieselbe Bibel ist, die Sie jetzt dabeihaben. Können Sie uns sagen, welchen Trost sie Ihnen während Ihrer langen Haft gebracht hat?«

Sie sieht auf das Buch hinunter, das sie noch immer fest an die Brust drückt.

»Sie hat mir geholfen, in mich hineinzusehen. Ich glaube nicht, daß ich ohne sie überlebt hätte.«

Das ist ihre längste Antwort. Es hagelt Fragen, einige aggressiv, andere insinuierend, wiederum andere einfach dumm. Auf alle geht sie auf dieselbe Art ein – erst kommt eine Pause, auf die mit leiser, monotoner Stimme eine kurze Antwort folgt. Schon bald greift Waggs nicht mehr ein, sondern entspannt sich und lächelt leise vor sich hin, während die Kohorten der Presse sich vergeblich bemühen, zu Cissy Kohler durchzudringen.

Zu guter Letzt herrscht Schweigen im Raum. Waggs fragt: »Sind wir fertig?«

Sally Blindcrake sagt: »Ich weiß, daß ich meine Frage schon gestellt habe, aber das ist so lange her, daß ich bereits vergessen habe, wie sie gelautet hat. Was halten Sie davon, daß ich den Kreis schließe?«

»Im Interesse der Ausgewogenheit? Das ist mit Sicherheit etwas Neues beim *Sphere*, Sally. Okay. Letzte Frage.«

»Miss Kohler. Cecily. Cissy. Wenn Sie unschuldig waren, warum haben Sie dann ein Geständnis abgelegt?«

Diesmal will Cissys übliche Pause nicht enden.

Blindcrake sagt: »Okay, lassen Sie mich die Frage anders formulieren. Sie haben nicht nur die Tat gestanden, sondern Ihr angebliches Geständnis hat Ralph Mickledore so belastet, daß er deswegen und wegen weiterer belastender Umstände am Galgen landete. War auch er unschuldig?«

Waggs sagt: »Okay, Sally. Das hätte ich mir denken können. Das war's, Leute ...«

»Nein! Warten Sie! Ich brauche eine Antwort, Jay. Es war in Ihrer Sendung, Jay, daß die Vermutung ausgesprochen wurde, Miss Kohler sei durch das Ertrinken der kleinen Emily so am Ende gewesen, daß jeder mit ihr machen konnte, was er wollte. Wenn sie unschuldig ist, wer ist dann schuldig? Und ich meine nicht nur des Mordes. Wer hat sie so lange bearbeitet, daß sie schließlich weich wurde?«

Nun ist Waggs auf den Füßen und zieht Kohler hoch.

Jacklin beugt sich über die Mikrophone und sagt: »Ich kann nicht zulassen, daß meine Mandantin diese Frage außerhalb des Gerichtssaals beantwortet. Sie liefe Gefahr, sich der Verleumdung schuldig zu machen ...«

»Nichts da, Verleumdung! Tote kann man nicht verleumden!« schrie Blindcrake. »Und kommt nicht Detective Superintendent Walter Tallantire, der damalige Leiter der Kripo von Mid-Yorkshire, am ehesten in Frage?«

Waggs drängt Kohler von der Bühne. Jede Ordnung, die bis zu diesem Zeitpunkt auf der Pressekonferenz herrschte, löst sich in Nichts auf. In ihrem Bemühen, möglichst nahe an Cissy Kohler heranzukommen, rempeln sich Kameraleute und Reporter an. Sie verlassen die Mitte des Saals und schieben sich zwischen Cissy Kohler und den Ausgang. Stimmen schwirren durch die Luft, und die Blitzlichter fallen über Cissy Kohler her wie Schneegestöber.

»... Wie sieht es mit einer Entschädigung aus? ... Kehren Sie in die Vereinigten Staaten zurück? ... Prozessieren Sie gegen die Polizei? ... Stimmt es, daß Sie Ihre Memoiren geschrieben haben? ... Wieviel bezahlt man Ihnen dafür? ... Haben Sie von James Westropp gehört? ... Was macht sein Sohn Philip jetzt? ... Haben Sie das Kind absichtlich ertrinken lassen? ... Stimmt es, daß Sie in ein Kloster eintreten wollen? ... War Daphne Bush Ihre Geliebte? ...«

Drei Polizisten in Uniform sind erschienen. Sie machen den Weg zur Tür frei. Einer reißt sie weit auf. Eine Kamera filmt einen Augenblick lang einen langen Korridor, in dem mehrere Männer stehen. Dann haben Kohler und Jacklin es geschafft. Waggs dreht sich auf der Schwelle um und hilft der Polizei zu verhindern, daß die beiden weiter verfolgt werden. Jemand schreit: »He, Jay! Wenn der Film gedreht wird, wie wär's mit Schwarzenegger für dich?«

Mit einem Grinsen erwiderte Waggs: »Vielen Dank für Ihre Freundlichkeit, meine Damen und Herren. Das war's. Ende der Vorstellung.«

Er macht einen Schritt zurück durch die Tür. Ein Polizist zieht sie hinter ihm zu.

Die Szene wird ausgeblendet. Eine Frau mit toten Augen und einer lebhaften Unterlippe erscheint in Nahaufnahme und sagt: »Wegen der Pressekonferenz verspätet sich der Rest unseres Programms um etwa 40 Minuten. Wir bitten unsere Zuschauer für etwaige Unannehmlichkeiten um Entschuldigung.«

DREI

»Na, sprich's nur aus in einfachen Worten – du hassest diesen Kerl.«

Detective Superintendent Dalziel der Kripo von Mid-Yorkshire bediente die Abstelltaste der Fernbedienung, als habe er vor, sie durch sein Knie zu drücken.

»Scheißkerle!« sagte er. »Alte Hexe!«

»Die arme Frau«, sagte Maudie Tallantire.

»Gar nichts arm. Sie war bis über beide Ohren schuldig«, sagte Dalziel. »Drei Menschen sind ihretwegen tot. Ich hätte den Schlüssel zu ihrer Zelle weggeworfen! Heb dein Mitleid für dich selbst auf, Maudie. Hast du mitgekriegt, was die Ziege von der Zeitung über Wally gesagt hat?«

»Wally ist nun schon fast 20 Jahre tot«, sagte Maudie Tallantire, als würde sie einem zurückgebliebenen Kind etwas erklären. »Ihm kann keiner mehr an den Karren fahren, und wer wird einer alten Frau wie mir etwas tun wollen? Ja, ich weiß, die Zeiten haben sich geändert, und ich denke, wir Alten hatten es noch am besten, trotz Krieg und allem. Damals wußte man, wo's langging, und auch noch in den Jahren danach. An irgendeinem Punkt ist alles schiefgelaufen, Andy. Doch die menschliche Natur ändert sich nicht. Im Herzen sind die Menschen noch immer so gut, wie sie waren. Sie sind eher nett zu einem als böse. Sieh doch nur dich an, Andy. Bist den ganzen Weg gekommen, weil du dir Sorgen um mich gemacht hast, und dabei war das gar nicht nötig!«

Dalziel schüttelte in liebevoller Verzweiflung den Kopf. Jemand, der ihn als Beispiel für die grundsätzliche Güte des Menschen anführte, war eindeutig ein hoffnungsloser Fall. Maudie war inzwischen über 70, ergraut, hatte etwas Mühe beim Gehen, aber im wesentlichen war sie die hübsche, liebenswerte, etwas in anderen Sphären schwebende Frau geblieben, die er vor mehr als 30 Jahren kennengelernt hatte und die schon damals – sofern zutraf, was die Leute behaupteten – dem Mädchen mit den großen Augen, das Walter Tallantire in den 1930ern geheiratet hatte, sehr ähnlich geblieben war.

»Die Frau eines Polizisten muß entweder zäh wie Sohlenleder sein, um das Leben auszuhalten, oder in ihrer eigenen Welt leben, damit sie nichts mitkriegt«, hatte Wally einmal im Vertrauen zu ihm gesagt, als ihre Bekanntschaft an Dauer gereift war und sie schon manches Glas miteinander geleert hatten. »Meine Maudie ist eine seltene Pflanze, Andy. Wenn mir etwas zustößt, muß jemand auf sie aufpassen. Das tust du doch mir zuliebe, Junge, ja? Versprichst du mir das?«

Dalziel hatte ihm sein Wort gern gegeben, doch als es soweit war und Tallantire kurz vor seinem Ruhestand bei einem Herzanfall gestorben war, stellte sich heraus, daß Maudie sehr wohl in der Lage war, auf sich selbst aufzupassen. Innerhalb eines Jahres war sie in ihren Heimatort Skipton übergesiedelt und hatte die Verbindungen aus ihrer Jugend wiederaufgenommen, die durch ihren Umzug von West nach Mid-Yorkshire unterbrochen worden waren.

Eine Weile hatte Dalziel sie regelmäßig besucht, dann nur noch von Zeit zu Zeit und in den vergangenen Jahren so gut wie nie. Doch als er die Kohler-Pressekonferenz im Fernsehen sah, wußte er, daß die Zeit reif war, ihr einen weiteren Besuch abzustatten.

Er hatte ihr vorschlagen wollen, ein paar Tage bei Freunden zu verbringen, für den Fall, daß die Presse aufkreuzen würde, aber er war kein Freund überflüssiger Worte. Statt dessen hatte er sein Video ein Stück zurücklaufen lassen, neu gestartet und das Band angehalten, als er die Einstellung durch die offene Tür mit Blick in den Korridor erreicht hatte.

»Erinnert dich der Kerl da an jemanden, Maudie?«

»Der große?« fragte sie und schaute sich die beiden Männer an, auf die sein breiter Zeigefinger wies. »Er sieht ein bißchen wie Raymond Massey aus.«

»Nein, ich meine, wie jemand, den du kennst? Und ich meine den anderen. Wer der Große ist, weiß ich. Er heißt Sempernel. Er hat damals herumgeschnüffelt. Behauptete, vom Innenministerium zu sein, war aber einer von den komischen Hengsten, daran besteht kein

Ins Leben zurückgerufen

Zweifel. Den wirst du noch nie gesehen haben. Aber der andere, der dünne Wicht, erinnert der dich an jemanden? Und sag ja nicht Mikkey Rooney, Mädchen!«

»Er sieht überhaupt nicht wie Mickey Rooney aus«, erwiderte die Frau und musterte den Mann. »Ähnlich sieht er niemandem, aber bekannt kommt er mir vor.«

»Erinnerst du dich an einen Sergeant namens Hiller? Wir haben ihn immer Adolf genannt. Wally konnte ihn nicht riechen und ist ihn losgeworden.«

»Vage«, sagte sie. »Aber was hat Sergeant Hiller da zu suchen?«

»Genau das würde ich auch gern wissen«, sagte Dalziel grimmig. »Und Sergeant ist er auch längst nicht mehr. Stellvertretender Chief Constable, unten im Süden, wenn es stimmt, was ich zuletzt gehört habe. Tja, je höher der Affe klettert, desto mehr zeigt er von seinem Hintern, was?«

Maudie Tallantire lachte. »Du änderst dich nicht, Andy. Wie wär's mit einer Tasse Tee?«

»Großartig. Übrigens, Maudie, hast du noch persönliche Unterlagen von Wally? Mir kommt es so vor, als hättest du mal gesagt, du hättest bei deinem Umzug hierher eine Menge Zeug zusammengepackt, für den Fall, daß etwas Wichtiges dabei ist ...«

»Das stimmt. Und du hast damals gesagt, daß du es durchgehen würdest, wenn du Zeit hättest. Aber das ist Ewigkeiten her, Andy. Und du hast wohl nie Zeit gehabt.«

»Tut mir leid«, sagte er schuldbewußt. »Du weißt, wie das ist. Aber wenn du die Sachen noch hast, kann ich sie mir ebensogut jetzt ansehen.«

»Ich habe sie wahrscheinlich schon längst weggeworfen«, sagte sie. »Sie waren in einem alten blauen Koffer, einem von den kleinen, die man damals genommen hat, wenn man verreiste. Heute braucht man einen Kabinenkoffer. Er steht im Abstellraum, wenn ich ihn noch habe. Aber da oben ist es staubig, verdirb dir nicht deinen schönen Anzug.«

»Ich paß schon auf.«

Sie hatte recht, es war sehr staubig, aber er entdeckte den blauen Koffer mühelos. Er nahm ihn auf, blies sanft darüber, hustete, als eine Wolke aufstieg, und öffnete das Fenster.

Unten auf der Straße fuhr ein Auto mit zwei Männern vor. Auf der

Fahrerseite stieg ein junger Mann in Designer-Freizeitkleidung aus. Sein elegant gestylter Kopf drehte sich aufmerksam in alle Richtungen, als wäre er auf Indianerterritorium gelandet und nicht in einem dicht besiedelten Teil Yorkshires.

Doch es war der andere, der Dalziels Aufmerksamkeit fesselte. Mit hagerem Gesicht, Brille, in einem zerknitterten schwarzen Anzug, der eine Nummer zu groß war, stand er völlig still und betrachtete das Haus wie ein Mieteintreiber, der bereits zweimal erfolgreich abgewimmelt worden war.

»Verdammter Mist. Das ist doch tatsächlich Adolf!« rief Dalziel aus und trat vom Fenster zurück. »Ich hätte mir denken können, daß der Scheißkerl keine Zeit verliert.«

Er schüttelte den restlichen Staub vom Koffer und huschte flink nach unten. Neben der Eingangstür war ein kleines Gäste-WC. Er schob den Koffer unter das Handwaschbecken, schloß die Tür und war gerade ins Wohnzimmer zurückgekehrt, als Maudie mit einem vollen Tablett aus der Küche kam.

»Hast du gefunden, was du gesucht hast, Andy?«

»Keine Spur weit und breit«, sagte er, nahm das Video aus dem Gerät und verstaute es in der geräumigen Innentasche seines Jacketts. »Ich denke mal, du hast den Koffer weggeworfen, ohne es zu merken. Macht nichts. Sehe ich da Blätterteiggebäck? Du mußt gewußt haben, daß ich komme. Was hat Wally immer gesagt? Sag ja nicht, daß aus Lancashire nichts Gutes kommt, solange du noch nicht Maudies gefüllte Blätterteigstückchen probiert hast!«

Er griff sich ein Stückchen, verschlang es mit wenigen Bissen und war beim dritten, als es an der Tür klingelte.

»Wer mag denn das sein?« sagte Maudie, wie alle Hausfrauen aus dem Norden überrascht, daß jemand vor ihrer Tür stand.

Sie ging hinaus in den Flur. Dalziel nahm sich noch ein Blätterteigstückchen und stellte sich an die Tür, um die Unterhaltung zu belauschen.

»Mrs. Tallantire, Sie erinnern sich vielleicht nicht an mich, aber wir haben uns vor langer Zeit einmal kennengelernt. Geoffrey Hiller. Ich war hier oben eine Weile Sergeant, als Ihr Mann die Kripo leitete.«

»Hiller? Ist das nicht merkwürdig? Wir haben gerade über Sie gesprochen. Wollen Sie nicht eintreten, Sergeant? Und Ihr Freund.«

»Danke. Eigentlich bin ich jetzt stellvertretender Polizeipräsident, Mrs. Tallantire. South Thames. Und das ist Inspector Stubbs von der Kriminalpolizei.«

»Oh, da haben Sie es weit gebracht. Treten Sie doch ein. Andy, ein Unglück kommt selten allein. Hier ist noch ein alter Freund von Wally, der mich besuchen will.«

Dalziel, im Stuhl zurückgelehnt, sah höflich und leicht erstaunt auf, als der Mann im dunklen Anzug jäh in der Tür innehielt, wie ein Pfarrer, der versehentlich in ein Bordell geschickt wurde. Dann erstrahlte auf dem Gesicht des Dicken die Freude eines Vaters über die Heimkehr des verlorenen Sohnes, und er sagte: »Geoff? Bist du das? Geoff Hiller, bei allen Heiligen! Wie geht es dir, alter Junge? Was treibt dich um? Bei Gott, ist das schön, dich zu sehen.«

Er war aufgesprungen und schüttelte dem Neuankömmling die Hand wie ein Buschmann, der eine Schlange ins Jenseits befördert. Hiller hatte sich von seinem Schock erholt und betrachtete Dalziel mit wachsamer Neutralität.

»Wie geht es, äh, dir, Andy?« fragte er.

»Großartig. Und wer ist dein Freund?«

»Das ist Inspector Stubbs von der Kripo. Stubbs, ich möchte Sie mit Superintendent Dalziel, Chef der Kripo von Mid-Yorkshire, bekanntmachen.«

Hiller betonte Dalziels Rang.

Stubbs hielt ihm die Hand hin. »Hi. Freut mich, Sie kennenzulernen, Super.«

»Super?« wiederholte Dalziel. »Hier oben trinken wir *Suppe*. Oder wenn sie selbst gemacht ist, kauen wir sie. Werden Sie lange genug in West-Yorkshire bleiben, um sich mit unseren kleinen Eigenheiten vertraut zu machen?«

Stubbs warf Hiller einen kurzen Blick zu. »Genau genommen, äh, Andy, sind wir auf dem Weg zu euch«, sagte Hiller. »Wir wollten Mrs. Tallantire nur einen kleinen Höflichkeitsbesuch auf der Durchreise abstatten.«

»Ich verstehe. Auf der Durchreise durch Skipton? Auf dem Weg ins Polizeipräsidium von Mid-Yorkshire. Von South Thames?«

Beim Sprechen zeichnete Dalziel zwei Seiten eines Dreiecks in die Luft und setzte sein Alligatorlächeln auf.

»Das nenn ich aber mal Höflichkeit! Maudie, ist das nicht nett von Geoff, diesen Umweg zu machen, nur um der guten alten Zeiten willen? Übrigens, Geoff, ich vermute, man erwartet dich in meinem Laden? Ich habe gestern mit dem Boß gesprochen, und der hat dich mit keiner Silbe erwähnt.«

»Das Innenministerium müßte Mr. Trimble heute Morgen angerufen haben«, sagte Hiller.

»Das erklärt alles. Heute ist mein freier Tag, deshalb bin ich hier. Besuch bei einer alten Freundin. Hast du heute vielleicht auch frei?«

»Nein«, sagte Hiller. »Nicht wirklich. Ich fürchte, mein Besuch bei Mrs. Tallantire ist auch dienstlich. Sie haben vielleicht mitgekriegt, daß das Urteil im Mordfall Mickledore Hall in Frage gestellt wird. Cecily Kohler wurde entlassen, und der Innenminister hat eine Überprüfung des Falls angeordnet. Ihr verstorbener Mann, Detective Superintendent Tallantire, leitete die ursprünglichen Ermittlungen und wird in den Ermittlungen zur Wiederaufnahme des Verfahrens, mit denen ich betraut wurde, natürlich eine Rolle spielen.«

»Ist das nicht komisch? Andy und ich haben gerade darüber gesprochen ...«

»Und du bist gekommen, um Maudie zu warnen, daß die Presse wahrscheinlich herumschnüffeln wird«, fiel Dalziel ihr ins Wort. »Das ist wirklich freundlich. Du bist in guten Händen, Maudie. Ich muß los, Geoff. Ich weiß, daß es keine schöne Aufgabe ist, in den Abfalleimern anderer Leute herumzustochern, aber wo wären wir ohne die Müllabfuhr, was? Du kannst dich darauf verlassen, daß dir von meiner Abteilung nichts als Unterstützung zuteil wird. Bis Morgen, nehme ich an.«

Hiller versuchte angemessen dankbar auszusehen, brachte es aber nur zum Gesichtsausdruck eines Postboten, dem versichert wurde, der Rottweiler sei ein lieber großer Teddy.

»Eigentlich, äh, Andy, hoffen wir noch heute loslegen zu können.«

»Ihr könnt euch bis zum Hals mit Arbeit eindecken, wenn es nach mir geht, Geoff, aber es ist mein freier Tag, erinnerst du dich? Was stellst du dir vor, was ich jetzt mache? Nach Hause eilen und mit Aktenschreddern loslegen?«

Er lachte, gab Maudie einen Kuß auf die Wange und sagte: »Paß auf dich auf, meine Liebe. Ich finde selbst raus. Bis bald.«

Er verließ das Zimmer und zog die Tür fest hinter sich zu. Während er geräuschvoll die Haustür öffnete, langte er in die Gästetoilette, nahm den Koffer und ließ die Haustür so heftig schlagen, daß das Buntglasfenster schepperte.

Maudies Auffahrt war von der ihrer Nachbarn durch ein Backsteinmäuerchen getrennt. Er lehnte sich hinüber und stellte den Koffer dahinter ab. Als er das Tor erreicht hatte, hörte er, wie die Haustür hinter ihm aufging. Er drehte sich um und sah Stubbs herauskommen. Hiller war schon immer ein mißtrauischer Patron gewesen. Gut zu wissen, daß sich einige Dinge nicht ändern.

»Ich brauche etwas aus dem Auto«, sagte Stubbs, als er bei ihm war.

»Ach ja? Lockenwickler, was?« sagte Dalziel.

Beim Wegfahren sah er, wie der Inspektor, ohne das Auto geöffnet zu haben, wieder ins Haus zurückkehrte. Er fuhr langsam um den Block, parkte vor dem Haus von Maudies Nachbarin und schritt zügig die Auffahrt hinauf. Ein Fenster öffnete sich, als er den Koffer an sich nahm. Als er aufblickte, sah er eine Frau, die ihn zutiefst mißtrauisch betrachtete.

»Ja?« rief sie scharf.

Dalziel zog das Video aus der Tasche und hielt es wie eine Votivgabe hoch.

»Haben Sie einen Draht zum Allmächtigen, Schwester?« fragte er. »Haben Sie einen Anschluß zu Gott, dem Herrn? Ich habe hier ein Video, daß aus Ihrem Fernseher die Bundeslade macht!«

»Nein, danke!« schrie sie alarmiert auf und warf das Fenster zu.

Kopfschüttelnd kehrte er zu seinem Auto zurück.

Es war tatsächlich so, wie er immer befürchtet hatte.

Für Religion hatte man in West Yorkshire nicht viel übrig.

VIER

»Wenn du erwartest, daß ich überrascht bin ... so bist du im Irrtum. Deine Anwesenheit war mir nicht unbekannt. ... Wenn du wirklich nicht die Absicht hast, mein Leben in Gefahr zu bringen ... so geh so bald als möglich deiner Wege und laß mich die meinigen gehen. Ich habe zu tun. Ich stehe im öffentlichen Dienst.«

»Ein Gewohnheitsverbrecher ist leicht zu erkennen. Man braucht ihn nur zu fragen: ›Wo waren Sie, als Präsident Kennedy erschossen wurde?‹ und er sagt: ›Ich war daheim im Bett und habe ein Buch gelesen. Ich kann sechs Zeugen bringen, die das bestätigen.‹«

Pflichtschuldiges Kichern. Vielleicht liegt es daran, wie ich es erzähle, dachte Peter Pascoe.

Er betrachtete die 20 Gesichter vor sich. Kinder der siebziger Jahre. Jugendliche der Achtziger. Gesetzeshüter der Neunziger. Der Herr möge ihnen beistehen.

Er fragte freundlich: »Wer war Präsident Kennedy?« Pause. Sie senkten die Blicke, damit er sie nicht auffangen konnte. Vereinfache die Frage. »Von welchem Land war er der Präsident?«

Unsicher kroch eine Hand in die Höhe.

»Amerika, Sir?«

»Das ist richtig. Nord- oder Südamerika?«

Die Ironie von Vorgesetzten ist unfair, weil man sie wörtlich nehmen muß.

Er machte schnell weiter, bevor sich jemand an einer Antwort versuchte. »Was ist mit ihm passiert? Nun, das habe ich bereits gesagt. Er wurde erschossen. Weiß jemand, in welchem Jahr das war?«

Sie wußten wahrscheinlich noch nicht einmal das gegenwärtige Jahr! Nein. Das war ungerecht. Er verwechselte die Wahrheit mit einer Binsenwahrheit. *Jeder erinnert sich daran, was er gerade tat, als Kennedy ermordet wurde.* Jeder bis auf die paar Milliarden, die noch nicht geboren waren. Oder nichts von Kennedys Existenz wußten. Oder einen feuchten Dreck dafür gaben, daß alles vorbei war. Also jeder in Amerika? Vielleicht. Wahrscheinlich hämmerte man denen dort Datum und Drumunddran beim Treueschwur ein. Doch diese hier, warum erwartete er, daß sie etwas über die Mythen eines anderen Volkes wußten?

»War es 1963, Sir?«

»Ja. Ja, das stimmt.«

Er sah den Sprecher mit unverhältnismäßig großer Freude an. Noch jemand meldete sich ungeduldig. Vielleicht waren nun die Schleusen geöffnet, und all seine zynischen Zweifel über die Unwissenheit dieser Generation würden hinweggeschwemmt werden. Er deutete auf den ungeduldigen Melder, nickte und wartete darauf, überrascht zu werden.

»Sir, es ist halb. Wir müssen in die Turnhalle zu Sergeant Rigg.«

Er kannte Sergeant Rigg. Ein Waliser ohne Hals, der den schwarzen Gürtel hatte und nicht viel Federlesen mit zu spät Kommenden machte.

»Dann macht ihr euch besser auf den Weg.«

Er warf einen Blick auf seine Aufzeichnungen. Er hatte noch drei Seiten. Bevor sie weggefahren war, hatte Ellie ihn ermahnt, keine Nachtschichten einzulegen. (Hatte sie versucht, ihm seelsorgerischen Ersatz für seltenere emotionale Waren anzubieten?) Er schob den geschmacklosen Gedanken zur Seite und konzentrierte sich auf das, was sie gesagt hatte.

»Man denkt anfangs, wenn man langsam spricht, kann man fünf Minuten rausschinden. Am Ende redet man so schnell, daß man unverständlich ist, und selbst dann hat man zu guter Letzt noch Eimer voll Perlen übrig, die man nicht losgeworden ist.«

Er schüttete sie zurück in seine Aktentasche und folgte den Kadetten aus dem Raum.

»Pete, wie ist es gelaufen?«

Es war Jack Bridger, der grauhaarige Chief Inspector, der für den Nachwuchs verantwortlich war.

»So lala. Sehr begeistert waren sie nicht.«

Bridger, der seine Pappenheimer kannte, sagte: »Du hast es mit ganz gewöhnlichen Jungs zu tun, nicht mit Hochschulabsolventen. In dem Alter haben die nichts andres im Kopf als Ficken und Fußball. Das Geheimnis besteht darin, die richtigen Fragen zu stellen. Was mich an etwas erinnert, es sieht so aus, als würden bald ein paar merkwürdige Fragen zu diesem Mickledore-Fall gestellt werden.«

»Die Sache läuft schon. Volle Ermittlungen. Ein Typ namens Hiller wurde damit betraut. Er ist stellvertretender Polizeipräsident von South Thames. Ist gestern aufgetaucht, obwohl die offizielle Bekanntgabe noch gar nicht erfolgt ist.«

»Hiller? Doch nicht etwa Adolf Hiller?«

Er sprach den Namen mit einem langen A aus.

»Er heißt Geoffrey, glaube ich. Ein kleiner Kerl mit schiefen Zähnen. Sieht aus, als hätte er seinen Anzug geklaut.«

»Das ist er! Adolf war nur sein Spitzname. Hier war er Sergeant, aber nicht lange. Wally Tallantire fand ihn zu militärisch. So ist er auch zu seinem Spitznamen gekommen. Irgendein Witzbold hat seinen Namen auf Anschlägen und Listen zu *Hitler* verändert, und das ist dann hängengeblieben.«

»Aber während des Mickledore-Falles kann er doch noch nicht hier gewesen sein, sonst hätte er den Job mit Sicherheit nicht bekommen.«

»Nein, er kam danach. Man hat ihn weitergereicht wie eine heiße Kartoffel. Er war so ein Typ – an seiner Arbeit war nichts auszusetzen, aber er war einfach nicht zum Aushalten.«

Pascoe sagte: »Ich habe Tallantire nie kennengelernt. Wie war er so? Nahm es nicht so genau, was?«

»Aus dieser Richtung weht also der Wind? Mußte ja kommen. Mit Sündenböcken ist es wie mit Anwälten. Im Idealfall sind sie tot. Was das Genaunehmen angeht, Wally hat auf jeden Fall den kürzesten Weg eingeschlagen, wenn er sein Ziel vor Augen hatte. Und nachdem, was man so hört, schlug mit dem Mickledore-Fall seine große Stunde. Daß man sich noch an ihn erinnert, liegt nur an diesem Fall. Doch es besteht ein Unterschied zwischen ›es nicht zu genau‹ zu nehmen und jemanden ans Messer zu liefern.«

»Du meinst also, er war korrekt?«

»Alles in allem, ja, würde ich sagen. Ich will dir aber was verraten. Der dicke Andy wird niemanden, der mit Verleumdungen um sich wirft, in sein Herz schließen. Wally war sein großer Held. Er hatte

Ins Leben zurückgerufen

Andy unter seine Fittiche genommen. Und daß die ganz hübsch groß sein mußten, das kannst du mir glauben!«

Pascoe grinste. »Er war wohl etwas – ungestüm?«

»Ungestüm? Im Vergleich zu früher ist er das reinste Lamm geworden! Ohne Wally würde er heute noch Streife gehen. Doch nach dem Mickledore-Fall war Wally ganz oben, und Andy stand neben ihm im Rampenlicht.«

Pascoe ließ sich das alles durch den Kopf gehen, während er zurück ins Präsidium fuhr. Er versuchte sich Dalziel als jungen Haudegen vorzustellen, der auf Protektion angewiesen war, aber seine Phantasie machte schlapp bei Dschingis Khan in kurzen Hosen. Die Vorstellung brachte ihn zum Lachen. Der Himmel war blau, und die Sonne schien, er fühlte sich wohl.

Er bog um die Ecke. Vor ihm erhob sich aus einer bewegten See von Dächern die riesige Fassade des Münsterturms. Sein Mund wurde trocken. Er wollte Speichel bilden, schlucken, aber es gelang ihm nicht. Seine Handflächen schwitzten so sehr, daß sich das Lenkrad schleimig anfühlte. Der Turm schien anzuschwellen, den Himmel auszufüllen, während das Auto um ihn herum zu einer Keksschachtel zusammenschrumpfte. Er bremste scharf, fuhr an die Seite, fühlte, wie seine Räder den Bordstein rammten. Sein Herz raste, als wäre es am durchdrehen. Seine linke Hand tastete nach dem Sicherheitsgurt, seine rechte nach dem Türgriff. Seine Finger waren kraftlos und schienen die Verbindung zu seinem Verstand verloren zu haben. Sie waren eher wie eine Art Gemüse denn Fleisch. Doch irgendwie ging die Tür auf und ließ der Gurt ihn frei. Er schwenkte die Beine aus dem Auto. Eine Radfahrerin, die gerade an ihm vorbeifahren wollte, mußte einen scharfen Bogen machen, um einen Zusammenstoß zu vermeiden. Sie radelte weiter und bedachte ihn über die Schulter mit Flüchen. Pascoe schenkte ihr keine Beachtung. Er zwang sich, den Kopf zwischen die Knie zu klemmen, und schnappte nach Luft. Nach einer Weile gelang es ihm, wieder einen Rhythmus aufzubauen. Durch die Nase einatmen, durch den Mund ausatmen, tiefes, langsames Ein- und Ausatmen. Auch sein Herz verlangsamte sich, seine Speicheldrüsen funktionierten bis zu einem gewissen Grad, und seine Hände fühlten sich nicht mehr ganz so wie zwei Bunde Radieschen an, die lose an seinen Handgelenken baumelten.

Als er wieder Kraft in den Beinen verspürte, stand er auf und ging

28   Reginald Hill

unsicher um das Auto herum. Er zwang sich, daran zu denken, was er den Auszubildenden erzählt hatte, was er ihnen über das Ermitteln hätte sagen sollen und worauf er keine Zeit hätte verschwenden sollen. Die Sonne war angenehm warm auf der Haut, die Luft tat gut. Schließlich fühlte er sich wieder fit genug, um ins Auto einzusteigen und zu fahren. Die Skyline würdigte er keines Blickes mehr.

Eine Meile entfernt, auf dem Parkplatz des Präsidiums, setzte gerade ein Lieferwagen rückwärts in Pascoes Bucht. Der Fahrer stieg aus und ging ins Gebäude. Sergeant George Broomfield von der Rezeption fragte: »Kann ich Ihnen behilflich sein?«

»Warum nicht? Sergeant Proctor, South Thames. Ich gehöre zu Mr. Hillers Trupp. Im Wagen draußen sind ein paar Geräte. Besteht Aussicht, daß mir jemand helfen kann?«

Broomfields Ohr summte beim Klang des munteren Cockney, was Proctor erstaunt hätte, denn er kam aus Ruislip.

»Da habe ich meine Zweifel«, sagte er. »Zumindest für eine Weile. Ich glaube, es ist niemand verfügbar.«

Plötzlich erschien Dalziel auf der Bildfläche. Wie ein Mann von Dalziels Dimensionen so unvermittelt auftauchen konnte, wollte Broomfield nie in den Kopf, aber wenn Dalziel es darauf anlegte, konnte er lauern wie ein brasilianischer Stürmer.

»Aber George, was höre ich denn da? Volle Unterstützung lautet die Tagesparole. Sehe ich da hinten nicht den jungen Hector ganz alleine spielen? Schick ihn doch mal her, er kann hier mitanfassen. Zerbrechliches Zeug, was Sie da haben, Sergeant?«

Proctor, der sogleich das Gewicht der Autorität erkannte, sagte: »Ja, Sir. Ein paar Rechner, Software, Hardware und so weiter.«

Broomfield zog ein erschrockenes Gesicht. Noch nicht einmal ein Cockney verdiente PC Hector, der beim Spülen nicht Tassen zerbrach, sondern Spülbecken.

»Rechner, ach ja?« sagte Dalziel. »Dann ist Hector genau der richtige. Stark wie ein Bär. *Hector!* Komm mal her!«

Er blieb an der Rezeption stehen, bis Proctor und der verwirrt dreinblickende Hector auf dem Parkplatz verschwunden waren. Dann wandte er sich mit ernster Miene an Broomfield: »George, diese Leute sind unsere Gäste. Wir müssen uns aufmerksam um sie kümmern«, und machte sich davon, die Treppe hinauf.

Ins Leben zurückgerufen

Er hatte gerade den Treppenabsatz erreicht, als er das erste Krachen hörte, und der es begleitende Schreckensschrei folgte ihm den ganzen Weg bis in den zweiten Stock.

Lächelnd ging er zum Büro von Sergeant Wield.

»Bleib sitzen«, sagte er zu dem Sergeant, der sich nicht gerührt hatte. »Ist der Junge noch nicht zurück?«

»Nein, Sir.«

»So ein Mist. Ich wünschte mir, er würde nicht ständig den Dienst schwänzen und sich freiwillig für diese Aufgaben melden.«

Wield, der sehr wohl wußte, daß es Dalziel gewesen war, der Pascoe vorgeschlagen hatte (genau das Richtige für dich, wo du doch an der Uni deinen Zeremonienmaster erworben hast oder wie das heißt), schwieg.

»Sag ihm, er soll zu mir kommen, wenn er aufkreuzt, ja?« An der Tür zögerte er, bevor er fortfuhr: »Ist nicht weiter wichtig, aber wie sieht er deiner Meinung nach in letzter Zeit aus?«

»Leicht angeschlagen. Er ist nicht mehr er selbst, seit das Mädel vom Turm der Kathedrale gesprungen ist. Hat ihn irgendwie ganz schön fertig gemacht.«

»Mit Sicherheit hat es sie fertig gemacht«, sagte Dalziel.

Er fixierte Wields unergründlich zerfurchten Züge, wie um ihn herauszufordern, ihm wegen seiner Schnoddrigkeit Vorwürfe zu machen, aber der Sergeant hielt seinem Blick ohne mit der Wimper zu zucken stand.

»Gut«, sagte Dalziel. »Paß ein bißchen auf ihn auf, ja? Ich weiß, daß ich mich auf deine weibliche Intuition verlassen kann.«

Er ging zu seinem eigenen Büro, öffnete eine Schublade und nahm das Glas Scotch heraus, das er sich gerade zu Gemüte geführt hatte, als er den Lieferwagen unter seinem Fenster auf den Parkplatz hatte fahren sehen. Er war beim letzten Schluck, als die Tür aufgerissen wurde und Hiller hereinplatzte.

»Immer nur herein, Geoff«, sagte Dalziel freundlich. »Setz dich. Habt ihr es bald geschafft mit dem Auspacken?«

Hiller blieb stehen.

»Es ist an der Zeit, ein paar Spielregeln festzulegen«, sagte er. »Erstens, vor den anderen sollten wir uns an das Protokoll halten. Also »Sir« und nicht »Geoff«, okay?«

»Nichts dagegen einzuwenden«, erwiderte Dalziel.

»Zweitens sagte mir Inspektor Stubbs, daß er dich in dem Raum angetroffen hat, der uns von deinem Beamten Pascoe zugewiesen wurde.«

»Ich habe nur nachgesehen, ob ihr auch alles habt, was ihr braucht, Geoff. Pascoe ist ein guter Junge, aber ein bißchen ungehobelt. Es hätte sein können, daß er ein paar Feinheiten übersehen hat.«

»Ich habe festgestellt, daß Mr. Pascoe eine große Hilfe und sehr entgegenkommend ist«, sagte Hiller. »Ich möchte ganz klar machen, daß mein Ermittlungsraum, besonders jetzt, wo meine Geräte eingetroffen sind, für das gesamte Personal von Mid-Yorkshire gesperrt ist. Das schließt dich mit ein, Andy. Und vor allem gilt das auch für diesen Schwachsinnigen, diesen Hector. Hat er einen Dachschaden oder was?«

»Hector? Er gilt als einer unserer Überflieger.«

»Er wird noch höher fliegen, wenn er in Trittweite meines Stiefels kommt«, sagte Hiller.

Ein Witz, dachte Dalziel. Adolf hat es wirklich weit gebracht.

»War's das?« fragte er höflich.

»Nur noch eine Sache. Während ich mich gestern mit Mrs. Tallantire unterhielt, ließ sie die Bemerkung fallen, du habest sie nach Wallys persönlichen Unterlagen gefragt.«

»Ach ja? Dann wird sie dir auch gesagt haben, daß keine da waren«, sagte Dalziel.

»Ja, das habest du gesagt«, erwiderte Hiller.

»Du willst doch nicht etwa behaupten, ich würde etwas so Wichtiges unterschlagen?« fragte Dalziel empört.

»Nichts behaupte ich. Ich sage nur laut und deutlich, daß ich dein Grab schaufeln werde, Andy, wenn ich irgendeinen Beweis dafür entdecken sollte, daß du mir bei meinen Ermittlungen dazwischenfunkst oder Steine in den Weg legst.«

»Da mußt du aber ein großes Loch ausheben, Geoff«, sagte Dalziel und vergrub seine Finger wie zur Illustration in der Leistengegend.

Hiller lächelte dünn.

»Die Zeiten, in denen ich selber den Spaten in die Hand genommen habe, sind vorbei«, sagte er. »Übrigens habe ich Mr. Trimble gefragt, ob DCI Pascoe als Liaison zwischen uns fungieren kann. Wie ich bereits sagte, scheint er ein vernünftiger Mensch zu sein, und ich denke, eine ruhige Abwicklung ist in unser aller Interesse.«

»Geht in Ordnung«, sagte Dalziel. »Pascoe ist die Ruhe in Person. Mit ihm läuft alles wie geschmiert.«

»Das wollen wir doch alle, oder?« fragte Hiller.

Dalziel brachte ihn mit dem oberflächlichen Bedauern eines bekannten Gastgebers an die Tür, der einen Lieblingsgast gehen lassen muß. Er sah ihm hinterher, bis er außer Sichtweite war, dann sagte er: »Jetzt kannst du rauskommen.«

Die Tür der Abstellkammer gegenüber von Dalziels Büro öffnete sich, und Pascoe tauchte auf.

»Ich hab gesehen, wie du vor ein paar Minuten die Fliege gemacht hast«, sagte Dalziel. »Hast du alles mitgekriegt?«

»Die Tür stand schließlich offen«, verteidigte sich Pascoe.

»Du brauchst dich nicht zu entschuldigen. Es gibt drei Dinge, die sich ein guter Bulle nicht entgehen läßt, und eine davon ist eine Gelegenheit zum Lauschen.«

Pascoe hatte kein Verlangen zu fragen, was die beiden anderen waren. Er folgte Dalziel in dessen Büro und sagte: »In diesem Fall bin ich trotz allem Lauschen nicht viel klüger geworden. Ich würde es zu schätzen wissen, wenn man mir sagte, was sich hier abspielt.«

»Du liest keine Zeitung mehr, und das Fernsehen hast du auch an den Nagel gehängt, was?«

»In letzter Zeit bin ich nicht mehr dazu gekommen.«

»Ach ja? Alles in Ordnung mit der Familie?«

Warum war es so schwierig, Dalziel etwas zu sagen, ohne das Gefühl zu haben, daß er es bereits wußte? So beiläufig wie irgend möglich erwiderte Pascoe: »Bestens. Ellie ist gerade für ein paar Tage bei ihrer Mutter. Und Rosie ist natürlich mitgefahren. Die alte Dame ist ein bißchen angeschlagen. Von der Pflege ihres Mannes. Er hat Alzheimer, erinnern Sie sich? Inzwischen ist er völlig weg, keine Erinnerung mehr, sagt kein Wort mehr, ist inkontinent, alles. Im vergangenen Monat ist er in ein Heim gekommen, und nun sieht Ellie nach dem Rechten, ob ihre Mutter allein klar kommt ...«

Er redete zuviel.

Dalziel sagte: »Und? Alles in Ordnung?«

»Ja. Ich glaube. Ich will sagen, Ellie hat nur angerufen, um Bescheid zu sagen, daß sie gut angekommen sind ...«

Eine Nachricht auf seinem Anrufbeantworter. »Peter, wir sind gut angekommen. Rosie läßt dich herzlich grüßen. Ich melde mich morgen wieder.« Er hatte nicht versucht, sie zu erreichen.

»Tja, was dem einen sein Uhl«, sagte Dalziel. »Da hast du ja jetzt viel Zeit zum Aufarbeiten. Du hast doch sicher vor einer Weile die Sendung gesehen, die dieser Ami, Waggs, gemacht hat. Die die Kacke zum Dampfen gebracht hat?«

Pascoe schüttelte den Kopf.

»Hast nicht viel verpaßt. Die Idioten vom Fernsehen sind über das Ziel hinausgeschossen. Seltsame Perspektiven, abgehobene Musik, lauter Kram, der für ein Filmfestival geeignet wäre, nur daß die nackten Bienen im Sand fehlen. Ich habe eine Videoaufnahme davon, die zeig ich dir bei Gelegenheit. Als Hintergrundinformation eignet sich diese Radiosendung hier am besten. Sie wurde vor ein paar Jahren gemacht, bevor der ganze Quatsch mit dem Justizirrtum aufkam. Vermutlich hast du auch die Radiosendung nicht gehört?«

Er kramte in einer Schublade herum und holte eine Kassette heraus.

»Hör sie dir an. Das galt 25 Jahre lang als die Wahrheit. Nun ist es angeblich ein Lügenmärchen.«

Pascoe nahm die Kassette an sich und sagte: »Ich habe gehört, daß Sie Hiller noch von damals kennen?«

»Stimmt. Er wurde uns aufs Auge gedrückt, aber Wally hat ihn schon bald weitergereicht. Ich vermute, daß er es deshalb so weit geschafft hat. Jeder, für den er gearbeitet hat, war so scharf darauf, ihn loszuwerden, daß er ihm ein phantastisches Zeugnis geschrieben hat, um ihn ja auf den Weg zu bringen! Großer Fehler. Man wird eine Schlange nicht los, indem man sie den anderen in den Garten schiebt. Man behält sie in der Nähe, damit man sie zertreten kann!«

»Hübsche Theorie«, sagte Pascoe. »Aber völlig unfähig kann er auch nicht sein.«

»Nur zu wahr. Er hat die Fähigkeit, alle Knochen auszubuddeln, die die Emmies für ihn vergraben haben, und sie Schwänzchen wedelnd zu apportieren.«

»Tut mir leid« sagte Pascoe verblüfft. »Emmies? Da komm ich nicht ganz mit ...«

»Emmies!« sagte Dalziel genervt. »MI hier und MI dort. Die komischen Hengste.«

Ins Leben zurückgerufen

»Sie meinen den Geheimdienst? Nun aber sachte, Sir! Warum zum Teufel sollte denn der Geheimdienst ein Interesse am Fall Mickledore haben?«

Dalziel schüttelte den Kopf. »Du hättest besser Lösungsmittel geschnüffelt, als zu dieser Uni zu gehen. Bringt man denn den Leuten dort gar nichts bei? Nun denk doch mal scharf nach! An jenem Wochenende war ein Minister unter den Gästen. Partridge, heute Lord Partridge. Und der Mann der Toten stammte sogar aus seinen eigenen Reihen. Dann war da noch ein Ami, Rampling, der jetzt in den Staaten ein hohes Tier ist, und nach dem, was man so hört, immer wichtiger wird. Und dann war da Noddy Stamper, der Industriekapitän, heute Sir Noddy. Maggie hat ihn zum Ritter geschlagen, sobald sie das Heft in der Hand hatte. Daran kannst du erkennen, aus welchem Holz der geschnitzt ist. Hör dir nur einfach mal das Band an. Da ist alles drauf. Kaum war der Mord passiert, da tauchte dieser lange dünne Kerl auf, süß und rosa wie eine Zuckerstange. Er heiße Sempernel, sagte er. Osbert Sempernel. Wir haben ihn Pimpernel genannt, er war so schwer festzunageln. Er behauptete, im Innenministerium zu arbeiten, doch ich vermute, wenn ich ihn in der Mitte durchgebrochen hätte, wäre er von oben bis unten voll schmutziger Tricks gewesen. Heute Morgen habe ich ihn wiedergesehen, als ich mir die Pressekonferenz in der Glotze angeschaut habe. Stand mit Adolf im Flur herum. Paßt alles zusammen.«

»Für mich nicht«, sagte Pascoe skeptisch, aber nicht zu heftig. Dalziels Wahnvorstellungen wurden häufig Realität. »Wollen Sie damit sagen, daß Hiller die ganze Schuld auf Wally Tallantire abwälzen wird, nur weil dieser Typ Sempernel es von ihm verlangt?«

»Mit Sicherheit. Der Befehl braucht nur von hoch genug zu kommen, und er liefert seine eigene Großmutter ans Messer, vor allem wenn es eine weitere Stufe auf der Karriereleiter bedeutet.«

»Also eher Adolf Eichmann als Adolf Hitler?«

»Beides«, sagte Dalziel. »Und der Scheißkerl hat ausgerechnet dich in sein Herz geschlossen. Vielleicht solltest du ja mal in dich gehen, was? Egal. Du bist dazu auserkoren, die Liaison zu machen. Aus Adolf wirst du nichts rauskriegen, aber der aufgedonnerte Pinscher könnte nach ein paar Gläsern Port mit Limonade das Kläffen anfangen.«

»Stubbs? Auf mich macht er einen anständigen Eindruck.«

»Die SS war voll von anständigen Kerlen«, sagte Dalziel. »Stell deine Ohren in den Wind.«

»Sie meinen, ich soll spionieren?«

»Wenn du es denn unbedingt so bezeichnen willst.«

Pascoe verzog angewidert das Gesicht. »Ich muß wohl noch dankbar sein, daß wir nicht im Krieg sind. In Kriegszeiten hat man Spione erschossen, nicht?«

Beim Verlassen von Dalziels Büro zog er leise die Tür ins Schloß.

Dalziel holte seinen Whisky aus der Schublade und schüttelte traurig den Kopf. Unter seiner Anleitung hatte Pascoe sich rasch zu einem vielversprechenden Polizisten gemausert, vielleicht steckte sogar das Zeug zu einem wirklich guten in ihm. Aber wenn er noch immer nicht kapiert hatte, daß der Krieg ein Dauerzustand war, hatte er noch einen weiten Weg vor sich.

FÜNF

»*Ich gleiche einem Menschen, der jung gestorben ist. Mein ganzes
Leben kann als gewesen betrachtet werden.*«

Cissy Kohler lag auf einer Patchworksteppdecke und dachte: So wie
ich mich fühle, müßte ich eigentlich unsichtbar sein.

Bruchstücke der Vergangenheit, zum Teil aus dem eigenen Leben,
zum Teil aus dem von anderen, zusammengeflickt zu einem scheinbar Ganzen, zogen ihr durch den Sinn. Durch die Chintzvorhänge
konnte sie die sich im Wind bewegenden Zweige einer Bergulme sehen. Von unten drangen Stimmen zu ihr, doch sie strengte sich nicht
an, etwas zu verstehen. Sie wußte, daß nichts gesprochen würde,
worauf es ankam.

»Reizendes Haus«, sagte der große Mann. Er trug einen dunklen
Anzug von makellosem Schnitt, von dem sich ein Schlips abhob, der
aussah, als habe er ihn durch eine Schüssel mit brauner Windsorsauce
gezogen und von Hand ausgewrungen.

»Ja, sehr hübsch«, sagte Jay Waggs. »Wie kann ich Ihnen behilflich sein, Mr. Sempernel?«

»Es gehört Mr. Jacklin, habe ich gehört? Anständig von ihm, Sie
hier wohnen zu lassen.«

»Ich gehe davon aus, daß es auf seiner Rechnung auftauchen wird.«

»Was? O ja. Diese Anwälte. Aber es liegt ideal. Vom Sicherheits-
standpunkt aus einfach hervorragend. Nur die eine Fahrspur bis zum
Haus. Und dahinter die Mauer. Perfekt.«

Er sah aus dem Fenster in den kleinen rückwärtigen Garten, der
von der vier Meter hohen Mauer eines großen Guts begrenzt wurde.
Das Haus stand in der U-förmigen Ausbuchtung, für die ein seine
Rechte kennender Bauer verantwortlich war.

»Perfekt«, stimmte Waggs zu. »Mauer und Wärter. Cissy fühlt sich so richtig daheim.«

»Haha. Wie komisch. Doch der Wärter, wie Sie ihn nennen, steht natürlich nur da, um die Medienhunde abzuhalten und nicht, um Miss Kohler einzusperren.«

»Sie darf sich also frei bewegen?«

»Aber natürlich. Im Rahmen unserer Vereinbarungen, die Mr. Jacklin Ihnen sicherlich mit großer Genauigkeit auseinandergesetzt hat. Lassen Sie sie mich dennoch rekapitulieren. Miss Kohlers vorzeitige Entlassung –«

»Vorzeitig!«

»In der Tat. Die Regierung Ihrer Majestät hat aus humanitären Gründen zugestimmt, das korrekte rechtliche Verfahren vorwegzunehmen, aber nicht ohne Verpflichtungen Ihrerseits. Diese bestehen im wesentlichen in Miss Kohlers Zustimmung, daß weder sie selbst noch ihre Berater sich in der Öffentlichkeit äußern und auch keine Memoiren in jedwelcher Form über diese unglückliche Angelegenheit veröffentlicht werden, ohne daß die zuständigen Stellen es genehmigen. Als Gegenleistung dafür hat die Regierung Ihrer Majestät zu verstehen gegeben, daß sie sich rechtmäßigen Schadensersatzansprüchen nicht widersetzen wird.«

»Großzügig.«

»In meinen Augen, ja. Miss Kohler hat auch zugestimmt, in diesem Land zu bleiben, bis die offiziellen Ermittlungen über das Zustandekommen dieses bedauerlichen Justizirrtums abgeschlossen sind.«

»Was Jahre dauern kann!«

»Nein. Ich versichere Ihnen, daß die Sache schnell abgewickelt wird. Der stellvertretende Polizeipräsident Hiller, den Sie kennengelernt haben, hat die Ermittlungen in die Hand genommen, und wir erwarten einen raschen Abschluß. Übrigens hat Mr. Hiller mich darauf hingewiesen, daß sich das Verfahren beschleunigen würde und weitere Vernehmungen überflüssig würden, wenn Miss Kohler zufällig schriftliche Aufzeichnungen über die Ereignisse in Mickledore Hall hätte und ihm leihweise zur Verfügung stellen könnte.«

Waggs lachte.

»Nun aber mal langsam, Sempernel! Sie wissen doch, daß es keine Aufzeichnungen gibt. Schließlich sind Ihre Leute, bevor Miss

Kohler entlassen wurde, wie ein Rudel Ratten über ihre Zelle hergefallen.«

Der Lange lächelte dünn.

»Die Presse scheint davon auszugehen, daß sie einen Verbündeten hatte, mit dessen Hilfe sie ihre Memoiren aus dem Gefängnis geschmuggelt hat.«

»Jemanden wie mich, wollen Sie sagen? Nun, ich leugne nicht, daß ich gern behilflich gewesen wäre, wenn sich mir die Gelegenheit geboten hätte. Aber das war leider nicht der Fall.«

»Wenn Sie das sagen, Mr. Waggs, bin ich damit zufrieden«, sagte Sempernel. »Es gibt natürlich andere Möglichkeiten. Sie saß immerhin eine lange Zeit ein und konnte es kaum vermeiden, daß sich Beziehungen entwickelten. Die unglückselige Miss Bush, beispielsweise ...«

»Das war lange vor meiner Zeit«, sagte Waggs. »Die einzigen Memoiren, von denen ich weiß, befinden sich in Cissys Kopf, und ich habe keine Ahnung, wie leicht oder schwer es sein wird, sie da herauszuholen.«

»Ach ja? Bisher waren Sie jedenfalls sehr erfolgreich«, murmelte Sempernel. »Ruhe und Zeit heilen alle Wunden. Hier steht Ihnen beides zur Verfügung. Genießen Sie es.«

Er wandte sich zur Tür und duckte sich, um dem schiefen Türsturz auszuweichen. Als er darunter stand, hielt er inne. Er sah aus wie Alice im Haus des Weißen Kaninchens.

»Noch eine letzte Sache«, sagte er. »Jacklin hat hoffentlich klargemacht, daß die Begnadigung sich nur auf den Fall Mickledore Hall bezieht. Was die Tötung von Daphne Bush betrifft, besteht keinerlei Zweifel an Miss Kohlers Schuld. Ihre Strafe in dieser Sache ist deshalb nur zur Bewährung ausgesetzt und jede Verletzung der Auflagen wird die Bewährung verwirken.«

»Sie wollen sagen, Sie haben die Zügel in der Hand und lassen Sie je nach Belieben schleifen oder ziehen sie an? Ich verstehe.«

»Gut.« Sempernel ging durch die Tür und streckte sich, so daß sein Gesicht nur von der langen Nase abwärts sichtbar war. »Ich verabschiede mich dann also.«

Vor des Engländers wässrigem Blick geschützt, stieß Waggs seinen Mittelfinger in die Luft, während er seinerseits sagte: »Ja. Auf Wiedersehen.«

Er sah so lange aus dem Fenster, wie die schlacksige Gestalt den aufgeweichten Weg hinaufschritt, dann nahm er den Hörer ab und telefonierte.

»Mr. Jacklin, bitte. Jay Waggs am Apparat. Jacklin? Hallo. Wie geht es Ihnen? Uns geht es gut. Ja, sie ruht sich aus. Hören Sie, Sempernel war hier. Jede Menge aalglattes Whitehallgeschwätz, aber er paßt auf, daß mein unterbelichtetes amerikanisches Gehirn auch ja die Spielregeln versteht. Wollte es Ihnen nur mitteilen. Wie sieht es an Ihrem Ende aus? Keine Veränderung? Das ist gut. Melden Sie sich. Ciao.«

Er lauschte noch eine Weile, bevor er den Hörer auflegte. Es konnte bloßer Verfolgungswahn sein, daß er ein Klicken hörte, doch Sempernel schien ihm kein schlechter Anlaß, neurotisch zu reagieren. Und wenn das Telefon angezapft war, warum sollte dann nicht das ganze Haus verwanzt sein?

Er ging in die Küche, warf dem Kessel eine Kußhand zu und stellte ihn an.

Wenige Minuten später klopfte er an Cissys Zimmertür und trat mit einer Tasse Kaffee ein.

Cissy Kohler hatte sich im Bett aufgesetzt und las in ihrer Bibel.

»Ich dachte, du hättest vielleicht Lust auf das hier«, sagte er. »Es ist zwar nicht ganz wie daheim, aber annähernd. Wie fühlst du dich?«

Sie schloß das Buch, legte es auf den Schoß und nahm die Tasse.

»Gut.«

»Sempernel war hier.«

»Wer?«

»Der Typ, der wie eine Haarnadel aussieht, die jemand geradezubiegen versucht hat. Er wollte nur sichergehen, daß wir die Regeln kennen.«

Sie trank ihren Kaffee mit geschlossenen Augen, als würde sie mit dem Dampf Visionen aufnehmen. Er musterte ihr Gesicht und fragte sich, wieviel sie von dem, was geschah, überhaupt mitbekam. Umso leichter zu schauspielern, wenn es tatsächlich lauschende Ohren gab.

»Er fragte nach deinen Memoiren, Cissy.«

Sie öffnete die Augen.

»Memoiren?«

»Ja. In der Presse zirkulieren Gerüchte, daß du alles, was sich in

Mickledore Hall ereignet hat und auch was hinterher während der Haft passierte, aufgeschrieben hast. Irgendwie sei es dir gelungen, diese Aufzeichnungen aus dem Gefängnis zu schmuggeln, und nun würden sie irgendwo auf dich warten.«

Er kannte ihre Antwort. Sie hatten dieses Gespräch schon einmal geführt.

»Das stimmt nicht«, sagte sie ohne jeden Nachdruck. »Das hat man sich ausgedacht.«

»Das habe ich ihm auch gesagt. Doch wenn du Memoiren hättest, würde es die Sache sehr viel einfacher für mich machen, Cissy. Das Buch, der Film …«

»Welches Buch? Welcher Film?« Sie sah ihn verständnislos an.

»Wir sprechen später darüber«, sagte er freundlich. »Die Zeit ist noch nicht gekommen. Wir sprechen darüber, wenn du dich erholt hast.«

»Wie lange bleiben wir noch hier, Jay?« fragte sie plötzlich. »Du hast gesagt, daß wir bald nach Hause fahren würden. Du hast gesagt …«

Das wurde gefährlich. Er fiel ihr ins Wort: »Wir fahren, Cissy, das habe ich dir doch versprochen. Sobald Mr. Sempernel uns das Okay gibt. Gefällt es dir denn hier nicht?«

Sie schüttelte den Kopf und sagte: »Nicht besonders.«

»Und warum?«

»Ich weiß nicht. Es ist so alt … so englisch …«

»Ja. Es ist aber nicht für lange. Jetzt ruh dich wieder aus, ja?«

Ihre Tasse war leer. Er nahm sie ihr aus den Händen, und sie legte sich zurück auf die Patchworksteppdecke, die Hände über ihrer alten ledergebundenen Bibel auf dem Bauch gekreuzt. Ihre Augen waren noch offen, aber er hatte nicht den Eindruck, daß sie ihn sahen. Im Gegenteil, er hatte das merkwürdige Gefühl, daß er sie bald selbst nicht mehr sehen würde, wenn er hier noch länger stehen blieb.

Er wandte sich um und verließ das Zimmer.

SECHS

»Jetzt kommt und nehmt Euren Platz im Kreise, wir wollen ruhig zusammensitzen und auf die Echos lauschen, über die Ihr Eure eigene Theorie habt.«

Verdammtes Pech!

Wie oft war er auf dem Weg zu seinen Lieben und einem warmen Abendessen von Dalziel gekapert und mehr oder weniger mit Gewalt in den Schwarzen Bullen abgeschleppt worden?

Heute Abend war weit und breit nichts von dem Dicken zu sehen. Auf der Treppe begegnete ihm Wield, und er fragte ihn: »Hast du Lust auf ein schnelles Halbes?«

»Tut mir leid, heute ist mein Karate-Abend.«

Auf dem nächsten Treppenabsatz zögerte er, dann ging er den Flur hinunter zum Raum des Ermittlungsteams. Man hatte ein Mahagonischild an die Tür geschraubt. Darauf stand in großer schwarzer Schrift: STELLVERTRETENDER POLIZEIPRÄSIDENT HILLER. Darunter in goldener Fraktur: ANKLOPFEN UND WARTEN

Pascoe klopfte an und wartete.

Inspektor Stubbs öffnete die Tür. Hinter seiner mit Crêpe-de-chine betuchten Schulter konnte Pascoe das grüne Flackern von Monitoren sehen.

»Ich dachte, Sie würden vielleicht unsere Stammkneipe kennenlernen wollen«, sagte er. »Das Bier ist gut genug, so daß die Fleischpasteten fast genießbar sind.«

»Liebend gern, aber nicht heute Abend«, sagte Stubbs bedauernd. »Mr. Hiller will, daß wir das ganze Zeug erfassen, bevor wir uns vom Acker machen.«

Er öffnete die Tür ein Stück weiter, um den Blick auf Sergeant

Proctor freizugeben. Er saß inmitten von Akten, die, wie Pascoe vermutete, zum Mickledore-Fall gehörten.

»Guten Abend«, sagte der Sergeant. »Wer ist denn bei Ihnen für die Ablage zuständig – ein Bär?«

Stubbs runzelte die Stirn. Pascoe, der an den Zustand seiner eigenen Akten denken mußte, wenn Dalziel darin sein Unwesen getrieben hatte, nahm keinen Anstoß an der Bemerkung.

»Dann ein anderes Mal«, sagte er.

Es gab zwar nichts, was ihn davon hätte abhalten können, allein in den Schwarzen Bullen zu gehen, doch wenn er schon zum einsamen Trinker wurde, dann konnte es ebensogut in den eigenen vier Wänden sein.

Er hörte das Telefon, als er das Auto einparkte, doch bis er endlich im Haus war, hatte das Klingeln aufgehört, und es war auch keine Nachricht auf dem Anrufbeantworter. Er sah seine Post durch und suchte nach Ellies Schrift.

Nichts.

Er schenkte sich ein Bier ein und nahm sich die Zeitung vor. Keine Nachrichten waren offensichtlich gute Nachrichten. Sein Glas war leer. Er ging mit der Absicht, es aufzufüllen, in die Küche, öffnete statt dessen aber eine Dose mit Suppe und schnitt sich einen Kanten Brot ab. Er aß im Stehen am Küchentisch. Dann wanderte er hinaus in den Garten, zupfte ein wenig Unkraut heraus, wanderte zurück ins Haus, schenkte sich noch ein Bier ein, schaltete den Fernseher ein und sah das Ende eines Dokumentarfilms über Obdachlosigkeit. Zweimal stand er auf, um nachzusehen, ob das Telefon funktionierte.

Endlich fiel ihm die Kassette ein, die Dalziel ihm gegeben hatte.

Er schaltete den Fernseher aus und legte die Kassette in sein Tapedeck, drückte auf den Startknopf und lehnte sich zurück.

Zuerst die Stimme des Ansagers, ausdruckslos-höflich, ganz BBC.

»Und nun zur letzten Sendung unserer Reihe *Das Goldene Zeitalter des Mordes,* in welcher der Schriftsteller William Stamper die Theorie vertritt, daß das Goldene Zeitalter der Kriminalliteratur, das gewöhnlich als künstlich, wirklichkeitsfremd und eskapistisch gilt, dem Leben viel näher war, als die Kritiker zugeben wollen.

Bislang hat William Stamper Verbrechen aus den ersten fünf Jahrzehnten des Jahrhunderts untersucht. Nun haben wir die sechziger

Jahre erreicht, und es geht um einen Fall, der für den Autor von ganz besonderem Interesse ist – um den Mord auf Mickledore Hall.«

Musik folgte, intellektuell gruselig. Bartok vielleicht. Dann eine männliche Stimme, leicht, trocken, mit vereinzelt flachen Vokalen, die auf eine Jugend im Norden schließen ließen ...

Es war das beste Verbrechen, es war das schlimmste Verbrechen; es war aus Liebe geboren; es war aus Habgier gezeugt; es war vollkommen ungeplant, es war kalt überlegt; es war ein glasklarer Fall, es war ein Fall im abgeriegelten Raum; es war die Tat eines arglosen Mädchens, es war das Werk eines raffinierten Schurken; es war das Ende einer Ära, es war der Beginn einer Ära; ein Mann mit dem Gesicht eines lachenden Knaben regierte in Washington, ein Mann mit den Zügen eines wehmütigen Hundes in Westminster; ein ehemaliger Angehöriger der Marines erhielt einen Posten in einem Buchmagazin in Dallas, ein ehemaliger Kriegsminister verlor seinen Posten in der Politik; eine Gruppe, die unter dem Namen The Beatles bekannt wurde, machte ihre erste Million, eine Gruppe, die unter dem Namen die großen Postzugräuber bekannt wurde, machte ihre ersten zwei Millionen; es waren die Jahre, in denen diejenigen, die für das Überleben des Planeten gekämpft hatten, ihn an diejenigen abtraten, für die sie diesen Kampf geführt hatten; Dixon of Dock Green machte den Weg frei für Z-Cars, Bond mußte Smiley weichen, die Monsignori den Maharischas und Matt Dillon dem Bob Dillon, als das Abendglühen des Goldenen Zeitalters zur psychedelischen Morgendämmerung des neuen Dallas-Glamours wurde.

Es war im Jahr des Herrn 1963, und es paßt wie das Tüpfelchen auf dem i, daß das Verbrechen, von dem hier die Rede ist, in Mickledore Hall, einem der großen Herrensitze Yorkshires, begangen wurde, und daß seine Aufklärung am traditionsreichsten aller Orte, nämlich in der alten Bibliothek stattfand ...

Hätte ein Bühnenbildner aus Hollywood eine Kulisse für eine solche Szene in einem Film von Agatha Christie bauen müssen, wäre dabei wahrscheinlich so etwas wie die Bibliothek von Mickledore Hall herausgekommen.

Man stelle sich einen Schreibtisch von der Größe einer Tischtennisplatte vor, der auf einem Teppich von den Ausmaßen eines Badmintonspielfeldes steht. Im Raum verteilt sind verschiedene Sessel, die im Stil nicht zueinander passen, außer insofern, als die verblichenen Polster wie das Fell eines sehr alten Terriers aussehen. In eine Wand sind drei tiefe Erkerfenster eingelassen, vor denen verstaubte Samtvorhänge hängen. An den drei anderen Wänden ragen Bücherschränke empor, hinter deren Rautengittern tausend Bücher verrotten, von wenig berührt außer der Zeit, denn dafür, daß sie eine intellektuelle Ader hätten, war das Geschlecht der Mickledore nicht berühmt.

Der Baronet war 1963 ein typischer Vertreter der alten Familie, groß, gutaussehend, sportlich und von einer Überschwenglichkeit, die man bei einem Mann von geringerem Format als laut und herzlich bezeichnet hätte.

Ralph Mickledore – von seinen Freunden Mick genannt – hatte jedoch noch eine andere Seite, wie seine enge Freundschaft mit dem sehr verschlossenen und wenig herzlichen James Westropp belegt. Im Prozeß stellte der Verteidiger Sir Ralph als den Prototypen des englischen Exzentrikers dar, als den Landjunker, der sein Gut noch so verwaltete, als sei das 20. Jahrhundert nicht angebrochen: Shire-Pferde, die den Pflug zogen, eine Wassermühle, die das Korn mahlte, und Wilderer, die die Wahl zwischen einem Tritt in den Hintern oder einem Richter hatten, der von vornherein auf gutsherrlicher Seite stand.

Der Staatsanwalt hingegen zeichnete ein ganz anderes Bild. Auf dem Gut mochten zwar viktorianische Wertvorstellungen herrschen, aber fern von Yorkshire kam Sir Ralph mehr wie ein Lebemann der Restauration daher. Nachtclubs, Kasinos, Rennbahnen. Seine städtischen Jagdgründe lagen in der Grauzone, in der sich die elegante Welt mit der Halbwelt vermischt. Der Unterschied zwischen den beiden Lebensstilen wurde nicht als harmlose Exzentrik dargestellt, sondern als schwarze Heuchelei. Und gegen Ende des Jahres 1963 waren Geschworene sehr wohl bereit, von gesellschaftlich über ihnen Stehenden das Schlimmste anzunehmen, obwohl es nicht nur Zynismus zu verdanken war, daß Ralph Mickledore die wenig beneidenswerte Auszeichnung zuteil wurde, der letzte Straftäter zu sein, der in Mid-Yorkshire gehängt wurde.

Die Gäste trafen am Freitag, dem 2. August, ein. Es war ein langes Wochenende, zu dem der Montag gehörte, der Bankholiday im August, der seither abgeschafft wurde. Nach dem fast unerträglich melodramatischen Prozeß von Stephan Ward verließen die Großen und die Braven London. Obwohl Dr. Ward in seinen sensationellsten Jahren für gewaltige Schlagzeilen sorgte, ist er inzwischen vielleicht völlig aus dem Gedächtnis einiger Zuhörer verschwunden. Deshalb mag als Vorspeise ein wenig Geschichte in Kurzform angebracht sein.

Im März des Jahres war John Profumo, der Kriegsminister, zurückgetreten (in jenen weniger schönfärberischen Tagen hatten wir die Verteidigungsminister noch nicht erfunden), nachdem ans Tageslicht gekommen war, daß er das Parlament belogen hatte. Er hatte die Behauptungen zurückgewiesen, er unterhalte unschickliche Beziehungen zu einer jungen Frau namens Christine Keeler. Die Unschicklichkeit bezog sich nicht nur auf das Sexuelle. Miss Keeler wurde vorgeworfen, die Geliebte von Hauptmann Juri Iwanow gewesen zu sein, einem Marineattaché, von dem der britische Geheimdienst wußte, daß er Offizier des KGB war. Eine Verbindung, so weitläufig sie auch sein mochte, zwischen einem Kabinettsmitglied und einem feindlichen Agenten war eindeutig nicht wünschenswert. Zu Fall brachte ihn jedoch die Tatsache, daß er seine Kollegen anlog.

Profumo und auch Iwanow hatten Keeler durch einen Londoner Osteopathen und Künstler kennengelernt, besagten Dr. Stephen Ward. Dieser behandelte die Knochen und malte die Porträts vieler hochgestellter Leute und, so munkelte man, leistete ihnen auch noch intimere Dienste. Inmitten eines wahren Wirbels von Gerüchten, die das zügellose Treiben der Oberschicht so darstellten, daß sie als Inspirationsquelle für ein neues Satyrikon ausgereicht hätte, wurde Dr. Ward schließlich Ende Juli vor Gericht gestellt. Die Anklage lautete auf Zuhälterei in fünf Fällen, zwei davon mit Minderjährigen.

Am Mittwoch, dem 31. Juli, der aller Wahrscheinlichkeit nach der letzte Tag des Prozesses gewesen wäre, erfuhren das Gericht und die Nation zu ihrer Bestürzung, daß Ward eine Überdosis Schlaftabletten genommen hatte und in Lebensgefahr schwebte. Trotz der Nachricht ließ der Richter plädieren und entließ die Geschworenen nach seinem Resümee zur Beratung. Am späten Vormittag fällten die Geschworenen ihren Spruch, der ihn in zwei Fällen der Zuhälterei für schuldig erkannte und in den restlichen drei für nicht schuldig.

Die Urteilsverkündung wurde bis zur Genesung von Dr. Ward verschoben. Als sich die Wochenendgäste zwei Tage später auf Mickledore Hall trafen, lag er noch immer bewußtlos in seinem Krankenhausbett, und es ist wohl kaum zu bezweifeln, daß so mancher im Lande betete, daß er sich nie wieder daraus erheben möge.

Ich will damit natürlich nicht andeuten, daß sich einige dieser Leute an jenem Wochenende in Mickledore Hall aufhielten.

Die Zusammensetzung der Gäste entsprach nicht ganz dem Ideal, das ein vornehmer Gastgeber angestrebt hätte. Mickledore selbst war unverheiratet, dennoch war sein einziger ungebundener Gast ein Mann. Kinder waren bei solchen Wochenendtreffen normalerweise nicht anwesend, doch Mickledore mochte Kinder auf die gleiche Weise, wie er Hunde mochte, und die drei Ehepaare, die auf der Gästeliste standen, brachten zusammen acht mit, zuzüglich zweier Kindermädchen. Und es gab eine weitere Merkwürdigkeit: Obwohl die Tradition es erlaubte oder sogar dazu anregte, einen Quoten-Amerikaner einzuladen, gab es unter diesen Gästen nicht weniger als drei oder sogar vier davon, wenn man das eine Kindermädchen mitzählte.

Doch lassen Sie uns ins Detail gehen.

Der einzige Single unter den Gästen war Scott Rampling, ein junger Angehöriger der amerikanischen Botschaft. Offiziell war er der Rechtsabteilung zugehörig, obwohl seine Karriere in der Folge mit der Legalität nur wenig zu tun hatte.

Die drei Paare waren die Westropps, James und Pamela, mit den beiden Zwillingen Philip und Emily, beides Kleinkinder unter der Obhut ihres Kindermädchens Cecily Kohler. Die Partridges, Thomas und Jessica, mit ihren Kindern Alison (drei) Laetitia (sieben), Genevieve (neun) und Tommy (zwölf) in der Obhut ihres Kindermädchens Miss Mavis Marsh. Und zu guter Letzt die Stampers, Arthur und Marilou, mit ihrer Tochter Wendy, die sieben Jahre alt war, und William, der acht war, und die kein Kindermädchen hatten.

Ganz richtig. William Stamper, acht Jahre alt. Kein Zufall. An diesem unvergeßlichen Wochenende, als der letzte Mord des Goldenen Zeitalters stattfand, war ich tatsächlich dabei.

Aus kindlicher Sicht war das Gutshaus das reinste Paradies. In dem alten Gebäude gab es Dachkammern voll herrlichem Gerümpel. Das Haus lag inmitten von Wäldern, es verfügte über Ställe, einen Tennisplatz, einen See mit einer Insel sowie ein paar Kähne und eine von Geistern heimgesuchte viktorianische Pseudo-Ruine. Und es gab nur zwei Regeln. Die erste lautete: Ohne Aufsicht durfte nicht Boot gefahren werden. Und die zweite: Nach sechs Uhr abends hatte man unsichtbar und unhörbar zu sein. Ich für meinen Teil hätte für immer auf Mickledore Hall leben mögen.

Für die meisten Erwachsenen war ein langes Wochenende wahrscheinlich durchaus genug. Die Atmosphäre hatte etwas von einer athletischen Privatschule an sich. Man mußte ununterbrochen sportlich aktiv sein. Erschlaffen war eine unverzeihliche Sünde. Mein Vater war von ganzem Herzen bei der Sache, möglicherweise, weil er mit dem Eifer eines Renegaten das Ethos der Privatschulen vergötterte. Man hätte erwartet, daß er, der kleine Mann, der es zu etwas gebracht hatte, seine bescheidene Herkunft ständig an die große Glocke hängte und seinen Triumph über Privilegien und Privatschule herumposaunte. Statt dessen nutzte er seinen noch immer wachsenden Reichtum dazu, sich einen Platz in den Clubs und Gremien der Oberschicht zu erkaufen und deren Manieren und Sitten bis zur Parodie zu kultivieren. Am meisten haßte er es, daran erinnert zu werden, daß sein blühendes Geschäftsimperium auf dem Erfolg seiner allerersten Unternehmung ruhte, nämlich Stampers Gummiartikeln aus Sheffield. Ich glaube, in einigen Gegenden Yorkshires werden Kondome noch immer als Stampers bezeichnet, und natürlich hatte er gemischte Gefühle, als man ihn mit dem Oberschichtspitznamen Noddy, kleiner Ja-Sager, bedachte.

Meine Mutter war ein völlig anderer Mensch. Von den drei Amerikanerinnen (die beiden anderen waren Pam Westropp und Cecily Kohler) kam sie aus der besten Familie, da sie nichts weniger als eine Bellmain aus Virginia war. Näher hatte sich mein Vater in jungen Jahren nicht an die Aristokratie herangetraut. Doch trotz ihrer Abstammung und Erziehung hatte meine Mutter sich eine ansprechende, natürliche Art bewahrt, und im Ausland war sie die reinste Unschuld und betrachtete alles mit großen Augen. Ihre unaffektierte Begeisterung brachte meinen Vater häufig in Verlegenheit, doch er war der einzige, der sich daran störte. Da sie wußte, wo ihre wahre Heimat war, war sie überall zu Hause.

Ein ganz anderer Typ Amerikaner war der junge Scott Rampling. Im großflächigen Stadtgebiet von Los Angeles geboren, konnte er es kaum erwarten, die rosige Zukunft zu verwirklichen, die, wie er nicht bezweifelte, vor ihm lag. Er hatte Mickledore bei einem seiner zahlreichen Besuche bei den Westropps in Washington kennengelernt und die Bekanntschaft aufgefrischt, als er 1961 nach London versetzt wurde. Nach den sensationellen Ereignissen jenes Wochenendes verschwand er mit einem Tempo vom Tatort und aus dem Land, das nicht anders als unanständig bezeichnet werden kann, und die Seltenheit, mit der sein Name in den Zeitungsberichten über den Fall und während des Prozesses erschien, läßt ein beträchtliches Abrufen von transatlantischen Gefälligkeiten vermuten.

Die Partridges waren so englisch wie Rampling amerikanisch war. Der Familie gehörte ein gut Teil der North Riding, was sich so erklärt, daß sie im 17. Jahrhundert statt der Grafenkrone lieber Land als Dank für ihre Loyalität zu den Stuarts und im 18. Jahrhundert gegen die Stuarts entgegengenommen hatte. Erst als sich Thomas Partridge aus der aktiven Politik zurückzog, wurde endlich ein Partridge geadelt, obwohl der edle Lord in seiner lebendigen Autobiographie zugibt, daß auch ihm Land lieber gewesen wäre, wenn es denn noch zur Disposition gestanden hätte. 1955 war er als Vertreter der Konservativen für den Wahlbezirk, der sich so ziemlich mit seinem Grundbesitz deckt, aufgestellt worden. 1963 war er ein junger Minister im Kriegsministerium, von dem viele dachten, daß er beim nächsten neuen Mischen der Karten befördert würde. Doch dann stürzte der Himmel ein. Er stand seinem unmittelbaren Vorgesetzten und langjährigen Mentor John Profumo zu nahe; sein Name tauchte in dem riesigen Gerüchteeintopf, der den Frühling lang um Westminster brodelte, immer wieder auf, und nun hatte der arme Partridge nur noch eines im Sinn: seinen Kopf nicht über den Rand des Hexenkessels hinausragen zu lassen.

Seine Frau Jessica, geborene Herdwick, fünfte Tochter des Grafen von Millom, war eine ungeheure Pferdenärrin, die mit großem Geschick sowohl siegreiche Jagdpferde züchtete als auch gutaussehende Kinder. Ihr fünftes (Kind) war an jenem Wochenende schon weit gediehen.

Das Kindermädchen der Partridges, Miss Mavis Marsh, verfügte über jede Qualifikation und Qualität, die man damals an Vertreterinnen ihres Berufs bewunderte. Sie war Mitte dreißig, an die 1,70 m groß, wirkte aber in ihrer makellos gestärkten Uniform noch größer, weil sie sich immer kerzengerade hielt und auch in Fragen der Etikette, Sprache, Pünktlichkeit, Integrität und sogar der Ernährung unnachgiebig war. Wenn Miss Marsh am Tisch saß, wäre niemand von uns auf die Idee gekommen, die Brotrinde liegen zu lassen.

Das andere Kindermädchen, Cecily Kohler, war ganz anders. Sie war mehr wie eine große Schwester denn die Vertreterin der göttlichen Vorsehung. Sie trug keine Uniform, sondern lief manchmal sogar in Jeans herum, die damals noch nicht das universelle Kleidungsstück waren, das sie dann geworden sind. Wenn sie mit uns im Wasser spielte, was sie häufig tat, weil sie hervorragend Boot fahren konnte, war sie am Ende häufig so naß und zerzaust wie der Rest von uns. Selbst ihre Stimme entzückte uns, denn wir vernahmen darin den authentischen Akzent all dessen, was für unsere junge Einbildungskraft den größten Glamour besaß. (Wir vermochten nicht in die Zukunft zu blicken und zu erkennen, daß die sechziger Jahre zu swingen begannen und unser eigenes langweiliges Land der Dreh- und Angelpunkt des verrückten, berauschenden Wirbels war.) Wir liebten sie, weil sie uns liebte, und wenn ich an sie denke, sehe ich noch immer das frische, lachende Gesicht einer jungen Frau mit rotbraunem Haar, das ihr in wunderschönem Durcheinander über die Stirn wehte. Dieses Bild mit dem fahlen Teint, den hohlen Wangen und den verzweifelten, dunkel umrandeten Augen der Frau in Verbindung zu bringen, die in ein vor Mickledore Hall parkendes Polizeiauto geschoben wurde, will mir nicht gelingen.

Ich habe Miss Kohlers Arbeitgeber, die Westropps, absichtlich bis zum Schluß aufgehoben, weil sie am schwierigsten zu charakterisieren sind. James Westropp muß der Nichtadelige mit den besten Verbindungen landesweit gewesen sein. Ich vermute sogar, daß das noch immer so sein dürfte. Er ist ein entfernter Cousin der Queen und, wie in einem Zeitschriftenartikel über ihn zur Zeit der Tragödie zu lesen stand, in welche Richtung er auch blicken mag, immer drei Todesfälle von einem Adelstitel entfernt. Man hätte denken können, daß ihn solche Verbindungen rasch die diplomatische Laufbahn hinaufgezogen hätten, doch sein scheinbar niedriger gesellschaftlicher Status wurde in demselben Artikel erläutert. Westropp war kein Berufsdiplomat mit der Aussicht auf die Residenz eines Botschafters. Er arbeitete für jenen Dienst, der seinen Namen nicht zu nennen wagt, wie man in jenen Tagen neckisch zu sagen pflegte. Man könnte eventuell argumentieren, daß sein Aufenthalt in den Vereinigten Staaten eine Auszeichnung war. Man sendet nur seinen besten Spion zu den eigenen Freunden. Seine Ehe scheint eine Liebesheirat gewesen zu sein. Pamela Westropp war eine amerikanische Witwe mit einem dreijährigen Sohn, die keinen Pfennig ihr eigen genannt hatte und auf der gesellschaftlichen Skala keinen Platz einnahm. Sie war sehr attraktiv. Sie war auch eigensinnig, witzig, verrückt, impulsiv, obstinat – eine Mischung von Eigenschaften, die faszinierend oder abstoßend sein können, je nachdem, auf welcher Seite man steht.

Der Trauzeuge bei Westropps Hochzeit war Ralph Mickledore gewesen, der die Bekanntschaft mit der neuen Frau seines Freundes im Verlauf vieler ausgedehnter Besuche über die Jahre vertiefte. Inzwischen waren die Zwillinge zur Welt gekommen und mit ihnen war Cecily Kohler aufgetaucht. Wie bald sich ihre besondere Beziehung zu »Mick« Mickledore entwickelte, bleibt offen, aber eine ihrer alten Freundinnen, die während des Prozesses von den Zeitungen ausgegraben wurde, erinnerte sich daran, daß Cecily Kohler bei Antritt ihrer Stelle fest entschlossen gewesen sei, nicht im Ausland arbeiten zu wollen. Also mußte eindeutig etwas vorgefallen sein, wodurch sie ihre Meinung änderte.

Das waren also die Hauptakteure. Befassen wir uns nun mit dem Geschehen.

An einem Wochenende auf Mickledore Hall gab es nur einen einzigen Zeitvertreib, und der bestand im Schießen. Männliche Gäste konnten davon ausgehen, daß sie wenige Minuten nach ihrer Ankunft bis zu den Knöcheln im Sumpf standen und alles abknallten, was ihnen das Gesetz zur jeweiligen Jahreszeit gestattete, selbst wenn es nur Kaninchen und Tauben waren.

Weiblichen Gäste stand eine kurze Frist des Eingewöhnens zu, danach wurde von ihnen erwartet, daß sie mit dem gleichen Eifer ans Schlachten gingen wie die Männer.

Jessica Partridge war im Schießen so gut wie die meisten Männer und viel besser als mein Vater, der deftige Hänseleien über sich ergehen lassen mußte, weil er sich so dumm anstellte. Die Situation wurde nicht besser dadurch, daß meine Mutter, auch wenn ihr nichts am Töten lag, in ihrer Jugend häufig auf Tontauben geschossen hatte und ziemlich treffsicher war. Ein wirklich hoffnungsloser Fall war Pam Westropp. Nicht, daß sie moralische Einwände gehabt hätte. Sie war so ungeschickt, daß sie häufig das Nachladen vergaß oder abdrücken wollte, obwohl die Flinte noch gesichert war. Und wenn sie doch einmal alles richtig gemacht hatte, traf sie selten das, worauf sie gezielt hatte.

Dennoch ersparte man ihr die Unbilden des Sports nicht. Und niemand wurde aus den damit verbundenen Verpflichtungen entlassen, zu denen an erster Stelle gehörte, daß jeder Gast sich um seine Waffe kümmerte, sie nach dem Schießen reinigte und danach in der Waffenkammer ankettete.

Irgendwann nach dem Abendessen pflegte Mickledore in seiner besten Offiziersmanier zu fragen, ob sie schon alle ihre Arbeit erledigt hätten. Mogeln war zwecklos. Vor dem Zubettgehen pflegte er als Letztes die Waffenkammer zu inspizieren, und wenn etwas nicht stimmte, hatte er keine Hemmungen, den Schuldigen unabhängig von Geschlecht und Rang aus den Federn zu holen, damit die Sache in Ordnung gebracht wurde.

Die Waffenkammer lag am östlichen Ende des Gästekorridors. Sie war zusätzlich über eine Nebentreppe erreichbar, die von der alten Küchendiele nach oben führte, in der sich die Schützen zu versammeln und umzuziehen pflegten. So hielt man schlammige Stiefel und tropfende Wachsjacken aus dem Haupthaus fern.

Dieselbe Treppe führte weiter in den zweiten Stock, wo die Kinder und ihre Kinderfrauen schliefen.

Die Waffenkammer war mit schwerem Holz getäfelt, fensterlos und mit einer Doppeltür versehen. Die Gäste erhielten einen Sicherheitsschlüssel für die äußere Tür, der größere Schlüssel für das innere Einsteckschloß lag auf einem schmalen Absatz über der inneren Tür. Man erwartete von den Gästen, daß sie die Waffe nach dem Reinigen in das Wandgestell stellten und mit einem selbstschließenden Haspen, der sich drehte und genau über dem Sicherungshebel einschnappte, sicherten. Für diese Haspen hatte nur Mickledore einen Schlüssel. In anderen Worten, die Gäste stellten ihre Flinten weg, konnten sie aber ohne Hilfe ihres Gastgebers nicht wieder herausnehmen.

Das Wochenende ging früh los, da es alle geschafft hatten, am Freitag zum Mittagessen einzutreffen. Es war nicht unser erster Besuch auf Mickledore Hall, und so brauchten weder Erwachsene noch Kinder Zeit darauf zu verschwenden, sich mit den Regeln vertraut zu machen. Wir älteren Kinder verbrachten herrliche Stunden mit Miss Kohler auf dem See, während Miss Marsh strickend am Ufer saß und auf die beiden Kleinkinder aufpaßte. Auch die Erwachsenen scheinen sich gut amüsiert zu haben, wenn meine und Lord Partrigdes Erinnerung an die Atmosphäre nicht trügt. Ich sollte an dieser Stelle erwähnen, daß nichts von dem, was ich in dem ausführlichen Kapitel über dieses Wochenende in seiner Lordschafts Memoiren *Im Birnbaum* gelesen habe, meinen eigenen Erinnerungen widerspricht. Allerdings bewegten wir uns natürlich einen groß Teil der Zeit in einander ausschließenden Sphären.

Für uns Kinder begann der Samstag dort, wo der Freitag aufgehört hatte, nur war alles noch besser. Für die Erwachsenen hatten sich die Dinge jedoch in die andere Richtung entwickelt. Wir spürten das bereits bei unserer kurzen Zusammenkunft am Morgen, und da wir kluge Kinder waren, machten wir uns rar. Lord Partridge erinnert sich an eine gewisse Verdrossenheit Pamela Westropps, an ihre kaum unterdrückte Verärgerung und ihre versteckten Anspielungen. Aus der Retrospektive glaubt er zu erraten, daß sie eigentlich Mickledore im Visier hatte, und da es ihr nicht gelang, ihres Ärgers Herr zu werden, bemühte sie sich zu verbergen, gegen wen er gerichtet war, indem sie unterschiedslos alle angriff. Ihr Mann bekam allerdings, wie zu erwarten, mehr als seinen Anteil ab.

Um richtig zu schießen, war es natürlich zu früh im Jahr, doch die ganze Jagdpartie, Männer und Frauen, wurde über die Ländereien geführt und durfte alles abknallen, was für Mickledore Ungeziefer war. Die frische Luft und die Ballerei verbesserten die Stimmung erstaunlich wenig. Als man am späten Nachmittag wieder ins Haus zurückkehrte, erfuhr man, daß Stephen Ward gestorben war.

Am Abend vorher hatte niemand auch nur ein Wort über den Profumo-Skandal oder den Ward-Prozeß gesagt, laut Partridge fast so, als hätte man sich abgesprochen. Samstagnacht war es anders. Pamela Westropp hörte nicht auf, auf dem Thema herumzureiten. Immer wieder kam sie auf die Heuchelei des britischen Establishments zu sprechen, das Ward zu Tode gehetzt habe. Und sie sagte: »Nicht wahr, Mick, du hast ihn natürlich ziemlich gut gekannt?«

»Ich denke, das kann man sagen«, erwiderte Mickledore, ohne sich aus der Ruhe bringen zu lassen. »Doch das gilt wohl auch für etliche andere hier.«

Während er das sagte, blickte er in die Runde. Westropp ließ sich wie immer nichts anmerken. Mein Vater, würde ich mal raten, versuchte so auszusehen, als ginge er seit langem in Wards Haus in Cliveden ein und aus. Rampling sagte fröhlich: »Zum Teufel, ja, ich habe den Kerl kennengelernt, aber es war einer eurer ehrwürdigen Richter, der ihn mir vorgestellt hat. Hätte ich geahnt, daß er der Lude der oberen Zehntausend war, hätte ich besser aufgepaßt.« Und Partridge selber, der mehrmals mit Ward zu tun gehabt hatte, war natürlich angesichts der Umstände nicht besonders scharf darauf, die Tatsache an die große Glocke zu hängen, und schwieg in der Hoffnung, in Ruhe gelassen zu werden.

Doch Pam hatte es eindeutig auf Mickledore abgesehen.

»Ich denke mal, du bist der Meinung, daß er alles, was er abgekriegt hat, auch verdient hat?« ließ sie nicht locker.

»Ich glaube, er hat das eine, entscheidende Gesetz des Stammes gebrochen, zu dem er gehören wollte«, sagte Mickledore.

»Das wäre?«

Mickledore legte seinen Finger auf den Mund.

Einige Zeit später, mit Sicherheit nach elf, denn alle erinnerten sich daran, die Stalluhr gehört zu haben, stellte Mickledore die übliche Frage, ob die Flinten gereinigt seien. Pam Westropp sagte trotzig, nein, sie habe ihre noch nicht sauber gemacht, ob man auch von ihr erwarte, daß sie ihr Geschirr vom Abendessen abwasche? Dennoch sagte sie nach ein paar weiteren Drinks, daß sie die Sache wohl besser hinter sich brächte, und stand auf. Auch ihr Mann erhob sich, ziemlich unsicher auf den Beinen, weil er sich während einer ausführlichen Tour durch die Köstlichkeiten von Sir Ralphs Keller an dessen Fersen gehängt hatte. Man brauchte schon eine eiserne Konstitution und hohle Beine, um es mit Mickledore aufnehmen zu können, wenn er in Trinklaune war. Nach Westropps späterer Aussage ging er mit seiner Frau nach oben, erbot sich, ihr beim Reinigen der Flinte zu helfen, bekam zu hören, daß sie durchaus in der Lage sei, ihre Dreckarbeiten selbst zu erledigen, stolperte in sein Zimmer, zog sich aus, fiel ins Bett und schlief den Schlaf der Gerechten, bis man ihn weckte.

Unten im Erdgeschoß wollte sich auch Jessica Partridge zurückziehen, doch ihr Mann hatte vor, noch eine Partie Billard mit Mickledore zu spielen. Mit der Warnung, sie ja nicht zu wecken, ging Jessica in Begleitung meiner Mutter Marilou nach oben. Mein Vater, der gern damit angab, weniger Schlaf als gewöhnliche Sterbliche zu brauchen, sagte, ihm stehe der Sinn nach einem Spaziergang um das Gut, wobei er eine Pfeife rauchen wolle, was er wahrscheinlich aus den Romanen von Dornford Yates aufgeschnappt hatte.

Ins Leben zurückgerufen

Scott Rampling fragte, ob er das Telefon benützen dürfe, und Mick verwies ihn an den Apparat im Studierzimmer des Ostflügels. Nach seiner Aussage, die durch Mickledores Telefonrechnung bestätigt wurde, war Rampling während der nächsten anderthalb Stunden, sofern nicht länger, damit beschäftigt, mit Amerika zu telefonieren.

Mein Vater behauptete, das Mondlicht habe ihn dazu verleitet, seinen Spaziergang länger auszudehnen als beabsichtigt. Er habe nicht auf die Zeit geachtet, habe aber nicht allzu lange, nachdem er sich auf den Weg gemacht hatte, die Stalluhr Mitternacht schlagen hören. Diese Uhr hatte übrigens, und wahrscheinlich hat sie es noch immer, das lauteste Schlagwerk, das ich jemals gehört habe, wenn man von Westminster einmal absieht. Mickledore war daran gewöhnt, und es störte ihn nicht, aber die übernächtigten Gesichter bei zahllosen Wochenendfrühstücken hatten ihn schließlich bewogen, eine Vorrichtung einbauen zu lassen, die den Schlag zwischen Mitternacht und acht Uhr morgens abstellte. So sah mein Vater erst, nachdem er wieder ins Haus zurückgekehrt war, daß es nach ein Uhr war. Er trug keine Armbanduhr, mit der Begründung, daß *er* die Zeit für *sich* arbeiten lasse.

Er traf auf Mickledore und Partridge, die aus dem Billardzimmer kamen. Mickledore hatte seinen Butler Gilchrist nach dem Essen zu Bett geschickt und machte sich nun auf seinen Kontrollgang durch das Haus, während die beiden anderen zusammen nach oben gingen.

Vor Partridges Zimmer blieben sie stehen, um ihre Unterhaltung zu Ende zu führen. Mickledore, der am Ende desselben Flurs auftauchte, da er die Nebentreppe genommen hatte, öffnete die äußere Tür der Waffenkammer. Einige Augenblicke später näherte er sich den beiden mit besorgter Miene. Der Schlüssel für die innere Tür sei nicht an seinem Platz auf dem Sims. Er habe natürlich seinen eigenen Schlüssel, doch als er ihn benutzen wollte, ließ er sich nicht weit genug in das Schlüsselloch stecken, um sich drehen zu lassen. Bei einem Blick durch das Schlüsselloch habe er von innen einen anderen Schlüssel gesehen.

Partridge und mein Vater begleiteten Mickledore zur Waffenkammer, um zu sehen, was los war. Mickledore hatte recht. Der Schlüssel war deutlich sichtbar. Am hinteren Ende des Korridors tauchte Jessica Partridge auf und fragte, was denn der ganze Lärm solle. Sie sprach so laut, daß meine Mutter aufwachte. Scott Rampling, der auf dem Weg ins Bett war, tauchte ebenfalls auf. Schon bald waren alle um die Waffenkammer versammelt. Mit Ausnahme der Westropps. Mickledore ging zu ihrem Zimmer und hämmerte an die Tür, doch er mußte durch die Ankleide ins Schlafzimmer gehen, bevor es ihm gelang, Westropp zu wecken. Es dauerte eine Weile, bis dieser in seiner alkoholischen Benebelung begriff, was los war. Als ihm aufging, daß bis auf seine Frau alle anwesend waren, warf er sich gegen die Tür der Waffenkammer. Vergeblich. Doch er muß den Schlüssel auf der Innenseite gelockert haben, denn als er nun Mickledores Schlüssel packte und in das Loch steckte, konnte er ihn umdrehen. Die Tür schwang langsam auf ...

Das Telefon heulte auf wie eine Eule in einem Turm, in dem es spukt. Pascoe fuhr zusammen, als hätte man auch ihn aus dem Tiefschlaf gerissen, griff nach dem Hörer und sagte: »Hallo, hier ...« und konnte sich nicht mehr an seine eigene Nummer erinnern.

»Peter, ist alles in Ordnung?« Es war Ellies Stimme, ganz nahe und besorgt.

»Ja, alles bestens. Warte einen Moment.« Er stellte die Kassette ab. »Tut mir leid, ich habe mir gerade eine Kassette angehört. Wie sieht es aus? Wie geht es deiner Mutter? Deinem Vater? Rosie?«

»Rosie geht es gut. Ich hatte versucht, dich früher zu erreichen, damit sie mit dir reden konnte, aber ich hatte keine Lust auf den verdammten Anrufbeantworter. Jetzt schläft sie. Wenn du mal früh genug nach Hause kommst, könntest du vielleicht anrufen ...«

Er spürte, daß sie versuchte, nicht vorwurfsvoll zu klingen.

Er sagte: »Natürlich, mach ich. Versprochen. Und deine Mutter? Wie geht es der?«

Schweigen. Er sagte: »Hallo? Bist du noch dran?«

»Ja. Sie ist ... Oh, Peter. Ich mache mir solche Sorgen ...«

»Warum? Was ist passiert?«

»Eigentlich nichts ... nur ... Peter. Ich habe eine Riesenangst, daß sich alles wiederholt. Ich dachte, es sei nur körperlich, die ganze Anstrengung von Vaters Pflege, und dann hatte sie schon immer Kreislaufprobleme und Arthritis, und ich dachte, wenn sich die Dinge erst einmal beruhigt hätten ... Körperlich scheint sie gar nicht so schlecht dran zu sein ... aber sie fängt an, Dinge zu vergessen ... Sie hatte ganz vergessen, daß wir kommen, obwohl wir morgens noch miteinander telefoniert hatten ... Und heute morgen habe ich gehört, wie sie rufen wollte und Ellie sagte ...«

»Das kann jedem passieren«, sagte Peter Pascoe zuversichtlich. »Das ist mir auch schon passiert. Und was das Vergessen von Anrufen betrifft, wenn ich mir nicht sofort eine Notiz mache, dann ist es weg, für immer.«

Wieder Schweigen. Dann: »Ich hoffe, daß du recht behältst. Vielleicht bin ich wegen Paps überempfindlich.«

»Richtig. Hast du ihn gesehen?«

»Ich war heute dort. Ich hatte vergessen, wie schrecklich es ist, ein Gesicht zu sehen, das man kennt, und von Augen angeblickt zu werden, die dich nicht erkennen ... Ich kam raus mit dem Gefühl als ... ich weiß nicht ... als sei es alles irgendwie meine Schuld ...«

»Herr im Himmel! Wie kommst du denn auf so was?« fragte Pascoe, bestürzt wegen der Zerbrechlichkeit und Unsicherheit in ihrer Stimme.

»Ich weiß nicht ... weil ich meine Eltern als Ausrede benutzt habe, vielleicht ... denn das habe ich doch getan, oder? Ich habe gesagt, es wäre sinnvoll, wenn ich für ein paar Tage hinfahre, um sicherzugehen, daß Mama es schafft ... weil ich die besorgte Tochter spiele, während ich in Wirklichkeit nichts weiter als ein Plätzchen suche, wo ich eine Auszeit nehmen kann ... wie wenn man sich vor etwas drückt und behauptet, Grippe zu haben und dann tatsächlich Grippe bekommt, als wäre es ein Gottesurteil, nur noch viel schlimmer ... da man in Wirklichkeit gar nicht an sie denkt ...«

»Nun, dann denken wir eben jetzt an sie«, sagte Pascoe scharf.

Wieder Schweigen, das bisher längste. Ellies Stimme war ruhiger, als sie endlich sprach.

»Du meinst also, daß ich es wieder mache? Mich ins Rampenlicht stelle, statt mich an meine kleine Rolle zu halten? Ja. Du könntest recht haben.«

»Ob recht oder unrecht ist egal«, sagte Pascoe. »Nur in diesem Fall solltest du dir vielleicht einfach für eine Weile die beste Nebenrolle aussuchen. Warum versuchst du eigentlich nicht, deine Mutter für eine Weile zu uns zu holen? Oder ich könnte mir ein paar Tage Urlaub stehlen und zu euch kommen.«

Sie überlegte eine Weile und sagte dann: »Nein, Mama würde

nicht fahren, das weiß ich. Denk dran, wie ich versucht habe, sie zu einer Ortsveränderung zu bewegen, nachdem Papa ins Heim gekommen ist und sie sich nicht vom Fleck gerührt hat. Sie weiß, daß es hoffnungslos ist, aber sie meint, sie müsse in der Nähe bleiben.«

»Soll ich kommen?«

»Peter, glaub mir, ich würde mich freuen, aber ich will nicht, daß alles durcheinander kommt. Ich habe sie schon einmal als Vorwand benutzt, um mich abzusetzen, und ich will nicht eines Tages dastehen und feststellen, daß ich sie wieder als Vorwand benutzt habe … Ich weiß, daß ich das jetzt schlecht ausdrücke, aber wir wissen beide, daß wir am Abgrund stehen, okay, das ist gefährlich, aber wenigstens verstellt uns nichts die Sicht … Gott, selbst meine Bilder sind … was ist das Gegenteil von euphemistisch? Du, ich höre besser auf. Ich kann Rosie doch versprechen, daß du morgen so zeitig anrufst, daß sie mit dir reden kann?«

»Hundertprozentig«, sagte Pascoe. »Paß auf dich auf. Deiner Mutter alles Liebe. Und auch an Rosie. Und an dich.«

»Mein Gott, Peter, ich bin vielleicht eine selbstsüchtige Ziege. Nun haben wir nur über mich geredet, und ich habe nicht gefragt, wie du klarkommst, was du ißt, all die Sachen, nach denen eine Ehefrau fragt. Du ernährst dich doch nicht etwa von den entsetzlichen Pasteten, die es im Schwarzen Bullen gibt? Zu guter Letzt ergeht es dir wie dem dicken Andy. Übrigens haben sie die arme Frau frei gelassen, die eure Kerle vor fast 30 Jahren eingebuchtet haben. Plus Va change und so weiter.«

»Plus Va change«, wiederholte Pascoe. »Ich bereite für das nächste Mal Antworten vor, die deine ehefrauliche Neugier befriedigen. Gute Nacht, Liebes.«

Er legte den Hörer auf. In seinem Kopf wanden sich die Gedanken wie die Würmer in der Köderdose eines Anglers. Er schenkte sich einen großen Scotch ein und trug ihn hinaus in den Garten, wo er Wolken mit Rändern aus mehreren Bogen über den Abendhimmel segeln sah. Gedankenblasen in einem himmlischen Cartoon, doch er konnte die Nachricht nicht entziffern.

Alte Probleme, Probleme anderer Leute, waren besser als das.

Er ging wieder ins Haus, spulte die Kassette ein wenig zurück und hörte aufs neue zu.

SIEBEN

»*Es ist außerordentlich ... daß die Leute so wenig auf sich selbst und ihre Kinder achtgeben. Das eine oder das andere von euch ist einem immer im Weg.*«

»... Die Tür schwang langsam auf.

»Westropp hatte eindeutig das Schlimmste befürchtet und das Schlimmste fand er vor. Seine Frau lag ausgestreckt über einem umgefallenen Hocker und hatte eine klaffende Wunde im Brustkorb. Vor ihr auf dem Tisch lag eine Schrotflinte. Genaugenommen war dieser Tisch eine Werkbank und mit einem Schraubstock ausgestattet. Mickledore stellte gern seine eigenen Patronen her und reparierte auch seine Gewehre selbst. Die anderen hatten kaum Zeit wahrzunehmen, daß eine Schlinge durch den Entsicherungshebel gezogen worden war, deren Enden fest in die Backen des Schraubstocks geklemmt waren, da hatte Mickledore Westropp schon aus dem Raum geschoben.

›Noddy, sorg dafür, daß die Frauen hier verschwinden. Scott, kümmere dich um James. Tom, du kommst mit mir.‹

Und er zog Partridge hinter sich her, ging zurück in die Waffenkammer und schloß die Tür.

Wir haben einen Augenzeugenbericht von dem, was dann geschah, in Lord Partrigdes Memoiren *Im Birnbaum*, die im vergangenen Monat erschienen sind.

Der herausgefallene Schlüssel lag auf dem Boden. Mickledore bückte sich, um ihn aufzuheben. Partridge trat an die Werkbank. Darauf lag ein Zettel mit einer Nachricht, unverkennbar in Pamela Westropps Schrift.

Sie lautete: ... es geht nicht – ich kann es nicht ertragen – eher zerstöre ich alles.

Dann folgte der Dialog:

PARTRIDGE: O Gott, was für eine schreckliche Geschichte.

MICKLEDORE: Ja. Höchste Diskretion ist angesagt, glaube ich. Du weißt, was die Presse aus einem Unfall wie diesem machen kann.

PARTRIDGE: Unfall? Wie kannst du von Unfall sprechen, wenn ...

MICKLEDORE: *(nimmt ihm den Zettel weg und steckt ihn in seine Tasche)* Weil Unfälle nichts weiter als tragisch sind, wohingegen Selbstmord ein Skandal ist, und wir James und seine Familie, und ich meine jeden einzelnen seiner Familie, vor dem geringsten Skandal schützen müssen.

PARTRIDGE: Ich bin aber doch ein Minister der Krone ...

MICKLEDORE: Haarscharf. Und du hast in letzter Zeit keine gute Presse gehabt. Weder deine Partei noch der Palast werden es dir danken, wenn du sie mit einem weiteren Skandal beglückst. Hör zu, ich habe nichts wirklich Unrechtmäßiges vor, ich will nur ein wenig aufräumen. Du hast hier drin nichts weiter als eine tote Frau gesehen, ja? Nun geh und mach ein paar Anrufe, du kennst die richtigen Leute. Sag, Pam sei tot aufgefunden worden, du hieltest es für einen Unfall, aber du empfiehlst höchste Diskretion. Ich kümmere mich um alles hier. Geh schon. Setz dich in Bewegung. Du weißt doch, daß es so das Beste ist.

Und Partridge machte sich auf den Weg. Er behauptet, einen Kollegen in London angerufen und um Rat gebeten zu haben, und der Rat, den er erhielt, lautete, unverzüglich die Polizei zu benachrichtigen. Und das tat er dann auch. Als der Chef der Kriminalpolizei eintraf, waren Drahtschlinge sowie Nachricht verschwunden.

Wir werden wohl nie erfahren, wieviel Druck auf Tallantire ausgeübt wurde, leise aufzutreten. Wir wissen von seiner Aussage vor Gericht, daß er die Unfalltheorie fast sofort ausschloß. Das Flinte war voll funktionsfähig, und es war rein physikalisch so gut wie unmöglich, eine Situation nachzustellen, in der Pamela versehentlich hätte abdrücken können, während die Flinte mit dem Lauf gegen ihren Brustkorb gepreßt auf der Werkbank lag. Dann lenkte ein scharfsichtiger Spurenspezialist Tallantires Aufmerksamkeit auf einen leichten Kratzer am Abzug, und er selbst fand in der Schublade der Werkbank eine Drahtschlinge, deren offene Enden Druckstellen aufwiesen, die exakt den Backen des Schraubstocks entsprachen.

Nun konzentrierte er seine Aufmerksamkeit auf Mickledore und

Ins Leben zurückgerufen

Partridge. Die anderen mochten bei ihrer Aussage, was sie bei ihrem kurzen Blick in die Waffenkammer tatsächlich gesehen hatten, ungenau sein, doch diese beiden hatten sich eine ganze Weile darin aufgehalten.

Tallantire setzte die Daumenschrauben an, und Partridge wurde schnell weich. Die Skandale der jüngsten Zeit hatten zwar nicht das Wunder bewirkt, Politiker vom Lügen zu kurieren, aber sie paßten mehr denn je auf, sich nicht beim Lügen erwischen zu lassen. Partridge gab sich leicht verwirrt, entschuldigte sich ob seiner Fehleinschätzung der Lage und sagte die Wahrheit. Mickledore tat nicht verwirrt und entschuldigte sich auch nicht, sondern gab frank und frei zu, versucht zu haben, den Todesfall wie einen Unfall aussehen zu lassen. Ein Patriot und Gentleman habe wohl kaum anders handeln können.

Tallantire ignorierte die Beleidigung und verlangte die Nachricht zu sehen. Ein kurzer Schriftvergleich überzeugte ihn davon, daß es sich tatsächlich um Pamela Westropps Schrift handelte.

Wäre ein weniger kluger Mann als Tallantire mit einer Leiche in einem verschlossenen Raum, einem Abschiedsbrief und einer Vorrichtung zum Abschießen eines auf die Brust gepreßten Gewehrs konfrontiert gewesen und hätte er außerdem noch jede Menge Aussagen über die ungewöhnliche Erregung der Toten an jenem Abend gehört, hätte er den Fall in diesem Stadium leicht für gelöst erklären können. Er hätte sich wahrscheinlich obendrein zu seiner Geschicklichkeit und dem Tempo beglückwünscht, mit dem er einen Versuch der Oberschicht vereitelt hatte, die Reihen zu schließen und der Justiz ein Schnippchen zu schlagen.

Doch nicht Tallantire. Es ist nicht klar, an welchem Punkt der Ermittlungen er wirklich Verdacht schöpfte. Lord Partridge vermutet, Tallantire habe ursprünglich das Offensichtliche einfach deshalb nicht akzeptieren wollen, weil zwischen den beiden Protagonisten eine spontane Antipathie entstanden war, wie das gelegentlich der Fall ist. Partridges Theorie zufolge hielt Mickledore Tallantire für einen Bauerntölpel, der zu keinem eigenen Gedanken fähig war, und Tallantire habe Mickledore für einen typischen Trottel der Oberschicht gehalten, der sich einbildete, Herkunft und Erziehung stellten ihn über das Gesetz.

Wenn an dieser Theorie etwas dran ist, war Mickledore einer noch größeren Täuschung als Tallantire erlegen. Und er verschlimmerte seinen Fehler durch den Druck, den er auf die Polizei ausübte, in höchstem Tempo zu arbeiten und die Unannehmlichkeiten für seine Gäste minimal zu halten.

Nur ein Narr versucht ein Maultier oder jemanden, der aus Yorkshire gebürtig ist, zur Eile anzutreiben.

Tallantire stellte auf stur und bestand darauf, jeden Erwachsenen auf Mickledore Hall ausführlich zu befragen.

Die Gäste, deren Zimmer alle auf demselben Flur lagen, konnten ihm nur wenig weiterhelfen. James Westropp, Jessica Partridge und meine Mutter waren rasch eingeschlafen. Die beiden Frauen erinnerten sich daran, die Stalluhr noch Mitternacht schlagen gehört zu haben, aber Westropp war so müde gewesen, daß noch nicht einmal dieser Lärm ihn gestört hatte. Unten hatten Partridge und Mickledore gleichermaßen ungestört Billard gespielt, während Rampling nach Amerika telefoniert hatte und mein Vater über das Gutsgelände gewandert war.

Tallantire knöpfte sich das nächste Stockwerk vor. Hier, direkt über den Gästen im ersten Flur, waren die Kinder und ihre Kindermädchen untergebracht, während nach hinten die Gilchrists, Butler und Wirtschafterin, ihre Wohnung hatten.

Cissy Kohler war nicht in der Lage, eine Aussage zu machen. Sie war so verstört, daß sie kaum ein Wort herausbrachte, ohne daß ihr die Tränen kamen. Man erklärte sich ihren Zustand damit, daß ihr die Zwillinge, die ihre Mutter verloren hatten, so nahe standen. Miss Marsh hingegen war wie immer die Ruhe in Person. Sie hatte eine heftige Nasenprellung, und als Tallantire seine Befragung mit einer diesbezüglichen Bemerkung eröffnete, erklärte sie, daß sie etwas in der Nacht geweckt habe, ein Geräusch, und da sie angenommen habe, es komme von einem der Kinder, sei sie im Dunkeln aus dem Bett gesprungen. Unglücklicherweise habe sie dabei vergessen, daß sie nicht in ihrem Zimmer auf Haysgarth war, dem Familiensitz der Partridges, und sei genau in einen Kleiderschrank gelaufen. Da ihr Zimmer fast genau über der Waffenkammer lag, wurden Zeitpunkt und Art des Geräuschs wichtig. Sie konnte jedoch nur sagen, daß es ein einmaliges Geräusch gewesen war, das sich nicht wiederholte, daß es nicht, soweit sie feststellen konnte, von den Kindern stammte und daß es sie nicht lange vor dem mitternächtlichen Schlagen der Stalluhr geweckt hatte.

Die Gilchrists hatten nichts gehört, und der Butler hielt nicht mit seiner Meinung hinter dem Berg, daß die Dinge in der Vergangenheit besser bestellt waren, als kein Polizist unter dem Rang eines Polizeipräsidenten das Gutshaus durch den Haupteingang betreten durfte.

Die anderen im Haus wohnenden Dienstboten, Mrs. Partington, die Köchin, und Jenny Jones und Elsbeth Lowrie, die beiden Hausmädchen, die ihre Quartiere im obersten Stock hatten, waren weniger hochnäsig, aber kaum hilfsbereiter. Jenny Jones, einem hageren Mädchen in wohlgestärkter Uniform, gelang es, den Eindruck zu erwecken, mehr zu wissen, als sie zu sagen bereit war, aber Tallantire ging davon aus, daß sie sich nur aufspielte, um sich interessant zu machen.

Die Verhöre hatten ein gut Teil des Sonntags in Anspruch genommen. Man kann sich vorstellen, welche Schadensbegrenzungsmaßnahmen auf der Achse Westminster-Buckinghampalast getroffen wurden. Bis jetzt waren die Medien fast vollständig im dunkeln gelassen worden. Die Sonntagszeitungen waren natürlich voll von Stephen Wards Tod und ließen sich die Chance nicht entgehen, die ganze traurige Geschichte und die dazugehörigen Gerüchte noch einmal kräftig durchzukauen. Die wildesten Gerüchte rankten sich um die Identität des, wie man ihn nannte, Mannes mit der Maske und des Mannes ohne Kopf. Bei ersterem handelte es sich um eine Gestalt, die, bis auf eine Ledermaske nackt, auf präorgiastischen Banketten als Kellner auftrat und die Gäste aufforderte, ihn zu bestrafen, wenn sein Service nicht einwandfrei war. Mit letzterem war die Fotografie eines nackten Mannes gemeint, dessen Kopf durchgestrichen war. Bei der Boulevardpresse rangierten Thomas Partridge zusammen mit den meisten seiner Kollegen als Kandidat für beide Rollen. Ein Grund, warum Partridge sehr bemüht war, sich schnellstens von dem neuen Skandal zu distanzieren. Am Montagmorgen, als die Polizei ihre Arbeit im Gutshaus wieder aufnehmen wollte, hatte die Familie Partridge gepackt und war zur Abreise bereit.

Er könne nicht weg, sagte Tallantire zu Partridge. Nicht, ehe er nicht die Kinder befragt habe.

Partridge explodierte. Er war furchterregend, wenn er aufgebracht war, und es war im gesamten Haus zu hören, wie er Tallantire abkanzelte. Aber Tallantire blieb eisern. Wie wir heute wissen, hatte er den Befehl erhalten, den Fall abzuschließen, bevor der Feiertag zu Ende ging, und er wollte Partridge nicht ziehen lassen, bevor er nicht jeden nur erdenklichen Aspekt berücksichtigt hatte.

Der Streit war auf dem Höhepunkt angekommen, und sein Ausgang war noch offen, als einer von Tallantires guten Geistern erschien und seinem Herrn und Meister etwas ins Ohr flüsterte. Mit einer äußerst knappen Entschuldigung verließ der Superintendent daraufhin das Zimmer.

Sein instinktives Gefühl, daß hinter diesem Fall mehr steckte, als auf den ersten Blick ersichtlich war, hatte Tallantire schließlich bewogen, nach jedem Strohhalm zu greifen. Einer dieser Strohhalme bestand darin, die Kinder zu befragen. Jenny Jones war ein zweiter. Nur um ganz sicherzugehen, daß sich hinter ihren Anspielungen nicht mehr verbarg als der Wunsch nach Aufmerksamkeit, hatte er seinen flottesten jungen Beamten noch einmal zu ihr geschickt.

Und der war auf Gold gestoßen. Groll, Neid, moralische Entrüstung oder einfach der Wunsch, zu Gefallen zu sein, hatten Jenny Jones ausplaudern lassen, daß ihre Kollegin Elsbeth Lowrie in jener Nacht einen der Gäste auf ihrem Zimmer empfangen hatte. Und es sei auch nicht das erste Mal, das dergleichen vorgekommen sei, und es sei nicht richtig, daß sie, Jenny, die ganze Arbeit tun müsse, während Elsbeth nur deshalb von Mickledore angestellt worden sei, weil sie nicht besser sei, als sie hätte sein sollen.

Elsbeth, eine knackige Blondine, die so aussah, wie sich ein lüsterner Landjunker eine gesunde junge Melkerin vorstellt, hatte keine Veranlassung gesehen, der Polizei am Sonntag die Wahrheit zu gestehen, doch am Montag sah sie noch weniger Grund, weiterhin zu lügen. Freimütig gab sie zu, von Zeit zu Zeit Mickledores Gäste zu unterhalten, aber nur diejenigen, die ihr gefielen, und auch nicht für Geld, denn das gehöre sich nicht. Sie räumte allerdings ein, daß ihre Lohntüte häufig einen Betrag enthielte, den sie sinnigerweise als »eine Art Weihnachtszulage« beschrieb, eine Bezeichnung, die ihr in einigen Krawallblättern die Bildunterschrift *Ein weihnachtliches Knallbonbon* eintrug.

Ihr Gast in der Nacht zum Sonntag war niemand anderes als das ehrenwerte Parlamentsmitglied Thomas Partridge gewesen. Er war kurz vor Mitternacht zu ihr gekommen (wieder diese Uhr) und war möglicherweise eine Stunde später gegangen, dessen war sie sich nicht sicher.

Braver Politiker, der er war, leugnete Partridge das Unleugbare nicht, entschuldigte sich charmant für seine kürzliche Übellaunigkeit und bot als Gegenleistung für maximale Diskretion volle Kooperation von seiner Seite und der seiner Familie an.

Tallantire verkniff sich jeden Kommentar und wies seine Beamten an, mit der Vernehmung der Kinder zu beginnen.

Wie Sie sich vorstellen können, waren wir Kinder von dem Treiben der Erwachsenen fasziniert. Meine Schwester Wendy und ich hatten uns mit den beiden älteren Partridge-Mädchen zusammengetan. Ihr Bruder Tom war seit kurzem in den Klauen der Pubertät, und wir waren für ihn nur geräuschvolle Gören, und die anderen waren natürlich noch nicht in dem Alter, um Spaß an Mitternachtspartys und Doktorspielchen zu haben. Doch vier Kinder zwischen sieben und neun können eine nachrichtendienstliche Zelle bilden, die bei weitem effizienter ist als MI5, und es gab wenig, das uns entging, wenngleich wir einen Großteil nicht verstanden.

Wir wurden von einem Kripobeamten befragt, dem eine Frau zur Seite stand. Sie, glaube ich, hätte uns lieber einzeln verhört, aber er war der bessere Psychologe und wußte, daß man aus einer Gruppe, die sich nicht unter Druck fühlt und miteinander diskutiert, mehr herausbekommt. Auch machte es die Tatsache, daß wir vier waren, einfacher für ihn, unsere Mütter auszuschließen, obwohl ich bezweifele, daß er heutzutage damit durchkäme.

An seinen Namen kann ich mich nicht mehr erinnern, doch sein Gesicht habe ich deutlich vor mir. Breit und hart, Augen wie Schießscharten und ein Mund wie der von Moby Dick. Doch wenn er den Mund aufmachte, sprach er sehr freundlich. Er zog eine Packung Zigaretten aus der Tasche, hielt sie mir hin und fragte: »Auch eine?« Damit hatte er mich im Sturm erobert. Gern hätte ich eine angenommen, traute mich aber nicht, und er sagte: »Dann vielleicht später. Ich lutsche um diese Tageszeit am liebsten eine dicke Pfefferminzkugel.« Und er zog eine riesige Tüte aus der Tasche und ließ sie die Runde machen.

Danach waren wir alte Freunde. Die Mädchen fanden ihn eindeutig wunderbar, aber wenn er sprach, richtete er das Wort hauptsächlich an mich, sehr von Mann zu Mann, und warf mir immer wieder einen Blick zu, um eine Bestätigung für alles zu bekommen, was die Mädchen sagten. Ihm gegenüber gaben wir ohne Hemmungen zu, daß wir nicht im Bett gewesen waren, sondern uns in dem Zimmer, das Wendy und ich uns teilten, zu einer Mitternachtsparty getroffen hatten. »Und habt ihr etwas gesehen oder gehört?« fragte er. Inzwischen hätte ich ihm zuliebe sogar etwas erfunden, aber wie sich dann herausstellte, reichte die Wahrheit aus. »Ja, wir hatten ein Geräusch gehört, und aus Furcht, eines der beiden Kindermädchen könne uns auf die Schliche gekommen sein, habe ich die Nase aus der Tür gesteckt. Zuerst hielt ich meine Befürchtungen für berechtigt, denn ich sah Cecily Kohler den Flur hinab auf mich zukommen. Doch sie ging an mir vorbei, wahrscheinlich in ihr eigenes Zimmer, denn ich hörte, wie sich eine Tür öffnete und wieder schloß.« Von welchem Ende des Flurs sie gekommen sei? wollte er wissen. »Von dem Ende, wo die Nebentreppe war«, sagte ich zu ihm. »Und wie sah sie aus?« »Irgendwie blaß und seekrank«, erinnere ich mich gesagt zu haben. »Ach ja, und ihre Hände waren ganz blutig.«

Das warf ich so beiläufig ins Gespräch. Für einen Achtjährigen ist das Verhalten von Erwachsenen in jeder Hinsicht unbegreiflich. Wie sollten wir Leute verstehen, die die Macht hatten, so gut wie *alles* zu tun, und die dennoch sehr selten Eis aßen oder Achterbahn fuhren? Außerdem waren die Kindermädchen in unserer privilegierten Schicht die großen In-Ordnung-Bringer. Man machte ins Bett, man spuckte sein Abendessen wieder aus, man schrammte sich das Knie auf, und Nanny brachte es wieder in Ordnung. Selbst ich wußte das, obwohl ich gerade ohne Kindermädchen auskommen mußte, weil mein Vater von Natur aus nicht dazu in der Lage war, Dienerschaft zu halten.

Eine blutverschmierte Nanny war also nicht notwendigerweise etwas Bemerkenswertes.

Keines der Mädchen hatte sie gesehen, sie hatten sich in Sicherheit gebracht. Doch ich blieb bei meiner Geschichte, und als man in Cecily Kohlers Zimmer ging, bestätigte sie sich, denn man fand in ihrem Waschbecken und an einem Handtuch Blut, das zur selben Gruppe gehörte wie das von Pamela Westropp.

Doch von Kohler selbst und ihren jungen Zöglingen war weit und breit keine Spur.

Erinnern Sie sich, daß wir es noch immer nicht mit Mordermittlungen zu tun hatten. Die Waffenkammer war verschlossen gewesen, und es gab jede Menge Hinweise auf einen Selbstmord. Doch bis zum gegenwärtigen Zeitpunkt hätte niemand außer Partridge und Mickledore ein Alibi gehabt, wenn es Mord gewesen wäre. Und mit Elsbeths Aussage hatte sich auch das in Luft aufgelöst. Man hat das Gefühl, daß sich Tallantire wie ein Wissenschaftler, der mittels seines sechsten Sinns einen Satz nach vorn gemacht hatte, nun vor die mühselige Aufgabe gestellt sah, die notwendigen logischen Zwischenschritte nachzuvollziehen.

Tallantire verschob das Verhör Mickledores, bis die Befragung der Kinder abgeschlossen war. Dann beschuldigte er Sir Ralph unverblümt, als Partridges Lude fungiert zu haben, ein Wort, das ich später in dem großen Wörterbuch nachschlug. Mickledore erwiderte lächelnd, in zivilisierten Kreisen sei man reif genug, selbst zu entscheiden, was man tut und läßt, und er habe nur aus Loyalität zu einem Freund gehandelt, aber er erwarte nicht, daß ein Polizist mit diesem Begriff vertraut sei.

Tallantire fragte ihn, wie er die der Loyalität gewidmete Zeit verbracht habe, während sein Freund mit der Dienerschaft kopulierte (das dicke Wörterbuch wurde an jenem Tag wirklich tüchtig benutzt!), und Mickledore erwiderte, er sei in die Bibliothek gegangen, habe sich ein Buch geholt und lesend im Billardzimmer gewartet, bis Partridge wieder erschienen sei.

In der Bibliothek hatte Tallantire sein inoffizielles Hauptquartier aufgeschlagen. Deshalb weiß ich über diese und andere Unterhaltungen so genau Bescheid. Die Vorhänge der Fenster in den tiefen Erkern waren für ein neugieriges Kind ein ideales Versteck, wenngleich ich nach der langen Zeit, die seither verstrichen ist, nicht mehr weiß, was ich damals mithörte und was ich hinterher erfahren habe. Es wurde jedoch innerhalb von kurzer Zeit mehrmals angerufen, was bei Tallantire Regungen von Zorn bis Frohlocken auslöste. Wahrscheinlich informierte man ihn auch über die beiden Gutachten, die im Prozeß so heftig angegriffen wurden. Nach der Auffassung des einen Pathologen verlief die Wunde leicht nach unten und nicht, wie man bei dieser Art des Selbstmords erwarten würde, waagrecht oder leicht nach oben. Und die Experimente im Polizeilabor hatten erbracht, daß es unwahrscheinlich war, daß jemand nach dem ersten Schuß noch genug Druck hätte entwickeln können, um den zweiten abzugeben.

Nun hatte Tallantire endlich neben seinem Instinkt auch einen triftigen Grund, die Ermittlungen als Mordermittlungen weiterzuführen.

»Ich will die Kohler sprechen!« knurrte er den Mann mit dem harten Gesicht an. »Warum zum Teufel dauert es solange, sie aufzutreiben?«

Sie verließen die Bibliothek. Aus Angst, wir könnten etwas verpassen, folgten Wendy und ich ihnen. Ums Haus wimmelte es von Polizisten. Tallantire sprach mit einem uniformierten Beamten, während unser Freund mit den Pfefferminzkugeln bis ans Ende des wackeligen alten Stegs ging, der in den See hinausragte. Er schien die kleine Insel mitten im Wasser zu mustern. Sie war von Trauerweiden bestanden, deren hängende Zweige einen natürlichen Vorhang bildeten. Cissy Kohler hatte die Insel Schatzinsel getauft, und wir hatten am Samstag, als sie mit uns dort hingefahren war, ein herrliches Spiel gespielt, während Miss Marsh auf einem Stuhl auf dem Rasen saß und auf die Kleinen aufpaßte.

Nun ging auch ich ein Stück den Steg hinunter und musterte die Insel. Ich erblickte ihn als erster. Unter dem Weidenvorhang lag der flache Halbbogen eines Kahns. Ich rannte los, weil ich bei meinem neuen Freund Punkte sammeln wollte, doch auch er hatte ihn entdeckt.

Er legte die Hände an den Mund, um einen Trichter zu bilden, und brüllte lauter, als ich je eine menschliche Stimme vernommen hatte: »MISS KOHLER!«

Bei diesem Schrei schienen alle Vögel innerhalb einer Meile mit einem Kreischen in die Lüfte aufzusteigen. Dann wurde alles ebenso rasch totenstill. Die Menschen um den See erstarrten. Selbst der Wind in den Bäumen erstarb. Und langsam, als folge er eher dem Ruf, als daß er von menschlicher Hand vorwärts gestoßen worden wäre, schwang der Bug des Kahns unter den Weiden hervor. Den Umriß der Frau konnten wir sehr gut erkennen, nur von den Kindern war nichts zu sehen.

Dann hörte man den Mann mit dem harten Gesicht erneut.

»Kommen Sie zurück ans Ufer. Ihre Zeit ist abgelaufen!«

Ich mußte lachen, denn genau das rief immer der Mann vom Bootsteich in der Nähe des Parks, wo wir wohnten. Doch was dann geschah, war alles andere als lustig, auch wenn hinterher keine zwei Zeugen dasselbe gesehen hatten. Einige sagten aus, Cissy Kohler habe versucht, unter die Weiden zurückzugleiten. Andere, sie habe das Paddel ins Wasser gestoßen, weil sie zum gegenüberliegenden Ufer habe fliehen wollen. Wiederum andere behaupteten, sie habe das Boot absichtlich zum Kentern gebracht, um lieber im Wasser als durch den Strang zu sterben. Meinen jungen Augen kam es so vor, als habe sie sich in den Zweigen verheddert und sei dann gekentert.

Der Mann am Ende des Stegs stieß ein sehr rüdes Wort aus, dessen Gebrauch meine Mutter mir nicht gestattete, riß sich die Schuhe von den Füßen, warf sich ins Wasser und machte sich mit einem eindrucksvollen Kraulen auf den Weg zur Insel. Draußen beim Boot konnten wir nur einen Kopf sehen, den von Cissy Kohler. Er verschwand, als sie untertauchte. Beim Auftauchen hatte sie etwas im Arm. Sie versuchte den Kahn mit der anderen Hand aufzurichten, doch es gelang ihr nicht. Als der Polizist bei ihr eintraf, klammerte sie sich am Rumpf des Kahns fest. Im Arm hatte sie den kleinen Philip. Nun tauchte der Polizist, und er tauchte noch einmal, während seine Kollegen zum Bootshaus rannten, um ein weiteres Boot und einen alten Stechkahn zu Wasser zu lassen. Bis sie zur Insel kamen, hatte der Polizist das kleine Mädchen, Emily, nach oben geholt. Doch es war zu spät.

Man brachte die drei ins etwa 20 km entfernte Krankenhaus. Dort bestätigte sich, daß der Junge durchkommen würde. Die kleine Emily war tot.

Bei der Verhandlung versuchte der Verteidiger es so darzustellen, als habe Superintendent Tallantire mit brutaler Gefühllosigkeit gehandelt und Miss Kohler gezwungen, das Krankenhaus zu verlassen und nach Mickledore Hall zurückzukehren, damit er sie verhören könne. Eine ganze Reihe Zeugen bestätigten jedoch, daß die junge Amerikanerin sich geweigert hatte, im Krankenhaus zu bleiben, und es standen nur Mickledore Hall oder ein Befragungszimmer im Präsidium zur Auswahl. Und da es für die Öffentlichkeit obendrein nur darum ging, ob Cissy Kohler das Kind durch egoistische Fahrlässigkeit oder zufällig bei einem Selbstmordversuch tötete, konnte ihr Verteidiger nur wenig Sympathie für sie wecken.

An jenem feiertäglichen Nachmittag brachte man sie zurück nach Mickledore Hall, gab ihr Zeit, die Krankenhauskluft abzulegen und eigene Kleider anzuziehen, und dann machte sich Tallantire trotz der Proteste meiner Mutter daran, sie zu befragen.

68   Reginald Hill

Von Anfang bis Ende dauerte das Verhör an die fünf Stunden. Schon bald wurde das Zimmer, in dem es stattfand, zum atmosphärischen Mittelpunkt des Hauses. Eine Polizistin wurde geholt, doch lange Zeit stand sie nur vor der Tür. Man schickte Essen hinein, doch es kam unberührt wieder heraus. Von Zeit zu Zeit tauchte der Superintendent draußen auf, doch keinmal Miss Kohler. Das erste Mal frohlockte er, als würde er rasche Fortschritte machen, doch danach veränderte sich seine Stimmung. Manchmal hörte man seine zornige Stimme durch die geschlossene Tür, und manchmal hörte man deutlich das Schluchzen einer Frau. Cissy Kohler hatte keinen Anwalt zur Seite. Die Polizistin bestätigte aber, daß man ihr angeboten hatte, einen zu holen. Wenn Tallantire nicht im Zimmer war, erledigte er Anrufe oder nahm welche entgegen. Leider gelang es mir trotz aller Bemühungen nicht, eines dieser Gespräche zu belauschen. Doch nach dem letzten Gespräch, so gegen 17 Uhr, sah er aus, als sei ihm ein Stein vom Herzen gefallen. Er ging noch einmal ins Zimmer zurück und kam schließlich etwa 50 Minuten später müde, aber triumphierend wieder daraus hervor wie ein Mann, der sein Schiff durch schwere See in den sicheren Hafen gesteuert hatte.

Vor Erleichterung ignorierte er ausnahmsweise meine herumlungernde Wenigkeit.

»Das war's«, sagte er zu dem Mann mit dem harten Gesicht. »Sie hat's ausgespuckt. Alles in trockenen Tüchern.«

Wir können nur raten, in welcher Phase des Verhörs Tallantire Kenntnis von den vielen Einzelinformationen für Mickledores Motiv erhielt. Doch ich habe den Verdacht, daß sich vieles erst bei jenem letzten Telefongespräch bestätigte. Die Presse hatte auf jeden Fall genügend Material, um so viele Spalten zu schreiben, wie das Parthenon Fugen hat. Die Tatsachen waren in Kürze die folgenden:

Pamela Westropp und Cecily Kohler, Arbeitgeberin und Angestellte, hatten eine Gemeinsamkeit. Sie liebten Mickledore beide mit obsessiver Leidenschaft, die erstere so, daß sie keine Rivalin in der Nähe des Throns dulden wollte, ganz zu schweigen auf dem Thron, die letztere so, daß sie alles für ihn zu tun bereit war.

Mickledore, der Lebemann, hatte immense Spielschulden, für die er sein Gut verpfändet hatte. Mickledore, der Landjunker, hatte der Tochter des Laird von Malstrath den Hof gemacht und sie für sich gewonnen. George MacFee, ein Whiskymillionär in der zweiten Generation, hatte den Titel zusammen mit mehreren Tausend Morgen Moor erworben, auf denen er die Hühner mit besagtem Namen jagen konnte. Micks Motiv war simpel. Er ging davon aus, daß er mit dem Geld der Tochter seine Schulden bezahlen und das Gut retten konnte. Doch es gab ein Problem. Seiner alkoholischen Abstammung und seinen gesellschaftlichen Aspirationen zum Trotz war George MacFee ein devotes Mitglied einer strengen schottischen Sekte. Seine Reaktion auf die Nachricht von den sexuellen und wirtschaftlichen Exzessen seines zukünftigen Schwiegersohns waren so voraussehbar, als stünden sie in der Bibel.

Die Verlobung sollte am folgenden Wochenende in Malstrath Keep, der Burg, die zur Lairdship gehörte, bekanntgegeben werden. Pamela mußte vorher informiert werden. Wahrscheinlich hoffte Mickledore, sie überzeugen zu können, daß seine Vernunftehe ihrer Affäre nicht im Weg zu stehen brauchte. Doch er kannte Frauen gut genug und Pamela insbesondere, um zu wissen, daß ihre Hoffnungen weiter gingen. Es stimmte zwar, daß eine Scheidung dadurch erschwert wurde, daß die Westropps römisch-katholisch waren, aber Pamela arbeitete daran. Deshalb hatte sich der pragmatische Mickledore einen Plan für den Notfall ausgedacht.

Vielleicht hatte die erfreuliche Atmosphäre des ersten Tages ja Hoffnungen in ihm geweckt, daß doch noch alles gut gehen würde. Irgendwann, wahrscheinlich bevor alle ins Bett gingen, gelang es ihm, Pam unter vier Augen zu sprechen und ihr die Neuigkeit beizubringen.

Ich bezweifele, daß ihre spontane Reaktion ermutigend war. Doch alle Hoffnung löste sich in Nichts auf, als er am nächsten Tag eine Nachricht von ihr erhielt. Wir kennen nur die wenigen Worte, die nach ihrem Tod gefunden wurden, aber Superintendent Tallantires Rekonstruktion wird vermutlich dem Wortlaut ziemlich nahe kommen.

Mick, ich habe die ganze Nacht darüber nachgedacht, und es geht nicht – Ich kann es nicht aushalten – Lieber zerstöre ich alles – Wenn du keinen Rückzieher machst, werde ich dafür sorgen, daß George MacFee alles über uns erfährt – und über deine Schulden – glaub mir – ich tu es wirklich – laß uns noch einmal miteinander reden – ich flehe dich an –

Ihr Benehmen während des Tages wurde immer exzentrischer. Mickledore erkannte, daß keine Zeit zu verlieren war. Außerdem erkannte er, daß Pam ihm einen sehr nützlichen Abschiedsbrief in die Hände gespielt hatte, wenn er ihn ein wenig bearbeitete.

Und dann beging er seinen einzigen Fehler, ganz nach der besten Tradition des goldenen Zeitalters. Es ist schwer verständlich, warum sich ein Mann, der verzweifelt eine Frau loswerden will, die ihm bei seinen Plänen dazwischenfunkt, einer anderen ausliefert. Vielleicht ließ er sich von der Überzeugung leiten, die ja auch durch Cissys Aussage bestätigt wurde, daß das Kindermädchen mehr gegen seine Affäre mit Pam als gegen seine Heirat mit einer ungeliebten schottischen Erbin hatte.

Aus welchen Gründen auch immer bat er sie um Hilfe, wobei er nicht voraussah, daß die Realität der Bluttat und das Ertrinken der kleinen Emily Westropp sie so mitnehmen würden, daß sie in den Händen eines rücksichtslosen, entschlossenen Mannes wie Walter Tallantire weich wie Butter werden würde.

»Was nun?« sagte der Mann mit dem harten Gesicht. »Ab ins Präsidium mit den beiden?«

Tallantire erwiderte lächelnd: »Noch nicht. Er liebt es, einen auf wirklich rückständig zu machen, also laß uns die Dinge richtig und im alten Stil vollenden. Sag Sir Ralph und seinen Gästen, daß ich sie in einer halben Stunde in der Bibliothek sprechen möchte.«

Und so kam es dann auch. Wegen Tallantires starker Abneigung gegenüber Mickledore und seinem Sinn für beißende Ironie sollte der letzte Mord des Goldenen Zeitalters auch wie im Goldenen Zeitalter üblich enden, indem alle Verdächtigen sich für die endgültige Aufklärung des Falles in der Bibliothek versammelten.

Ein langwieriges Aufdröseln gab es eigentlich gar nicht. Oja, ich war auch zugegen. Bei so langer Vorankündigung war es mir ein leichtes gewesen, Wendy zu holen und ein Versteck in den modrigen Falten der Samtvorhänge vor dem großen Erker zu finden.

Tallantire kam direkt zur Sache. Er sprach mit dem Gewicht und der Sicherheit eines Mannes, der jeden Zweifel ausgeräumt hat.

»Es tut mir leid, Ihnen mitteilen zu müssen, daß der Tod Mrs. Westropps weder durch einen Unfall noch durch Selbstvernichtung herbeigeführt wurde. Ich bin überzeugt, daß sie ermordet wurde.«

Ich hörte, wie alle nach Luft schnappten. Ich konnte den Schock

Ins Leben zurückgerufen   71

fühlen. Ich glaube, es war Partridge, der sagte: »Aber die Kammer war von innen abgeschlossen!«

»Das glaube ich nicht. Es ist zwar richtig, daß der Schlüssel auf der Innenseite steckte, aber er war nicht so tief ins Schloß geschoben, daß er gestört hätte, wenn ein Schlüssel von außen gedreht worden wäre.«

»Aber er ließ sich nicht drehen«, hörte ich meinen Vater sagen. »Ich habe es doch selbst versucht. Das Schlüsselloch war blockiert, bis wir den Schlüssel auf der Innenseite losegerüttelt hatten.«

»Auch das glaube ich nicht«, wiederholte Tallantire. »Ich habe versucht, von außen einen Schlüssel zu drehen, wenn innen ein Schlüssel richtig im Loch steckte, und Sie haben recht, Sir, der Schlüssel ließ sich nicht drehen. Andererseits habe ich mich mit aller Wucht eine Viertel Stunde lang gegen die Tür geworfen, und es ist mir nicht gelungen, den inneren Schlüssel zu lockern. Schlußfolgerung? Ich glaube, daß der innere Schlüssel nie richtig im Loch steckte.«

»Aber verdammt, wie erklären Sie dann, daß wir den Schlüssel nicht drehen konnten?« verlangte mein Vater zu wissen.

»Ganz einfach«, erwiderte Tallantire. »Es kann nur der falsche Schlüssel gewesen sein. Einer, der dem Original ähnlich genug war, um auf den ersten Blick dafür gehalten zu werden, bei dem jedoch an einigen Zacken etwas abgefeilt war. Mehr braucht es nicht.«

»Doch als Westropp einen Versuch unternahm …«

»*Er* bekam den richtigen Schlüssel«, sagte Tallantire.

Und nun muß den Anwesenden die volle Bedeutung dessen, was er gesagt hatte, aufgegangen sein. Einen Augenblick lang herrschte Totenstille.

Dann fuhr Tallantire fort: »Vielleicht sollte ich Ihnen mitteilen, daß wir es nicht mehr mit Spekulationen zu tun haben. Wir haben ein volles und ausführliches Geständnis von einem der Täter dieses schrecklichen Verbrechens …«

Er machte eine wirkungsvolle Pause und fuhr fort: »Miss Cecily Kohler. Sie hat voll und ganz mit uns kooperiert, und wir bringen sie nun zur weiteren Befragung in die Stadt. Sir Ralph, ich muß Sie bitten, uns zu begleiten, da ich glaube, daß auch Sie uns bei unseren Ermittlungen helfen können.«

Wenn es Tallantires Absicht gewesen war, eine schuldige Reaktion in der besten Tradition zu bewirken, muß er von seinem Erfolg überwältigt gewesen sein.

Mickledore sagte: »Was? Sie sagen, Cissy habe ...? Aber sie ... Herr im Himmel, das ist ja völlig verrückt!«

Und dann rannte er los.

Lärm und Verwirrung waren so groß, daß ich einen kurzen Blick wagte. Mickledore war durch die Tür der Bibliothek entkommen. Tallantire schrie: »Haltet ihn auf!« Der Polizist mit den Pfefferminzkugeln setzte ihm nach, man hörte verklingende Schritte und Geräusche im ersten Stock. Dann herrschte Stille.

Tallantire sagte: »Meine Damen und Herren, ich gehe davon aus, daß Sie in Kürze abreisen werden. Bitte stellen Sie sicher, daß Sie einem meiner Beamten die Adresse hinterlassen, unter der Sie zu erreichen sind, denn es könnte sein, daß ich noch weitere Fragen an Sie habe. Ich danke für Ihre Mitarbeit. Guten Tag.«

Und somit ging er. Wendy und ich waren inzwischen sehr aufgeregt und sehr erschreckt. Obwohl wir nicht alles verstanden hatten, wußten wir, daß dies eine der Gelegenheiten war, bei denen die Anwesenheit von Kindern strengstens untersagt ist, und deshalb wagten wir nicht, uns schon von der Stelle zu rühren. In der Bibliothek herrschte tiefe Stille, aber es war die Stille des Schocks, nicht der Leere. Durch das Fenster konnten wir die Polizeiautos vor dem Haus parken sehen. Am hinteren Fenster des dritten Fahrzeugs entdeckte ich ein fahles Gesicht, das ich für Miss Kohler hielt. Eine Weile später kam Mickledore zwischen zwei Polizisten durch den Haupteingang heraus und wurde zum zweiten Auto gebracht. Vor dem Einsteigen wandte er sich noch einmal halb um, als wolle er Mickledore Hall noch ein letztes Mal ansehen. Dann wurde er in den Wagen geschoben. Schließlich erschien Tallantire und setzte sich auf den Beifahrersitz des ersten Fahrzeugs.

Nun setzte sich eine grimmige Prozession in Gang. Mehrere Meilen war kein Hindernis zu erwarten, doch Tallantire stellte Blinklichter und Sirenen an, vielleicht als letzte Geste des Triumphs über die Lebensweise und die Angehörigen einer Schicht, von der ich sicher bin, daß er sie verachtete. Ich beobachtete sie, wie sie die lange Auffahrt hinunterfuhren, konnte sie bald nicht mehr sehen, aber noch immer hören, als sie unten in der Baumallee am Fluß ankamen, und erspähte noch einmal die Lichter, als sie die gewundene Straße auf der anderen Seite des Hügels hinauffuhren. Dann waren sie über dem Kamm, und schon bald war das Sirenengeheul tief in den nächsten

Tälern begraben, und es war vor Mickledore Hall so still wie im Inneren.

So endete meine direkte Verwicklung in den Mordfall auf Mickledore Hall. Wie ich bereits zu Beginn sagte, besser hätte das Verbrechen nicht sein können, es hätte auch nicht schlimmer sein können; nicht besser, weil Cissy Kohler ihre Rivalin zwar aus dem Weg räumen wollte, jedoch nicht aus diesem Grund in den Mord verwickelt wurde, sondern aus einer tiefen, altruistischen und letztendlich zerstörerischen Liebe zu einem wertlosen Mann; schlimmer hätte es nicht sein können, weil Mickledores einziges Motiv kalte, berechnende, selbstsüchtige Habgier war. Vielleicht sind Sie der Auffassung, daß man auf einen Mord die Wertung ›nicht besser‹ nicht anwenden darf, egal, wie es um das Motiv bestellt ist. Doch bedenken Sie das Folgende. Cissy Kohler war jung und töricht, und selbst wenn sie daran beteiligt gewesen war, ein Leben zu zerstören, hat sie auf sehr reale Weise ihr eigenes dafür gegeben. Ich habe sie nur kurz als Kindermädchen gekannt, bevor sie zur Mörderin wurde, doch das reichte, um zu spüren, daß sie uns, die Kinder, ebenfalls liebte, und wir hielten sie alle für wunderbar. Daran erinnere ich mich heute – an ihre Liebe. Kinder brauchen Liebe in Hülle und Fülle, und wenn sie großzügig gegeben wird, vergessen wir das nie und sind immer bereit zu verzeihen.

Sir Ralph Mickledore wurde am 14. Januar 1964 gehängt. Im folgenden Jahr wurde die Todesstrafe für Mord gänzlich abgeschafft, doch selbst einige wenige Monate hätten ihn wahrscheinlich gerettet, denn da kam wieder eine Labour-Regierung an die Macht. Cecily Kohlers Todesstrafe wurde in lebenslängliche Haft umgewandelt. 1976, kurz bevor sie Straferlaß bekommen sollte, tötete sie eine Gefängniswärterin, mit der sie eine lesbische Beziehung gehabt haben soll. Wieder des Mordes für schuldig befunden, sitzt sie noch immer im Gefängnis und verbüßt die längste ununterbrochene Haftstrafe einer Frau in den Analen der britischen Rechtsgeschichte.

Somit endet die Serie *Das Goldene Zeitalter des Mordes*. Raymond Chandler sagte von Dashiell Hammett, er habe den Mord jenen Menschen zurückgegeben, denen er eigentlich gehöre. Dabei hat er mit Absicht übersehen, daß der Mord in der vom Klassensystem bestimmten Welt des britischen Goldenen Zeitalters auf einer Realität beruht, die mindestens so existent war wie Hammetts Gemeinheit der Straße. In meinen Augen macht der Kriminalroman des Goldenen Zeitalters den Snobismus der englischen Gesellschaft lächerlich, wohingegen der abgebrühte Thriller die in der amerikanischen Gesellschaft herrschende Gewalt zum Genuß erhebt. Wer also hat die Moral auf seiner Seite?

Doch mein Ziel in diesen Sendungen war nicht die philosophische Debatte. Ich wollte vielmehr zeigen, daß eine Gesellschaft, welche die komplexe, künstliche und snobistische Kriminalliteratur hervorbrachte, die als Goldenes Zeitalter bekannt wurde, im wirklichen Leben Morde beging, die dieser Literatur als Vorlage dienten. Es waren allesamt sorgfältig geplante und raffiniert ausgeführte Verbrechen, von Männern und Frauen begangen, die wußten, daß sie ihr eigenes Leben riskierten, wenn sie anderen das Leben nahmen.

Klinge ich ansatzweise nostalgisch? Wenn ja, wem oder was gilt meine Nostalgie? 1963? Vielleicht. Es ist ein Berufsrisiko des Amateurhistorikers, überall Wasserscheiden zu sehen. Doch mir will es nicht unpassend vorkommen, daß wir in dem Jahr, als wir den Tod des letzten romantischen US-Präsidenten und des Untergangs einer britischen Regierung erlebten, die sich vor ihrer moralischen Verantwortung zu drücken versuchte, auch Zeugen des Mordfalls auf Mickledore Hall wurden.

In späteren Jahren mußte ein Verbrechen, um die Phantasie der Öffentlichkeit anzusprechen, entweder äußerst bestialisch sein oder es mußte um eine sehr große Menge Geld gehen. Wie die Ereignisse noch im selben Jahr zeigten, war es schon bald möglich, zwei Millionen Pfund zu rauben und zum Volkshelden zu werden, selbst wenn man dabei jemanden zu Tode prügelte. Bis 1963 war es noch möglich, an den Fortschritt zu glauben. Man hatte gerade einen Krieg gewonnen, und dieses Mal würde man ein Land schaffen, das vielleicht nicht für Helden gemacht war, aber doch eine Gesellschaft aufwies, in der Menschen leben konnten. Wir, die wir in den sechziger und siebziger Jahren aufwuchsen und in den schrecklichen Achzigern erwachsen wurden, haben die Zerstörung dieses Traumes erlebt, ohne je die Freude gehabt zu haben, ihn geträumt zu haben.

Ist es also überraschend, daß ich Sehnsucht nach einer Zeit empfinde, die noch die Hoffnung kannte? Und ist es sträflich, daß sich meine Sehnsucht sogar auf das erstreckt, was mit Sicherheit das letzte große Mordgeheimnis des Goldenen Zeitalters war?

ACHT

»*Dinge, wie Ihr sie hier gesehen habt, sieht man, ohne davon zu sprechen.*«

Als die Kassette zu Ende war, ging Pascoe hinaus in den Garten und sah zu den Sternen empor, die langsam am Himmel aufgingen. Er war auf dem Holzweg gewesen, was die Sorgen anderer Leute betraf. Sie waren keine Ablenkung, sondern nur eine Vergrößerung der Last.

Wie lang das Telefon läutete, bevor es seine Benommenheit durchdrang, wußte er nicht. Er eilte zurück ins Haus und nahm rasch den Hörer ab.

»Du läßt dir aber Zeit. Du bist doch nicht etwa schon im Bett?« sagte Dalziel.

»Nein. Ich habe mir die Kassette angehört.«

»Ach ja? Was hältst du davon?«

»Sie haben nie erwähnt, daß Sie persönlich in die Sache verwickelt waren.«

»Wie kommst du denn darauf? Stamper hat meinen Namen doch gar nicht genannt.«

»Sie werden beschrieben. Einmal gesehen, nie vergessen.«

»Haha. Ich wünschte, du wärst im Bett gewesen.«

»Warum?«

»Dann hättest du jetzt aufstehen müssen. Ich brauche dich sofort hier unten.«

»Warum?« fragte Pascoe. »Ich bin doch kein Hund, der kommt, wenn Sie pfeifen … Scheiße!«

Das Telefon war tot. Seine Aggressivität war sowieso nicht echt gewesen. Wie hätte die Alternative ausgesehen? Noch einige Stunden in seiner eigenen Gesellschaft, bis er sich müde genug gefühlt hätte, um den Horror einer durchwachten Nacht zu riskieren? Er verließ das Haus fast fröhlich.

Als er auf dem Parkplatz des Präsidiums aus dem Auto stieg, sah er zu seiner Überraschung, daß Dalziels Platz leer war. Sein Erstaunen wurde noch größer, als sich der Dicke aus dem Schatten eines geparkten Lieferwagens löste. Seine Bewegungen hatten fast etwas Verstohlenes an sich, und das paßte nicht gut zu dem massigen Körper seines Chefs. Er gab Pascoe ein Zeichen, ihn zum Eingang zu begleiten.

»Abend, Sir. Gibt es irgendeinen besonderen Grund, warum wir uns wie ein Ganovenpärchen aufführen und nicht wie die Herren dieser Stadt?«

»Witzig, daß du das sagst«, erwiderte Dalziel.

Er ging als erster ins Gebäude, doch bevor er die Treppe hinaufstieg, hielt er inne, wie zu überprüfen, ob jemand anwesend war. Auf dem ersten Treppenabsatz kontrollierte er noch einmal, ob der Korridor leer war, bevor er ihn rasch hinunterschritt und vor der Tür anhielt, auf der Hillers Mahagonischild befestigt war. Pascoes Neugier wandelte sich in Betroffenheit, als Dalziel einen Schlüssel ins Schloß schob.

»Eine Sekunde«, sagte er.

»Maul halten und reinkommen«, zischte Dalziel.

Pascoe wurde in den Raum gestupst, und die Tür schloß sich leise hinter ihm. Es herrschte pechschwarze Finsternis. Er machte langsam einen Schritt nach vorn und stieß sich das Schienbein an einem Stuhl.

»Stehenbleiben«, befahl Dalziel. Im nächsten Augenblick ging eine kleine Schreibtischlampe an, deren Licht sich grünlich wie eine drei Tage alte Leiche in drei Monitoren spiegelte.

Pascoe sagte ruhig, aber nachdrücklich: »Nun erst einmal langsam, Sir. Ich habe zugesagt, Mr. Hiller im Auge zu behalten, aber darunter verstehe ich nicht, daß ich bei ihm einbreche.«

»Wer ist hier eingebrochen?« verlangte Dalziel zu wissen. »Und was wird aus der Welt, wenn der Chef der Kripo in seiner eigenen Dienststelle nicht mehr jeden Raum betreten darf?«

»Da ist was dran. Aber ich verstehe nicht, warum ein Mann, der jeden Raum betreten darf, den er will, dabei die Hilfe eines gewöhnlichen Sterblichen wie mich braucht.«

»Nun werd nicht frech, Junge«, sagte Dalziel streng. »Und Ehre wem Ehre gebührt. Wenn es nur ein paar Schreibtischschubladen wären oder ein Aktenschrank, an den ich ranwollte, könntest du gern allein in deinem Bett liegen und dich bedauern. Nein, ich brauche Hilfe bei den verdammten Dingern da.«

Er knallte frustriert mit der Faust auf die Tastatur eines der Rechner. Pascoe zuckte zusammen.

»Du kennst dich damit doch aus, nicht? Du hast diesen Kurs gemacht und redest dir doch immer den Mund fusselig, daß wir sie nicht genug einsetzen. So, hier hast du die Gelegenheit, mir zu demonstrieren, wie nützlich sie sind.«

»Zur rechten Zeit und am rechten Ort würde ich nichts lieber tun«, erwiderte Pascoe. »Zu dieser Zeit ist der rechte Ort für mich das Bett. Gute Nacht, Sir.«

Er wandte sich in Richtung Tür. Und erstarrte.

Im Flur waren Schritte zu hören. Sie waren auf der Höhe der Tür. Und gingen weiter.

Dalziel, als hätte er nichts gehört, sagte: »In Ordnung, Junge, ich werde dich nicht anbetteln. Mach dich auf die Socken, und ich sehe zu, wie ich hier klarkomme. Ein Mensch, der Dudelsack spielen kann, sollte auch mit diesen Dingern keine großen Probleme haben.«

Mit seinen riesigen Pranken, die über der Tastatur schwebten, sah er aus wie ein Installateur, der sich mit einem Eckschweden an eine Augenoperation machen will. Pascoe stöhnte auf. Er wußte, und wußte, daß Dalziel es wußte, daß jeder Versuch eines in Computerdingen Unbeleckten an die Daten zu kommen, sich nicht würde verheimlichen lassen.

»Rücken Sie zur Seite.«

Seine Hoffnung, Hiller habe den Zugang erschwert, war schnell zerschmettert. Der Mann glaubte offenbar, ein gutes Schloß und sein Name auf der Tür seien ausreichende Sicherheitsmaßnahmen. Der arme Trottel war zu lange außerhalb von Dalziels Dunstkreis gewesen.

»Was wollen Sie wissen?« fragte Pascoe.

»Alles, was der blöde Adolf weiß.«

Pascoe sagte seufzend: »Das ist keine altmodische Befragung. Ich kann nicht einfach draufschlagen und verlangen, daß der Computer alles ausspuckt. Und selbst wenn ich das könnte, weiß Gott, wie lange es dauern würde, bis er alles hochgewürgt hätte, und ich stehe Ihnen nur fünf Minuten zur Verfügung, und darüber wird nicht verhandelt.«

»In Ordnung. Vor allem will ich wissen, wo die Kohler zur Zeit untergebracht ist.«

Die Implikationen des Wunsches seines Chefs waren zu furchterregend, als daß Pascoe darüber hätte diskutieren wollen. Er bediente die Tasten und hoffte halbherzig, es möge nicht möglich sein, Hillers Daten zu öffnen, aber Adressen waren eindeutig nicht unter Informationen mit Zugangsbeschränkung abgelegt.

»Hier«, sagte er und riß den Ausdruck ab. »Gehen wir.«

»Du hast fünf Minuten gesagt«, warf Dalziel ein. »Ich möchte alle Adressen haben, von all den Typen, die an jenem Wochenende auf Mickledore Hall waren.«

»Warum sollte ich sie hier drin finden?«

»Ich kenne Adolf.«

Er hatte recht. Der Drucker spuckte eine Adresse nach der anderen aus, nur bei James Westropp streikte er.

»Das ist großartig«, sagte Dalziel, der zusah, wie die Ausdrucke abrollten. »Installiere so ein Teil auf unserem Lokus und stell dir vor, was wir sparen würden. Wie wäre es nun mit ...«

»Nichts wäre nun mit. Das war's.«

Pascoe machte sich ans Aufräumen. Es bestand eine gewisse Chance, daß sein illegaler Zugang unbemerkt bleiben würde, und er wollte sie möglichst groß halten.

»Stecken Sie das Zeug um Himmels willen unter die Jacke«, sagte er zu Dalziel, der mit den Fahnen flatternden Endlospapiers durch die Dienststelle wandern wollte.

Die Rollen waren nun vertauscht. Es war Pascoe, der vor Angst verstohlen prüfte, ob der Flur leer war.

»In Ordnung, gehen wir«, sagte er.

Dalziel schien Ewigkeiten zu brauchen, bis er die Tür abgeschlossen hatte, und Pascoe machte Höllenqualen durch, daß sie womöglich in letzter Minute ertappt würden.

»Das wär's«, sagte der Dicke endlich. »Gehen wir, bevor du noch in Ohnmacht fällst. Du bist so nervös wie ein Kaplan bei seinem ersten Chorknaben.«

Pascoe entgegnete nichts. Entsetzt sah er auf das Mahagonischild. Durch das erste »l« von Hillers Namen verlief ein Querbalken.

»Ich hätte es mir denken können!« sagte er. »Das waren Sie!«
Er befeuchtete seinen Finger und rieb an dem Querstrich herum,
aber die Tinte ging nicht ab.

Dalziel zog ihn sachte weg und sagte: »Adolf darf sich doch nicht
einbilden, wir hätten unseren Humor verloren. Hast du schon was
gegessen? Du mußt auf dich aufpassen, auch wenn die Köchin weg
ist. Ich mach dir einen Vorschlag. Ich lade dich zu Fisch ein, und wir
können ihn bei mir zu Hause essen, während wir besprechen, wie wir
weiter vorgehen. Wir nehmen dein Auto. Ich bin nicht mit meinem
gekommen. Je weniger Hinweise auf mich, desto besser.

»Wohingegen ich nicht zähle?«

»Nein, Junge. Dein großer Vorteil ist, daß du unter jedem Verdacht stehst!«

Sie hielten an einem Schnellimbiß ein paar Straßen von Dalziels
Haus entfernt. Dalziel war dort offensichtlich wohlbekannt, denn er
brauchte beim Eintreten nur zwei Finger zu heben und schon wurde
er über den Kopf eines gedrungenen Jugendlichen bedient, der mehr
verwundert, denn sich beschwerend fragte: »Wer zum Teufel sind Sie
denn?«

»Arzt«, sagte Dalziel. »Notfall. Habe einen Fisch-Diabetiker im
Auto.«

Als sie bei Dalziel eintrafen, war dort eingebrochen worden.

Es war ein Routinejob. Das Küchenfenster war eingeschlagen, die
Schubladen durchwühlt.

»Kofferradio, Kutscheruhr aus Messing, goldene Manschetten-
knöpfe, zehn Pfund in Münzen«, sagte Dalziel nach einer kurzen Be-
standsaufnahme. »Zieh den Vorhang zu, damit es nicht zieht, und
machen wir uns über den Schellfisch her, bevor er kalt wird.«

Er stellte eine Flasche Ketchup und zwei Dosen Bier auf den Küchentisch und machte sich daran, den Fisch und die Fritten auszupak-
ken.

»Wollen Sie nicht …?«

»Was? Anrufen, damit die halbe Mannschaft hier antanzt und mir
meinen Fisch einstaubt? Du kennst doch die Rate, Junge. Fünf Prozent Aufklärung bei normalen Gelegenheitseinbrüchen. Wie hoch
sind die Chancen dann in diesem Fall?«

Pascoe wickelte langsam seinen Fisch aus der Zeitung. Es war die
einheimische *Evening Post,* und sein Blick fiel auf die Spalte ›Verbre-

chen im Wochenspiegel‹, wo Kleinigkeiten wie Schlägereien und Einbrüche in den Genuß kurzfristiger Aufmerksamkeit kamen. Das war die Ursache für Dalziels Zynismus. Aber nicht für seine Formulierung.

Pascoe nagte an einer Fritte und sagte: »Warum sollten die Chancen, daß dieser Einbruch aufgeklärt wird, noch schlechter als üblich sein?«

»Weil es weder Gelegenheits- noch Einbruch ist«, erwiderte Dalziel wie aus der Pistole geschossen. »Er ist wahrscheinlich durch die Haustür hereingekommen und hat das Fenster beim Hinausgehen demoliert, weil er die Idee für gut hielt.«

Pascoe ging zum Fenster und besah es sich genauer, dann ging er durch den Flur und untersuchte die Haustür.

»Wie kommen Sie darauf?« fragte er, als er wieder an seinem Platz in der Küche saß. »Ich kann nichts erkennen.«

»Ich auch nicht. Aber Ehre wem Ehre gebührt. Willst du nichts von dem Schellfisch?«

»Wenn es kein einfacher Einbruch war, hinter was waren sie dann her?« hakte Pascoe nach.

Dalziel, der seine eigene Portion rasch verschlungen hatte, brach sich ein Stück von Pascoes Fisch ab und steckte es in den Mund.

»Wally Tallantires Unterlagen, würde ich sagen«, sagte er kauend.

»Was? Aber Mrs. Tallantire sagte doch, daß es keine gibt. Oder nicht?«

»Adolf hat kein Vertrauen in die Menschheit«, sagte Dalziel traurig.

»Er ist aber nicht der Typ, glaube ich, der einbrechen würde.«

»Nein, so was Riskantes würde er nie tun. Aber er würde seine Gedanken vielleicht Leuten mitteilen, die in diesem Punkt keine Hemmungen haben.«

»Sprechen Sie von der Verbindung zum Geheimdienst, die Sie sich aus den Fingern gesaugt haben?« Pascoe lachte ungläubig. »Sie wollen mir verkaufen, daß die einen Einbruch türken, nur um nach ein paar Unterlagen zu suchen, die es gar nicht gibt?«

»Wer sagt denn, daß es sie nicht gibt?«

»Sie wollen doch nicht etwa sagen, daß Sie sie haben? Das wird ja immer schlimmer. Was zum Teufel haben Sie eigentlich vor?«

»Vorhaben? Ich weiß nicht, wovon du redest«, sagte Dalziel und nahm sich noch einmal von Pascoes Fisch.

»Beweismaterial verbergen. Computerdaten stehlen. Herr im Himmel, in was für eine Sache ziehen Sie mich da hinein?«

»Gott, wie das klingt, wenn man dich reden hört! Ich versuche nichts weiter, als den Ruf eines Kumpels zu schützen. Das würdest du doch auch tun, oder?«

»Wenn er es wert wäre, vielleicht«, sagte Pascoe brutal.

»Ach ja? Und was wäre, wenn ich behaupten würde, deine Ellie ist eine Ziege, die nicht weiß, was sie will, und die endlich einen Vorwand gefunden hat, zu ihrer Mama abzuhauen? Huch, nun paß aber auf, Junge. Du würdest doch nicht auf jemanden losgehen wollen, der dir Schellfisch übriggelassen hat?«

Pascoe sah, daß er mit geballten Fäusten dastand. Er versuchte sie zu öffnen, es ging aber nicht.

»Und wozu war das eben gut?« fragte er leise.

»Ich wollte dir nur demonstrieren, daß die Wahrheit unerheblich ist, wenn man für einen Kumpel eintritt. Selbst wenn sich herausstellen sollte, daß Wally den größten Mist gebaut hat, kriegt jeder, der das laut sagt, eine von mir geballert.«

Pascoes Hände lockerten sich.

»In Ordnung, Sokrates«, sagte er. »Aber ganz so einfach sind die Dinge nicht.«

»Im Leben sind sie das nie, aber vor dem Gesetz ist es eine andere Sache. ›Schuldig oder nicht schuldig?‹ ›Bitte, Euer Ehren, so einfach ist das aber nicht.‹ Bei Gott, der Richter würde an die Decke gehen und sich dann dort oben festhalten, damit er aus der Höhe auf dich scheißen kann! Nein, auf ein Vielleicht wird unser Adolf sich bei dieser Sache nicht einlassen, besonders wenn niemand da ist, der ihm Paroli bietet.«

»Sie sind da.«

»Ja, stimmt, was? Mein Schicksal, Paroli zu bieten.«

»Vielleicht fangen Sie besser erst einmal damit an, mir eine Antwort zu geben«, sagte Pascoe und setzte sich wieder an seinen Platz.

»Bist du dir wirklich sicher, daß du wissen willst, was los ist? Ahnungslosigkeit ist vielleicht deine beste Verteidigung.«

»Bei Ihnen war das noch nie der Fall«, sagte Pascoe.

»Stimmt. Es ist auf jeden Fall besser, Bescheid zu wissen und zu lügen«, sagte Dalziel. »Also schieß los.«

Pascoe kaute auf einer kalten Fritte herum. Dalziel hatte geschwindelt, als er sagte, er habe ihm Schellfisch übriggelassen. Und ansonsten?

Er sagte: »Fangen wir von vorne an. Die Kassette hat mich mit der offiziellen Version vertraut gemacht, ich muß aber auch die revidierte Fassung kennen. Die Sendung im Fernsehen habe ich verpaßt, und um die Zeitungsberichte habe ich mich nicht gekümmert. Was ist also geschehen, das die Verantwortlichen dazu bewogen hat, einen Fehler einzuräumen?«

»Als erstes kam Jay Waggs. Er scheint ein bißchen ein Windhund zu sein. Im Mediensektor tätig, versucht er sich an allem, was ihm über den Weg läuft – allzeit auf der Suche nach der Abkürzung zum ganz großen Geld. Er behauptet, ein entfernter Verwandter von Cecily Kohler zu sein, und erzählt aller Welt, er sei mit Geschichten von seiner Cousine Cissy groß geworden, die der Familie Schande gemacht habe und im Tower von London eingesperrt sei. Er hat den Fall recherchiert, ist hierher gekommen, bekam Erlaubnis, sie zu besuchen und, so behauptet er, ist langsam zur Überzeugung gekommen, daß ein Justizirrtum vorliege. Unser Ebor Television hier hat ihn mit einer Sendung unterstützt, weil sich der Fall in Yorkshire ereignet hat. Ich habe das Video.«

Dalziel stand auf und legte ein Video in seinen Rekorder.

»Damit hat er sich verraten«, sagte er und drückte auf den Startknopf. »Heutzutage klaut jeder Einbrecher mit Selbstachtung erst einmal deinen Videorekorder. Noch ein Bier?«

»Warum nicht?« sagte Pascoe, der sich nicht länger wehrte.

Er fing die Dose auf, die Dalziel ihm zuwarf und zog am Ring, um sie zu öffnen, während der Bildschirm farbig erblühte.

Die Sendung war clever und gut gemacht. Auf der Plusseite standen Aufnahmen von Mickledore Hall, nun im Besitz des National Trust, mit Innendekoration und Mobiliar, die seit 1963 buchstäblich unverändert waren, und Waggs selbst, der mit einer einzigartigen Mischung aus amerikanischer Dreistigkeit, Aufrichtigkeit und Charme auftrat. Das große Minus war, daß es kaum einen Beitrag der an dem fatalen Wochenende Beteiligten gab. Zum Ausgleich wurde ausführlich aus Lord Partridges Memoiren zitiert, und man konnte auch einen Blick aus der Ferne auf Elsbeth Lowrie werfen, nun eine dralle Bäuerin, die ihre Hühner fütterte. Und in einem ziemlich grausigen Gespräch erklärte der Henker Percy Pollock, der nun ein zerbrechlicher weißhaariger Siebziger war, daß Ralph Mickledore noch seine Unschuld beteuert habe, als er aufs Schafott gestiegen sei.

»Das ist doch wohl klar«, warf Dalziel ein.

»Pst«, sagte Pascoe, denn nach all den Behauptungen und Argumenten schien jetzt endlich das Beweismaterial an der Reihe zu sein.

Es wurde in Form eines Gesprächs mit dem einen Gast auf Mickledore Hall präsentiert, der sich bereit erklärt hatte, vor der Kamera zu erscheinen. Es war Mavis Marsh, die Kinderfrau der Partridges. Weit entfernt davon, die steife Gestalt in gestärkter Uniform zu sein, an die sich William Stamper erinnerte, war die Frau, die nun auf dem Bildschirm zu sehen war, elegant gekleidet, gutaussehend und saß sehr entspannt in einem luxuriösen Sessel in einem Raum, der wie eine Illustration aus der Broschüre eines Innenarchitekten aussah.

Jay Waggs sagte in Voiceover: »Ich habe Mavis Marsh in ihrer Wohnung in Harrogate besucht und gebeten, mir zu erzählen, an welche Ereignisse jener Nacht sie sich erinnert.«

Miss Marshs Stimme war leicht und klar, und sie sprach mit einem vornehmen Morningside-Akzent.

»Ich war in der zweiten Etage untergebracht, und mein Zimmer lag genau über der Waffenkammer. Ich bin früh ins Bett gegangen und fast gleich eingeschlafen. Ich weiß nicht genau, wie lange ich geschlafen hatte, als mich etwas aufweckte –«

»Was hat Sie aufgeweckt?« unterbrach Waggs sie.

»Ich weiß es nicht. Eine Art Krachen –«

»Hätte es ein Schuß gewesen sein können?«

»Möglich, aber daran habe ich damals natürlich nicht gedacht.«

»Hat man später versucht, das Geräusch zu reproduzieren? Ich meine, hat die Polizei beispielsweise in der Waffenkammer einen Schuß abgegeben, um zu testen, wie Sie reagieren?«

»Nein. Ich erinnere mich, daß davon die Rede war, aber es wurde nichts daraus.«

»Warum?«

»Ich vermute, daß die Polizei mittlerweile das Geständnis von Cecily Kohler vorliegen hatte und deshalb dachte, es sei Zeitverschwendung.«

»Okay. Sie hörten also ein Geräusch. Was geschah dann?«

»Mein erster Gedanke galt natürlich den Kindern, und ich sprang in aller Eile aus dem Bett. Ich vermute, daß ich vergessen hatte, wo ich mich befand, und bin an die Stelle geeilt, wo daheim, ich meine in Haysgarth, dem Familiensitz der Partridges, die Tür gewesen wäre. Das Ergebnis war, daß ich in einen Kleiderschrank rannte und mir die Nase prellte.«

»Was haben Sie da gemacht?«

Sie sah ihn amüsiert an und meinte: »Ich habe das getan, was jeder normale Mensch getan hätte. Ich habe geschrien und mich auf mein Bett gesetzt. Meine Nase fühlte sich an, als wäre sie gebrochen, jedenfalls hat sie geblutet. Ich holte ein paar Papiertaschentücher von meinem Nachttisch und ging dann zur Tür.«

»Diesmal fanden Sie sie mühelos?«

»Ich mache selten einen Fehler zweimal«, sagte sie mit plötzlicher Schärfe, die einen kurzen Blick auf die strenge Kinderfrau freigab, die sich hinter der polierten Oberfläche verbarg. »Und außerdem hatte ich inzwischen das Licht angemacht. Ich bin auf den Flur getreten und habe Miss Kohler gesehen.«

»Cissy? Was hat sie denn auf dem Flur gemacht?«

»Sie stand vor ihrer Zimmertür.«

»Als wäre sie gerade aus ihrem Zimmer gekommen, wollen Sie sagen? Als sei sie von demselben Geräusch gestört worden wie Sie?«

»Möglich. Eigentlich sehr wahrscheinlich. Doch als sie mich sah, kam sie geradewegs zu mir. Ich muß entsetzlich ausgesehen haben. Wenn ich Nasenbluten habe, verliere ich immer unverhältnismäßig viel Blut. Sie brachte mich in mein Zimmer, und ich legte mich auf mein Bett, während sie mir das Blut abwusch. Sie machte das sehr gut, daran erinnere ich mich, wie ich es von einem ausgebildeten Kindermädchen erwarten würde. Sie versicherte mir, daß der Knochen nicht gebrochen sei, und sagte, ich solle mit einer kalten Kompresse liegen bleiben, bis die Blutung vollständig zum Stillstand gekommen sei. Dann ging sie, damit ich mich ausruhen konnte.«

»So daß sie wahrscheinlich Ihr Blut an den Händen hatte, als William Stamper sie auf dem Flur sah?«

»Es sieht ganz danach aus, ja.«

»Haben Sie das Superintendent Tallantire gesagt?«

»Ich kann mich ehrlich gesagt nicht daran erinnern, aber ich gehe davon aus.«

»In Ihrer schriftlichen Aussage steht nichts davon.«

»Ich habe es natürlich der Polizei überlassen zu entscheiden, was wichtig war und was nicht.«

»Doch später, hatten Sie da nicht das Gefühl, daß Sie etwas sagen sollten ...?«

Miss Marsh musterte Waggs mit einem Blick, unter dem Äpfel im Fall innegehalten hätten.

»Etwas sagen? Was denn? frage ich Sie. Ein Mord war begangen worden. Miss Kohler hatte gestanden, daß sie bei der Ausführung die Komplizin Sir Ralphs gewesen sei. Wir standen alle unter beträchtlichem Schock. Ich habe der Polizei alles gesagt, was ich wußte.«

»Doch als sich beim Prozeß zeigte, daß der Staatsanwalt Miss Kohlers Auftauchen im Korridor mit blutigen Händen so aufbauschte, Blut derselben Blutgruppe wie Pamela Westropp, Gruppe B, was natürlich auch Ihre Blutgruppe ist, wurde es Ihnen da nicht unwohl in Ihrer Haut?«

»Hätte ich es gewußt, vielleicht, obwohl die Tatsache, daß sie gestanden hatte, immer noch sehr gegen sie sprach. Doch zur Zeit des Prozesses war ich auf Antigua. Lord Partridge, damals noch Mr. Partridge, hatte seine Familie fast unmittelbar, nachdem wir Mickledore Hall verlassen hatten, zum Gut eines Cousins gebracht, um der Belästigung durch die Medien zu entgehen. Er mußte natürlich nach England zurück, wegen seiner parlamentarischen Pflichten, aber seine Frau sowie ich und die jüngeren Kinder blieben bis Januar im Ausland.«

»Haben Sie den Prozeß nicht am Radio oder in den Zeitungen verfolgt?«

»Nein. Lady Partridge legte keinen Wert darauf, über die Vorfälle in Mickledore Hall zu sprechen. Sich völlig herauszuhalten, schien der beste Kurs.«

»Und die Verteidigung hat nicht versucht, Verbindung mit Ihnen aufzunehmen?«

»Es kam ein Brief von irgendwelchen Anwälten. Ich bin dem Rat meiner Arbeitgeber gefolgt und habe erwidert, ich sähe mich außerstande, meiner Aussage noch etwas hinzuzufügen.«

»Doch nun, da Sie alle Tatsachen des Prozesses kennen, alle Details des Beweismaterials, was empfinden Sie nun, Miss Marsh?«

Die Kamera näherte sich ihr, bis ihr Gesicht den gesamten Bildschirm ausfüllte. Ihr Teint hielt dieser Musterung aus der Nähe sehr gut stand, und ihre Augen, ohne zu blinzeln auf das Objektiv der Kamera gerichtet, waren klar und hart wie Kristall.

»Wenn das Blut für das Urteil eine Rolle spielte, dann war das eindeutig ein Irrtum, und das Urteil sollte aufgehoben werden.«

»Und das Geständnis?«

Sie machte eine ungeduldige Handbewegung.

»Sie war jung, möglicherweise unreif. Jeder, der beruflich mit Kindern zu tun hat, weiß, daß ihre Neigung, offenkundig Wahres zu leugnen, nur noch von ihrer Bereitwilligkeit überboten wird, offenkundige Unwahrheiten zuzugeben. Manchmal tun sie es, weil sie etwas mißverstehen, und manchmal, weil sie jemandem zu Gefallen sein wollen. Meistens tun sie es jedoch einfach aus schlichter, irrationaler Angst.«

»Aber sie hat ihr Geständnis nicht zurückgenommen.«

»Natürlich nicht. Warum sollte sie sich, nachdem sie sich einmal für das entschieden hatte, was für sie der geringere Schrecken war, noch einmal mit dem größeren belasten? Wenn Sie das nicht nachvollziehen können, junger Mann, dann sind auch Sie eindeutig dickfellig genug, um einen Polizisten abzugeben!«

»Mein Gott!« hauchte Dalziel. »Die hätte ich gern zum Windelnwechseln gehabt.«

Die Sendung ging wenige Minuten später mit einem leidenschaftlichen Appell Waggs zu Ende, den Fall noch einmal aufzurollen und endlich Gerechtigkeit walten zu lassen. Dalziel sah Pascoe an: »Und?«

»Warum haben Sie den Test mit dem Gewehr nicht gemacht?«

»Haben wir. Nur schlug dabei die Stalluhr. Außerhalb der Kammer hörte man keinen verdammten Laut.«

»Aber das Geräusch, das Miss Marsh aufweckte …?«

»Wahrscheinlich waren es doch die Kinder. Oder sie hat es geträumt. Wally machte sich darum keine Gedanken.«

»Warum nicht?« fragte Pascoe, beantwortete dann aber seine eigene Frage: »Weil es zu früh war. Weil Mickledore noch mit Stamper unten saß und sich für seinen Gang bereitmachte und Partridge für seinen Ritt. Weil er, wenn er den Mord geplant hatte, wissen mußte, daß der ideale Zeitpunkt während des Schlagens der Stalluhr war. Deshalb interessierte Tallentire die Verletzung der Marsh nicht. Die Zeit paßte nicht. Verständlich, würde ich sagen. Doch wie konnte er es rechtfertigen, die Erklärung von Kohlers blutigen Händen zu ignorieren?«

»Sie hat es ihm nicht gesagt«, sagte Dalziel. »Frag mich nicht, warum, aber die Marsh hat die Kohler nie erwähnt.«

»Wie können Sie sich dessen so sicher sein?«

»Weil ich mir sicher bin, daß Wally etwas unternommen hätte!« knurrte Dalziel.

»In Ordnung. Aber wenn er zu dem Schluß gekommen war, daß Mickledore mit der Uhr die Schüsse übertönen wollte, wie paßt es dann dazu, daß Cecily Kohler vor Mitternacht mit blutverschmierten Händen herumwandert?«

»Wer hat denn gesagt, daß es vor Mitternacht war? Vier Kinder haben im oberen Stockwerk einen draufgemacht. Stamper sagte zwar aus, er habe die Kohler gesehen, bevor die Uhr schlug. Doch eines der Mädchen hatte behauptet, die Uhr sei gerade am Schlagen gewesen, und die beiden anderen, daß sie bereits geschlagen hätte. Den Aussagen von Kindern ist nicht zu trauen.«

»Es sei denn, sie passen einem in den Kram«, sagte Pascoe.

»Haha. Laß die Kinder mal außen vor. Was von dem, was du gesehen hast, wäre für dich ein Grund, die Kohler wieder auf die Menschheit loszulassen?«

»Nicht viel«, gab Pascoe zu. »Bei einer Wiederaufnahme wird es umso schwieriger, je mehr Zeit verflossen ist. Ich denke, der Affe von Hartlepool hätte es schwer, jetzt eine Begnadigung durchzusetzen.«*

»Also?«

»Also muß es hier um etwas anderes gehen. Vielleicht um etwas, das die Behörden vor der Öffentlichkeit verbergen wollen.«

»Und was könnte das sein?«

Pascoe kam sich allmählich wie ein Zirkuspferd vor, das durch einen Reifen nach dem anderen springen muß.

»Etwas, das mit der nationalen Sicherheit, Sex, dem Königshaus oder mit sonst etwas zu tun hat, wodurch man Wähler verlieren könnte«, sagte er kurz angebunden.

---

* Geschichte aus den Napoleonischen Kriegen. Der Affe wurde angeschwemmt, nachdem ein französisches Schiff untergegangen war. Er war das Maskottchen und in französischer Uniform gekleidet. Die Einwohner von Hartlepool hielten ihn für einen Spion und haben ihn gehängt.

»Gut gemacht«, sagte Dalziel. »Und wenn du nun an Mickledore Hall im Jahr 1963 denkst, mit wem haben wir es da zu tun? Mit einem brünstigen Arbeitskumpel von Profumo, dessen Sohn und Erbe zufällig bei der gegenwärtigen Meute Innenminister ist; mit einem Cousin zweiten Grades der Königin, der beim Geheimdienst herumgeistert; mit einem Ami, der dasselbe Geschäft betreibt; einem Geschäftsmann, der von den Torys die Erlaubnis zum Gelddrucken bekommen hat, solange er jede Menge für sie mitdruckt, und einem leutseligen Gastgeber, der alles mit Brieftasche anpumpt und alles mit Handtasche durchbumst. Genug, um zu erklären, warum dieser Pimpernel aus London aufkreuzt, würde ich sagen.«

»Da müssen Sie sich schon ein wenig simpler ausdrücken, Andy«, sagte Pascoe, der die familiäre Anrede verwendete, um zu unterstreichen, wie vertraulich ihr Gespräch war.

»Glaubst du denn, ich würde es dir nicht erzählen, wenn ich genau wüßte, was Sache ist?« sagte Dalziel in verletztem Ton. »Ich sage nichts weiter, als daß ich nicht Däumchen drehend hier sitzen werde, während die Wally an den Karren fahren wollen.«

»Und was genau wollen Sie dagegen unternehmen?«

»Ein paar alte Leichen ausbuddeln. Mit ihnen reden.«

»Und wie wollen Sie die dazu bringen, Ihnen Rede und Antwort zu stehen? Indem Sie eine Séance abhalten?«

»Spar dir deinen Sarkasmus, Junge. Bist nicht du der Gebildete von uns beiden? Dieser fremdländische Heini, der nach dem trojanischen Krieg das Mittelmeer unsicher machte, wie hieß der noch?«

»Odysseus? Oder Äneas?«

»Der in die Hölle runter ist, um mit den Toten zu sprechen. Wie war das doch noch mal? Wie hat der es geschafft, daß sie ihm geantwortet haben?«

»Ich glaube, daß beide dort waren«, sagte Pascoe. »Und wenn ich mich recht erinnere, haben beide dieselbe Methode angewandt. Um die Geister zum Sprechen zu bringen, mußten sie einen Graben ausheben und ihn mit Blut füllen.«

»Ich wußte doch, daß ich mich auf dich verlassen kann, Junge«, sagte Andrew Dalziel. »Genau so machen wir es.«

ZWEITER TEIL

GOLDENER ZWEIG

EINS

»Oh, Vater, ich möchte wohl auch ein Auferstehungsmann* werden, wenn ich einmal groß bin!«

»Man könnte mich«, sagte Miss Marsh, »als Bluterin bezeichnen. Nicht im eigentlichen Sinn hämophil wie die Romanoffs, verstehen Sie, aber wenn ich erst einmal loslege, dauert es eine ganze Weile, bis mein Blut gestillt ist.«

Nicht nur dein Blut, dachte Pascoe, der von dem einstigen Kindermädchen einen frostigen Empfang erwartet hatte und nun Earl Grey trinkend Reminiszenzen aus dem Kinderzimmer lauschen mußte, die sich wie die Sommer der Kindheit ewig hinzogen. An einer Stelle war sie, ohne ihren Redefluß zu unterbrechen, aufgestanden, an einen reichverzierten Sekretär getreten, der so aussah, als würde er bei Sotheby's für etwas mehr als ein Butterbrot weggehen, und hatte einer seiner Schubladen ein wohlgefülltes Album entnommen. Danach setzte sie ihren Vortrag illustriert fort, und Pascoe erlebte zum ersten Mal am eigenen Leib Tristam Shandys Dilemma, daß die Gegenwart rascher zur Vergangenheit wird, als die Vergangenheit wieder in die Gegenwart geholt werden kann.

Gerade als er die Hoffnung aufgegeben hatte, jemals die Fragen stellen zu können, die er sich zurechtgelegt hatte, gab sie ihm mit der Anekdote, wie der reizende Tommy Partridge sie einmal mit einer Nadel gepiekst hatte, das ersehnte Stichwort.

»Ganz richtig, ja. Wenn ich geahnt hätte, daß mein kleiner Unfall

---

* So hießen die Leute, die Leichen ausbuddelten und an die Anatomie von St. Thomas verkauften. Die Kneipe gegenüber dem Krankenhaus, in dem der Handel blühte, gibt es noch.

Ins Leben zurückgerufen

Justitias Waagschalen auch nur andeutungsweise aus der Balance bringen würde, hätte ich mich natürlich schon vor Jahren gemeldet. Doch ich habe das nie gewußt. Wie ich erst gestern Nachmittag zu Ihrem Mr. Hiller sagte, ich verstehe noch immer nicht, wieso Mr. Tallantire die wahre Erklärung für die blutigen Hände des Mädchens einfach ignorieren konnte.«

Pascoe konnte es auch nicht verstehen, aber es gab vieles, was er nicht verstand. Was er hier eigentlich zu suchen hatte, gehörte unter anderem auch dazu.

»Ich möchte alles wissen, was Adolf ausgräbt«, hatte Dalziel gesagt. »Du tigerst also morgen als allererstes los und unterhältst dich mit der Marsh und Partridge.« Das wäre für Pascoe, der sich nicht daran erinnern konnte, seine Dienste überhaupt angeboten zu haben, der richtige Moment gewesen, grundsätzliche Einwände zu erheben. Statt dessen hatte er sich wie ein Schwächling nur gegen die praktische Umsetzung von Dalziels Plänen gewehrt.

»Sie aufzusuchen lohnt sich aber nicht, bevor Hiller nicht bei ihnen war«, antwortete er, wie er sich einbildete, ganz schön gewieft.

»Natürlich nicht. Doch da er heute Nachmittag bei ihnen war, ist alles in Butter.«

»Woher wissen Sie denn das schon wieder?« hatte Pascoe ausgerufen.

»Bevor du heute abend zu mir gestoßen bist, habe ich einen Blick auf Adolfs Kalender geworfen«, sagte Dalziel und wackelte mit seinen dicken Fingern. »Mit Rechnern hab ich zwar meine Probleme, aber mit Schubladen bin ich groß geworden.«

»Aber ich kann doch nicht einfach einen ganzen Morgen blaumachen …«

»Ich vertrete dich«, unterbrach ihn der Dicke ungeduldig. »Bei Partridge würde ich anrufen und einen Termin ausmachen. Lords stehen auf Protokoll, es gibt ihnen das Gefühl, wichtig zu sein. Nannies fühlen sich manchmal einsam und ziehen Überraschungsbesuche vor.«

Noch nicht einmal Soziologiedozenten geben ihre Binsenwahrheiten in Daziels Brustton der Überzeugung von sich – vielleicht, weil seine eher der Realität entsprechen.

Peter warf einen Blick auf die Bamberger Uhr. Wie ein Großteil der Kostbarkeiten im Zimmer sah sie echt aus, sofern er seinem Auge trauen durfte, das von einer langen Bekanntschaft mit Diebesgut geschult war. Sie sammelte eindeutig Antiquitäten. Vielleicht überhäuften die Reichen und Mächtigen aber auch diejenigen, die ihnen die widerlichen Seiten der Kinderaufzucht ersparten, mit dergleichen Kostbarkeiten. Die vergoldeten Zeiger der Uhr warnten ihn, daß die Reichen und Mächtigen diejenigen, die sich herausnahmen, sie warten zu lassen, mit ganz anderem überhäuften.

Er sagte: »Und dieses Geräusch, das Sie weckte – hat man dafür noch eine andere Erklärung gefunden, außer daß es der tödliche Schuß war?«

»Nicht, daß ich wüßte. Ich bin mir sicher, daß es entweder aus dem Raum unter meinem Zimmer kam, der die Waffenkammer war, oder aus dem Raum neben meinem Zimmer, wo meine Mädchen schliefen, oder aus dem Raum über mir, in dem das Dienstmädchen Lowrie untergebracht war.«

Vielleicht war es ja doch Partridges letzter Schuß gewesen! Pascoe runzelte die Stirn, um den Gedanken vor Miss Marshs sittenstrengem Auge zu verbergen.

»Eigentlich hätte ich natürlich gar nicht in diesem Zimmer untergebracht sein sollen. Als die ältere Kinderfrau hätte ich die richtigen Kinderzimmer etwas weiter den Flur hinunter haben sollen, doch da Miss Kohlers Schützlinge so jung waren, habe ich nicht auf meinem Recht bestanden.«

»Und die anderen Kinder?«

»Meinem Zimmer gegenüber und neben dem Raum der Zwillinge wohnte mein Tommy. Und gegenüber Miss Kohler und neben meinen Mädchen die Kinder der Stampers.«

»Die kein Kindermädchen hatten?«

»Nein.« Sie schürzte die Lippen. »Bei den Stampers kamen die schlimmsten Voraussetzungen für Kinder zusammen, fürchte ich. Eine Amerikanerin und ein Geschäftsmann. Sir Arthur, wie er nun heißt, hatte sein Herz auf dem rechten Fleck, doch da ihm die entsprechende Herkunft fehlte, war er völlig unfähig, zwischen einer Küchenmagd und einer geschätzten Hilfe für die Familie zu unterscheiden. Mrs. Stamper in ihrer demokratischen amerikanischen Art war nicht in der Lage, zwischen gegenseitigem Respekt und übertrieben vertraulicher Einmischung zu trennen. Deshalb hatten sie große Probleme, ihr Personal für die Kinder zu halten. Ich bin kein Snob,

Ins Leben zurückgerufen

95

Mr. Pascoe, aber es gibt einfach Dinge, die müssen einem in die Wiege gelegt sein.«

Wie Mord? fragte sich Pascoe.

Er sagte: »Glauben Sie, daß Sir Ralph Pamela Westropp getötet haben könnte?«

»Aber gewiß doch«, sagte sie. »Er könnte alles getan haben.«

»Das klingt, als fänden Sie das richtig?«

»Ob ich das richtig finde oder nicht, spielt keine Rolle. Leute wie Sir Ralph sind über die Verurteilung durch das gemeine Volk erhaben, Mr. Pascoe. Ein Adler, der ein Lamm reißt, oder ein Panther, der eine Ziege tötet, erregt auch nicht unseren Unwillen.«

»Wenn man Bauer ist, doch«, erwiderte Pascoe. »So halten Sie ihn also für schuldig?«

»Das habe ich nicht gesagt. Ich habe den Verdacht, daß er es nicht war.«

»Wegen der Zweifel an Miss Kohlers Geständnis, meinen Sie?«

»Natürlich nicht. Was hat sie mit dem Ganzen zu tun? Nein, ich denke nur, wenn jemand wie Sir Ralph Mickledore ein Verbrechen begehen wollte, hätte er den ungehobelten Stümper von der Polizei nicht auf 1000 Meilen in seine Nähe gelassen.«

»Sie fanden Mr. Tallantire also nicht sehr sympathisch?«

»Nein, in der Tat nicht«, sagte sie streng. »Sein Benehmen und seine Vorurteile waren die eines Gewerkschaftlers. Mich überrascht es wenig, daß er das amerikanische Mädel so lange unter Druck gesetzt hat, bis sie ein Geständnis ablegte und Beweismaterial fälschte, damit er einen Menschen vernichten konnte, dessen bloße Existenz seine Seele mit Neid und Groll erfüllt haben muß.«

Sie sprach sehr leidenschaftlich, und Pascoe dachte bedrückt, wie entzückt Hiller über diese nachdrückliche Verurteilung seiner Beute gewesen sein mußte.

Er sagte: »Ich danke Ihnen, daß Sie sich so viel Zeit für mich genommen haben, Miss Marsh«, und stand auf.

»Aber ich habe Ihnen doch noch gar nicht alle meine Alben gezeigt«, sagte sie auf die Schublade im Sekretär weisend, die so voll war, daß es für eine Holyrod-Biographie gereicht hätte. »Natürlich ist mir klar, wie ermüdend die Erinnerungen einer alten Frau sind ...«

»O nein, keineswegs«, versicherte er ihr und bezahlte für seine Höflichkeit mit einer Führung durch die Fotogalerie im Flur. Sie sagte nicht wortwörtlich: »Hier hängt mein letzter Herzog«, es fehlte aber nicht viel.

»Das hier ist eines meiner Lieblingsbilder«, rief sie aus, als es ihm gelungen war, seine Hand auf den Türknopf zu legen. »Einige meiner jungen Gentlemen und ich, als ich in Beddington war.«

»Beddington?« fragte er erstaunt.

»Ja. Ich war dort als Hausmutter tätig, nachdem ich meine Stelle bei den Partridges aufgegeben hatte. Mir war nach etwas anderem zumute.«

Inzwischen hatte sein Gehirn die Korrektur von Beddington, dem Frauengefängnis, auf Beddington College, der Privatschule, vorgenommen. Er besah sich das Foto, um ganz sicherzugehen. Von einem halben Dutzend junger Burschen umgeben, saß Miss Marsh an einem Gartentisch. Bevor sie mit der Lebensgeschichte ihrer Schützlinge anfangen konnte, sagte er rasch: »Hat Miss Kohler den ersten Teil ihrer Strafe nicht in Beddington verbüßt?«

»Ach ja? Wie merkwürdig. Die Schule liegt natürlich ein ganzes Stück vom Gefängnis entfernt, doch durch einen interessanten Zufall hat derselbe namhafte Architekt beide Gebäude entworfen. Wenn man die Augen aufhält, hat dergleichen eine Bedeutung, sehen Sie das nicht auch so, Mr. Pascoe?«

Er nickte heftig und öffnete die Tür. Um ihr zu entkommen, hätte er allem zugestimmt.

Auf der Straße blieb er stehen und sah an dem eleganten georgianischen Stadthaus empor. Es war so geschmackvoll in sechs Wohnungen umgewandelt worden, daß nur die Klingeln verrieten, daß es nicht länger das Zuhause der Familie eines betuchten Bürgers war. Als Kindermädchen schien man seinen Schnitt zu machen – es sei denn, auch die Wohnung wäre eine Zulage für besondere Dienste vonseiten ihres dankbaren Arbeitgebers.

Vielleicht hatte er ja den falschen Beruf gewählt. Er versuchte sich vorzustellen, wie er und Dalziel in gestärkten Blusen Kinderwagen durch den Park schoben. Doch der Gedanke brachte ihn nicht zum lächeln, sondern beschwor das Bild von Rosie vor sein geistiges Auge und gleichzeitig überflutete ihn die beklemmende Gewißheit, daß er sie nie wiedersehen würde. Er spürte alle Symptome einer aufsteigenden Panik. Er versuchte sich an die Techniken zu erinnern, sie in den Griff zu bekommen, doch er rannte nur wie betrunken die Straße

Ins Leben zurückgerufen

97

hinunter, auf eine ferne Telefonzelle zu. Er mußte sie anrufen, mußte ihre Stimme hören. Sein Verstand, ja, sein Leben hingen davon ab. Doch als er die Telefonzelle erreicht hatte, flaute die Panik ab. Er wollte zwar noch immer mit seiner Tochter sprechen, wußte nun aber, daß er es nicht durfte, daß er sich nicht sicher sein konnte, ob seine Angst nicht durch die Leitung zu ihr drang und sie ansteckte.

Doch die Versuchung war noch immer groß, und um sie zu bekämpfen, nahm er den Hörer auf und wählte die Nummer seiner Dienststelle.

»Kripo«, sagte er. »Hallo. Bist du das Wieldy? Peter Pascoe am Apparat.«

»Oh«, sagte Wield ohne viel Begeisterung. »Wo steckst du?«

»Harrogate. Tu mir einen Gefallen. Hier wohnt eine Mavis Marsh. Stell fest, wieviel Miete sie für ihre Wohnung bezahlt und wieviel sie bezahlen sollte. Nein, nicht dringend. Reine Neugierde.«

Und ein Vorwand, um anzurufen. Er gab die Adresse durch. Bei Sergeant Wield brauchte man nie etwas zu wiederholen.

»Bleibst du lange weg?« fragte Wield.

»Mit Sicherheit den Rest des Morgens.«

»Geht es um etwas, das ich wissen müßte?«

»Hat dir der große Zampano nichts erzählt?« parierte Pascoe, unsicher, wie Dalziel ihn »vertrat«.

»Den habe ich heute noch nicht gesehen. Er scheint irgendwann in der Frühe angerufen zu haben, seine Großmutter sei krank geworden, und er müsse zu ihr.«

»Seine *was?*«

»Das hab ich auch gedacht. Wenn er jemals eine Großmutter hatte, was ich bezweifele, muß sie schon lange mausetot sein.«

»Und für mich hat er keine Nachricht hinterlassen?«

»Nicht für dich, sondern dich betreffend. Du habest ihn in der Nacht mit schlimmen Zahnschmerzen angerufen, und es könnte sein, daß du etwas später kommst, weil du zum Zahnarzt mußt. Dein Zahnarzt ist also in Harrogate?«

Soviel zu der versprochenen Vertretung. Es war zum heulen. Andererseits – jemand, der eine kranke Großmutter vorschützte, hielt einen Zahnarzttermin wahrscheinlich für Genialität pur.

Er sah auf seine Uhr. Er würde zu spät zu dem Lord kommen, und somit nicht nur unaufrichtig, sondern auch noch unhöflich sein. Einer gutgläubigen alten Kinderfrau etwas vorzumachen, war eine Sache, aber was er nun vorhatte, war wirklich ein Spiel mit dem Feuer. Dalziels überraschender Gedankensprung zurück in epische Zeitalter kam ihm in den Sinn. Was hatte Äneas denn nun eigentlich bei sich gehabt, damit er die Unterwelt betreten und wieder verlassen konnte? Einen goldenen Zweig, ja, das war's.

»Bist du noch dran?« fragte Wields Stimme an seinem Ohr.

»Ja. Aber ich sollte längst woanders sein«, sagte Pascoe. »Bis später.«

Er trat aus der Telefonzelle. Auf der Straße war weit und breit kein Baum zu sehen, obwohl sie irgendwas mit Hain hieß. Aber er konnte ein Schild ausmachen, auf dem ›Buchladen zum Hain‹ stand. Er hatte einmal gelesen, man könne sich eines freundlichen Empfangs sicher sein, wenn man sich einem Schriftsteller mit dem Kopf seiner Großmutter in der einen und seinem neuesten Buch in der anderen Hand nähere.

Im Laden hieß es, ja, man habe ein Exemplar von *Im Birnbaum* da, es koste 12,95 Pfund, nein, die Taschenbuchausgabe sei noch nicht erschienen, es sei zu einer unerklärlichen Verzögerung gekommen.

Mit einem Stöhnen legte Pascoe das Geld hin. Wie die meisten gebildeten Engländer erlitt er Folterqualen, wenn er sich angesichts voller Bibliotheken eines Buches wegen von Geld trennen mußte.

ZWEI

»Ist Eure Hand stetig genug, um zu schreiben?«
»Sie war es, als Ihr hereinkamt.«

250 Meilen weiter südlich sah sich Superintendent Dalziel ebenfalls mit den Kosten der Literatur konfrontiert.

Er las so gut wie keine Krimis, doch die Werbung hatte bei ihm den Eindruck hinterlassen, als gebe es in dem Genre noch mehr Queens, als König Salomo sie hatte. Als er also bei William Stamper in St. John's Wood auf den Klingelknopf drückte, war er innerlich auf jedes Geschlecht gefaßt und wäre auch über eine Tunte nicht bestürzt gewesen.

Doch die Tür wurde von einem stämmigen Mann in einem abgeschabten wollenen Morgenrock geöffnet, dessen unrasiertes Gesicht – wie Dalziels erfahrener Blick sogleich erfaßte – von einem gewaltigen Kater fahl und verquollen war.

»Guten Morgen, mein Junge. Möchtest du eine Zigarette oder ist dir noch immer eine Pfefferminzkugel lieber?«

»Tut mir leid …«, erwiderte Stamper heftig blinzelnd. Als er seine Augen wieder offen hatte, sah er nichts als Luft vor sich. Irgendwo hinter ihm ertönte Dalziels Stimme: »Wenn das vom Schreiben kommt, würde ich damit aufhören und mir richtige Arbeit suchen. Geht es hier in die Küche? Nach Ihrem Anblick zu urteilen, brauchen Sie mindestens so dringend einen Kaffee wie ich. Sind Sie schon mal Intercity gefahren? Sobald man die Tasse an den Mund hebt, fährt er über ein Hindernis und der Inhalt landet hinter der Schulter. Wahrscheinlich sowieso der beste Ort für das Zeug.«

»Wer zum Teufel sind Sie?«

»Haben Sie mich denn schon vergessen?« fragte Dalziel erstaunt.

Er hielt inne, Instantkaffee in Halbliterbecher zu häufen, und holte seinen Ausweis hervor. »Detective Superintendent Dalziel. Doch Sie dürfen mich Onkel Andy nennen.«

»Herr im Himmel! Die Pfefferminzkugeln! Sie sind das ... nur daß Sie sich gewaltig vermehrt haben.«

»Ja, wie heißt es so schön, je lustiger, je mehr. Sie haben aber auch einen Satz gemacht. Ich hätte Sie nicht wiedererkannt, mageres Jüngelchen, das Sie mal waren. Haben Sie nichts, was man hier reintun könnte?«

»Milch, meinen Sie?«

Dalziel runzelte die Stirn: »Es ist nicht ratsam, einem Mann in Ihrer Verfassung Milch zu geben. Da gerinnt Ihnen ja der Magen. Ich stehe ganz auf homosexuelle Medizin.«

Stamper starrte ihn an und sagte dann: »Homöopathisch, meinen Sie?«

»Ja, ganz richtig. Den Teufel mit Beelzebub austreiben. Schon in Ordnung. Habe bereits gefunden, was ich suche.«

Wenn er es tatsächlich gesehen hatte, dann mit einem keltischen dritten Auge, denn er wanderte ins Wohnzimmer zum Schreibtisch, stellte die Henkelbecher auf einem Manuskriptstapel ab, öffnete eine der Schubladen und holte eine halbvolle Flasche Teacher's hervor. Er goß eine sorgfältig berechnete Menge in die beiden Becher.

»Genug, um ihn zu schmecken, aber keinen Tropfen zuviel«, sagte er. »Nun, wie ist es Ihnen ergangen, Kleinwilliam?«

Stamper trank und schüttelte den Kopf. Nicht verneinend, sondern auf der Suche nach einem klaren Gedanken.

Er sagte: »Nun mal ganz langsam. Kleinwilliam bin ich schon seit Gott weiß wie lange nicht mehr, und Sie waren auch nie Onkel Andy. Kriegen wir also die Dinge in die rechte Perspektive. Was zum Teufel wollen Sie von mir, Superintendent?«

»Das weiß ich selbst nicht so genau. Ich bin in King's Cross ausgestiegen und hab überlegt, wo ich einen Kaffee trinken und mal pinkeln gehen könnte, und da lagen Sie nahe.«

»Und wieso hatten Sie meine Adresse?«

Dalziel erwiderte: »Haben Sie denn meine Weihnachtskarten nicht bekommen? Nein, nun mal im Ernst, Ihre Sendung über den Mord war gut. Damals hat man allerdings die Urteile noch anerkannt. Inzwischen ist Cissy Kohler auf freiem Fuß.«

Ins Leben zurückgerufen

»Und?«

»Hat Sie das nicht überrascht? Ich meine, Sie haben den Fall doch gründlich recherchiert. Sind Sie über irgendwas gestolpert, bei dem Sie gedacht haben, na, das ist aber komisch?«

Stamper schüttelte den Kopf, zuckte zusammen und sagte: »Nein, aber in der Sendung ging es ja auch um eine Retrospektive, nicht um eine Untersuchung des Falls.«

»Ach ja? Aber nun wissen Sie, daß Sie was übersehen haben. Das muß Sie doch stören.«

»Nicht besonders«, sagte Stamper. »Zugegeben, als Waggs Verbindung mit mir aufnahm, hab ich mich gefragt, ob ich vielleicht eine Gelegenheit verpaßt habe, ein bißchen Medienruhm abzusahnen, aber ich konnte nicht mit ehrlichem Gewissen so tun, als hätte ich als erster den Riecher gehabt.«

»Mit Waggs haben Sie also gesprochen? In seiner Sendung habe ich Sie aber nicht gesehen.«

»Sinnlos«, sagte Stamper. »Was hätte ich schon groß zu sagen gehabt?«

»Ein kleiner Junge, der sich hinter einem Vorhang versteckt und die Erwachsenen belauscht? Derselbe kleine Junge entdeckt die Kohler, wie sie mit vor Blut triefenden Händen herumirrt? Nun halten Sie aber mal den Ball flach! Bei solchen Referenzen hätten die Fernsehheinis bestimmt jede Menge Geld locker gemacht, nur um Sie furzen zu hören! Wie geht es übrigens Ihrem Vater?«

»Was?«

»Arthur Stamper. *Sir* Arthur, ich bitte um Entschuldigung. Einer von Maggies Rittern. Verdienste um die Wirtschaft, nicht wahr?«

»Verdienste um sich selbst«, knurrte Stamper. »Wie es ihm geht, weiß ich nicht. Ich habe ihn nicht mehr gesehen, seit ... langem.«

»Nein? Ja, das paßt, wenn man den Alten so wenig ausstehen kann ...«

»Langsam ...«

»Sie brauchen sich nicht zu zieren. Nur, wenn Sie ein Geheimnis für sich behalten wollen, dürfen Sie es nicht auf den Hörfunkfrequenzen publik machen.«

Stamper nahm wieder einen Schluck und sagte: »War es so offensichtlich?«

»Ein Tauber in einer Schmiede hätte es nicht gehört.«

»Er hat mich ernährt, hat mich gekleidet, hat für meine Schule und Ausbildung bezahlt, hat mir all die Privilegien verschafft, die er selbst hatte entbehren müssen, und hat mir nie verziehen, daß ich nicht das geworden bin, was er gern gewesen wäre. Solange ich es stilgerecht gemacht hätte, hätte ich in Saus und Braus leben können – aus Eton fliegen, von Oxford verwiesen und bei den Guards kassiert werden können, so in der Art. Dann wäre er selig gewesen. Statt dessen habe ich im Internat Trübsal geblasen. Meine Leistungen waren schließlich so miserabel, daß die Lehrer froh waren, als meine Mutter mich abgemeldet hat. Ich hatte Angst vor Pferden, haßte es, auf die Jagd zu gehen, brach in Tränen aus, wenn ein Tier erschossen wurde, und versteckte mich hinter den Röcken meiner Mutter, wenn er sich mir näherte. Also hat er es an ihr ausgelassen. Falls ich ihn hasse, dann ebensosehr ihret- wie meinetwegen. Aber ich hoffe, daß meine Gefühle ein ganzes Stück vor dem Haß haltmachen. Nennen wir es eine lebhafte Verachtung.« Er lachte. »Gott allein weiß, warum ich Ihnen das alles erzähle.«

»Vaterfigur«, sagte Dalziel selbstgefällig. »Sie hoffen, daß ich Sie in den Arm nehme und Ihnen eine Pfefferminzkugel gebe. Und Ihre Frau Mama? Wie geht es der?«

»Sie hat sich von ihm scheiden lassen, wie Sie wahrscheinlich wissen«, entgegnete Stamper kurz angebunden.

»Wann war das?«

»Mitte der siebziger Jahre.«

»Ach ja. Sie hat ihren kleinen Willi noch durch die Uni gebracht, was? Dann hat sie sich abgesetzt.«

»So in der Art. Sie ist eine sehr bemerkenswerte Frau. Was zum Teufel soll das alles, Mr. Dalziel? Man hat die Kohler auf freien Fuß gesetzt. Heißt dies, daß man auch Mickledore für unschuldig hält? Wird das Verfahren wiederaufgenommen?«

»Davon weiß ich nichts«, sagte Dalziel. »Wie ich gesagt habe, ich komme gerade vom Bahnhof und mußte mir die Zeit vertreiben. Da Sie um die Ecke wohnen, habe ich gedacht, es wäre nett, eine alte Bekanntschaft zu erneuern. Nun muß ich mich aber auf den Weg machen. Wie komme ich von hier nach Essex?«

»Essex?«

»Ja. Es liegt doch in der Nähe von London, oder? Kann ich den Bus nehmen?«

»Essex ist eine große Grafschaft«, holte Stamper aus. »Es hängt ganz davon ab, wohin ...«

Er brach ab, als er Dalziels Erstaunen ob des Ausmaßes seiner Weisheit sah.

»Ich glaube, Sie sind durchaus in der Lage, den Weg nach Essex selbst zu finden, Superintendent«, unterbrach er sich.

»Nein, mein Junge. Ich dachte, Sie würden mir eine Mitfahrgelegenheit anbieten. Sie haben doch ein Auto.«

»Richtig. Aber kein Taxi.«

»Ich wollte Sie eigentlich nicht bezahlen. Aber wenn Sie nicht mitkommen, fahr ich am besten allein. Man weiß nie, wie lange sie noch unter dieser Adresse zu erreichen ist. Haben Sie von ihr gehört? Nach dem zu urteilen, was Sie im Radio gesagt haben, waren Sie doch ziemlich von ihr angetan.«

Stamper fragte ruhig: »Wen wollen Sie besuchen, Mr. Dalziel?«

»Hab ich das nicht gesagt? Cissy natürlich. Cissy Kohler.«

Stamper fuhr sich mit der Hand über die Bartstoppeln.

»Ich muß duschen und mich rasieren.«

»Ja, das wäre am besten, wenn Ihr Auto klein ist. Keine übermäßige Eile. Man erwartet uns nicht.«

Dalziel hob seinen Becher und sah einen braunen Ring auf dem Manuskript. Hinter der Wand hörte er, wie die Dusche angestellt wurde. Ohne eine Minute zu verlieren, machte er sich über die Schreibtischschubladen her. Ein Adreßbuch hielt ihn für eine Weile gefangen. Er machte sich ein paar Notizen, wühlte dann noch etwas tiefer, bis er auf einen Stapel Briefe stieß, die alle in der gleichen, fließenden Schrift geschrieben waren.

Er griff sich einen heraus. Wie die meisten anderen war er mit Goldener Hain überschrieben. Er trug das Datum 3. Januar, 1977.

Lieber Will,
es war eine große Freude, Deine Weihnachtskarte und Deinen Brief zu erhalten. Wenn Du wüßtest, wie sehr ich mich freue, von Dir zu hören, würdest Du öfter schreiben, aber wenigstens kann ich jetzt sicher sein, daß Du nur aus Schreibfaulheit nicht von Dir hören läßt und nicht, wie ich befürchtet hatte, weil Du mir böse bist. Hättest Du uns doch besucht! Mit Sicherheit wäre Dein Ärger, so denn doch ein kleiner Rest vorhanden

wäre, verflogen, wenn Du miterlebt hättest, wie wahrhaft glücklich ich bin …

Die Dusche wurde abgestellt. Dalziel überflog rasch das Ende.

… Also versuche doch bitte zu kommen. Und wenn Du Wendy siehst, grüß sie ganz lieb von mir. Ich schreibe ihr natürlich, aber sie war nie eine große Briefeschreiberin, und seit ich im vergangenen Sommer wieder geheiratet habe, hat sie sich nicht mehr gemeldet. An der Vergangenheit kann man nichts ändern, nicht? Aber das sollte uns nicht davon abhalten, an einer besseren Zukunft zu weben. Klingt das nach Binsenwahrheit? Was erwartest Du anderes? Wir wären beide für die nächsten dreißig Jahre (Gott möge uns verschonen) glücklich und zufrieden, wenn wir nur auf der Veranda in unseren Schaukelstühlen sitzen und die Touristen vorbeiziehen sehen dürften! Paß auf Dich auf und melde Dich bald. Ein glückliches neues Jahr wünscht Dir Deine Dich liebende Mutter.

Er hörte, wie die Badezimmertür aufging.

Als Stamper wieder das Zimmer betrat, lag Dalziel im Schreibtischsessel zurückgelehnt, hatte die Füße hochgelegt und studierte das mit Kaffee befleckte Manuskript.

»Das hier schreiben Sie doch nicht etwa unter Ihrem eigenen Namen, oder doch?« fragte er.

»Ich könnte mir vorstellen, daß ich eine gründliche Abneigung gegen Sie fasse, Dalziel«, erwiderte Stamper.

»War nicht ernstgemeint«, sagte Dalziel. »Ist ganz interessant. Es handelt sich um den Fall bei den Rennen in Chester, oder? Bei dem sich Lord Emtitrope im Stall erhängt hat. Sind Sie noch immer bei den Mordfällen des Goldenen Zeitalters?«

»Mein Agent hat mir den Auftrag vermittelt, aus der Serie ein Buch zu machen«, sagte Stamper und nahm Dalziel mit einem wütenden Blick auf den Kaffeefleck das Manuskript ab.

»So ist das also. Nicht übel«, sagte Dalziel. »Die ganze Arbeit ist erledigt, die BBC hat alles bezahlt, und nun kriegen Sie noch einmal Knete dafür.«

»Es ist ein Ausgleich für die vielen Male, die man umsonst arbeiten muß.«

»Es erklärt auch, warum Sie nicht so scharf darauf waren, Waggs Ihre helfende Hand zu reichen«, grinste Dalziel. »Ich will sagen, Sie haben die ganze Plackerei gehabt, warum sollten Sie alles einem geschwätzigen Ami in den Schoß werfen?«

»Von mir aus hätte er alles haben können«, erwiderte Stamper. »Wie Sie wissen werden, wenn Sie die Sendung gehört haben, bin ich auf nichts gestoßen, das mich dazu veranlaßte, das Urteil in Zweifel zu ziehen.«

Dalziel dachte, daß die Leute einem immer dadurch etwas verraten, indem sie einem nichts verraten.

Laut sagte er: »Man hat Sie gewarnt, was? Kein Gespräch mit Waggs.«

»Was? Wie kommen Sie denn darauf?« fragte Stamper mit Nachdruck, dem jedoch der Ärger abging.

»Weil der Fall in Chester im Jahr 1961 war«, sagte Dalziel. »Sie haben ihn als letztes Beispiel für einen Mordfall des Goldenen Zeitalters gewählt. Man hat Ihnen zu verstehen gegeben, daß es eine gute Idee wäre, den Fall Mickledore Hall zu streichen.«

Er wußte, daß er richtig lag, und er wußte auch, warum Stamper so bereitwillig bei seiner Jagd nach Miss Kohler mitmachte. Jemand, der das Gefühl hat, sich schäbig verhalten zu haben, verhält sich im Bemühen, mit sich selbst ins reine zu kommen, oft irrational.

»Unsinn«, sagte Stamper. »Mein Verleger fand nur, daß es am besten sei, den Fall Mickledore Hall zu streichen, weil alles so unsicher ist.«

Dalziel wußte auch, wann man jemandem erlaubte, sein Gesicht zu wahren und wann man ihm eine in die Fresse haute.

Er fragte: »Haben Sie schon mal was von Ongar gehört?« Er betonte die beiden Silben so skeptisch, als könne er sich nicht vorstellen, daß es tatsächlich einen Ort mit einem so merkwürdigen Namen gab.

»Natürlich. Steckt sie da?«

Der Dicke erwiderte grinsend: »Kleine Jungs sollte man sehen, aber nicht hören. Sie fahren, Kleiner, und überlassen das Denken Ihrem Onkel Andy!«

DREI

» *Wir haben viele Vorrechte verloren, eine neue Philosophie ist in Mode gekommen, und die Behauptung unserer Stellung könnte uns heutzutage ... in ernstliche Ungelegenheiten bringen.* «

Es ist ein echtes Vorrecht der Reichen, daß sie niemanden vor der Haustür warten lassen müssen, wenn sie zum Ausdruck bringen wollen, was sie von ihm halten.

Sie können den Besucher auffordern, einen anderen Eingang zu benutzen. Oder sie können ihn zur Vordertür hereinlassen und dann den geeigneten Raum wählen.

Bei seiner Ankunft auf Haysgarth war Peter Pascoe von einem menschenähnlichen Faktotum in eine zwielichtige Kammer geführt worden, die er als unverbesserlicher Wortspieler schon bald als Antizimmer bezeichnete.

Es war Anti-Wärme, Anti-Licht, Anti-Alles, was einem Menschen das Leben erleichtert hätte, der es gewagt hatte, sich bei hohen Herrschaften zu verspäten.

Der Stuhl, auf dessen Kante Pascoe hockte, war so hart, daß eine Miserikordie im Vergleich geradezu ein Latexkissen gewesen wäre. Pascoe versuchte sich abzulenken, indem er alles verschlang, was auf den Umschlagklappen von *Im Birnbaum* über Partridge stand.

Danach zu urteilen würde er sich bald (hoffte er) in der Gegenwart eines Tugendboldes befinden. Abgesehen von seiner glanzvollen, wenngleich vorzeitig abgebrochenen politischen Karriere, hatte sich der Lord auf unzähligen anderen Gebieten ausgezeichnet. In der Landwirtschaft stand er an der Spitze der Großgrundbesitzer, die sich dem biologischen Anbau verschrieben hatten; auf dem Gebiet von Kunst und Musik war er der Schirmherr des Kammermusikfestivals von Yorkshire, Sponsor des Haysgarth Lyrikpreises, Sammler und Aussteller moderner britischer Maler (er selbst war ein erfahrener Aquarellmaler) und einer der Direktoren von Centipede Publishing sowie ein Mitglied des Verwaltungsrats der Northern Opera. Im Wohltätigkeitsbereich fungierte er als Schirmherr und einer der Direktoren des Carlake Trust für behinderte Kinder; im Sport war er im Britischen Olympischen Komitee der Winterspiele, im Vorstand des Behindertensports und im Unterausschuß, der die zur Aufnahme in die Cricketmannschaft Yorkshires erforderlichen geburtsrechtlichen Voraussetzungen überprüfte.*

Pascoe warf das Handtuch. Soviel Ehrenhaftigkeit schlug ihm auf den Magen. Wo nahmen die Kerle nur die Zeit her? Wäre von ihm die Rede, würde der Text in etwa so lauten: Er arbeitete so viel, daß er kaum Zeit hatte, seine Familie zu vernachlässigen.

Er hütete sich jedoch davor, sich auf finstere Selbstprüfungen einzulassen, und blätterte weiter in dem Buch, bis er das Kapitel über die Ereignisse auf Mickledore Hall fand.

Es war interessant, wenngleich etwas blumig geschrieben. Irgendwie hatte man beim Lesen den Eindruck, Partridge habe aus angeborenem Edelmut lieber seine politische Karriere geopfert, als sich dem Lauf der Gerechtigkeit entgegenzustellen und Mickledore mit einem falschen Alibi zu versehen.

Bei der Beschreibung des Wochenendes hatte er ebenfalls die rosarote Brille auf. Für ihn war es der Fall der Unschuld, die Auflösung der Tafelrunde, und er spielte das Thema in allen Variationen durch. Er stilisierte das Gut Mickledore zum Symbol jenes Merrie Old England, das sich bei wehmutsvollen Torys großer Beliebtheit erfreut, weil jeder Einwohner glücklich und zufrieden in dem Stande lebte, der ihm von Gott und einer wohlmeinenden Regierung zugewiesen worden war. Die Jagdgesellschaft des ersten Nachmittags beschrieb er als ländliche Idylle, obwohl man außer ein paar Tauben, Krähen und Kaninchen nicht viel abknallen durfte, da es bis zum glorreichen 12., dem Beginn der Jagdsaison, noch über eine Woche war. Doch bei Partridge war das Ganze in ein herbstliches Glühen getaucht, das

---

* Das klingt wie reine Parodie, es gab diesen Ausschuß aber tatsächlich. Inzwischen dürfen auch Cricketspieler, die nicht gebürtig aus Yorkshire sind, für Yorkshire Cricket spielen.

bronzegetönte Getreide wogte im Wind, die fruchtbeladenen Bäume seufzten und die abgeschossenen Vögel taumelten im Zeitlupenballett zur Erde. Im Hintergrund kündigte sich das Verhängnis an – wie fernes Donnergrollen an einem wolkenlosen Tag.

Das Essen am Freitagabend schien das letzte Abendmahl des Goldenen Zeitalters gewesen zu sein. »Ich hatte das Gefühl«, schrieb Partridge, »daß um diesen Tisch alles saß, dessen es bedurfte, um uns von dem hohen Niveau, das wir nach dem traumatischen Krieg erreicht hatten, herunterzuholen. Es fehlte nichts, um uns zu den fernen, aber deutlich sichtbaren Gipfeln sozio-ökonomischer Harmonie zu führen, für die wir uns alle eingesetzt hatten. Da saß Stamper, der Industrielle, der das einfache Volk repräsentierte und ihm zeigte, wie weit man es bringen kann. Da war Westropp, der Diplomat, Mitglied der wunderbaren Familie, die das Juwel unserer konstitutionellen Krone ist, jedoch frei von dem Makel, von Mitteln der öffentlichen Hand zu leben. Da war Scott Rampling, jung, energisch, eine Verkörperung der großartigen Energie, mit der John F. Kennedy der amerikanischen Gesellschaft neues Leben einhauchte. Da war Mickledore, der Gastgeber, ein rundum talentierter Mann, der durch seine allgemeine Beliebtheit zeigte, daß unser britisches Klassensystem nicht, wie die Linke behauptet, unser Land teilt, sondern im Gegenteil eine harmonisierende und einigende Kraft ist, solange jeder seinen Platz mit Würde akzeptiert. Und dann gab es da auch noch mich. Auch ich war mir damals sicher, daß ich etwas zu bieten hatte, mehr als ich bis zu jenem Zeitpunkt hatte zeigen dürfen. Doch lassen wir das.

Und dann waren da natürlich die Damen. Wie drängte sich mir das alte Sprichwort auf, wenn ich den Blick in die Runde warf, daß gewöhnlich hinter jedem aufsteigenden Mann eine Frau steht. Wie wenig erinnerte ich mich damals an den zweiten Teil der Redensart, daß gewöhnlich hinter dem Sturz eines großen Mannes eine zweite Frau steckt!«

Ob Ellie das wohl gelesen hat, fragte sich Peter Pascoe. Er versuchte sich daran zu erinnern, ob er in letzter Zeit lautes Wutgeheul und den dumpfen Aufprall eines Buchs vernommen hatte, das an der Wand gelandet war. Er kam aber zu dem Schluß, daß dem nicht so gewesen sei. Im *Guardian* war jedoch eine Rezension erschienen, über die sie gelacht hatte. Sie hatte sie ihm gezeigt (war der Verfasser nicht William Stamper gewesen?), und er hatte auch lachen müssen.

Ins Leben zurückgerufen

Der Artikel hatte die Überschrift getragen: HABEN WIR NOCH EINEN FÜHRER VERLOREN? und hatte durchblicken lassen, daß von den vielen politischen Führern, die nach dem Krieg auf der Strecke geblieben waren, wahrscheinlich keiner den Weg zu Nelsons Säule gefunden hätte, wenn man sie alle auf den Trafalgar Square geschickt hätte.

Er las weiter, wie Partridge, bevor er in jener Nacht zu Bett ging, auf der Terrasse mit Blick auf Park und See in Gesellschaft von Rampling und Mickledore eine Zigarre rauchte.

»Ich sagte: ›Dafür kämpfen, arbeiten und leiden sie doch, die Wohlmeinenden im Einklang mit der Natur, damit dort drüben, wo die Lichter der kleinen Häuser blinken, gewöhnliche, anständige Familien mit dem Gedanken einschlafen können, daß ihre Zukunft in guten Händen liegt.‹ Das habe ich damals geglaubt. Das glaube ich noch heute. Doch wie mich die Ereignisse allzu bald belehren sollten, ist das Leben kein Spiel, das man mit beiden Händen spielt. Auf der Tribüne lauern die Heckenschützen, die dazwischenfunken wollen und sich keine Gedanken darüber machen, wen oder was sie von einem erwischen.«

Peter Pascoe lachte auf. Stamper (ja, es war tatsächlich Stamper gewesen) hatte seinen Spott insofern relativiert, indem er einräumte, daß Partridge zwar ein alter Knacker sei, jedoch einen scharfen Verstand und verschmitzten Humor habe.

Jäh öffnete sich die Tür und herein schritt der noble Autor in Person. Älter, grauer und erheblich irritierter als sein Konterfei auf dem Umschlag.

Pascoe, der scharf darauf war, die Punkte einzuheimsen, die einem zustanden, wenn man von einem Autor dabei überrascht wird, wie man sein Buch liest, stand auf und hielt es wie einen Talisman vor sich.

Die Geste bewirkte in der Tat eine Veränderung bei Partridge. Sein Gesichtsausdruck verfinsterte sich von Verärgerung zu Zorn.

»Womit zum Teufel wedeln Sie denn da?« knurrte er.

Vielleicht waren die Silberfäden des großmütterlichen Haupts ja doch der wahre goldene Zweig des Schriftstellers.

»Das ist Ihr Buch, Sir. Ich hatte gehofft, daß Sie es mir vielleicht signieren würden …«

»Meine Unterschrift geben – für die Polizei? Oja, Sie sind in der

Tat sehr gut darin, wenn es darum geht, die Leute zum Unterschreiben zu bringen, was? Das ist sogar Ihre verflixte Stärke, würde ich mal behaupten.«

Es war also moralische Entrüstung über Cissy Kohler, die das Abendrot auf den Zügen seiner Lordschaft in ein grelles Gewitterleuchten verwandelt hatte. Dafür hatte Pascoe Bewunderung übrig. Besänftigend sagte er: »Ja, Sir, es ist eine tragische Geschichte, und natürlich sind wir dahinter her, daß ihr nun Gerechtigkeit widerfährt und Wiedergutmachung geleistet wird ...«

»Wiedergutmachung? Wie soll die denn aussehen? Gott, noch nicht einmal was eure Fehler anlangt, seid ihr konsequent! Das ist jetzt das zweite Mal, daß ihr mir in die Parade gefahren seid. Nicht zufrieden damit, meine Karriere ruiniert zu haben, wartet ihr jetzt darauf, bis ich meine Memoiren veröffentlicht habe, und nun stehe ich wieder wie ein Idiot da! Dem Herrn sei gedankt, daß ich die Taschenbuchausgabe stoppen konnte, sobald ich von dieser Farce Wind bekam. Ich muß ein ganzes Kapitel umschreiben, ist Ihnen das klar?«

Peter Pascoe fiel ein, daß Thomas Partridge an erster Stelle und lebenslänglich Politiker war, egal in welcher Reihenfolge er Lord, Schriftsteller und Mensch sein mochte. Und dazu noch ein enttäuschter Politiker, die gefährlichste Kategorie der Gattung.

Hungrige Löwen füttert man nicht mit Biojoghurt. Konfuzius? Dalziel?

Er sagte einschmeichelnd: »Ich an Ihrer Stelle, Sir, würde mit dem Umschreiben vielleicht noch ein wenig warten.«

Der Zorn verschwand von Partridges Gesicht wie ein Aprilschauer.

»Und was veranlaßt Sie zu dieser Bemerkung?« wollte er wissen.

»Der Knabe, der gestern hier aufkreuzte, schien der Meinung zu sein, er habe alles in trockenen Tüchern. Schlamassel der Polizei, fauler Apfel, mea culpa, kommt nicht wieder vor – etwas in der Art. Merkwürdig vertrockneter Kerl. Ich persönlich ziehe faule Äpfel verhutzelten Pflaumen vor, muß ich sagen. Und was machen Sie hier in dieser Leichenhalle? Hier müssen die Gerichtsdiener und die örtlichen Parteifunktionäre warten. Kommen Sie.«

Er ging voran in einen hellen, luftigen und erheblich gemütlicheren Raum. Auf einem kleinen Tisch stand ein Tablett mit einem Krug, zwei Bechern und einer Flasche Rum.

Ins Leben zurückgerufen

»Setzen Sie sich. Trinken Sie einen Becher Kakao. Kaffee darf ich nicht mehr trinken, schadet mir angeblich, sagt der Quacksalber. Rum?«

Peter Pascoe schüttelte den Kopf.

»Ganz wie Sie wollen«, sagte Partridge und gönnte sich einen großzügigen Schuß. »Und nun sagen Sie mir, junger Mann, was genau führt Sie zu mir?«

Es war an der Zeit für ein wenig Ehrlichkeit, aber nicht zu viel. Auch in Rum eingelegte Politiker sollen an dem zu Kopf steigenden Gebräu Ehrlichkeit gewürgt haben.

»Wie Sie vielleicht schon erraten haben«, sagte Peter Pascoe schmeichelnd, »bin ich nur halboffiziell hier. Weil – wenn eine Abteilung der Polizei überprüft wird, achten wir auf unsere Rückendeckung, wenn Sie wissen, was ich meine.«

»Das kann ich nachvollziehen«, sagte Partridge. »Aber es geht um Schnee von gestern. Sie waren damals noch ein kleiner Junge. Rückendeckung brauchen Sie also keine.«

»Es ist – ich weiß nicht, es ist eine Frage der Ehre, vermutlich«, ließ Peter Pascoe einen Versuchsballon steigen.

Partridge sagte lächelnd: »Ehre, eh?«

Er nahm einen wappengeschmückten Löffel aus der Zuckerdose, sah ihn sich genau an und sagte dann: »Eins, und ich zähle weiter.«

Pascoe erwiderte: »In Ordnung. Dann also Freundschaft. Superintendent Tallantire hatte Freunde. Falls, wie behauptet wird, damals nicht alles mit rechten Dingen zuging, wollen seine Freunde verhindern, daß es wieder dazu kommt.«

»Falls? Die Kohler ist doch in freier Wildbahn, oder?«

»Ja.«

»Wollen Sie sagen, daß sie etwa doch schuldig ist?«

»Nein, ich meine, sehen Sie, wenn ich ganz ehrlich bin, Sir, wie Sie völlig richtig gesagt haben, das war alles lange vor meiner Zeit. Ich versuche nur zu helfen …« Er sah wie ein eifriger kleiner Junge aus. Ellie behauptete, alte Damen würden immer gleich nach der Keksdose greifen, wenn er diese Miene aufsetzte.

»Sie helfen einem dieser Freunde, die wegen Tallantires in Sorge sind, ist es das? Ich würde sagen, das ehrt Sie. Tallantire ist tot, ja?«

»Aber seine Witwe nicht«, sagte Pascoe streng.

»Ersparen Sie mir Ihren Unmut, junger Mann. Alles, was ich damit sagen wollte, war, daß er niemanden verklagen kann. Ebensowenig Mickledore. Die ideale Lösung wäre also, daß Mickledore tatsächlich schuldig war, wie angeklagt, und daß Superintendent Tallantire in seinem Eifer ihn zu überführen, Kohler etwas zu eifrig in die Zange nahm und ihr das Geständnis der Komplizenschaft abrang.«

»Vielleicht ideal für das Innenministerium.«

»Wenn hingegen auch Mickledore unschuldig gewesen wäre und Tallantire an der Nase herumgeführt wurde, statt die junge Dame in die Irre zu führen, dann hätten wir es mit einem Täuschungsmanöver zu tun, das wahrscheinlich vom wahren Mörder inszeniert wurde. Sagen Sie mir also, Mr. Pascoe, wollen Sie mit mir als Zeugen oder als Verdächtigem reden?«

Er lehnte sich in seinem Sessel zurück, schlürfte seinen Kakao mit Rum und lächelte wohlwollend. Stamper hatte recht gehabt, unter dem ganzen Geschwafel einen scharfen Verstand zu vermuten.

»Wenn ich mich nicht täusche, hatten Sie ein ziemlich … substantielles … Alibi.«

Partridge lachte.

»Sie meinen die junge Elsbeth? Ja, sie hatte in der Tat Substanz. Aber wie Tallantire damals nicht ohne einen Anflug satirischen Humors sagte, ihre Einschätzung meiner Ausdauer und meine eigene Einschätzung entsprachen sich nicht so ganz. Mit der Liebe ist es eine merkwürdige Sache. In dem Alter, wo man nicht genug davon kriegen kann, gehen häufig die Pferde mit einem durch. Später, wenn man ein wenig von der einstigen Explosivkraft herbeisehnt, braucht man so lange, daß man dabei einschläft. Hallo, mein Liebes. Komm herein und lerne noch einen von unseren wundervollen Schutzmännern kennen.«

Eine Frau war eingetreten. Sie war in Reitkleidung und falls sie, wie Pascoe vermutete, Jessica Partridge war, hatte sie die Jagd auf Füchse eindeutig weniger gealtert als ihn die Jagd nach Ruhm. Mit dem vor Anstrengung gerötetem Gesicht und glänzenden Augen sah sie zwanzig Jahre jünger als ihr Mann aus, obwohl sie in Wirklichkeit 63 und er 70 war. Hinter ihr konnte Pascoe einen Mann von um die 40 Jahren sehen, der ebenfalls in Reitkleidung war. Pascoe erkannte ihn aus den Zeitungen. Es war Tommy Partridge, MP, Staatsminister im Innenministerium und ein Mann der Zukunft. Doch für Pascoe wurde er sogleich Vergangenheit, denn entweder erschreckte ihn der

Ins Leben zurückgerufen

Gedanke, zu einem Polizisten nett sein zu müssen, oder der Blick, den ihm seine Mutter zuwarf. Er machte eine Kehrtwendung und entfernte sich scheppernden Schritts.

»Im Vergleich zum letzten, der hier war, sind Sie eine geringfügige Verbesserung«, sagte Lady Jessica und musterte ihn mit kaltem Blick. »Ich kann nur hoffen, daß diese Besuche nicht zu einer Dauereinrichtung werden.«

An Unhöflichkeit hatte sich Pascoe schon seit langem gewöhnt, aber diese Bemerkung überraschte ihn. Der alte Politiker Partridge erwiderte vermittelnd: »Mr. Pascoe hat nicht angerufen, sondern ist persönlich gekommen, damit ich sein Buch signieren kann. War das nicht nett von ihm? Ich fühle mich sehr geschmeichelt. Wie lautet Ihr Vorname, Mr. Pascoe?«

Er nahm das Buch und schlug es beim Titelblatt auf, den Stift in der Hand.

»Peter.« Pascoe dachte, daß sich Dalziel wahrscheinlich nicht von seinen Fragen nach Lord Partridges Nacht mit Elsbeth hätte abbringen lassen, obwohl oder gerade weil Lady Jessica anwesend war. Aber jeder kämpfte auf seine Art. Er sagte: »Während des Prozesses waren Sie nicht im Land, glaube ich, Lady Partridge. Aber vermutlich haben Sie ihn in den Medien verfolgt?«

»Ich glaube nicht, daß wir damals schon Medien hatten, oder was würdest du sagen, meine Liebe?« scherzte Partridge, doch seine Frau erwiderte grimmig: »Warum gehen Sie davon aus?«

»Weil Sie persönlich in den Fall verwickelt waren«, erwiderte Pascoe. »Eine Freundin war ermordet worden. Ein Freund angeklagt. Es wäre nur zu normal, wenn Sie den Fall in der Zeitung verfolgt hätten. Oder falls nicht, haben Sie und Ihr Gemahl doch mit Sicherheit in ihrer Korrespondenz darauf Bezug genommen?«

»Er war kein Freund. Und sie war keine Freundin«, sagte Lady Partridge. »Hat es etwas auf sich mit dieser Befragung?«

»Ich fragte mich nur, ob Sie oder Lord Partridge wegen des Urteils irgendwelche Zweifel hatten oder Vorbehalte ob der Ermittlungen.«

Partridge öffnete den Mund, doch seine Frau war schneller.

»Nein. Ich fand, die Polizei verhielt sich sehr korrekt, um nicht zu sagen rücksichtsvoll. In jenen Tagen kannte die Polizei noch ihren Platz. Und was das Urteil betrifft, ich habe damals ebensowenig Veranlassung gesehen, es in Frage zu stellen wie heute. Mickledore war ein Verschwender, und das Mädchen war eindeutig labil.«

»Nun aber langsam, meine Liebe, de mortuis …«

»Diese Kohler ist nicht tot, Thomas, sondern läuft frei herum, weil irgendwelche hohen Tiere die Hosen voll haben!«

Pascoe war so fasziniert, daß er eine Provokation wagte.

»Wollen Sie damit sagen, daß Sie gegen die Entscheidung des Innenministeriums sind?«

Sie warf ihm einen finsteren Blick zu. »Ich vermute, das soll eine wenig subtile Anspielung auf die Tatsache sein, daß mein Sohn kürzlich befördert wurde. Seien Sie unbesorgt, seine Zeit wird kommen. Doch bis es soweit ist, muß dieser Bande von Verkäufern und Internatsabsolventen Gelegenheit gegeben werden, sich zu blamieren, damit die anständigen Leute sich von ihrer Drittklassigkeit überzeugen können. Nur dann erleben wir vielleicht eines Tages, daß unsere Fahne wieder weht und nicht um die Eier von Kretins gewickelt ist, die vor Fußballstadien randalieren!«

Pascoe ließ nicht locker. »Aber das neue Beweismaterial, das Miss Marsh …«

»Marsh? Was hat die denn damit zu tun?«

»Ihre Aussage über das Blut hat dazu beigetragen, daß der Innenminister Kohler freigelassen hat. Als ich vorhin mit ihr sprach, ließ sie anklingen, daß sie schon während des Prozesses ihren Mund aufgemacht hätte, wenn ihr die Tragweite der Sache klar gewesen wäre. Es ist ja verständlich, daß sie, beschäftigt wie sie war und Tausende von Meilen weit entfernt, nicht auf dem neuesten Stand war. Aber Sie, gnädige Frau, und Sie, Sir …«

Ein Knall wie ein Schuß ertönte. Jessica Partridge hatte sich mit der Reitgerte auf den Stiefel geschlagen, was Pascoe bisher nur in Sexfilmen erlebt hatte.

»Ich habe wahrlich Besseres zu tun, als hier herumzustehen und mich über meine ungereimten Domestiken ausfragen zu lassen, insbesondere über diese Marsh«, rief sie.

»Sie spricht mit großer Zuneigung von Ihrer Familie«, sagte Pascoe.

»Ach ja? Das überrascht mich aber. Ich habe das letzte Mal mit ihr gesprochen, als ich sie entlassen habe, weil sie nichts getaugt hat und ein freches Mundwerk hatte«, sagte Lady Partridge. »Thomas, ich dusche vor dem Mittagessen. Mr. Pascoe, ich wünsche Ihnen einen guten Tag. Ich werde Sie ja wohl kaum wiedersehen.«

Sie verließ das Zimmer in ihren Reitstiefeln mit gespreizten Füßen. Ihre Hüften in den Reithosen schwangen wie bei einem Kentaur. Verdutzt sah Pascoe Lord Partridge an und wartete, ob er dem herrschaftlichen Gebaren seiner Frau folgen würde oder ob sich der Politiker behaupten würde.

»Noch ein wenig Kakao, Mr. Pascoe? Nein? Ich denke, ich genehmige mir noch einen Schluck.«

Die Rumflasche gluckerte. Er nahm einen ordentlichen Schluck und seufzte vor Vergnügen.

»Ist gut, das Zeug. Meine Familie hat alte Verbindungen nach Westindien. In meinen jungen Jahren habe ich lange dort gelebt. Das ist eine der guten Angewohnheiten, die ich von dort mitgebracht habe.«

»Nach dem Mickledore-Fall sind Sie doch mit Ihrer Familie nach Antigua, nicht wahr, Sir?«

»Sie haben sich wirklich vorbereitet. Gut. So etwas weiß ich zu schätzen. Ja, das stimmt. Ich für meine Person hatte mich daran gewöhnt, daß man als Diener des Staates keine Intimsphäre hat, doch ich sah keinen Grund, warum sich meine Familie damit abfinden sollte.«

Das war nobel gesagt, doch mit einem so deutlichen Anflug von Selbstironie, daß Pascoe den Mut fand, sich eine Vertraulichkeit herauszunehmen.

»Und es war gewiß einfacher, mit einer Stimme zu sprechen, wenn nur eine Stimme sprach?«

»Was? O ja, ich verstehe. Meine Frau, Mr. Pascoe, ist verständnisvoll. Doch ein privates Arrangement ist etwas anderes als Nachsicht coram publico. Jessica als Heimchen am Herd auszugeben, wie viele andere es mit ihren Frauen taten, kam nicht in Frage. Nein, es waren Zeiten großer Gefahr, es waren Zeiten der Verzweiflung. Nachdem Jack Profumo sich um den Kopf geredet hatte, waren wir alle Freiwild für die Presse. Jeden Tag kam ein neues Gerücht auf. Männer ohne Kopf. Männer mit Masken. Kopulierende ministerielle Kongas von Whitehall bis Westminster! Jung und gesellig, wie ich war, stand ich ganz schön im Rampenlicht. Kaum hatte die Sache von Elsbeth und mir die Runde gemacht, hatten es alle auf mich ab-

gesehen. Gott, was habe ich mir gefallen lassen müssen, um zu beweisen, daß ich wenigstens nicht auf den Schnappschüssen irgend-
welcher Leute zu sehen war. Wenn ich heute daran zurückdenke,
meine ich, einen Fehler gemacht zu haben. Kennen Sie das Foto mit
dem Mann ohne Kopf? Der Knabe hatte ein Gemächt wie ein Stier
aus Herefordshire. Wenn ich einfach ja gesagt hätte, ja, das bin ich,
und mich jeden Exzesses, den sie mir anhängen wollten, schuldig bekannt hätte, dann hätte ich wahrscheinlich das ganze Land im Flug
erobert und wäre seit 20 Jahren Premierminister! Statt dessen haben
sie mich bis zum Wahnsinn um den Nachweis bemüht, daß ich
grundsätzlich ein braver Familienvater bin, der gelegentlich vom
Wege abkommt.«

Er lachte, und Peter Pascoe stimmte mit ein, zum Teil aus Berech-
nung, zum Teil aber auch wegen des entwaffnenden Charmes, der
aus der rasanten Selbstverspottung sprach, deren Offenheit ihn einlud, ebenfalls offen zu sein.

»Sagen Sie mir also, junger Mann«, fuhr Partridge fort, ernster
geworden, »habe ich meine Karriere nur dafür geopfert, daß ein Unschuldiger am Galgen gelandet ist?«

»Da kann ich Ihnen nicht helfen, Sir. Wie ich bereits sagte, mir
geht es nur darum, daß Mr. Tallantire fair behandelt wird.«

»Ach ja. Haben Sie ihn gekannt?«

»Nein.«

»Ich habe ihn kennengelernt. In meiner Erinnerung war er ein Polizist der alten Schule, so nach dem Motto, buchte sie ein und
schmeiß den Schlüssel in den Teich. Nicht der Typ, um den ein gebil-
deter Junge wie Sie Tränen vergießt. Sie sind nicht offiziell hier, sagten Sie? Das bedeutet, daß Sie angreifbar sind. Vielleicht sollten Sie
sich fragen, ob der Ruf eines alten Polizisten, den Sie nie kennengelernt haben und den sie wahrscheinlich nicht gemocht hätten, es wert
ist, Ihre berufliche Laufbahn aufs Spiel zu setzen?«

»Was kann mir schon groß passieren?« fragte Pascoe mit einer
Gleichgültigkeit, die nicht nur aufgesetzt war. »Daß man mich zu einem Zivilisten macht, der sein Geld verdient, ohne nachts wach zu
liegen?«

Partridge schürzte die Lippen. »Ich gebe Ihnen einen guten Rat,
junger Mann. Wenn Ihnen etwas scheißegal ist, dann ist das nur dann
eine Stärke, wenn es Ihren Gegnern alles andere als scheißegal ist.

Wie weit sind Sie also? Sie haben mit dem Kindermädchen Marsh gesprochen, sagen Sie? Das Letzte, was ich von ihr hörte, war, daß sie Hausdame im Beddington College war. Ich glaube, ich habe ihr eine Empfehlung geschrieben.«

»Obwohl Ihre Frau sie gefeuert hatte?« sagte Pascoe.

»Ach, das«, sagte Partridge. »Irgendeine dumme Meinungsverschiedenheit. Wir hatten einfach keine Kinder mehr für sie, die sie hätte pflegen können. Jessica hatte das Werfen eindeutig hinter sich. Hat sich ihre Befragung gelohnt?«

»Genaugenommen, nicht. Sie wollte über die Vergangenheit reden, aber nicht unbedingt über die Zeiten, von denen ich etwas hören wollte.«

»Das ist eine Folge des Alterns, Mr. Pascoe«, sagte Partridge im Aufstehen. »Je mehr die Zukunft schrumpft, desto mehr Zeit verbringt man damit, sich in Betrachtungen der eigenen Kehrseite zu versenken.«

Das Gespräch war eindeutig beendet. Nur Andy Dalziel hätte den Nerv gehabt, sitzen zu bleiben. Pascoe ließ sich zur Tür geleiten.

»Wenn mir etwas einfällt, rufe ich Sie an«, fuhr Partridge fort. »Einige Verbindungen habe ich noch. Ich sehe mal, ob ich etwas darüber herausfinden kann, was das Innenministerium über den Fall denkt.«

»Das ist freundlich von Ihnen«, sagte Peter Pascoe.

Seine Skepsis muß zu spüren gewesen sein, denn Partridge sagte lachend: »Sie haben ganz recht, junger Mann. Umsonst kriegt man keinen Kakao, ob wir nun in Westminster sind oder außerhalb. Erinnern Sie sich? Bei mir geht es um einen persönlichen Einsatz. Habe ich oder habe ich nicht geholfen, die Schlinge um den Hals eines Unschuldigen zu legen? Deshalb erwarte ich, daß Sie mich auf dem laufenden halten. Gebongt?«

Man soll nichts versprechen, was man nicht halten kann, aber es ist okay. für einen Bullen, etwas zu versprechen, das man nicht zu halten gedenkt. Das Evangelium nach dem heiligen Andrew.

»Gebongt«, sagte Pascoe. »Noch etwas. Vielleicht können Sie ja meine Neugier befriedigen. Was geschah eigentlich mit Westropp?«

»So weit ich weiß, verschwand er einfach von der Bildfläche. Es muß ihn schrecklich getroffen haben, Frau und Tochter, innerhalb von zwei Tagen. Er verließ den diplomatischen Dienst ... ging ins

Ausland. Ich glaube, seine Familie hatte eine Firma in Südafrika. Oder war es Südamerika?«

»Und der Junge, Philip?«

»Über den habe ich etwas gehört. Wurde hierher zur Schule geschickt. Völlig natürlich. Das Ausland ist okay für die Sonne und la dolce vita, aber man kann die Kerle schließlich nicht die eigenen Kinder erziehen lassen. Es war nett, Sie kennenzulernen, Mr. Pascoe.«

Er hielt ihm die Hand hin. Als Pascoe sie nach einem kurzen Schütteln wieder loslassen wollte, hielt Partridge sie noch fest.

»Haben Sie nicht etwas vergessen?«

Will er womöglich, daß ich seinen Ring küsse und den Lehnsschwur leiste? fragte sich Pascoe.

Laut sagte er: »Entschuldigung?«

»Ihr Buch«, sagte Partridge und hielt *Im Birnbaum* hoch, das er in der anderen Hand hatte. »Das war doch schließlich der Hauptgrund Ihres Besuchs, nicht wahr? Sie wollten es signiert haben.«

»Natürlich«, sagte Peter Pascoe lächelnd. »Herzlichen Dank. Eine Erstausgabe mit Signatur, die muß ganz schön etwas wert sein.«

»Glauben Sie nur das nicht«, sagte Partridge trocken. »Eine unsignierte zweite Auflage ist viel rarer. Ich habe nur dafür gesorgt, daß Sie nicht in den Laden zurückgehen und das Buch zurückgeben können.«

Peter Pascoe schlug das Buch auf und las den Eintrag.

Für Peter Pascoe, viel Glück bei Ihrem Versuch, gegen die Voreingenommenheit anzutreten, von Partridge (dem dienenden Lord).

»Aber nein, sagte er, »ich glaube, daß das sehr wertvoll ist.« Und er hatte das seltene Vergnügen, im Gesicht des Politikers einen Selbstzweifel aufflackern zu sehen.

VIER

»Er sagte mir, seine Reise betreffe eine sehr zarte und verfängliche Sache, die leicht Leute in Ungelegenheiten bringen könnte, er reise deshalb unter einem angenommenen Namen.«

Zum Verlassen Londons brauchte man die gleiche Zeit wie zum Ausziehen langer Unterhosen. Ewig.

Dalziel, der sowohl Städte als auch Unterwäsche gern schnell los wurde, sagte: »Sie sind in Ihrer Freizeit doch nicht etwa Taxifahrer?«

»Was?«

»Nichts. Nur daß Sie ständig im Kreis zu fahren scheinen. Und das macht nur Sinn, wenn Ihre Uhr läuft.«

»Wenn Sie eine bessere Route kennen, dann nehmen Sie sie doch«, erwiderte Stamper.

»Nun regen Sie sich doch nicht auf«, sagte Dalziel. »Es sind nur diese verdammten Straßen. Und all die Autos. Als ich ein kleiner Junge war, war das alles ganz anders.«

»Ach ja?« lachte Stamper. »Vermutlich nur Ponywagen damals, was?«

»Man konnte tatsächlich noch Pferde sehen, die Wagen zogen«, stimmte Dalziel zu. »Besser für die Rosen, und besser für uns alle, würde ich denken.«

»Finden Sie? Ich hätte Sie nicht zu den nostalgischen Typen gezählt«, sagte Stamper.

»Das müssen ausgerechnet Sie sagen«, entgegnete Dalziel. »Ihre Radiosendung war nostalgischer als ein Treffen alter Klassenkameraden.«

»Vermutlich wollte der Redakteur es so haben«, sagte Stamper.

»In meinen Ohren klang es aufrichtig.«

»Mag sein. Ich habe auf eine Zeit zurückgeblickt, als ich erst acht war und noch nicht entdeckt hatte, was für eine Qual das Leben in Wirklichkeit ist. Das muß meine Sicht gefärbt haben.«

»Die Eigenheiten Ihres Vaters haben Sie damals noch nicht gestört?«

»Ich glaube, damals hatte er mich noch nicht aufgegeben.«

Dalziel nickte verständnisvoll, dann sagte er: »Komisch, wie die Dinge nach einiger Zeit anders aussehen. Ihr Vater muß damals genau so ein eingebildeter Großkotz gewesen sein wie heute. Mir ist das aber nicht aufgefallen. Ihr seid alle einfach ein Haufen Blödmänner gewesen, die in dem großen Haus herumgerannt sind, als wär das Ganze ein Film. Die anderen Gäste müssen doch über ihn Bescheid gewußt haben. Und wenn das so war, frage ich mich, warum Mickledore und seine Kumpel mit einem Trottel wie Ihrem Vater auf freundschaftlichem Fuß stehen konnten?«

Er musterte Stamper in Erwartung einer defensiven Reaktion, aber der schien ganz ernsthaft über die Frage nachzudenken.

»Die Antwort heißt natürlich Geld«, sagte er schließlich. »Mickledore brauchte anscheinend ununterbrochen Geld. Und die Konservative Partei nicht minder. Für Partridge lag die Attraktion noch auf einem anderen Gebiet. Mein Vater hatte ins Fernsehen investiert, als die Lizenzen an den Meistbietenden gingen, und ich denke, damals bekam er auch seine erste Lokalzeitung, so daß Partridge in ihm einen potentiellen Manipulator der Massen sah.«

»Seine *erste* Lokalzeitung?« fragte Dalziel. »Hat er denn viele?«

Stamper verzog das Gesicht: »Er hat von allem viel. Die Mischung, die er besitzt, nennt sich Inkerstamm, und die haben in allen möglichen Branchen ein Wörtchen mitzureden.«

»Inkerstamm? Hauptquartier in der Nähe von Sheffield? Wenigstens ist er in der Heimat geblieben.«

»Aber klar doch. Allerdings nur, damit er jedes Mal, wenn er aus dem Fenster sieht, daran erinnert wird, wie weit er es gebracht hat!«

Das klang in Dalziels Ohren leicht metaphysisch. »Und Westropp? Was wollte der? Geld oder Manipulation?«

Stamper sagte: »Ich glaube, der war einfach nur Mickledores Gast, zu wohlerzogen, um die Gästeliste zu kontrollieren.«

Das klang merkwürdig defensiv, besonders da es um jemanden

ging, der in seiner Ausbildung gelernt haben mußte, das Badewasser auf Haie zu überprüfen.

Dalziel sagte: »Und dann war da natürlich Ihre Mutter.«

»Was zum Teufel soll denn das schon wieder heißen?«

»Ich fand, daß sie eine nette Frau war, sonst nichts. Ich könnte mir vorstellen, daß man sie gern eingeladen hat.«

»Entschuldigung«, sagte Stamper. »Ja, Sie haben natürlich recht. Sie ist ein ganz besonderer Mensch. Sie hat alle Herzen gewonnen. Als Kind habe ich das für selbstverständlich gehalten. Erst Jahre später ist mir aufgefallen, daß diese Gabe viel rarer als Geschäftstüchtigkeit ist.«

»Sie war allgemein beliebt? Aber sie hat sich Ihren Vater ausgesucht?«

»Warum nicht? Wenn man sich nicht darum bemühen muß, geliebt zu werden, braucht man vielleicht auch keine Menschenkenntnis zu entwickeln.«

Dalziel gähnte. »Kurz, Ihre Mutter und Ihr Vater wurden eingeladen, weil er die Kohle besaß und sie den Charme. Aber sie hat ihn zu guter Letzt durchschaut.«

»Oja. Sie ist weder unsensibel noch dumm. Leider hatte sie mich und Wendy, als ihr aufging, daß sie einen Fehler gemacht hatte.«

»Das war aber wirklich Pech«, sagte Dalziel trocken.

»Ich wollte sagen, daß sie in der Falle saß.«

»Wieso? Normalerweise bekommen die Frauen das Sorgerecht. Und sie war sowieso Amerikanerin. Wenn sie euch nach drüben gebracht hätte, hätte er euch so schnell nicht wieder zurückbekommen.«

»Auf eine solche Idee wäre meine Mutter nie gekommen. Außerdem hat mein Vater sie an so kurzer Leine gehalten, daß es eines SAS-Einsatzes bedurft hätte, um uns loszueisen.«

»Und dabei wärt ihr dann womöglich noch erschossen worden. Was macht die kleine Wendy jetzt?«

»Public Relations«, sagte Stamper kurzangebunden.

Etwas an seinem Ton weckte bei Dalziel den sechsten Sinn, der gute Polizisten davon abhält, Time Shares zu kaufen.

»Sie arbeitet doch nicht etwa für Inkerstamm?«

»Und wenn?« wollte Stamper wissen.

»Nichts, nur war ich davon ausgegangen, daß ihr zwei auf derselben Wellenlänge liegt.«

Stamper bemühte sich, einen gleichgültigen Eindruck zu machen, und hob die Schultern: »Letztendlich kriegen Töchter von den Eltern, was sie wollen. Es sind die Söhne, die damit klarkommen müssen, das zu tun, was die Väter wollen.«

Sie kamen nun viel schneller voran, und Dalziel sah, daß sie eine Autobahn erreicht hatten. Es mußte die M11 sein. Er holte das Meßtischblatt aus der Innentasche seines Jacketts, das er auf dem Weg zu Stampers Wohnung gekauft hatte. Wenn ihn nicht alles trog, stand das kleine Haus, in dem er Cissy Kohler zu finden hoffte, ganz für sich allein, dicht an der Umgrenzungsmauer eines Guts mit dem Namen Ongar Estate. Als Stamper die Autobahn verließ und auf die Landstraße einbog, die zur Ortschaft Ongar führte, sagte er: »Machen Sie langsam, es wird bald etwas kompliziert.«

Seine Richtungsangaben waren klar und eindeutig, und er gab Stamper genug Zeit, sich darauf einzustellen. Nachdem sie einige Male auf immer kleinere Straßen abgebogen waren, sagte Dalziel: »Gut. Fahren Sie an den Rand.«

Stamper gehorchte und brachte den Wagen auf dem Grasstreifen neben der Fahrbahn zum Stehen. Er stieg aus und schaute über die Hecke auf leere Felder.

»Haben wir uns verfahren?« fragte er.

»Nein, wir sind vor knapp 500 Metern daran vorbeigekommen.«

»Und was zum Teufel machen wir dann hier?«

»Eine Fahrspur führt zu dem kleinen Haus. Ich konnte auf halbem Weg das Dach eines Autos erkennen.«

»Also hat sie ein Auto.«

»Vielleicht. Ist aber eine komische Stelle, um ein Auto zu parken. Es ist wahrscheinlicher, daß sie einen Aufpasser hat.«

»Aber Sie sind doch Kripochef.«

»Noch lange kein Grund, es an die große Glocke zu hängen«, erwiderte Dalziel vorwurfsvoll. »Außerdem tut uns der Spaziergang gut. Wenn wir dieses Feld überqueren und uns durch das Wäldchen da drüben schlagen, müßten wir genau auf die Mauer um das Gut stoßen, an der das Haus der Kohler steht. Dann müssen wir nur noch der Mauer folgen.«

Im großen und ganzen trafen seine Überlegungen zu. Nur daß er Brombeergesträuch und Dornengestrüpp, Sumpflöcher und Stacheldraht zu erwähnen vergessen hatte. Beiden Männern war anzusehen,

Ins Leben zurückgerufen 123

daß sie sich mit ihnen herumgeschlagen hatten, als sie schließlich die Umgrenzungsmauer erreichten, doch Dalziel, der jedes Hindernis wie eine Dampflok plattgewalzt hatte, statt es wie Stamper nach Möglichkeit zu umgehen, hatte überraschenderweise weniger Spuren davongetragen als dieser.

Endlich sagte Dalziel: »Da wären wir, mein Lieber. Was hab ich Ihnen gesagt?«

Die Mauer bildete ein tiefes U, in dessen Mitte ein kleines Haus stand. Dalziel ging nicht direkt darauf zu, sondern interessierte sich für ein Pärchen Ilexbüsche, die vor der Mauer standen und so etwas Ähnliches wie einen Bogen bildeten. In der Dunkelheit darunter war eine schmale, in die Wand eingelassene Pforte zu erkennen. Mit ihren Stangen, von denen der Rost abblätterte, sah sie nicht so aus, als wäre sie in den letzten Jahren geöffnet worden, doch inmitten der lieblichen Düfte von Schlehen und Heckenrosen war der schwere Geruch von Schmieröl in Dalziels Nase gedrungen. Er bückte sich, kroch unter die Ilexsträucher und berührte das Tor. Lautlos gab es nach.

»Interessant«, sagte er und wandte sich wieder dem Haus zu. »Schauen wir doch mal, ob jemand daheim ist.«

Er durchquerte das verwilderte Stück Garten bis zur Hintertür und versuchte sie zu öffnen. Sie war abgeschlossen. Dann ging er um das Gebäude herum und schaute durch die Fenster.

»Warum klopfen wir nicht einfach?« fragte Stamper. »Es ist jemand da. Ich kann das Radio hören.«

»Das haben Sie aber fein beobachtet«, sagte Dalziel sarkastisch. »Es muß ja jemand daheim sein, wenn das Radio läuft. Das kriegen Einbrecher immer als erstes beigebracht.«

»Wollen Sie damit sagen, daß sie weg sind? Ich meine, endgültig weg? Kann es nicht sein, daß sie hier irgendwo einen Spaziergang machen?«

»Glauben Sie? Für einen Schriftsteller haben Sie nicht gerade eine blühende Phantasie.«

»So! Nun bleiben Sie mal schön stehen, wo Sie sind!«

Die Worte kamen von hinten. Dalziel drehte sich um. Ein großer junger Mann in weiten Hosen und einer zerknitterten Leinenjacke sah sie aggressiv an.

»Morgen«, sagte Dalziel. »Wenn Sie zu den Leuten im Haus wollen, die scheinen nicht da zu sein.«

»Nicht da?« fragte der Mann verwundert. Dann wurde er wieder aggressiv und wollte wissen: »Und wer verdammt noch mal sind Sie?«

Dalziel wurde rot vor Empörung und sagte: »Ich bin der Gutsverwalter von Lord Ongar, und das hier ist seine Lordschaft, und er legt keinen Wert auf Ihr Fluchen. Wer sind Sie überhaupt? Wissen Sie nicht, daß Sie sich auf privatem Grund und Boden befinden?«

Der Mann schaute ihn verunsichert an und sagte: »Tut mir leid, aber ich muß Sie fragen …«

»Ach so, Sie sind offiziell hier?« sagte Dalziel. »Mr. Sempernel hat erwähnt, daß hier jemand aufpaßt. Aber Sie zeigen uns wohl besser Ihren Ausweis, damit wir ganz sicher sind.«

Der Mann zog eine Brieftasche aus der Innentasche seines Jacketts und zeigte dem Dicken seinen Ausweis.

»In Ordnung«, sagte Dalziel. »Wir hätten uns vielleicht anmelden sollen, aber wir haben gerade einen Inspektionsgang über das Gut gemacht, und da hatte seine Lordschaft Lust, durch die Mauer zu gehen und sich unsere berühmte Nachbarin anzusehen.«

»Durch die Mauer …?«

»Ja. Durch das Törchen«, sagte Dalziel und zeigte mit der Hand darauf.

Die kleine Pforte war deutlich ein Schock für den jungen Mann. Er versuchte sie zu öffnen wie Dalziel vor ihm, dann ging er zur Hintertür des Hauses zurück und begann im Gegensatz zu Dalziel, darauf einzuhämmern.

»Zwecklos«, sagte Dalziel. »Die sind weg. Aber weit können sie nicht sein. Sie haben das Radio angelassen.«

»So eine Scheiße«, sagte der junge Mann. Dann erinnerte er sich an Dalziels Vorwurf, lächelte Stamper Verzeihung heischend an und sagte: »Entschuldigen Sie mich« und eilte den Weg hinauf.

»Was sollte denn der Quatsch mit Lord Ongar?« fragte Stamper. »War das ein Bulle? Wo ist er hin? Und wo stecken Cissy Kohler und Waggs?«

»Eine Art Bulle, aber nicht die Art, die man um die Uhrzeit bittet«, sagte Dalziel und führte Stamper schnell den Weg zurück, den sie gekommen waren. »Er wird sein Hauptquartier anfunken. Ich vermute, wenn er uns erwähnt, schickt man ihn zum Haus zurück, damit er uns festnimmt.«

Ins Leben zurückgerufen

»Weshalb?«

»Hochstapelei. Sie wären in Teufels Küche.«

»Ich? Ich habe doch gar nichts getan.«

»Sie haben so getan, als wären Sie ein Lord. Ich war nur ein Gutsverwalter. Aber keine Bange. Der verfolgt uns durch das kleine Tor. Bis ihm sein Irrtum aufgeht, sind wir schon über alle Berge.«

»Und Cissy Kohler? Wohin ist die verschwunden?«

Dalziel schüttelte den Kopf. Wie konnte der Mensch nur so auf der Leitung stehen.

»Wo würden Sie denn hinwollen, wenn man sie die ganzen Jahre eingelocht hätte? Ich würde sagen, Cissy Kohler ist auf dem Weg in die Heimat, es sei denn, wir haben die Hunde zu früh auf ihre Spur gehetzt.«

FÜNF

» *Was gibt es?* «
» *Neuigkeiten aus der anderen Welt!* «

Zwei Minuten, nachdem Peter Pascoe Gut Haysgarth verlassen hatte, überkam ihn der Verdacht, daß er sich verfahren hatte. Als er schließlich an einer kleinen Dorfschenke mit dem Namen Zum Birnbaum vorbeifuhr, war er sich sicher. Daran war er auf dem Hinweg nicht vorbeigekommen. Ein guter Polizist merkte sich so etwas.

Er hielt vor dem Wirtshaus an, um einen Blick auf die Karte zu werfen, sah auf seine Uhr, stöhnte, weil es schon so spät war, und sagte sich, daß dies die beste Gelegenheit sein dürfte, um vor dem Abend noch einen Bissen zwischen die Zähne zu kriegen.

Der Gastraum war leer bis auf einen einsamen Zecher, der aussah, als hätte er sich als Vogelscheuche verkleidet und sei unterwegs zu einer Kostümparty.

»Morgen«, sagte Pascoe auf dem Weg zur Bar. Dort war niemand, der bediente, und nach einer Weile schlug er eine Münze an einen Aschenbecher und sagte mit der winzigen, zögernden Stimme »Hallo?«, die Engländer mit guter Kinderstube immer dann einsetzen, wenn sie auf sich aufmerksam machen wollen, ohne auf sich aufmerksam zu machen.

Nichts geschah.

»Turd!«

Das laute Gebrüll kam von hinten. Pascoe drehte sich gerade schnell genug um, um noch zu sehen, wie sich der Mund der Vogelscheuche schloß. Welchen Vergehens hatte er sich in seiner Ahnungslosigkeit schuldig gemacht, um so beschimpft zu werden? fragte sich Pascoe.

»Was ist denn das für ein Höllenlärm hier?«

Ins Leben zurückgerufen 127

Schlagartig drehte er sich wieder der Bar zu. Ein Hüne mit rotem Gesicht stand dahinter, als wäre er immer dort gewesen. Wütend funkelte er Pascoe an. Selbst für den ländlichen Norden Yorkshires war die Begrüßung unwirsch.

»Der Mann will was zu trinken, Turd.« Nein, nicht Turd, sondern Ted, nur daß der Vokal so gedehnt und offen ausgesprochen war, wie man es im West Country oder vielleicht in Wales machte.

»Kümmere dich um deinen eigenen Kram, Vince Tranter, und ich kümmere mich um meine Gäste. Was kann ich für Sie tun, Sir?«

Der Ton des Mannes war vielleicht nicht höflich, aber immerhin akzeptabel geworden, als er Pascoe ansprach.

»Ein Halbes vom besten«, sagte Pascoe. »Kann man bei Ihnen auch essen?«

»Pasteten«, erwiderte Ted.

Die Vogelscheuche bekam einen Niesanfall. Der Laut hätte bedeutungsloser nicht sein können, und dennoch enthielt er eine Warnung, die in ihrem Hohn so klar wie die Rundfunksendung einer politischen Partei war.

»Eine Packung Erdnüsse«, sagte Pascoe. »Zum Birnbaum, interessanter Name. Wegen der Verbindung zu den Partridges, vermutlich?«

Es war zum Teil höfliche Konversation, aber auch die instinktive Reaktion auf eine potentielle Quelle für wichtige Informationen.

»Wahrscheinlich«, sagte der Wirt. »Das macht 82 Pence.«

»Ich war zufällig gerade oben im Haus«, sagte Pascoe beim Bezahlen.

»Ach ja?«

»Ja. Etwas Geschäftliches. Es war ein trauriger Verlust für das Land, als er seinen Sitz abgab. Gott sei Dank folgt ihm der Sohn in den Fußstapfen, sage ich.«

»Er könnte schlechter sein«, erwiderte der Mann. Das war schon fast Tauwetter. Pascoe machte in der Hoffnung weiter, daß ein wenig mehr Druck das Eis brechen würde. »Wir haben uns über die guten alten Zeiten unterhalten. Zufällig bin ich mit dem ehemaligen Kindermädchen befreundet, Miss Marsh. Sie werden sich wahrscheinlich an sie erinnern, wenn Sie schon länger hier sind.«

Als hätte ihn die Schneekönigin mit dem Finger berührt, schnappte der Mann: »Noch nie was von ihr gehört. Wollen Sie noch was?«

»Ich glaube nicht«, sagte Pascoe.

»Großartig. Dann kann ich wieder zu meinem Essen.«

Er bedachte die Vogelscheuche mit einem finsteren Blick, der auch Pascoe einschloß, und verschwand.

»Hieß mal ›Zum Grünen Mann‹«, sagte die Vogelscheuche.

»Wie bitte?«

»Die Kneipe. Er hat den Namen vor einigen Jahren geändert. Er wolle keinen Namen, der was mit den Grünen zu tun hat. Alles langhaarige Typen, die gegen die Jagd seien und einem Mann Vorschriften machen wollten, wie er mit seinem Eigentum umzugehen habe, hat er gesagt. Hat seine Lordschaft gefragt, ob er die Kneipe ›Zum Wappen der Partridges‹ nennen darf.«

»Und seine Lordschaft hat nein gesagt?«

»Sie sind ja ein ganz schöner Schnellmerker, Sie.« Der Mann hatte definitiv etwas Walisisches an sich. »Er wußte, daß es verdammt lächerlich wäre, die elende Spelunke ›Zum Wappen der Partridges‹ zu nennen, deshalb hat er ›Zum Birnbaum‹ vorgeschlagen.«

»Und der Wirt war einverstanden?«

Die Vogelscheuche nieste wieder.

»Ted? Der hätte seine Kneipe ›Zum nackten Hintern‹ genannt, wenn seine Lordschaft es ihm befohlen hätte. Aus Ted kriegen Sie nichts über das Gutshaus heraus, und auch aus sonst niemandem hier in der Umgebung. Die Einheimischen wissen genau, wem sie die Butter auf dem Brot verdanken.«

Pascoe nahm sein Bier und seine Erdnüsse und ging zum Tisch der Vogelscheuche. Bei genauerem Hinsehen entpuppte sie sich als ein Mann von etwa sechzig Jahren, der nicht deshalb leicht ungepflegt aussah, weil er schmutzig gewesen wäre, sondern weil seine Kleidung etwas eigenwillig zusammengestellt war. Sein Hemd, der karierte Schal, die Brokatweste, das gestreifte Jackett, die Moleskinhosen und das Schiffchen waren von bester Qualität und trotz ihres Alters makellos sauber.

»Sie stammen nicht von hier?« fragte Pascoe.

»Daß ich nicht lache!«

»Wie lange wohnen Sie denn schon in dieser Gegend?«

»Dreißig Jahre und noch ein bißchen länger.«

Pascoe lachte. »Wie lange muß man hier leben, bis man zum Einheimischen wird?«

»Es gibt Leute, die sind hier geboren und zählen nicht zu den Einheimischen«, sagte der Mann ernsthaft. »Diese Bürde ist nur den Auserwählten auferlegt, Gott sei Dank.«

»Wenn Sie eine so geringe Meinung von den Leuten dieser Gegend haben, wieso sind Sie dann die ganze Zeit hier geblieben?«

»Der Einäugige reist so lange in der Welt herum, bis er einen Ort findet, wo die Mehrheit blind ist.«

»Und was machen Sie?«

»Alles Mögliche. Alles, was die Einheimischen nicht zustande bringen, und das ist eine ganze Menge.«

»Und Sie sind überzeugt, daß ich niemanden auftreibe, der mir etwas über die Partrigdes und ihre Kindermädchen verrät?«

»Nie und nimmer. Bestechung können Sie auch vergessen. Man würde nicht verstehen, was Sie wollen, wissen Sie? Bietet man den Leuten ein Halbes an, so trinken sie es und lügen. Bietet man ihnen Geld an, verschreckt man sie.«

»Wohingegen Sie ...?«

»Lügen tu ich umsonst. Aber für zwei Zehner und einen Fünfer erzähle ich Ihnen die Wahrheit, die reine Wahrheit und nichts als die Wahrheit.«

Pascoe bedachte ihn mit einem skeptischen Blick.

»25 Pfund sind 'ne Menge Kohle für 'ne Katze im Sack.«

»Niedrigstes Angebot«, erwiderte die Vogelscheuche. »Den Preis kriegen Sie nur, weil Sie Brite sind. Der Ami mußte fünfzig locker machen.«

»Der Ami?«

»Der das andere Kindermädchen losgeeist hat. Ich habe ihn im Fernsehen gesehen.«

»Waggs, meinen Sie? Sie haben mit Waggs gesprochen? Und wann war das?«

»Vor ein paar Jahren«, erwiderte der Mann unbestimmt. »Wenn Sie die Inflation berücksichtigen, mache ich Ihnen wirklich ein gutes Angebot.«

»Und was haben Sie zu bieten?«

»Was zahlen Sie?«

Peter Pascoe holte seine Brieftasche hervor und zählte 25 Pfund ab. Er wollte damit verführerisch vor der Nase des Mannes herumwedeln, doch irgendwie wurden ihm die Banknoten aus der Hand gezogen, ohne daß er es spürte.

»Das Kindermädchen Marsh verließ das Haus der Partridges vor etwa 20 Jahren.«

»Ja, das weiß ich. Und irgendwas stimmte nicht ganz.«

Die Vogelscheuche lachte.

»So kann man es wohl nennen.«

Er tätschelte sich bedeutungsvoll den Bauch.

»Gütiger Himmel«, sagte Pascoe. »Aber wer ...?«

»Nun, beim Akt selbst war ich nicht anwesend, aber wenn man eine junge Kuh mit einem geilen alten Bullen zusammensperrt, braucht man ja wohl nicht weit zu suchen, wenn sie irgendwann ein Kalb fallen läßt.«

»Partridge, wollen Sie sagen?« fragte Pascoe, der gern Klarheit hatte, vor allem, wenn er es mit einem Kelten zu tun hatte.

»Wer sagt denn das? Ich nicht! Nach dem, was ich beurteilen kann, hängen Sie mir womöglich eine Verleumdungsklage an. Aber machen Sie doch mal einen Gang durchs Dorf, nach einer Weile sehen Sie überall die gleichen runden Köpfchen.«

»Was geschah also mit Miss Marsh?«

»Es hieß, man habe sie in irgendeine Klinik verfrachtet. Man hat sie schnell abgeschoben, saftige Abfindung sozusagen, makellose Referenzen, und sie hat ihre berufliche Laufbahn irgendwo anders fortgesetzt.«

Die gute, altmodische Verführungsgeschichte. Nur war es schwer vorstellbar, daß Miss Marsh jemanden an ihr Mieder ließ, ohne demjenigen eine saftige Ohrfeige zu verpassen und ihn ohne Abendessen zu Bett zu schicken.

»Und das war's?« fragte er. »Nicht gerade viel für 25 Pfund.«

»Kommt drauf an, was Sie draus machen, würde ich sagen. Mr. Waggs scheint es geschafft zu haben. Ob ich wohl darin vorkomme, wenn sie den Film drehen?«

»Welchen Film?«

»Es muß doch einen Film geben, Junge! Ist Ihnen das denn noch nicht aufgefallen? Von der Liebe bis zum Krieg tun die Yankees nichts, was nicht mit einem Film endet. Muß in ihrer Verfassung stehen. Schade, daß Burton nicht mehr lebt. Er hätte mich gut dargestellt, würde ich sagen. Und nachdem wir nun die Bestechung aus dem Weg haben, dürfen Sie mir reinen Gewissens ein Halbes spendieren.«

Pascoe schaute auf die Uhr.

»Tut mir leid«, sagte er. »Keine Zeit. Muß mich sputen.«

»Ein anderes Mal«, sagte die Vogelscheuche.

»Vielleicht. Eines könnten Sie mir noch verraten, bevor ich gehe. Pure Neugier. Wie kommt es, daß Ihre Kleidung eine solche ... Vielfalt aufweist?«

»Erinnerungsstücke«, sagte der Mann lächelnd. »Und Werbung.«

»Werbung wofür?«

»Für eine meiner kleinen Firmen. Ich bin sozusagen ein lebendes *memento mori*. Erledige die meisten Bestattungen hier in der Gegend. Und wenn die Toten das Gewand der Unsterblichkeit anlegen, darf ich mir als erster etwas von ihrer sterblichen Gewandung aussuchen. Ein Ertrinkender sieht sein ganzes Leben vor sich ablaufen, heißt es. Hier sind wir ein ganzes Stück von der See entfernt, deshalb muß man mit mir vorliebnehmen!«

Auf dem Weg zurück in die Stadt ging Pascoe vielerlei durch den Sinn. Geile Lords und schwangere Kindermädchen, Waliser, die bei aller Exzentrik manchmal irgendwie doch normal waren, und in Yorkshire Gebürtige, die in ihrer Normalität außergewöhnlich waren, sein leerer Magen, seine gefährdete Ehe und ob Dalziel ihm wohl die 25 Pfund erstatten würde, die er der Vogelscheuche gegeben hatte, sowie die zwölf Pfund, die er für das Buch verbraten hatte.

Er ertappte sich dabei, wie er *Wir sind auf dem Weg zum Zauberer* pfiff. Doch als er schließlich in der Smaragd-Stadt ankam, war der Zauberer noch nicht wieder zurück.

Wield wartete auf ihn. Dem zerklüfteten Gesicht des Sergeant irgendwelche Gefühlsregungen abzulesen war unmöglich, aber seine Körpersprache war ein einziger Vorwurf.

»Tut mir leid, Wieldy. Ist was passiert?«

»Nichts, das ich nicht mit Drohungen, Versprechungen oder ein paar saftigen Lügen in den Griff kriegen konnte«, sagte Wieldy. »Das einzig Erfreuliche war, daß Jack vom Schwarzen Bullen mir eine Extraportion Fritten gegeben hat, als ich ihm sagte, daß weder du noch Mr. Dalziel heute kommen würden.«

»Du hast also zu Mittag gegessen? Glückspilz«, sagte Pascoe.

»Ich war im Dienst. Ich war deinetwegen dort«, sagte Wield und zog sein Notizbuch hervor.

»Was? Ach, die Sache in Harrogate. Bist du fündig geworden?«

Der Sergeant blätterte in seinem Notizbuch.

»Ich habe drei Halbe, eine Steak-und-Nieren-Pastete und zwei Portionen Schwarzwälder bezahlt. Von wem kriege ich das Geld wieder?«

»Nun sei mal nicht so geldgeil«, warf Pascoe ihm scheinheilig vor. »Wer war überhaupt der Prasser?«

»Freund vom Rathaus. Er hat einen Freund in Harrogate.«

Wields Blick fiel auf das Buch *Im Birnbaum*, das Pascoe auf seinen Schreibtisch gelegt hatte. Er öffnete es vorsichtig und las die Widmung.

»Freund von dir, was? Wußte gar nicht, daß du dich in so betuchten Kreisen rumtreibst.«

Er klang leicht irritiert, und Pascoe ertappte sich dabei, wie er mit gleicher Münze zurückgab: »Hast du was dagegen?«   .

»Dein Bier.«

»Aber du meinst, weil er ein Lord und ein Konservativer ist, muß man einen großen Bogen um ihn machen? Ich hätte gedacht, daß ausgerechnet du dich vor Pauschalurteilen hüten würdest.«

Es war ein Schlag unter die Gürtellinie, aber Wieldy zuckte mit den Schultern und tat unbeteiligt.

»Was weiß schon ich? Es ist eine andere Welt.«

»Nun übertreib mal nicht. Es ist auch unsere Welt, er ist ein Mann des öffentlichen Lebens«, sagte Pascoe, der sich wegen seiner eigenen Gereiztheit gezwungen sah, Partridge zu verteidigen. »Er tut eine Menge Gutes.«

»Wohltätigkeit, meinst du? Ja, ich habe ihn im Radio reden hören. Es ging um die Heime für behinderte Kinder von der Carlake Stiftung. Ich hab sogar was hingeschickt. Aber von der Aufzeichnung eines fünfminütigen Gesprächs bis zu Mutter Teresa ist es noch ein weiter Weg, findest du nicht?«

»Er tut mehr als das«, sagte Pascoe mit der Expertise des Klappentextlesers. »Er ist einer der Direktoren. Und seine Einnahmen aus dem Buch fließen in die Stiftung.«

»Wahrscheinlich kann er sich das leisten«, sagte Wield. »Jemand, der Mietverträge zu 250 Pfund die Woche für seine Wohnungen austeilt, dem kann es nicht an Kleingeld fehlen.«

Pascoe versuchte dahinterzukommen, warum Wield so gereizt war, und das lenkte ihn davon ab, nach dem Grund für seine eigene Gereiztheit zu suchen.

Ins Leben zurückgerufen   133

»Was hast du da eben gesagt?«

»Die Wohnung, nach der du gefragt hast. Ein Hausverwalter sieht nach dem Haus, und dahinter steht eine Immobiliengesellschaft namens Millgarth Estates. Und weißt du, wer der Hauptaktionär ist? Richtig. Dein Lieblingsautor, Lord Partridge.«

»Du hast gesagt ›Mietverträge austeilt‹ …?«

»Ja. Die Frau wohnt da, zahlt keine Miete, keine Verwaltergebühren, nichts. Wer ist sie? Sein kleines Privatvergnügen?«

Da dämmerte Pascoe, daß sie beide aus demselben Grund gereizt waren. Wield, weil man ihn nicht einweihte, und er, weil er im Verborgenen arbeiten mußte.

Er sagte: »Nein, sie ist das alte Kindermädchen der Familie.«

Wield pfiff und sagte: »Kein schlechter Job, wenn man ihn kriegt. Was hat das mit uns zu tun?«

Gute Frage. Noch besser wäre gewesen, was hat das alles mit Ralph Mickledore zu tun? Mit Pam Westropp? Mit Cissy Kohler?

Müde erwiderte er: »Das weiß nur Gott allein, und der ist heute nicht da.«

Manchmal war es gar nicht so schlecht, im dunkeln zu tappen.

SECHS

»Um Gottes willen, sprecht mir nicht von Freiheit; wir haben davon vollkommen genug!«

Erst als sie die Boeing 747 in Heathrow bestieg, wurde Cissy Kohler klar, daß sie das Raumfahrtzeitalter verpaßt hatte.

Fernsehen, Bücher und Zeitungen fütterten die Menschen mit einem Frikassee aus Fakten und Phantasie, bis Apollo 11 und Star Wars letztendlich ununterscheidbar waren. Im Gefängnis hatte die Zeit stillgestanden. Die Ereignisse des kurzen Zeitraums seit ihrer Entlassung zogen immer langsamer an ihr vorüber und wurden immer unschärfer. Es war, als sei sie direkt aus Mickledore Hall in diese riesige Maschine getreten, in der es Stufen zu einem oberen Deck gab und mehr Sitzplätze als in einem Kino.

Sie waren in der ersten Klasse. Cissy Kohler saß entspannt in ihrem breiten, bequemen Sitz und sah aus dem Fenster. Eine Erinnerung aus der Zeit, als sie diesen Flughafen zum ersten Mal gesehen hatte und die dreißig Jahre zurücklag, stieg in ihr auf. Dann sagte eine Stimme: »Mr. Waggs.« Beim Hochblicken erkannte sie Osbert Sempernel, dessen distinguierter Graukopf sich über Jay beugte.

Er trug denselben oder einen ähnlichen Maßanzug aus der Savile Row, denselben oder einen ähnlichen verfärbten Schlips, und sein Gesichtsausdruck war mit Sicherheit so hochnäsig und unbeteiligt wie eh und je.

Jay Waggs sagte: »Hi.«

»Könnte ich kurz mit Ihnen sprechen?«

»Meinetwegen auch lang. Wenn Sie ein Ticket haben, brauchen Sie so schnell nicht aufzuhören.«

»Im Terminal wäre besser«, murmelte Sempernel. »Wir wären mehr unter uns.«

»Zum Teufel, wir können doch nicht die ganzen guten Leute in diesem Flugzeug aufhalten.«

»Es gibt jede Menge anderer Flüge. Es geht eigentlich nur darum, das ein oder andere abzuschließen.«

Waggs warf einen kurzen Blick auf seine Uhr und sagte: »Wenn ich mich nicht täusche, haben Sie noch sieben Minuten dafür.«

»Ich könnte Sie beide von Bord holen lassen«, sagte Sempernel liebenswürdig.

»Das könnten Sie, aber ich würde Krach schlagen, das können Sie mir glauben. Und unser Anwalt im Terminal würde auch Krach schlagen. Und stellen Sie sich mal den Aufruhr in den Medien vor, wenn diese kleine Dame hier, die Sie ihr halbes Leben zu Unrecht eingesperrt hatten, schreiend aus dem Flugzeug gezerrt würde, das sie in die Heimat bringen soll. Unsere Papiere sind zudem alle in Ordnung. Dafür hat Mr. Jacklin gesorgt.«

»Ein sehr gründlicher Mann, Ihr Mr. Jacklin«, sagte Sempernel.

»Das ist richtig, aber perfekt ist er nicht«, sagte Jay Waggs. »Ich denke, er vergaß Sie über die kleine Pforte zu informieren, und den Schlüssel, den er dafür besitzt.«

»Wir hatten eine Absprache getroffen, Mr. Waggs.«

»Und die ist nach wie vor gültig«, versicherte der Amerikaner. »Es hat sich nichts weiter geändert, als daß Cissy es nicht erwarten kann, die Heimat wiederzusehen.«

Eine Weile stand Sempernel schweigend da. Dann sagte er: »In diesem Fall bleibt mir nur, Ihnen *bon voyage* zu wünschen.«

»Dasselbe Ihnen, Mr. Sempernel, wohin Sie sich auch begeben mögen.«

Sempernel richtete sich auf und verließ das Flugzeug. Cissy fragte: »Gibt es ein Problem, Jay?«

»Nein, Ciss.« Er lächelte sie an.

»Gut.« Sie wußte, daß es ein Problem gab und daß es noch viele weitere geben würde, aber im Augenblick wollte sie sich ganz dem Gefühl des Staunens darüber hingeben, daß sie im Bauch dieser riesigen Maschine saß. Sie fühlte, wie ein fast sexuelles Schaudern sie durchzog, als die Düsen dröhnten. Der Höhepunkt war, als das Monster das Unmögliche vollbrachte, sich von der Rollbahn löste und in den Himmel aufstieg. Sie sah die gezackte Küste verschwinden, dann waren sie über den Wolken. Jegliches Gefühl von Bewegung schwand und mit ihm das Gefühl des Wunderns. Nun waren sie nur noch in einem engen, mit Metall ausgekleideten Raum eingesperrt. Das war für sie vertrautes Terrain.

Man servierte das Essen. Es war gut. Den Wein lehnte sie ab. Am ersten Abend im Haus hatte sie ein Glas Champagner getrunken. Ihr war ganz schwindelig geworden. Es gab in dieser zudringlichen neuen Welt genügend Quellen der Verwirrung, da brauchte sie nicht auch noch welche durch ihren Mund hereinzulassen.

»Alles in Ordnung, Cissy?«

»Bestens, Jay.«

Sie bedachte ihn mit einem Anflug von Lächeln, mehr brachten ihre Gesichtsmuskeln noch nicht zustande. Männer waren wie Alkohol. Man mußte sie mit Vorsicht genießen, bis man sich sicher war, daß man sie richtig einordnete. Man bildete sich ein, die Leute auszunutzen, und dann mußte man feststellen, daß man selbst ausgenutzt wurde. Wie bei Daphne Busch. Sie sah sie ausgestreckt auf dem Boden der Zelle liegen, die Augen weit aufgerissen, ohne daß sie etwas sahen … oder vielleicht sahen sie ja alles … Sie zwang sich, wieder an Jay zu denken. 27 Jahre lang hatten alle Männer, mit denen sie zu tun hatte, ein Amt innegehabt … Kaplan, Arzt, Anwalt … Und dann war Jay aufgetaucht. Er sagte, er sei mit ihr verwandt, aber das war kein Amt. Schließlich war ihr ein Etikett für ihn eingefallen. Er war ein Kreuzritter. Sie wußte ein wenig über die Kreuzzüge Bescheid. Alfred Duggans Romane in der Gefängnisbibliothek hatten bei ihr ein Interesse ausgelöst, und wenn man sich in einer Zeitkapsel befand, dann hegte und pflegte man ein solches Interesse.

Sie wußte, daß die Kreuzritter ihr Ziel in die Tat umgesetzt und die Heilige Stadt befreit hatten. Danach wandten sie sich vom Heiligen dem Profanen zu, nach der göttlichen Gerechtigkeit kam das Plündern.

Es war an der Zeit, einen kleinen Schritt zurück in die Welt zu tun, die sie verlassen hatte.

»Jay, wer bezahlt den Flug?«

Es interessierte sie nicht wirklich, aber das Thema, über das sie eigentlich reden wollte, war nicht für ein volles Flugzeug geeignet.

»Kein Grund, sich darüber Gedanken zu machen«, sagte er. »Bis wir deine hohe Entschädigung bekommen, ist mein Geld dein Geld.«

Der persönliche Wimpel des Kreuzritters flatterte neben der Fahne mit dem roten Kreuz über der befreiten Stadt.

»Glaubst du, daß die Briten die Entschädigung zahlen, auch wenn wir ihnen durch die Lappen gegangen sind?«

»Natürlich. Was sollen sie denn gegen dich vorbringen? ›Wir haben die Abmachung getroffen, daß sie sich still verhält?‹ Okay, vielleicht lassen sie die Sache etwas schleifen, weil wir uns abgesetzt haben. Aber sie wissen, was die Geschichte auf dem freien Markt wert ist. Sie gehört in die Kategorie der Gefangenen von Chillon, des Grafen von Monte Christo oder des Doktor Manette. Deine Memoiren …«

»Ich habe es dir doch schon mehrmals gesagt, Jay, es gibt keine Memoiren.«

»Dann wirst du sie schreiben, Ciss. Oder du besorgst dir jemanden, der sie für dich schreibt. Egal wie du es machst, du kannst auf jeden Fall reich dabei werden, Ciss.«

Sie richtete ihre großen Augen auf ihn, ohne zu blinzeln. Manchmal wirkten sie einfach schlicht und aufrichtig. Dann wiederum waren sie so leer und verbargen alles wie eine Sonnenbrille.

»Ich will nicht reich sein, Jay. Das sage ich dir schon die ganze Zeit. Ich möchte nur eine einzige Sache von dir. Danach lebe ich in aller Ruhe, ohne daß mich jemand stört.«

»Ach ja? Das ist so ziemlich das Teuerste, was es auf diesem Planeten gibt.«

»Willst du damit sagen, daß ich mich der Öffentlichkeit verkaufen muß, um mir leisten zu können, ein ungestörtes Privatleben zu führen?«

»So ungefähr. Zurückstellen kannst du die Uhr nicht, Ciss, aber mit dem richtigen Geld kannst du sie ein ganzes Stück langsamer laufen lassen.«

»Wer braucht dazu Geld? Im Gefängnis kriegst du das alles gratis.«

Sie wandte sich von ihm ab und holte ihre Bibel aus ihrer geräumigen Handtasche. Eine Weile saß sie so da, das Buch offen im Schoß. Ihre Lippen bewegten sich lautlos, während ihre Augen über die Zeilen glitten. Schließlich schloß sie Buch und Augen, legte sich in ihrem Sitz zurück und schlüpfte mit jahrelanger Übung in ihre Zeitkapsel, genau in die Erinnerung, die ihr gekommen war, als sie aus dem Fenster auf den Flughafen sah.

Sie schreitet die Stufen einer BOAC Comet IV hinab, eine junge Frau Anfang zwanzig, mit vor Aufregung roten Wangen, als sie das erste Mal den Fuß auf europäischen Boden setzt.

In den Armen hält sie den kleinen Pip, der noch vom Landeanflug weint, der bei ihm Ohrenschmerzen ausgelöst hatte. Vor ihr geht James Westropp mit seiner Frau Pam, welche die ebenfalls aus voller Lunge schreiende Emily trägt, die Zwillingsschwester Pips. Man hatte überlegt, ob John, der Sohn aus erster Ehe, sie begleiten sollte, war dann aber der Meinung gewesen, daß es unfair wäre, den sechsjährigen Schulanfänger aus seiner Umgebung zu reißen, weil James schon bald wieder versetzt würde. Deshalb war John zur großen Erleichterung Cissys in der Obhut seiner Tante in den Staaten geblieben. Sie kam zwar gut mit dem Jungen aus, aber er war so sehr gegen seinen Stiefvater eingestellt, daß er wirklich schwierig war. Ihre eigenen Probleme reichten ihr, um mit zwei brüllenden Säuglingen in dem unbekannten Land ausgelastet zu sein.

»Begrüßen englische Kinder so ihre Heimat?« sagt Westropp auf dem Weg über den Asphalt zum Terminal.

»Englisch? Nun mach mal langsam! Sie sind mindestens zur Hälfte amerikanisch!« protestiert Pam.

»Klar doch. Das ist die brüllende Hälfte. Mir kam der Akzent gleich bekannt vor.«

Sie werfen einander oft die Bälle zu wie in einer Comedy Serie, aber Cissys Ohr hört in ihren Dialogen etwas, das schärfer als Witz ist.

Im Flughafengebäude sieht sie ein Schild, das die einheimischen Schafe von den ausländischen Böcken trennt, und sagt zu Pam: »Ich glaube, ich sollte mich hier anstellen. Da Sie mit einem Engländer verheiratet sind, geht bei Ihnen wohl alles in Ordnung. Könnten Sie bitte auch Pip nehmen?«

»Was soll denn das, Cissy?« sagt ihre Arbeitgeberin. »Du bildest dir doch nicht etwa ein, daß wir uns hier die Beine in den Bauch stehen, bis ein Beamter sich überlegt hat, ob du vorhast, die Kronjuwelen mitgehen zu lassen?«

Westropp spricht mit einem jungen Mann, der eine Schirmmütze trägt, die so weiß ist, daß man Pam darauf ihre Frühstückscroissants hätte servieren können.

Der junge Mann führt sie durch den Hauptstrom der Ankommenden in eine palastartige Lounge, wo man ihnen Getränke anbietet, während die Formalitäten abgewickelt werden. Gerade als sie sich wieder auf den Weg machen wollen, ertönt eine Stimme: »Da seid ihr ja! Ich wünschte, man würde mich so behandeln. Pam, du siehst großartig aus. Jimmy, du siehst aus, als hätte man dich wegen ungebührlichen Betragens der Schule verwiesen. Pip und Em, nun weiß man wenigstens, wo bei euch oben und unten ist. Und Cissy, das hübscheste Kindermädchen im ganzen Land!«

Ralph Mickledore, 1,82 groß, breitschultrig, mit Wuschelkopf, einem ansteckenden Lachen und mehr Energie, als Cissy je bei einem Mann erlebt hat, fällt über sie her. Jede Begrüßung wird von einem Kuß unterbrochen. Pam lächelt, Westropp verzieht das Gesicht, die Zwillinge brüllen, und Cissy fühlt, wie sie rot wird.

»Was um alles auf der Welt machst du denn hier, Mick?« fragt Westropp.

Dunkelhaarig, von leichtem Körperbau und mit einem schmalen, intelligenten Gesicht ist er das totale Gegenteil seines Freundes. Es muß sich um eine Anziehung von Gegensätzen handeln. Und warum nicht? Cissy hatte Erfahrung damit.

»Meine besten Freunde in der Heimat begrüßen, was denn sonst? Ich muß morgen nach Yorkshire, und so sehe ich euch, ehe die Zeitverschiebung mit ihren gefürchteten Folgen zuschlägt.«

»Das ist aber wahrhaft rücksichtsvoll von dir«, sagte Pam. »Hier, du kannst als Belohnung für deine Mühe dein Patenkind tragen.«

»Keine Mühe, schieres Vergnügen«, entgegnet Mickledore, als er ihr das Kind abnimmt. »Willkommen, kleine Em, in deiner wahren Heimat. Und du auch, Pip. Und Cissy. Es ist das erste Mal, daß du im Gelobten Land bist, nicht wahr? Dafür hast du einen zusätzlichen Kuß verdient. Möge dein Aufenthalt lang und glücklich sein.«

Nun, lang war er in der Tat gewesen. Und anfangs auch wunderbar glücklich, doch nicht frei von Überraschungen.

Sie hatte sich eingebildet, die Westropps schon ziemlich gut zu kennen. Ihr gesellschaftliches Leben hätte sie Punkt für Punkt aufschreiben können. Sie kannte ihren Musikgeschmack, ihre Lieblingsbücher und Eßgewohnheiten. Doch schon bald wurde ihr klar, daß man fremde Fauna nur in ihrer vertrauten Umgebung wirklich einschätzen lernt.

Sie hatte Reichtum vorausgesetzt, aber es war rasch deutlich, daß die Westropps im Vergleich zu den Leuten, mit denen sie verkehrten, eher arm waren. Mickledore warf das Geld zum Fenster raus, daß es ihr den Atem nahm. Doch die im Vergleich deutlich sichtbare Armut der Westropps schien nichts auszumachen. James Westropps Freundschaft war offensichtlich eine härtere Währung als Dollars. Es war auch keine Frage von einfachem englischem Snobismus. Zu ihren engen Bekannten zählten Leute, die selbst Cissy mit ihren begrenzten Kenntnissen der Londoner Gesellschaft merkwürdig fand. Und einmal, als sie James sagen hörte: »Mein Gott, was für eine gewöhnliche Person«, war sie völlig verwirrt, als sie entdeckte, daß er nicht irgendeine Neureiche meinte, sondern eine seiner eigenen Verwandten, die einige Dutzend Stellen, von der Religion ganz zu schweigen, näher am Thron war als er.

»Mick« Mickledore entpuppte sich ebenfalls als Rätsel. Nach seinen ersten paar Besuchen in New York hatte sie sich eingebildet, ihn durch und durch zu kennen. Sie hatte geglaubt, daß er das war, was er schien. Nun erkannte sie, daß sein Charakter in jeder Hinsicht unauslotbar war. Bei ihrem ersten Besuch auf Mickledore Hall kam es ihr so vor, als hätte sie einen neuen Menschen kennengelernt. Es hing ganz davon ab, wie er seine grenzenlose Energie einsetzte, war der Schluß, zu dem Cissy schließlich kam. Auf Bedauern oder Vorfreude verschwendete er sie nicht. In der Stadt fesselten ihn Vergnügungen und Geselligkeit so sehr, daß man sich nur schwer vorstellen konnte, wie er Monate damit verbracht hatte, glücklich und zufrieden sein Gut in Yorkshire zu verwalten. Auf dem Land hatte er den Eindruck eines Mannes gemacht, der lieber eine Meile in einem Schneesturm zurücklegt, als ein paar Meter entlang Piccadilly zu schlendern.

Es war nicht überraschend, daß seine große sexuelle Energie denselben Regeln gehorchte. Er gönnte sich sein Vergnügen, egal, wo er sich aufhielt. Das hieß jedoch nicht, daß er nicht wahrer Treue und Zuneigung fähig gewesen wäre. Seine Frau würde wahrscheinlich die meiste Zeit so tun müssen, als wäre sie blind. Eine Frau, die dazu bereit war, hatte jedoch durchaus Chancen, auf Dauer erfolgreich mit ihm zusammenzuleben. Das sagte Cissy sich, und an diesem dünnen Faden hing ihre Hoffnung auf ein dauerhaftes Glück.

Doch das war Zukunftsmusik. In der Gegenwart reichte es ihr, jede Freude, die sich ihr bot, mit beiden Händen zu ergreifen, und sich jede Anspielung auf die Träume zu verkneifen, die ihren Schlaf

Ins Leben zurückgerufen

erfüllten und in denen ihr Geliebter nur für sie allein lächelte und keine Rivalin mehr da war, die die Freude ihres Friedens bedrohte.

Und wie sie so träumte, glitt ihr Traum einmal mehr zu den tönernen Füßen, auf denen ihr perfektes Glück stand, und sie sah den starren Blick und das viele Blut ...

Sie schrie laut auf und wurde so jäh ins Bewußtsein katapultiert, daß sie sich kerzengerade im Sessel aufsetzte.

Aber nichts stimmte. Sie war nicht in der Wohnung der Westropps in Kensington, bei Emily und Pip im winzigen Kinderzimmer. Und sie war auch nicht in dem schmalen Bett in der Zelle, die Jahrzehnte ihr Zuhause gewesen war ...

Entsetzt sah sie auf den Fremden neben sich und zuckte zurück, als er ihr die Hand auf den Arm legte.

Er sagte: »Cissy, ist alles in Ordnung? Tut mir leid, daß ich dich wecken mußte, aber wir sind im Landeanflug. Du mußt den Gurt anlegen.«

Sie wandte den Kopf ab und sah aus dem Fenster. Weit unter ihr lag ein Gesprenkel von Hochhäusern, wie in einem Kinderbuch.

»Da wären wir«, sagte Jay Waggs. »Im Land der Tapferen und in der Heimat der Freien.«

»Ich kann nur hoffen, daß man mich reinläßt«, erwiderte Cissy Kohler.

SIEBEN

»*Ich bin begierig ... Euer Gutachten über einen merkwürdigen Fall
zu hören ...*«

Als es an jenem Abend sechs wurde und Dalziel noch immer nicht
aufgetaucht war, fuhr Pascoe nach Hause.

Dort ging er gleich zum Telefon und wählte die Nummer seiner
Schwiegermutter.

Ellie war sofort am Apparat.

»Wie läuft's?« fragte er.

»Heute Morgen fand ich sie in der Küche. Sie starrte in die Nische,
wo der Boiler für die Zentralheizung hängt. Sie sah vollkommen verwirrt aus.«

»Vielleicht hat der Boiler ein merkwürdiges Geräusch gemacht.
Das tun sie alle!«

»Nein! Sie war kurz davor, in Panik auszubrechen, Peter. Dann fiel
es mir wieder ein. Als ich klein war, befand sich dort die Speisekammer. Das war, bevor die Küche vergrößert wurde. Sie hatte einen
Milchkrug in der Hand. Sie war zur Speisekammer gegangen, um
eine Flasche Milch zu holen.«

»Eingefahrene Gewohnheiten wird man so schnell nicht wieder los.
Ich stelle auch noch immer den Scheibenwischer an, wenn ich nach
rechts abbiegen will, dabei habe ich das Auto schon seit drei Jahren.«

»Du bist genauso hilfreich wie ein Arzt«, schnappte Ellie.

»Hast du denn mit ihrem Arzt gesprochen?«

»Heute nachmittag. Reine Zeitverschwendung. Der alte Myers ist
kurz nachdem Paps ins Heim gekommen ist, in Ruhestand gegangen.
Seine Nachfolgerin klingt wie eine Schülerin, die Kleinkindern einen
Vortrag hält.«

»Du liebe Güte«, sagte Pascoe. »Und was hat sie gesagt?«

»Daß man sich bei alten Menschen auf einen gewissen Grad von Verwirrtheit einstellen müsse, wobei sie hinzufügte, meine Mutter habe ja ziemlich lange gewartet, bis sie mich hatte – als ob ihre Gesundheitsprobleme meine Schuld wären. Mutter sei wegen verschiedener spezifischer Erkrankungen in Behandlung, von denen aber keine unmittelbar lebensbedrohlich sei, und daß senile Demenz, wie ich durch Paps wisse, zum gegenwärtigen Zeitpunkt nicht heilbar sei. Kurz, eine Harke.«

»Vielleicht zieht sie es ja auch nur vor, ihre Diagnose selbst zu stellen«, sagte Pascoe.

»Du warst dabei? Komisch, hab ich gar nicht mitgekriegt.«

Es war Zeit, das Thema zu wechseln.

»Ist Rosie da?« fragte er.

»Ich hol sie.«

Mit großer Freude hörte er seine Tochter ›Hallo, Papa‹ sagen, und mit Erleichterung entdeckte er nichts als reines Vergnügen über das neue Erlebnis, bei ihrer Großmutter zu wohnen. Als Ellie wieder an den Apparat kam, sagte er: »Es klingt so, als hätte sie ihren Spaß.«

»Dafür sind Großmütter da. Wie geht es dir?«

»Oh, gut. Andy war heute nicht da, und die Zwangsernährung mit Fleischpasteten fiel flach. Ich bin gerade dabei, mir einen deiner Gemüseaufläufe aus dem Tiefkühlschrank zu gönnen.«

»Was für ein braver Junge du doch bist«, sagte Ellie. »Und was treibt unser dicker Freund?«

Pascoe zögerte. Er hatte seine Zweifel, daß Ellie Dalziels Kreuzzug für Tallantire gutheißen würde, und er war sich sicher, daß sie ihn sowohl menschlich als auch beruflich für verrückt erklären würde, wenn sie davon erfahren würde, daß er Dalziel dabei half. Es läutete an der Tür.

»Warte einen Moment. Es ist jemand an der Tür.«

»Nein, ich leg auf«, sagte Ellie. »Ich bringe lieber Rosie ins Bett. Wir unterhalten uns morgen weiter, Okay?«

»Ja. Dann gute Nacht.«

Er legte den Hörer auf. Wie zwei Kämpfer, die erleichtert waren, daß das Los entscheiden sollte. Nur daß seine Schuldgefühle über seine Erleichterung ihn gewaltig Punkte kosteten.

Die Türglocke ging noch einmal, ein langes, ungeduldiges Läuten, und noch bevor er die Tür geöffnet hatte wußte er, wessen großer Finger den Klingelknopf durch die Zarge zu drücken versuchte.

»Abend«, sagte Dalziel. Er hatte einen alten blauen Koffer bei sich und kam wie ein Bürstenverkäufer daher, dessen Existenz selbst ein mittelalterlicher Säulenheiliger nur schwer hätte leugnen können.

»Ich hab im Zoo angerufen, und man sagte mir, du hättest dich schon früh abgesetzt.«

»Früh?« Pascoe hörte, wie er fast schrie. »Und wo zum Teufel haben Sie den ganzen Tag gesteckt?«

»Allmächtiger, Peter, du erinnerst mich an meine Zeit als Ehemann. Du bist reif für einen Schluck.« Sie waren im Wohnzimmer angekommen, und Dalziel holte eine Flasche Scotch aus der Anrichte und schenkte zwei große Gläser voll ein.

»Das ist schon besser«, sagte er, als er sein Glas geleert hatte. »Für diese Menge mußt du bei den Cockneys eine kleine Hypothek aufnehmen. Wie ist es heute morgen gelaufen?«

Vorwürfe wären reine Zeitverschwendung gewesen. Pascoe beschrieb seinen Morgen, während Dalziel aufmerksam zuhörte und gleichzeitig geistesabwesend seinen zweiten Scotch schlürfte.

»Tja«, sagte er. »Je mehr ich von der Marsh höre, um so mehr gefällt sie mir. Vom gnädigen Herrn gebumst, von der gnädigen Frau gefeuert, landet sie im Arbeitshaus für gefallene Mädchen? Mitnichten! Sie parkt ihre Muschi in einer Luxuswohnung, ohne einen Pfennig Miete zu löhnen, und noch dazu in Harrogate! Wie kam sie dir so vor, Junge?«

»Die meiste Zeit wie eine kleine, alte Kinderfrau, außer daß ich ab und zu das Gefühl hatte, daß da wer seine Nase hervorstreckte und mich nicht sehr nett auslachte. Irgendetwas ist an dieser Sache faul ...«

»Du bist aber auch ewig unzufrieden, was? Trink noch einen Whisky.«

»Ich habe noch keinen getrunken. Vielleicht sollte ich ja einschenken, während Sie mir von Ihrem Tag berichten.«

Er goß zwei Gläser ordentlich voll, während Dalziel seine Abenteuer im hintersten Essex schilderte.

»Und was hältst du davon, mein Lieber?« fragte er Pascoe.

»Der Kerl in dem Auto war ein Sicherheitsbeamter, sagten Sie?«

»Er hatte so einen Ausweis, aus dem nichts hervorging«, nickte Dalziel zustimmend.

Ins Leben zurückgerufen   145

»Das bedeutet, daß die Angelegenheit noch ernster ist, als wir dachten!«

»Nicht, als ich dachte«, sagte Dalziel grimmig. »Ich könnte mir vorstellen, daß Waggs etwas ausgegraben hat, das es ihm ermöglicht hat, die Kohler freizukriegen ...«

»Etwas, daß sie dazu brachte, frei sein zu wollen«, warf Pascoe ein. »Vorher hat sie ganz schön wenig Begeisterung für ein Leben in Freiheit an den Tag gelegt.«

»Ja, da hast du recht. Also wird eine Vereinbarung getroffen, zu der gehört, daß sie hier bleibt, und man überwacht sie, doch dann gibt sie Fersengeld ...«

»Die Zeit muß irgendeine Rolle spielen«, sagt Pascoe. »Sie können ja kaum vorgehabt haben, sie für immer und ewig zu überwachen.«

»Wieder richtig«, sagte Dalziel mit fast väterlichem Stolz. »Weiter.«

»Weiter? Wohin? Ich brauche zehnmal mehr Informationen, um den nächsten Sprung zu tun. Ich kann Ihnen Hypothesen anbieten, die Tallantire entlasten, und Hypothesen, die ihn schwärzer malen als das Rotztuch eines Kumpels. Und ich kann Ihnen wahrscheinlich auch alles dazwischen liefern. Okay, irgend etwas Merkwürdiges spielt sich hier ab, aber vielleicht ist es nicht die Art Merkwürdigkeit, nach der Sie suchen. Haben Sie darüber schon einmal nachgedacht?«

Dalziel schenkte sich Whisky nach.

»Spiel mal die nette Gastgeberin«, sagte er, »und hol mir meinen Koffer aus der Diele.«

Pascoe hatte versucht, den Koffer zu verdrängen.

»Was ist denn da drin?« fragte er leicht beklommen.

Lachend erwiderte Dalziel: »Du hast doch nicht etwa Angst, daß ich hier übernachten will? Beruhige dich! Dein guter Ruf ist nicht in Gefahr! Es sind Wallys Unterlagen. Ich hatte sie in die Gepäckaufbewahrung gebracht und habe sie eben abgeholt, als ich am Bahnhof ankam.«

Pascoe gab sich keine Mühe, seine Erleichterung zu verhehlen, und holte den Koffer.

Dalziel öffnete ihn und verteilte den Inhalt in drei unordentlichen Haufen auf dem Fußboden.

»Ich hatte die Papiere kurz durchsortiert, ehe ich ihn weggebracht habe«, sagte er.

»In seinem Beruf war Wally so pingelig, daß man zum Wahnsinn getrieben wurde, aber wenn man seine eigenen Sachen sah, kam man sich vor wie auf der Müllkippe.«

»Kommt mir bekannt vor«, murmelte Pascoe.

»Stimmt, es gibt wirklich unsäglich unordentliche Typen«, pflichtete Dalziel ihm bei.

»Dieser Stoß setzt sich aus Briefen, Rechnungen und Ähnlichem zusammen. Für uns ist nichts dabei. Dieser Haufen enthält Unterlagen, die er über seine alten Fälle gesammelt hat. Er hatte vorgehabt, im Ruhestand seine Memoiren zu schreiben. Tja, dazu ist es nicht mehr gekommen.«

»Was genau ist eigentlich passiert?« fragte Pascoe.

»Das Übliche«, sagte Dalziel. »Herzattacke. Er schleppte viel zu viel Gewicht mit sich rum, ständig habe ich ihm deswegen in den Ohren gelegen. Er war in London gewesen und starb auf dem Rückweg im Zug. Da er ganz allein in einem Wagen war, hatte der Zug Newcastle erreicht, bevor jemand merkte, was los war. Ich mußte heute auf der Heimfahrt an ihn denken.«

Pascoe fand den Gedanken komisch, daß ausgerechnet Dalziel jemanden vor den Gefahren der Dickleibigkeit gewarnt hatte, gleichzeitig hatte er Mitgefühl mit dem Dicken, als er dessen echtes Bedauern vernahm.

»Das tut mir leid«, sagte er.

»Das braucht es nicht«, erwiderte Dalziel brüsk. »Zumindest nicht sehr. Wally hätte den Ruhestand gehaßt. Vermutlich wollte er seine Memoiren nur schreiben, damit nicht alles gleich aus und vorbei ist. Ich glaube nicht, daß viel dabei herausgekommen wäre.«

»Ist etwas über den Mickledore Fall dabei?«

»Ja, interessantes Zeug. Nur eines fehlt. Und das ist sein Notizbuch. Wally machte sich jede Menge Aufzeichnungen, wenn er einen Fall untersuchte. Er sagte immer, daß er keine andere Lektüre auf seinem Nachttisch haben wollte. Ein Mann, der alles aufschreibe, könne auch alles lösen. Ich hoffe nur, daß es nicht Adolf und seinen Geiern in die Klauen gefallen ist. Aber hierfür würde Adolf sein linkes Ei geben.«

Er reichte Pascoe ein Stück Papier, das von Hand beschrieben war.

Ich bin Cecily Kohler aus Harrisburg, Pennsylvania. Während der vergangenen zweieinhalb Jahre habe ich als Kindermäd-

*chen bei der Familie Westropp gearbeitet. In der Nacht vom 3.
August 1963 ging ich in die Waffenkammer auf Mickledore
Hall, wo Mrs. Pam Westropp ein Gewehr reinigte. Irgend etwas ist passiert, ich weiß nicht was, aber ein Schuß löste sich
und hat sie versehentlich getötet.*

Das Blatt war nicht unterschrieben.

»Wessen Schrift ist das?« fragte Pascoe.

»Wallys. Und das hier ist auch seine Schrift«, sagte Dalziel und
reichte ihm ein weiteres Blatt.

*Ich bin Cecily Kohler aus Harrisburg, Pennsylvania. Ich bin
amerikanische Staatsbürgerin und war bei den Westropps angestellt, um mich um ihre Kinder zu kümmern. Meine Arbeit
hat mir Spaß gemacht, nur hatte ich nicht viel für Pam Westropp übrig, weil sie immer an mir herummeckerte. Wir stritten
uns in der Waffenkammer, und ein Schuß löste sich, der sie tötete.*

»Was zum Teufel ist denn das?« wollte Pascoe wissen.

Dalziel reichte ihm noch ein Blatt.

*Ich bin Cecily Kohler aus Harrisburg, Pennsylvania. Mr. James
Westropp war ein sehr netter Mensch, doch seine Frau war
merkwürdig, immer auf und ab, und die Kinder wußten nie genau, woran sie mit ihr waren. Deshalb habe ich schließlich beschlossen, sie in der Waffenkammer zu töten und alles so zu
arrangieren, daß es nach einem Unfall aussah.*

»Und das hier«, sagte Dalziel.

*Ich bin Cecily Kohler aus Harrisburg, Pennsylvania. Ich habe
meine Arbeitgeberin gehaßt, weil man nie wußte, was Sache
war, als würde sie Drogen nehmen, und weil sie die Kinder ver-
nachlässigt hat. Sie ist auch mit jedem ins Bett gegangen. Deshalb habe ich sie getötet und alles so arrangiert, daß es nach
Selbstmord aussah.*

»Nur noch ein Blatt«, sagte Dalziel. Diesmal handelte es nicht um ein Original, sondern um eine Fotokopie. Sie war in einer anderen, viel weniger sorgfältigen Schrift verfaßt.

Ich bin Cecily Kohler aus Harrisburg, Pennsylvania. Die vergangenen zweieinhalb Jahre habe ich als Kindermädchen für die Westropps gearbeitet. Durch meine Tätigkeit habe ich Ralph Mickledore kennengelernt, als er die Westropps in den Staaten besuchte. Wir wurden ein Liebespaar. Deshalb beschloß ich, die Familie zu begleiten, als sie nach England zurückkehrte, obwohl ich nie vorgehabt hatte, im Ausland zu arbeiten. Mir gefiel meine Arbeit, nur machte ich mir nicht besonders viel aus Pam Westropp. Ihr Mann ist sehr nett. Aber sie war ständig auf und ab, als wäre sie drogenabhängig. Manchmal wollte sie tagelang nichts von den Kindern wissen, und dann wiederum ließ sie sie nicht in Ruhe, mischte sich in meine Arbeit ein und brachte sie mit ihren Umarmungen und Küssen beinahe um, doch sobald eines von ihnen frische Windeln brauchte oder sich übergeben hatte, war sie ihrer schon müde und schubste sie zu mir, als wäre es mein Fehler. Sie ging auch mit jedem ins Bett. Ich wußte, daß Ralph mit ihr zusammengewesen war. Vermutlich hat sie sich ihm an den Hals geworfen, und als sie herausfand, daß er im Begriff stand zu heiraten, drohte sie, alles an die große Glocke zu hängen, und das hätte für mich und Ralph das Ende bedeutet. Deshalb schlug ich vor, sie zu töten. Es war meine Idee. Ich hätte es allein getan, nur brauchte ich seine Hilfe, damit es wie Selbstmord aussah. Sie hat den Tod wirklich verdient. Das einzige, was mir leid tut, ist die kleine Emily. Ich war mit den Kindern im Kahn auf den See gefahren, damit ich den Schlüssel hineinwerfen konnte. Ich meine den Schlüssel, den Mick abgeschliffen hatte, damit man die Waffenkammer nicht aufschließen konnte. Dann kam mir der Gedanke, mich zu verstecken, weil ich Angst davor hatte, noch einmal von der Polizei verhört zu werden. Ich konnte nicht mehr klar denken, nach dem, was ich getan hatte, und je länger ich unter der Weide blieb, um so verwirrter wurde ich. Das Licht auf dem Wasser, der Wind in den Bäumen, alles schien mir irgendwie zu Kopf zu steigen. Ich

*werde mir niemals verzeihen, was Em zugestoßen ist. Keine
Strafe der Welt kann das wieder gutmachen.
Unterschrift: Cecily Kohler, 5. August, 1963.*

»Ist das ihr Geständnis?« fragte Pascoe. »Von ihr selbst verfaßt? Und
was ist dann mit den anderen, in Tallantires Handschrift?«

»Was bist du doch für ein schlaues Kerlchen. Was hältst du davon?«

»Ich weiß, was Mr. Hiller davon halten würde. Um das Mädchen
fertigzumachen, fabriziert Tallantire so lange ein Geständnis nach
dem anderen, bis es nicht mehr darauf ankommt, ob sie überhaupt
ein Geständnis ablegt, sondern allein darum, welche Version sie
wählt. Und die ganze Zeit macht er sich ihre Schuldgefühle zunutze,
um die Daumenschrauben fester anzuziehen. Zu guter Letzt, als sie
ihr Sprüchlein fließend hersagen kann, sagt er, in Ordnung, schreib's
auf und unterschreib's. Wie beim Filmen mit der Monroe. Wenn sie
die Szene richtig hinbekommen hatte, stand die Aufnahme. Scheiß
der Hund auf den Rest!«

»Es will mir gar nicht gefallen, daß dir ständig irgendwelche Mädchen mit großen Titten durch den Kopf gehen«, sagte Dalziel. »So
schätzt du also die Lage ein, was? Jetzt verstehst du wohl, warum ich
nicht wollte, daß Adolf etwas davon in die Hände fällt.«

»Hören Sie, Sir«, sagte Pascoe unglücklich. »Ich weiß, daß ich
Ihnen meine Hilfe zugesagt habe, aber wenn etwas auftaucht, das
nahelegt, daß es zu Unregelmäßigkeiten gekommen sein könnte ...«

»Du kannst dein empfindliches Gewissen gleich wieder zurück ins
Einmachglas legen«, knurrte Dalziel. »Ich verrate dir, warum Wally
so lange gebraucht hat, bis die Kohler endlich gesungen hat. Er hat
das Mädchen nicht auf kleiner Flamme geköchelt, bis sie den Hintern
nicht mehr vom Ellenbogen unterscheiden konnte. Das Problem war
ein völlig anderes. Sie war von Anfang an bereit, egal was zu unterschreiben! Solange nur Mickledore nicht beschuldigt wurde. Wally
wollte nur erreichen, daß sie aufhörte, ihren Geliebten zu schützen.
An ihrer Schuld bestand nie ein Zweifel. Aber sie konnte es nicht allein getan haben –«

»Natürlich hatte sie Schuldgefühle«, unterbrach ihn Pascoe. »Das
kleine Mädchen war ertrunken.«

»Du meinst, sie hatte es ertränkt«, sagte Dalziel.

»Man kann so tun, als sei es ein Unfall gewesen oder was immer du willst, aber denk dran, ich war dabei. Ich hatte den Leichnam der Kleinen in den Armen, als ich nach oben kam, und ich habe Kohlers Gesicht aus größerer Nähe als jetzt deines gesehen. Sie wußte, daß sie die Kleine getötet hatte, glaub mir. Sie wußte es!«

Er reinigte sich die Kehle mit einem kräftigen Schluck Scotch und fuhr dann in gemäßigterem Ton fort: »Bei der Verhandlung sagte sie, keine Strafe könnte streng genug sein für sie, und die meisten Anwesenden waren durchaus ihrer Meinung. Viele fanden, man sollte sie zusammen mit Mickledore hängen, oder sogar an seiner Stelle.«

»Ich kann mich vage daran erinnern, daß man sie zu einer Art Monster machte. Und dann wurden die Leichen im Moor entdeckt, und von da ab galten neue Maßstäbe. Sie wollen also sagen, Tallantire hatte den Verdacht, daß sie Mickledore deckte, und er verwendete die Geständnisentwürfe dazu, sie immer weiter in die Ecke zu treiben, bis er das Geständnis von ihr bekam, das er wollte? Aber was hat ihn überhaupt auf Mickledore gebracht?«

»Instinkt, Junge. Kaum habe er den Mann gesehen, habe er gedacht, das ist er, hat er zu mir gesagt. Warum siehst du so aus, als wär dir 'ne Laus über die Leber gelaufen?«

»Es gibt da noch eine andere kriminalistische Schule, die vorzieht, daß das Beweismaterial zum Schuldigen führt.«

»Verschon mich mit diesem Quatsch. Du weißt genausogut wie ich, daß man seinen Täter meistens schon lange kennt, bevor man es beweisen kann. Das erste, was Wally tat, als er den Fall übernahm, war, die Beamten in Scotland Yard anzurufen und sie zu bitten, alles auszugraben, was sie über Mickledores Leben in London finden konnten, insbesondere alle Gerüchte über ein Techtelmechtel mit Pam Westropp.«

»Und wann kamen die Informationen durch? Stamper schien in seiner Sendung der Meinung zu sein, daß es erst am Montagnachmittag war.«

»Das ist richtig. Den ganzen Sonntag und den Montagmorgen keine Silbe aus London. Es war natürlich Feiertag und alles, was Rang und Namen hatte, wärmte sich die Hinterseite am Strand. Außer Sempernel, der Typ von den komischen Hengsten. Er war damals auch noch jünger, wahrscheinlich hatte er das kürzeste

Hölzchen gezogen. Man hat ihn zu uns geschickt, damit die abscheuliche Polizei im Norden niemand wahrhaft Wichtigem auf die Füße trat.«

»Und was hat er getan?«

»Eigentlich gar nichts. Er rannte hier ziellos rum wie ein abgewichster Kellner und hat sich immer abgesetzt, wenn man zufällig mal seinen Blick erhascht hatte. Aber ich vermute, er hat seine Chefs angerufen, als er sah, daß Wally es ernst meint. Denen war klar, daß die Presse, wenn sie Wind von dem Fall bekäme, keine Zeit verlieren würde, Mickledores Spielschulden auszuschlachten und auch an Pamela kein gutes Haar zu lassen und vielleicht sogar Mickledores Verbindung mit der Whisky-Braut auszuplaudern. Wenn Wally also sowieso alles am Dienstagmorgen aus der Zeitung erfahren würde, könnte man ihm auch am Montagnachmittag Bescheid geben, damit der Fall in trockene Tücher käme.«

»Damit hatte er nur ein Motiv und noch längst keinen hieb- und stichfesten Beweis in der Hand. Den hatte er erst, als er das Geständnis aus der Kohler herausgepreßt hatte.«

»Mittel, Motiv, Gelegenheit plus Kohlers Geständnis. Was verdammt noch mal willst du denn noch mehr?« fragte Dalziel.

»Und was ist das mit dem Schlüssel, den Mickledore so abgefeilt hatte, daß die Tür nicht mehr aufging? Der Schlüssel, von dem die Kohler sagt, daß sie ihn in den See geworfen habe? Hat man ihn gefunden?«

»Es wurden natürlich Taucher eingesetzt, aber der See ist groß. Die Geschworenen waren auch ohne den Schlüssel zufrieden.«

»Und das finden Sie in Ordnung?« fragte Pascoe. »Wer war es noch, der da sagte, daß Geschworene wie das Spiel mit den Fingerhüten seien, man müsse nur dahinterkommen, welcher Idiot auf dem Gehirn sitzt? Waren das nicht … Sie? Entschuldigung. Was hat sich eigentlich in der Verhandlung abgespielt?«

»Die Kohler hat sich selbst den Strick um den Hals gelegt. Sie hat sich schuldig bekannt, hat nicht ausgesagt, saß nur da, als sei das Ganze eine Zeitverschwendung. Die reinste Lady Macbeth.«

Wir haben sie geliebt, weil sie uns liebte. So lauteten William Stampers Worte in seiner Sendung. Wie konnte es zu einer solchen Veränderung gekommen sein?

»Und Mickledore?«

152   Reginald Hill

»Er behauptete, unschuldig zu sein und keine Ahnung zu haben. Er spielte den aufrechten Landjunker, als stünde er auf der Bühne. Er war so offenherzig, daß man einen Bus in ihm hätte parken können. Mir wurde schon bange, er könnte noch einmal davonkommen. Aber irgendwie gelang es dem Ankläger, die andere Seite seines Lebens zur Sprache zu bringen, und dann hockte da ja auch noch die Kohler wie etwas, das er am liebsten auf seinem Speicher versteckt hätte. Richtig komisch wurde es, als die Geschworenen ihren Schuldspruch fällten. Mickledore schien noch immer davon auszugehen, daß er frei käme, hat jedoch nicht mit der Wimper gezuckt, als der Sprecher ›schuldig‹ sagte. Er hob ein wenig die Augenbraue, als hätte man ihm ein Pik ausgeteilt, wo er doch lieber ein Karo gehabt hätte. Und als man ihn fragte, ob er vor der Urteilsverkündung noch etwas sagen wolle, sagte er laut und vernehmlich: »Wenigstens Sie, Eure Lordschaft, müßten wissen, daß ich an diesem Verbrechen vollkommen unschuldig bin, und ich habe keinen Zweifel, daß man das eines Tages auch nachweisen wird.« Kohler, die sich schuldig bekannt hatte, brach zusammen und mußte ins Krankenhaus eingeliefert werden. Seelischer und physischer Zusammenbruch. Sie hat die ersten sechs Monate ihrer Haft im Krankenhaus verbracht.«

»Und Mickledore? Hat er Berufung eingelegt?«

»Sozusagen. Er bekam keinen offiziellen Urlaub, aber er verlangte, Wally zu sehen. Wart' mal kurz.«

Dalziel wühlte in den Unterlagen zu den einzelnen Fällen herum und fand ein etwas dickeres Bündel getippter Seiten, die zusammengeheftet waren.

»Was ist das?« fragte Pascoe.

»Ich hab dir doch erzählt, daß Wally mit dem Gedanken gespielt hat, seine Memoiren zu schreiben. Das Exposé hat er noch geschafft. Hier ist die Stelle über den Mickledore-Fall.«

Pascoe nahm ihm das Blatt ab und las.

Nach dem Prozeß wollte Mickledore mich sprechen. Er sagte, er ginge davon aus, daß ich ein ehrlicher Mensch sei, und dann würde ich nicht mit Zweifeln leben wollen. Zweifel müsse ich jedoch haben, so glatt wie der Fall gelaufen sei. Ich forderte ihn auf, zur Sache zu kommen. Ja, sagte er, er habe gehofft, daß es nie so weit käme, aber nun müsse er die Wahrheit sagen. Es sei

James Westropp gewesen, der seine Frau umgebracht habe. Er habe aus Loyalität den Mund gehalten und habe während des Prozesses darauf vertraut, freigesprochen zu werden. Ich fragte: »Und was ist mit der Kohler?« Er sagte, sie sei Westropps Geliebte und ihm so hörig gewesen, daß sie alles für ihn getan hätte, vor allem, nachdem sie am Tod seiner Tochter schuld war. Ich fragte, wo der Beweis sei. Er sagte, das sei mein Job. Er wisse nur, daß Westropp protegiert werde. Mickledore behauptete, man hätte ihm zu verstehen gegeben, es würde alles in Ordnung gehen, solange er nur den Mund halte. Aber er habe nicht damit gerechnet, daß man die Sache so weit treiben würde. Nun mache er sich langsam Sorgen. Er müsse verzweifelt sein, sagte ich, um mit einer solchen Geschichte aufzuwarten. Woraufhin er sagte: Nun seien Sie doch nicht genauso ein Schurke wie alle anderen, Tallantire. Ich verlange doch nur, daß sie alles zweimal überprüfen. Das habe ich ihm zu guter Letzt dann versprochen. Ich habe alles überprüft. Nichts. Mickledore hat es einfach versucht. NB. Westropp stand nicht zur Verfügung. Jetzt, nachdem sich der Staub etwas gelegt hat, wäre es nicht uninteressant, seinen Aufenthaltsort ausfindig zu machen und zu sehen, wie er darauf reagiert, daß Mickledore ihm den Schwarzen Peter in die Schuhe schieben wollte.

»Hat er mit Ihnen darüber gesprochen?«

»Er hat seinen Besuch im Gefängnis erwähnt.«

»Wie genau wird seine Überprüfung gewesen sein? Ich meine, nach dem, was Sie gesagt haben, war er von Anfang an der Meinung, daß Mickledore sein Mann war. Außerdem hat er bei dem Fall jede Menge Lorbeeren geerntet, nicht wahr? Höhepunkt seiner Laufbahn, so in der Art.«

»Für ihn nur ein Grund mehr, umso gewissenhafter vorzugehen«, konterte Dalziel aggressiv.

Es ist wohl an der Zeit, das Thema zu wechseln, dachte Pascoe.

Er sagte: »Diese Memoiren. Sie wissen nicht, ob Tallantire es noch geschafft hat, einen Verleger dafür zu finden?«

»Nicht, daß ich wüßte. Warum willst du das wissen?«

»Hier sind eine ganze Menge Korrekturen, mit Bleistift gemacht. Sie sehen nach einem Profi aus. Als hätte vielleicht ein Lektor das

Exposé gelesen. Diese Leute korrigieren automatisch. Sie können keine Einkaufsliste lesen, ohne sie zu verbessern.«

Pascoe sprach mit der Erfahrung eines Mannes, dessen Frau schon öfter Manuskripte von Verlagen zurückbekommen hat.

»Laß mal sehen. Ja, du hast recht. Das ist nicht Wallys Handschrift. Aber warum hat er so etwas an einen Verlag geschickt?«

»Um denen eine Vorstellung davon zu vermitteln, welche Art Buch er schreiben will, und in der Hoffnung, daß er einen Vorschuß bekommt, bevor er sich an die Arbeit macht.«

»Ja, das würde ganz zu Wally passen«, bestätigte Dalziel. »Schauen wir doch mal nach.«

Er verteilte den Haufen mit der Korrespondenz auf dem Boden und schrie dann triumphierend: »Da! Bei Gott, er hatte doch tatsächlich einen Fisch an der Angel. So ein alter Geheimniskrämer!«

Der Briefkopf lautete: Treeby und Bracken, und die Adresse war in WC1. Das Schreiben lautete:

Lieber Mr. Tallantire,
ich danke Ihnen für das Exposé, das ich Ihnen hiermit zurücksende. Ich habe mir eine Kopie gemacht, denn ich finde, daß es mit Sicherheit Potential hat, besonders wenn es Ihnen gelingt, den richtigen Schwerpunkt zu setzen. Ich habe die Kapitel, die ich am interessantesten finde, mit einem Sternchen versehen. Sollten Sie in der nahen Zukunft nach London kommen, würde ich mich freuen, wenn wir uns zum Mittagessen treffen könnten, um darüber zu sprechen, wie es weitergehen könnte. Ich freue mich darauf, von Ihnen zu hören.
Mit freundlichen Grüßen
Paul Farmer (Lektor)

Darunter hatte Tallantire geschrieben: 12.30, 22. März.

Pascoe blätterte in dem Entwurf. An einigen Kapitelüberschriften waren Sternchen angebracht, meist eines, manchmal zwei. Nur der Mickledore Hall-Fall hatte drei. Er wollte Dalziel gerade darauf aufmerksam machen, doch der Dicke starrte auf das Datum.

»Verdammte Scheiße«, sagte er, »an dem Tag ist Wally gestorben. Auf dem Heimweg von London.«

Plötzlich fror Pascoe.

Ins Leben zurückgerufen

Dalziel ließ sich auf die Knie nieder und vermehrte den Korrespondenzhaufen so wunderbar wie seinerzeit die Brote und die Fische vermehrt wurden, er schien die Blätter zu erschaffen, während er sie verteilte. Schon bald war der Teppich unter einem Meer von Papier verschwunden.

»Sonst nichts«, sagte er.

»Vielleicht hat man in dem Verlag ja erfahren, daß er gestorben ist. Oder man ist zu der Auffassung gelangt, daß es sich doch nicht lohne.«

»Man lädt doch niemandem zum Essen ein, um ihm eine Absage zu erteilen. Weißt du irgendwas über Treeby und Bracken?«

»Warten Sie mal«, sagte Pascoe. Ellies literarischem Ehrgeiz war es zu verdanken, daß sie in ihrer Bibliothek ein Literaturjahrbuch hatten. Pascoe blätterte es durch. »Nicht sehr hilfreich. Treeby und Bracken ist kein unabhängiger Verlag mehr. Er wurde vor ein paar Jahren von Centipede geschluckt. Aber hier. Hier ist eine Liste der Direktoren von Centipede, und darunter befindet sich ein Paul Farmer. Könnte derselbe Mann sein.«

»Dann rufst du ihn morgen früh an und stellst fest, ob er sich an etwas erinnert.«

»Warum ausgerechnet ich?«

»Weil es genau das richtige für dich ist, dich mit so eingebildeten Schnöseln wie Verlegern zu unterhalten. So. Auf geht's. Hast du schon zu Abend gegessen?«

»Nein, aber ich würde wirklich lieber …«

»Nun komm schon, Junge. Du wirst doch mir gegenüber nicht kleinlich sein wollen.«

»Kleinlich?«

»Ja. Ich hatte dich gestern Abend eingeladen. Heute bist du an der Reihe. Das ist nur fair.«

Pascoe dachte an seinen Gemüseauflauf, maximal 200 Kalorien.

Er sagte: »Ich gehe auf keinen Fall in den Schwarzen Bullen.«

»Das trifft sich gut, ich auch nicht.«

In der Tür blieb Pascoe stehen und warf einen Blick zurück. Das Wohnzimmer sah aus wie eine Wiese nach einem Popfestival.

»Beeil dich«, sagte Dalziel. »Wir sind spät dran.«

»Wieso denn das?« fragte Pascoe, den die Aussicht auf etwas, das noch schlimmer war als eine Steigerung seines Cholesterinspiegels, in Alarmbereitschaft versetzte. »Ich breche nirgendwo mehr ein.«

»Was faselst du denn da für ein Zeug? Ich möchte, daß du jemanden kennenlernst, das ist alles. Jemanden, mit dem ein guter Polizist wenigstens einmal in seinem Leben gesprochen haben sollte.«

»Und wer ist denn das schon wieder?«

»Percy Pollock.«

»Pollock? Großer Gott, Sie meinen doch nicht etwa Pollock, den Henker?«

»Genau den. Mit dem alten Percy kann man sich gut unterhalten. Aber wehe, wenn man nicht pünktlich ist. Also, mach, daß du in die Pötte kommst. Ich vermute, bei seinem Beruf hat er nie besonders viel vom Herumhängen gehalten.«

ACHT

»*Was ist das für eine Nacht gewesen ...! Fast eine Nacht wie die, welche die Toten wieder aus den Gräbern ruft.*«

Ein Unwetter ging über der Stadt nieder, als sie auf dem Weg zum Ort ihrer Verabredung waren. Als wollten selbst Natur und Schicksal einen Kommentar abgeben, dachte Pascoe und empfand es als Bestätigung seines Gedankens, als er von Dalziel erfuhr, daß ihr Ziel das Gasthaus Zum Blinden Seemann* war. Der Zeitpunkt war gekommen, da ein echter goldener Zweig sehr nützlich wäre; denn waren sie nicht im Begriff, den Fährmann persönlich kennenzulernen, dessen starke Muskeln so manchen armen Teufel zum anderen Ufer befördert hatten? Er sagte Dalziel nicht, was ihm durch den Kopf ging.

Auf den ersten Blick war Percy Pollock eine Enttäuschung. Weißhaarig und zerbrechlich, erhob er sich zur Begrüßung auf einen Eichenstock gestützt und verbeugte sich feierlich, als Dalziel ihn vorstellte. Seine Hand gab er Pascoe nicht, ehe dieser ihm nicht die seine hinhielt.

Sie saßen an einem alten gußeisernen Tisch, der von einer Messingkante eingefaßt war und in einem dämmrigen kleinen Nebenzimmer stand, in dem außer ihnen niemand saß. Dalziel bestellte Getränke und bezahlte sie sogar, und unterdessen unterhielt man sich über das Wetter, den Preis von Tee und die Fortschritte, die verschiedene Angehörige der Familie Pollock gemacht hatten. Noch immer versetzte es Pascoe in Erstaunen, wieviel der Dicke über die Bewohner der Stadt wußte. Vielleicht erklärte das seine laxe Einstellung zu Auf-

---

* »Pathetic fallacy« ist vereinfacht wiedergegeben. Es geht um die Vermenschlichung der Natur.

zeichnungen. Pollock antwortete langsam und höflich, und allmählich empfand Pascoe die starke Präsenz dieses Menschen. Sie nährte sich aus einer Art innerer Stille, einer beständigen, ruhigen Selbstsicherheit. Vielleicht wird man so, wenn man sich während seines ganzen Berufslebens Menschen gegenüber sieht, die zwar keine Angst vor Gott haben, aber vor einem selbst.

Zu guter Letzt, als der Höflichkeit Genüge getan war, bestellte Dalziel eine weitere Runde, machte es sich bequem und sagte: »Und nun, Percy, würde ich sehr gern ein wenig über Ralph Mickledore mit Ihnen sprechen.«

»Über den verrückten Mick? Ich habe mir schon gedacht, daß es um ihn gehen könnte«, sagte Pollock.

»Warum verrückter Mick?« fragte Pascoe.

»So nannten ihn die Wärter. Natürlich nicht ins Gesicht. Wenn sie ihn ansprachen, dann immer mit Sir Ralph. Sie sind überrascht, Mr. Pascoe? Ich sage immer, Höflichkeit kostet nichts, und außerdem war er sehr beliebt.«

Dalziel sagte: »Percy nahm seine Arbeit sehr genau. Wenn ein neuer Kunde in Sicht war, legte er sich eine Akte an, sprach mit denjenigen, die für ihn zuständig waren, und versuchte herauszufinden, was für ein Mensch er war. Stimmt's Percy?«

»Das stimmt«, sagte Pollock. »Zum Hängen gehört mehr, als nur zu wissen, wie ein Mann gebaut ist und was für ein Gewicht er hat. Keine zwei Menschen verhalten sich gleich, wenn sie durch den Strang sterben sollen. Immer bereit sein, lautete die Devise, nach der ich gelebt habe. Und außerdem, was auch immer ein Mensch getan hat, er verdient es nicht, von einem Fremden gehängt zu werden.«

»Sie haben sich also, sobald der Schuldspruch bekannt wurde, an Ihre Hausaufgaben gemacht«, sagte Dalziel.

»Oja. Ich habe nicht auf Berufung oder dergleichen gewartet«, sagte Pollock. »Ich habe es nie gemocht, mich unter Druck zu fühlen. Häufig war es allerdings verschwendete Liebesmüh. Manchmal wurden Urteile aufgehoben. Nach dem Krieg kam das immer häufiger vor. Leid um die Zeit tat es mir nie, aber bei Sir Ralph, da wußte ich, daß sie nicht verschwendet sein würde. Fast von Anfang an wußte ich das.«

»Ach ja?« sagte Dalziel. »Und wieso?«

Der Alte bedachte den Kripobeamten mit seinem aufrechten blauen Blick und sagte: »So ganz genau kann ich Ihnen das nicht sagen, Mr. Dalziel. Man hörte alles mögliche. Und nach einer Weile wußte ich es. Der würde nicht davonkommen. Da hätte schon eine Stimme vom Himmel erschallen müssen, und vielleicht wäre er noch nicht einmal dann freigekommen. Dieser war für den Strick bestimmt.«

Dalziel bedachte Pascoe mit einem kurzen Blick. Der was bedeutete?

»Warum haben ihn die Wärter den verrückten Mick genannt?« beharrte Pascoe hartnäckig auf seiner Frage.

»Weil er sie zum Lachen brachte«, sagte Pollock unerwartet. »Er gab sich die meiste Zeit so, als wäre er zu Hause. Wenn zum Beispiel Mr. Hawkins, der oberste Wärter, an seiner Zelle vorbeiging, brüllte Sir Ralph: ›Hawkins, gehen Sie doch mal schnell raus und besorgen Sie mir eine Zeitung, das wäre wirklich nett.‹ Er sprach sie alle nur mit Nachnamen an. Aber niemand war deswegen gekränkt, weil er es nämlich nicht getan hat, um jemanden zu kränken. Selbst mit dem Gefängnisdirektor sprang er nicht viel anders um. ›Nugent‹, sagte er immer, ›das Essen hier drin ist eine Schande. Ich habe veranlaßt, daß für die Kumpel in meinem Trakt einige Fasanen vom Gut geschickt werden. Ich hoffe, der Koch ist der Aufgabe gewachsen. Hätten Sie vielleicht Lust, uns Gesellschaft zu leisten?‹ Und er meinte das wirklich ganz ernst. Er hat niemanden verarschen wollen, wenn Sie den Ausdruck entschuldigen.«

Wenn er dergleichen hörte, wußte Pascoe, warum die Engländer sich nie zu einer sozialistischen Revolution durchringen konnten. Man kann nicht erwarten, daß Flagellanten ihre Peitschen wegwerfen.

»Und wenn sie ihn nicht gerade anhimmelten, waren seine Wärter dann der Meinung, daß er schuldig war?« fragte er unvermittelt.

Der Alte sah ihn milde an und sagte: »Das sind Spekulationen, die wir, die Gefängnisbediensteten, uns nicht leisten können. Man kann nicht bei einem Menschen sitzen, in der Nacht bevor er gehängt wird, wenn man ihn für unschuldig hält, und man kann ihm mit Sicherheit auch keinen Strick um den Hals legen.«

»Ja, aber hat er etwas über den Mord gesagt, Percy?« fragte Dalziel.

»Vermutlich hat er mit der Polizei und seinem Anwalt darüber gesprochen, wenn sie ihn besuchten, aber laut Mr. Hawkins verhielt er sich wie ein Unschuldiger, oder wenigstens wie jemand, der bis zum Ende nicht daran glauben wollte, daß er am Galgen enden würde. Eine Woche vor seinem Tod bat er sogar einen seiner Wärter, fünf Pfund für ihn auf ein Pferd zu setzen. Er sagte, er kenne den Trainer, und es sei an der Reihe zu gewinnen. Der Mann kam sofort zu Mr. Hawkins.«

»Weil es gegen die Vorschriften war?« fragte Pascoe verdutzt.

»Weil das Rennen erst auf zwei Tage nach dem Hinrichtungsdatum angesetzt war«, erwiderte Percy Pollock.

Ein paar Minuten lang schwiegen alle. Dalziel war der erste, der das Wort ergriff.

»Und Sie persönlich, Percy, als Sie ihn schließlich kennenlernten, wie kam er Ihnen vor? Was hat er gesagt?«

Vor Pascoes geistigem Auge flackerte ein Schwarzweißbild von Miles Malleson in *Adel verpflichtet* auf, wie er den zum Tode verurteilten Herzog darum bittet, ihm die Ode vorlesen zu dürfen, die er aus Anlaß seiner Hinrichtung gedichtet hatte.

So leicht ließ sich das nicht überbieten, doch Percy lag nicht schlecht im Rennen.

»Er wünschte allen Anwesenden Lebwohl, dann legte er die Hand ans Ohr, als würde er etwas hören, und sagte: ›Ruhe!‹ Wir waren alle mucksmäuschenstill und lauschten. Nichts. Da sagte er lachend: ›Tut mir leid, ich habe mir eingebildet, ein Pferd würde sich im Galopp nähern. Kopf hoch, Nugent‹ – so bestürzt hatte ich den Direktor noch nie erlebt – ›es sieht so aus, als warte auf mich doch etwas weit, weit Besseres als vermutet. Danke schön, Mr. Pollock. Ich stehe zur Verfügung.‹«

»Und das war's, meine Herren. 45 Sekunden später war Sir Ralph tot.«

»Ihre Angaben sind sehr präzise«, sagte Pascoe.

»Ja, Sir, es handelte sich nämlich um einen Rekord. Gewöhnlich habe ich mit 50 bis 80 Sekunden gerechnet, von dem Augenblick an gezählt, wenn ich die Verurteilten aus der Zelle holte. Es hing davon ab, wie sie sich bewegten. Aber er hatte einen so forschen Gang, daß nach 45 Sekunden alles vorüber war. Und er war mein letzter, mein allerletzter, der Rekord wird vermutlich für immer bestehen bleiben.«

In seiner Stimme schwangen eine Melancholie und Sehnsucht mit, die auf Pascoe abstoßend wirkte. Doch bevor er etwas sagen konnte, hatte Dalziel das Wort ergriffen.

»Sie hatten doch auch Verbindungen zum Frauengefängnis in Beddington, Percy, nicht wahr?«

»O ja. Es ist zwar lange her, daß ich eine Frau hängen mußte, sehr lange, aber ich hatte zu dem Gefängnis Verbindung, ja.«

»Ist jemand dabei, der dort arbeitete, als Cissy Kohler die Wärterin ins Jenseits beförderte?«

Pollock dachte einen Augenblick nach, dann erwiderte er: »Mrs. Friedman. Sie ist im Jahr danach in den Ruhestand gegangen, glaube ich. Sie war damals dort.«

»Und wo ist sie jetzt?«

»Sie wohnt hier im Ort, glaube ich. Soll ich das für Sie herausfinden, Mr. Dalziel?«

»Dafür wäre ich Ihnen sehr dankbar. Möchten Sie noch etwas trinken?«

»Nein, danke«, sagte er und stand auf. »Es ist Zeit, daß ich heimgehe und zu Abend esse. Auf Wiedersehen, Mr. Pascoe. Ich habe mich gefreut, Sie kennenzulernen.«

Er hielt Pascoe die Hand hin. Wahrscheinlich war er ursprünglich zurückhaltend gewesen, weil er wußte, daß einige Leute nicht gern eine Hand schütteln, die über so viele Hälse die Schlinge gelegt hatte. Pascoe fühlte dieses Widerstreben nun viel stärker als beim ersten Kennenlernen. Um seine Langsamkeit zu bemänteln, sagte er leichthin: »Die Wette, die Mickledore plaziert haben wollte, was geschah mit der?«

»Es kam tatsächlich dazu. Als sich das Ganze rumgesprochen hatte, setzten so viele Wärter auf das Pferd, ganz zu schweigen von den Insassen und deren Familien, daß sich die Gewinnchancen von zwanzig auf fünf verbesserten.«

»Ach ja?« sagte Dalziel. »Und wurde es Sieger?«

Percy Pollock lächelte traurig. »Leider nein. Es stürzte beim letzten Hindernis und brach sich den Hals.«

Nachdem Pollock gegangen war, saßen sie noch eine Weile schweigend da. Dalziel, weil er eine Steak-und-Nieren-Pastete mit einer doppelten Portion Pommes frites verspeiste, Pascoe, weil er zutiefst deprimiert war.

»Wenn du willst, kannst du dir eine Fritte nehmen«, sagte Dalziel.

»Kann sich zwar nicht mit denen im Schwarzen Bullen messen, aber sie sind zum aushalten.«

»Nein, danke. Wie schon gesagt, ich habe keinen Hunger.«

»Eines Tages bist du so ausgezehrt, daß nichts mehr von dir übrig ist. Jemand, der sich nicht um seinen Bauch kümmert, kümmert sich auch sonst nicht um viel.«

Pascoe fühlte sich auf den Schlips getreten und erwiderte: »Ich erledige meine Arbeit, ob mein Bauch voll oder leer ist!«

»Ach ja? Dann leg man los. Was hältst du von dem alten Percy?«

»Nicht viel. Wenn er überhaupt eine Meinung hatte, gehört er zu denjenigen, die Mickledore für unschuldig hielten.«

»Wie kommst du denn darauf?« fragte Dalziel, während er ein Stück Niere mit dem Mißtrauen eines Polizeipathologen musterte.

»Die Sache, daß er keine Chance habe, begnadigt zu werden, klingt doch gewaltig danach, als hätte ihn jemand falsch belastet.«

»Gerüchte. Steinalte Gerüchte obendrein«, sagte Dalziel, entschlossen, es doch mit der Niere zu versuchen.

»Und was ist mit Mickledores Verhalten? Der tat doch so, als sei er felsenfest davon überzeugt, gerettet zu werden?«

»Und wenn schon. Er scheint nicht der Typ gewesen sein, der zusammenbricht und mit den Beinen in der Luft zappelt. Steife Oberirgendwas, das bringt man ihnen auf diesen Privatschulen bei.«

»Aber wenn man in Betracht zieht, was er am Ende sagte. ›Es sieht so aus, als warte auf mich doch etwas weit, weit Besseres als vermutet.‹ Das würde doch bedeuten ...«

»Hab schon kapiert«, sagte Dalziel ungeduldig. »So ganz ahnungslos bin ich schließlich auch nicht. Auch ich gehe ins Kino. Aber das eine kann ich dir versichern, für mich ist der verrückte Mick nicht Carter, der Märtyrer.«

»Carton«, sagte Pascoe. »Der übrigens auch nicht nach sehr wahrscheinlichem Material für den Märtyrer Carter aussah. Aber geht es nicht eigentlich darum, daß Mickledore darauf pfeift, ein Märtyrer zu sein? Der Verhaltenskodex, nach dem er lebt, besagt, daß man für einen Freund in Not alles tut, egal, was er auf dem Kerbholz hat. Denken Sie an Lord Lucans Freunde, die die Reihen schlossen, als sich der Lord in Luft auflöste. Dennoch bezweifele ich, daß einer von ihnen bereit gewesen wäre, sich für ihn die Schlinge um den Hals legen zu lassen.«

Ins Leben zurückgerufen 163

»Das ist die Wahl, die ich ihnen gelassen hätte, wenn ich für den Fall zuständig gewesen wäre«, sagte Dalziel. »Du meinst also, als es hart auf hart kam, sagte sich Mick, jetzt können die mich aber mal mit ihren Spielchen und ließ Wally kommen, um ihm reinen Wein einzuschenken, was heißen soll, daß Westropp es getan habe? Und was ist dann mit Westropp? Besagt der berühmte Kodex des Lucan, daß der schuldige Teil seinen besten Freund getrost baumeln lassen kann?«

»Da wird noch anderes mit ins Spiel gekommen sein. Er tauchte doch mehr oder weniger unter, nicht? Vielleicht haben ihn die komischen Hengste, damit er die Familienehre nicht befleckte, in einem Verließ in Windsor eingelocht, bis alles ausgestanden war. Vielleicht hat er sich aber auch nur ins Hemd gemacht. Vielleicht dachte er ja, daß der Galgen genau das richtige für seinen besten Freund sei, wenn der schon seine Frau bumsen mußte. Oder vielleicht hat er es doch nicht getan, und Mickledore hat ihn irrtümlich für den Täter gehalten, was wiederum bedeutet, daß Westropp davon ausgegangen sein könnte, daß Mickledore tatsächlich schuldig war.«

Dalziel schüttelte bewundernd den Kopf.

Er sagte: »Sollte mich Trimble jemals dabei erwischen, wie ich seine bessere Hälfte vögele, möchte ich dich dabei haben, damit du ihm zehn gute Gründe nennst, warum er seinen Augen nicht trauen sollte. Mickledore hast du also geknackt. Er denkt, er tut einem Kumpel einen Gefallen und stellt zu spät fest, daß man ihn gründlich gelatzt hat. Ich glaube keine Silbe davon, aber spielen wir das Ganze mal durch – wie würde die kleine Kohler ins Bild passen? Ich meine, daß sie einfach zusieht, wie ihr Geliebter wegen eines Verbrechens gehängt wird, das er gar nicht begangen hat, ist doch wohl noch unwahrscheinlicher, als daß sie bei etwas schweigt, was er getan hat?«

Pascoe dachte, wenn die Kohler durch den Tod der kleinen Emily drauf und dran war, den Verstand zu verlieren, und dann von Tallantire noch den Gnadenstoß versetzt bekam, so daß sie ein Geständnis ablegte, war jedes Motiv überflüssig.

Laut sagte er: »Das müssen Sie sie schon selbst fragen, aber ich habe den Verdacht, um sie aufzustöbern, bedarf es mehr als einer verstorbenen Großmutter oder eines Zahnarzttermins.«

»Das wird sich zeigen«, sagte Dalziel. »Bis es soweit ist, morgen befragen wir ...«

»Ich befrage niemanden mehr«, sagte Pascoe.

»Ich schicke doch keinen Pinscher los, um Sir Arthur Stamper anzukläffen. Das ist eine Aufgabe für einen ausgewachsenen Hund«, sagte Dalziel schroff. »Ruf du nur einfach diesen Verleger an und sieh mal, was du über Wallys Memoiren rauskriegst. Das müßtest du doch schaffen, oder? Am Telefon hast du eine reizende Stimme.«

Er wandte sich wieder seinem Teller zu und fischte eine zweite Scheibe der verdächtigen Niere heraus. Nachdem er sie auf die Gabel gespießt hatte, hielt er sie hoch und fragte: »Du hast nicht zufällig nebenan einen Barbier gesehen?«

NEUN

»Wollt Ihr mir sagen, wer ihn denunziert hat?«
»Es ist gegen die Regel.«

Pascoe hatte noch nie bei einem Verlag angerufen, und in seiner Unerfahrenheit wählte er die Nummer um Viertel nach neun Uhr morgens.

Bei seinem dritten Versuch um 9 Uhr 40 erreichte er eine Frau, deren mißtrauische Stimme vor Verwirrung so zitterte, wie es ihm seit seiner letzten Razzia vor Tagesanbruch nicht mehr untergekommen war. Seine Bitte, mit Paul Farmer verbunden zu werden, machte sie munter, weil die daraus ableitbare Unerfahrenheit darauf schließen ließ, daß sie in Kontakt mit einer niedrigen, außerhalb der hauptstädtischen Zeitzone lebenden Rasse stand. Sie forderte ihn auf, es um 10 Uhr 30 noch einmal zu versuchen.

Um 10 Uhr 29 rief Pascoe wieder an. Diesmal wurde er mit Mr. Farmers Sekretärin verbunden. Die Stimme, mit der sie sich danach erkundigte, ob er ein Autor sei, ließ vermuten, daß sie auf eine bejahende Antwort hin eine Pfeife durch den Hörer schrillen lassen würde. Er wählte seine eindrucksvollsten Formulierungen und konfrontierte sie mit der vollen Würde seines Ranges. Sie schien nicht sonderlich beeindruckt, doch einen Augenblick später erklang es leicht und angenehm: »Farmer am Apparat. Wie kann ich Ihnen helfen, Mr. Pascoe?«

Pascoe erläuterte, worum es ging, und fügte dann hinzu, daß er sich darüber im klaren sei, wie lange die Angelegenheit zurückliege.

»Das ist kein Problem«, sagte Farmer lachend. »Mein Langzeitgedächtnis ist erheblich besser als mein Kurzzeitgedächtnis. Ich kann mich schon zwei Tage nach dem Festakt nicht mehr daran erinnern, wer den Booker Preis bekommen hat.«

»Und ich hielt das für eine Teilnahmebedingung«, sagte Pascoe.

»Und Sie erinnern sich tatsächlich an Superintendent Tallantire?«

»In der Tat. Interessanter Mann. Gute Storys ohne Ende. Ich konnte mir zwar nicht vorstellen, daß die Leser sehr an seinem Leben und den schweren Zeiten interessiert gewesen wären, die er in den Städten Yorkshires durchgemacht hatte, aber Sie scheinen dort oben ziemlich gute Verbrechen zu haben, und ich sah großes Potential in den Fällen, mit denen er zu tun gehabt hatte, wobei man das rein Autobiographische auf ein Minimum hätte beschränken sollen.«

»Sie haben also zusammen zu Mittag gegessen. Was für ein Gefühl hatten Sie, nachdem Sie ihn persönlich kennengelernt hatten?«

»Ich hatte das Gefühl, richtig zu liegen. Aus seinen Storys hätte man richtig gut Geld machen können. Vorabdrucke in einem der bekannten Sonntagsblätter, ein wenig Fernsehpublicity in Talkshows, und schon hätten wir aus Mr. Tallantire einen Ministar gemacht, denke ich. Das machte es ja um so ärgerlicher, um nicht zu sagen peinlicher.«

»Daß er starb, wollen Sie sagen?« fragte Pascoe und dachte bei sich, daß das etwas unsensibel sei.

»Was? Nun reden Sie keinen Stuß. Daß wir ihn ablehnen mußten.«

»Sie wollten seinen Vorschlag ablehnen, haben ihn aber dennoch zum Mittagessen eingeladen?«

»Das war ja das Ärgerliche. Ich hatte ihn auf unserer letzten Lektoratssitzung vorgestellt und grünes Licht bekommen, mich mit ihm zu treffen. Dann, am Morgen des Tages, an dem er nach London kommen wollte, hieß es von oben, daß Polizeimemoiren nicht mehr unser Ding seien. Da es zu spät war, die Verabredung abzusagen, mußte ich wohl oder übel dadurch, obwohl ich wußte, daß der arme Teufel keine Chancen hatte.«

»Haben Sie es ihm gesagt?«

»Ich hatte es nicht vor. Kleinmütig wie ich war, hatte ich gedacht, ich könnte einfach so tun als ob und ihm dann ein paar Tage später schreiben, es täte mir leid, nach reiflicher Überlegung usw. Aber nachdem ich ihm eine Weile zugehört hatte, packte es mich so sehr, daß mir nichts anderes übrig blieb, als die Katze aus dem Sack zu lassen. Auf diese Weise konnte ich ihm wenigstens ein paar andere Verlage empfehlen, von denen ich mir ziemlich sicher war, daß sie die

Gelegenheit beim Schopf ergreifen würden, und wir trennten uns freundschaftlich. Ich hielt die Augen offen, sah jedoch nie etwas. Er starb, sagten Sie. War das bald, nachdem wir uns kennengelernt hatten? Bevor er dazu kam, die anderen Verlage abzuklappern?«

»Ja. Recht bald«, sagte Pascoe. »Sagen Sie mir, Mr. Farmer, warum hatte Ihr Verlag sich entschlossen, die Memoiren abzulehnen? Wer hat die Entscheidung gefällt?«

»Jemand wie ich, jetzt in dieser Position, will ich sagen. Damals war ich nur ein kleiner Lektor, arbeitete vor Ort, hatte direkt mit den Schriftstellern und dem, was sie fabrizierten, zu tun. Jetzt bin ich vermutlich Verleger. Die Konferenzen, an denen ich teilnehme und von denen ich eine verpasse, wenn ich mich nicht spute, entscheiden über die Programme und Strategien.«

»Ja, aber waren Sie denn nicht erstaunt?«

»Eigentlich nicht. Das passiert laufend. Besonders wenn es zu Personalwechseln in der Verlagsleitung gekommen ist.«

»Sie meinen intern? Oder als Folge einer Übernahme?«

»In beiden Fällen. Verlage sind wie Länder der dritten Welt. Ständig sind sie durch ausländische Invasionen und Bürgerkrieg bedroht. Gott, was ich schon an Veränderungen miterlebt habe! Treeby und Bracken war ein netter, unabhängiger Verlag, als ich damals hier anfing. Dann kaufte die Glaser-Zeitschriften-Gruppe uns auf, was nicht so schlimm war, weil es nach wie vor um das gedruckte Wort ging. Dann wurde Glaser von Harvey Inkermann, den Investoren, verschlungen, und plötzlich ging es nur noch um Geld und Erträge und Investitionen. Selbst da lachten wir noch über den Takeover durch Centipede. Wir rissen jede Menge Witze über Gratis-Kondome als Beigabe zu jedem Buch! Aber wir hatten zu früh gelacht. Centipede war eindeutig nichts weiter als eine Verhandlungstheke in der Diskussion zwischen Stamper und Inkermann –«

»Einen Augenblick«, sagte Pascoe, in dessen Kopf eine Diaspora von Einzelinformationen zusammenfloß. »Dieser Stamper, handelt es sich dabei um den Sheffield-Stamper? ...«

»Richtig. Um den gefürchteten Sir Arthur.«

»Und seine Gesellschaft fusionierte mit Harvey Inkermann um ...«

»Inkerstamm zu bilden. Sie haben bestimmt die Story gehört, daß Sir Arthur in dem neuen Firmennamen deutlich erkennbar sein wollte, doch alles, was denen einfiel war Stinker!«

»Sehr witzig«, sagte Pascoe. »Und wer besaß den Verlag, als Sie mit Superintendent Tallantire verhandelten?«

»Wie ich Ihnen zu erklären versucht habe, hatte man uns gerade Inkerstamm einverleibt und mit gezogener Pistole zu einer Ehe mit Centipede gezwungen. Es waren neue Besen am Werk, und in dergleichen Situationen wird viel Gold mit der Schlacke weggefegt, nur um allen klarzumachen, wer das Heft in der Hand hat. Ihr Mr. Tallantire war leider eines der Opfer.«

Vielleicht ja tatsächlich ein Opfer. Aber es schien alles zu weit hergeholt. Treeby und Bracken würden für Stamper nichts weiter gewesen sein als eine Zeile in einer Bilanz. Ein neuer Cheflektor, der seine Muskeln spielen ließ. Und ein alternder Polizist, der nach einem Berufsleben, in dem er viel getrunken, unregelmäßig gegessen und schlaflose Nächte verbracht hatte, einem Herzanfall erlag. Daran war nichts merkwürdig.

»Nur noch eines«, sagte er. »Vermutlich können Sie sich nicht erinnern, ob Mr. Tallantire während Ihres Essens von einem Notizbuch sprach?«

»Aber ja doch. Mehrmals. Ich erinnere mich sogar, den Witz gemacht zu haben, vielleicht sollten wir seine Memoiren ad acta legen und nur das Notizbuch herausgeben. Da lachte er und meinte, es sei besser, zehn Schilling in der Tasche zu haben als zehn Pfund zum Vererben. An den Satz kann ich mich noch erinnern.«

»Scheiße«, sagte Pascoe, als er den Hörer auflegte. Er brauchte die Liste, die er aus den Akten des Leichenbeschauers ausgegraben hatte, nicht noch einmal durchzugehen, tat es aber trotzdem. Wenn Menschen an einem öffentlichen Ort sterben, wird eine sorgfältige Liste der Dinge, die sie bei sich führen, gemacht, und wenn der Mann Polizist war, ist diese Liste um so genauer. Nirgendwo auf dieser Liste der Gegenstände, die man bei Tallantire oder in seiner Aktentasche gefunden hatte, war ein Notizbuch verzeichnet.

Mit den Notizbüchern von Kripoleuten kannte Pascoe sich aus. Einige schrieben nur das von den Vorschriften verlangte Minimum auf. Andere schrieben üppig. Und eine dritte Gruppe hatte zwei Notizbücher, eines, in dem der Fall offiziell aufgezeichnet wurde, und ein anderes, das der reinste Vielfraß war und jede Tatsache und jeden Gedanken verschlang, der mit dem Fall zu tun haben konnte, mochte er auch noch so abwegig sein. Tallantire scheint zu dieser Gruppe gehört zu haben. Wenn Dalziel den Mann tatsächlich richtig beurteilte, hätte er keine Information unterdrückt, die sich direkt auf den Mord bezog. Doch diesmal war es eine Angelegenheit, in der es um einen Verwandten des Königshauses, einen Minister des Kabinetts, einen amerikanischen Diplomaten und Gott weiß wen noch ging. Und das zu einem Zeitpunkt, da das öffentliche Leben in Großbritannien in einem größeren Aufruhr war, als während des Prozesses der Queen Caroline – was für abseitige Nebensächlichkeiten, Gesprächsnotizen, Gerüchte, Hinweise, Anspielungen und schlichtes Theoretisieren mögen ihren Weg in das Notizbuch gefunden haben?

Tallantires Bemerkung, die Veröffentlichung seines Notizbuchs würde ihm eher Geld bringen, das er vererben könne, als ausgeben, war ein Hinweis darauf, daß es sich genau um solches Material gehandelt haben mußte.

Und als nächstes wird er tot im Zug aufgefunden. Nach einem Besuch bei einem Verleger. Und das Notizbuch ist verschwunden.

Wann wird aus der Sequenz Konsequenz? Für den Rationalisten später. Für den kriminalistischen Praktiker früher. Pascoe versuchte, zwischen den beiden den goldenen Mittelweg zu beschreiten. Wie meistens, dachte er mit bitterem Spott.

Die Mitte ist großartig, außer wenn man sich an einem Feiertag auf der M6 befindet.

Das Evangelium nach St. Andrew. Und wem noch?

Und mit jeder verstreichenden Stunde spürte Pascoe, wie der Verkehr immer dichter wurde.

ZEHN

»Ich habe es weniger nötig als du, mich beliebt zu machen, weil ich in unabhängigeren Verhältnissen stehe.«

Obwohl Sheffield einen traurigen Abstieg hinter sich hatte, hatte Dalziel noch immer eine Schwäche für den Ort. Wie eine Grenzstadt vibrierte er vor Energie. Für jeden, der in Yorkshire gebürtig war, begann unmittelbar hinter Sheffield Afrika. Zugegeben, da war noch der Cordon sanitaire vom White Peak, dessen Weite den Schock für eine Weile dämpfte, aber in Null Komma nichts war man unverkennbar in der Gegend, die heute die Midlands heißt und deren gequetschte Schleiflaute deutlich die Mißtöne des Cockneys ankündigen.

Der riesige Verwaltungsbau von Inkerstamm war auf dem Ödland östlich der Stadt errichtet worden und beherrschte die Skyline, wenn man auf der M1 in Richtung Süden fuhr. Doch ihn zu finden, wenn man erst einmal die Autobahn verlassen hatte, war ein schwieriges Unterfangen. Und hinein zu gelangen schien unmöglich zu sein.

Dalziel hielt vor einer Schranke an, die wie das Handwerksschild eines englischen Barbiers angemalt war. Eine Weile geschah nichts, dann kam ein Wächter aus dem Häuschen an der Stange geschlendert, der nach denselben Prinzipien wie das vor ihm liegende Gebäude gebaut zu sein schien. Er war wie eine amerikanische Autobahnpatrouille gekleidet, und von seinem Gürtel baumelte eine Eichenkeule, die so hochpoliert war, daß sie die Sonne, die hinter ihm verschwand, reflektierte. Mit dem herablassenden Lächeln eines Menschen, der daran gewöhnt ist, Gott und die Welt mit seiner Körperkraft in den Schatten zu stellen, beugte er sich zu Dalziels Fenster.

»Hast du dich verfahren, Schätzchen?« fragte er.

Dalziel, dem bekannt war, daß das Wörtchen Schätzchen immer

häufiger für beide Geschlechter gebraucht wurde, je weiter man in den Süden der Grafschaft vordrang, fühlte sich weder beleidigt noch angesprochen. Doch er registrierte ein Gefühl, das nicht weit von Einschüchterung entfernt war.

Mit seinem schrecklichsten Knurren zog er seinen Dienstausweis und sagte: »Ich bin gekommen, Sir Arthur Stamper zu besuchen.«

Das Lächeln des Wächters wurde noch breiter.

»Warten Sie doch einfach ein Weilchen hier, Mr. Dalziel«, sagte er und sprach den Namen falsch aus. »Ich schau mal nach, ob jemand daheim ist.«

Er schlenderte zurück zu seinem Häuschen, telefonierte, lauschte, schrieb etwas auf und kam zurückgeschlendert.

»Ihr Glückstag«, sagte er. »Sie werden erwartet. Tragen Sie dies immer deutlich sichtbar.«

Er reichte ihm ein Plastikschild fürs Revers, auf dem Dalziels Namen und Ankunftszeit mit Permanentstift in Druckbuchstaben geschrieben stand.

»Ich bin doch kein verdammtes Päckchen«, knurrte Dalziel.

»Wenn Sie das abnehmen, könnte es durchaus passieren, daß Sie eingewickelt und verschickt werden«, lachte der Wächter, als er die Schranke mit einem Finger hochhob. Selbst wenn man das Gegengewicht berücksichtigte, war es eine eindrucksvolle Leistung.

Dalziel wurde noch zweimal kontrolliert, einmal auf dem Parkplatz und einmal am Haupteingang. Er war so irritiert, daß er sich noch nicht einmal fragte, wieso er denn erwartet wurde, wenn niemand wußte, daß er kam.

Beim Öffnen der Tür sagte der zweite Kontrolleur zu ihm: »Sie werden im Atrium abgeholt.«

Wo bin ich denn hier gelandet? fragte sich Dalziel, erhielt aber keine Antwort und würde wahrscheinlich auch keine gehört haben, als er ehrfurchtsvoll den Raum betrat, der ihm vorkam wie die größte Bedürfnisanstalt der Welt, sogar mit Bäumen für Hunde ausgestattet.

Es dauerte nur einen Augenblick, dann hatte er begriffen, daß das Plätschern von einigen Springbrunnen in der Mitte des Atriums herrührte und daß die Gestalten in den Nischen an den Wänden Statuen waren, doch die grünen und weißen Fliesen blieben einfach toilettenhaft, daran ließ sich nichts ändern, und die Bäume blieben unzweifelhaft Bäume, auch wenn sie hochgeschossen waren und am falschen Ort standen.

Durch das ektopische Wäldchen näherte sich ihm eine Frau, deren hohen Absätze auf dem Mosaikboden klapperten.

»Superintendent Dalziel?« fragte sie, seinen Namen richtig aussprechend. »Sie sind früh dran. Hier entlang.«

Dalziel hätte fragen können, früh? wenn ihn nicht eine noch dringendere Frage beschäftigt hätte.

War William Stamper womöglich doch ein Krimiautor mit Doppelleben? Wie anders ließ sich sein Erscheinen in einer ansprechenden weißen Bluse und einem grauen Bleistiftrock erklären?

Er bekam alle Antworten auf einmal.

»Ich bin Wendy Stamper«, sagte die Frau. »Übrigens, ich dachte, ein Mr. Hiller habe einen Termin bei meinem Vater.«

»Mein Kollege«, sagte Dalziel. »Er wird bald da sein.«

Aber nicht zu verdammt bald, hoffte er, als sie ihn zu einem Aufzug führte, der mit einem Tempo nach oben jagte, daß ihm die Knie zitterten und er wehmütig an seine wilde Jugend dachte.

Er sagte: »Gestern habe ich mit Ihrem Bruder gesprochen. Er hat mich auch nicht gleich erkannt.«

»Auch nicht?«

»Wir haben uns auf Mickledore Hall kennengelernt. Ich war damals noch ein ganz junger Polizist – derjenige, der Ihnen die dicken Pfefferminzkugeln gegeben hat.«

Der Aufzug kam zum Stillstand, und sie betraten einen diskret beleuchteten, mit einem dicken Teppich ausgelegten Korridor. Seine Begleiterin sah ihn stirnrunzelnd an.

»Tut mir leid«, sagte sie. »Das ist schon lange her. Ich war noch ein Kind.«

»Ihr Bruder konnte sich sehr gut an alles erinnern, als der Groschen erst einmal gefallen war.«

»Mein Bruder verdient sich seinen Lebensunterhalt mit dem Erfinden von Geschichten«, erwiderte sie. »Möchten Sie vielleicht eine Tasse Kaffee?«

Sie hatten einen Raum betreten, den man für ein elegantes Wohnzimmer hätte halten können, hätte da nicht auf dem Rosenholzschreibtisch ein Computerterminal gestanden.

»Nein, danke«, sagte Dalziel und setzte sich behutsam auf einen

Stuhl, der nach seiner Erfahrung mit kostbaren Antiquitäten verdächtig nach Holzwürmern aussah. Der Stuhl seufzte, hielt seinem Gewicht jedoch stand. »Aber ich könnte vielleicht einen Scotch vertragen.«

Eine Frau von geringerem Format hätte vielleicht einen Blick auf ihre Armbanduhr geworfen, doch Wendy Stamper holte anstandslos eine Karaffe und füllte ihm großzügig das Glas mit einem hochprozentigen Whisky von bester Qualität. Er ließ ihn auf der Zunge zergehen, doch es gelang ihm nicht, die Marke zu erkennen.

»Was ist denn das Gutes?«

»Glencora«, erwiderte sie. Er hatte noch nie davon gehört, und sie fuhr fort: »Eine sehr kleine Firma, und ein gut Teil der Produktion wird exportiert.«

Das erklärte, warum er so stark war. Er hatte irgendwo gelesen, daß die Amis ihren Schnaps hochprozentig bevorzugen, weil sie ihn mischen. Auf den Glencora angewendet war das, als würde man frischen Lachs zu Fischstäbchen verarbeiten.

Er sagte: »Sie verstehen sich also nicht mit Ihrem Bruder?«

»Hat er das gesagt?«

»Nein, aber das ist doch logisch. Sie arbeiten hier, und er hat nichts mit seinem Vater am Hut.«

»Man kann verschiedener Meinung sein, ohne sich gleich die Augen auszuhacken«, sagte sie.

»Ach ja? Selbst wenn er seinen Vater für eine Nullnummer hält, die seine Frau wie ein Stück Scheiße behandelt hat?«

Sie ließ sich nicht provozieren, sondern schaffte es sogar, ein wenig zu lächeln.

»Ich glaube, ich erinnere mich jetzt an Sie. Ich vermute, daß Sie mit meinem Vater über den Fall auf Mickledore Hall sprechen wollen? Weil die Frau entlassen wurde?«

»Mochten Sie denn Cissy Kohler nicht?«

Sie dachte nach und sagte dann widerstrebend: »Doch, ich glaube, ich mochte sie ganz gern.«

Aber du willst sie nicht mögen, dachte Dalziel.

Er sagte: »Sind Sie noch immer der Meinung, daß sie es war?«

Sie erwiderte: »Wer denn sonst?« Doch es klang wie eine echte Frage und nicht wie die rhetorische Bestätigung, die sie wahrscheinlich im Sinn gehabt hatte.

174　　　　　　　　　　　　　　　　　　　　Reginald Hill

Ein Summer ertönte auf ihrem Schreibtisch. Sie nahm den Hörer auf, lauschte und sagte dann: »In Ordnung«, und legte den Hörer wieder hin.

»Er hat jetzt Zeit für Sie«, sagte sie zu Dalziel. »Hier entlang, bitte.«

Wenn das Büro der Tochter das Wohnzimmer einer Regency-Dame war, dann war das väterliche das Studierzimmer eines viktorianischen Gentleman. Stamper stand auf, kam hinter seinem riesigen Schreibtisch hervor und begrüßte Dalziel mit ausgestreckter Hand.

»Treten Sie näher, Mr. Dalziel. Es ist schon lange her, daß wir uns kennengelernt haben. Sie waren damals nur ein kleiner Polizist. Sie haben es weit gebracht. Glückwunsch.«

»Was Sie geleistet haben, kann sich aber auch sehen lassen, Sir Arthur«, sagte Dalziel leicht verblüfft, daß er so ohne weiteres erkannt worden war. Aber warum auch nicht. Auch Stamper sah kaum anders aus als damals, wenn man von den Geheimratsecken absah. Und wenn sein Auftreten früher noch nicht in jeder Hinsicht formvollendet gewesen war, dann waren diese kleinen Unebenheiten schon längst geglättet.

»Darf ich Ihnen etwas zu trinken anbieten?« fragte er. »Ich habe da einen Whisky, über den würde ich gern Ihre Meinung hören ...«

»Den Glencora meinen Sie? Ich habe ihn probiert und sage nicht nein zur zweiten Hälfte.«

Er versank in einem Ledersofa, das groß genug für eine kleine Orgie gewesen wäre, und fuhr fort: »Ich muß schon sagen, Sie haben ein paar ganz nette Stücke hier herumstehen.«

Es war ein Test. Gentlemen brüsten sich nicht ihres Besitzes. Wer gebürtig aus Yorkshire war und sich nach oben gearbeitet hatte, wartete gleich mit Herkunft und Preis auf.

»Finden Sie? Tja, wahrscheinlich«, sagte Stamper, leicht überrascht, als Mann von Geschmack zu gelten. Er reichte Dalziel ein Kristallglas, das mit dem blassen Nektar gefüllt war, und setzte sich hinter seinen Schreibtisch.

»Man häuft so einiges an«, sagte er. »Aber ich bin kein Sammler im eigentlichen Sinn. Nur diesen Schreibtisch – den habe ich mir geholt. Erinnern Sie sich an ihn?«

»Sollte ich?«

»Er ist aus der Bibliothek von Mickledore Hall! Man hat einen Teil der Möbel verkauft, bevor der National Trust sich alles krallte.«

»Sie wollten ein Erinnerungsstück. Souvenir aus Blackpool sozusagen?«

»So würde ich es nicht formulieren, aber es war ohne jeden Zweifel ein denkwürdiges Wochenende. Hinterher war niemand mehr derselbe Mensch.«

»Pamela Westropp mit Sicherheit nicht«, sagte Dalziel. »Und auch Westropp nicht. Und Partridges Karriere ging ebenfalls den Bach runter, aber wie Sie davon betroffen gewesen sein sollten, kann ich mir beim besten Willen nicht vorstellen, Sir Arthur.«

»Nein?« Stamper klang leicht überrascht. »Naja. Vermutlich sind Sie gekommen, um herauszufinden, ob ich irgendwelche Zweifel an dem Urteil gehegt habe. Da kann ich Sie aber beruhigen. Ich hatte keine Zweifel, und ich fand auch, daß Superintendent Tallantire die Ermittlungen ohne Fehl und Tadel geführt hat.«

»Aber nun, da die Kohler auf freien Fuß gesetzt wurde …«

»Administrative Inkompetenz«, sagte Stamper kurz angebunden.

»Wollen Sie damit sagen, daß jemand die Tür offen stehen ließ und sie einfach hinausspazierte?« sagte Dalziel.

»Ich wollte sagen, daß man die Frau entweder schon vor Jahren hätte freilassen sollen oder falls sie sich tatsächlich weigerte, einen Antrag auf Straferlaß zu stellen, wie es immer heißt, dann hätte man das als prima facie Beweis für ihre geistige Verwirrung nehmen und sie in die Klinik zurückschicken sollen, in der sie ihre Haft begonnen hat.«

»Aber wenn sie unschuldig wäre – und davon geht das Innenministerium ja wohl aus …?«

»Ja, ja«, sagte Stamper gereizt. »Vielleicht hat sie Mickledore nicht direkt geholfen, sie wußte aber wahrscheinlich zumindest, was er vorhatte, und fühlte sich hinterher so schuldig, daß sie sich das Verbrechen anzog. Diese liebenskranken Mädchen haben die albernsten Vorstellungen, finden Sie nicht?«

»Entzieht sich meiner Kenntnis, Sir«, sagte Dalziel stur. »Muß auch für Sie ein schlimmer Schock gewesen sein, wo Sie doch so eng mit Sir Ralph befreundet waren.«

»So eng befreundet waren wir nun auch wieder nicht.«

»Aber doch eng genug, daß er Sie anpumpte, oder?«

»Um sich einen Zehner zu leihen, bedarf es wohl eines gewissen Grades an Vertrautheit«, sagte Stamper. »Für große Beträge reicht eine geschäftliche Vereinbarung.«

»Sie haben Ihr Geld zurückbekommen, nicht wahr, Sir?«

»Ich habe das bekommen, was ich wollte. Geld ist nicht alles, Dalziel. Aber vielleicht können Sie das nur schwer nachvollziehen.«

»Daß man mit seinem Beruf zufrieden ist? Oh, ich denke, das verstehe ich sehr wohl.«

»Dann verstehen Sie vielleicht auch, was für eine Freude es damals war, britischer Geschäftsmann zu sein. Während der fünfziger Jahre und zu Beginn der sechziger Jahre. Von 39 bis 45 hatten wir den Krieg gewonnen, aber von 45 bis 51 hätten wir ihn beinahe wieder verloren. Die Aufräumarbeiten nach den Sozialisten waren hart, aber wir haben es geschafft, bei Gott, wir haben es geschafft. Und wir haben unsere Belohnung erhalten.«

»Ach ja. Ich erinnere mich daran, so gut ist es Ihnen noch nie gegangen.«

»Und Macmillan hatte ganz recht! Und ohne diese dumme Nutte wäre es uns sogar noch besser gegangen! 16 Jahre hat sie uns gekostet!«

»Ich habe immer gehört, daß Mr. Profumo da auch noch mitgemischt hat«, sagte Dalziel, von einem Anfall milden Feminismus' heimgesucht. »Auf jeden Fall kamen die guten alten Zeiten für Sie und Ihre Kumpel wieder.«

»In der Tat. Aber es war nicht mehr dasselbe. Damals waren wir entschlossen, es wieder an die Spitze zu schaffen. Inzwischen müssen wir uns abstrampeln, um mit den Franzosen überhaupt mithalten zu können, Herr im Himmel!«

Er warf einen Blick auf seine Armbanduhr. Ende des Gesprächs? fragte sich Dalziel. Statt dessen nahm Stamper ihm das Glas ab und fragte: »Noch einen Schluck?«

»Soviel Sie wollen. Das Zeug ist großartig.«

»Ich freue mich, daß er Ihnen schmeckt. Ich hole immer gern den Rat eines Experten ein, bevor ich investiere.«

»Investiere? Sie meinen …?«

Sir Arthur lächelte. »Aber, aber. Wir können doch einen hochrangigen Polizisten nicht in Insidergeschäfte verwickeln, was?«

»Vermutlich nicht. Um noch einmal auf Sir Ralph zurückzukom-

Ins Leben zurückgerufen

men. Hatten Sie den Eindruck, daß er sich für einen Kumpel aufopfern würde?«

»Was?« Stamper überlegte. »Ja, möglich. Eine bestimmte Form der Erziehung entwickelt einen Sinn für Loyalität, der für Außenstehende völlig unbegreiflich ist.«

»Wie bei einem Rassehund wollen Sie sagen? So habe ich das noch nie gesehen«, sagte Dalziel mit vor unschuldigem Interesse glühendem Gesicht.

Eine Haßfalte zerknitterte für einen Augenblick Sir Arthurs Maske. Ein Telefon schrillte auf dem riesigen Schreibtisch. Er nahm den Hörer ab, lauschte und sagte: »Nein, das geht in Ordnung. Schicken Sie ihn herauf.«

Er legte den Hörer wieder auf, setzte auch sein wohlwollendes Lächeln wieder auf und erkundigte sich nach Dalziels Whisky.

Alles war wieder klar.

Hiller mußte angekommen sein, daran hatte Dalziel wenig Zweifel, und noch weniger Zweifel hatte er, daß der durchtriebene Kerl die ganze Zeit gewußt hatte, daß sein Besuch inoffiziell war und ihn in ein Gespräch verwickelt hatte, um einen Frontalzusammenstoß mit Adolf zu provozieren.

Früher oder später war eine Konfrontation unvermeidlich. Angst hatte Dalziel keine davor, aber es wäre ihm lieber gewesen, wenn sie später stattgefunden hätte. Und er hielt überhaupt nichts davon, zur Marionette gemacht worden zu sein. Er konnte natürlich ein Lügenmärchen von sich geben, doch da fiel ihm ein, daß der schlaue Fuchs wahrscheinlich in seinem Schreibtisch ein Tonband hatte mitlaufen lassen. Andererseits war es Stamper gewesen, der mit der Vergangenheit losgelegt hatte, kaum daß er ihn erkannt hatte ...

Er sagte: »Tja, es war nett, über die alten Zeiten zu plaudern, Sir Arthur, aber jetzt muß ich wirklich zur Sache kommen. Es geht um private Bewachungsfirmen. In jüngster Zeit wurden über den Einsatz privater Bewachungsfirmen eine Menge Bedenken laut, über die Art, wie sie ihre Leute rekrutieren und ausbilden und über den Umfang ihrer Vollmachten. Wir in Mid Yorkshire haben ein Untersuchungsteam eingesetzt, und ich mache auf den Polizeirevieren der Umgebung die Runde, um Fakten zu sammeln. Sie hier bei Inkerstamm haben Ihre eigene Firma, und darüber wurde sich besorgt geäußert ...«

Stamper sah ihn verblüfft an, richtig überrascht, mit hängendem

Unterkiefer statt mit pseudoaristokratisch hochgezogener Augenbraue. Doch seiner Stimme war nichts anzumerken.

»Wie bitte? Wovon um alles auf der Welt sprechen Sie?«

Plötzlich war Dalziel auf den Füßen und beugte sich über den Schreibtisch. Sein Mund kam fast mit Stampers Gesicht in Berührung, so daß selbst ein empfindliches Mikrophon sein Flüstern nicht hätte auffangen können, es jedoch in Stampers Ohr wie Donner widerhallte.

»Ich spreche von aufgeblasenen Ja-Sagern, die sich Privatarmeen halten, damit ihnen niemand auf die Pelle rückt, um ihnen zu verklikkern, was für erbärmliche Würstchen sie sind.«

»Nun hol aber mal tief Luft, Dalziel! In einem solchen Ton spricht man nicht mit mir!«

Da war er wieder, der liebliche, alte Yorkshire-Akzent. Deutlich zu hören.

Dalziel stellte sich wieder aufrecht hin und sagte: »Teufel noch mal, Art. Wie großartig, daß du wieder'n richtiger Mensch geworden bist.«

Es klopfte an die Tür. Sie öffnete sich im selben Moment und gab den Blick auf den stellvertretenden Polizeipräsidenten Hiller frei.

»Was treibt dich – Sie – denn hierher, Geoff – Verzeihung – Sir?« rief Dalziel. »Sir Arthur und ich sind gerade fertig geworden. Danke für Ihre Unterstützung. Ich finde den Weg alleine.«

Er hielt kurz inne, nur um zu überprüfen, daß sein Glas auch wirklich leer war, schob sich zwischen Hiller und der verblüfften Wendy Stamper hindurch, durchquerte rasch den Korridor und betrat ihr Büro.

Auf dem Schreibtisch stand ein Apparat mit einer Amtsleitung. Er hob den Hörer ab und wählte. Eine Stimme sagte: »Polizeipräsidium, Süd Yorkshire, kann ich Ihnen helfen?«

»Kripo. Mr. Monkhouse, bitte. Bist du das, Des? Hier spricht Andy Dalziel … Es geht mir großartig. Hör mal, du kennst doch die Untersuchung über private Bewachungsfirmen, die wir in der Grafschaft durchführen? Mich interessiert die Sache persönlich, und ich hätte gern grünes Licht, daß ich in deinem Revier ein paar Fragen stellen darf … Danke. Oh, und am liebsten seit gestern, wenn das ginge … Ja, ich erzähl dir später mal, worum es geht. Vielen Dank. Ich schulde dir ein Halbes. In Ordnung, zwei. Prost.«

Er hatte gerade den Hörer aufgelegt, als Wendy Stamper den Raum betrat.

»Wollte nur die Zeitansage abhören«, sagte er.

Sie sagte: »Mr. Hiller schien überrascht zu sein, Sie hier anzutreffen.«

»Adolf? Machen Sie sich seinetwegen keine Gedanken. Er ist im Begriff, sein Kurzzeitgedächtnis zu verlieren. Alles, was nach 1963 passiert ist, verblüfft ihn. Deshalb hat man ihm auch diese Ermittlungen übertragen.«

»Und warum befassen Sie sich damit, Mr. Dalziel?«

Sie steckte nicht mit ihrem Vater unter einer Decke, sondern hatte selbst gemerkt, daß etwas nicht ganz koscher war, dachte er.

»Gerechtigkeit«, sagte er streng.

»Gerechtigkeit? Sie wollen damit sagen, weil die Unschuldigen einmal gelitten haben, sollen sie wieder leiden?«

Er ging nicht davon aus, daß sie von Mickledore und Kohler sprach.

Er sagte: »Besuchen Sie Ihre Mutter oft, Miss Stamper?«

»Nein.«

»Weil sie in Amerika lebt, wollen Sie sagen?« bohrte Dalziel weiter. »Für jemandem, der soviel fliegt wie Sie, dürfte das kein Hindernis sein.«

»Mir ist nicht klar, was Sie das angeht. Kann ich bitte Ihren Ausweis haben?«

Er reichte ihn ihr, sie setzte eine Zeit ein, unterschrieb ihn und gab ihn ihm zurück.

»Damit können Sie das Tor passieren, wenn Sie in den nächsten 15 Minuten durchfahren.«

»Ihr zählt die Besucher, wenn sie reinkommen und wenn sie rausgehen? Das ist eine strenge Überwachung.«

»Haben Sie etwas dagegen?«

Lächelnd befestigte er das Schildchen wieder an seinem Revers.

»Natürlich nicht. Wie kommt's, daß Ihr Bruder alles Ihrem Vater ankreidet und Sie alles Ihrer Mutter? Sie ist doch immerhin so lange geblieben, bis Sie alt genug waren, um auf sich selbst aufzupassen, oder?«

»Ich war schon lange vorher alt genug, um mitzukriegen, was los war. Mädchen sind früher reif als Jungen.«

»Ach ja? Ich habe die Erfahrung gemacht, daß Kinder zwar eine Menge mitkriegen, aber nicht mal die Hälfte verstehen, auch die Mädchen nicht.«

»Dann haben Sie es wohl nicht allzuschwer gehabt«, brauste sie auf.

Nachdenklich kratzte er sich am Kinn und sagte: »Ich mußte auf jeden Fall nicht allzu viele Wochenenden auf irgendwelchen Gütern aushalten.«

»Es tut mir leid. Ich sollte meinen Mund halten, wenn es um das Leben anderer Menschen geht. Was wissen wir schon voneinander?« Sie hatte die Beherrschung zurückgewonnen. »Sie machen sich besser auf den Weg, Superintendent, sonst muß ich Ihren Ausweis erneuern.«

»Stimmt. Vielleicht laufen wir uns ja noch mal über den Weg. Danke für den Whisky. Kein übler Tropfen, der Glencora*. Mit dem richtigen Management wäre er ein Renner, was?«

Ihr Gesicht glättete sich zu androider Leere. »Das entzieht sich meiner Kenntnis, Mr. Dalziel. Leben Sie wohl.«

Dies und anderes mehr ging ihm durch den Kopf, als er zurück zum Tor fuhr. Die Schranke war geschlossen, der joviale Hüne stand dagegen gelehnt und hielt eine Pranke nachlässig hoch. Dalziel verlangsamte die Fahrt, so daß er nur noch kroch, fuhr aber weiter. Das selbstgefällige Lächeln verschwand nicht, bis das Auto nur noch einen halben Meter entfernt war. Da runzelte der Hüne mißbilligend die Stirn und lehnte sich vor, um gebieterisch auf die Motorhaube zu schlagen.

Dalziel zog ein verwirrtes Gesicht und fuhr weiter. Die Stoßstange berührte nun das Schienbein des Wächters, schob ihn aber immer weiter zurück, bis er alle viere von sich streckend und den Allerwertesten fest gegen die Schranke gepreßt auf der Motorhaube lag und Dalziel mit Augen ansah, die ihm vor Wut aus den Höhlen zu springen drohten.

Dalziel bremste, kletterte aus dem Auto, ging langsam nach vorn und hakte den langen Knüppel aus dem Gürtel des Mannes.

Er hielt ihn senkrecht in die Luft und sagte leise: »Es gibt Leute,

---

* Netter Tropfen Limo, der Glencora – eigentlich steht da, nice drop of pop.

Ins Leben zurückgerufen

die der Auffassung sind, daß diese Waffe hier ein Ärgernis ist, Freundchen. Für mich ist das nur ein zusätzliches Rückgrat, und wenn du nicht willst, daß ich es bei dir persönlich einsetze, würde ich vorschlagen, daß du die Schranke öffnest, aber ohne deinen Mund zu öffnen, und schon gar nicht zu einem Lächeln.«

Er schlenderte nach hinten und legte den goldenen Knüppel unter eines seiner Hinterräder quer über eine leichte Unebenheit in der Oberfläche, stieg wieder ins Auto und fuhr langsam rückwärts. Es krachte befriedigend.

Der Hüne richtete sich auf. Dalziel lächelte ihm durch die Scheibe zu und legte den Finger auf den Mund. Der Wächter wandte sich ab und hob die Schranke. Es schien ihn mehr Kraft zu kosten als beim ersten Mal.

Dalziel entfernte sich. Es knirschte noch ein zweites Mal, und daran erfreute er sich. Keine schlechte Arbeit, die er heute morgen geleistet hatte. Doch er machte sich nichts vor. Es war Ärger im Anmarsch. Und wenn schon. Der Ärger kam aus der einen Richtung, er würde sich in die andere bewegen, und schon bald würde alles hinter ihm liegen, mit dem ganzen anderen Ärger, der seine Vergangenheit verunzierte. Wolkenloser Himmel gehörte zu langweiligem Urlaub an der Costa Brava. Sonne, Sand und ein gezeitenloses Meer wären die Hölle (an die er nicht glaubte).

Und der Himmel? (An den er auch nicht glaubte?)

Guter Whisky im Bauch. Befriedigung über gut erledigte Arbeit. Vorfreude auf eine Auseinandersetzung. Und ein Kumpel oder zwei, auf die man sich verlassen konnte. Bei Licht besehen, der Status quo. Die Schlußfolgerung überraschte ihn. War er wirklich im Himmel, hier in seinem stickigen Auto auf einer überfüllten Autobahn? Vielleicht ja. Und weil er sich dessen bewußt war, wurde es ja vielleicht die Hölle.

Irritiert schüttelte er den Kopf. Er machte sich zu viele Gedanken, wie der kleine Pascoe, und schau dir nur an, wie elend es den armen Teufel machte.

Er drückte mit seinem beträchtlichen Gewicht aufs Gaspedal und fädelte sich in die endlose Reihe von Autos ein, die nicht schneller als 30 km/h über der vorschriftsmäßigen Geschwindigkeit auf der Überholspur in Richtung Norden unterwegs waren.

ELF

»Und nun ... werde ich mich am besten aus der Sache herauswinden,
wenn ich euch alle auf den Holzweg schicke.«

Um zwei Uhr nachmittags kam es zum großen Knall.

Als Pascoe nach dem Mittagessen ins Präsidium zurückkehrte,
war noch immer weit und breit nichts von Dalziel zu sehen. Doch es
wartete die dringende Nachricht auf sie beide, sofort beim Polizeipräsidenten zu erscheinen.

Die Atmosphäre im Büro des Polizeipräsidenten erinnerte an ein
Kriegsgericht im Ersten Weltkrieg. Trimbles Gesicht sah streng,
wenngleich relativ neutral aus, doch Hiller trug die Miene eines rach-
süchtigen Hamsters zur Schau und saß auf einem Stuhl, der so dicht
neben dem Schreibtisch Trimbles stand, als wolle er mit der einen
Backe auf dem Richterstuhl und mit der anderen auf dem Stuhl des
Anklägers sitzen.

»Mr. Dalziel?« fragte Trimble.

»Noch nicht wieder da, Sir.«

»Von wo?« wollte Hiller wissen.

Es war eine perfide Frage, die ihn entweder dazu einlud, seine
Komplizenschaft offenzulegen, zu behaupten, er habe keine Ahnung
oder ein Täuschungsmanöver durchzuführen.

Er sagte: »Vom Essen, Sir.«

Hiller sah aus, als wollte er sich auf ihn stürzen, aber Trimble griff
ein.

»Ich denke, wir können es Mr. Dalziel getrost selbst überlassen,
Rede und Antwort zu stehen, Mr. Pascoe. Wie ich gehört habe, wurden Sie abgeordnet, um als Liaison zwischen Mr. Hillers Ermittlungs-
team und der hiesigen Kripo zu fungieren.«

»Ja, Sir.«

»Ich frage deshalb, weil Sie es möglicherweise in einer etwas weiten Auslegung dieser Pflicht als Ihre Aufgabe angesehen haben, Lord Partridge gestern vormittag über den Fall Mickledore Hall zu befragen.«

Es war zwar nur ein Strohhalm, den Trimble ihm da hinhielt, aber wahrscheinlich der einzig mögliche. Doch Pascoe konnte an nichts anderes denken, als wie schief er doch gelegen hatte, auch nur davon zu träumen, daß man einem Lord trauen könne.

»Mr. Pascoe?« drängte Trimble.

Ach, scheiß doch der Hund in den Teich, dachte Pascoe. Warum sollte er sich hier durchboxen, wenn man um die Ecke schon darum würfelte, wer zum Exekutionskommando gehören würde?

»Nein, Sir«, sagte er.

»Nein, was?«

»Nein, es war keine solche Mißinterpretation meiner Pflichten als Liaisonbeamter, die mich nach Haysgarth führte.«

»Gut«, sagte Trimble, am Ende seiner Geduld. »Was dann?«

Tief zog Pascoe die Luft ein – und damit die Tür auf, zumindest sah es so aus. Sie schwang langsam in den Raum, und auf der Schwelle stand Dalziel.

»Ich habe die Nachricht vorgefunden, daß ich mal vorbeischauen soll, Sir«, sagte er. Aus seinem Mund klang es wie eine Einladung zum Tee.

Ob er wohl gelauscht hatte? fragte sich Pascoe und vielleicht auch Trimble, denn der sagte: »Ausgezeichnet abgepaßt, Andy. Wie immer. Ich wollte gerade von Mr. Pascoe wissen, warum er gestern Lord Partridge befragt hat.«

»Ach, diese Sache. Seien Sie nicht so streng mit dem Jungen. Ich geb ja gern zu, daß ich mich selbst ein bißchen aufgeregt habe, als ich erfuhr, was für ein Durcheinander er angerichtet hat, aber nach dem, was ich heute morgen erleben mußte, habe ich mehr Verständnis für ihn.«

Er schüttelte reumütig das Haupt. Pascoe stöhnte innerlich auf. Hillers Lippen, die schon vor Dalziels Ankunft fest aufeinandergepreßt gewesen war, waren zu einem blassen Streifen geworden, und Trimble lehnte sich in seinem Sessel zurück, als würde er sich bemühen, an England zu denken.

»Erklären Sie«, sagte er sanft.

»Es geht um die Erkundigungen über die privaten Bewachungsfirmen, die Sie so sehr interessieren, Sir. Seit Lord Partridge nicht mehr in der Politik ist, hat er keinen offiziellen Schutz mehr. Statt dessen beschäftigt er eine Firma namens SecTec, die auf alles ein Auge hält. Deshalb dachte ich, seine Lordschaft wäre genau der richtige, um uns Informationen aus Kundenperspektive über den privaten Wachsektor zu geben. Nur hat Peter, ich meine Chief Inspector Pascoe, sich anscheinend verleiten lassen, über den Mickledore Fall zu reden. Wenn Sie mich fragen, es würde mich nicht überraschen, wenn seine Lordschaft versucht hätte, den Jungen auszuhorchen. Sie wissen, wie die Hirne dieser Politiker funktionieren. Auf jeden Fall tauchte Lady Partridge auf, regte sich tierisch auf, und da Mr. Pascoe eine gute Kinderstube genossen hat, hielt er es für angebracht, den Rückzug anzutreten.«

Hiller konnte sich nicht länger zurückhalten.

»Und ich vermute, daß Ihnen genau dasselbe passiert ist, als sie heute morgen mit Sir Arthur Stamper sprachen?«

»Ja, in der Tat«, sagte Dalziel und strahlte vor Vergnügen, daß Hiller so hellsichtig war.

»Dann sollte ich Sie vielleicht warnen, daß Sir Arthur das Gespräch aufgezeichnet hat.«

»Großartig! Dann werden Sie hören, daß er mich sofort erkannte und sogleich von Mickledore angefangen hat. Ich mußte mir ein Bein ausreißen, um ihn wieder auf Kurs zu bringen. Und dann sind Sie aufgetaucht, Geoff, und der Dampfer mußte dem Segler weichen.«

Wenn Hiller tatsächlich einen Hitlerschnauzer gehabt hätte, hätte er ihn inzwischen verschlungen.

Beiläufig warf Trimble ein: »Vermutlich hatten Sie sich grünes Licht geben lassen, bevor Sie nach Sheffield gefahren sind?«

»Ja, natürlich. Des Monkhouse wird es protokolliert haben.«

»Ohne jeden Zweifel!« fauchte Hiller. »Sie haben wohl die Gegenleistung für eine der berühmten Dalziel-Gefälligkeiten abkassiert. Und warum hat Ihr Junge hier Mavis Marsh besucht? Ging es dabei auch um private Wachfirmen? Ich habe Sie gewarnt, wenn Sie mir Steine in den Weg legen, Mr. Dalziel –«

»Mr. Hiller.« Trimble war die Ruhe in Person, doch seine Stimme klang wie ein Schuß bei einem Streit im Wirtshaus. Er wartete, bis die anschließende Stille gewirkt hatte, dann fuhr er fort: »Ich möchte jetzt ein Gespräch unter vier Augen mit Mr. Dalziel führen. Mr. Hiller, ich bin sicher, auf Sie wartet eine Menge Arbeit, und ich versichere Ihnen, daß Sie sie ohne Behinderung fortsetzen können. Mr. Pascoe, ich danke Ihnen ... für Ihr Erscheinen«, schloß er seine Rede.

Als sie zusammen die Treppe hinuntergingen, sagte Hiller, ohne Pascoe anzusehen: »Ich bin enttäuscht von Ihnen. Ich hatte Gutes über Sie gehört, aber jetzt stelle ich fest, daß schlechte Gewohnheiten abzufärben scheinen, wenn man sich in schlechte Gesellschaft begibt.«

»Das bedaure ich, Sir. Doch wenn Sie Loyalität für eine schlechte Gewohnheit halten, dann haben Sie natürlich recht. Mr. Dalziel handelt aus Loyalität zu seinem alten Vorgesetzten. Zugegeben, er verhält sich manchmal ... unberechenbar, aber dieses Gefühl der Loyalität ist das einzig persönliche Element. Und das kann doch nicht nur schlecht sein?«

Er sprach mit einem Nachdruck, der mehr der Ungewißheit entsprang, denn der Überzeugung, und nun sah Hiller ihn an.

»Auch ich halte viel von Loyalität«, sagte er mit einem Anflug von Sympathie in seiner dünnen Stimme. »Loyalität einem gemeinsamen Ziel gegenüber. Alles andere ist Persönlichkeitskult. Aber von Andy Dalziel könnten Sie noch anderes übernehmen. Zum Beispiel ist er stolz darauf, daß sich niemand seiner bedienen darf. Und das ist eine Eigenschaft, die wir alle nachahmen sollten, finden Sie nicht?«

Sie trennten sich. Pascoe ging zurück in sein Büro und versuchte einige Dinge zu erledigen, aber sein Kopf war zu voll mit Hillers Worten und seinen eigenen Spekulationen, was wohl im Büro des Polizeipräsidenten ablief. Zu guter Letzt hörte er, wie sich Dalziels Schritt näherte, begleitet von einem bravourösen Summen des Colonel Bogey. Manchmal überfiel er einen wie die Fee Queen Mab und manchmal wie die Kapelle der Coldstream Guards.

»Da steckst du ja«, rief der Dicke beim Hereinkommen. »Komm mit, du mußt beim Aufräumen dabei sein, damit du Bescheid weißt.«

»Aufräumen ...?«

»Ja, Junge. Dir bietet sich eine Gelegenheit zu glänzen. Du paßt auf den Laden auf, während ich weg bin. Auf die Füße, aber dalli!«

Pascoe eilte hinter der verschwindenden Gestalt her und holte sie erst ein, als sie an ihrem eigenen Schreibtisch stehen blieb.

»Gut. Wo fangen wir an? Laß mal sehen. Der gute Scotch ist in dieser Schublade, der beste drüben in dem Schrank, ganz hinten. Die Menge habe ich markiert und die spezifische Schwerkraft getestet. Das wär's. Alles ist in schönster Ordnung.«

»Was ist denn passiert? Sind Sie suspendiert worden?« wollte Pascoe wissen.

»Blöde Frage! Es gibt zwei Dinge, die kann Desperado Dan nicht ausstehen. Das eine ist, daß so ein Saftarsch wie Adolf ihm sagt, wo's langgeht, und das andere, daß die Dunkelmänner in London ihn am Gängelband führen wollen. Wenn man meine Statur hat, kann man sich Flexibilität leisten, kann sich im Wind biegen. Aber so ein Wicht wie Dan muß zeigen, daß er der Boß ist.«

»Sie sind also nicht suspendiert worden?«

»Es soll Leute geben, die nichts dagegen hätten. Irgend so ein Blödmann – Dan hat keine Namen genannt, aber wahrscheinlich war es dieser Sempernel – hat angerufen und etwas von einem Kerl gefaselt, der bei Kohlers Versteck aufgetaucht sei. Ein Fetter mit einem derben nördlichen Akzent, hat er gesagt, so daß Dan gleich wußte, daß es zwecklos war, mir die Sache anhängen zu wollen. Auf jeden Fall, langer Rede kurzer Sinn, er hat mich gefragt, ob ich nicht einen Urlaub geplant hätte und ihn nicht vielleicht gleich antreten wollte. Du siehst aber gar nicht glücklich aus, Junge. Traust du dir die Aufgabe etwa nicht zu?«

Pascoe erinnerte sich an das letzte Mal, als Dalziels Gegenwart so peinlich geworden war, daß Dan Trimble das Problem durch »Urlaub« löste. Seine Abwesenheit hatte nichts weiter gebracht, als daß er zu noch überraschender Zeit und an noch überraschenderen Orten als üblich aufgetaucht war.

Ohne große Hoffnung sagte er: »Fahren Sie weg? Ich meine, weit weg?«

»Wie?« Dalziel lachte. »Ach, jetzt weiß ich, wo dich der Schuh drückt. Ich habe meine Lektion gelernt. Ich hänge hier nicht rum und komme dir ins Gehege. Ich lasse den ganzen Scheiß und haue ab, so weit ich kann.«

»Ach ja? Und wohin wäre das?« sagte Pascoe, der sich noch nicht getraute, Erleichterung zu verspüren.

»Warte mal«, sagte Dalziel, der den Hörer abgehoben hatte und wählte.

Ins Leben zurückgerufen 187

»Hallo! Mr. Foley, bitte ... Nun machen Sie schon, Schätzchen, um diese Tageszeit sind Bankmanager nicht mit ihren Kunden beschäftigt, sondern ziehen sich ihre dicken Mäntel an und treffen sich mit anderen Bankmanagern, um sie auf meine Kosten zu irgendeinem teuren Fraß einzuladen. Sagen Sie ihm, es sei Andy Dalziel ... Jim, alter Junge! Was treibst du? Hör mal. Zwei Dinge. Erstens möchte ich ein paar Aktien kaufen. Glencora Destillery ... es ist mir ziemlich schnuppe, ob du schon davon gehört hast, du hast auch nicht gewußt, daß das Wasser privatisiert wurde, bis es grün aus dem Hahn kam ... Wie viele? Soviel ich mir leisten kann und noch ein paar dazu. Und spute dich. Zweitens möchte ich ein paar Reiseschecks. US Dollars. Richtig, amerikanische. Hast du schon mal was von Amerika gehört? Übermorgen fahre ich hin ... Sehr witzig ... Nachher bin ich wieder hier, also ... Tschüß.«

Er legte den Hörer hin und betrachtete Pascoes hängende Kinnlade mit unverhohlenem Vergnügen.

»Amerika?« sagte Pascoe. »Sie sind hinter ... oh, Scheiße! Hören Sie, Sir. Halten Sie das für klug? Halten Sie es für machbar? Es ist weit und verdammt teuer, und ich bezweifle, daß Sie so kurzfristig überhaupt noch einen Flug kriegen.«

»Alles geritzt«, sagte Dalziel und zog sein Flugticket aus der Tasche. »Heathrow – New York. Habe ich auf dem Heimweg von Inkerstamm erledigt.«

»Aber da haben Sie doch noch gar nicht gewußt, daß der Boß ...«

Pascoe ließ seinen Satz unvollendet. Er dachte an Geist und Materie, Wille und Gesetz und dann an Hillers Warnung, sich nicht gebrauchen zu lassen. Aber warum sollte man auf die Warnung eines Mannes hören, der nicht in der Lage war, seinen eigenen Grundsätzen zu folgen?

»Was war das mit den Aktien?« fragte er.

»Stamper hat mir einen Tipp gegeben.«

»Und warum, um Himmels willen?«

»Natürlich nicht absichtlich, aber du weißt ja, wie Parvenüs sind, sie können einfach nicht anders als angeben. Hallo!«

Das Telefon hatte geläutet, und Dalziel hatte den Hörer beim ersten Ton mit der Geschwindigkeit eines australischen Eckmanns abgenommen.

»Percy, Sie Galgenstrick! Ja, Sie haben natürlich völlig recht. Nicht

188   Reginald Hill

komisch. Tut mir leid … Gut, ich verstehe. Hören Sie, ich bin ein paar Tage weg, seien Sie doch so nett und rufen Sie Mr. Pascoe an, wenn sie zurückkommt. Ja, er redet dann mit ihr. Er vertritt mich voll und ganz. Großartig. Passen Sie auf sich auf.«

Er legte den Hörer auf.

»Das war Percy Pollock. Mrs. Friedman, die Wärterin im Gefängnis von Beddington, ist gerade auf Urlaub, kommt aber bald zurück. Ich habe gesagt, daß du dich darum kümmerst, in Ordnung?«

»Muß ja«, sagte Pascoe ohne große Begeisterung. »Und was soll ich mit ihr anstellen?«

»Dir fällt schon was ein, Junge«, sagte Dalziel. »Jetzt mache ich mich am besten auf den Weg und kaufe mir ein Buch mit Redensarten, oder wolltest du noch was sagen?«

Pascoe schüttelte den Kopf.

»Nichts«, sagte er. »Außer gute Reise. Und Gott schütze Amerika.«

DRITTER TEIL

GOLDENER APFEL

EINS

»*Schlechtes Wetter, eine weite Reise, unsichere Reisegelegenheiten, ein gesetzloses Land und eine Stadt, die vielleicht nicht einmal Euch ungefährdet läßt.*«

Die Warteschlange am Einreiseschalter wand sich wie ein Alpenpaß, und ihr Kopf verschwand beinahe in den Wolken.

Dalziel genehmigte sich einen Schluck zollfreien Whisky aus seinem halbleeren Flachmann.

»Wie lange dauert das hier, Ihrer Meinung nach?« fragte er die Frau, neben der er seit Heathrow gesessen hatte. Ihr Name war Stephanie Keane. Sie war etwas über dreißig, bequem, aber elegant mit einer lose sitzenden Musselinbluse und Rock bekleidet, und auf eine magersüchtige Art recht hübsch. Anfänglich war ihre Reaktion auf Dalziels Unterhaltungsversuche frostig gewesen, doch als ihr klargeworden war, daß er zum ersten Mal den Atlantik überquerte, war sie aufgetaut und hatte sich zur Beatrice seiner verlorenen Seele küren lassen. Er hatte von ihr erfahren, daß sie Mitbesitzerin eines Antiquitätenhandels in den Midlands war und beruflich häufig in die USA reiste.

Nun warf sie einen fachmännischen Blick auf die Warteschlange.

»Drei Stunden mindestens.«

»Das soll wohl ein Witz sein«, sagte Dalziel ungläubig. »So lange würde ich mich noch nicht einmal anstellen, um mitzuerleben, wie England Wales fertigmacht.«

Sie bedachte ihn mit dem Blick amüsierter Herablassung, den emanzipierte Frauen für prähistorische Muskelprotze übrig haben.

»Was gedenken Sie also dagegen zu unternehmen?« fragte sie ironisch.

Nachdenklich genehmigte sich Dalziel noch einen weiteren Schluck. Dann drehte er den Verschluß wieder zu und ließ die Flasche in seine Schultertasche gleiten.

»Tut mir leid, Schätzchen«, sagte er.

Er bückte sich hinter ihr, steckte seine Rechte zwischen ihre Beine, packte den Vordersaum ihres Rockes und zog ihn heftig zum Schritt hoch, wobei er ihr gleichzeitig den linken Arm hinter den Rücken klemmte.

»So! Meine Liebe, betrachten Sie sich als verhaftet.«

Stephanie Keane schrie gellend auf und versuchte sich mit der Aktentasche in ihrer freien Hand zu wehren, aber da hätte sie auch einen Stier mit Gänseblümchen peitschen können. Dalziel schob sie durch die Reihen der Passagiere vorwärts, die wie Schafe auf einer Wiese Platz machten und sich verteilten, indem er ihren Rock so eng zog, daß sie auf Zehenspitzen gehen mußte, bis ihnen ein bewaffneter Mann in Uniform schließlich den Weg verstellte.

»Was geht hier vor?« fragte er.

»Nichts geht hier vor«, erwiderte Dalziel. »Ich bin von der Kripo und die da ist eine Schmugglerin. Warum reden wir nicht ein Wörtchen mit Ihrem Boß, bevor Sie sich Ihre berufliche Laufbahn ruinieren?«

Es dauerte noch fünf Minuten, bis er nach etlichen weiteren Uniformen einen grauen Anzug erreicht hatte. Darin steckte ein etwa vierzigjähriger Schwarzer, der das vernarbte, flache Gesicht eines Boxers hatte und so formvollendete Zähne, daß er einem Denkmalbauer als Modell hätte dienen können. Behutsam befreite er die tobende Stephanie Keane aus Dalziels Griff und übergab sie zwei Polizisten. Er forderte die Frau auf, mit den beiden in ein nahegelegenes Zimmer zu gehen, wo man sich ihrer annehmen würde, und führte dann Dalziel in ein mit Teppichboden ausgelegtes Büro, wahrscheinlich in der Absicht, sich seiner anzunehmen.

»Paß, bitte«, sagte er.

»Bedienen Sie sich. Man spricht es DI-ELL aus.

»Wie sonst?« sagte der Mann. »Ich bin übrigens David Thatcher.«

»Ach ja? Ich glaub, ich kannte Ihre Tante.«

Der Mann fragte lächelnd: »Wie kann ich Ihnen behilflich sein, Superintendent?«

»Das hängt ganz davon ab, was Sie sind.«

»Ich würde mal sagen, ich bin auch so eine Art Superintendent, obwohl ich nicht weiß, ob es auf Ihrer Seite vom Teich dasselbe ist.«

»Es bedeutet, daß man tun und lassen kann, was man will, solange man sich nicht dabei erwischen läßt.«

»Dann haben wir hier einen Fall, wo uns unsere gemeinsame Sprache verbindet. Sie behaupten, die Frau sei eine Schmugglerin. Überwachen Sie sie schon lange?«

»Erst seit ich in Heathrow den Sitz neben ihr bekam. Davor habe ich sie noch nie gesehen.«

»Oh! Und wie kommt es, daß Sie sie für nicht ganz koscher halten?«

»Ich habe mich sechs Stunden mit ihr unterhalten«, sagte Dalziel. »Sie war sehr hilfreich, und nichts konnte sie schrecken. Die Einreise sei zwar langwierig, aber nicht weiter schlimm. Der Zoll ein Kinderspiel, solange man keine ausgefransten Jeans oder einen Turban trug. Sie wußte genau Bescheid.«

»Und?«

»Sie sprach sich selbst gut zu«, sagte Dalziel grimmig.

»Haben Sie ihr verraten, daß Sie Polizist sind?« fragte der Schwarze.

»Nun seien Sie doch nicht so naiv. Ich hab ihr erzählt, ich hätte eine Kneipe und würde meine Tochter besuchen, die einen Ami von der Luftwaffe geheiratet hat.«

Thatcher musterte ihn unverwandt, dann sagte er: »In Ordnung. Haftentschädigungsprozesse können in diesem Land sehr teuer werden, Mr. Dalziel, aber wir werden die Dame genau unter die Lupe nehmen. Kann ich Ihnen etwas anbieten, während Sie warten?«

Dalziel tauchte in seine Reisetasche und holte seine Flasche Scotch hervor.

»Vielleicht ein Glas. Zwei, wenn man Sie bei der Leibesvisitation nicht zusehen läßt.«

Mit einem breiten Grinsen verließ Thatcher den Raum.

＊

Letztendlich verbrachte Dalziel wahrscheinlich ebenso lange in dem Zimmer, wie er in der Warteschlange gestanden hätte, aber wenigstens saß er gemütlich und trank Whisky aus dem Glas, das ihm einer von Thatchers Männern gebracht hatte. Endlich kam der Schwarze persönlich wieder, ein weiteres Glas und eine große Tüte Brezeln in der Hand.

»Glück gehabt?« fragte Dalziel.

Thatcher zuckte mit den Schultern und sagte: »Das braucht seine Zeit. Hatten Sie nicht etwas von Scotch gesagt?«

Sie saßen zusammen und unterhielten sich zwanglos, doch schon bald erkannte Dalziel, daß er von einem Fachmann verhört wurde. Es machte ihm nichts aus. Der Rollentausch war mal etwas anderes. Spontan wollte er mit irgendeiner erfundenen Geschichte aufwarten, doch nach einer Weile stellte er fest, daß er einen gut Teil der Wahrheit berichtete.

»Cissy Kohler ist also wieder in ihrer Heimat, Sie aber denken, daß sie tatsächlich schuldig war und daß man Ihrem alten Boß etwas am Zeug flicken will?«

»Für mich sieht es ganz danach aus.«

»Und was sind Ihre Pläne?«

»Ich will die Kohler auftreiben und ein Wörtchen mit ihr reden. Außerdem will ich mit den restlichen Amerikanern sprechen und mal sehen, was ich aus ihnen rausquetschen kann. Oja, für mich gibt es eine Menge zu tun.«

Er sprach zuversichtlich. Thatcher grinste nur, schlürfte seinen Scotch und sagte: »So wird Stephanie Keane geklungen haben, vermute ich.«

»Was?«

»Zuversichtliches Gerede, um sich selbst Mut zu machen. Andy, ich will Ihnen etwas verraten, was völlig neu für Sie sein wird, aber das hier ist ein großes Land. Wie zum Teufel wollen Sie die Kohler überhaupt finden? Und was sind das für Amerikaner, die Sie da eben erwähnt haben?«

»Also, da ist Marilou Stamper, sie ist Amerikanerin. Geschieden, also lebt sie hier irgendwo. Und da ist Rampling, der damals bei der amerikanischen Botschaft war, und nun ist er irgendein hohes Tier, zumindest habe ich seinen Namen in unseren Zeitungen gesehen, also sollte es nicht schwierig sein, ihn aufzuspüren.«

Er pfiff im dunkeln, aber das machte ihm nichts aus. Es war nicht das erste Mal, daß er im dunkeln stand, und wenn man laut genug pfiff, kam in der Regel jemand angedackelt und wollte wissen, was es mit dem Lärm auf sich hatte.

Thatcher sagte: »Rampling? Sie meinen doch nicht etwa Scott Rampling?«

»Ja, das ist der Kerl. Gedrungen, blond, hätte ein zweiter Kennedy sein können, zumindest vor 20 Jahren.«

»So sieht er auch heute noch aus. Sie haben recht, ihn aufzuspüren, hätten Sie kein Problem, aber ich bezweifele, daß Sie so ohne weiteres mit ihm sprechen könnten. Wenn ich ehrlich sein soll, wäre es sogar keine gute Idee, das zu versuchen.«

»Und warum?«

»Sie haben von ihm in der Zeitung gelesen, weil er der nächste Vize vom CIA werden soll. Und um dazu ernannt zu werden, muß man vom Senat grünes Licht bekommen. Rampling weiß, in welchen Kellern die Leichen liegen, das heißt er hat eine Menge Freunde, oder, um es anders auszudrücken, er hat eine Menge lächelnder Feinde, denen es nicht leid täte, wenn man etwas so richtig hübsch Schmutziges in seiner Vergangenheit finden würde. Viel braucht es dazu nicht – politisch sind wir eine neurotische Gesellschaft –, so daß Scott Rampling, selbst wenn er so sauber wie frisch gefallener Schnee wäre, nicht gerade begeistert wäre, wenn ein inoffizieller englischer Bobby auftaucht, der ihn mit einem steinalten Mordfall in Verbindung bringen will.«

»Rampling kann tun und lassen, was er will«, erwiderte Dalziel gleichgültig.

Er leerte sein Glas, schraubte den Verschluß auf die so gut wie leere Flasche und stand auf.

»Gut, ich mach mich am besten auf den Weg. War nett, mit Ihnen zu reden.«

»Langsam«, sagte Thatcher, »was läßt Sie annehmen, daß wir fertig sind?«

»Nun mach schon, Junge! Sie würden sich doch nicht so locker mit mir unterhalten, wenn ihr euer Schäfchen nicht im trockenen hättet. Ich wette, ihr habt ihr verkauft, ich sei ein Bulle und sei ihr seit Tagen gefolgt, und nun setzt sie ihren ganzen Ehrgeiz daran, alle und jeden in die Scheiße zu reiten. Ich kenne den Typ. Worum handelt es sich? Antiquitäten? Ein einträglicher Schwindel, nur daß sie den Rachen nicht voll genug bekommen konnte und auf eigene Rechnung Kasse machen wollte.«

Ins Leben zurückgerufen

»Sie sind der reinste Wunderknabe«, sagte Thatcher. »Zuerst brachte sie die Zähne nicht auseinander, obwohl ich behauptete, daß Sie ihr seit Wochen auf den Fersen seien. Dann habe ich ihr gezeigt, daß ich vom Fach bin, und ihr auf die Sprünge geholfen, welche Strafen sie erwarten. Vielleicht habe ich ein klitzeklein wenig übertrieben, doch der Gedanke, fünf Jahre im Knast verbringen zu müssen, war eine großartige Konzentrationshilfe. Sie ist hier, um eine Lieferung von Antiquitäten zu beaufsichtigen, die von ihrer Seite alle eine Ausfuhrgenehmigung haben, nur daß viele dieser Exportpapiere selbst schon die reinsten Kunstwerke sind. Scheinbar sind Sachen dabei, die auch dann nicht das Land hätten verlassen dürfen, wenn sie nicht gestohlen gewesen wären. Sie hat das schon einige Male gemacht, wird auch gut bezahlt dafür, aber eben nicht gut genug. Als ein Pärchen heißer Miniaturen des 18. Jahrhunderts bei ihr im Laden auftauchte, sprach sie mit einer Kollegin in Boston, bekam ein gutes Angebot und wickelte sie einfach in ihre Unterwäsche. Hätte man sie entdeckt, hätte sie gesagt, daß es Kopien seien, aber da sie bisher immer gut durchgekommen war, hat sie sich keine allzu großen Sorgen gemacht.«

»Das tun sie nie, bevor sie nicht das Weiße deiner Augen sehen«, sagte Dalziel. »So, das war's. Wie komme ich hier raus?«

»Zur Warteschlange, meinen Sie?« sagte Thatcher.

»Nein, Junge. Das würden Sie mir doch nicht antun, oder?« fragte Dalziel erschreckt.

»Glauben Sie mir, wenn Stephanie Keane unschuldig gewesen wäre, hätten Sie sich so weit hinten anstellen müssen, daß Sie bis zu den Knien im Wasser gestanden hätten«, sagte Thatcher gleichmütig. »Aber dann hätte ich nicht Ihren Scotch getrunken. Also zeige ich Ihnen jetzt den Expreßweg durch die Formalitäten. Hier ist übrigens meine Karte. Wenn ich etwas für Sie tun kann, rufen Sie mich an. Ich stehe in Ihrer Schuld.«

»Danke«, sagte Dalziel. »Genau das tu ich vielleicht.«

»Und passen Sie auf, Andy. Sie sind fern der Heimat, und hier gilt eine andere Hausordnung.«

»Ich bin so still wie ein Mäuschen, Sie merken kaum, daß ich hier bin«, versprach Dalziel.

Die Skyline von Manhattan stand wie ein dramatischer Fries vor dem Abendhimmel, als Dalziels Taxi den East River überquerte, doch der

Dicke war nicht in der Lage, den Anblick zu würdigen. Seit Mad Jack Dutot ihm seine zweiläufige Kanone in die Eier gedrückt hatte und er sich für rechts oder links entscheiden sollte, hatte er sich nicht mehr so gefürchtet.

Als das Taxi ihn vor seinem Hotel in der Seventh Avenue absetzte, zählte Dalziel das Fahrgeld bis auf den letzten Cent ab. Der Fahrer sah ihn erwartungsvoll an.

»Soll ich Ihnen ein Trinkgeld geben?« fragte Dalziel.

Der Mann schürzte die Lippen mit einem Ausdruck, der zwar Zustimmung ausdrückte, aber nicht um ein Almosen bettelte.

»Ich gebe Ihnen statt dessen lieber einen heißen Tip. Kaufen Sie sich ein Flugzeug, und lassen Sie die Leute mit dem Fallschirm abspringen. Dann leben Sie länger und Ihre Kunden ebenfalls.«

Er ging ins Hotel, gefolgt von dem Aufschrei: »Leck mich doch, du alter Fettsack!«

Das Hotel war nicht großartig, aber es war auch keine Absteige. In der Heimat war es früh am Morgen. Er stellte den Koffer auf sein Zimmer und ging zur Cafeteria in der ersten Etage, wo er sich ein herzhaftes Abendessen aus Hamburgern und Pommes frites zu Gemüte führte. Als er wieder in seinem Zimmer ankam, war es nach amerikanischer Zeit noch zu früh, um zu Bett zu gehen, aber sein Körper war da ganz anderer Meinung, und so entschloß er sich zu einem Kompromiß, zog die Schuhe aus, leerte seinen zollfreien Scotch und streckte sich auf dem Bett aus.

Als er vier Stunden später erwachte, hatte er von Mad Jack Dutot und der Schrotflinte geträumt. Der Traum war zwar schlimm, aber kein Alptraum gewesen. Ein wahrer Alptraum war damals die Wirklichkeit gewesen, bis Wally Tallantire ins Zimmer gekommen war und Dutot hoch und heilig versicherte, daß er zwar einen der beiden Läufe dazu verwenden könne, um Dalziels Familienjuwelen im Zimmer zu verteilen, daß der andere Lauf dann jedoch geradewegs in Mad Jacks eigenem Arsch landen würde.

Dutot, der trotz seines Spitznamens ein durchaus vernünftiger junger Mann war, wenn man die Bereiche Bankraub und Fußballclub Sheffield Wednesday ausklammerte, erwiderte: »Verdammte Scheiße. Ist eh nicht geladen« und richtete die Waffe zum Beweis auf den eigenen Fuß.

Im Schutz von Detonation, Rauch, Zer- und Verteilung des Fußes und des lauten Aufschreis konnte Dalziel den Raum verlassen und sich säubern. Als er Tallantire danken wollte, sagte dieser: »Ein kleiner Rat, Junge. Wenn du das nächste Mal den Helden spielen willst, zieh vorher Plastikhosen an oder einen braunen Anzug.«

Dalziel rollte sich vom Bett, zog sich aus, ging ins Badezimmer und blieb so lange unter der kochend heißen Dusche, bis die britische Zeit, sowohl Vergangenheit als auch Gegenwart, aus seinem System gespült war. Auf dem Weg in sein Zimmer trocknete er sich den Schritt energisch mit dem Handtuch ab und hatte endlich das Gefühl, hundertprozentig in New York zu sein – da erhielt er sogleich die Bestätigung in Gestalt eines blassen jungen Mannes, der seinen Koffer durchsuchte.

Sofern das möglich war, machte der junge Mann ein noch entsetzteres Gesicht als Dalziel, doch das war nur ein geringer Trost, denn er zog sofort eine kleine Handfeuerwaffe aus dem Hosenbund und schrie: »Stehenbleiben!«

»Aber sicher doch, Junge«, sagte Dalziel besänftigend. »Seh ich so aus, als würde ich dir das Leben schwer machen?«

Er meinte es ganz ehrlich. Durch die Lektüre der britischen Boulevardblätter hatte er gelernt, daß es in New York von drogenabhängigen, halb wahnsinnigen Straßenräubern mit Junk Guns, die beim ersten Furz losgingen, nur so wimmelte. Plötzlich überwältigte ihn tiefe Sehnsucht nach Mad Jack Dutot.

Er warf einen kurzen Blick auf seine Armbanduhr. Acht Stunden in diesem verdammten Land, und er hatte bereits Scherereien mit einer Kunstschmugglerin, einem mordlustigen Taxifahrer und einem nervösen Hoteldieb gehabt. Er konnte nur in *Vorsicht Kamera!* geraten sein. Falls das stimmte, hatte der Dieb allerdings Probleme mit seinem Text.

Es war wohl an der Zeit, ihm auf die Sprünge zu helfen. Sonst kam der junge Mann mit den Sprachproblemen womöglich auf die Idee, daß Pistolen lauter als Worte sprechen.

»Wollen Sie denn nicht meine Uhr haben? Es ist eine gute, sie kann Gott weiß was für einen hohen Luftdruck aushalten. Ich bin allerdings nie dahintergekommen, warum man davon ausgeht, daß jemand, dem die Augen geplatzt sind, wissen will, wieviel Uhr es ist.«

Beim Sprechen machte er einen Schritt nach vorn und zog die Uhr vom Handgelenk. Als er sie aufs Bett warf, sah er, wie der Blick des

Mannes ihren Flug verfolgte, warf das dicke Duschtuch über die Waffe, drehte sich mit dem trügerischen Tempo eines erbosten Bären zur Seite und traf den jungen Mann mit einer Faust wie ein Dampfhammer hinter dem Ohr. Der Schuß ging los.

Er zog sich an. Ein nächtlicher Schuß galt in New York eindeutig nicht als Aufforderung für den Zimmerservice, er nahm also den Hörer ab, nachdem er sein Hemd zugeknöpft hatte, und wählte die Rezeption.

»Zimmer 709«, sagte er. »Können Sie mir einen Sicherheitsbeamten nach oben schicken? Ach ja, und wenn Sie schon mal dabei sind, dann informieren Sie doch bitte auch das Zimmermädchen, daß ich ein frisches Badetuch brauche.«

ZWEI

»Ich bin Doktor ... laß mich dich untersuchen.«
»Brauch keine Untersuchung. Laßt's nur gehen.«

»Warnen Ihre Kollegen Sie nie vor dem Rauchen?« fragte Peter Pascoe, als sich Dr. Pottle eine weitere Zigarette an dem Stummel zwischen seinen Lippen anzündete.

»Ich gebe ihnen zur Antwort, daß ich mich aus ihren Köpfen raushalte, wenn sie sich aus meiner Lunge raushalten.«

Pottle war der Chef der psychiatrischen Abteilung im Zentralkrankenhaus. Pascoe wandte sich Dalziels Skepsis zum Trotz seit Jahren an ihn, wenn er für einen Fall einen Gutachter brauchte. Das war auch der Grund, warum er heute hier war, beruhigte er sich, und hätte die Beruhigung überzeugender gefunden, wenn der Fall, den er Pottle vorlegen wollte, nicht ausgerechnet der Mord auf Mickledore Hall gewesen wäre. Nachdem Dalziel abgereist war, hatte er sich geschworen, und er hatte es ernst gemeint, daß er sich nun aus den Ermittlungen raushalten würde. Nachdem die anfängliche Euphorie, Dalziel losgeworden zu sein, abgeklungen war, stellte er fest, daß er seltsamerweise nicht in der Lage war, seine Freiheit zu nutzen und die Kripo etwas mehr nach seinen Vorstellungen zu formen. Ellie war noch immer bei ihrer Mutter. Ihre Telefongespräche setzten sich zu gleichen Teilen aus den Sorgen zusammen, die Ellie sich um ihre Mutter machte, und den Schmähreden, mit denen sie die Ärztin ihrer Mutter bedachte, und Pascoe fühlte sich außerstande, den stillschweigenden Waffenstillstand über ihren persönlichen Kampf zu brechen. Er war zum Zentralkrankenhaus gekommen, um Sicherheitsfragen zu erörtern, nachdem man einen mehrfach vorbestraften Sexualtäter erwischt hatte, wie er sich in einer Toilette in der Nähe

202   Reginald Hill

der Kinderstation verstecken wollte. Als Pascoe fertig war, verschob er seine Rückkehr ins Büro und ging statt dessen spontan zu Pottle. Und als der Arzt sagte: »Ja, ich habe erstaunlicherweise einen Augenblick Zeit. Was kann ich für Sie tun?« war ihm nichts anderes als der Mickledore-Fall in den Sinn gekommen.

Schließlich kam ihr Gespräch zu einem Ende. Er konnte nur noch gehen. Statt dessen hörte er sich die Bemerkung über das Rauchen machen.

»Tut mir leid«, sagte er. »Geht mich nichts an.«

»Das ist okay. Nett, daß sich jemand Gedanken um meine Gesundheit macht. Und Sie, Peter? Wieder ganz genesen?«

Pascoe fiel auf, daß Pottle ihn beim Vornamen nannte. Sie waren nicht unbedingt Freunde. Vielleicht ging das gar nicht bei zwei Männern, die aufgrund ihrer Berufe immer automatisch auf der Hut waren. Aber sie hatten ein Stadium erreicht, wo sie einander liebevollen Respekt zollten. Pascoe versuchte sich an Pottles Vornamen zu erinnern.

»Ja, es geht mir gut. Ich bin seit ein paar Tagen allein. Ellie und Rosie sind weggefahren. Es ist wegen ihrer Mutter. Mein Schwiegervater ist krank, Alzheimer, vielleicht habe ich es einmal erwähnt. Er ist jetzt in einem Heim, aber die Belastung für meine Schwiegermutter …« Er erklärte zuviel. Er versuchte einen beiläufigen Abgang. »Wenn Sie also gut spülen und bügeln können – ich kann Hilfe gebrauchen.«

»Ich würde Ihnen gern nach Kräften helfen, Peter«, sagte Pottle ruhig. »Was wollen Sie genau?«

Vielleicht hat der Zigarettenrauch ja doch eine Funktion, dachte Pascoe. Er schafft eine Art Barriere, hinter der das zerknitterte Gesicht mit dem großen Einstein-Schnauzer auf Beichtstuhldistanz rückt.

Er holte tief Luft, atmete eine satte Portion sekundärer Krebserreger ein und sagte: »Ich will wieder glücklich sein.«

»Wieder?«

»Wie früher.«

»Sie meinen, wie in dem goldenen Zeitalter, als die Sommer lang und heiß waren und man das Gefühl hatte, daß sie nie enden würden?«

»Nein. Nicht die Kindheit. Ich spreche über erwachsenes Glücklichsein.«

Pottle sah ihn zweifelnd an.

»Sie wissen, was Johnson über Leute sagte, die behaupteten, glücklich zu sein? Reiner Quatsch. Der Hund weiß, daß er die ganze Zeit unglücklich ist.«

»Wenn Sie mir weiter nichts zu bieten haben, als daß wir alle im selben Boot sitzen, dann verstehe ich vielleicht, warum Sie sich zu Tode rauchen.«

»Sieh mal einer an«, erwiderte Pottle. »Sagen Sie mir, welche Form Ihr Unglücklichsein hat.«

»Nachts liege ich wach und mache mir um einfach alles unter der Sonne Sorgen. Ich sehe nicht den geringsten Sinn in egal was. Panikattacken. Wie sieht es aus, laufe ich noch immer im Mittelfeld?«

»Und was halten Sie für die Ursache dieser Störungen, oder einer davon?«

»Muß ich mich selbst analysieren? Weil ich nicht privat versichert bin?«

»Worüber sind Sie denn so wütend?« fragte Pottle sanft.

»Ich bin ja gar nicht wütend!« rief Pascoe. »Ich bin nur verärgert ... Hören Sie, ich habe im Augenblick ziemlich viel um die Ohren, könnten wir nicht ... Oh, Scheiße. In Ordnung. Also. Warum bin ich wütend? Nun, wütend zu sein, ist besser als ... Es hat wohl etwas damit zu tun, Herr der Lage zu sein. Ich habe die Dinge nicht mehr in der Hand. Zuerst waren es Äußerlichkeiten. Wie sie so in Beziehungen vorkommen, zwischen mir und Ellie. Wir sind getrennt. Ich meine nicht nur körperlich, das Körperliche ist nur ein Schritt auf dem Weg zum Eingeständnis, sondern seit langem entfernen wir uns immer weiter voneinander. Wir haben uns beide bemüht, zumindest weiß ich, daß ich mir Mühe gegeben habe, nein, das ist nicht fair, sie hat sich auch Mühe gegeben. Und da stehen wir nun. Zwei intelligente Menschen, die sich redlich bemühen, etwas zustande zu bringen, das sie beide verzweifelt gern wollen, es aber nicht schaffen, weil ... weil – warum? Weil – was?«

»Sagen Sie es mir«, sagte Pottle.

»Ich glaube, sie gibt mir die Schuld wegen ihrer Freundin, Sie wissen doch, diese Selbstmordgeschichte, die Frau, die vom Turm der Kathedrale gesprungen ist. Sie sagt, dem sei nicht so, aber ich glaube, es ist doch so.«

»Und Sie? Machen Sie sich Vorwürfe?«

»Ich habe mir welche gemacht. Ich habe Gott und der Welt Vorwürfe gemacht. Dann dachte ich, ich mache mir keine mehr, ich dachte, ich hätte die Sache im Griff. Es sei eine freie Entscheidung gewesen, und welches Recht hätten wir gehabt, uns einzumischen? Wo käme also die Schuld ins Spiel?«

»Das klingt vernünftig.«

»*Vernünftig?*« fragte Pascoe verbittert. »Ich erinnere mich an *vernünftig*. So eben. Vernunft bedeutet, die Dinge im Griff haben, stimmt's? Ich, ich habe Beziehungen nicht mehr im Griff, ich habe die Ereignisse nicht mehr im Griff, und schließlich war es soweit, daß ich mich selbst nicht mehr im Griff hatte. Ich wache nachts auf, und die banalsten Sorgen fallen mich an wie ein wahnsinniger Rottweiler. Oder schlimmer noch, ich gehe am hellichten Tag meiner Arbeit nach und bin aus heiterem Himmel zu Tode erschrocken, die ganze physische Welt wird mir zur Bedrohung. Ich bin noch nicht einmal mehr Herr über meine Muskeln, Herr im Himmel!«

»Waren Sie beim Arzt?«

»Nun seien Sie nicht albern! Glauben Sie, er würde mich als arbeitsfähig bezeichnen, wenn ich ihm das erzähle, was ich Ihnen jetzt erzählt habe?«

»Vielleicht nicht. Halten Sie sich denn für arbeitsfähig?«

»Arbeitsfähig?« sagte Pascoe langsam. »Das weiß ich nicht. Aber ich weiß, daß ich die Arbeit brauche. Waren es nicht Ihre Kollegen, die die Beschäftigungstherapie erfunden haben?«

»Nein. Wie Sie und Ihre Kollegen erfinden wir nicht, sondern beobachten. Und noch eine Regel haben wir gemeinsam, und die lautet, daß man die einfache Erklärung nicht von vorneherein verwerfen soll. Es ist immerhin möglich, daß es eine körperliche Erklärung für eines Ihrer Symptome gibt. Sprechen Sie mit Ihrem Arzt. Erwähnen Sie mich, so daß er Sie an mich überweisen kann. Auf diesem Weg können Sie auf Kosten des staatlichen Gesundheitsdienstes zu mir kommen. Nutzen Sie die Chance, so lange es geht, wie die Leute auf der Titanic, die ihren Pudding noch zu Ende gegessen haben.«

Pascoe lachte. Es tat gut. Er stand auf, um zu gehen.

»Danke«, sagte er. »Und danke, daß Sie sich den Mickledore-Fall angehört haben. Auch wenn es für mich nur ein Vorwand war, haben mir Ihre Bemerkungen geholfen.«

»Schon wieder achten Sie nicht auf das Einfache«, sagte Pottle.

Ins Leben zurückgerufen

»Es war nicht nur ein Vorwand. Sie hätten mich doch auch etwas über diesen Eindringling fragen können. Das wäre der auf der Hand liegende Vorwand gewesen. Nein, Sie haben den Mickledore-Fall gewählt, weil die Ermittlungen Ihnen wirklich wichtig sind. Und mich interessiert der Fall auch. Besonders die Gemütsverfassung der Frau. Wissen sie, nach der langen Haft war es wahrscheinlich schwieriger, das Gefängnis zu verlassen, als drinnen zu bleiben. Das eigentliche Wunder an Lazarus' Auferstehung ist doch nicht, daß Jesus ihn auferweckte, sondern daß er sich bequemte, ins Leben zurückzukommen.«

»Also sollten wir die Frage nach dem Warum stellen?«

»In der Tat. Und wenn Sie schon einmal dabei sind, es gibt noch zwei weitere Leute mit zweifelhaften Motiven. Diesen Waggs und Ihren guten Freund Andrew Dalziel. Sie könnten Ihre Zeit schlechter verwenden, als sich zu fragen, was die beiden umtreibt, Inspector.«

»Chief Inspector, wenn wir denn wieder förmlich werden«, sagte Pascoe.

»Beziehungen werden zum Problem, wenn sie nicht eindeutig bleiben«, sagte Pottle. »Wenn Sie hier eintreten, mögen Sie vielleicht manchmal als Patient kommen, aber wenn Sie gehen, sind Sie immer Polizist. Passen Sie auf sich auf.«

Als Pascoe wegfuhr, fühlte er sich besser als in den vergangenen Wochen. Es war wahrscheinlich nur die unlogische Euphorie, den Zahnarzt hinter sich gebracht zu haben, selbst wenn man wußte, daß man in der nächsten Woche noch einen zweiten Termin hatte. Also? Laß das Grübeln! Entspann dich und genieße!

Sein Funkgerät knatterte, und er hörte seine Nummer. Er meldete sich, und der diensthabende Beamte in der Zentrale sagte: »Nachricht von Sergeant Wield. Rufen Sie ihn so bald wie möglich an.«

Er hielt an einer Telefonzelle und rief im Präsidium an.

Wield sagte: »Ich habe versucht, dich im Büro des Sicherheitsdienstes im Krankenhaus zu erreichen, aber dort hieß es, daß du schon weg bist.«

»Tut mir leid. Ich wurde aufgehalten. Was ist los?«

»Nichts. Nur eine Nachricht, und da ich nicht wußte, ob du gleich zurückkommst oder nicht, dachte ich, ich gebe dir vielleicht besser Bescheid.«

Wieder der vorwurfsvolle Ton. Pascoe hatte den Sergeant nach

Dalziels Abreise eigentlich ins Bild setzen wollen, aber da er selbst die Sache abgehakt hatte, war es ihm nicht mehr wichtig vorgekommen.

»Wie lautet also die Nachricht, Wieldy?«

»Ein Mr. Pollock hat angerufen. Er bat darum, dir auszurichten, daß Mrs. Friedman aus dem Urlaub zurück sei und heute zur Mittagszeit im Blinden Seemann ein Glas mit ihm trinken würde. Ich dachte, es könnte dringend sein.«

Diesmal war sein Ton fragend.

»Eigentlich nicht«, sagte Pascoe. »Aber dennoch vielen Dank. Bis bald.«

Percy Pollock. Im Geiste hörte er die leise, melancholische Stimme, und ihm lief es kalt den Rücken hinunter. Dem Herrn sei gedankt, daß er nichts mehr mit der Sache zu tun hatte. Doch als er in die Stadtmitte einbog, merkte er, wie Pottles Bemerkungen über Kohler und Waggs, aber auch über Dalziel, ihm durch den Sinn summten wie eine unsichtbare Fliege im Hotelzimmer.

Er sah auf die Uhr. Kurz nach Mittag. Trimble und Hiller konnten nicht erwarten, daß er nicht aß. Und wenn man nicht schlafen kann, ist es besser, mit einer zusammengerollten Zeitung auf Fliegenjagd zu gehen, als sich der Verzweiflung hinzugeben.

Er wechselte die Fahrspur und fuhr in Richtung des Gasthauses Zum Blinden Seemann.

DREI

»Nein, du boshaftes Fremdenweib; dir bin ich schon noch gewachsen.«

Dalziels erster vollständiger Tag in New York wurde vom Telefon auf seinem Nachttisch eingeläutet.

»Hallo«, sagte er gähnend.

»Mr. Dalziel? Tut mir leid, Sie zu stören, aber hier in der Rezeption warten eine Menge Reporter, die gern mit Ihnen sprechen würden.«

»Reporter? Was zum Teufel wollen denn Reporter von mir?«

Er fand es heraus, als er aufstand. Jemand hatte eine Boulevardzeitung unter seiner Tür durchgeschoben. Ungläubig starrte er sie an. Unter der dicken Schlagzeile CROCODILE DALZIEL nahm sein Foto die Hälfte der Titelseite ein!

Ihm fiel ein, daß am Abend zuvor zusammen mit der Polizei ein Reporter aufgetaucht war, wahrscheinlich durch ihren Sprechfunk aufmerksam geworden. Mit ›Hotelgast ausgeraubt‹ hätte man wahrscheinlich niemanden hinter dem Ofen hervorgelockt, doch ›Britischer Tourist macht Hotelräuber fertig‹ war an einem ruhigen Abend ein paar Zeilen wert. Dummerweise erinnerte sich jemand, der die Verhaftung am Flughafen mitbekommen hatte, an Dalziels Namen. Das hatte dazu geführt, daß man die beiden Ereignisse so albern groß herausbrachte.

Doch er hatte Erfahrung, wie man journalistischen Unfug im Keim erstickte. Man trat dem Täter mit einer jovialen Drohgebärde entgegen und legte ihm nahe, daß Leben, Freiheit und die Jagd nach dem Pulitzer seine Gegenwart anderswo erforderlich machten.

Zehn Minuten später betrat er das Foyer mit dem zuversichtlichen

Schritt eines Löwen, der weiß, daß er nur einmal laut das Maul aufzureißen braucht, um einen Platz am Wasserloch zu sichern.

Fünf Minuten später kam ihm der Gedanke, daß er wohl noch unter der Zeitverschiebung leiden müsse. Er hatte ganz einfach vergessen, wo er war. Was in Mid-Yorkshire eine Drohung war, war hier nur eine Story, die gut zog. Und als man erst einmal gemerkt hatte, daß man einem echten Original auf die Spur gekommen waren, feuerte man ihn an, umso lauter zu brüllen. Er ertappte sich dabei, wie er sie anflehte.

»Nun hört mal, Jungs, ich will nichts weiter als einen strammen Max und einen großen Humpen Tee, und dann mache ich mich ernsthaft ans Besichtigen ...«

»Einen strammen was? Einen was Tee? Welche Sehenswürdigkeiten wollen Sie sich ansehen, Mr. Dalziel? Hätten Sie einen Rat, wie man die U-Bahn wieder sicher machen könnte? Wie wär's mit einem mitternächtlichen Spaziergang durch Central Park? Würden Sie sagen, daß Sie das Abenteuer suchen, oder geschehen die Dinge einfach, sobald Sie auftauchen?«

Er hatte den Kerl wiedererkannt, der ihm den ganzen Ärger eingebrockt hatte, und überlegte gerade allen Ernstes, wie der Typ wohl mit einer eingebeulten Nase aussehen würde, als eine leise Stimme an seinem Ohr sagte: »Sie müssen am Verhungern sein. Ich weiß, wo es den besten Frühstücksspeck in ganz New York gibt.«

Er fühlte einen sanften Druck auf dem Arm, ließ sich davon leiten und wurde im nächsten Augenblick durch eine Drehtür auf den vollen Bürgersteig katapultiert. Es stellte sich heraus, daß seine Führerin eine gutaussehende junge Schwarze mit einem strahlenden Lächeln war, bei dem sie etwas mehr Zähne zeigte, als in Yorkshire die Norm war. Sie brachte ihn zu einem Lokal, das er als Fernfahrerimbiß eingestuft hätte, wären an der Theke nicht jede Menge Männer und Frauen in eleganten Anzügen gestanden, die etwas erstanden, was sich Kaffee-zum-Mitnehmen nannte und in einer braunen Packpapiertüte verkauft wurde, wie er sie von illegalem Sexmaterial kannte. Seine Führerin steuerte ihn in ein Abteil, dessen Tisch so schmal war, daß man nicht einander gegenüber sitzen konnte, ohne die Beine ineinanderzuschieben. Es schien ihm geraten, sich total zu entspannen und an England zu denken.

»Sehen Sie etwas, worauf Sie Lust verspüren?« fragte ihn die Frau.

Ins Leben zurückgerufen

Sie schnurrte mit tiefer, kehliger Stimme durch volle, leicht feuchte Lippen, hinter denen Zähne schimmerten, die ihn an eine Kettensäge beim Durchschneiden einer Mango erinnerten.

Er sagte: »Äh?«

»Sehen Sie etwas, was Sie gern zum Frühstück hätten?«

Er senkte den Blick auf eine Speisekarte, die so groß und unergründlich wie der Rosetta-Stein war.

»Wenn ich meinen Vorschmecker nicht dabei habe, lege ich Wert darauf zu wissen, mit wem ich esse.«

»Ich bin Linda Steele«, erwiderte sie.

»Ja, aber *was* sind Sie? Journalistin?«

»Schriftstellerin. Ich arbeite freiberuflich. Ich mache alles, was mir über den Weg läuft, Sonderbeiträge, Reportagen, Recherchen. Ab und an gelingt es mir, etwas zu veröffentlichen. Ich helfe auch anderen bei ihren Projekten. Ich habe einiges für das Fernsehen gemacht. Haben Sie den Dokumentarfilm von Columbia über die Aufstände in Washington gesehen ...?«

»Junge Frau, es hat keinen Zweck, mich mit dem Fernsehen beeindrucken zu wollen. Daheim hinke ich so weit mit Dallas hinterher, daß manche Leute schon tot sind, die noch gar nicht geboren wurden. Was wollen Sie also von mir, Linda Steele?«

»Ihnen Frühstück spendieren.«

»Dagegen habe ich nichts einzuwenden. Kann ich Speck und Eier kriegen? Himmel und Erde wird's hier ja wohl nicht geben.«

»Himmel ... was?«

»Macht nichts. Ich mag meinen Speck so rösch, daß man ihn als Rasierklinge benutzen könnte, und die Eier müssen wie Papageienaugen aussehen.«

Linda Steele übersetzte die Bestellung ins Amerikanische, und die Kellnerin antwortete ihr in derselben Sprache.

»Sie will wissen, ob Sie Sirup wollen.«

»Nein, danke, Orangenmarmelade.«

»Zu den Eiern?«

»Zum Toast! Verdammt, als nächstes bieten Sie mir noch Vanillesoße zu den Heringen an. So, Schätzchen. Was erwartet eine Journalistin hier drüben als Gegenleistung für ein Frühstück?«

»Wie sieht's mit einem Exklusivbericht aus?« sagte sie lächelnd.

»Nein, Mädel, so billig bin ich nun doch nicht zu haben, auch nicht für Eier mit Sirup. Der dämlichen Zeitung, die Sie da haben, können Sie ohnehin alles entnehmen, was es zu wissen gibt.«

Aus ihrer Handtasche ragte ein Exemplar des Krawallblatts mit dem Artikel über Crocodile Dalziel.

»Nicht so ganz«, sagte sie, während sie die Zeitung herauszog und vor sich ausbreitete. »Über Cissy Kohler kann ich hier nichts finden.«

Dalziel pfiff ein langes fis durch die Zähne, steckte seine linke Hand unter den Tisch und begann sich am Knie zu kratzen. Die Schwingungen gingen auf den Schenkel der Frau über, aber sie lächelte ihn nach wie vor an.

»Sie kennen nicht zufällig jemanden mit dem Namen Thatcher?« fragte Dalziel schließlich.

»Er hat mich gewarnt, daß Sie nicht auf den Kopf gefallen sind«, lachte sie. »Ja, ich kenne Dave. Er hat Ihren Namen erwähnt und gesagt, da sei vielleicht eine Story zu holen. Nur bis ich bei Ihnen war, hatten Sie es bereits geschafft, in die Zeitung zu kommen.«

»Das stimmt, Schätzchen. Wozu brauche ich also eine Freischaffende?«

»Für so manches. Bisher haben Sie außer einer gewissen Publicity nichts erreicht. Die bringt Sie aber der Kohler nicht unbedingt näher, im Gegenteil. Sie könnte dazu führen, daß die Kohler sich ein ganzes Stück von Ihnen entfernt.«

»Ach ja? Und wie kommen Sie darauf?«

»Sie sieht die Schlagzeile, erkennt das Bild. Ein Beamter der Kripo aus Yorkshire in New York. Und sollte sie nicht aufpassen, dann mit Sicherheit Jay Waggs. Die beiden wollen nicht gestört werden, also machen sie sich vom Acker.«

Das Frühstück kam. Der Teller war randvoll und duftete appetitlich. Dalziel schaufelte sich Speck in den Mund und sagte knusprig knapp: »Die beiden sind also in New York?«

»Vielleicht.«

Er untersuchte das Eigelb mit seiner Gabel. Es war genau, wie er es mochte.

»Wie kommt es, daß Sie die Adresse kennen?«

»Dave Thatcher fühlte sich in Ihrer Schuld und griff auf seine Kontakte zurück. Die haben die Adresse ausgegraben.«

»Ach ja? Und warum hat er sie mir dann nicht direkt gegeben?«

Sie lächelte und ließ ihre Brüste leicht erbeben.

Ins Leben zurückgerufen

»Vielleicht stand er ja auch in meiner Schuld. So hat er gleich zwei Fliegen mit einer Klappe geschlagen.«

Dalziel versuchte sich nicht durch Spekulationen über Thatchers Schulden bei der Frau ablenken zu lassen. Er sagte: »Was muß ich also tun, um sie von Ihnen zu bekommen?«

»Die Adresse, meinen Sie?« fragte sie, die Augenbrauen hebend.

»Geben Sie mir einfach die Exklusivrechte an jeder Story, die dabei herauskommt.«

Er überlegte, kaute, nickte.

»In Ordnung. Aber ich brauche mehr als nur die Adresse. Sprechen wir über Geld.«

»Geld?«

»Ja. Bargeld. Knete. Dollars.«

»Ich dachte, Sie tun das alles aus Loyalität für einen toten Kumpel?«

»Was bringt Sie auf den Gedanken, es sei billiger, loyal zu sein als unloyal? Ich bin ein armer britischer Gesetzeshüter. Selbst unsere Bestechungsgelder hinken meilenweit hinter der Inflation zurück. Wenn ich noch länger als zwei Tage hier bleibe, bin ich pleite.«

Ihre Blicke trafen sich. Seine Augen waren groß, ehrlich, appellierend, ihre zusammengekniffen und abschätzend.

»Okay. Spesen müßte ich wohl deichseln können.«

»Ah«, sagte er. »Sie machen das nicht auf gut Glück. Sie haben sich schon einen Abnehmer gesichert.«

Eine Sekunde sah sie verärgert aus, dann lachte sie.

»Ich sehe schon, daß ich Sie im Auge behalten muß, Andy. Ja, ich habe einen Kumpel aus der Branche angerufen, ihm die Story kurz skizziert und habe ihn tatsächlich dafür interessieren können. Es gibt also ein Budget, aber unbegrenzt ist es nicht.«

»Meine Bedürfnisse sind bescheiden«, sagte Dalziel und wischte seinen Teller mit einem Brötchen trocken. »Wie lautet also die Adresse?«

Linda Steele gab ihm die Anschrift. Er konnte nichts damit anfangen. Daraufhin holte seine Begleiterin einen Stadtplan aus der Tasche und zeichnete die Stelle ein.

»Das Viertel heißt Upper West Side. Dort stehen Apartmentblocks. Sehr teure Gegend.«

»Ich hatte nicht den Eindruck, daß Waggs nach Geld stank.«

»Es ist nicht seines. Daves Kontakte vermuten, daß es von seinen Geldgebern kommt.«

»Geldgebern?«

»Ja. Waggs macht Geschäfte. Sie wissen schon, er ist einer von den Leuten, die immer mehr verkaufen, als sie in Wahrheit haben. Um die Sache mit Cissy Kohler ins Rollen zu bringen, hat er die Idee einer Finanzgruppe von der Westküste namens Hesperides verkauft. Sie haben in den vergangenen Jahren eine Menge ziemlich erfolgreicher Filme und Fernsehproduktionen auf den Markt gebracht. Alles sehr respektabel.«

»Aber?«

»Aber wenn man weiter zurückgeht, bis dahin, wo das Geld herkommt ...« Sie zuckte mit den Schultern. »Bei sich zu Hause haben Sie wahrscheinlich ähnliche Verknüpfungen zwischen respektablem Großkapital und Gaunern.«

»Oja. Wir nennen es Privatisierung. Was wollten Sie sagen?«

»Daß es wohl nicht so einfach sein wird, an Waggs und die Frau heranzukommen. Erstens sind diese Apartmenthäuser mit Absicht so gebaut, daß unerwünschte Besucher draußen bleiben müssen. Zweitens wird Hesperides nicht unbedingt scharf darauf sein, daß sich jemand zwischen sie und ihre Investition drängt.«

»Ich habe mich schon gefragt, warum Sie nicht einfach selbst hingeflitzt sind«, sagte Dalziel. »Eine Schlägerei hatte ich nicht kalkuliert. Vielleicht sollten wir noch einmal neu verhandeln.«

»Vielleicht später«, sagte sie und drückte sein Bein, das zwischen ihren Beinen steckte. »Es kommt bestimmt eine Zeit, wenn ich armes, schutzloses Mädchen einen großen, starken Mann brauche.«

»In diesem Fall«, sagte Dalziel, »sollte ich wohl besser noch ein paar Scheiben gebratenen Speck essen!«

VIER

»Im strengsten Vertrauen ... will ich Euch mitteilen, daß täglich Papiere und Geld durch die seltsamsten Überlieferer ... zu uns hergebracht werden.«

»Mr. Pascoe«, sagte Percy Pollock, »gestatten Sie, daß ich Ihnen Mrs. Friedman vorstelle.«

Die Frau, die im Nebenzimmer des Blinden Seemanns neben ihm saß, war klein und grauhaarig. Sie hatte Apfelwänglein, trug ein Drahtgestell auf der Nase und entsprach mehr der Lieblingsoma in der Werbung als einer Strafvollzugsbeamtin im Ruhestand. Das Bild bekam die ersten Risse, als sie auf Pascoes Frage: »Dasselbe noch einmal?« das Glas zu ihm schob und sagte: »Einen großen Gin. Ohne alles.«

Pascoe kam gleich zur Sache.

»Mr. Pollock sagte mir, daß Sie in der Haftanstalt von Beddington arbeiteten, als Ihre Kollegin Daphne Bush starb?«

»Als Cissy Kohler sie umbrachte, wollen Sie sagen?« Ihre Stimme war scharf, prägnant und gewöhnt, Befehle zu erteilen.

»Richtig. Sie kannten also beide. Standen Sie auf vertrautem Fuß?«

»Mit Daphne? Ziemlich vertraut.«

»Und mit Cissy Kohler?«

»Man entwickelt keine Vertrautheit zu den Häftlingen. Zumindest ich nicht. Aber ich kannte sie recht gut.«

»Wie kam sie Ihnen vor?«

»Sie hatte sich in sich selbst zurückgezogen, wissen Sie, was ich meine? Das machen viele von denen, die auf Dauer einsitzen. Wir schließen sie ein, und sie überleben, indem sie uns ausschließen.«

»Gestört, meinen Sie?«

»Nein. Nun, auf jeden Fall nicht *störend*. Sie tat, was man ihr sagte, ohne Theater zu machen. Und sie war nicht verlogen dabei, was auch vorkommt. Die anderen hatten Achtung vor ihr, aber sie hatte keine besonderen Freunde.«

»Außer Daphne Bush?«

»O ja. Daphne.« Mrs. Friedman nippte an ihrem Gin. Nun sah sie nicht mehr wie eine süße kleine Omi aus. Auch nicht mehr ganz so alt. Erst um die Mitte sechzig, schätzte Pascoe. Und sie konnte es mit jedem aufnehmen.

»War ... *ist* Cissy Kohler lesbisch?«

»Ich würde sagen, nein. Aber im Gefängnis besagt das gar nichts.«

»Wie bitte?«

Sie fuhr fort: »Jeder braucht Zuneigung. Wenn man lebenslänglich eingesperrt ist, muß man sich nach der Decke strecken. Es mußte noch nicht einmal körperlich sein. Es waren nicht die lausigen Verhältnisse, die zu Schwierigkeiten führten, sondern die Tatsache, daß die beste Freundin von X zu häufig Pingpong mit Y spielte.«

»Cissy Kohler hatte doch aber keine Busenfreundinnen, sagten Sie?«

»Nein. Daphne war die erste, die den Wall durchbrach, den sie um sich herum aufgebaut hatte.«

»Wie war das möglich? Hat sich Bush um sie bemüht?«

»Nun ja, sie hat mit Sicherheit eine Schwäche für die Kohler entwickelt, das konnte ich sehen. Und wenn Daphne etwas wollte, dann konnte sie sehr anziehend sein. Strahlend, unterhaltsam und einfühlsam. O ja, sie konnte ihren ganzen Charme spielen lassen.«

In ihren Worten schwang eindeutig persönliche Verbitterung mit.

»Und wenn sie die Rolle ablegte, wie war sie dann?«

»Unreif, selbstsüchtig und unsensibel«, kam es wie aus der Pistole geschossen. »Wie vertraut man war, spielte dann keine Rolle. Aus den Sachen, die sie sagte oder tat, ging hervor, daß sie nicht die leisesteste Ahnung hatte, was für ein Mensch der andere war. Wenn jemand gemein ist, ist das eine Sache. Wir können alle damit umgehen. Doch wenn sich jemand über die eigene Gemeinheit nicht im klaren ist, dann wird es wirklich gefährlich. Wie ihr wahrscheinlich aufgegangen ist, der dummen Pute.«

»Wie weit ging die Beziehung der beiden?«

»Ob sie es miteinander machten, meinen Sie? Ich weiß es nicht.

Wenn nicht, hätte das nicht an Daphne gelegen. Obwohl, ich hatte den Eindruck, daß sie bereit war, sich zurückzuhalten, weil sie auf eine richtige Affäre mit der Kohler hoffte, wenn die ihren Straferlaß bekam.«

»Glauben Sie, daß die Kohler wegen ihrer Beziehung zu Daphne Bush aus der Haft entlassen werden wollte?«

»Daphne war davon überzeugt«, sagte Mrs. Friedman. »Ich bin mir da nicht so sicher. Die Kohler hatte vorher nie Interesse an ihrer Entlassung gezeigt, obwohl sie seit Ewigkeiten die Voraussetzungen erfüllte. Vielleicht dachte sie ja, daß die Stimmung draußen zu sehr gegen sie sei, weil das kleine Mädchen umgekommen war. Aber sie war schließlich keine Hindley. Ich bezweifele, daß sich nach all den Jahren mehr als eine Handvoll Leute an ihren Namen erinnert hätte.«

»Gibt es einen andern Grund, warum sie ihre Meinung geändert haben könnte?«

Die ehemalige Wärterin dachte nach. »Sie hatte Besuch bekommen.«

»Von wem?«

»Es war im Sommer. Im selben Jahr. 1976. Sie bekam nie Besuch, kein einziges Mal während der ganzen Zeit, die ich sie kannte. Deshalb fiel mir dieser Besuch auf.«

»Können Sie sich an den Namen erinnern? Oder das Aussehen der Person?«

Sie sah ihn mit leerem Blick an, aber es war nicht die Leere der Ahnungslosigkeit.

Schiete! Er hatte sich zu weit aus dem Fenster gehängt. Was immer er gerade tun mochte – diese Frau hier war am Handeln, und er hatte ihren Preis in die Höhe getrieben. Am besten würde er die Identität des Besuchers erst einmal auf sich beruhen lassen.

Er sagte: »Nach diesem Besuch entwickelte Cissy Kohler freundschaftliche Gefühle für Daphne Bush und zeigte Interesse an ihrer Entlassung?«

»Ja, aber in welcher Reihenfolge kann ich nicht sagen. Außer, daß ich mich manchmal gefragt habe, ob die Kohler nicht Daphne ausgenutzt hat und Daphne bei der Meinung gelassen hat, daß sie die Fäden in der Hand hielte.«

»Ausgenutzt wofür?«

Mrs. Friedman zuckte mit den Schultern. Pascoe hatte wieder das

216   Reginald Hill

Gefühl, als handele es sich eher um einen taktischen Vorbehalt als um eine echte Weigerung. Er schlug einen anderen Kurs ein.

»Cissy Kohler und Daphne Bush wurden also gute Freundinnen, und die zuständigen Stellen waren bereit, die Kohler ziehen zu lassen. Was geschah?«

»Es war an einem Donnerstagnachmittag. Cissy Kohler war allein in ihrer Zelle. Daphne ging für einen ihrer Herzensergüsse zu ihr. Als nächstes hörte man Schimpfen, dann Schreien, dann ein scharfes Krachen, dann Stille. Ich war eine der ersten in der Zelle. Daphne lag auf dem Boden, die Augen weit geöffnet, ohne etwas zu sehen. Alles war voll Blut. Sie war mit dem Kopf gegen die Türkante geschlagen. Oder war dagegen gestoßen worden, von jemandem, der sie am Haar festgehalten hatte, denn Teile davon waren mit den Wurzeln ausgerissen ...«

»Und Cissy Kohler?«

»Sie stand nur einfach da. Sie sagte: ›*Ich habe sie getötet.*‹ Später, als man sie fragte, ob sie es absichtlich getan habe, sagte sie nur: ›Wie kann man jemanden unabsichtlich töten?‹ Und das war alles. Noch einmal lebenslänglich. Wenn eine Gefangene eine Aufseherin tötet, braucht sie den Erzengel Gabriel zum Verteidiger, und vielleicht schafft noch nicht einmal der einen Freispruch. Übrigens, ganz zu Recht.«

Pascoe ignorierte die Implikation und fragte: »Was hat Ihrer Meinung nach den Streit ausgelöst?«

»Eine wohlfundierte Vermutung? Daphne hat angefangen, über die Zukunft zu phantasieren, und da hat die Kohler ihr endlich klargemacht, daß Daphne nichts weiter als einmal jährlich eine hübsche Weihnachtskarte von ihr bekommen würde. Also wurde Daphne gemein und warf mit Dreck. Nur da sie Daphne war, hatte sie keine Ahnung, wie schmerzhaft die Waffe war, die sie gegen Kohler in der Hand hatte. Die flippte aus und schlug zu.«

»Mit Tötungsabsicht?«

Mrs. Friedman zuckte wieder die Schultern: »Wie ich schon sagte, das ist egal.«

»Wie war sie nach dem Prozeß?«

»Ich habe sie danach nur noch einmal gesehen. Man hat sie natürlich bald verlegt. Aber ich hatte den Eindruck, daß sie sich wieder in sich selbst zurückgezogen hatte, aber dieses Mal so tief, daß es niemandem gelungen wäre, noch einmal zu ihr durchzudringen.«

Ins Leben zurückgerufen

»Aber jemand oder etwas hat es doch geschafft«, sagte Pascoe.
»Sie ist zu guter Letzt frei.«

»Ja, ich habe darüber nachgedacht, als ich von ihrer Entlassung hörte. Und ich habe mir gesagt: Es ist bereits einmal etwas zu ihr durchgedrungen, warum also sollte es nicht wieder geschehen? Und ich bezweifele, daß es etwas mit dem Weltverbesserer aus dem Fernsehen zu tun hat.«

»Ihre Theorien würden mich sehr interessieren, Mrs. Friedman.«
Bedeutungsvoll klopfte sie mit dem Finger an ihr leeres Glas. Pascoe streckte die Hand danach aus, aber sie schob es von ihm zu Percy Pollock. Der ging damit zur Theke.

Nun lehnte sie sich über den Tisch zu Pascoe. Die Augen hinter ihrer Omabrille waren schwarz wie Kohle und doppelt so hart. Sie wollte feilschen und konnte dabei keinen Zeugen gebrauchen.

»Wenn ich Mr. Pollock richtig verstanden habe, handelt es sich bei diesem Fall eher um eine Privatangelegenheit als um eine offizielle Ermittlung?«

»Doppelstatus, könnte man sagen«, erwiderte Pascoe, auf der Hut. »Warum fragen Sie?«

»Mit den Informationen ist es wie mit der ärztlichen Versorgung, Mr. Pascoe. Privat kostet es mehr als beim NHS. Es ist sogar so, daß es beim staatlichen Gesundheitsdienst so lange dauert, daß sich das Warten kaum lohnt.«

Er sagte: »Wovon ist die Rede, Mrs. Friedman?«

Sie erwiderte: »Nehmen wir mal an, Cissy Kohler benutzte Daphne als Briefkasten, damit sie jemandem schreiben konnte, ohne daß es offiziell bekannt wurde.«

»Ich nehme das mal an.«

»Nehmen wir mal an, jemand schickte über Daphne eine Antwort. Und nehmen wir mal an, jemand habe diesen Brief in seine Hände gebracht. Was dächten Sie, wäre dieser Brief wert, Mr. Pascoe?«

Pascoe lächelte. Er wußte, daß sie jetzt am feilschen waren, und er würde nicht wieder den Fehler machen, zu großes Interesse zu verraten.

»Nicht viel«, sagte er. »Ein 15 Jahre alter Brief? So wertvoll kann er nicht gewesen sein, sonst wäre er schon längst verkauft worden.«

»Und wenn man ihn für schlechte Zeiten aufgehoben hätte?«

»Das ist möglich«, räumte Pascoe ein. »Aber betrachten Sie es einmal von folgendem Gesichtspunkt aus: Seit langem, seit dieser Ami Waggs die Sache wieder ausgegraben hat, haben die Medien ein großes Interesse an der Kohler. Hätte dieser Brief einen echten Wert, hätte ihn der Besitzer längst für das Hundertfache von dem verkauft, was sich ein armer Gesetzeshüter leisten kann. Ans Fernsehen oder an die Boulevardpresse.« Er trank sein Bier aus. »Ich muß los. Noch eine halbe Stunde und mein Dienst beginnt, und dann will ich nicht mehr hier sein, Mrs. Friedman, damit mir nichts zu Ohren kommen kann, das nicht ganz koscher ist.«

Percy Pollock, der mitgekriegt hatte, daß das Gespräch zum Stillstand gekommen war, kam an den Tisch und stellte ein Glas Gin vor Mrs. Friedman. Sie trank, ohne ihn anzusehen, und er zog sich wieder zur Theke zurück. Pascoe beobachtete ihr Gesicht. Sie ließ sich nichts anmerken, aber das war auch nicht nötig. Er hatte an zu vielen Befragungstischen gesessen, um ihren Gedankenprozeß nicht auch ohne visuelle Hilfe nachvollziehen zu können.

Er kam ihr entgegen: »Sie haben es bei den Medien versucht, nicht wahr? Aber die haben Ihnen eine Abfuhr erteilt. Sie wollen es nur nicht zugeben, weil Sie befürchten, daß mein Angebot dann in den Keller rutschen würde. Stimmt's?«

Sie lächelte, mehr wie ein verkleideter Wolf denn eine Großmutter.

»Von gestern sind Sie nicht. Aber ganz richtig liegen Sie auch nicht. Ja, ich habe den *Sphere* angerufen, als man sich wieder für die Kohler zu interessieren begann. Den Brief habe ich allerdings nicht erwähnt. Ich habe nur gefragt, ob man daran interessiert sei, die Erinnerungen einer ehemaligen Gefängnisaufseherin zu kaufen. Keine Namen, kein Strafexerzieren. Wir vereinbarten ein Treffen.«

»Und?«

»Am nächsten Tag erhielt ich einen Anruf von einem Mann, der behauptete, vom Versorgungsamt des Innenministeriums zu sein. Den Brief erwähnte er nicht, sondern wollte nur wissen, wie lange ich pensionsberechtigten Dienst getan habe. Nachdem wir das geklärt hatten, redete er noch weiter, noch immer sehr nett und freundlich. Er sei sich sicher, daß ich mir darüber im klaren sei, daß ich noch immer zur Geheimhaltung verpflichtet bin und daß jeder Bruch des Dienstgeheimnisses natürlich zu einem Verlust meiner Pensionsrechte und möglicherweise zu einer Anklage führen würde.«

Pascoe pfiff durch die Zähne. »Und so haben Sie die Regenbogenpresse ganz schnell abgehakt. Sehr klug. Jemand im Innenministerium muß große Ohren haben.«

»Und starke Muskeln«, sagte sie grimmig. »So kann das Versorgungsamt nicht zuschlagen, sage ich Ihnen. Und seither ist mir durch den Kopf gegangen, daß der Brief wirklich wertvoll sein muß, wenn man diese Ebene bemüht, mir wegen ein paar Erinnerungen die Daumenschrauben anzulegen.«

»Sie können sich glücklich schätzen, daß die dort nichts von dem Brief wissen«, sagte Peter Pascoe, dem der Verdacht kam, daß er eigentlich auch gar nichts davon wissen wollte. »Sie meinen also, er sei wirklich wertvoll? Nur daß Sie niemanden haben, dem sie ihn zu verkaufen wagen – was ihn wertlos macht.«

»Ich habe Sie.«

»Vielleicht. Wieviel wollen Sie dafür?«

Sie sah ihn an wie ein Schweineschlachter auf dem Fleischmarkt. »500.«

»Nun halten Sie aber den Ball flach! Wer denken Sie, daß ich bin?«

»Vielleicht sollten Sie ja Ihren Mr. Dalziel fragen. Sie sind nur seine Vertretung, hat mir Percy gesagt.«

»Hat er das?« sagte Pascoe. »Dann hat er Ihnen wahrscheinlich auch verraten, daß Mr. Dalziel, wenn er persönlich erschienen wäre, inzwischen nicht nur ihren Brief in der Tasche, sondern Sie obendrein hinter Schloß und Riegel hätte!«

Aus ihrer Reaktion schloß er, daß Percy Pollock zumindest angedeutet hatte, daß er die sanftere Option sei, denn sie sagte sofort: »Gut. Dann 400.«

»100«, sagte Pascoe.

»300.«

»150.«

»250. Und ich mache Ihnen einen Vorschlag. Sie können den Brief lesen, und wenn er für Sie nicht interessant ist, können Sie ihn mir mit einer Zehn-Pfund-Note zurückgeben, und die Sache ist abgehakt.«

Das war ein Angebot, das schwer abzulehnen war, obwohl ihm das Herz bei dem Gedanken an die Spesenrechnung, die er Dalziel vorlegen mußte, in die Hose sank.

Er sagte: »Ich brauche alles genau belegt. Das heißt, ich will alles wissen, wie der Brief in Ihre Hände kam und alles, was Sie von oder über ihn wissen.«

Sie überlegte und nickte dann.

»Abgemacht«, sagte sie.

»Gut«, sagte er. »Zum Auftakt. Der Besucher der Kohler, wie lautet sein Name?«

»Nicht sein. Ihr«, sagte sie.

»Ihr Name?«

»Richtig. Ihr Name war Marsh. Mavis Marsh.«

FÜNF

»... jeder muß sich auf seine eigene Art durch die Welt bringen. Bei dem einen ist der Weg feucht, beim anderen trocken.«

Während der ersten 24 Stunden in New York verließ Cissy Kohler nicht die Wohnung. Die meiste Zeit lag sie auf dem Bett und blies Rauchstränge an die Decke. Jay erhob keine Einwände. Er verbrachte die meiste Zeit am Telefon.

Der Morgen des zweiten Tages verlief ähnlich, nur daß sie dieses Mal, als sie Jays Stimme im Nebenzimmer hörte, den Hörer aufnahm, die Sprechmuschel abdeckte und mithörte.

»Ich sage Ihnen doch, daß sie keine Erinnerungen aufgeschrieben hat, wir haben ihr Zeug durchsucht.«

»Hätte sie sie nicht herausschmuggeln können?« fragte eine männliche Stimme, tief, fast knurrend.

»Vielleicht. Ich bezweifele es aber. Doch das ist wirklich kein Problem. Ich kenne Jungs, denen gibt man ein paar Fakten und eine Woche Zeit, und schon schreiben sie dir ein Zeug, das so authentisch ist, daß selbst sie nicht merkt, daß es nicht von ihr ist.«

»Okay. Solange nicht irgendwo etwas auftaucht. Wir haben unser Geld in die Exklusivität investiert. Man will hier so schnell wie möglich loslegen. Ein paar starke Leute üben ein bißchen Druck aus, nichts, womit wir nicht fertig werden, aber je schneller wir die Sache an die Öffentlichkeit kriegen, umso besser.«

»Wenn Sie zu früh den Mund aufmachen, können Sie sich vor Reportern nicht retten. Das Ganze muß unter uns bleiben.«

»Warum bringen Sie sie nicht jetzt rüber in die Klinik und bringen es hinter sich, bevor er abkratzt?«

»Ich habe Ihnen doch schon gesagt, daß er zum Sterben nach Hause geht. Das weiß ich ganz sicher. Zu Hause kann sie Bellmain besuchen, aber im Allerdale kommt sie noch nicht einmal durchs Erdgeschoß. Es ist dort wie im Pentagon. Mein Weg ist der beste, glauben Sie mir.«

»Sie werden es schon merken, wenn ich Ihnen nicht mehr glaube. Das können Sie *mir* glauben. Melden Sie sich.«

Sie lag auf dem Bett und las in ihrer Bibel, als Jay ins Zimmer kam. Ohne die Stimme zu erheben, sagte er: »Du hast mitgehört.«

»Ja.«

»Schiete. Nun hör mir mal gut zu, Cissy. Ich muß mit den Kerlen so reden.«

»Was sind das für Leute, Jay?«

»Hesperides. Eine Finanzierungsgesellschaft. Sie finanzieren eine Menge Medienprojekte. Sie haben eine Menge Geld in dich gesteckt, Cissy.«

»Willst du nicht vielmehr sagen, daß sie eine Menge Geld in dich investiert haben, Jay?«

»Vermutlich. Aber ich habe das Geld gebraucht, um dich rauszuholen.«

»Du hast ihnen Versprechungen gemacht? Und Sempernel auch? Du bist ziemlich freigiebig mit deinen Versprechungen, Jay. Was ist mit denen, die du mir gegenüber gemacht hast?«

»Du bekommst, was ich versprochen habe, Ciss. Hör zu, ich will ehrlich zu dir sein. Ich stehe bei den Kerlen in der Kreide. Sie haben ein anderes Projekt finanziert, das ich organisiert habe, nur daß es nicht geklappt hat. Nun muß ich ihnen Honig ums Maul schmieren, sonst ...«

»Sonst wollen sie ihr Geld zurück? Dann gib es ihnen doch. Sag ihnen, wir bezahlen sie, sobald ich meine Entschädigung bekomme.«

»Die wollen nicht nur ihr Geld zurück, Ciss. Sie wollen es mit ein paar Millionen multipliziert zurück. Und sie nehmen es sehr ernst mit ihrem Ansehen als Firma. Das heißt, sie vertreten die Auffassung, daß jeder, der sie an der Nase herumführt und das ohne Schaden überlebt, schlechte Reklame für sie ist.«

Sie dachte darüber nach, dann schüttelte sie den Kopf.

»Tut mir leid, aber ich sehe nicht, was ich da machen könnte. Ich weiß noch nicht einmal, ob ich dir dankbar bin. Die meiste Zeit habe ich meine Zweifel. Wenn du getan hast, was du mir versprochen hast, hab ich vielleicht Platz in meinem Kopf, um alles durchzudenken. In der Zwischenzeit kann ich nur sagen, laß diese Leute nicht in meine Nähe, denn ich werde nicht lügen. Das Beste, was ich zu bieten habe, ist Schweigen.«

»Mehr will ich nicht«, sagte er lächelnd. Ihre Blicke trafen sich einen Augenblick, dann wandte er seine Augen ihrem Gesicht zu.

»Cissy, du siehst schrecklich aus! Du darfst nicht die ganze Zeit in der Wohnung sitzen. Du mußt raus an die frische Luft.«

»In New York? Ist ein Wunder passiert, seit ich zuletzt hier war?«

»Nun mach schon«, sagte er.

Sie wollte nicht, hatte aber nicht die Willenskraft, sich ihm zu widersetzen. Die Gebäude ragten drohend in die Höhe, der Verkehr und die Menschen fluteten an ihr vorbei wie Sturzbäche, die sie mitzureißen drohten. Sie war erleichtert, nach einigen Häuserblocks in Richtung Osten den Park zu erreichen. Sie gingen schweigend eine halbe Stunde nebeneinander her, und dann nahmen sie ein Taxi zurück, denn er hatte gemerkt, wie sehr die Straßen sie beunruhigten.

Am nächsten Morgen machten sie wieder einen Spaziergang und noch einmal am Nachmittag. Sie war etwas überrascht, als sie merkte, daß ihr der Park Freude machte. Wenigstens hier hatte sich kaum etwas verändert, und von Zeit zu Zeit fügte etwas, das sie sah, die zerfetzten Ränder ihres in zwei Teile gerissenen Lebens zusammen – wenn etwa der Drachen eines kleinen Kindes im Wind Bocksprünge machte oder ein paar Jugendliche so intensiv Softball spielten, als bestritten sie ein Spiel der World Series. Die Heilung war so prekär wie ein Schneebogen über einer finsteren, bodenlosen Gletscherspalte, doch sie brachte Farbe in ihre Wangen, die nicht ganz verschwand, auch wenn sie schnell wieder verblaßte.

Am vierten Tag kündigte Jay beim Frühstück an, daß er möglicherweise nicht rechtzeitig zu ihrem Morgenspaziergang zurück sei.

»Dann mach ich mich alleine auf den Weg«, sagte sie.

Er sah sie abschätzend an, dann lächelte er.

»Warum nicht?«

Sie stand am Fenster, bis er fünf Stockwerke tiefer auftauchte und auf den Fahrersitz des blauen Lincoln kletterte, der am Flughafen auf ihn gewartet hatte. Seine Geldgeber legten offensichtlich Wert darauf, die Fassade in jeder Hinsicht zu wahren.

Der Lincoln fuhr weg. Sie wandte sich um, griff nach dem ersten

Band des Telefonbuchs und schlug Allerdale Klinik nach. Sie lag in der East 68th, zwischen Madison und Park. Sie schaute zum grauen Himmel hinauf, zog ihren Regenmantel über und ging zum Fahrstuhl.

Mit dem Mantel hatte sie die richtige Entscheidung getroffen. Der Regen hinterließ bereits Tupfen auf dem Gehsteig. Ein Taxi fuhr vorbei, zögerte und hielt dann vor dem nächsten Gebäude. Während sie überlegte, ob sie hingehen sollte, hielt ein weiteres direkt vor ihr, und eine junge Schwarze stieg aus. Zwei Taxis an einem regnerischen Morgen in New York! Das konnte nur ein gutes Omen sein. Sie stieg ein.

East 68th Street war eine enge Schlucht, die aus großen, gepflegten Häusern bestand.

Die Klinik war so diskret, daß sie sie selbst dann noch nicht wahrnahm, als das Taxi direkt davor anhielt. Sie betrat ein Foyer, das einmal zu einem sehr kostspieligen, sehr exklusiven Apartmenthaus gehört haben mußte. Jay hatte gesagt, daß ein ruhiges Leben heutzutage nicht billig war. Offensichtlich war auch ein ruhiger Tod nicht preiswert.

Eine elegante Empfangsdame blickte von einer Computertastatur hoch und fragte, ob sie ihr helfen könne.

»Ich würde gern einen Ihrer Patienten besuchen«, sagte Cissy. »Mr. Bellmain.«

Das Mädchen berührte ein paar Tasten und sagte: »Ihr Name lautet ...?«

»Waggs«, sagte Cissy. »Mrs. Waggs.«

»Danke. Möchten Sie nicht Platz nehmen?«

Sie setzte sich, blätterte, ohne etwas wahrzunehmen, durch die Seiten einer eleganten Zeitschrift. Die junge Frau murmelte etwas in ein Telefon. Eine Tür öffnete sich, und eine Frau kam auf Cissy zu. Sie war mittleren Alters und trug ein elegantes schwarzes Kostüm. »Mrs. Waggs? Ich bin Ms. Amalfi, die Geschäftsführerin der Klinik. Wie kann ich Ihnen behilflich sein?«

»Ich möchte gern Mr. Bellmain besuchen. Ich bin eine alte Freundin. Ich war gerade in der Gegend und habe mich gefragt, warum ich ihn nicht besuche.«

»Ich verstehe. Leider haben wir im Allerdale strenge Vorschriften, Mrs. Waggs. Im Interesse unserer Patienten beschränken sich die Be-

Ins Leben zurückgerufen   225

sucher auf diejenigen, die auf der von der Familie erstellten Liste stehen. Ich bin sicher, als alte Freundin werden Sie keine Schwierigkeiten haben, daß Ihr Name auf die Liste Mr. Bellmains gesetzt wird.«

»Ja, natürlich, aber da ich nun schon einmal hier bin ...«

»Es tut mir leid«, sagte Ms. Amalfi und trat zur Seite, damit Cissy aufstehen konnte. Es kam zu keiner Berührung, und doch hatte sie das Gefühl, hochgezogen und hinausgedrängt zu werden. Sie war so lange gewöhnt gewesen, Menschen, die Autorität ausstrahlten, zu gehorchen. Nur einmal in jenen langsamen Jahren hatte sie die Beherrschung verloren, die es ihnen ermöglichte, sie im Griff zu behalten. Nur einmal, und eine Frau war tot zu Boden gestürzt.

Der Regen hatte nachgelassen, obwohl der tiefhängende Himmel nur auf eine vorläufige Wetterbesserung schließen ließ. Sie lief los, ohne überhaupt zu versuchen, eine bestimmte Richtung einzuschlagen. Als ihr nach vier Häuserblocks ein Taxi entgegenkam, winkte sie ihm in der Absicht, direkt in ihre Wohnung zurückzukehren. Doch sie stellte fest, daß sie noch nicht soweit war, wieder in diese Zelle zurückzukehren, und sagte statt dessen: »Macy's.«

»Bewegen Sie sich immer von Ihrem Ziel weg?« fragte der Fahrer.

»Wenn möglich«, erwiderte sie.

Sie kannte New York nur von einem halben Dutzend kurzer Besuche mit den Westropps. An das Macy's konnte sie sich am besten erinnern. Eine Weile wurde sie noch einmal Teil des geschäftigen, bunten Treibens und spürte, wie ihr die Jahre entglitten. Doch schon bald fühlte sie sich müde und verwirrt. Schließlich flüchtete sie sich in ein Café, setzte sich dankbar auf einen Stuhl und rollte sich eine Zigarette. Sie war noch nicht dazu gekommen, einen Zug zu tun, da machten sie zwei Frauen am Nebentisch darauf aufmerksam, daß sie sich in einer Nichtraucherzone aufhalte. Man sprach sie nicht mit der gleichgültigen Höflichkeit an, die sie von vor dreißig Jahren kannte, sondern mit einer beißenden Schärfe, als sei sie im Begriff, durch eine unanständige Handlung öffentliches Ärgernis zu erregen.

Sie tunkte die Zigarette in den Kaffee und ging.

Der Regen prallte nun vom Asphalt zurück, und plötzlich waren Taxis seltener als Einhörner. Sie ging den Broadway hinauf, wobei die alten Erinnerungen gegen die neue Panik ankämpften. Einiges hatte sich geändert. Es waren neue Gebäude für uralte Laster entstanden, die sich als neue verkleidet hatten. Sie bemühte sich nach Kräften, die

Dinge ruhig zu taxieren und objektiv zu beurteilen, doch die Finsternis ergoß sich über sie wie der Regen, der aus dem Great White Way einen nächtlichen Tunnel machte, durch den die Scheinwerfer der Autos ihr verfrühtes Licht wie Schneckenspuren schmierten.

Sie versuchte einen Trick, den sie im Gefängnis gelernt hatte. Kommst du nicht mehr gegen deine Angst an, dann renne mit ihr, steuere sie in immer abstrusere Regionen deines Unterbewußten, bis schließlich alles so grotesk wird, daß selbst die blinde Panik innehalten und lächeln muß.

Sie war Schneewittchen im Gewitter, sagte sie sich, und boshaftes Gelächter gellte durch die stickige schwarze Luft, ausgemergelte Arme versuchten sie zu Fall zu bringen, böse Augen lauerten auf ein Stolpern. Aber, versuchte sie sich einzureden, zwischen den vom Sturm geschüttelten Bäumen, unter denen zahllose Geschöpfchen Zuflucht gesucht hatten, die alle so verschreckt waren wie sie, schwebte nur die harmlose Eule dahin.

In einem Wald hätte es vielleicht funktioniert. Aber hier wuchsen keine Bäume, alles war Beton und Glas, und die Kreaturen mit den glänzenden Augen, die in den Hauseingängen Schutz gesucht hatten, sahen wahrlich nicht harmlos aus.

Sie beschleunigte den Schritt. Rennend rempelte sie die Fußgänger mit einer Heftigkeit an, die selbst im regnerischen New York Aufmerksamkeit erregte. An einer Kreuzung leuchtete die Fußgängerampel rot auf. Sie sah die Ampel, doch ihr Verstand verweigerte den Gehorsam, und sie wäre geradewegs in den anfahrenden Verkehr gerannt, wenn nicht jemand sie am Arm festgehalten hätte.

Sie wirbelte herum, bereit, zuzuschlagen und zu schreien.

Ein älterer Herr, der die schwarze Kleidung, den breitrandigen Hut und das wohlwollende Lächeln eines altmodischen Predigers trug, sah sie an.

»Wollen Sie sterben?« fragte er.

»Ein besseres Angebot hat man mir den ganzen Morgen nicht gemacht«, sagte sie hysterisch nach Luft schnappend.

»Laufen die Geschäfte so schlecht?« Er musterte sie mitfühlend. »Sie sind aber auch wirklich naß. Wieviel verlangen Sie dafür, daß ich Sie trocken bumse?«

Er hielt sie für eine Nutte. Irgendwie brachte sie das wieder zur Besinnung.

Ins Leben zurückgerufen

Sie erwiderte: »Siebenundzwanzig.«

»Dollars?« fragte er überrascht.

»Jahre«, sagte sie. »Ich glaube nicht, daß Sie sich das leisten können.«

Sie ging den ganzen Weg bis zu ihrer Wohnung zu Fuß, trieb ihre Beine in einem Tempo vorwärts, daß genügend Wärme entstand, um die Feuchtigkeit von ihrem Körper abzuhalten, wenn auch nicht aus ihren Kleidern. Etwas wie ein triumphierendes Zittern durchlief sie, als sie den Eingang des Gebäudes sah. Sie hatte zwar nichts Greifbares erreicht, aber sie war allein auf der Straße gewesen, hatte sich Risiken ausgesetzt und war unversehrt heimgekehrt, bereit, sich dem Kampf eines neuen Tages zu stellen.

Beim Aufstoßen der Haustür packte sie eine Hand am Ellbogen, eine Berührung so leicht wie eine Feder und so fest wie ein Schraubstock.

»Sieh mal einer an, Cissy Kohler! Was für ein glücklicher Zufall! Ich wollte Sie gerade besuchen.«

Sie spürte, wie sie durch das Foyer geführt wurde, am fragend blickenden Pförtner vorbei, hinauf zum Fahrstuhl. Dessen Türen öffneten sich, wenn der Mann an der Rezeption auf einen Knopf drückte. Der Griff um ihren Arm wurde etwas lockerer. Sie sah auf und blickte in ein Gesicht, daß sie nur einmal in ihrem Leben aus dieser Nähe gesehen hatte. Auch damals war ihr Haar so naß gewesen, daß ihr das Wasser über Augenbrauen und Wangen gelaufen war. Gelächelt hatte der Mann damals nicht, doch die Augen waren dieselben.

Er sagte: »Cissy, schenken Sie dem Mann ein nettes Lächeln. Dann fahren wir nach oben und unterhalten uns ein wenig über die alten Zeiten.«

Sie hätte nur zu schreien brauchen. Sie blickte in die harten, sie richtenden Augen.

Dann wandte sie sich zum Pförtner und lächelte.

SECHS

» Was fertigt Ihr, Madame?«
»Allerlei.«
»Zum Beispiel?«
»Zum Beispiel ... Leichentücher.«

Dalziel hatte Linda Steele nicht mit Absicht abgeschüttelt. Als sie aus dem Bistro kamen, fing es an zu regnen. Linda hatte ein Taxi herbeigewunken, das etwa 25 Meter vor ihnen zum Stehen gekommen war. Ein junger Mann im Anzug war sofort hineingesprungen, und das Taxi fuhr los.

»So ein verdammter Frechdachs!« rief Dalziel.

»Passiert die ganze Zeit«, sagte Linda Steele gelassen.

»Mir nicht.«

Er hatte gesehen, daß das Taxi an der nächsten Kreuzung von der Ampel aufgehalten wurde. Jäh sprintete er los. In den Haftanstalten von Mid-Yorkshire gab es so manchen Insassen, der mit Überraschung entdeckt hatte, wie geschwind ein Mann von Dalziels Umfang sein konnte, wenn er nur richtig motiviert war. Dalziel kam bei dem Taxi an, riß die Tür auf und ließ sich hineinfallen.

»Was zum Teufel soll denn das?« schrie der Fahrgast wütend.

Dalziel, der viel zu sehr außer Atem war, um ein Wort herauszubringen, näherte sich mit seinem Haifischmaul dem Ohr des Mannes und brüllte los. Entsetzt riß der Mann seine Tür auf und landete auf dem feuchten Asphalt.

»Was, verdammte Scheiße, ist denn da hinten los?« wollte der Fahrer wissen.

»Du bist gerade entführt worden, mein Lieber«, keuchte Dalziel nach Luft schnappend.

Die Ampel wurde grün. Der Verkehr kam wieder in Bewegung. Dalziel blickte zurück und sah Linda Steele, die mit ihren hohen Absätzen langsam, aber tapfer die Verfolgung aufgenommen hatte.

»Wohin also?« fragte der Fahrer, der sich mit dem Verkehr in Gang setzte.

»Lybien«, sagte Dalziel mit einem entschuldigenden Lächeln durch die rückwärtige Scheibe. »Aber vorher hätte ich gern, daß Sie noch einmal anhalten.«

Vielleicht wollte der Fahrer seinen unerwarteten Fahrgast möglichst rasch loswerden, auf jeden Fall war die Fahrt vom Flughafen im Vergleich der reinste Leichenzug gewesen. Aber so schnell ließ sich Dalziel nicht an die Luft setzen. Als der Fahrer vor dem Apartmentgebäude halten wollte, sagte Dalziel: »Nein, ein Haus weiter.«

»Jesusmaria! Entschließ dich gefälligst!«

Dalziel hörte gar nicht zu. Er beobachtete Cissy Kohler auf dem Gehsteig. Einen Augenblick schwankte er, was für ihn wirklich untypisch war, ob er sie ansprechen oder beobachten und verfolgen sollte.

Da wurde ihm die Entscheidung abgenommen. Ein zweites Taxi fuhr vor, Linda Steele stieg aus und Cissy Kohler ein. Es wäre ein leichtes gewesen, Linda Steele ein Zeichen zu geben, aber diesmal traf Dalziel eine bewußte Entscheidung.

»So, Ben Hur«, sagte er. »Folgen Sie dem Taxi!«

Eine halbe Stunde später hatte sich sein Problem um 50 Prozent vergrößert. Er konnte die Kohler immer noch ansprechen oder verfolgen. Aber er konnte auch in das Gebäude gehen, das sie gerade verlassen hatte, und versuchen herauszufinden, was sie darin gemacht hatte. Er konnte natürlich auch später zurückkommen, aber bis dahin wäre die Spur kalt. Jemanden mit dem Taxi zu verfolgen war im Stadtverkehr nicht einfach. Er hatte Glück gehabt, daß es bis hierher geklappt hatte. Und um mit ihr zu reden, wollte er eigentlich ein ruhiges Plätzchen, wo sie unter sich waren.

Vielleicht rationalisierte er aber auch nur seine uneingestandene Abneigung, persönlich mit der Frau zu sprechen.

Allmächtiger Gott! Nun dachte er schon wie der kleine Pascoe!

Er fällte seine Entscheidung. Cissy Kohler entfernte sich zu Fuß im Regen. Mochte sie doch gehen. Er wußte ja jetzt, wo die Höhle des Löwen war.

»Was schulde ich Ihnen?«, fragte er den Taxifahrer. »Abgesehen von meinem Leben?«

Auf einer kleinen, höchst dezenten Plakette über dem Eingang stand Allerdale Clinic. Er trat ein und befand sich in einem todschikken Foyer. Hinter einem Tresen lächelte ihn eine Empfangsdame einladend an. Wie Linda Steele schien sie an einem Übermaß an Zähnen zu leiden, langen Reihen vollkommen weißer Obelisken, glänzend, symmetrisch, wie ein Militärfriedhof nach einem schlimmen Krieg. Er erwiderte ihr Lächeln und fragte sich, ob er sie täuschen oder bestechen sollte.

»Kann ich Ihnen behilflich sein, Sir?« fragte sie.

»Ja. Vielleicht. Nicht unbedingt mir. Meiner Frau«, improvisierte er und entschied sich dafür, es mit Täuschung zu versuchen, denn wenn sie sich einen solchen Kieferorthopäden leistete, war die Brieftasche eines Polizisten wahrscheinlich nicht ausreichend gefüllt.

»Ist sie schon lange leidend?« fragte die Frau mitfühlend.

Dalziel, der seine Frau seit nahezu 20 Jahren nicht gesehen hatte, hoffte es von ganzem Herzen.

»Lang genug«, sagte er unbestimmt. »Diese Klinik wurde mir von einer Freundin empfohlen, Miss Kohler. Sie sagte mir übrigens, sie würde vielleicht heute hier vorbeikommen. Sie haben sie nicht gesehen, oder?«

»Tut mir leid«, sagte die Empfangsdame. »Der Name sagt mir nichts. Möchten Sie Platz nehmen, Mr. …?«

»Dalziel.« Er musterte ihr Gesicht, fand aber keine Anzeichen dafür, daß sie ihn bewußt getäuscht hatte, aber das hatte nichts zu sagen, außer vielleicht, daß sie besser als er war. Egal, ob sie ihn nun anlog oder wirklich keine Ahnung hatte, sie würde ihm eindeutig nicht weiterhelfen.

Er nahm den angebotenen Platz und blätterte in den Hochglanzmagazinen. Es waren die neuesten Nummern, nicht die mit Eselsohren verzierten Überbleibsel des Vorjahres, wie sie im durchschnittlichen englischen Wartezimmer herumflogen. Der ganze Ort stank nach Geld. Hier kamen wohl die reichen Amis her, die sich ihre Hühneraugen entfernen oder ihr Gesicht liften ließen. Er spielte kurz mit dem Gedanken, mit gestrafftem Gesicht und transplantiertem Haar nach Yorkshire zurückzukehren. Da würden die Kerle Augen machen! Er verspürte eine plötzliche Sehnsucht nach den »Kerlen«. Zur

Ablenkung füllte er einen Fragebogen aus, um seinen Grad an Durchsetzungsvermögen zu testen, und war gelinde überrascht, daß er fast krankhaft schüchtern war. Während er noch darüber nachdachte, kritzelte er in der Zeitschrift herum und malte die Zähne von Makeup-Models schwarz an. Das lenkte seine Gedanken auf Linda Steele. Er hatte leichte Schuldgefühle, weil er ihr entwischt war, nicht so sehr ihretwegen, sondern Thatchers wegen. Der Mann hatte ihm eine Gefälligkeit erwiesen und könnte seine Reaktion mißverstehen, wenn Steele sich bei ihm meldete.

Er nahm Thatchers Karte aus der Tasche und sah sich nach einem Telefon um. Auf dem Schreibtisch der Empfangsdame stand eines. Die junge Frau war verschwunden. Dalziel stand auf, ging zum Schreibtisch und nahm den Hörer ab.

»Büro von Mr. Thatcher. Was kann ich für Sie tun?«

»Ich würde gern mit Dave sprechen, bitte.«

»Mr. Thatcher hat gerade zu tun ...«

»Sagen Sie ihm, es sei Andy Dalziel.«

In ganz Yorkshire bedurfte es nur dieses einen Satzes, und eine ganze Menge wichtiger Leute ließen ihre Akten liegen, ihren Suppenlöffel und sogar ihre Geliebte und griffen zum Hörer. Es gab keinen Grund, daß sein Name auch hier ein Sesam-öffne-dich war, aber es gab auch keinen Grund, es nicht auszuprobieren.

»Hallo? Thatcher.«

»Dave, ich wollte mich nur dafür bedanken, daß Sie mir Linda geschickt haben. Wir sind irgendwie getrennt worden, aber ich werde dafür sorgen, daß nicht Sie es ausbaden müssen ...«

»Hören Sie, ich habe gerade zu tun. Vielleicht könnten wir uns ein anderes Mal unterhalten. Ich hoffe, daß bei Ihnen alles klappt.«

Er klang distanziert, die Verbindung war unterbrochen. Er war in jeder Beziehung abgewürgt worden. Thatcher war offensichtlich der Meinung, daß die Rechnung beglichen war.

»Und du mich auch, mein Lieber!« brüllte er in den Hörer, bevor er ihn wieder auflegte. Als er sich umdrehte, beobachtete ihn die Empfangsdame ängstlich.

»Falsche Nummer«, sagte er. »Wie läuft's?«

»Ms. Amalfi, unsere Geschäftsführerin, empfängt Sie jetzt«, sagte sie.

Sie führte ihn aus dem Foyer in ein luftiges Büro, dessen Teppich wie Treibsand war. Man konnte geradezu fühlen, wie er einem das Geld aus der Tasche saugte. Hinter einem Rosenholzschreibtisch stand eine Frau mittleren Alters, die ein elegantes schwarzes Kostüm trug. Die Blässe ihres Gesichts wurde noch von dem pechschwarzen Haar unterstrichen, das sie so streng zurückgekämmt trug, daß es wie aufgemalt aussah. Die Augenbrauen hatte sie völlig ausgezupft, und ihre Lippen waren so zusammengepreßt, daß es schwierig war festzustellen, ob sie überhaupt Zähne hatte. Was mal etwas anderes war.

»Jancine Amalfi«, sagte sie und gab ihm die Hand. »Es tut mir leid, daß Sie warten mußten. Bitte setzen Sie sich. Man hat mir gesagt, Sie wollen sich danach erkundigen, ob es möglich ist, Ihre Gattin in die Allerdale-Klinik verlegen zu lassen?«

»Das stimmt. Was ich wirklich ...«

»Zuerst ein paar Informationen, Mr. Dalziel«, sagte sie und fixierte ihn mit einem Blick, der durch seinen dünnen Packen Travellerschecks ein Loch zu brennen schien. »Verzeihen Sie, daß ich so direkt bin, aber wir machen niemandem falsche Hoffnungen hier im Allerdale, wir halten uns an die Tatsachen. Wir müssen natürlich die Krankenakte Ihrer Frau einsehen, aber wenn Sie mir ihren Fall skizzieren könnten, wäre das sehr hilfreich – sofern Sie in der Lage sind, darüber zu sprechen.«

»Kein Problem«, sagte Dalziel.

»Gut. Dann sagen Sie mir, wo das Karzinom sitzt.«

»Ihnen was? Das Karzinom? Das ist doch Krebs?«

»Ja.«

»Nein«, sagte Dalziel mit Nachdruck. »Da muß ein Mißverständnis vorliegen. Krebs ist es nicht.«

Es war eine Sache, wenn er seiner Ex einen gerechten Anteil an Wehwehchen wünschte, doch selbst sein nachtragender Charakter schreckte abergläubisch davor zurück, ihr Krebs anzuhängen.

»Kein Krebs? Was dann?«

»Hämorrhoiden«, sagte Dalziel. »Nach innen wachsende Hämorrhoiden. Sie können ernst sein.«

»Das ist wohl wahr«, sagte Ms. Amalfi. »Aber ich fürchte, daß Sie etwas durcheinandergebracht haben, Mr. Dalziel. Das Allerdale ist eine Krebsklinik, deren Ruf unübertroffen ist, freue ich mich sagen zu können.«

Sie war eindeutig verblüfft, daß ihm ein solcher Fehler unterlaufen war, als wäre jemand hinter einem Bankschalter um Bier gebeten worden.

Er sagte: »Es tut mir leid. Es war diese Freundin, eigentlich mehr eine Bekannte, Miss Kohler. Ich habe sie über die Klinik reden hören und muß sie falsch verstanden haben. Sie kennen sie wahrscheinlich. Eher kleines Mädel. Sehr dünnes Gesicht, graumeliertes Haar. Ich glaube, sie war kurz vor mir hier.«

Bei diesem Grad an Subtilität hätte sein Vorstoß vielleicht bei einem zurückgebliebenen Kleinkind Erfolg haben können. Ms. Amalfi bedachte ihn nur mit einem langen kühlen Blick.

»Der Name sagt mir nichts«, erwiderte sie im Aufstehen. Obwohl er Autorität gegenüber so resistent war wie Cissy Kohler anfällig, führte sie ihn dennoch durch die Tür, durch das Foyer und in Richtung Ausgang.

Doch bevor sie ihn auf die Straße komplimentieren konnte, schwang die Tür weit auf und Scott Rampling kam herein.

Dalziel erkannte ihn sofort. Nicht, daß Thatcher unrecht gehabt hätte. Zwischen dem kahl werdenden, fülligen Mann mittleren Alters mit den kalten Augen und dem blonden amerikanischen Sunnyboy auf Mickledore Hall lagen Welten. Doch Dalziel hatte neben jenem Jungen gesessen und das frische Gesicht beobachtet, während Rampling Tallantires Fragen beantwortete, und diese Eindrücke waren für einen ehrgeizigen jungen Kripobeamten so unauslöschlich wie die einer romantischen Liebe für einen Dichter.

Er sah, daß das Erkennen gegenseitig war. Und unerwünscht. Aber Dalziel spüren zu lassen, daß er unerwünscht sei, war, als wolle man einen hungrigen Hund mit einem Rinderknochen verscheuchen.

»Da hört mir aber doch alles auf!« rief er begeistert. »Mr. Rampling, wenn ich mich nicht täusche. Bei Gott, was für ein Zufall. Es ist wie lange her? 27? Ja, es muß 27 Jahre her sein, seit wir uns trafen.«

Er schüttelte Rampling die Hand und wartete interessiert auf dessen Reaktion.

Um Rampling Gerechtigkeit widerfahren zu lassen, an seiner Reaktion war nichts auszusetzen.

»Wie geht es Ihnen, Mr. Dalziel? Ich habe heute Morgen Ihr Bild in der Zeitung gesehen und mich gefragt: Ob das wohl derselbe ist? Seitdem ist eine Menge Wasser den Bach hinuntergeflossen, was? Wir waren beide ein ganzes Stück jünger damals. Sind Sie dienstlich hier oder zum Vergnügen?«

»Hauptsächlich zu meinem Vergnügen, hoffe ich«, sagte Dalziel. »*Hier* natürlich nicht. Will sagen, hierher kommt man nicht, weil es einem Spaß macht. Nein, hier habe ich nur kurz vorbeigeschaut.«

Er ertappte Rampling, wie der einen kurzen Blick zu Ms. Amalfi warf, und in der Glastür sah er ihr winziges Kopfschütteln. Vor der Tür entdeckte er ein Pärchen keilförmiger Männer, die ihn wie Dobermänner anstarrten. Ihm fiel ein, daß Rampling ein sehr wichtiger Mann geworden war.

»Es tut mir leid, daß ich jetzt nicht mehr Zeit habe, mit Ihnen zu reden, Mr. Dalziel«, sagte Rampling. »Ich bin gerade auf dem Sprung zu einem kranken Kollegen, danach habe ich eine Reihe Sitzungen. Aber es wäre schön, über die alten Zeiten zu reden. Warum rufe ich Sie nicht an, wenn ich abschätzen kann, ob ich Zeit habe, und wir genehmigen uns in aller Ruhe ein Glas, bevor ich mich wieder nach Washington aufmache?«

»Das wäre großartig«, sagte Dalziel mit größtmöglicher Begeisterung. »Ich habe gehört, daß Sie für einen Spitzenjob nominiert sind. Glückwunsch.«

»Das ist freundlich von Ihnen. Auf Wiedersehen, Mr. Dalziel.«

Er schritt auf die Tür zu, die ins Innere der Klinik führte. Ms. Amalfi folgte ihm, hielt inne, um einen Blick zurück auf Dalziel zu werfen, der am Ausgang stand und wegen des prasselnden Regens seinen Mantel zuknöpfte. Er lächelte und winkte.

»Leben Sie wohl, meine Liebe. Und vielen Dank.« Dann verließ er das Gebäude. Zufrieden folgte sie Rampling.

Dalziel kam wieder ins Foyer.

»Entschuldigung«, sagte er zu der Dame am Empfang. »Ich habe vergessen, Scott, Mr. Rampling, etwas zu sagen. Wie lange bleibt er, wissen Sie das?«

Er hatte keinen Zweifel, daß er zum Staatsfeind Nummer eins avancieren würde, sobald Ms. Amalfi mit ihr gesprochen hatte, aber im Augenblick kalkulierte er damit, in ihren Augen keimfrei zu sein, weil er mit jemandem wie Mr. Rampling offenbar auf vertrautem Fuß stand.

»Es wird nicht sehr lange dauern«, sagte sie. »Mr. Bellmain darf nur 15 Minuten Besuch haben.«

»So schlecht steht es um ihn?« sagte Dalziel. »Der arme Teufel. Kriegt er eine Menge Besuch? Familie? Freunde?«

Es war ein plumper Versuch. Sie sagte kühl: »Möchten Sie Mr. Rampling eine Nachricht hinterlassen?«

»Ja. Sagen Sie ihm, daß er vergessen hat, mich nach dem Namen meines Hotels zu fragen.«

Er schrieb es auf. Es wäre wohl nicht nötig gewesen, hatte er den Verdacht. Er ging wieder nach draußen und passierte die beiden Leibwächter, die ihn höchst mißtrauisch beäugten.

»Wampe rein, Brust raus, Jungs! Man weiß nie, von wem man beobachtet wird.«

Ein Taxi fuhr vor, und eine ziemlich pummelige Frau stieg aus, deren Gesicht hinter einer dunklen Brille und einem hochgestellten Kragen verborgen war. Dalziel hatte zuviel damit zu tun, daß er ihr Taxi erwischte, um groß auf sie zu achten, aber als sie mit einem Nikken an den beiden Männern vorbeiging, kam sie ihm irgendwie bekannt vor. Ein alter Filmstar vielleicht?

Er gab dem Taxifahrer die Adresse von Waggs Wohnung.

»Und fahren Sie so, als sei ich eine Flasche Nitroglyzerin«, fügte er hinzu

»Äh?« sagte der Mann verständnislos.

Dalziel sah sich den Namen auf dem Ausweis an. Er wies etwa 50 Buchstaben auf, von denen die meisten Konsonanten waren.

»Er sagte: »Nichts für ungut, mein Lieber.«

An seinem Ziel angekommen, war er so glücklich wie ein Weltumsegler, der wieder festes Land unter den Sohlen fühlt. Er rechnete beinahe damit, daß Linda Steele ihm auflauerte, aber falls dem wirklich so war, machte sie es mit großem Geschick. Auf dem Gehsteig entdeckte er jedoch Cissy Kohler, die mehr Wasser hinter sich aufwirbelte als ein Wasserskier.

Er zögerte nur einen Moment, bevor er seinen Entschluß gefaßt hatte. Ein Gauner auf freiem Fuß blieb noch immer ein Gauner, und ein Bulle auf Urlaub blieb noch immer ein Bulle. Und an ihrer Beziehung änderten auch die Autos auf der falschen Straßenseite nichts, wenngleich sie ihn daran erinnerten, daß er ein wenig behutsamer vorgehen sollte als auf den Gehwegen Mid-Yorkshires. Also ließ er seine Hand gerade fest genug auf ihre Schulter fallen, um ihr das Schlüsselbein zu prellen, aber nicht zu brechen.

Er war überrascht, daß sie sich nicht wehrte. Wie Rampling hatte sie ihn erkannt, aber das war noch lange kein Grund. Im Gegenteil, würde er denken.

Vielleicht wußte sie, daß Waggs und ein paar Schlägertypen von Hesperides in der Wohnung auf sie warteten? Doch als sie die Wohnung betraten, war nichts zu hören, und er hatte das Gefühl von Leere.

Sie drehte sich zu ihm um, und zum ersten Mal sah er sie deutlich. Die Haft hatte sie bis auf die Knochen abmagern lassen. In der Fernsehsendung hatte er sie nur kurz gesehen und war sich des vollen Ausmaßes ihrer Veränderung nicht bewußt geworden. Sie war nicht nur drei Jahrzehnte älter geworden. Von der jungen Frau, deren Welt 1963 zusammenbrach, war schlichtweg nichts mehr übriggeblieben. Mit Ausnahme vielleicht der Augen. Sie sahen ihn an wie die Fenster eines verfallenen Hauses, mit derselben Leere wie damals, als er mit dem leblosen Körper von Westropps Tochter in den Armen wieder an die Oberfläche des Sees gekommen war.

Damals lief ihr Wasser das Gesicht hinunter, und nun lief wieder Wasser, tropfte ihr von Wangen und Kinn auf den teuren Teppich.

»Trocknen Sie sich ab«, sagte er scharf. »Ich kann nasse Frauen nicht ausstehen.«

»Das ist eine Frage des Geschmacks«, sagte sie rätselhafterweise.

Aber sie machte sich auf den Weg ins Badezimmer. Er hörte, wie sie die Tür abschloß und die Dusche anstellte. Das paßte ihm gut in den Kram. Rasch durchsuchte er das Wohnzimmer, fand aber nichts von Interesse. Er stieß eine Tür auf. Ein Schlafzimmer. Im Schrank nur männliche Kleidung. Kissing Cousins* waren sie und Waggs also keine. Danach zu schließen, wie sie ihre Bibel in der Pressekonferenz umklammerte, hatte sie solche Gefühle wohl längst sublimiert und höchstwahrscheinlich auch jedes Schuldgefühl.

Waggs hielt nichts von Gepäck, oder er war ein vorsichtiger Mensch. Dalziel ging in das andere Schlafzimmer. Es sah noch kahler aus, und es war wenig zu sehen, was auf eine Frau schließen ließ. Nur die Bibel auf der Bettdecke verriet ihm, daß es Cissy Kohlers Zimmer war. Die Durchsuchung war einfach, weil es so gut wie nichts zu durchsuchen gab.

---

* Es gibt eine Serie dieses Namens und einen Elvis Song.

Er hörte, wie sich die Badezimmertür öffnete, rührte sich aber nicht von der Stelle. Er hatte nichts dagegen, wenn sie ihn in ihrem Zimmer antraf. Es war wahrscheinlich gut, ihre Beziehung von Anfang an eindeutig zu definieren. Bulle und Verbrecher. Alle Religion der Welt konnte daran nichts ändern.

Hinter ihm waren Schritte zu hören. Er drehte sich nicht um, wartete auf den entrüsteten Protest, bereitete sich auf eine vernichtende Antwort vor.

Da fiel ihm auf, daß er im Hintergrund noch immer die Dusche hören konnte. Sie war nicht lauter geworden und lief noch immer.

Der Gedanke verlor das Rennen mit dem Schlag, der entweder gekonnt war oder zufällig hervorragend saß, denn er traf ihn genau an der richtigen Stelle im Nacken und drehte den ganzen Saft ab, der zwischen Hirn und Muskeln fließt. Er krachte schwer aufs Bett – noch immer bei Bewußtsein, wie ein Mann, der etliche Flaschen Scotch geleert hat, noch bei Bewußtsein ist. Seine Sinne bemühten sich, begrenzten Dienst zu leisten. Sein Tastsinn war völlig weg, fühlen konnte er nichts mehr. Geruch, Geschmack und Sehkraft waren mit der Decke beschäftigt, gegen die Nase und Mund gepreßt waren und die seinen Augen eine Sichtweite von unzulänglichen zwei Zentimetern erlaubte. Sein Gehör arbeitete schwach und mit Unterbrechungen wie ein Funkgerät auf Streife in einem empfangsgestörten Bereich.

Zwei Stimmen. Mann und Frau.

Sie: ... was ... Teufel ... angestellt ...

Er: ... erwischt ... hier ... hab ihn ... Einbrecher ...

Sie: ... Zeitung ... auf mich ... gewartet ... ich ... Klinik ...

Er: Gütiger Gott ... warum ... hab dir doch gesagt ... was ...

Sie: ... reingelassen ... deinen Namen ... nichts geändert ... gesagt ...

Er: ... ja ... Ciss ... ruinieren ... gekommen ... heute ... William ... Stadt ... treffen ...

Sie: ... sicher ... heute ... Hause ...

Er: ... sicher ... pack ... schnell ... weg ... Einbrecher ... kommt ...

Sie: ... in Ordnung ... Arzt ...

Er: ... gut ... Konstitution ... Scheune ... mach ... verschwinden ...

Der Empfang wurde schwächer. Vielleicht mußte man ja nur die

Antenne etwas anders ausrichten. Er versuchte den Kopf zu drehen und taumelte geradewegs in eine Finsternis, in der die einzigen Signale sinnlose Piepser längst erloschener Sterne waren und ansonsten nichts als Stille herrschte.

SIEBEN

»*Keine Theorie, nur Phantasie.*«

Peter Pascoe las den Brief zum zehnten Mal.
Er trug keinen Briefkopf, mit Ausnahme des Datums vom 3. September 1976.

Liebe Miss Kohler,
Ihr Brief hat mich erreicht und Erinnerungen an eine Qual geweckt, die ich lieber vergessen hätte. Mein erster Impuls war, das von Ihnen Geschriebene völlig zu ignorieren, es klang zu sehr nach einem Gemüt, das nach Jahren der Haft in eine verzweifelte Selbsttäuschung getrieben worden war. Doch um dem Fall vorzubeugen, daß mein Schweigen als Zustimmung interpretiert wird, so verrückt das auch wäre, werde ich dieses eine Mal mit Ihnen in Verbindung treten.
Ihre verrückteste Anspielung mit einer Antwort zu würdigen, bin ich nicht bereit, doch Ihre Vorstellung, ich müsse einen Teil der Schuld an Emilys Tod auf mich nehmen, finde ich so widerwärtig, daß ich darauf nur mit Verachtung reagieren kann. Emily unterstand Ihrer Aufsicht, und sie starb, weil Sie Ihre Aufsichtspflicht verletzten. Solange Sie nicht bereit sind, die volle Bürde Ihrer Schuld auf sich zu nehmen, sind sie kaum dafür geeignet, wieder in die Welt zurückzukehren.
Und doch sagen Sie mir, daß Sie in der nahen Zukunft auf eine Rückkehr hoffen. Wenn die zuständigen Stellen dahingehend entscheiden, dann möge es sein. Ich äußere mich nicht dazu. Ich möchte nur betonen, daß ich keinen weiteren Versuch dulden werde, mit mir Verbindung aufzunehmen. Ich habe vor kurzem

wieder geheiratet und habe sogar einen neuen Namen angenommen, so daß Versuche, mich zu belästigen, vergeblich sein
werden. Mein Anwalt hat die Anweisung, alle Briefe zu öffnen,
die in meinem Namen an ihn gerichtet sind, und alle, die von
Ihnen kommen, zu vernichten.

Ihnen für die Zukunft Glück zu wünschen, wäre nur ironisch.
Ich wünsche Ihnen vor allem, daß Sie einen Weg finden, die Ereignisse jenes schrecklichen Wochenendes zu vergessen, oder
wenigstens die Kraft, davon Abstand zu nehmen, sie gewaltsam
in die Erinnerung anderer zurückzurufen.

Mit freundlichen Grüßen
James Westropp

Jemand klopfte an die Scheibe seines Autos.

Er wandte den Kopf um, sah die Uniform und sagte: »Ach, du liebe Scheiße.«

Er öffnete die Tür und stieg aus.

»Entschuldigung«, sagte der junge Polizist, »könnte ich Ihren
Führerschein sehen?«

»Lassen wir den«, sagte Pascoe. »Schauen Sie sich das an.«

Er zog seinen Dienstausweis heraus.

Der junge Mann musterte ihn mit Unbehagen.

»Es tut mir leid, Sir, aber sind Sie offiziell hier? Ich meine, hätten
wir informiert werden sollen?«

»Keine Sorge«, sagte Pascoe. »Sie haben keine Überwachung zum
Platzen gebracht. Ich bin privat in Harrogate, um … eine Bekannte in
den Wohnungen da zu besuchen. Sie ist aber nicht zu Hause, deshalb
warte ich hier. Vermutlich hat jemand angerufen, ein Fremder würde
hier herumlungern?«

»Ja. Eine Mrs. Wright.«

Pascoe blickte auf und sah eine Gestalt an einem Fenster, das, wie
er schätzte, zu der Wohnung neben Miss Marsh gehörte.

»Tut mir leid, Sir, aber ich muß das dennoch überprüfen«, sagte
der Beamte.

»Natürlich. Ich könnte den Ausweis ja mit der Spielzeug-Drucke-
rei meiner Tochter gefälscht haben. Warum versuchen Sie nicht, Mr.
Dekker ans Funkgerät zu kriegen, damit Sie hier nicht rumstehen
müssen, bis man mein Revier erreicht hat?«

DCI ›Duck‹ Dekker war ein alter Sparringspartner, und sein Sarkasmus war ihm tausendmal lieber, als daß Hiller womöglich Wind davon bekam, daß er sich wieder auf verbotenem Territorium herumtrieb.

Er hatte Glück.

Eine kurze Zeit später sagte die vertraute schrille Stimme: »Detective Chief Inspector Dekker hier. Was ist denn los, Tomkin?«

Pascoe lehnte sich vor, um ins Mikrophon zu sprechen.

»Duck? Hier spricht Peter Pascoe. Constable Tomkin, der höchst zuvorkommend und korrekt war, muß wissen, daß ich derjenige bin, der ich zu sein behaupte.«

»Ach ja? Vielleicht muß ich ja wissen, was du machst, bevor ich sage, wer du bist?«

»Ich besuche nur jemanden, Duck. Privatangelegenheit.«

»Ach ja? Hat wohl was für sich, nicht auf die eigene Schwelle zu kacken, was?« sagte Dekker, der nur wenig Rücksicht darauf nahm, daß er Pascoes Reputation auf einer offenen Frequenz mit Füßen trat.

»Gewiefter Bursche, du! Tomkin, sind Sie da? Lassen Sie Mr. Pascoe mit einer strengen Verwarnung hinsichtlich seines zukünftigen Verhaltens abziehen. Ende.«

Pascoe seufzte, sah das Gesicht des jungen Mannes, sah den Zweifel dort und sagte: »Nur ein Scherz. Warum gehen wir nicht ins Haus und beruhigen Mrs. Wright gemeinsam?«

Und finden bei der Gelegenheit gleich etwas über Mrs. Marshs Aufenthaltsort heraus.

Mrs. Wright, eine füllige Person mittleren Alters vom Twinset-und-Perlen-Typ, ließ sich gern beruhigen, war jedoch selbst nicht gerade beruhigend.

»Miss Marsh? Die ist daheim. Natürlich bin ich mir sicher. Ich kann ihr Radio in meinem Badezimmer hören. Sie läßt niemals einen Stecker in der Wand, wenn sie ausgeht. Sie hat eine panische Angst vor Feuer, verstehen Sie?«

»Wann haben Sie sie das letzte Mal gesehen?« fragte Pascoe.

»Heute morgen. Das heißt, ich habe sie gehört. Ich war im Begriff, meine Wohnung zu verlassen, da hörte ich die Stimme eines Mannes und dann Mrs. Marshs Stimme: ›Bitte treten Sie näher‹, und ich sah, wie ein Mann in ihre Wohnung ging.«

»Wie sah er aus?«

»Oh, sehr *comme il faut*. Das heißt, es war kein Installateur oder Ableser, nichts von der Art. Ziemlich groß, und er trug einen von den schönen kurzen Mänteln, die die Gentlemen von der Armee früher trugen. Ich sah ihn nur eine Sekunde von hinten, aber er sah ziemlich distinguiert aus.«

Es konnte natürlich einfach nur sein, daß Miss Marsh an diesem Tag keinen zweiten Besucher empfangen wollte, aber Pascoe wurde unruhig.

Er sagte zu Tomkin: »Vielleicht sollten Sie es einmal versuchen.«

»Ich?«

»Es ist Ihr Revier«, erinnerte ihn Pascoe. »Ich bin nur ein Besucher.«

Sie gingen zusammen zu ihrer Tür, läuteten und klopften an. Pascoe rief: »Miss Marsh? Miss Marsh? Ist alles in Ordnung?«

Nichts.

Er sah den Beamten an. Dieser sagte: »Vielleicht gibt es ja einen Ersatzschlüssel?«

Beide sahen Mrs. Wright an, die ihnen schweigend gefolgt war.

»Ich habe keinen. Wahrscheinlich hat der Hausverwalter einen«, sagte sie unsicher.

Tomkin griff nach seinem Funkgerät. Pascoe hielt seine Hand zurück.

»Es wäre wahrscheinlich klug, nicht zu warten«, sagte er.

»Glauben Sie? Okay, wenn Sie es sagen, Sir.«

Der junge Mann trat einen Schritt zurück. Diesmal stellte sich Pascoe zwischen ihn und die Tür.

»Die Tür sieht sehr solide aus«, sagte er.

»Und sie wird die Sicherheitskette vorgelegt haben«, ergänzte Mrs. Wright. »Wenn sie daheim ist, legt sie sie immer vor.«

Pascoe wandte sich der Tür zu. Er sorgte dafür, daß die Frau nicht sehen konnte, was er tat, entfernte ein wenig von der Zarge und schob dann einen schmalen, sich verjüngenden Plastikstreifen hinein, den Dalziel seine Access Card nannte.

Als er fühlte, wie er die Zunge zu fassen bekam, stieß er die Tür auf. Sie öffnete sich. Die Kette war nicht vorgelegt.

Er durchquerte den schmalen, mit Fotos geschmückten Flur und öffnete die Tür zum Wohnzimmer. Er hatte denselben aufgeräumten Wohlstandstempel vor sich, an den er sich von seinem letzten Besuch

Ins Leben zurückgerufen

erinnerte, und Miss Marsh saß im selben großen Sessel. Mit dem einzigen Unterschied, daß sie diesmal tot war.

Der geneigte Kopf, die starren Augen und der hängende Mund waren Beweis genug, aber er wollte eine weitere Bestätigung und griff zum Handgelenk. Nichts wies auf Gewalt hin. Der *Telegraph*, den sie gelesen hatte, lag auf dem Boden, wenige Zentimeter von ihrer baumelnden Hand entfernt. Auf dem eleganten Beistelltischchen neben ihrem Sessel standen eine halb geleerte Tasse Tee und ein Teller mit einem Teekuchen. Das Radio war auf Kanal 4 eingestellt.

»Ist sie tot?«

Er wandte sich um und sah Mrs. Wright neben Tomkin.

»Ja. Tomkin, vielleicht begleiten Sie Mrs. Wright zurück in ihre Wohnung und fragen Sie sie, ob Sie Ihr Telefon benützen dürfen. Wenn ich Sie wäre, würde ich Mr. Dekker holen.«

Er wartete, bis Tomkin weg war, dann nahm er ein Taschentuch und überprüfte schnell die anderen Zimmer. Schlaf- und Badezimmer waren so aufgeräumt, wie man es von einem erstklassigen Hotel erwarten würde. Nur die Küche sah bewohnt aus. Auf dem Herd stand ein Backblech mit zwei Teekuchen, und der süße, ergreifende Duft von frisch Gebackenem hing noch in der Luft.

Nirgendwo konnte er ein Anzeichen dafür entdecken, daß jemand mit Gewalt eingedrungen war, etwas durchsucht hatte oder daß es zu einem Kampf gekommen war.

Tomkin kam zurück.

»Mr. Dekker ist unterwegs, Sir, sagte er. »Sir …«

»Ja?«

»Das ist mein erster …«

Pascoe hatte Mitleid mit ihm. Es war nicht fair, daß ein älterer Beamter von unbestimmtem Rang ihn in Verwirrung brachte.

»Es ist Ihr Fall«, sagte er. »Ich bin nur Zeuge. Haben Sie überprüft, ob sie tot ist?«

»Nein, Sir. Sie haben doch …«

»Sie müssen es für Ihren Bericht tun. Handgelenk und Hals. Gut. Wiederbelebung?«

»Sollten wir das wirklich versuchen? Sie ist doch kalt, da ist nichts …«

»Ich bin ganz Ihrer Meinung. Aber Sie müssen einen Vermerk machen, daß Sie daran gedacht haben, und einen Grund angeben, warum Sie davon Abstand genommen haben. Erstens, weil es eindeutig zu spät war, und zweitens, weil Sie so wenig wie möglich verändern wollten, bis der Spurensicherungsbeamte eintrifft. Das waren Ihre Gründe, ja?«

»Ja, Sir. Richtig.«

»Dann haben Sie mich gebeten, darauf zu achten, daß niemand die Wohnung betritt, während Sie Mrs. Wright zurück in ihre Wohnung brachten und Verbindung mit Ihrer Dienststelle aufnahmen. Und nun bitten Sie mich, draußen mit Ihnen zu warten. Mir fällt auf, daß Sie Ihr Notizbuch nicht benutzen. Tun Sie's jetzt. Wenn Mr. Dekker Ihnen Fragen stellt, werden Sie erstaunt sein, wieviel Sie von einer Minute auf die andere vergessen haben!«

Sie verließen die Wohnung. Pascoe hielt im Korridor inne. *Wenn Sie mein Leben sehen wollen, schauen Sie sich um.* Doch die Fotos waren nicht das ganze Leben der Frau gewesen. War sie zufrieden mit ihrem Komfort gewesen, oder hatte sie das Weinen des Kindes, das sie verloren hatte, im Traum gestört? Und warum zum Teufel hatte sie Cissy Kohler besucht?

Zehn Minuten später erschien Duck Dekker mit seinem Team am Tatort. Dekker war ein kantiger Mann, der als Teenager für Yorkshire Seconds gespielt hatte, bis er sechsmal hintereinander keinen einzigen Punkt gemacht hatte, was eine Änderung seiner beruflichen Laufbahn und seines Namens zur Folge gehabt hatte. Er ignorierte Pascoe, bis er sein Team in Gang gebracht hatte, dann lud er ihn mit einer ruckhaften Kopfbewegung ein, mit ihm ans andere Ende des Korridors zu schlendern.

»Bringt dich das in Schwulitäten mit deiner besseren Hälfte, Pete?«

»Nun halt aber mal die Klappe!« sagte Pascoe empört. »Du hast doch Miss Marsh gesehen. Sie war über sechzig!«

»Ja, nun, das würde es *verdammt* peinlich machen, was? Also laß hören.«

Pascoe klärte ihn kurz auf und sagte abschließend: »So schief hast du gar nicht gelegen, Duck. Peinlich ist die Sache, nur nicht aus den Gründen, die du vermutet hast.«

»Das kann ich sehen, mein Junge. Du sitzt ganz schön in der Scheiße. Das beste, was man hoffen kann, ist, daß du ein Sixpencestück findest.«

Eine halbe Stunde später sah es so aus, als sei das eine vergebliche Hoffnung.

»Sorry«, sagte Dekker. »Der mysteriöse Besucher war wahrscheinlich The Man From the Pru.* Sie verabschiedete ihn, backte ein paar Teekuchen, machte sich ein Tässchen Tee, setzte sich hin und kratzte ab. Unser Quacksalber hat die Nummer von ihrem Arzt herausgefunden und hat ihn angerufen. Anscheinend litt sie an Herzbeschwerden. Es sieht ganz danach aus, als hättest du das Schlimmste gemacht, was man tun kann. Im falschen Moment auftauchen.«

»So eine Scheiße«, sagte Pascoe.

»Ich kann dich leider nicht außen vor lassen. Ich brauche deine Aussage. Du bist Zeuge.«

»Okay. Aber ich sorge wohl besser dafür, daß Dan Trimble aus meinem Mund davon erfährt.«

»Einen kleinen Rat«, sagte Dekker. »Der Schiedsrichter hat mehr Sympathie für dich, wenn der Werfer dir einen Scheitel gezogen hat.«

»Hiller wirft nicht mit Bällen. Er wirft mit faulen Eiern. Ob er dich trifft oder nicht, du hast die Schweinerei.«

Aber er nahm sich den Rat zu Herzen und telefonierte zuerst mit Mr. Hiller von Mrs. Wrights Wohnung aus.

Der reagierte zuerst mit kühler Professionalität.

»Irgendein Hinweis darauf, daß etwas nicht mit rechten Dingen zugegangen sein könnte?«

»Bis jetzt noch nicht, Sir. Aber ich habe ein ungutes Gefühl. Meiner Meinung nach –«

»Theorien kann ich ebensogut selbst entwickeln, Mr. Pascoe«, sagte Hiller. Seine Worte kamen leise und kalt wie Schneeflocken. »Sie werden schon mit Mr. Trimble gesprochen haben?«

»Nein, Sir. Noch nicht. Ich habe erst Sie angerufen.«

»Ach.« Der Schnee schmolz ein bißchen und wurde Überraschung. »Richten Sie Chief Inspector Dekker aus, ich wäre für eine Kopie seines Berichts und des Obduktionsergebnisses dankbar, so schnell es ihm möglich ist.«

Das war alles. Kein Anschiß, kein Wutausbruch.

Erleichtert rief er Trimble an, doch es dauerte nur wenige Minu-

---

* The Man From the Pru ist ein Film.

ten, und er taumelte unter der vollen Wucht der Wut des kleinen Mannes aus Cornwall.

»Was ich Ihnen eigentlich sagen will, sage ich Ihnen ins Angesicht, Mr. Pascoe!« schrie er auf dem Höhepunkt seines Ausbruchs. »Sie sind morgen um halb zehn in meinem Büro!«

Der Telefonhörer fiel mit einem Krachen, als wäre das Kabel aus der Wand gerissen.

Er wanderte langsam in Miss Marshs Wohnung zurück, die bis auf Dekker leer war.

»Wie war's?«

»Man kann immer noch auswandern.«

»Dann kann ich dir nur raten, geh nicht nach Amerika. Wenn Andy Dalziel dort drüben ist, steht Yorkshire jetzt mit Sicherheit schon auf der schwarzen Liste. Nun laß den Kopf nicht hängen! Weil du ein Kumpel bist, versiegele ich die Wohnung, als wäre ein Verbrechen begangen worden, aber alles spricht für eine natürliche Todesursache.«

»Wart mal«, sagte Pascoe. Jemand war am Schreibtisch gewesen und hatte die Schublade einen Spalt offengelassen. »Warum sind die Alben weg?«

»Alben?«

»Ja, als ich das letzte Mal hier war, lagen mindestens zwei dicke Alben in der Schublade.«

»Es muß also alles immer unverändert bleiben, wenn du nicht da bist? Sie könnte sie an eine andere Stelle gelegt oder sogar weggeschmissen haben!«

»Nein. Viel zu kostbar. Hast du etwas dagegen, wenn ich mich umsehe?«

Sie waren nirgendwo.

Dekker sagte ungeduldig: »Okay, wenn jemand die Alben stehlen wollte, muß das ja nicht unbedingt wegen der Fotos gewesen sein. Sonst hätte er ja auch die Bilder im Flur mitnehmen können?«

Pascoe untersuchte die Wände.

»Zu schwer«, sagte er. »Die Alben konnte man in einer Aktentasche verschwinden lassen. »Es hätte außerdem zu lange gedauert, die Alben durchzusehen, wohingegen man diese Fotos schnell eins nach dem anderen ansehen konnte, wenn man ...«

Er brach seinen Satz ab, näherte seine Augen bis auf 20 Zentimeter der Wand und suchte sie langsam ab.

Ins Leben zurückgerufen

»Hast du schon mal an eine Brille gedacht, Peter?«

»Ich suche ... Hier ist es! Sieh, an dieser Stelle ist ein Loch. Da hat jemand einen Haken entfernt.«

»So ist da also ein Loch in der Wand. Aber da ist kein Platz für ein Bild, das entfernt worden wäre.«

»Doch! Schau her. Die Fotos in dieser Reihe sind umgehängt worden, um die leere Stelle zu vertuschen, doch die Abstände stimmen nicht ganz, und siehst du, man kann einen schwachen Rand auf dem Anstrich sehen. Hier hing ein etwas größeres Foto.«

Und als er zu diesem Schluß gekommen war, erinnerte er sich, was es gewesen war. Miss Marsh und ihre jungen Herren in Beddington College. Das Foto, das sie ihm noch gezeigt hatte, als er gehen wollte.

Er erzählte es Dekker, der erwiderte: »Klammerst du dich jetzt schon an Strohhalme?«

»Nicht an Strohhalme, aber vielleicht an Teekuchen. Schau dir das Backblech an. Wie viele Teekuchen, würdest du sagen, hat sie gebakken? Von diesen beiden und den Spuren auf dem Blech zu schließen, würde ich sagen, wenigstens sechs. Einer ist auf ihrem Teller, halb gegessen. Das läßt noch drei übrig, von denen wir nicht wissen, was mit ihnen geschehen ist.«

»Sie hatte vielleicht einen guten Appetit.«

»Vielleicht. Oder vielleicht setzte sie sich mit ihrem Besucher hin, bot ihm eine Tasse Tee an ... Die Teekanne! Laß mal sehen.«

Pascoe nahm die Kanne in die Hand, nahm den Deckel ab, fischte in der Kanne herum.

»Drei Teebeutel«, sagte er triumphierend. »Sie hat eine ganze Kanne gemacht. Sie hat ihrem Besuch Tee und Kuchen angeboten!«

»Na und?«

»Was für ein Mensch spült seine Tasse und seinen Teller und macht sich mit einer Aktentasche voll Fotos vom Acker, wenn seine Gastgeberin einen Herzanfall hat? Was er nicht machen konnte, war natürlich die Kette vorlegen, wie Miss Marsh es mit Sicherheit getan hätte.«

Dekker schüttelte den Kopf.

»Peter, mir fallen ein Dutzend simpler Erklärungen ein.«

»Mir auch«, gab Peter Pascoe zu. »Ich bitte dich ja nur, bei diesem Fall gründlich zu sein. Sorg dafür, daß der Spaten wirklich tief angesetzt wird, wie unter verdächtigen Umständen und nicht nur eine schnelle Überprüfung wie bei natürlicher Todesursache. Laß bitte beispielsweise nachsehen, wie viele Teekuchen sie genau gegessen hat. Sag dem Pathologen, er soll die Rosinen zählen.« Er zerkrümmelte einen der Teekuchen mit den Fingern. »Siehst du, sechs ... sieben ... acht ... Ich wette, sie hat sie ziemlich gleichmäßig verteilt! Würdest du das für mich tun?«

»Warum nicht?« erwiderte Dekker. »Ich habe nur etwa mehrere tausend bessere Sachen zu tun. Fährst du jetzt heim zu einem warmen Abendessen? Glückspilz!«

Pascoe schaffte ein Lächeln, doch seine kriminalistische Euphorie verebbte rasch, als er in Richtung Osten fuhr. Er wollte sie wiederbeleben, indem er vor einer netten Landgaststätte anhielt, die er kannte, um ein Steak und ein Bier zu sich zu nehmen. Doch das letzte Mal war er mit Ellie dort gewesen, und er ließ sein Essen und Bier zur Hälfte stehen.

Es war noch ziemlich früh, als er nach Hause kam. Keine Post, keine Nachricht auf dem Anrufbeantworter. Er gab sich keine Chance, in Grübeln zu verfallen, sondern spülte zwei Schlaftabletten mit einem Glas Whisky hinunter und ging schnurstracks zu Bett.

ACHT

»... *Ihr wißt, es spricht so allerlei gegen Euch! ... Wißt Ihr, von Euch ist wirklich viel zu viel vorhanden.*«

Dalziel kam zu sich.

Er hatte Schmerzen, aber nicht im Nacken, wo es ihn erwischt hatte, sondern in der Brust, was viel erschreckender war.

War es soweit? Des Dicken endgültiger Abgang?

Er bewegte sich behutsam, dann dachte er: Scheißspiel. Wenn ich schon dran bin, dann aber schnell! Und stand mit einem Ruck auf.

Der Schmerz verschwand. Er blickte aufs Bett hinunter und sah, warum. Religion, schon immer zum Kotzen, war nun auch noch schlecht für die Brust. Er hatte auf einer Bibel gelegen.

Nun begann ihm der Kopf wehzutun. Er schaute auf seine Armbanduhr. Etwa 15 Minuten war er weggewesen. Um ihn herum deutete alles auf eine überstürzte Abreise.

Er ging ins Wohnzimmer und war sehr erleichtert, daß sie sich zu schnell abgesetzt hatten, um den Schnaps mitzunehmen. Ein Gurgeln mit acht Fingerbreit Bourbon hatte zwar zur Folge, daß er sich ziemlich schnell hinsetzen mußte, doch noch drei weitere Fingerbreit gaben ihn wieder dem Leben zurück und stellten ihn auf die Füße.

Am Telefon fand er einen Notizblock. Er kritzelte alles hin, was er von der Unterhaltung, die so halb bei ihm angekommen war, behalten hatte. Dann durchsuchte er gründlich die Wohnung, falls sie in ihrer Eile etwas Wichtiges übersehen hatten.

Er fand nichts, vielleicht, weil sie so wenig besaßen. Das einzige persönliche Überbleibsel war Cissy Kohlers Bibel. Er nahm sie in die Hand, öffnete sie und las die Widmung auf dem ersten Blatt.

Für Cecily. Der Herr behüte dich vor allem Bösen, er behüte deine Seele.* Von Deiner Dich liebenden Mutter. Weihnachten 1951.

Bisher hatte der Herr seine Sache nicht gerade gut gemacht, dachte Dalziel, als er die Seiten durchblätterte, um sicherzugehen, daß nichts dazwischen lag. Aber da war nichts. Er warf das Buch wieder aufs Bett und wandte sich zur Tür.

Und blieb stehen.

Dann ging er zurück zum Bett, nahm die Bibel wieder in die Hand und schlug sie beim ersten Kapitel von *Genesis* auf.

Er hatte richtig gesehen. Auf der Seite waren Zeichen.

Zuerst waren ganze Worte unterstrichen. <u>Gott</u> ... <u>wüst und leer</u> ... <u>Finsternis</u> ... <u>Geist</u> ... <u>Wasser</u> ... Als habe die Frau in ihrer Verzweiflung göttlichen Trost gesucht und statt dessen eine verrückte Chiffre gefunden (was nicht schwierig gewesen sein wird), durch die Gott seine ganz spezielle Verdammnis bekundet hatte. Aber allmählich hörten die Unterstreichungen auf und wurden von kleinen Punkten unter einzelnen Buchstaben abgelöst.

Da sprach Gott zu Noach: Ich sehe, das Ende aller Wesen aus Fleisch ist da; denn durch sie ist die Erde voller Gewalttat. Nun will ich sie zugleich mit der Erde verderben. Mach dir eine Arche aus Zypressenholz! Statte sie mit Kammern aus, und dichte sie innen und außen mit Pech ab! So sollst du die Arche bauen: Dreihundert Ellen lang, fünfzig Ellen breit und dreißig Ellen hoch soll sie sein. Mach der Arche ein Dach, und hebe es genau um eine Elle nach oben an! Den Eingang der Arche bring an der Seite an! Richte ein unteres, ein zweites und ein drittes Stockwerk ein! Ich will nämlich die Flut über die Erde bringen, um alle Wesen aus Fleisch unter dem Himmel, alles, was Lebensgeist in sich hat, zu verderben. Alles auf Erden soll verenden. Mit dir aber schließe ich meinen Bund. Geh in die Arche, du, deine Söhne, deine Frau und die Frauen deiner Söhne! Von allem, was lebt, von allen Wesen aus Fleisch, führe je zwei in die Arche, damit sie mit dir am Leben bleiben; je ein Männchen und ein Weibchen sollen es sein. Von allen Arten der Vögel, von

---

* Es heißt in dem Psalm nicht: Er behüte deine Seele – wie die Mutter in die Bibel geschrieben hat –, sondern: Er behüte dein Leben. Aber das ist Absicht.

Ins Leben zurückgerufen

allen Arten des Viehs, von allen Arten der Kriechtiere auf dem Boden sollen je zwei zu dir kommen, damit sie am Leben bleiben.

Ich wünschte, ich wäre tot und bei Mick und Em.

Statt zu versuchen, eine göttliche Botschaft zu finden, hatte sie ihre eigene eingefügt.

Er blätterte die Seiten durch. Die Punkte wurden immer dichter. Ab *Samuel I* standen sie nicht nur unter, sondern auch über bestimmten Buchstaben, und er überlegte sich, daß sie sich mit dieser Methode nicht mehr an eine strenge Reihenfolge halten mußte, sondern sich in derselben Zeile vor- und zurückbewegen konnte, was viel sparsamer war. Als sie bei Salomo angekommen war, hatte sie eine Art Notensystem entwickelt, und er vermutete, daß diese Form des Schreibens für sie so normal geworden war wie das Tippen für eine ausgebildete Sekretärin.

Das Dekodieren würde einige Arbeit bedeuten, aber vermutlich waren das die Memoiren, das Tagebuch ihres Lebens und ihrer Gedanken, für die die Aasgeier der Regenbogenpresse die Eier ihrer besten Freunde geben würden. Waggs würde sich wahrscheinlich in die eigenen treten, wenn er wüßte, was die Kohler vergessen hatte, nur weil er in Panik geraten war. Und Cissy Kohler selbst? Was würde sie empfinden, wenn ihr aufging, was geschehen war?

Zum ersten Mal in 27 Jahren fühlte Dalziel fast so etwas wie Bedauern für die Frau.

Er hörte, wie sich die Wohnungstür öffnete.

Diesmal würde er nicht unvorbereitet sein. Er schlüpfte leise hinter die Schlafzimmertür. Vorsichtig näherten sich Schritte. Hielten inne. Dann betrat jemand das Zimmer. In dem Augenblick, als die Person in seinen Blickwinkel kam, griff er sie mit der Wucht an, mit der er einst aus leichtfüßigen Läufern Fälle für die Sanitäter gemacht hatte. Zum Glück hatte sich mit der Zeit sein Schwung verlangsamt, und es stand ein weiches Bett und keine festgestampfte Erde zur Landung bereit. Doch selbst unter diesen Bedingungen blieb dem schlaffen Körper keine Kraft zum Widerstand, als er unter seiner massigen Gestalt auf die Matratze geschmettert wurde.

Dennoch hob er drohend die Hand und erkannte im selben Moment, daß nicht nur die Drohgebärde unnötig, sondern der ganze Angriff überflüssig gewesen war.

Unter ihm schlug Linda Steele die Augen auf und versuchte keuchend Luft zu holen. »Okay, Dalziel. Was zum Teufel haben Sie vor? Mich zu vergewaltigen oder mir eine Predigt zu halten?«

Er merkte, daß er in seiner erhobenen Hand Kohlers Bibel hielt.

»Wie zum Teufel sind Sie hier hereingekommen?« fragte er, wobei er das Buch in der Tasche seines Jacketts verschwinden ließ.

»Die Macht der Presse. Ich habe Sie überall gesucht, kam schließlich hierher zurück, und der Pförtner unten sagte mir, daß jemand, dessen Beschreibung auf Sie paßte, mit der Kohler nach oben gegangen sei, daß Waggs erschienen sei und daß die beiden kurz danach das Weite gesucht hätten, als wäre ihnen der Leibhaftige über den Weg gelaufen. Wobei mir einfällt – mir ist klar, daß Sie sich schlichtweg freuen, mich zu sehen, aber könnten Sie sich eine Weile senkrecht freuen?«

»Äh? Oh! Entschuldigung.«

Er schob sich vom Bett. So ganz unrecht hatte sie nicht, merkte er. Ein gewisses Vergnügen hatte sich eingeschlichen, als sie aufeinanderlagen, und es war nicht mit dem vergleichbar, was er vom Rugby her kannte.

Beim aufrechten Stehen verband sich das Vergnügen mit Schmerzen. Er legte die Hand in den Nacken und verzog das Gesicht.

»Alles in Ordnung?« fragte Linda Steele, die scharfe Augen hatte.

»Gleich. Jemand hat mir gewaltig eine übergezogen. Waggs vermutlich.«

»Herr im Himmel! Ist es schlimm?« fragte sie rührend besorgt. »Brauchen Sie einen Arzt?«

»Nein, Mädel. Ich habe gehört, was einem die Kerle hier abknöpfen. Sie können mich mit allem versorgen, was ich brauche.«

»Woran denken Sie?« fragte sie unsicher.

Lächelnd erwiderte er: »Schauen Sie mal auf die Uhr. Es ist Stunden her, daß Sie mich zum Frühstück eingeladen haben, und mein Bauch denkt, jemand hat mir die Kehle durchgeschnitten.«

Dalziel war sich noch nicht darüber im klaren, wie weit er Linda Steele einweihen sollte, doch sein Instinkt riet ihm, es bei wenig zu belassen. Sie war schließlich nicht nur eine Frau, sondern auch noch

Journalistin, und beide Kategorien nahmen auf Dalziels Rangliste der Personen, die etwas wissen mußten, keinen hohen Platz ein. Eine Frau mußte wissen, wie man ein Ei kochte, über den Rest konnte man streiten. Bei einer Journalistin reichte es, wenn sie wußte, wie man einatmete.

Andererseits verdankte er dieser hier nicht nur Cissy Kohlers Adresse, sondern sie übernahm auch noch seine Spesen, was ihn mindestens so neugierig wie dankbar machte. So etwas wie eine freie Journalistin gab es nicht.

Außerdem war sie merkwürdig attraktiv, auch dental gesehen. Ein warmes Glühen überkam ihn, als er sich an die Stellung ihrer beider Beine unter dem Frühstückstisch erinnerte.

Sie brachte ihn in ein Bistro, von dem sie behauptete, es sei das beste der Stadt. Sie saßen nebeneinander, was den Möglichkeiten, die Beine ineinanderzuverhaken, natürliche Grenzen setzte, dafür waren die Bedingungen zum Reiben des Gluteus maximal.

Interessanterweise schien sie mit seinem oberflächlichen Bericht, wie er die Kohler entdeckt habe, als sie aus dem Apartmenthaus kam, ihr eine Stunde lang durch die Stadt gefolgt sei und sie dann angesprochen habe, als sie wieder zurück ins Haus wollte, durchaus zufrieden zu sein.

»Sie haben also keine Ahnung, wohin unser Pärchen sich abgesetzt hat? Oder warum?« fragte sie.

»Wäre schön, wenn ich das wüßte. Laß die Speisekarte, Schätzchen, ich eß das da.«

Er wies auf den übervollen Teller auf einem Nachbartisch. Doch als die Kellnerin kam, hörte er, wie Linda Steele nur ein Sandwich bestellte. Seine Miene verfinsterte sich, weil sie so knauserig war, bis ein hoch aufgehäufter Teller vor ihm stand.

»Das ist ein Sandwich?« fragte er erstaunt.

»Stimmt was nicht?«

»Nein, Mädel. Was Besseres hab ich seit meiner Ankunft nicht erlebt!«

»Das ist kaum zu glauben, Andy. Ich hätte gedacht, jemandem, der so wohlsituiert ist wie Sie, liefe das Glück hinterher.«

Beim Sprechen sah sie ihn heißblütig an und ließ ihre geschmeidige Zunge die Grand-Prix-Runde ihrer Lippen abfahren.

Dalziel betrachtete sie nachdenklich, die mit Corned Beef vollgetürmte Gabel auf dem Weg zum Mund. Okay, er mußte einräumen, daß er scharf auf sie war. Aber das gab ihr noch lange nicht das Recht, mit ihm umzuspringen, wie sie wollte, nur weil sie sich hier, unter Leuten, sicher fühlte. Es war Zeit, die Hosen runterzulassen, sozusagen.

Er fuhr einen weiteren Ballen Corned Beef in die Scheuer und legte seine freie Hand um ihren Oberschenkel.

»Etwas verloren, Andy?« fragte sie.

»Ich hab mich gerade gefragt, was es wohl zum Nachtisch gibt.«

»Irgendwelche speziellen Wünsche?«

»Wir könnten in mein Hotel gehen und den Zimmerservice ausprobieren.«

Er dachte, daß er das ganz schön pfiffig formuliert hatte. In Barnsley hätte er damit wahrscheinlich einen Preis gewonnen. Doch das schlichte Gemüt neben ihm warf den Kopf in den Nacken und wieherte vor Lachen.

»Nennt man das jetzt so in England? Nun, warum nicht? Man kann einen nassen Nachmittag mit Sicherheit schlechter verbringen.«

Welches Motiv sie auch gehabt haben mochte, sie war in jeder Hinsicht großzügig. Er war froh, daß er keine Nachwirkungen der Zeitverschiebung verspürte. Ganz im Gegenteil, es erging ihm wie dem Abbrucharbeiter, der eine etwas ältere Stange Plastiksprengstoff der Hitze aussetzen wollte, er mußte sich vorsehen, daß es nicht zu einer Spontanexplosion kam.

»Nun mach aber mal langsam, Dalziel!« protestierte sie. »Hast du noch 'ne Verabredung oder was?«

»Ich dachte, das sei hier so üblich«, machte er, völlig untypisch für ihn, einen auf unbekümmert. »Sozusagen American Express.«

»Schuster bleib bei deinem Leisten«, riet sie ihm. »In der Zwischenzeit legen wir wohl besser eine Pause ein. Gibt's hier was Flüssiges?«

Sie lagen nebeneinander, tranken Whisky und unterhielten sich. In der subtilen Kunst der beiläufigen Befragung konnte sie es fast mit Dave Thatcher aufnehmen, und er sah keinen Grund, ihr nicht ebenso viel über seine Mission zu erzählen wie dem Beamten im Flughafen. Doch während ihre Finger seinen Körper ergründeten, versuchte sie noch mehr aus ihm herauszukriegen. Vielleicht arbeiteten ja alle amerikanischen Journalisten so. Sollte das tatsächlich zutreffen, hatte er Glück gehabt, nicht den Kerlen in die Hände gefallen zu sein, die Nixon verpfiffen hatten!

Schließlich war er es müde, ausgefragt zu werden, aber er hatte die Erfahrung gemacht, daß man zu einem Mädel, das seine Hand da hatte, wo Linda ihre gerade hatte, nicht unhöflich sein durfte, deshalb sagte er: »Und du, Mädel? Bist du in New York geboren?«

»Klinge ich so?« fragte sie fast empört.

»Nein, in meinen Ohren klingt ihr alle gleich«, sagte er. »Gibt's da tatsächlich Unterschiede?«

»Du machst wohl einen Witz, was? Nein, du machst keinen Witz! Dann erklär ich dir das mal. Ich bin aus Ohio. Vor etwa fünf Jahren bin ich nach Big Apple gekommen, um mein Glück zu machen. Noch hab ich es nicht geschafft.«

»Vielleicht hat sich das Blatt ja heute gewendet«, sagte Dalziel selbstgefällig. »Übrigens, ich habe mich oft gefragt, was dieses Gerede vom Big Apple soll. Eher ein großer Ameisenhügel, nach dem zu urteilen, was ich bisher gesehen habe.«

»Hüte deine Zunge, die New Yorker sind sehr empfindlich«, warnte ihn Linda. »Ich habe alle möglichen Erklärungen dafür gehört. Am besten gefällt mir, daß für euch Europäer Amerika wie eine der legendären Inseln weit im Westen war, wo die Sonne nicht untergeht und auf den Bäumen goldene Äpfel wachsen. Da die meisten Leute in New York an Land gehen, erhielt es den Namen Großer Apfel.«

»Ach ja, das erinnert mich an was, das ich in der Schule gelernt habe. Gab's da nicht auch Nymphen, die nackt herumrannten und die Äpfel bewacht haben?«

»Deshalb erinnerst du dich noch daran, was?« fragte sie lachend.

»Ja, ich glaube, das könnte stimmen. Und das Witzige ist, weißt du, wie diese Schutzengelnymphen hießen? Hesperiden. Genau. Wie die Geldgeber von Jay Waggs.«

»Dann ist ja alles in Ordnung. Ich hatte mir schon Sorgen gemacht, es könnte sich dabei um einen Haufen Gangster handeln, aber nackte Nymphen, das ist genau mein Ding.«

»Ach ja? Dann schauen wir doch mal. Aber diesmal kein American Express, Andy. Peilen wir ein bißchen englische Reserviertheit an, ja?«

Er holte tief Luft, dachte an England, den Geist von Dünkirchen, und noch einmal in die Bresche, Rule Britannia ...

»Andy, man sollte dich einsetzen, um die Staatsverschuldung abzustottern«, sagte Linda Steele. »Okay, wenn ich unter die Dusche gehe?«

»Bedien dich«, sagte er.

Er lag auf dem Bett und lauschte dem laufenden Wasser. Dann stand er leise auf und durchsuchte ihre Handtasche. Nichts von Interesse außer einem Journalistenausweis und mehr Kondomen, als ein anständiges Mädchen in der Handtasche haben sollte. Kondome ließen seine Gedanken zu »Ja-Sagerchen«-Stamper wandern. Zu William Stamper, Kriminalschriftsteller und Rundfunkpersönlichkeit. Zu seiner Stimme in der Sendung *Das Goldene Zeitalter des Mordes ... meine Mutter war ... eine Bellmain aus Virginia, nicht mehr und nicht weniger ...* Zu der Empfangsdame in der Klinik ... *Mr. Bellmain darf 15 Minuten Besuch erhalten.*

Kohler war zu einer Klinik gegangen, in der ein Patient namens Bellmain von Scott Rampling besucht wurde.

Viel Sinn machte es nicht. Normalerweise war er geduldig. Alles ergab einen Sinn, wenn man sich Zeit ließ. Vielleicht sogar das Leben. Aber Zeit war an diesem verrückten, quirligen Ort erheblich rarer als in Mid-Yorkshire. Dort hatte er sich oft über den kleinen Pascoe lustig gemacht, der die Angewohnheit hatte, um einen Fall herumzuhüpfen und Hypothesen zu produzieren wie eine durchfallkranke Ente Kacke, aber hier und jetzt hätte er nichts gegen den verwirrenden Wirbel seiner Ideen gehabt. Vielleicht würde er ihn gleich anrufen.

Linda Steel kam aus der Dusche und glühte wie Holzkohle auf dem Grill.

Vielleicht, dachte Dalziel, rufe ich Pascoe später an.

»Die Dusche steht zu deiner Verfügung«, sagte sie. »Wärst du gekommen, um mir den Rücken abzureiben – was hätten wir an Wasser gespart.«

»Nein, Mädel. Wahrscheinlich wären wir noch immer da drin«, sagte er und wollte sie greifen. Sie entwand sich ihm wie ein walisischer Halbspieler, kam hinter ihm zu stehen und schob ihn in Richtung Dusche.

»Ich muß mich beeilen«, sagte sie. »Meinen Terminplan kann ich vergessen.«

»Dabei helf ich dir gern«, sagte er. Aber er leistete keinen ernsthaften Widerstand. Es wäre erniedrigend gewesen, wenn seine Augen größer als sein Magen gewesen wären, und wenn man sich darüber hinaus nicht sicher war, was die Leute wirklich wollten, war es am besten, ihnen ihren Willen zu lassen.

Er verschwand in der Dusche und stimmte grölend eines der Rugby-Lieder seiner sumpfigen Jugend an. Nach einer Weile sang er leiser und näherte sich der angelehnten Tür.

Durch den Spalt sah er Linda Steele, wie sie sich über seinen Koffer beugte. Sie war noch nackt, und der Anblick überzeugte ihn, daß die Sorgen wegen seines Appetits überflüssig gewesen waren. Nun schloß sie den Koffer und nahm sein Jackett, das mit den anderen Kleidungsstücken auf dem Boden lag. Du lieber Gott! Die Bibel und seine Notizen der Unterhaltung, die er nur halb mitgekriegt hatte, steckten noch in seiner Jackentasche! Er drehte den Kopf nach hinten und rief: »He, Schätzchen! Schenk uns ein Glas ein, ja? Ich kann es nicht ausstehen, von innen trocken zu sein, wenn ich von außen naß bin.«

»Wird gemacht!« rief sie. Sie erlaubte sich noch, einen Blick in seine Brieftasche zu werfen, ließ aber alles ziemlich schnell fallen, als er die Dusche abstellte, und hatte ihre Hosen an und ein Glas in der Hand, als er in ein Handtuch gewickelt auftauchte.

»Miserabler Service«, sagte er.

»Geh zur Geschäftsführung«, sagte sie.

Das hängt davon ab, um wen es sich dabei handelt, dachte er, während er seinen Whisky schlürfte und ihr beim Ankleiden zusah.

Er sagte: »Und wie geht es nun weiter?«

»Ich bin für lange Verlobungszeiten«, sagte sie. »Oder hast du die Kohler gemeint? Du bist der Polizist.«

»Nicht hier«, sagte er. »Wie schon gesagt, ich bin spontan nach New York gekommen. Ich weiß nicht, was ich mit ihr angestellt hätte, selbst wenn Waggs mir keine verpaßt hätte.«

Er nahm einen großen Schluck und beobachtete sie durch den Boden des Glases. Er hatte erwartet, daß sie enttäuscht wäre, daß auch er nichts weiter als ein blöder Bulle war, dem außer seinem Knüppel nichts einfiel. Sie zog nur ein nachdenkliches Gesicht.

Sie warf auch einen Blick auf ihre Uhr.

»Schiete. Andy. Ich muß mich beeilen. Hör zu, warum stochern wir beide nicht einfach noch ein bißchen herum? Ich versuche ihnen durch meine Verbindungsleute wieder auf die Spur zu kommen. Sie könnten noch in der Stadt sein. Wir treffen uns morgen und tauschen dann unsere Ergebnisse aus, ja?«

»In Ordnung. Wo? Wann?«

»Neben dem Bistro, in dem wir gegessen haben, ist eine Bar. Schlag Mittag. Wer als letzter kommt, muß zahlen. Bis bald.«

Nachdem sie weg war, machte er die Schranktür auf und musterte sich in dem langen Spiegel.

»Was macht dich so verdammt unwiderstehlich?« fragte er.

Der Spiegel gab keine Antwort. Oder vielleicht doch.

Beim Anziehen knöpfte er sich die Notizen der Unterhaltung vor, die er nur halb mitbekommen hatte. Die leeren Stellen auszufüllen ging anfangs einfach, doch auf halber Strecke wurde die Sache problematisch.

KOHLER: Jay, was zum Teufel hast du angestellt?

WAGGS: Ich hab ihn hier beim Rumschnüffeln erwischt. Ich hab ihn für einen Einbrecher gehalten.

KOHLER: Das ist der Polizist, der in der Zeitung war. Er war an dem Wochenende auf dem Gut. Er hat auf mich gewartet, als ich zurückkam. Ich war in der Klinik.

WAGGS: Gütiger Gott! Warum denn das? Ich hab dir doch gesagt, du sollst da nicht hingehen! Was ist passiert?

KOHLER: Sie haben mich nicht reingelassen. Ich habe deinen Namen angegeben. Aber das hat nichts geändert. Ich dachte, du hast gesagt –

WAGGS: Ja, ja. Hör zu, Ciss, du hättest alles ruinieren können. Ich bin gekommen, um dir zu sagen, daß ich mich heute nachmittag mit William in der Stadt treffe.

KOHLER: Bist du ganz sicher, daß er heute zu Hause ist?

WAGGS: Klar bin ich sicher. Pack schnell deine Sachen. Ich will weg sein, wenn dieser Einbrecher wieder zu sich kommt.

KOHLER: Ist alles in Ordnung mit ihm? Sollten wir nicht einen Arzt rufen?

WAGGS: Es geht ihm gut, wenn er aufwacht. Er hat eine Konstitution wie die Wand einer Steinscheune. Komm, mach schon. Verschwinden wir!

Ins Leben zurückgerufen

Das Stück in der Mitte gefiel ihm nicht. Wer zum Teufel war William? Der einzige William bei diesem Fall war Stamper, und was würde der hier suchen? Es sei denn, er war gekommen, um seine Mutter zu besuchen ... oder den rätselhaften männlichen Bellmain, der todkrank in der Allerdale Klinik lag. *Eine Bellmain aus Virginia.* Wo zum Teufel lag eigentlich Virginia? Er wußte nur, daß New York in Virginia lag. Er hätte in Geographie doch mehr aufpassen sollen, statt sich von der kleinen Lettie Lovegood ablenken zu lassen, deren 13-jährige Titten unter ihrem Pulli wie Rugbybälle hervorstanden.

Hatte er nicht im Foyer einen Reiseveranstalter gesehen? Dort müßte man Bescheid wissen.

Er ging nach unten. Eine junge Frau mit verstopften Nebenhöhlen fragte ihn näselnd und tapfer lächelnd: »Kann ich Ihnen helfen, Sir?«

»Vielleicht. Wo liegt Virginia?«

»Sie meinen allgemein? Hier, schauen Sie.« Sie holte eine Karte hervor. »Das ist New York. Und hier unten ist Virginia.«

Das Herz sank ihm in die Hose. Es sah nicht gerade klein aus, und an britischen Verhältnissen gemessen, sah es dazu noch weit weg aus.

»Hat wohl viele Einwohner?« fragte er in der vagen Hoffnung, daß es hauptsächlich aus Wüste bestünde und man ihm im ersten Dorfpostamt gleich den Wohnsitz der Bellmains würde zeigen können.

»Da ist soviel Platz, wie Sie sich nur wünschen können, es gibt aber auch viele Großstädte. Hatten Sie an eine Geschäftsreise oder an eine Vergnügungsreise gedacht, Sir?«

»Bei der Größe – dann ist es akademisch«, sagte er.

»Akademisch? In dem Fall sind Sie vielleicht am historischen Virginia interessiert. Da gibt es viel zu besichtigen. Mount Vernon. Fredericksburg. Jamestown. Williamsburg. Appomattox –«

»Augenblick«, sagte Dalziel. »Das vorletzte, Williamsburg, ja? Gibt es dort unten einen Ort namens Williamsburg?«

»Ja, Sir. Sehr berühmt, dort –«

»Ja, ja«, fiel er ihr ungeduldig ins Wort. »Ich hatte mal eine Freundin mit dem Namen Bellmain. Marilou Bellmain. Ich glaube, sie kam aus Williamsburg. Das Haus hieß Goldener Hain. Was muß ich anstellen, um herauszufinden, ob sie dort noch wohnt?«

Die Frau sagte: »Einen Moment«, ging zu einem Telefon, das hinter ihr stand, wählte und führte dann leise eine Unterhaltung.

260   Reginald Hill

Dalziel nahm seine Notizen aus der Tasche und las sie noch einmal durch.

Die Frau schrieb etwas auf einen Block, sagte: »Vielen Dank« und wandte sich wieder zu Dalziel, wobei sie ihm den Block zuschob.

»Könnte das Ihre Freundin sein, Sir? Eine sehr gute Adresse, wenn Sie vorhaben, ihr einen Besuch abzustatten. Mitten im historischen Viertel. Wir arrangieren gern die Reise für Sie ...«

Dalziel hörte nicht zu. Er hörte etwas anderes.

Ciss, beinahe hättest du alles ruiniert. Ich bin gekommen, um dir zu sagen, daß sie ihn heute nachmittag nach Williamsburg bringen.

Bist du sicher? Er fährt heute nach Hause?

Klar bin ich sicher. Pack schnell deine Sachen. Ich möchte auf halbem Weg in Williamsburg sein, wenn dieser Kerl aufwacht.

»Sir, Sir!«, sagte die Frau, in deren Stimme sich zu guter Letzt ein Anflug von Ungeduld geschlichen hatte. »Möchten Sie unsere Hilfe nun in Anspruch nehmen oder nicht?«

»Natürlich möchte ich das«, sagte Dalziel in verletztem Ton. »Was sollte ich sonst hier?«

NEUN

»*Alles ist so ohne Beispiel, so verändert, so überraschend und so widrig, daß ich nicht weiß, wo mir der Kopf steht.*«

Pascoe wachte auf.

Quer über sein Bett fiel die Sonne, und während er sich unter ihrer Berührung wie das Scharbockskraut öffnete, war er einen Moment lang wieder in der Kindheit, als der Schlaf noch die Kümmernisse des Vortages tilgte und jeder Morgen frisch und strahlend auf ihn wartete.

Dann fiel sein Blick auf den Wecker, und er machte einen Bocksprung.

Es war fünf Minuten vor neun, und er sollte um halb zehn in Trimbles Büro sein.

Nach einem Eilmarsch durch die kalte Dusche zitterte er sich innerhalb von zwei Minuten null Sekunden in seine Kleider. Er sah, daß auf seinem Anrufbeantworter mehrere Nachrichten eingegangen waren, während ihn Pillen und Alkohol außer Gefecht gesetzt hatten. Beim Kaffeetrinken hörte er ihn ab und aß eine sehr trockene Kruste, die er in Orangenmarmelade tunkte.

Die erste Nachricht war von Ellie, von Viertel vor zehn am Vorabend.

»Hallo, wo steckst du? Durchstreifst du die Straßen, um uns alle zu beschützen? Oder machst du einen drauf mit den anderen hohen Tieren? Tut mir leid. Ich weiß, daß du anrufen würdest, wenn du könntest. Rosie geht es übrigens gut, und Mama ist ... ja, ich glaube, es ist schlimmer, als ich dachte, nur nachdem, was sie mit Paps durchgemacht hat, will sie nichts davon wissen und gesteht es weder sich selbst noch mir ein. Mir fiel auf, daß sie immer später ins Bett ging, und als ich sie soweit hatte, daß sie darüber sprach, kam heraus, daß sie morgens oft aufwacht und nicht mehr weiß, wo sie ist, oder sogar wer sie ist, und deshalb hat sie Angst, ins Bett zu gehen. Ich habe noch einmal mit der halbwüchsigen Ärztin gesprochen, aber die hat nur mit den mageren Schultern gezuckt, so daß ich zu guter Letzt ins Krankenhaus bin und den Facharzt für Geriatrie verlangt habe. Herrgott, man hätte meinen können, ich käme aus Irland und wollte dem Innenminister ein Päckchen auf den Schreibtisch legen, so sind die in die Defensive gegangen! Schließlich habe ich die Geduld verloren ... Okay, ich habe sie angeschrien! Die Krankenschwester war so ein Ekel ... Herr im Himmel, ich habe Streikposten gestanden, damit die mehr Lohn kriegen! Tut mir leid. Du hast wahrscheinlich schon kapiert, daß Diplomatie versagte. Deshalb habe ich folgendes beschlossen. Ich bringe meine Mutter ins Privatkrankenhaus von Lincolnshire und lasse sie gründlich untersuchen. Ja, du hast richtig gehört. Ich lasse sie privat behandeln, und du weißt, was ich davon halte, aber ich muß einfach sicher sein, daß alles Menschenmögliche getan wird. Sie war überraschend leicht zu überreden, als sie das magische Wörtchen »privat« hörte. Es ist das erste Mal, daß ich dankbar für ihre gutbürgerlichen, konservativen Ansichten bin. Eigentlich bin ich froh, daß du nicht zu Hause bist, Peter. Das gibt dir nämlich Gelegenheit zu üben, eine völlig neutrale Stimme zu behalten, wenn du als nächstes mit mir sprichst, denn ich schwöre dir, wenn ich auch nur eine Spur von ›hahaha, das habe ich dir von Anfang an gesagt‹ höre ...

Egal. Ich weiß, daß ich wahrscheinlich nichts weiter tue, als das Eingeständnis vor mir her zu schieben, daß sie auf demselben Weg ist wie Paps, aber ich muß es einfach versuchen. Meine ganzen Prinzipien sind flöten, nur um ein wenig Zeit zu gewinnen, was? Peter, ruf mich an. Und vergiß, was ich vonwegen ›hahaha‹ gesagt habe. Es würde mir gut tun, herzlich mit dir zu lachen, auch wenn es auf meine Kosten wäre. Tschüß.«

So eine Scheiße! Er sah auf die Uhr. Er würde sowieso schon den heiligen Christopherus in Anspruch nehmen müssen. Keine Zeit für die zweite Nachricht und wenn es der liebe Gott höchstpersönlich wäre ... Jesusmaria, es war seine Stimme! Er blieb in der Tür stehen und hörte zu.

»Was treibst du denn, du Herumtreiber? Hör zu, ich fahre morgen in eine Stadt, die sich Williamsburg in Virginia nennt. Ich wohne im Plantation Hotel, die Nummer weiß ich nicht, sie dürfte aber leicht feststellbar sein. Ruf mal an und laß hören, was los ist. Wenn du Dan Trimble siehst, gib ihm einen deftigen Schmatzer von mir. Und wenn du Adolf siehst, marschiere mal schnell im Stechschritt sein Hinterteil hoch. Tschüß!«

Er stellte den Apparat ab und rannte aus dem Haus.

St. Christopherus und der grüne Gott der Ampeln gingen zu seinen Gunsten eine Verschwörung ein, so daß er mit nur acht Minuten Verspätung in Trimbles Büro eintraf. Doch sein Chef saß mit der geschlagenen Miene eines Menschen hinter seinem Schreibtisch, dem Raum und Zeit nicht mehr viel bedeuteten.

Vor ihm auf dem Schreibtisch lag ein Blatt der Boulevardpresse.

»Tut mir leid, Sir, aber der Verkehr war total zum Erliegen gekommen«, log der undankbare Pascoe.

»Was? O ja. Wir müssen ...« Er holte tief Luft, dann sagte er: »Was zum Teufel interessiert mich der Verkehr? Meine Tochter hat eine Reise in die USA gemacht, Mr. Pascoe. Gestern abend kam sie zurück. Sie hat mir einen Liter sehr alten Cognac mitgebracht, dessen Tage jäh gezählt waren, weil sie mir auch das hier mitgebracht hat.«

Er drehte das Revolverblatt um und schob es über den Schreibtisch. Pascoe sah die Schlagzeile CROCODILE DALZIEL. Unaufgefordert setzte er sich hin und las den Rest. Es dauerte nicht lange. Die Zeitung ging von der Konzentrationsfähigkeit eines lebhaften Fünfjährigen aus.

»Ist das denn wirklich so schlimm, Sir?« fragte er in dem fröhlichen Ton des Schiffsarztes, der von Lord Nelson wissen wollte, was ein einarmiger Mann mit zwei Augen wolle. »Wenn überhaupt, dann rückt es doch Mid-Yorkshire in ein recht vorteilhaftes Licht.«

Trimble sagte: »Rechnen Sie mal nach, und sie werden sehen, daß das alles in seinen ersten zwölf Stunden auf amerikanischem Boden passiert ist. Was stellt er in einer Woche an?«

»So wie sich das anhört, rottet er das organisierte Verbrechen aus«, sagte Pascoe. »Vielleicht läßt man ihn ja gar nicht mehr gehen.«

Trimble lächelte wehmütig, dann setzte er eine kühle offizielle Miene auf und sagte: »Sie fragen sich vielleicht, warum ich Sie nicht umgehend degradiere. Der erste Grund ist, daß die rücksichtsvolle

Geste meiner Tochter mich daran erinnert hat, daß Sie noch immer das geringere von zwei Übeln sind. Der zweite ist, daß Mr. Hiller der Auffassung zu sein scheint, er habe sich nicht so klar ausgedrückt, wie er es hätte tun sollen, daß er Ihrer Unterstützung nicht bedarf. Für mich ist das zwar ein Rätsel, da ich persönlich gehört habe, wie er Sie in so klaren Worten darüber in Kenntnis gesetzt hat, daß ein retardierter Sportkommentator ihn verstanden hätte. Aber ich habe dadurch einen Vorwand, keine Entschuldigung, Sie wieder einmal laufen zu lassen.«

»Es tut mir leid«, sagte Peter Pascoe.

»Nein, das tut es nicht. Noch nicht. Aber es wird Ihnen leid tun, wenn Sie noch einmal Anweisungen zuwiderhandeln. *Meinen* Anweisungen, die über jede Unklarheit erhaben sind. Sie werden mit niemandem in Verbindung treten, der mit Mr. Hillers Ermittlungen zu tun hat, weder persönlich, noch per Telefon, noch durch einen Vertreter oder auf welchem Weg auch immer. Wenn Sie von jemandem angesprochen werden, verweisen Sie ihn sofort an Mr. Hiller. War ich deutlich genug?«

»Ja«, erwiderte Pascoe. »Und nein.«

»Wie bitte?«

»Ja, Sie haben sich klar ausgedrückt, Sir«, sagte Pascoe. »Aber ich kann den Anweisungen keine Folge leisten.«

Trimble fuhr sich mit der Hand über das Gesicht.

»Habe ich richtig gehört?« fragte er verwundert.

»Was ich meine, ist, ich brauche erst noch eine Zusicherung von Ihnen. Als alles anfing, habe ich mich nicht korrekt verhalten, das gebe ich gerne zu. Aus Loyalität Mr. Dalziel gegenüber – Sie sagen vielleicht aus falscher Loyalität – habe ich mich nicht an die Vorschriften gehalten. Das war wahrscheinlich falsch. Vom beruflichen Standpunkt aus war es mit Sicherheit falsch, denn ich hatte keine fundierten beruflichen Gründe. Doch nun liegen die Dinge anders. Um es kraß auszudrücken, ich glaube an die Möglichkeit, daß der Tod von Miss Marsh wegen ihrer Verbindung zum Fall Mickledore arrangiert wurde. Bevor ich Ihren Anweisungen zustimmen kann, mich aus dem Fall zurückzuziehen, muß ich sicher sein, daß gründlich ermittelt wird. Wenn Sie mir diese Zusicherung geben können, Sir, und dieselbe Zusicherung über alle anderen Aspekte dieser Angelegenheit und daß alle wichtigen Entdeckungen veröffentlicht werden, dann gut. Dann bringe ich das Archiv der Kripo auf Vordermann und bin sogar sehr froh darüber.«

»Du liebe Güte«, sagte Trimble und sah hinunter auf das amerikanische Skandalblatt. »Vielleicht habe ich Sie und Andy Dalziel ja doch in der falschen Reihenfolge eingeordnet. Lassen Sie mich ein paar Dinge sagen, ohne daß ich damit auf mein Recht verzichte, sie hier rauszuschmeißen und ohne Bezahlung zu suspendieren. Das eine ist, daß Miss Marshs Tod von unseren Kollegen in West Yorkshire bereits als verdächtig behandelt wird. Hauptsächlich, wie ich verstanden habe, auf Ihr Betreiben hin. Das andere ist, daß ich es Ihnen als Mensch und als Polizist übelnehme, wenn Sie implizieren, ich persönlich könnte vom vorschriftsmäßigen Verfahren auch nur geringfügig abweichen oder gestatten, daß das jemand unter meinem Befehl tut.«

Pascoe registrierte den Tadel, er verspürte aber keine Reue. Es hatte keinen Sinn, die Meinung zu ändern, wenn man bereits zum Sprung ins tiefe Wasser angesetzt hatte.

»Es tut mir leid, Sir. Ich wollte nicht implizieren, daß Sie so etwas tun könnten. Aber ich muß mich fragen, wie weit steht Mr. Hiller unter Ihrem Befehl?«

Einen Augenblick lang dachte er, nun sei er zu weit gegangen, aber nach einem langen Schweigen sagte Trimble milde: »Das müssen Sie selbst beurteilen. Es wäre vielleicht gar nicht so übel, wenn Sie sich über die ganze Angelegenheit Ihr eigenes Urteil bilden würden.« Es klopfte an die Tür. »Das wird er sein. Herein!«

Hiller betrat den Raum. Er schien noch weiter in seinem Anzug geschrumpft zu sein. Adolf nach einer Woche im Bunker, dachte Pascoe unfreundlich, erinnerte sich dann aber ein wenig schuldbewußt daran, daß Hiller ihm noch keinen Grund geliefert hatte, nicht freundlich zu ihm zu sein.

Trimble sagte: »Ich habe gerade mit Mr. Pascoe über seine Verwicklung in den Fall Marsh gesprochen. Gibt es Neues?«

Hiller setzte sich schwer hin und sagte: »DCI Dekker rief mich vor zehn Minuten an. Er hat den Bericht der Pathologie vorliegen.«

»Und was ist das Ergebnis?« drängte Trimble.

»Unbestimmt. Sie litt an Herzrhythmusstörungen, eine Art Flimmern, wenn das Herz zu schnell schlägt, und sie hat ein Digitalisderivat eingenommen. Eine Überdosis davon kann anscheinend zu einem

Herzblock führen, aber auch eine Ansammlung bei Einnahme der vorgeschriebenen Dosis. Der Herzschlag wird zu langsam, um dem Gehirn die erforderliche Menge Blut zuzuführen, was zu Schwindel und Ohnmacht führt. Manchmal bleibt das Herz mehrere Sekunden ganz stehen. Manchmal kommt es ohne Hilfe nicht wieder in Gang. Und es wäre natürlich während eines solchen Anfalls nicht schwierig, dafür zu sorgen, daß es nicht wieder mit Schlagen anfängt.«

»Wollen Sie sagen, daß dies der Fall war?« verlangte Trimble zu wissen.

»Ich will nur sagen, daß es offenbar passiert sein könnte«, sagte Hiller gereizt. »Einen Beweis gibt es weder für das eine noch für das andere. Es sei denn, wir sehen es als Beweis an, daß sich in ihrem Magen fünf Rosinen befanden.«

»Wie bitte?« fragte Trimble.

»Mr. Pascoe würde das erklären können, wurde mir gesagt.«

Pascoe erklärte es. Es dauerte eine ganze Weile. Er war sich noch nicht ganz sicher, wie sie reagieren würden, aber wenigstens hätte er die Gewißheit, daß sie alles wüßten, was es zu wissen gab. Er schilderte die Tatsachen, ohne sie zu kommentieren, bis Trimble mit der Zurückhaltung eines Hypochonders, der seinen Arzt bittet, ihm doch das Schlimmste nicht zu verschweigen, fragte: »Und wie interpretieren Sie diese Tatsachen?«

»Als die Marsh im Juni 1976 die Kohler besuchte, sagte sie ihr etwas, was bei dieser den Wunsch nach Entlassung weckte. Sie stellte einen Antrag auf Straferlaß und ließ sich auf Daphne Bushs Annäherungsversuche ein, weil sie einen geheimen Zugang nach draußen brauchte. Bush wurde ihr Briefkasten. Ich weiß nicht, ob sie noch an andere schrieb, aber sie schrieb mit Sicherheit an James Westropp. In dem Brief beschuldigte sie ihn, der Mörder seiner Frau zu sein. Als die Bush Westropps Antwort zu Kohler in die Zelle brachte, brach ein Streit zwischen den Frauen aus – es kann wegen des Briefs, es kann aus einem anderen Grund gewesen sein – es kam zu Handgreiflichkeiten, und Daphne Bush wurde getötet.

»Warten Sie«, sagte Hiller. »Ich habe das ganze Beweismaterial gelesen. Da war kein Brief, der in der Zelle gefunden worden war.«

»Ich glaube, daß Mrs. Friedman ihn kassierte, zusammen mit allem anderen, aus dem hervorgegangen wäre, daß sich zwischen der Bush und der Kohler etwas abspielte. Teilweise, um den Ruf einer

Kollegin zu schützen, teilweise, weil es in ihren Augen keine mildernden Umstände gibt, wenn ein Häftling eine Wärterin umbringt.«

»Das hat sie zugegeben?«

»Sie gibt gar nichts zu. Sie ist eine sehr vorsichtige Frau. Wieviel sie wirklich weiß – ich möchte es nicht sagen müssen. Ich wette, nicht allzu viel. Ich glaube, sie wurde wirklich sauer, als ihre Freundin anfing, der Kohler schöne Augen zu machen, und es kam zum Streit. Sie hat den Mund nicht aus Prinzip gehalten, als der Kohler der Prozeß gemacht wurde, sondern aus einem besonderen Haßgefühl heraus. Es machte ihr ein teuflisches Vergnügen, ihr Scherflein dazu beizutragen, daß die Kohler ein zweites Mal zu lebenslänglich verurteilt wurde.«

»Warum ist aber Miss Marsh überhaupt zu Cissy Kohler gegangen?« fragte Trimble. »Waren sie befreundet? Oder hat sie es aus rein altruistischen Motiven getan?«

»Das bezweifele ich«, sagte Pascoe. »Sie kam mir wie jemand vor, der weiß, wie man sein Schäfchen ins trockene bringt.«

»Was veranlaßt Sie zu dieser Bemerkung?« fragte Hiller.

»Man braucht sie sich doch nur anzusehen! Da wohnte sie in ihrer Nobelwohnung wie in Abrahams Schoß, nur weil Partridge ihr ein Kind gemacht hat und sie ihm die Schlinge um den Hals gelegt hat!« rief Pascoe aus. »Das habe ich Ihnen doch gerade alles erklärt.«

»Ja, haben Sie«, sagte Hiller. »Und es will mir nicht aus dem Sinn. Ihre Quelle ist ein alter Waliser, sagen Sie, der in einem der Dörfer wohnt, die zum Gut gehören?«

»Richtig.«

»Trauen Sie keinem Waliser, Mr. Pascoe«, sagte Hiller fast scherzend. »Der Pathologe hat Mr. Dekker noch etwas gesagt. Miss Marsh sei mit Sicherheit keine Jungfrau gewesen. Aber ebenso sicher habe sie nie ein Kind gehabt.«

Pascoe war sprachlos, und bevor er sich erholen konnte, hieb Trimble in die Kerbe: »Vielleicht ist die Marsh ja wegen des Bluts zur Kohler. Vielleicht hat sie ihr ja angeboten, auszusagen, und das hat bei der Kohler den Wunsch geweckt, aus der Haft entlassen zu werden.«

»Warum hat sie so lange damit gewartet?« fragte Pascoe.

»Vielleicht hat es ihr seit Jahren auf dem Gewissen gelegen, und sie hat sich eingeredet, daß es keinen Unterschied macht. Und als sie

268　　　　　　　　　　　　　　　　　　　　　Reginald Hill

dann zufällig in Beddington College arbeitete, keine acht Kilometer vom Gefängnis entfernt, kam die Sache wieder an die Oberfläche. Wie die Kohler dann die Bush umbrachte, war das für die Marsh nur die Bestätigung, daß das erste Urteil doch richtig gewesen war.«

Es ergab durchaus Sinn, mit Sicherheit mehr als seine eigenen Theorien.

Trimble kam zum Ende seiner Ausführungen. »Wenn sich die Grundlage Ihrer Schlußfolgerungen als falsch herausstellt, dann ändern Sie die Schlußfolgerungen. So lautet eine der Grundregeln der kriminalistischen Arbeit, Mr. Pascoe.«

Im Kopf vernahm Pascoe eine andere Stimme. »Junge, wenn du dir sicher bist, daß du richtig angekommen bist, wen interessiert es dann verdammt noch mal, daß du vom falschen Punkt aus losgegangen bist?«

Hiller stand auf. Trimble fragte: »Wollen Sie sich noch mit mir unterhalten, Geoff?«

Grau und müde schüttelte der DCC den Kopf.

»Ich glaube, lieber nicht. Unter den gegebenen Umständen. Mr. Pascoe, danke.«

Er ging.

Trimble sagte: »Nun, Peter, es sieht so aus, als ob derselbe Engel, der Andy Dalziel seit Jahren beschützt, auch Sie unter seine Fittiche genommen hat. Aber seien Sie gewarnt. Es gibt Leute, die warten nur darauf und sind auch dazu in der Lage, Engel vom Himmel zu holen, wenn sie es für nötig halten.«

Eine seltsame Bemerkung. Aber Pascoe hörte gar nicht richtig zu.

Er sah die Tür an, die sich gerade hinter Hiller geschlossen hatte, und fragte sich, warum er das Gefühl hatte, gerade einen Mann erlebt zu haben, der seine eigene berufliche Karriere zerstört.

ZEHN

»Eins, zwei, drei, vier, fünf, sechs, sieben, acht, neun, zehn, elf, zwölf. Pst!«

Dalziel reiste gern mit dem Zug, besonders wenn die Alternative gewesen wäre, auf der falschen Seite von Straßen zu fahren, auf denen sich mehr Wahnsinnige herumtrieben als in den Fluren von Bedlam. Die junge Frau hatte ihn überreden wollen, zu einem durchaus annehmbaren Tarif ein Auto zu mieten, denn New York sei einzigartig, und auf der Durchgangsstraße wäre alles ganz anders. Aber Dalziel hatte die Ohren gespitzt, das Röhren der Seventh Avenue vernommen und gesagt: »Ich schlürfe lieber mein Bier mit Limo.«

Sie reservierte ihm einen Sitzplatz in einem Transportmittel, das der Colonial Train hieß und ein Zimmer in einem Hotel mit dem Namen Plantage, was ihm ein wenig zu folkloristisch klang, um komfortabel zu sein. Er war auch nicht sonderlich beeindruckt, als sie ihm versicherte, das Hotel liege genau an dieser historischen Gegend, vor der sie solche Ehrfurcht hatte. Doch er tröstete sich mit dem Gedanken, daß in diesem Land »historisch« wahrscheinlich bedeutete, daß etwas vor dem Koreakrieg erbaut worden war.

Er hinterließ eine Nachricht an der Rezeption für Linda, in der er ihr sein Reiseziel mitteilte. Er ging davon aus, daß sie Feuer speien würde, wenn er sie zum Mittagessen versetzte, und ein bißchen Scheckbuch-Journalismus würde die Zunge der jungen Frau am Reisebüroschalter sowieso schnell lösen, deshalb konnte er ebensogut die Wahrheit sagen und nach wie vor ein Kandidat ihrer Gunst und auf ihrer Spesenliste bleiben (hoffte er).

Nachdem er sich entschlossen hatte, in den Süden zu fahren, veranlaßte ihn berufliche Höflichkeit, die Polizei aufzusuchen, falls man ihn in Zusammenhang mit dem Mann brauchte, den er in seinem Hotelzimmer gefaßt hatte.

Es war, als wäre er in eine Fernsehserie geplatzt. Er mußte in einem Raum Platz nehmen, der so gedrängt voll war wie der Schwarze Bulle an einem Samstagabend. Der diensttuende Kripobeamte schaffte es, völlig locker zu sein und so auszusehen, als wäre ihm alles zu viel. Nachdem er ein paar Unterlagen durchgesehen hatte, sagte er zu Dalziel. »Alles in Ordnung, Sie werden nicht benötigt.«

»Jetzt? Oder nie?« fragte Dalziel.

»Oder nie«, erwiderte der andere lakonisch.

»Man macht sich hier bei Prozessen also nicht die Mühe mit den ganzen Zeugen?« fragte Dalziel mit echtem Interesse an dem höchst wünschenswerten Verfahren.

»Quatsch, der Prozeß hat schon stattgefunden. Nachtgericht, ein Jahr Bewährung. Der Typ ist schon längst über alle Berge.«

»Versuchter Überfall? Ein Jahr ausgesetzt? Was für ein Glück, daß er ein Schießeisen dabei hatte, sonst hättet Ihr ihm wahrscheinlich noch ein Tagesgeld zahlen müssen«, sagte Dalziel sarkastisch.

»Sein Anwalt hat einen Vergleich abgeschlossen. Er hat behauptet, sein Mandant sei versehentlich in Ihr Zimmer geraten und habe dann die Panik gekriegt. Er war im Besitz eines Waffenscheins und nicht vorbestraft. Hören Sie, Mr. Dalziel, bei dem Anwalt, den der Kerl hatte, können Sie sich glücklich schätzen, daß er Sie nicht wegen versuchter Körperverletzung verklagt hat.«

»Dieser Rechtsverdreher, ich meine, Anwalt. Hat das Gericht ihn bestellt?«

»Nein, er kam angerannt. Wahrscheinlich kam der Junge aus einer reichen Familie. Wir sind hier so demokratisch, daß man einen Punk schon längst nicht mehr an seiner Kleidung erkennt.«

Dalziel ging, zutiefst unzufrieden mit sich. Wenn er auch nur geahnt hätte, daß der Scheißkerl ohne Strafe davonkommen würde, hätte er kräftiger zugelangt. Vielleicht wurde das Leben ja normaler, wenn er erst einmal New York verlassen hatte.

Als er im Bahnhof Pennsylvania Station ankam, war er zwar beglückt, daß weit und breit keine Pferde zu sehen waren, war aber ziemlich enttäuscht, daß der Colonial seinen Namen Lügen strafte und mit den riesigen Lokomotiven, an die er sich aus den Western seiner Kindheit erinnerte, nichts gemein hatte. Doch Hollywood ver-

Ins Leben zurückgerufen

schaffte sich dann doch noch Geltung, als ein behäbiger schwarzer Schaffner in der Tür über ihm erschien und ihm mit der ungezwungen Kameradschaft unter Beleibten anbot: »Nun lassen Sie mich Ihnen helfen, Mr. Mostell. Ich freue mich, Sie zu sehen! Man hatte mir erzählt, daß Sie tot seien.«

Dalziel, durch die Ähnlichkeit des Namens verwirrt, stand auf der Leitung.

»Haben Sie ein Problem, mein Lieber?« fragte er.

»Verzeihen Sie, wollen Sie etwa sagen, daß Sie nicht Zero Mostell sind?« erwiderte der Schaffner mit vorgetäuschter Verlegenheit. »Tut mir wirklich leid. Darf ich Ihnen Ihren Sitzplatz zeigen? Oder besser, lassen Sie mich Ihnen zwei Sitzplätze zeigen.«

»Du frecher Kerl«, sagte Dalziel. »Tritt mal zur Seite, bevor wir uns verkeilen.«

Er hatte es sich gerade bequem gemacht, als es ans Fenster klopfte. Er hob den Kopf und sah Dave Thatcher, der ihm bedeutete, unbedingt an die Tür zu kommen. Seufzend stand er auf und ging wieder auf den Bahnsteig.

»Wie geht's, Dave?« sagte er ohne Wärme. »Hab nicht erwartet, Sie noch einmal zu sehen.«

»Ich konnte am Telefon nicht reden«, sagte Thatcher. »Ich habe heute morgen in Ihrem Hotel angerufen, und man hat mir gesagt, welchen Zug Sie nehmen würden. Hören Sie, Sie haben am Telefon etwas von einer Linda gesagt. Erzählen Sie mir von ihr.«

Dalziel, dem durch den Kopf gegangen war, ob Tatcher womöglich in der Rolle des eifersüchtigen Freundes aufgetaucht sein könnte, weil ihm etwas von der Bumserei am gestrigen Nachmittag zu Ohren gekommen war, war überrascht.

»Linda Steele. Schwarze junge Frau, Journalistin. Hat mir erzählt, Sie hätten sie zu mir geschickt.«

»Warum hätte ich das tun sollen?«

»Um mir einen Gefallen zu tun. Damit Ihre Chancen bei ihr steigen. Sie ist nicht übel.«

»Sie wollen sagen, Sie gefällt Ihnen?« fragte Thatcher lächelnd. »Sie müssen aufpassen, Andy. Ich habe nie von ihr gehört. Und ich hetze keine Journalisten auf Polizisten, denen ich einen Gefallen schulde.«

»Sie hat mir Waggs Adresse in New York gegeben. Kohler war bei ihm.«

272   Reginald Hill

»Tatsächlich?« Thatcher entnahm seiner Brusttasche einige Bogen Papier und las sie. »Damit ist alles klar. Ich dachte, sie sei vielleicht eine aufstrebende Freiberufliche, aber wenn sie solche Informationen hat, muß sie auf der Innenspur laufen.«

»Dave«, unterbrach ihn Dalziel geduldig. »Ich muß einen Zug kriegen. Wie wär's, wenn Sie mich einweihten, was hier gespielt wird?«

»Okay. Hören Sie. Nachdem Sie den Flughafen verlassen hatten, rief ich ein paar Leute an, weil ich mich in Ihrer Schuld fühlte. Denen gab ich Waggs und Kohlers Namen. Ich habe gute Verbindungen. Wenige Stunden später steht dieser Typ in meinem Büro. Ich kenne ihn vage, aber nicht halb so gut, wie er mich zu kennen schien und nicht ein Viertel so gut, wie er Sie gern kennen würde.«

»Mich? Er war also keiner Ihrer Kontakte?«

»Nein. Ich hatte keine Ahnung, daß bei Ihrem kleinen Problem die nationale Sicherheit eine Rolle spielen könnte.«

»Ah«, sagte Dalziel. »Nun hab ich kapiert. Einer von den komischen Hengsten.«

»Wie bitte?«

»Bei uns treiben sie auch ihr Unwesen. Komische Hengste, so hab ich sie getauft. Und von welcher Branche war er?«

»Diese Kerle tragen ihre Jobbeschreibung nicht auf dem Rücken. Aber letztendlich könnte sein Boß – und das ist vielleicht Zufall – Scott Rampling sein.«

»Ich fick mich ins Knie«, sagte Dalziel. »Was wollte er über mich wissen?«

»Alles, was ich ihm sagen konnte. Und das habe ich ihm auch gesagt. Ich habe keinen Grund gesehen, der dagegen sprach.«

»Ach ja? Und warum sind Sie jetzt hier? Schieben Sie noch einen Besuch nach?«

»Ja. Ganz schön subtil, was? Er hat den Vorschlag gemacht, ich solle nett zu Ihnen sein, falls Sie sich noch einmal melden, und sehen, ob ich herauskriege, was Sie treiben. Das war der zweite Grund, warum ich Sie abgewürgt habe, als Sie anriefen – abgesehen davon, daß ich mir der Ohren um mich herum nicht sicher war.«

»Und was hat Sie nun *tatsächlich* hergeführt, Dave?«

»Ich will für klare Verhältnisse sorgen. Ich habe keine Lust, mich von diesen – wie haben Sie sie genannt? – komischen Hengsten herumschubsen zu lassen. Insbesondere gefällt es mir nicht, daß sich Leute unter dem Vorwand an Sie heranmachen, Freunde von mir zu sein. Was hat diese Frau noch für Sie getan, von Waggs Adresse einmal abgesehen?«

Dalziel kratzte sich gedankenverloren die Leistengegend.

»Merkwürdige Sachen. Sie hat mein Zimmer gründlich durchsucht, das steht fest.«

»Das Spiel scheint zur Zeit modern zu sein. Stand nicht etwas von einem Hoteldieb in der Zeitung, den Sie geschnappt haben?«

»Ja. Also was ... Da hört doch alles auf, Sie meinen doch nicht etwa, daß der auch zu der Bande gehört? Das würde vielleicht erklären ...«

»Was?«

»Man hat ›du, du‹ zu ihm gesagt, ihm ans Herz gelegt, in Zukunft doch ja ein braver Junge zu sein und ihn dann ziehen lassen.«

Hinter ihm war das Schlagen von Türen zu hören. Der Schaffner lehnte sich aus dem Zug und fragte: »Kommen Sie nun oder nicht, Mr. Mostell?«

Dalziel stieg in den Zug. Es wäre zwar gut gewesen, noch etwas länger mit Thatcher zu reden, aber er hatte das Gefühl, es sei wichtig, in Williamsburg zu sein.

»Mr. Mostell?« fragte Thatcher.

»Ein Scherz. Ihr Land ist voll von Scherzbolden.«

»Möglich. Aber aus Scherz kann Ernst werden. Passen Sie auf, Andy. Männer wie Rampling haben lange Arme und scharfe Zähne.«

»Dann sollte ich wohl ein paar Bananen kaufen«, entgegnete Dalziel.

Der Zug setzte sich in Bewegung. Thatcher ging am Bahnsteig entlang.

»Ich kann Ihnen das hier genausogut geben«, sagte er und reichte ihm die Blätter durchs Fenster, die er in der Hand hielt. »Alles über Waggs. Über Kohler ist absolut nichts aufzutreiben.«

»Danke«, sagte Dalziel. »Sie haben nicht gefragt, was ich in diesem Zug mache.«

»Was ich nicht weiß, kann man mir nicht vorwerfen, vorenthalten zu haben«, erwiderte Thatcher lächelnd. »Rufen Sie mich an, wenn Sie einen Dolmetscher brauchen. Tschüß!«

Während der Zug immer schneller wurde, kehrte Dalziel in Gedanken vertieft zu seinem Sitzplatz zurück. Er hatte das ihm unbekannte Gefühl, daß die Dinge außer Kontrolle gerieten. Er hatte über Thatchers Warnung gelacht, doch nun, da er immer tiefer in dieses seltsame Riesenland glitt, war es immer weniger zum Lachen. In Yorkshire war es eine alltägliche Sache für einen alten weißen Jäger, den Löwen in ihren Höhlen zu trotzen. Doch hier war er eigentlich nicht viel mehr als ein alter, dicker Tourist der bis zu anderthalb Million Dollar krankenversichert war, was bei einem guten Tritt wahrscheinlich an einem langen Wochenende draufgehen würde.

»Fahrkarte, Sir«, drang dröhnend eine Stimme an sein Ohr.

»Was? Entschuldigung. Ich war Meilen weit weg.«

»Dafür bezahlen Sie«, sagte der Schaffner bei der Kontrolle des Fahrscheins. »Sie müssen bei Kräften bleiben. Der Speisewagen ist drei Wagen weiter hinten.«

»Hoffentlich taugt das Essen mehr als die Witze«, sagte Dalziel beim Aufstehen.

Es war in der Tat besser. Er bestellte sich zwei riesige Sandwiches und dazu einen Bourbon. Der war zwar nicht die Creme des schottischen Hochlands, aber eine Gänsehaut bekamen die Zähne durchaus davon.

Nachdem sein Körper zu seinem Recht gekommen war, wandte Dalziel seine Aufmerksamkeit den Unterlagen zu, die Thatcher ihm gegeben hatte.

Ein kurzes Überfliegen zeigte ihm, daß er hier die Computerfassung vom Leben und Leiden des Jay Waggs vor sich hatte. Oder vielmehr, einer ganzen Familie von Computern. Einer von Thatchers Kumpeln mußte alle Datenbanken angezapft haben, die den Weg des modernen Pilgers verewigen. Steuer, Gesundheit, Ausbildung, Kreditwürdigkeit, polizeiliche Führung. Gott weiß, was sonst noch. Auf den ersten Blick ergab es ein vollständiges Bild. Doch bei näherem Hinsehen entdeckte man, was Thatcher auf dem Bahnsteig aufgefallen sein mußte: In keiner der wohlinformierten Datenbanken war Waggs letzte bekannte Adresse verzeichnet. Um ihn auf diese Spur zu setzen, hatte es Linda Steeles bedurft, wahrscheinlich auf Veranlassung Scott Ramplings.

Er verschob es, über dessen Motive zu spekulieren und konzentrierte sich auf Waggs Leben. Als erstes fiel ihm auf, daß Waggs zwei Namen benutzte, allerdings nicht unbedingt zu kriminellen Zwek-

Ins Leben zurückgerufen

275

ken. 1957 geboren, war er John getauft worden und der einzige Sohn von Mr. und Mrs. Paul Petersen aus New York gewesen. Mit sechs war er verwaist und von da ab von seiner Tante Mrs. Tess Heffernan großgezogen worden.

Mrs. Heffernan ließ sich zwei Jahre später scheiden (Ursache und Wirkung? fragte sich Dalziel) und heiratete 1966 John Waggs aus Ann Arbor, Michigan. Das Ehepaar adoptierte den Sohn, was die Namensänderung zu Waggs zur Folge hatte, und es war vermutlich auch seit jener Zeit, daß man ihn Jay nannte, um ihn von seinem Adoptivvater zu unterscheiden. Sein aktenkundiges Leben verlief nun reibungslos, bis er Student wurde. Er schrieb sich unter seinem früheren Namen Petersen für ein Betriebswirtschaftsstudium ein, wechselte nach kurzer Zeit das Fach und studierte Filmregie, blieb eine ganze Weile dabei und beendete dann seine Ausbildung mit einem kurzen Auftritt in einer Schauspielschule. Mit diesen unterschiedlichen Erfahrungen gewappnet, aber ohne offizielle Abschlüsse, warf er sich in die Arme der Unterhaltungsbranche. Bereit, alles zu sein, was ihm das große Geld bringen konnte, war er ein Geschäftemacher und Schlitzohr, der das Strandgut am Rande der Legalität einsammelte, sich aber nur gelegentlich die Füße naß machte.

Das alles konnte Dalziel sich zusammenreimen – nicht, weil er viel über die Unterhaltungsbranche wußte, sondern weil er seit langem die Lebensläufe von Menschen kannte, die sich in der Grauzone gewisser Lebensbereiche zu schaffen machten. Ein guter Hinweis war, daß Waggs es eindeutig nützlich fand, sich legal zweier Namen zu bedienen, und wie häufig er von seinem Recht Gebrauch machte. Mit großer Leichtigkeit bewegte er sich zwischen den beiden hin und her, wobei er im großen und ganzen Petersen bevorzugte. Das änderte sich erst vor drei Jahren.

Sein Kontostand war niedrig, doch seine Kreditwürdigkeit war in Ordnung. Man hatte ihm den Blinddarm entfernt, und er hatte sich einer teuren kieferorthopädischen Behandlung unterzogen (was war nur mit diesen Menschen und ihren Zähnen los?), er war nicht HIV positiv, Mitglied der demokratischen Partei und war nur einmal wegen versuchten Betrugs verurteilt worden (weil er eine Option verkauft hatte, die er nicht besaß – Geldstrafe und Urteil zur Bewährung ausgesetzt). Er hatte verschiedene saftige Verkehrsdelikte auf dem Kerbholz, und dafür, daß er nicht versucht hatte, auf dem privaten

Klo des Präsidenten eine Bombe zu legen, war er als ein unglaublich hohes Sicherheitsrisiko eingestuft. Er war unverheiratet.

Worauf lief das also alles hinaus? Auf nicht allzuviel, dachte Dalziel düster.

Verdammt nutzlos, diese Computer! Der einzige verschwommene Lichtblick war diese Sicherheitseinstufung, doch nicht alles Licht ist gleichermaßen willkommen, sagte der zum Tode Verurteilte kurz vor dem Morgengrauen.

Er schob die Informationen über Waggs in seine Tasche und holte Kohlers Bibel heraus. Am Abend zuvor hatte er sie sich schon einmal vorgeknöpft, aber den winzigen Punkten zu folgen war mühselig gewesen, besonders wenn man nichts weiter als die unzusammenhängenden Selbstreflexionen einer Frau geliefert bekam, die kurz davor stand, ihren Verstand zu verlieren. Wenn sie wirklich erstaunliche Geständnisse in der Bibel versteckt hatte, bedurfte es eines ausgeglichenen analytischen Verstandes, um sie ans Tageslicht zu bringen. Jemand wie Wield könnte das machen. Der hatte die Geduld. Oder der kleine Pascoe. Der konnte vielleicht einen Computer dazu einsetzen. Doch er … Er stöhnte, als er an den Umfang der vor ihm liegenden Aufgabe dachte.

»Beim Herrn, Sie sind in der Tat voller Überraschungen!« Es war wieder einmal der Schaffner. »Da haben Sie aber ein gutes Buch. Ein wirklich gutes Buch.«

»Ach ja? Sie haben es vermutlich von Anfang bis Ende gelesen?« knurrte Dalziel.

»Auf dem Schoß meiner Mami. Aber keine Angst, ich bin kein Spielverderber. Ich verrate Ihnen nicht, wie es ausgeht.«

»Danke. Einen Augenblick, mein Lieber, bevor Sie sich davonmachen. Wenn Sie die Bibel so gut kennen, wie lautet Ihre Lieblingsstelle?«

»Gute Frage. Da muß ich überlegen. Psalmen. 137 ist mein Lieblingspsalm. An den Strömen von Babel, da saßen wir und weinten, wenn wir an Zion dachten.«

»Danke«, sagte Dalziel und blätterte solange, bis er die Psalmen gefunden hatte. Die Punkte drängten sich hier dicht an dicht, weil Kohler ihr System verfeinert hatte. Man verlor leicht den Faden, doch er blieb hartnäckig, und eine kurze Weile später breitete sich ein Grinsen über sein Gesicht aus. Wenn die Systeme versagten, verlaß dich auf dein Glück. Wenn die Frauen aufhören zu weinen, erzählen sie dir ihre Lebensgeschichte.

»Vielen Dank«, sagte Dalziel.

Den Kopf über die Angelsachsen schüttelnd, setzte der Schaffner seinen Weg fort und überließ den lächelnden Fahrgast seiner Aufgabe. Doch das Lächeln hielt nicht lange vor.

Um Mitternacht hörte ich, wie das jüngste Kind der Partridges weinte. Ich ging zu ihm und wollte dann Miss Marsh Bescheid sagen. Sie war nicht in ihrem Zimmer. Ich hatte den Eindruck, aus dem Nebenzimmer, wo Tommy schlief, ein Geräusch zu hören. Als würde jemand vor Schmerz aufstöhnen oder Luft holen. Schnell machte ich die Tür auf und sah in das Zimmer. Wollte zuerst meinen Augen nicht glauben. Der Junge lag nackt auf dem Bett, auf ihm kniete mit gespreizten Beinen eine nackte Frau, die seinen Schwanz im Mund hatte. Sie sah mich, stieg herunter und sprach mich an. Bis zu diesem Augenblick hatte ich sie nicht erkannt. Es war die Marsh. Lächelnd, mit nassem Mund. Ich habe ihr eine Ohrfeige gegeben. Blut aus ihrer Nase spritzte über meine Hand. Ich rannte zurück in mein Zimmer und wusch mir die Hände.

»Und Jesus weinte«, murmelte Dalziel. Tommy Partridge, nun der höchst ehrenwerte Thomas Partridge, Parlamentsmitglied, Staatssekretär im Innenministerium, damals der zwölfjährige Sohn und Erbe von Thomas Partridge, Senior, Parlamentsmitglied, Staatssekretär im Kriegsministerium. Hatte Kohler damals ihre Geschichte jemandem erzählt? Mit Sicherheit nicht Tallantire. Wally wurde zum Tier, wenn sich jemand an Kindern vergriff. Der Tod der kleinen Emily Westropp hatte jede Sympathie erstickt, die er für die Kohler gehabt haben mochte. Doch wenn sie ihm von der Marsh berichtet hätte, wäre er aus einer solchen Höhe auf die schottische Kinderfrau gesprungen, daß sie ein neues Tartanmuster abgegeben hätte.

Stockend las er weiter.

Ich saß betäubt auf meinem Bett. Ich weiß nicht, wie lange. Die Stalluhr, die anfing Mitternacht zu schlagen, brachte mich wieder zu mir. Ich mußte mit jemandem sprechen. Rannte die Nebentreppe zum Gästekorridor hinunter. Ich weiß nicht warum, aber mir kam es so vor, daß es wichtig sei, dort anzukommen, bevor die Stalluhr zu schlagen aufhörte. Kam bei der Waffenkammer um die Ecke an, als der letzte Schlag ertönte. Die Tür ging auf und Mick kam heraus. Er sah schrecklich aus. Seine Kleidung war in Unordnung, der Schock stand ihm ins Gesicht geschrieben, bis er mich sah. Gott sei Dank, daß Sie das sind, sagte er, etwas Schreckliches ist passiert. Ich versuchte, an ihm vorbeizugehen, er hielt mich fest, doch ich konnte sie sehen. Pam, blutüberströmt.

Jemand setzte sich neben ihn. Überrascht und irritiert sah er hoch. In dem Wagen war genug Platz, es war nicht nötig, sich neben den dicksten Hintern zu quetschen, der unterwegs war. Seine Irritation verwandelte sich in Überraschung und Mißtrauen, als er den Mann neben sich erkannte. Gepflegt und mit einem eleganten grauen Anzug angetan, war er ohne jeden Zweifel der junge Mann aus dem Hotel, der ihn überfallen hatte und der so leicht der Polizei entkommen war.

Bevor er ein Wort sagen konnte, fühlte er eine Hand auf der Schulter und eine bekannte Stimme sagte: »Hi, Andy, du willst mir wohl davonlaufen?«

Er drehte sich um und sah Linda Steele, die sich hinter ihm über den Sitz lehnte. Gleichzeitig fühlte er, wie ihm die Bibel aus der Hand gezogen wurde und schon war der junge Dieb auf den Füßen und lief rasch den Gang hinunter. Als Dalziel sich erhob, um ihn zu verfolgen, setzte sich Linda Steele auf den leeren Platz neben ihm und versperrte ihm mit ihrem geschmeidigen Körper den Weg.

»Warum?« fragte sie. »Es lohnt sich nicht, glaub mir.«

Er sah, wie der graue Anzug im nächsten Wagen verschwand und gab nach. Es war sowieso anstrengende Arbeit, diese Punkte zu übertragen, und was er gelesen hatte, hatte ihm nicht besonders gut gefallen.

»Das nächste Mal, wenn der Mistkerl in Reichweite kommt, brech ich ihm erst die Knochen, und stell die Fragen hinterher. Du bist also auch mit von der Partie. Hab noch nie mit einem komischen Hengst gepennt, nicht daß ich wüßte. Wenn du Aufnahmen gemacht hast, schickst du mir ein paar Abzüge?«

Sie lachte fröhlich, wurde dann ernst und sagte: »Andy, ich geh nicht mit jedem ins Bett. Gehört nicht zu meiner Arbeitsplatzbeschreibung. Ich habe mich wirklich in dich verknallt.«

»Du brauchst keine Angst um mein Ego zu haben, Schätzchen. Arbeit und Vergnügen zu mischen, ist kein Fehler. Seit die Welt begann, hat es keinen Fick gegeben, für den man nicht auf die eine oder andere Weise bezahlen mußte.«

Sie musterte sein Gesicht von so nah, daß er ihren warmen Atem spüren konnte.

»Ich hab dir doch weh getan.«

»Von diesen Schmerzen kann ich eine gute Portion aushalten. Wenn, dann bin ich froh, daß man mich wenigstens nicht beschuldigen kann, eine Reporterin flachgelegt zu haben. Das würde meinem Ruf daheim wirklich zusetzen.«

»Es tut mir so leid, daß ich dich enttäuscht habe, Andy, aber ich bin wirklich Journalistin. Es ist nur zufällig so, daß ich auch für den Staat arbeite.«

»Ach, es ist der Staat, was? Das sind die Mistkerle, die mir Leute auf den Hals schicken, die mich berauben? Mich bedrohen? Mein Gepäck durchsuchen? Ich habe immer gedacht, daß die Leute nach Amerika kämen, weil sie die Orte hinter sich lassen wollten, wo die Beamten sie beraubten und bedrohten?«

»Ich kann dir nicht folgen. Wer hat dich bedroht?«

»Dein junger Freund hier war der Kerl, der mit einem Schießeisen in mein Zimmer kam, oder hast du das etwa nicht gewußt?«

»Nein. Ehrlich. Er ist nur ein Typ, mit dem ich zusammenarbeiten sollte.«

Sie sah aufrichtig zerknirscht aus, aber Dalziel rief sich ins Gedächtnis zurück, daß sie wahrscheinlich andere Töne anschlagen würde, wenn sie ihn nicht mit Dave Thatcher auf dem Bahnsteig gesehen und erraten hätte, daß ihr Cover im Eimer war.

»Was machst du also, Schätzchen? Einfach nur Befehle befolgen?«

»Ja. Aber du brauchst dir keine Sorgen zu machen, Andy. Wenn mir jemand aufträgt, Leute in Gaskammern zu schubsen, schick ich sie zum Teufel.«

»Freut mich zu hören. Und wenn du das nächste Mal in England bist und dich jemand bei hellichtem Tage im Zug beraubt, dann ruf mich doch an. Oder besser, komm persönlich vorbei, und dann setzen wir genau so frank und frei und furchtlos diese Diskussion fort – vielleicht bei einer heißen Matratze.«

Sie sagte ernsthaft: »Das werde ich mir merken, Andy. Glaub mir, ich mache diese Art Arbeit zum ersten Mal, und es gibt eine Menge Dinge, die ich in Frage stelle.«

»Freut mich zu hören«, sagte er wieder. »Und hier ist noch eine Frage, auf die ich deine Aufmerksamkeit richten möchte. Wohin schicke ich meine Spesenrechnung?«

Eine Sekunde lang sah sie ihn verständnislos an, dann lachte sie wieder, fröhlich und mit viel Gebiß.

»Ich liebe dich wirklich, Andy. Paß ja gut auf dich auf, hast du gehört?«

Noch immer lachend verschwand sie den Gang hinunter.

Dalziel sah ihr nach. Komische Leute, diese Amis, dachte er. Sie nahmen dich ernst, wenn du einen Witz machtest, und sie machten sich in die Hose vor Lachen, wenn du todernst warst.

Mit einem Stöhnen über die Probleme des Reisens im Ausland machte er sich auf den Weg in den Speisewagen.

Der Rest der Reise verging schnell, von großen Sandwiches und großen Drinks unterbrochen. Er kam durch Washington, und er bildete sich ein, den Mann, der ihn überfallen hatte, auf dem Bahnsteig zu sehen. Er bildete sich auch ein, das Kapitol gesehen zu haben, aber es konnte auch irgendein Sommerhaus gewesen sein.

Von Zeit zu Zeit dachte er über die Stelle nach, die er aus den Memoiren der Kohler entziffert hatte. Er versuchte sie zu verstehen, doch das, was er verstand, gefiel ihm gar nicht. Die Marsh lebte wie die Made im Speck und verdankte das dem Mann, dessen Sohn sie mißbraucht hatte ... Nun, das konnte er ohne große Mühe in das allgemeine Schema der Dinge einpassen. Doch daß die Kohler erst *nachdem* Pam Westropp umgebracht worden war durch Zufall auf Mickledore traf ... Daß die Kohler vielleicht nur schuldig war, ihm geholfen zu haben, das Verbrechen zu vertuschen ...

Vielleicht lautete die eigentliche Frage ja, wie sehr er dem chiffrierten Gefasel einer inhaftierten Frau trauen durfte, die verzweifelt versuchte, die verstreuten Puzzlesteinchen ihres Lebens zusammenzusuchen? Das gefiel ihm. Die verstreuten Puzzlesteinchen. Sowas würde der kleine Pascoe sagen. Wo zum Teufel war der eigentlich gestern abend gewesen? Er hatte immer stärker das Bedürfnis, mit jemandem zu reden, von dessen Gehirn er wußte, wie es arbeitete, und der auch wußte, wie seins arbeitete, und der über seine Witze lachte oder wenigstens merkte, daß er einen Witz machte.

Ins Leben zurückgerufen

Er schlief ein und wurde von einer Hand geweckt, die seine Schulter drückte. Die Stimme des Schaffners sagte: »Zeit zum Hübschmachen, Sir. Nächster Halt, Williamsburg.«

Noch gähnend stand Dalziel auf dem Bahnsteig und streckte seine Hand hinauf, um dem Mann die Hand zu schütteln.

»Lebwohl, du schwarzer Rabenvogel.«

»Jetzt hab ich Sie erwischt!« rief der Schaffner aus. »Es war mir eine Ehre, Sie an Bord zu haben, Mr. Greenstreet. Lassen Sie nicht davon ab, den Falken zu jagen, hören Sie?«

Lachend wandte sich Dalziel ab. Nach der feuchten Kälte New Yorks empfand er die Temperatur als angenehme Überraschung. Wie ein warmer englischer Sommerabend. Und die angenehmen Überraschungen setzten sich mit dem Taxifahrer fort. Schweigsam, aber höflich achtete er so genau auf die Verkehrsregeln und die Sicherheit seines Fahrgasts, daß er Dalziels Herz gewann. Er gab ihm ein saftiges Trinkgeld, das der Fahrer zweifelnd ansah.

»Geht in Ordnung, Freund. Ich hab es für Sie aufgespart.«

Im Hotel kümmerte man sich freundlich und kompetent um ihn. Nachdem er rasch ausgepackt hatte, fragte er seinen Körper nach seinen Wünschen und entschied, daß nach der langen Reise ein ordentlicher Spaziergang und frische Luft nicht zu verachten seien. Wie immer mißtraute er körperlicher Ertüchtigung um ihrer selbst willen und beschloß deshalb, sie mit ersten Erkundungen zu verbinden. Er fragte den Mann an der Rezeption nach dem Weg zum Haus Goldener Hain.

Beeindruckt sagte dieser: »Hübsche Adresse.«

»Ja, ich weiß, im historischen Viertel«, sagte Dalziel ungeduldig. »Kann ich es zu Fuß erreichen?«

»Ich denke, Sie werden laufen müssen«, sagte der Mann und warf einen Blick auf seine Uhr.

Der Sinn dieser Bemerkung ging Dalziel erst auf, als er nach Überquerung der geschäftigen Hauptstraße sah, daß vor ihm der Verkehrslärm und die grelle Straßenbeleuchtung verschwunden waren. Noch beunruhigender war, daß die Straße nicht mehr geteert war. Es gab eine Art Beleuchtung, aber die war sehr schwach. Er fragte sich, ob er sich vielleicht verlaufen habe. Er wußte aus dem Kino, wie ein erstklassiges Wohngebiet in Amerika aussah – eine Kreuzung zwischen Ilkley und Babylon –, und die Gegend, in der er gerade war, paßte überhaupt nicht zu dem Bild. Er schöpfte Zuversicht aus dem Anblick anderer Spaziergänger und beschleunigte seinen Schritt, um ein Paar zu überholen.

»Verzeihung«, sagte er.

Sie wandten sich um, und seine Zuversicht verpuffte. Die Frau trug ein langes Musselinkleid und eine Haube, wohingegen der Mann Kniehosen und eine Art Lederkasack trug. Sie bedachten ihn sogleich mit dem strahlenden Lächeln von Wanderpredigern, und der Mann sagte: »Fremdling, wie können wir Euch helfen? Ich bin Caleb Fellowes, und dies ist mein angetrautes Weib, Mistress Edwina.«

Dalziel trat einen Schritt zurück. Er wußte von seiner Lektüre der Regenbogenpresse, daß es in Amerika jede Menge abgefahrener Religionen gab, und er hatte nicht vor, sich von den Loonies oder Moonies oder wie sie sich nun nennen mochten, entführen zu lassen.

»Nein, ist in Ordnung. Ich finde den Weg«, sagte er.

»Seid Ihr erst kürzlich aus England gekommen, Sir?« wollte die Frau wissen. »Was für Neuigkeiten gibt es von der Teesteuer? Wie befindet sich König Georg?«

»Tot«, sagte Dalziel. »Doch seine Frau hält sich noch immer tapfer.«

Sie sahen ihn verständnislos an, dann brachen sie in ein Lachen aus, das viel vertrauenserweckender war als ihr Willkommenslächeln.

Fellowes sagte: »Was suchen Sie, mein Lieber?«

»Ein Haus mit dem Namen Goldener Hain«, sagte Dalziel, noch immer verunsichert.

»Das Haus der Bellmains? In die Richtung gehen wir auch. Warum begleiten Sie uns nicht?«

Er klang so normal, daß Dalziel nach anderen Erklärungen für die Kostümierung als religiöse Durchgeknalltheit suchte.

»Gehen Sie auf eine Party? Oder wird hier ein Film gedreht?«

»Wissen Sie wirklich nicht Bescheid? Kein Wunder, daß Sie aussehen, als wäre Ihnen ein Gespenst begegnet. Sie sind im Williamsburg der Kolonialzeit, wo alles so ist, wie es vor 200 Jahren war, um die Zeit der Unabhängigkeitserklärung herum.«

»Heißt das, daß ich mich für Sixpence vollaufen lassen kann?«

»Teufel, nein, leider nicht«, erwiderte Fellowes und erntete ein entrüstetes Grunzen von seiner Frau.

»Und Sie wohnen tatsächlich hier?«

»Meine Familie lebt hier, seit es ein *Hier* gibt«, entgegnete Fellowes stolz.

»Und die Bellmains?«

»Dieselbe Geschichte, nur daß sie zu mehr Geld gekommen sind. Sie hatten eine große Plantage unten am James River. Goldener Hain hieß sie, so kam das Haus zu seinem Namen. Golden Grove Tabak war der allerbeste.« Er sprach mit der Nostalgie des erst vor kurzem abtrünnig Gewordenen.

»Plantage? So mit Sklaven und allem Drum und Dran?«

»Sicher. Ungefähr zur selben Zeit, als in England noch Fünfjährige die Kamine fegen mußten.«

»Da, wo ich herkomme, schiebt man sie noch immer hinauf«, sagte Dalziel. »Gibt es eine Menge von diesen Bellmains?«

»Nein. Nur noch Marilou ist übrig. Und ihre Kinder, natürlich, aber die sind englisch, und ich vermute, sie tragen den väterlichen Namen.«

»Es gibt aber doch einen Mr. Bellmain?«

»Ihr zweiter Mann. Nach dem, was man so hört, soll er nicht mehr lange zu leben haben.«

»Cal!« sagte seine Frau vorwurfsvoll.

»Ist das hier so üblich? Daß der Mann den Namen der Frau annimmt?«

»Nein. Kann sein, daß sie das Gefühl hatte, beim ersten Mal nicht viel Glück gehabt zu haben, als sie ihn wechselte, und ihn beim zweiten Mal behalten wollte.«

»Kann sein«, pflichtete Dalziel ihm bei. »Muß sie auch kostümiert rumlaufen?«

»Nein«, entgegnete der Mann mit einem Lächeln. »Sie arbeitet nicht für die Stiftung, aber das Haus muß natürlich so bleiben, wie es ist. Das da drüben ist das Haus Goldener Hain.«

Aus warmem rotem Backstein gebaut, war es größer und stand weiter zurück als die anderen und war von Bäumen flankiert. Hinter einem Fenster, das mit einer Gardine versehen war, brannte eine einsame Lampe.

»Wollen Sie Ihren Besuch jetzt machen?« fragte Fellowes.

»Nein«, sagte Dalziel. »Ich warte bis morgen. Es ist schon etwas spät. Gute Nacht. Und danke für Ihre Hilfe.«

Er ging weg. Er hatte natürlich gelogen. Bei dem Spiel, das er spielte, machte es nichts aus, ob man früh oder spät kam, solange man unerwartet kam.

In Wahrheit hatte er zum ersten – oder vielleicht zum zweiten – Mal keine Lust auf die Wahrheit. Worauf er Lust hatte, waren Straßenbeleuchtung und Verkehr, selbst New Yorker. Diese Straßen des 18. Jahrhunderts ohne Straßenlärm, dafür aber mit einem Schwall ohrenbetäubender Fiedelei, die aus der nahegelegenen Taverne drang, waren viel beunruhigender als die finstersten Gassen daheim.

Vor ihm gaben ihm die Scheinwerfer vorbeifahrender Autos ein Zeichen, daß er sich wieder dem 20. Jahrhundert näherte. Hinter ihm ... Er warf einen kurzen Blick zurück und schüttelte sich. Es war, als würde man der alten Zeit in die Kehle blicken. Die Vergangenheit zu stören, war eine gefährliche Sache. Dieser dunkle Schatten, der sich bei seinem Blick seitlich in die Dunkelheit schob – Illusion? Gespenst oder ein lebendes Wesen, das in der Nacht Wache hielt?

Es gab Tage, an denen er hingegangen wäre, um festzustellen, was Sache war. Nicht heute abend. Morgen reichte auch noch. Morgen war auch noch ein Tag. Wer hatte das gesagt? So eine Nutte in einem Film. Ihm fiel ein, wie er gedacht hatte, daß es doch ziemlich bekloppt war, so was zu sagen, und wenn irgend so ein Idiot gutes Geld bekam, weil er es geschrieben hatte, dann sollte er seinen Job an den Nagel hängen und sein Notizbuch an Metro Goldwyn Mayer verkaufen.

Nun machte es Sinn. Er schritt noch schneller aus in Richtung Hotel.

In Richtung morgen.

ELF

»Denn man wandert in einem Kreise, und je näher und näher es dem Ende geht, desto näher und näher rückt man wieder dem Anfang zu.«

Sergeant Wield sagte: »Du solltest deinen Kopf untersuchen lassen.«

Pascoe war verblüfft. Es hatte ihn von Anfang an gestört, daß Wield nicht eingeweiht war, selbst wenn es zu seinem eigenen Besten gewesen war. Nun, da alle seine Karten auf Trimbles Tisch lagen, sah er keinen Grund, warum sein Kollege nicht auch Bescheid wissen sollte. Er hatte nicht gerade ein stürmisches Danke erwartet, doch mit dankbarer Neugier hatte er gerechnet.

»Und warum das?« fragte er, in die Defensive gedrängt. »Okay, es war vielleicht dumm von mir, mich von Andy breitschlagen zu lassen. Aber nun ist es vorbei mit der Geheimniskrämerei. Es kann richtig ermittelt werden, und man braucht sich keine Sorgen zu machen, daß jemand versucht, die Ergebnisse zu fälschen.«

»Ich finde, du wärst besser dran, wenn du noch heimlich herumschnüffeln würdest«, sagte Wield grimmig. »Auf welchem Stern hast du gelebt? Die vergreifen sich doch nicht nur an Ergebnissen, sondern auch an Menschen.«

Mit dieser Bemerkung kam er Pascoes früheren Befürchtungen unangenehm nahe.

»Offenheit ist unser bester Schutz«, verkündete er.

»Du hast zuviele Kalenderblätter* gelesen«, sagte Wield. »Mir will einfach nicht in den Kopf, warum der dicke Andy sich so aufregt. Er ist doch nicht von gestern.«

---

* Eigentlich Christmas crackers. In den englischen Glückskeksen sind entweder blöde Witze oder gescheite Sprüche.

»Loyalität zu Wally Tallantire«, sagte Peter Pascoe. »Hab ich dir doch eben erklärt.«

»Ja, hast du. Dalziel als Verteidiger der Toten. Als nächstes fängt er noch mit Tischrücken an.«

Diese Parallele zu Pottles Spekulationen über das Motiv des Dikken war beunruhigend. War er blauäugig, daß er schlichte Loyalität zu einem toten Kollegen als ausreichendes Motiv akzeptierte?

Egal, es war nicht mehr wichtig. Oder doch?

Er machte sich an die Arbeit.

Nachmittags gegen fünf klopfte es an die Tür. Stubbs kam herein.

»Hallo«, sagte Pascoe lächelnd. »Wir haben es noch immer nicht geschafft, zusammen ein Bier zu trinken.«

»Nein. Viel zu viel zu tun. Sie wissen ja, wie das ist.«

»Wie sieht es mit heute abend aus? In einer Stunde wird geöffnet.«

»Vielleicht.« Stubbs musterte sein Spiegelbild im Glas eines Chagalldrucks. »Gütiger Gott, das harte Wasser hier oben versaut einem das ganze Haar.«

Er hatte etwas auf dem Herzen. Früher oder später würde er den Mund aufmachen.

Pascoe sagte: »Wollen Sie den Namen meines Friseurs?«

Stubbs ließ den Blick zu Pascoes Kopf gleiten, senkte ihn dann zu dessen Konfektionsanzug und sagte: »Wissen Sie, wie alt Sie sind? Genauso alt wie ich, nur 14 Tage Unterschied. Ich habe mir Ihre Daten angesehen.«

»Und?«

»Und gar nichts. Älter auszusehen ist vielleicht die Methode, hier oben klarzukommen.«

»Man muß unauffällig sein«, sagte Pascoe milde.

»Wie Ihr Chef? Der trägt zwar einen Anzug, ist aber so unauffällig wie ein Frauenschänder im Nonnenkloster.«

Damit er mit dem herausrückte, was er eigentlich sagen wollte, mußte Pascoe ihn provozieren.

»Wie kommt's, daß Sie Ihre Nase in meine Daten stecken? Die sind vertraulich.«

»Nicht mehr, nachdem Sie Ihre Nase in unsere Angelegenheiten gesteckt haben.«

»Langsam«, sagte Pascoe. »Zugegeben, ich bin ein bißchen aus der Reihe getanzt, aber Mr. Hiller und ich haben das Problem gelöst.«

»Sie vielleicht«, sagte Stubbs. »Hören Sie. Ich kann Leute nicht ausstehen, die einen fahren lassen und dann das Weite suchen. Sie sollten sich ein paar Dinge über Geoff Hiller zu Gemüte führen. Das erste ist, daß er absolut ehrlich ist. Er gewinnt vielleicht nicht unbedingt einen Preis, wenn es um Charme geht, obwohl er da wohl immer noch vor Ihrem Mr. Dalziel rangieren würde. Aber er ist keine Marionette. Er wurde für diese Aufgabe ausgewählt, weil jeder, der ihn kennt, weiß, daß er polizeiliche Inkompetenz nicht bemänteln würde.«

»Und wenn er entdecken würde, daß mehr als polizeiliche Inkompetenz bemäntelt wird?«

»Auch dann würde er nicht den Rückzug antreten. Genau darum geht es nämlich. Sie und Ihr Chef sind hinter Geoffs Rücken herumgeschlichen. Doch jetzt, wo sich etwas wirklich Übles abzuzeichnen beginnt, wo sind Sie? Sicher in Ihren Boxen, während Geoff im Regen steht und die Flak abkriegt.«

»Flak, von wem?«

»Weiß ich nicht. Aber ich weiß, daß es so kommen wird. Er ist seinen Truppen gegenüber loyal. Wenn die schweren Geschütze aufgefahren werden, bringt er uns in Sicherheit. Sie haben da was losgetreten, Sie und das dicke Ekelpaket, und ich wollte nur sichergehen, daß Sie erfahren, was Sie getan haben.«

»Nun aber langsam!« sagte Pascoe, diesmal echt provoziert. Aber Stubbs war nicht in der Stimmung, um langsam zu machen. Die Tür flog mit einem Knall hinter ihm zu.

»Scheiße«, sagte Pascoe. Er versuchte sich einzureden, daß Hiller sowieso in die Klemme geraten wäre, in der er jetzt zu stecken schien, außer, wenn es ihm nicht gelungen wäre, das auszugraben, was Dalziel ausgegraben hatte, was wiederum bedeutet hätte, daß es gut gewesen war, daß der Dicke sich eingemischt hatte. Und dennoch hatte er Schuldgefühle.

Schließlich griff er zum Hörer und wählte.

»Hallo? Ich möchte bitte mit Lord Partridge sprechen. Sagen Sie ihm, es sei Chief Inspector Pascoe von der Kriminalpolizei.«

Eine lange Pause. Er stellte sich seine Lordschaft vor, wie er mit sich debattierte, bei welcher Reaktion mehr für ihn herausspringen würde, bei edler Verachtung oder *noblesse oblige.*

»Partridge am Apparat. Wie nett, von Ihnen zu hören, Mr. Pascoe. Wie kann ich Ihnen helfen?«

»Sie haben von Miss Marsh gehört?«

»In der Tat. Schrecklich traurig. Doch Zeit und Gezeiten warten auf niemanden, noch nicht einmal auf schottische Kindermädchen.«

»Aber sie üben einen beträchtlichen Einfluß auf andere Naturereignisse aus. Empfängnis, beispielsweise. Der Bericht des Pathologen besagt, daß Miss Marsh eindeutig kein Kind hatte. Noch nicht einmal eine Abtreibung. Nie schwanger war.«

Die nun folgende Pause schien nie enden zu wollen.

»Was veranlaßt Sie zu der Vermutung, daß ich an dieser ziemlich abwegigen Information interessiert sein könnte, Mr. Pascoe?« fragte Partridge zu guter Letzt mit gleichmäßiger Stimme.

»Ich erinnere mich, wie Sie davon sprachen, daß Ihnen Recht und Ordnung am Herzen liegen«, sagte Pascoe. »Ich vermute, daß Miss Marsh in ihrem Streben nach höchstmöglicher Echtheit und größtmöglichem Profit Ihnen eine Rechnung vorgelegt hat. Von einer Abtreibungsklinik, ja? Oder ist sie aufs Ganze gegangen und hat behauptet, das Kind zur Welt gebracht zu haben? Das würde den Einsatz gewaltig in die Höhe getrieben haben. Sie, Eure Lordschaft, sind kein schlichtes Gemüt und würden nicht für ein paar Zahlen auf der Rückseite einer Zigarettenschachtel gleich mit den Banknoten um sich werfen. Sie würden eine korrekt quittierte Rechnung verlangen, und um an eine solche heranzukommen, würde Miss Marsh einen Komplizen gebraucht haben, möglicherweise eine Krankenschwester oder Verwaltungsangestellte in der betreffenden medizinischen Einrichtung. Da Sie Recht und Ordnung auf Ihre Fahnen geschrieben haben, wollen Sie doch gewiß, daß diese Person vor Gericht gebracht wird?«

Er hörte sich in dem maßvoll vernünftigen Ton sprechen, den er immer dann anschlug, wenn seine Phantasie Purzelbäume schlug, wie Dalziel ihm immer vorwarf. Er hielt inne und wartete darauf, daß Partridge ihn auf die Erde zurückholen würde, wütend, erstaunt oder mit der Drohung, Trimble anzurufen oder eine Petition im Parlament zur Wiedereinführung der neunschwänzigen Katze einzubringen. Aber zum Teufel damit! Sein Anruf lohnte sich schon allein deshalb, weil er auf diese Weise wußte, daß der alte Mistkerl wußte, was er wußte. Außerdem würde ihn die Vorstellung, Jahre lang bares Geld für eine Phantomschwangerschaft aus dem Fenster geworfen zu haben, in alle Ewigkeit verfolgen.

Ins Leben zurückgerufen

Am anderen Ende war ein Laut zu hören. Vielleicht das Zischen einer Rage, die sich nicht in Worte kleiden ließ? Das Geräusch wurde immer lauter. Nun gab es keinen Zweifel mehr. Nicht Wut – Gelächter. Und nicht das gezwungene Gelächter eines Menschen, der versucht, gute Miene zum bösen Spiel zu machen, sondern das herzhafte Lachen echter Erleichterung und aufrichtigen Amüsements.

»Mr. Pascoe, ich danke Ihnen. Es war sehr freundlich von Ihnen, sich die Zeit zu nehmen, mich anzurufen. Vielen Dank. Wenn Sie wieder einmal in der Nachbarschaft sein sollten, besuchen Sie uns. Wir freuen uns immer, Sie zu sehen. Auf Wiedersehen.«

Und die Verbindung war unterbrochen.

»Nun bin ich aber ganz platt.«

Von der Tür war ein diskretes Hüsteln zu hören. Wield stand mit einem Ordner in der Hand und einem schwachen Lächeln auf den zerfurchten Zügen im Raum.

»Ärger?«

»Nein. Aber das ist ja gerade das Merkwürdige«, erwiderte Pascoe. Dergleichen Unlogik bedurfte der Erläuterung.

Wield hörte zu und seufzte: »Du kannst die Sache nicht in Ruhe lassen, was?«

»Wenn Partridge ausgerastet wäre, dann vielleicht.«

»Aber er klang erleichtert? Naja, er hat schließlich ein Problem weniger. Mit dem Tod der Marsh, meine ich.«

»Das wußte er schon, als ich ihn anrief. Vielleicht wußte er es schon, bevor egal wer anrief.«

Wield pfiff und sagte: »Langsam. Sag so etwas ohne Beweise, und du sitzt wirklich in der Tinte.«

»Die Beschreibung des Besuchers von Miss Marsh paßt«, sagte Pascoe verbohrt.

»Aber nur wie Hillers Jackett«, spottete Wield. »Ziemlich groß? Graumeliertes Haar? Militärmantel? Kurzer Blick von hinten? Das gäbe eine großartige Gegenüberstellung. Jedenfalls, wenn er sie umgebracht hätte, hätte ihn die Neuigkeit, daß sie ihn die ganzen Jahre ausgenommen hat und er sie gar nicht hätte umbringen brauchen, wohl kaum überglücklich gemacht?«

»Kaum anzunehmen.« Pascoe lachte. »Das Merkwürdige ist, daß ich den Alten ganz gern mag. Ich habe ihn nur deshalb ausgesucht, weil ich sonst niemanden hatte. Dafür, daß er ein alter Lord der Torys ist, ist er gar nicht so übel. Ich habe seine Autobiographie gelesen. Unter dem Strich tut er mehr Gutes, als er Schaden anrichtet. Das ist mehr, als man von den meisten ehemaligen Politikern sagen kann.«

»Er beherrscht wohl die Kunst, sich ins rechte Licht zu rücken?« fragte Wield skeptisch.

»Klar. Doch er hält sich sehr zurück, wenn er von seinem sozialen Engagement spricht. Als wolle er die Wohltätigkeitsverbände bekanntmachen und nicht sich. Der Carlake Trust, dem er die Tantiemen seines Buchs zur Verfügung stellt – es scheint, daß der auch das Sitzungsgeld bekommt, das Partridge im Oberhaus erhält. Aber er macht kein großes Getue darum, sondern erwähnt es nur nebenbei.«

»Ist eigentlich merkwürdig, daß er sich da so engagiert«, sagte Wield sinnierend.

»Wieso?«

»Nichts Greifbares. Außer daß Leute wie Partridge mit Sicherheit häufig gebeten werden, die Schirmherrschaft von Wohltätigkeitsorganisationen zu übernehmen, und in der Regel wählen sie eine, zu der sie eine persönliche Beziehung haben. Wenn deine Frau an Krebs gestorben ist, spricht dich die Krebshilfe an, oder die Herzstiftung, wenn du einen Herzinfarkt gehabt hast.

Warum also interessiert sich Partridge für eine Organisation, die Heime für Kinder schafft, die so behindert sind, daß ihre Eltern es nicht fertigbringen, sie großzuziehen …?«

Die beiden Polizisten sahen einander an, während ihnen wilde Mutmaßungen durch den Kopf gingen.

»Wann hat er angefangen, sich dafür zu interessieren?« fragte Wield.

»Wart mal«, sagte Pascoe und blätterte in der Autobiographie. »Wenn ich mich recht entsinne, war er fast von Anfang an dabei. Durch seine Unterstützung wurde die Stiftung zu einer nationalen Wohlfahrtsinstitution … hier ist die Stelle. ›Als ich Percival Carlake kennenlernte, leitete er ein einziges Heim in der Nähe von Dunfermlin in Fife, das einst sein eigenes Zuhause gewesen war …‹ Und das war, laß schauen, 1971. Es paßt! Und mittlerweile gibt es über zwanzig Heime im ganzen Land, hauptsächlich durch Partridges Initiative.«

»Um sein Gewissen zu beruhigen?«

»Er hat mehr als nur Geld gespendet, Wieldy. Er hat verdammt harte Arbeit investiert. Dieses raffinierte Weib! Sie arrangiert alles mit einer Komplizin in, sagen wir, Edinburg, ich wette in Edinburg, denn da kam sie her. Am Anfang plant sie nur etwas Taschengeld abzusahnen, und eine Geburt kostet mehr als eine Abtreibung. Vielleicht hatte sie vor zu sagen, es sei eine Totgeburt gewesen, doch ihre Komplizin erzählt ihr etwas von einer anderen Frau in derselben Klinik oder demselben Krankenhaus oder was auch immer, die gerade ein fürchterlich behindertes Kind zur Welt gebracht hat. Sie kann oder will es nicht großziehen, und das Kind kommt bei Carlake unter. Marsh sieht eine Chance, Partridge für richtig schön lange zu knebeln. Zu sagen, daß sie ein gesundes Kind gehabt habe, das sie zur Adoption freigeben wolle, ist zu riskant. Partridge hätte sich zu sehr dafür interessieren können. Es wäre auch ganz einfach zu überprüfen gewesen. Wohingegen ein solches Kind …«

»Unterlagen würde es aber dennoch geben.«

»Klar. Name der Mutter. Sagen wir, sie heißt Smith. Marsh sagt zu Partridge, sie habe den Namen Smith verwendet, um ihre Schande zu verstecken. Sie läßt sich alle gefälschten Quittungen auf den Namen Smith ausstellen. Und als Partridge sie akzeptiert, hat sie ihn lebenslänglich an der Leine.«

»Und er beginnt, sich für Carlakes Arbeit zu engagieren, um sein Gewissen zu beruhigen?« Wield runzelte die Stirn. »Man sollte doch meinen, daß jemand, dem das so zu Herzen ging, gesagt hätte: ›Du kannst mich mal‹ und sich einfach zu dem Kind bekannt hätte. Damals hatte er die Politik doch schon an den Nagel gehängt.«

»Er mußte aber noch immer auf Lady Jessica Rücksicht nehmen«, sagte Pascoe.

»Glaubst du, sie wußte Bescheid?«

»So wie sie über die Marsh sprach, hatte sie eine Ahnung. Auf jeden Fall, Wieldy, das sind alles nur Spekulationen. Ich spreche mit Hiller darüber, aber für mich ist das eine Sackgasse, wie du ohne Zweifel mit Erleichterung hören wirst.«

»Nicht ganz eine Sackgasse«, sagte Wield.

Pascoe schaute den Sergeant scharf an. Dessen bräunlich gelbem Gesicht war nichts zu entnehmen, aber Pascoes Ohr war sehr fein auf die Nuancen seiner Stimme eingestellt.

»In welcher Hinsicht?« fragte er.

»Wenn du richtig liegst mit Miss Marsh, heißt das, daß es nichts gibt, was sie für ein paar zusätzliche Pfund nicht getan hätte«, sagte Wield.

»Was hast du jetzt schon wieder angestellt, Wieldy? Sag ja nicht, daß du vergessen hast, dich an all die guten Regeln zu halten, die du mir vorgebetet hast?«

»Nicht ganz. Ich hatte mir nur überlegt, daß es interessant sein könnte, sich die Alumni – heißt es so? – von Beddington College im Jahr 1976 vorzuknöpfen. Hier. Siehst du jemanden, der dir zusagt? Ich habe den Namen, der mir auffiel, unterstrichen.«

Mit der schwungvollen Geste eines Oberkellners, der die Speisekarte präsentiert, legte er die Akte geöffnet vor Pascoe.

Pascoes Blick glitt langsam an den Namen entlang, bis er zu einem kam, der mit einem roten Strich versehen war.

»Tja!«, sagte er. »Das ist wirklich ein Leckerbissen, allerdings bin ich mir nicht sicher, ob er auch Andy Dalziel schmecken wird. Wie ist das mit Amerika? Ob es dort wohl noch gestern ist?«

»Das weiß Gott allein«, sagte Wield. »Es könnte sogar schon morgen sein.«

VIERTER TEIL

GOLDENER HAIN

EINS

»Ich habe bisweilen in den Abendstunden allein hier gesessen und habe gelauscht, bis es mir vorkam, die Echos, die ich vernähme, seien der Widerhall all der Fußtritte, welche bestimmt sind, uns in unserem Leben zu begegnen.«

Die durchs Fenster fallende Morgensonne wärmte erst, dann weckte sie den Mann mit dem ausgemergelten Gesicht. Er lag regungslos da, denn solange er sich nicht rührte, ließ sich sein gegenwärtiger Zustand durch die Erinnerung beinahe verdrängen. Wie Staubpartikel, die im goldenen Licht der Sonnenstrahlen kurz aufleuchten und sogleich wieder verschwunden sind, kamen und gingen seine Gedanken, zusammenhanglos und ohne daß er sie beeinflußte.

Die Tür öffnete sich. Marilou Bellmain sagte: »Du bist ja wach!«

»Wie Lazarus«, sagte er und versuchte zu lächeln.

»Soviel ich weiß, wollte Lazarus gar nicht so recht.«

»Er hatte bestimmt keine Frau wie dich.«

»Und ich wette, er hatte auch nicht dein flottes Mundwerk. Möchtest du jetzt dein Frühstück?«

»Ich glaube, dazu stehe ich auf.«

»Ist das vernünftig? Solltest du dich nicht lieber ein paar Tage ausruhen, bis du wieder kräftiger bist?«

»Ganz anders sagt mein Geist mir«, zitierte er. »Ich stehe lieber auf, solange ich noch kann. Und außerdem habe ich wie Miltons Samson das Gefühl, daß heute im Laufe des Tages einige Besucher zu mir kommen könnten.«

»Wer zum Beispiel?« fragte sie mißtrauisch.

»Zum Beispiel Freunde und Nachbarn, die hereinschauen, um zu sehen, wie's mir geht.«

Ins Leben zurückgerufen

Er schlug das Laken zurück, und sie kam näher, um ihm zu helfen.
»Ich will aber nicht, daß die Leute dich ermüden.«

»Pst, Liebes«, sagte er. »Beim ersten Anzeichen von Müdigkeit darfst du dich wie ein feuerspeiender Drache auf sie stürzen.«

Er musterte sich im Spiegel des Toilettentischs und sagte betrübt: »In einem wenigstens gleiche ich Samson. Ich habe keine Haare mehr.«

»Die wachsen wieder nach.«

»Jetzt, nachdem die Therapie beendet ist? Ja, die Zeit könnte reichen, meine Amerikanisierung mit einem Bürstenschnitt zu vollenden. Entschuldige, ich wollte dir mit meinen morbiden Gedanken nicht weh tun.«

»Und ich wollte nicht, daß du es mir ansiehst.«

Er legte seine dünnen Arme um ihre füllige Taille. Früher war sie schlank und elegant gewesen; doch während er immer weniger geworden war, war sie auseinandergegangen, als ob sie sie beide am Leben erhalten könnte, indem sie für zwei aß.

»Marilou, dich gefunden zu haben, war das Beste, das mir jemals im Leben widerfahren ist. Es entschädigt mich mehr als reichlich für alles davor.«

Sie sah ihn nachdenklich an: »Für alles? Das kann nicht dein Ernst sein.«

»Da ich das Vergangene nicht ändern kann, kann ich nur alles zusammen- und aufrechnen. Und bis zu dem Tag, als wir uns zufällig in Mexico City über den Weg liefen, sah die Bilanz meines Leben ehrlich gesagt eher nach einem Bankrott aus. Danach sind die Zahlen über jede Diskussion erhaben.«

Da beugte sie sich über ihn und gab ihm einen herzhaften Kuß.

»Du willst nicht nur aufstehen, sondern dich auch anziehen?«

»Aber gewiß doch. Nur die Huren und Bourbonen empfangen ihre Besucher im *Negligé*.«

»Schon wieder diese Besucher«, sagte sie. »Du erwartest *doch* jemanden.«

»Eigentlich nicht«, meinte er nachdenklich. »Aber schon seit geraumer Zeit habe ich so ein Gefühl, daß irgendwer, irgendwo – vielleicht sind es auch mehr als einer – auf dem Weg zu mir ist. Und man darf ja auch nicht mehr allzu lange warten, nicht? Noch einmal, Entschuldigung. Nur Marilou, mein Liebling, versprich mir eines. Wenn heute jemand kommt und nach mir fragt, laß ihn rein. Schick niemanden weg. Niemanden.«

»Wenn du unbedingt willst. Aber nur heute. Danach übernehme ich das Kommando, klar?«

»Abgemacht«, stimmte James Westropp ihr zu. »Nun geh und mach das Frühstück.«

»Und ich soll dir wirklich nicht helfen?«

»Ein englischer Herr mag einer Dame bei Gelegenheit gestatten, ihn auszuziehen, aber er behält sich vor, seine Kleider alleine wieder anzuziehen.«

»Tatsächlich? Nun, hier sind wir in Amerika und machen die Dinge auf unsere Art.«

»Falsch«, sagte er. »Hier sind wir in der Hauptstadt der Kolonie Virginia, in der sich nichts verändert hat, seit mein Ur-Ur-Ur-Urgroß-ich-weiß-nicht-was euer unbestrittener Herrscher war, also, wenn ich den Mund aufmache, springst du gefälligst.«

»Ich springe ja schon«, sagte sie lachend und verließ das Zimmer.

Und jetzt stand James Westropp langsam auf, stützte sich am Bett ab und öffnete den Kleiderschrank. Über der Kleiderstange war ein Fach. Er steckte seine Hand tief hinein, tastete eine Weile darin herum und holte dann einen Schuhkarton heraus.

Vorerst erschöpft, setzte er sich auf sein Bett, um zu verschnaufen. Dann öffnete er den Karton.

Darin lagen eine Pistole, ein altes Büffellederetui und eine Pillendose aus Messing mit einem Wappen auf dem Deckel. Er schüttelte sie. Es klapperte. Er schaute in den Spiegel und musterte sein ausgezehrtes Gesicht.

»Eulen nach Athen«, murmelte er.

Dann stand er wieder auf und begann, sich für seine Besucher anzukleiden.

Weniger als zwei Kilometer entfernt stand Cissy Kohler unter der Dusche und hielt ihr Gesicht in den prickelnden Wasserstrahl. Nach drei Jahrzehnten unter englischem Getröpfel hatte sie vergessen, welch wildes Entzücken eine echte amerikanische Dusche auslösen konnte. Sie würde aufpassen müssen, daß sie nicht süchtig wurde. Schon jetzt war ihre Haut rosa und aufgequollen, die unweigerliche Folge von zuviel heißem Wasser. Aber es fiel schwer, aus dem kochenden Strahl zu treten, der ihr die verspannten Muskeln löste, das narbige Gemüt mit Wasserdampf umnebelte und die in Fleisch und Blut übergegangenen Gefängnisjahre abzuwaschen drohte.

Sie drehte den Thermostat auf Kalt, schnappte nach Luft, als die Temperatur um 40 Grad fiel, und drehte das Wasser ab.

Während sie sich kräftig abrieb, stellte sie zum ersten Mal fest, daß sie zunahm. Essen interessierte sie nicht besonders, sie aß, was man ihr vorsetzte, aber eindeutig war das, was man ihr nun vorsetzte, eher dazu angetan, eine Auswirkung auf ihre Vorderfront zu haben, als die strenge Diät in den Haftanstalten Ihrer Majestät der Königin.

Interessanter aber als die Veränderungen an ihrer Gestalt und Haut war die Tatsache, daß sie ihr aufgefallen waren.

Hieß das, daß sie wieder eitel wurde? Konnte es wirklich sein, daß sie sich nun, nach so vielen Jahren, kurz vor der entscheidenden Begegnung, von ihrem äußeren Erscheinungsbild davon ablenken ließ, all das, was sie empfunden hatte und was ihr widerfahren war, in eine klare, unzweideutige Sprache zu bringen?

Sie wandte sich dem großen Badezimmerspiegel zu. Er war beschlagen, und für einen Moment schien die rosige Gestalt, die sie im Wasserdampf nur schwach erkennen konnte, jenes Mädchen zu sein, das sie selbst am Tag vor dem endlosen Gestern gewesen war. Sie beugte sich vor und schob den nebligen Vorhang mit dem Handtuch beiseite.

Sie schaute lange unverwandt auf das freigelegte Bild, dann schlüpfte sie in ihren Bademantel und ging ins Schlafzimmer.

Im Türrahmen stand Jay Waggs.

»Hallo, ich habe angeklopft, aber ich nehme an, du konntest mich unter der Dusche nicht hören. Du siehst ja beinahe glücklich aus! Sehe ich da ein Lächeln auf deinem Gesicht?«

»Ich habe gerade gedacht: Warum so gut wie möglich aussehen, wenn du auch unbeschadet schlecht aussehen kannst?«

»Ach ja? Um das zu verstehen, brauch ich eine Weile. Inzwischen gibt es Neuigkeiten. Der Polyp, dem ich eine verpaßt habe, wohnt hier bei uns im Hotel. Ich habe gesehen, wie er zum Frühstück ging und dann ans Telefon gerufen wurde.«

Cissy Kohler zuckte mit den Schultern.

»Dann ist er eben hier. Er kann doch nichts ausrichten.«

»Das wissen wir nicht. Wir wissen nicht, für wen er arbeitet. Er macht mich unruhig.«

»Dieser Typ Mann würde mich auch beunruhigen, wenn ich ihn k.o. geschlagen hätte.«

»Wenn deine Bemerkung nicht so sehr den Nagel auf den Kopf treffen würde, wäre sie beinahe witzig. Ciss, du bist heute morgen richtig aufgekratzt. Ich wußte, daß du ihn gern wiedersehen willst, aber ich hätte nicht gedacht, daß es dich glücklich machen würde.«

»Was heißt schon glücklich? Laß dich nicht täuschen, Jay. Ich bin innerlich bereit, das ist alles.«

»Braves Mädchen. Aber vielleicht ist es besser, wenn ich vorher noch mit dem Fettwanst rede und herauskriege, woher er kommt. Ich will nicht, daß er alles verdirbt.«

»Du bist sehr mutig, Jay.«

»Nein, überhaupt nicht. Ich warte, bis er sein Telefonat beendet hat, und dann folge ich ihm in den Frühstücksraum. Kein Polyp schlägt gern jemanden in der Öffentlichkeit zusammen. Außerdem sieht er nicht danach aus, als würde er sich prügeln, wenn er gleich etwas Gutes zu essen bekommt. Du wartest hier auf mich. Es dauert höchstens eine halbe Stunde. Und nach all den Jahren kommt es doch auf eine halbe Stunde nicht an, oder?«

»Nein.«

»Braves Mädchen.«

Damit ging er. Sie schloß die Tür ab, drehte sich eine Zigarette, zündete sie an und dachte über Jay nach. Sie hatte das Gefühl, daß er Zeit schinden wollte, nicht nur, weil er einen Grund dafür hatte, sondern auch, weil ihn jetzt, kurz vor dem Ziel, eine Lähmung vor dem entscheidenden Schritt überkommen hatte. Sie konnte das gut nachempfinden, denn ihre Großspurigkeit war nur aufgesetzt. Sie verstand nur nicht, warum es ihm so ging wie ihr.

Neugier für die Beweggründe anderer Leute war, wie die Sorge um ihr Äußeres, ein bösartiges Gewächs, das sie schnellstens ausreißen sollte. Sie drückte ihre Zigarette aus und zog sich an. Für ihr Makeup brauchte sie eine ganze Weile, denn als sie in den Spiegel schaute, sah sie, daß sie weinte. Sie würde nur aufhören können, wenn sie herausfand, warum sie weinte – was nicht so schwierig war. Sie weinte um das schemenhafte Wesen, das sie aus dem beschlagenen Spiegel des Badezimmers angeblickt hatte.

Nachdem ihr das klar war, trug sie mit ruhiger Hand ihr Make-up auf, prüfte, ob sie auch im Morgengrauen, bevor die Sonne aufgegangen war, zu den Lebenden gerechnet werden würde, und ging hinaus, um dem Spuk ein für alle Mal ein Ende zu bereiten.

ZWEI

»Es ist kein Dolmetscher nötig, um zu erraten, was diese Unholde sagen wollen. Sie haben nur einen Gedanken im Kopf, und der ist Unfug und nächtliches Morden.«

»Hallo?« brüllte Dalziel. »Bist du das? Wie kann man denn anständige Leute zu einer so idiotischen Zeit anrufen? Ich habe noch nicht einmal gefrühstückt.«

»Tut mir leid«, sagte Pascoe. »Aber ich hatte es gestern abend schon einmal versucht. Zweimal. Das erste Mal hieß es, Sie wären noch nicht angekommen, und das zweite Mal, Sie gingen *spazieren*.«

»Du hättest doch eine Nachricht für mich hinterlassen können.«

»Damit Sie wieder zu nachtschlafender Zeit zurückrufen? Wohl kaum«, flüsterte Pascoe und hielt den Hörer mit der Hand bedeckt. Wield, der am Nebenanschluß mithörte, grinste.

»Hallo! Bist du von der Stange gefallen? Was ist denn so wichtig, daß es nicht bis nach dem Essen warten kann?«

»Eine ganze Menge. Ich sage Ihnen, Sie werden staunen.«

Pascoe berichtete kurz von seinem Gespräch mit Mrs. Friedman und las den Brief von James Westropp vor. Dann erzählte er Dalziel von seinem Besuch in Harrogate, wie sie die Leiche von Miss Marsh gefunden hatten und was danach kam.

»Dann hat Wieldy zwei und zwei zusammengezählt und ist zum Beddington College gefahren ...«

»Wieldy? Der mischt jetzt also auch mit, was? Und du läßt ihn auch noch auf eine Schule los? Mein Gott, die Pimpfe könnten doch einen Schaden fürs Leben abkriegen!«

Pascoe warf dem Sergeant einen kurzen Blick zu und verzog um Verzeihung heischend das Gesicht.

Wields Antwort bestand in der leicht obszönen Geste, für die man einen Finger benötigt.

Pascoe sagte: »Warten Sie ab, bis Sie hören, was er herausgefunden hat. Wissen Sie, wer 1976 dort Schüler war, als Marsh die Kohler im Gefängnis besuchte?«

»Kannst du mich nicht was Schwieriges fragen?« schnaubte Dalziel verächtlich. »Kann doch nur der junge Philip Westropp gewesen sein. Liegt doch auf der Hand. Und die Marsh dachte bei sich: Holla, da möchte ich doch mal wissen, ob die kleine Kohler Kontakt zu ihrem alten Boß hat, und wenn nicht, wieviel sie dafür wohl springen lassen würde.«

Pascoe streckte dem Telefon die Zunge raus und sagte: »Ja, zu dem Schluß sind wir auch gekommen. Warum Miss Marsh allerdings davon ausging, es könne sich lohnen, verstehe ich nicht. Viel Geld konnte die Kohler doch nicht gehabt haben, und was brachte die Marsh überhaupt auf den Gedanken, daß die Kohler löhnen würde?«

»Mein Gott, kaum bin ich ein paar Tage weg, und schon wird Ihre Birne weich«, seufzte Dalziel. »Egal, was die Kohler hatte, als man sie einlochte, es lag doch wahrscheinlich auf der hohen Kante und hat Zinsen gebracht. Wo sie sich rumtrieb, gab's nicht viele Möglichkeiten, Geld auszugeben, oder? War vielleicht ein ganz nettes Sümmchen. Egal, Miss Marsh war eine echte Schottin. Kleinvieh macht auch Mist. Gilt übrigens auch für gute Ermittlungsarbeit, aber das versuche ich euch ja schon seit Ewigkeiten einzubleuen.«

»Warum ging die Marsh davon aus, die Kohler wolle den Kontakt wieder aufnehmen?« ließ Pascoe sich nicht abwimmeln.

»Weil sie verdammt viel mehr wußte, als sie je verraten hat«, knurrte Dalziel. »Das ist typisch für Leute wie sie. Sie beobachten, registrieren, bohren und schnüffeln und behalten alles für sich, bis sie meinen, daß sie ihr Wissen in bare Münze umsetzen können. Ein Kind hat sie also nie gehabt? War nicht mal schwanger. Alle Achtung, die hatte einen Nerv!«

»Alle Achtung?« sagte Pascoe. »Je mehr ich über sie rauskriege, desto fieser wird sie. Aber hören Sie, wenn Sie glauben, daß sie mehr über die Geschichte auf Mickledore Hall wußte, dann frage ich mich, ob sie Partridge irgendwie in der Hand hatte? Sie hat ihn ja offensichtlich mit der Geschichte von dem Baby an der Nase herumgeführt, aber ich verstehe immer noch nicht, wieso sie so viel aus ihm herausquetschen konnte. Nach dem, was mein walisischer Bestattungsunternehmer sagt, strotzen die Dörfer um Haysgarth nur so von strammen Bastarden, warum geht ein weiterer dem guten Lord so an die Nieren?«

Daziel erwiderte: »Nachdem du so duselig warst, ihn wissen zu lassen, daß er außen vor ist, werden wir das wohl nie genau erfahren. Aber ich würde darauf tippen, daß die Marsh nicht Lord Thomas als Vater angegeben hat, sondern den jungen Tommy, den Sohn und Erben.«

»Großer Gott! Das wäre durchaus eine Hypothese, doch wieso ...?«

»Der Junge war noch ein Dreikäsehoch, da war sie schon hinter ihm her. So hat sie wohl ihrem Affen Zucker gegeben. Was weiß ich. Hör zu.«

Er erzählte, was er im Tagebuch der Kohler gelesen hatte.

»1970 muß er 19 gewesen und zur Uni gegangen sein, somit also außer ihrer Reichweite gewesen sein. Es war an der Zeit, nicht mehr ans Vergnügen zu denken, sondern Kasse zu machen. Kann ja sein, daß der Junge selbst zu seinem Papa ging und alles beichtete. Andere Kinder mochten auch eine Rolle gespielt haben. Es kommt auf jeden Fall zum großen Knall, und sie zieht ihre letzte Karte aus dem Ärmel. Vielleicht kam hier ihr Helfershelfer zum ersten Mal ins Spiel, der ihr getürkte Testergebnisse besorgte. Und nachdem Partridge zu zahlen bereit war, um alles zu vertuschen, war die Sache ein Selbstläufer. Er wollte nur seinen Jungen davor bewahren, daß ihm der Start ins Leben von den Skandalblättern versaut würde. Was meinst du, was die aus dem Fall gemacht hätten! Aber als sie Partridge erstmal so weit gebracht hatte, daß er die Geschichte von dem behinderten Kind schluckte, hatte sie ihn lebenslänglich in der Hand. Je höher der junge Tommy beruflich aufstieg, desto größer wurde ihre Macht. Überleg mal, was es für einen Minister der Torys bedeutet, wenn herauskommt, daß sein behinderter Halbbruder sein Leben in einem Heim verbringt! Da hilft es auch nicht, seine Unschuld zu beteuern. Selbst wenn sein Papa es die ganze Zeit vor ihm geheimgehalten hätte, müßte der Sohn sein Bündel packen. Der Regierung würde das allerdings auch nicht viel weiterhelfen.«

»Und weil Waggs der Wahrheit zu nahe kam, oder dem, was alle für die Wahrheit halten, hat man die Kohler laufen lassen?«

Ins Leben zurückgerufen

»Sehr wahrscheinlich. Man konstruiert einen anderen Hergang, bei dem die Marsh das Blut erklärt; berechtigte Zweifel; sie wird entlassen; Waggs hört auf zu schnüffeln. Klingt einleuchtend.«

»Dann fangen wir an zu schnüffeln, und was passiert? Miss Marshs Herz bleibt stehen. Jesusmaria.«

»Langsam, Junge. Könnte auch Zufall gewesen sein. Kein Grund, komische Hengste zu schreien, bevor du nicht das Rote ihrer Augen siehst.«

Pascoe wurde ernst: »Das könnte eher passieren, als Sie denken. Da gibt es noch etwas, was ich Ihnen nicht erzählt habe. Heute morgen sind uns Gerüchte zu Ohren gekommen, es braue sich bei South Thames ein Unwetter zusammen, man ermittele wegen Mißbrauchs von Polizeigeldern durch frisierte Spesenabrechnungen. Geoff Hiller könne in die Sache verwickelt sein.«

Die Schadenfreude des Dicken hätte er vorhersehen sollen.

»Was? Den Adolf hat man mit der Hand in der Ladenkasse ertappt? In der Kneipe kam er nie auch nur in die Nähe der Kasse, das steht fest. Der hatte immer nur große Taschen und kurze Arme. Junge, das Beste hast du wirklich bis zum Schluß aufgehoben. Das muntert mich den ganzen Tag auf.«

»Nein!« erwiderte Pascoe scharf. »Sie haben nicht verstanden, worum es geht. Sie mögen persönlich von ihm halten, was Sie wollen, ich bin aber überzeugt, daß er als Polizist das Herz auf dem rechten Fleck hat.«

»Was? Du bist wohl auf der Straße nach Damaskus vom Fahrrad gefallen! Ich kenne meine Pappenheimer, Junge. Und was du da von dir gibst, ist Taubenscheiße, die zu nichts weiter gut ist, als weggewischt zu werden.«

»Denken Sie doch, was Sie wollen!« erwiderte Pascoe bissig. »Ich weiß nur, daß er alles weiß, was wir wissen, und ich sehe nirgendwo Anzeichen dafür, daß er bereit wäre, etwas unter den Teppich zu kehren. Ich schätze aber, wenn er nicht mitspielt, entzieht man ihm die Ermittlung und zitiert ihn innerhalb von 24 Stunden in den Süden, damit er wegen dieser Spesenveruntreuung Rede und Antwort steht.«

»Der spielt mit«, erwiderte Dalziel, verunsichert.

»Das glaube ich nicht. Ich weiß zwar nicht, was genau Sache ist, aber eines ist sonnenklar, wenn die willens sind, Hiller das Maul zu stopfen, dann scheuen sie auch vor Ihnen nicht zurück.«

Es war Pascoe, als könne er durch das Transatlantikkabel spüren, wie Dalziel gleichgültig die Schultern bis unter die Ohren hob.

»Um mich zum Schweigen zu bringen, brauchen sie Extrakleber«, sagte Dalziel. »Paß auf dich auf, Junge. Wieldy, du auch.«

Dann war die Leitung tot. Wield fragte: »Woher wußte er, daß ich mitgehört habe?«

»Woher weiß der Igel, daß es Frühling wird?«

Im Frühstückszimmer studierte Dalziel die Speisekarte. Da stand etwas, das hieß Grütze. Er schüttelte sich, bestellte dann Eier mit Speck und erläuterte seine Sonderwünsche in einem Ton, den die Pharaonen vermutlich anschlugen, als sie den Bau der Pyramiden anordneten.

Er hatte gerade den ersten Bissen in den Mund gesteckt, als Jay Waggs an seinen Tisch trat.

»Was dagegen, wenn ich mich setze?« fragte Waggs, unsicher, ob es ein gutes Zeichen war, daß der Dicke nicht überrascht war.

»Ich sehe Sie lieber vor als hinter mir«, erwiderte Dalziel.

»Es tut mir leid«, sagte Waggs beim Hinsetzen. »Ich habe Sie wirklich für einen Einbrecher gehalten.«

»Ach ja? Haben Sie gut gezielt oder einfach Glück gehabt?«

»Beides. Ich habe schon gesagt, daß es mir leid tut. Können wir das nun abhaken und miteinander reden?«

»Ich habe gelernt, mit vollem Munde schlägt man nicht. Also, Junge, was gibt's da zu besprechen?«

»Das kann ich Ihnen sagen.« Waggs entspannte sich sichtlich, als er sich auf das vertraute Gebiet des Verhandelns begab. »Ich will nur wissen, was hier gespielt wird.«

»Was hier gespielt wird? Paß auf!« sagte Dalziel. »Ich zeig dir meinen, wenn du mir deinen zeigst.«

Jetzt war Waggs ganz in seinem Element. Er nahm sich ein Hörnchen aus dem Brotkorb und sagte an dem kleinen Knopf knabbernd: »Abgemacht.«

»Zuerst Sie. Sind Sie aus Loyalität zur Familie in die Sache verwickelt oder nur um des lieben Geldes willen?«

Lachend antwortete Waggs: »Ich mach das alles aus reiner Liebe zur Familie, das dürfen Sie mir glauben, Mr. Dalziel.«

Dalziel spülte eine Schaufelvoll Speck mit einem Sturzbach an

Ins Leben zurückgerufen

307

Kaffee hinunter. »Und was ist mit Ihren Geldgebern, den Hesperiden, so heißen die doch, oder?«

»Sie wissen ja gut Bescheid. Ja, ich habe Unterstützung. Ohne die hätte ich das in mehr als einer Hinsicht gar nicht durchziehen können. Die Sache ist die, ich hatte mit diesen Leuten ein Geschäft gemacht, das total in die Hose ging. Ich hatte alle Hände voll zu tun, sie davon abzuhalten, sich ihr Geld auf dem Transplantationsmarkt wiederzuholen. Also habe ich sie in die – wie ich sie nannte – Geschichte des Jahrhunderts eingeweiht. In solchen Zeiträumen denken die nicht, aber als ich das Ganze auf das Buch des Monats und den Film des Jahres beschnitten hatte, da merkten sie auf. Es ist doch tatsächlich eine tolle Geschichte, finden Sie nicht auch?«

»Eigentlich nicht«, sagte Dalziel. »Es ist ein alter Hut, und ich weiß, wie's ausgeht. Ich hab dran mitgestrickt, erinnern Sie sich?«

»Und deswegen sind Sie hier? Damit auch ja nichts umgestrickt wird? Dann sollten Sie schnellstens umkehren und Ihrem Mr. Sempernel klarmachen, daß er sich dazu das falsche Land ausgesucht hat. Wir haben schon längst keine Skandale mehr vertuscht, als ihr noch den Klavieren die Beine verhüllt habt.«

»Ach ja? Ich richte es dem alten Pimpernel aus, wenn Sie mit Scott Rampling sprechen.«

»Rampling? Vom CIA? Hat der auch Aktien dadrin?« Waggs schien ehrlich überrascht zu sein.

Dalziel antwortete nicht. Er hatte gerade Linda Steele in der Tür des Frühstückszimmers auftauchen sehen. Sie trug Shorts und ein T-Shirt mit der Aufschrift AUCH POLYPEN BRAUCHEN UNTERSTÜTZUNG, die sich über ihren Brüsten wellte. Sie bemerkte ihn, und ihre köstlichen Lippen weiteten sich zu einem strahlenden Lächeln. Dann warf sie ihm eine Kußhand zu und verschwand.

»Sehr schön«, sagte er.

Dabei wurde ihm bewußt, daß er wie unter dem Einfluß eines Sympathiezaubers ein rübenförmiges Stück Gebäck streichelte.

»Was ist das?« fragte er.

»Das Gebäck? Halt ein Stück Gebäck.«

»Ach ja? Ewig her, daß ich so was gegessen habe«, sagte Dalziel und biß genießerisch hinein.

»Herr im Himmel!« prustete er durch eine Krümelwolke. »Das ist doch verdammt noch mal kein Gebäck! Das ist ja Kuchen!«

Er trank einen großen Schluck Kaffee. Das war das Problem mit diesem verrückten Land. Da dachte man, man hätte es endlich geschnallt und schon aß man Kuchen zum Frühstück.

Von nun an war Schluß mit den Überraschungen.

Er sagte: »Was versucht denn Ihrer Meinung nach unser Mr. Pimpernel und meiner Meinung nach euer Mr. Rampling zu vertuschen?«

Waggs lachte beinahe triumphierend.

»Sie lassen sich nicht in die Karten schauen, was? Sie wollen sich ganz sicher sein, daß ich weiß, wovon wir hier reden. Ich werde die Dinge beim Namen nennen. Ich kenne mich mit den Medien aus, Mr. Dalziel, und ich weiß, daß nichts so geeignet ist, die Leute von der Presse mit hängender Zunge und flatternden Scheckbüchern nach Hollywood zu locken wie eine Story, in der ein Sexmord in der Oberschicht oder das englische Königshaus vorkommen. Selbst ein Computer könnte nicht Besseres erfinden, als diese Geschichte von einem Mitglied des Königshauses, das seine bezaubernde amerikanische Frau aus dem Weg räumt und dann alles so dreht, daß sein bester Freund, der sie gevögelt hat, dafür gehängt wird.«

Er schwieg und wartete gespannt auf Dalziels Reaktion.

Der Dicke trank noch einen Schluck Kaffee. Na also, das war ja gar nicht so schlecht gelaufen. Irgendwann und irgendwo hatte es ja jemand aussprechen müssen, und nun, wo die Katze aus dem Sack war, konnte er die Sache in die Hand nehmen.

»So lautet also das Evangelium, wie es die Kohler predigt, ja?«

»So hat Cissy es mir erzählt.«

»Dann sollte ich wohl am besten mal mit ihr reden. Wo ist sie?«

»Oben in ihrem Zimmer, sie wartet auf mich.«

»Sie wohnen hier? Wenn ich das gestern abend gewußt hätte, hätten wir schon gleich einiges bereinigen können.«

»Mr. Dalziel, ich wüßte nicht, was es da zu bereinigen gäbe …«

»Sie werden Augen machen. Kommen Sie!«

Er sprang so plötzlich auf, daß sich der Tisch auf Jay Waggs Seite senkte. Resignierend zuckte der Amerikaner mit den Schultern und stieg mit Dalziel in den Aufzug. Sie sprachen kein Wort, bis sie vor Cissy Kohlers Tür standen.

Waggs klopfte an und rief: »Ich bin's, Ciss. Mach auf.«

Keine Antwort. Waggs runzelte die Stirn, holte einen Schlüssel aus der Tasche und schloß die Tür auf.

Das Zimmer war leer.

»Wo ist sie hin?« fragte Dalziel.

»Ich weiß es nicht.«

»Können Sie es nicht erraten? Sie wird zu Westropp gegangen sein.«

»Wahrscheinlich. Mist. Ich habe ihr extra gesagt, sie soll warten. Ich wollte dabei sein.«

»Warum? Was soll sie da schon groß machen? Jesusmaria, Sie haben doch nicht etwa gehofft, daß es dort zum großen Höhepunkt kommt und die Kohler den Revolver zieht und Westropp wegpustet?«

»Dazu wird es wohl nicht kommen«, sagte Waggs. »Sie hat ganz schön gemischte Gefühle.«

»Gemischte Gefühle? Für einen Mann, der ihren Liebsten an den Galgen gebracht hat? Der schuld ist, daß sie ihr halbes Leben im Gefängnis verbracht hat?«

Einen Augenblick sah Waggs ihn verdutzt an, dann lachte er los.

»Dalziel, das soll doch wohl kein Test sein, oder? Sie haben tatsächlich noch immer nichts kapiert! Ihnen Fragen zu stellen ist die reinste Zeitverschwendung. Sie tappen völlig im dunkeln! Es war doch Jamie Westropp, nach dem sie verrückt war, sie hat mit Jamie Westropp gevögelt. Mit Mickledore hat sie nie eine Affäre gehabt. Ihr Engländer habt die Geschichte erfunden, weil sie euch in den Kram paßte, und Cissy hat mitgespielt, weil es *ihr* paßte.«

Nun war er wirklich platt. Es war immer das Nächstliegende, das einen am härtesten traf. Aber nur weil es das Nächstliegende war, mußte es noch lange nicht wahr sein.

»Einer verrückten Frau sollte man nicht zu schnell glauben, Mr. Waggs.«

»Verrückt? Ja, vielleicht eine Weile, nachdem das kleine Mädchen ertrunken war. Dadurch war das Ganze überhaupt möglich geworden, Mr. Dalziel. Aber der wahre Grund, warum es funktionierte, war nicht Cissys Verrücktheit, sondern Ihr Mr. Tallantire, der so wild entschlossen war, alles Mickledore anzuhängen, und Ihr Mr. Sempernel, dem es scheißegal war, wem die Schuld in die Schuhe geschoben wurde, solange es nicht Seine Durchlaucht James Westropp traf.«

Aus seiner Leidenschaft und seinem Nachdruck sprach Überzeugung. Oder konnte es der Wunsch nach Überzeugung sein? Vielleicht muß er es in Stein gemeißelt vor sich sehen, dachte Daziel, genau wie ich, bevor ich glaube, daß man Wally an der Nase herumgeführt hat.

»Sie vermuten also, die Nachricht, daß Westropp im Sterben liege, habe sie dazu bewogen, Straferlaß zu beantragen? Na, wenn ich eines nicht verpassen will, dann dieses Wiedersehen.«

»Das werden Sie aber«, sagte Waggs. »Es ist eine reine Familienangelegenheit, Mr. Dalziel. Sie würden alles nur noch viel komplizierter machen. Warum bleiben Sie nicht einfach hier?«

Er hatte einen Revolver gezogen. Ungläubig starrte Dalziel auf die Waffe.

»Du Vollidiot! Da fühle ich mich wie ein Engel, weil ich dir nicht Gleiches mit Gleichem vergolten habe, und nun bleibt mir doch nichts anderes übrig.«

In seiner Verwirrung glich Waggs dem Mann, der aus dem Kino wußte, daß es immer der mit der Knarre ist, der mit den Drohungen um sich schmeißt.

»Ab ins Badezimmer«, sagte er.

»Aber nicht doch, mein Junge«, erwiderte Dalziel freundlich. »Revolver haben nur dann einen Sinn, wenn man sie auch benutzen will. Vermutlich steckt aber nicht mehr Bereitschaft zu schwerer Körperverletzung in dir, als du gestern morgen gezeigt hast, als du mir eine über die Rübe gegeben hast. Nicht dein Stil. So ein schlaues Bürschchen wie du gebraucht sein Mundwerk, wenn es in der Klemme steckt. Deshalb, Schuster bleib bei deinen Leisten.«

Behutsam ging er auf Waggs zu, der das Schießeisen locker in der Hand hielt und schließlich sagte: »Okay, Dalziel, Sie haben recht, reden wir. Ich verlange ja nur –«

Dalziel versetzte ihm einen Schlag in den Magen, fing den Revolver auf und trat einen Schritt zur Seite, als Waggs der Waffe auf den Boden folgte.

»Ich bin von Natur aus ein gewalttätiger Mensch«, sagte Dalziel. »Ich kann mich den ganzen Tag prügeln.«

Er schleppte den würgenden Waggs ins Badezimmer, umfaßte mit beiden Händen den Türknauf, stemmte den linken Fuß gegen die Tür und zog.

Nach leichtem Widerstand gab die Schraube nach. Er zog an dem Vierkant, bis er auf den Schlafzimmerboden fiel, verließ das Zimmer und schlug die Tür hinter sich zu.

Er machte den Fernseher an. Der war auf einen Lokalsender eingestellt. Man berichtete über den Besuch eines asiatischen Politikers,
den man zur Auflockerung seines offiziellen Terminkalenders in einem alten Gasthof in Williamsburg einquartiert hatte. Die Kamera
folgte den Straßen des historischen Stadtteils. Sie sahen ganz anders
aus, als Dalziel sie nach seinem erstem Eindruck in Erinnerung hatte;
breit und licht, von wohlproportionierten Gebäuden flankiert und
einem goldenen Sonnenlicht durchflutet, das aus einem weniger hek-
tischen Zeitalter zu stammen schien. Selbst die flanierenden Touristen sahen aus wie echte Zeitreisende auf der Suche nach der Geschichte, die man in ihren Städten mit Beton bedeckt hatte.

Mit leichtem Schrecken gestand er sich ein, daß es auch seine Geschichte war.

Er machte sich auf, um zu sehen, was er hinzufügen konnte.

DREI

»Ich gehe hin, um seinen Geist zu sehen! Es wird sein Geist sein, nicht er.«

Es klingelte an der Tür.

Seit 1741, seit das erste Haus an dieser Stelle erbaut worden war, klingelte dieselbe Türglocke. Ihr blecherner Klang hatte sich so tief in Marilou Bellmains Bewußtsein eingeprägt, daß man beinahe von einer genetischen Erinnerung sprechen konnte. Einmal, sie war noch mit Arthur Stamper verheiratet, hatte sie den Widerhall dieses Klangs gehört, als der Wind den Schmuck am großen Weihnachtsbaum in Sheffield zum Klingen brachte. Das war der Moment gewesen, als ihr bewußt wurde, daß sie ihn verlassen würde.

Vor der Außentür des Eingangs stand eine junge Schwarze in Shorts und T-Shirt, und Marilou wollte gerade zu ihrer kleinen Rede ansetzen und die junge Frau höflich, aber bestimmt darauf aufmerksam machen, daß sie sich nicht mehr im öffentlichen Bereich des kolonialen Williamsburg befinde, als diese sie ansprach. »Mrs. Bellmain? Hallo! Ich heiße Linda Steele. Dürfte ich wohl auf ein Wort zu Ihrem Mann?«

Mit Sicherheit hätte sie nein gesagt, wenn James sie nicht so nachdrücklich darum gebeten hätte, heute alle Besucher einzulassen. Aber das bedeutete noch lange nicht, daß jeder Versicherungsvertreter oder religiöse Spinner in ihr Haus durfte.

»Worum geht es, Miss Steele?«

»Nur ein Besuch. Wir haben gemeinsame Freunde in Washington, die mich baten, auf jeden Fall bei James vorbeizuschauen.«

»Wer ist da, Liebes?« rief Westropp aus dem Wohnzimmer.

Er traute ihr nicht. Sie nahm es ihm nicht übel. Er hatte völlig

Ins Leben zurückgerufen

recht. Sie hätte ein Schild »Sind zum Angeln« an die Tür gehängt, wenn er sie gelassen hätte.

»Treten Sie ein.«

Interessiert betrachtete Westropp die lächelnde junge Frau.

»Entschuldigen Sie, daß ich nicht aufstehe«, sagte er aus seinem alten Hickory-Schaukelstuhl, durch den er die Freude an der Bewegung genießen konnte, ohne sich anstrengen zu müssen. »Aber ich muß mit meinen Kräften haushalten.«

»Hallo«, sagte die Frau. »Ich bin Linda Steele. Scott Rampling schickt mich.«

»Ich verstehe. Marilou, könntest du uns vielleicht Kaffee machen?« Widerwillig entfernte sich seine Frau.

»Ich habe Scott erst vorgestern gesehen. Sie hat er nicht erwähnt, Miss Steele.«

Neugierig sah sie ihn an. Warum das ganze Theater veranstaltet wurde, wußte sie nicht, aber endlich sah sie, um wen es dabei ging. Dieser Mann mit seiner klaren englischen Stimme und dem höflich-belustigten Ton besaß noch genug Charme, daß sie sich mit etwas Phantasie ausmalen konnte, was für einen Sex-Appeal er einmal gehabt haben mußte. Schwieg er, war er schlicht ein Wrack. Das Wrack eines Wracks. Ein Flüchtling aus dem Konzentrationslager mit so dünnen Handgelenken, daß man seine Nummer nur mit der Lupe erkennen konnte. Sie sollte verhindern, daß er belästigt wurde, sonst wußte sie nichts über ihn. Ein Dauerjob würde es wohl nicht werden.

»Vermutlich bin ich nicht so wichtig, daß Mr. Rampling mich erwähnen würde. Wenn ich recht verstanden habe, hat sich einiges getan, seit Sie sich das letzte Mal unterhalten haben, und er ist besorgt, daß Sie irgendwie beunruhigt sein könnten.«

Er überlegte. »Nein, keineswegs. Ich glaube nicht, daß mich etwas beunruhigt. Sie können zu ihm gehen und ihm sagen, ich sei kreuzfidel.«

Ganz offensichtlich machte er sich über sie lustig, aber ohne Bosheit. Eher wollte er sie an seinem Scherz teilhaben lassen.

»Ich glaube, Mr. Rampling hofft, sie selbst besuchen zu können«, fuhr sie fort. »Er kommt anläßlich des Besuchs von Premierminister Ho nach Williamsburg. Sie haben es wahrscheinlich in der Zeitung gelesen, und wenn er es einrichten kann, sagt er, will er bei Ihnen vorbeischauen.«

»Wenn jemand es sich einrichten kann, dann Scott«, entgegnete Westropp lächelnd. »Es wäre schön, wenn er es für mich täte. Wollen Sie nicht doch auf eine Tasse Kaffee bleiben?«

Sie war aufgestanden. Der Mann stand mit einem Fuß im Grab, aber in seinen eigenen vier Wänden gab noch immer er den Ton an. Draußen war der Ort, wo es seine Privatsphäre zu schützen galt.

Sie sagte: »Ich glaube nicht. Mr. Rampling hat mich extra darauf hingewiesen, darauf zu achten, daß Sie sich nicht von Besuchern ermüden lassen, also gehe ich am besten mit gutem Beispiel voran.«

Die Tür öffnete sich und Marilou kam mit einem Tablett herein.

»Wollen Sie nicht bleiben?« fragte sie.

»Nein, vielen Dank. Ich habe gerade zu Mr. Bellmain gesagt, daß er vielleicht für eine Weile nicht von Besuchern belästigt werden sollte.«

»So?« kam es frostig. »Sagen Sie mir, junge Frau, sind Sie Doktor?«

»Nur der Philosophie«, entgegnete Linda Steele mit ihrem schönsten Lächeln. »Ich wünsche Ihnen einen recht guten Tag.«

Sie verließ das Haus und sah, daß sie sich gerade noch rechtzeitig zum Gehen entschlossen hatte.

Am Gartentor stand Cissy Kohler.

Sie eilte den Weg hinunter auf sie zu und begrüßte sie freundlich: »Hallo, meine Liebe. Sie sind doch Miss Kohler, nicht? Ich heiße Linda. Linda Steele. Wir kennen uns noch nicht, haben aber eine Menge gemeinsamer Freunde. Was dagegen, wenn ich eine Weile mit Ihnen spazierengehe?«

Cissy Kohler antwortete: »Entschuldigen Sie, aber ich muß ins Haus.«

»Die Mühe können Sie sich sparen. Ich habe gerade mit Mrs. Bellmain gesprochen, und sie meint, ihr Mann sei zu krank, um Besuch zu empfangen. Warum machen wir also nicht besagten Spaziergang und unterhalten uns?«

Lächelnd hakte sie sich mit der Selbstsicherheit einer Frau bei Cissy Kohler unter, die nicht nur über die für ihren Beruf erforderliche Ausbildung verfügte, sondern zusätzlich eine Expertin in der Selbstverteidigung war. Sie gehörte zu der Generation, die weiß, daß man als Frau auf der Straße nie sicher ist.

Was sie nicht wußte – denn um das herauszufinden, gibt es nur eine Methode – war, daß Stunden von Kung Fu im Vergleich zu 27 Jahren in Santa Fu nur ein Spaziergang sind.

Ein Finger wurde ihr gegen den Hals gestoßen, so daß ihre Schilddrüse hart gegen den Kehlkopf gepreßt wurde. Sie würgte, japste nach Luft und versuchte zu schlucken, doch ihre Luftröhre blieb fest verschlossen, ihre Knie gaben nach, sie taumelte gegen den Jägerzaun und fiel wie ein Klappmesser darüber. Schließlich drang langsam und schmerzhaft wieder etwas Luft in ihre Lunge.

Sie richtete sich halb auf, wandte den Kopf um und sah mit tränenden Augen, wie die zierliche Frau mittleren Alters, die sie so mühelos zur Seite gefegt hatte, im Haus verschwand.

»Cissy Kohler?« sagte Marilou Bellmain. »O mein Gott.«

»Ja«, sagte Cissy. Sie kniff die Augen zusammen. »Wenn ich mich recht erinnere, haben Sie sich damals für mich eingesetzt. Ich glaube, ich habe mich nie dafür bedankt.«

»Nein. Aber es macht nichts, ich … Was wünschen Sie?«

»Sagen Sie mir, Sie sind doch mit ihm verheiratet, stimmt's? Haben Sie es an dem Wochenende in Mickledore Hall mit ihm gemacht? Hatte es da schon angefangen?«

»Aber nicht doch!« rief Marilou. »Ich kannte ihn ja kaum. Erst als wir uns in Mexiko begegnet sind … Aber wie komme ich dazu, Ihnen das zu erzählen?«

Die Frage war nicht nur rhetorisch gemeint. Es fiel ihr schwer, die Wirkung zu erklären, die die völlig normal aussehende Frau auf sie hatte. Sie strahlte Autorität aus, die Art Autorität, die durch eine außergewöhnliche Erfahrung entsteht – durch eine Reise zum Mond, einen Abstieg in die Hölle, ein Leben außerhalb der Zeit …

»Ich möchte Jamie sehen.«

Jamie …? Niemand nannte ihn Jamie. Niemand, den sie kannte.

Sie holte tief Luft. Sie war Marilou Bellmain aus Williamsburg und befand sich in dem Haus, das ihre Familie vor mehr als zwei Jahrhunderten erbaut hatte und seither bewohnte. Auch das war eine Erfahrung, über die zu verfügen sich lohnte und die eine bestimmte Autorität hinterließ.

Sie sagte: »Miss Kohler, Cissy, Sie waren das Kindermädchen meines Stiefsohns; vielleicht haben Sie die erste Frau meines Mannes getötet, vielleicht auch nicht; Sie tragen mit Sicherheit ein gehöriges

Maß an Verantwortung für den Tod seiner Tochter. Was gibt Ihnen das Recht, in mein Haus zu kommen und Forderungen zu stellen?«

Geduldig antwortete Cissy Kohler: »Bitte, würden Sie ihm sagen, daß ich hier bin?«

»Ich habe mitbekommen, daß du da bist, Cissy«, sagte Westropp.

Er stand in der Tür, seine Finger berührten leicht den Türknauf, einen anderen Halt hatte er nicht. Marilou fand, daß er wundervoll aussah, kräftiger und wacher, als sie ihn seit vielen Monaten gesehen hatte.

Dann sah sie Cissy Kohlers Gesicht. Verschwunden war die Gefängnismaske geduldiger Ausdruckslosigkeit. An ihre Stelle war ein lautloser Schrei aus Schock und Schmerz getreten. Cissy Kohler hatte Westropp 27 Jahre nicht gesehen. Vor ihrem geistigen Auge war die Zeit zwar nicht einfach stillgestanden, die schwarzen Haare waren angegraut, die glatte Stirn mit Falten durchzogen, die schmalen Schultern gebeugt, aber im Grunde war er derselbe geblieben. Dieses lange Knochengestell, dieses Pappmaché-Gesicht unter einer kahlen, verrunzelten Kuppel und diese Augen, die wie Wüstentierchen aus ihren Höhlen hervorlugten, hatten mit jenem Menschen nichts gemeinsam.

Einen Augenblick lang sah auch Marilou ihren Mann mit den Augen des Neuankömmlings, doch gleichzeitig bemerkte sie mit Erleichterung, daß der Blick ihres Mannes so intensiv an Cissy Kohlers Gesicht hing, daß ihm die Übertragung des Erschreckens auf ihr eigenes entgangen war.

»James, Cissy Kohler will dich besuchen«, hörte sie ihre forsche Stimme. »Miss Kohler, wollen Sie nicht hineingehen, und ich mache uns eine Tasse Kaffee.«

»Da ist doch noch der Kaffee, den du für unseren letzten Gast gemacht hast, der dann nicht bleiben wollte«, sagte Westropp. »Cissy, tritt ein und nimm Platz.«

Sie ging langsam ins Wohnzimmer. Sie hatte sich jetzt wieder unter Kontrolle.

Entschlossen machte Westropp seiner Frau die Tür vor der Nase zu, wobei er ihr lautlos zu verstehen gab, daß er zehn Minuten brauche.

Sie saßen sich gegenüber, er in seinem Schaukelstuhl, sie auf der Chaiselongue. Lange Zeit sprach keiner von beiden. Es war nicht das Schweigen von Konkurrenten, die hofften, den Gegner zu einer falschen Bewegung zu nötigen, sondern das Schweigen zweier Menschen, die seit langem an Selbstgenügsamkeit gewöhnt sind.

Schließlich schenkte er zwei Tassen Kaffee ein.

Sie sagte: »Von diesem Augenblick habe ich viele Jahre lang immer wieder geträumt. Manchmal hast du mich am Ende geliebt, manchmal habe ich dich am Ende getötet.«

»Und welcher Traum hat dir am meisten Spaß gemacht?« fragte er höflich.

Die fein nuancierte Ironie machte ihn wieder lebendig, wie ein verwischtes und verzerrtes Bild plötzlich wieder scharf wird.

Sie sagte: »Hallo, Jamie.«

Er sagte: »Hallo, Cissy.«

Sie sagte: »Deine Antwort auf meinen Brief war grausam.«

Er sagte: »Dein Brief war eine Drohung.«

Sie sagte: »Ich wollte doch nur … Verständnis.«

»Das konnte ich daraus nicht ersehen.«

»Ich hatte keine Übung mehr im Briefeschreiben.«

»Ich hatte keine Übung mehr im Verstehen.«

»Verstehst du dich denn nicht … mit ihr?«

»Wir lieben einander. So habe ich überlebt. Als wir uns kennenlernten, war ich so weit, den Kampf ums Überleben aufzugeben. Da bekam ich diese neue Chance. Und gleichzeitig deinen Brief. Zukunft und Vergangenheit. Es war ein ungleicher Kampf, Cissy.«

»Es war auch ein ungleicher Kampf, wo ich war. Dort gibt es nur die Vergangenheit.«

»Aber nun bist du da raus. Die Zukunft hat begonnen.«

»Noch nicht. Das hier ist noch die Vergangenheit.«

Er befeuchtete seine Lippen mit dem Kaffee. Seine Haut hatte eine seltsame Farbe, fast gelb. Als spräche sie mit einem uralten Weisen aus dem Orient.

Er sagte: »Als ich in der Zeitung von deiner Entlassung las, dachte ich: Sie wird nicht hierherkommen. Und doch ahnte ich, daß du kommen würdest. Darum beschloß ich, nach Hause zu gehen.«

»Weil du dich verstecken wolltest?«

»Warum um alles in der Welt sollte ich mich verstecken wollen? Nein, weil ein Krankenhausbett kein Ort ist, um Besucher zu empfangen. Außerdem hatte ich schon immer vorgehabt, zu Hause zu sterben. Was bringt dich her, Cissy?«

»Warum bist du davon ausgegangen, daß ich kommen würde?«

»Weil mir klar war, daß ich 27 Jahre Zeit zum Vergessen hatte, während du 27 Jahre des Erinnerns hattest.«

»Was willst du damit zu sagen?« fragte sie sanft.

»Daß alles schon so lange her ist, daß ich im Sterben liege und du frei bist. Daß ich nur vermuten kann, was die Jahre im Gefängnis dir angetan haben, Cissy, aber es ist gleichgültig, ob du hier bist, weil du Rache oder weil du Vergebung suchst. Ich vergebe dir bereitwillig, wenn es das ist, was du willst, und in einigen wenigen Wochen wird die Zeit für die Rache gekommen sein, die du zu brauchen meinst. Also, warum gehst du nicht einfach, fängst ein neues Leben an und läßt mich mein altes beenden?«

Er konnte nicht erkennen, ob sie über seinen Vorschlag nachdachte oder nicht. Jedenfalls dachte sie über etwas nach. Und da sie wohl kaum eine realistische Möglichkeit sah, mit ihm zu schlafen, mußte er annehmen, daß sie die zweite Möglichkeit erwog, ihren Traum zu erfüllen.

Sie hatte eine geräumige Handtasche dabei. Sie öffnete sie und steckte die Hand hinein. Er schob seine Rechte unter das Kissen seines Schaukelstuhls und fühlte den glatten Kolben seiner kleinen silbernen Automatik.

Wie seltsam die Beweggründe zum Töten doch waren. Wollte sie ein Leben beenden, das sowieso nur noch ein paar Wochen währen konnte? Und war er bereit zu töten, um ein solches Leben zu retten?

Noch eine Minute, und man würde es wissen.

Es schellte an der Tür.

Sie entnahm ihrer Handtasche ein Taschentuch und schneuzte sich die Nase.

Er zog seine Hand unter dem Kissen hervor und nahm seine Kaffeetasse auf. Seine Hand zitterte leicht, aber nicht stärker, als man es bei einem Todkranken erwarten würde.

Er hörte Stimmen, Marilous und die eines Mannes. Die Tür ging auf, und Marilou erschien.

Sie sagte übermütig: »Du hast gesagt, ich soll sie alle reinrollen.«

Sie musterte ihn besorgt, aber auch mit dem ironischen Amüsement, das sie immer für seine, wie sie es nannte, Spielchen gezeigt hatte. Es war ihre absolute Offenheit gewesen, die er vor allem anziehend gefunden hatte. Nachdem er sein Leben lang vor allem und je-

Ins Leben zurückgerufen

dem auf der Hut gewesen war, empfand er es als wunderbar, endlich einen Menschen gefunden zu haben, der nie ein Geheimnis aus seinen Motiven machte. Das Herz wurde ihm weit vor Liebe, gleichzeitig verachtete er sich dafür, sie so lange getäuscht zu haben. Das durfte sie nie erfahren. Dafür allein würde es sich lohnen, zu töten oder zu sterben.

Lächelnd erwiderte er: »Es ist der Tag der offenen Tür. Du hast doch immer gesagt, ich müsse mir die gute alte Gastfreundschaft der Südstaatler aneignen.«

Marilou trat zur Seite, und Westropp betrachtete interessiert die Gestalt, die da den ganzen Türrahmen ausfüllte. Sie war dick, aber nicht wabbelig; wie bei einem alternden Ringer, dessen Muskeln zwar ihre jugendliche Elastizität verloren, aber viel von ihrer alten Stärke bewahrt haben, waren die Massen nur anders verteilt. Sein Kopf hätte riesig gewirkt, wären seine Schultern nicht so breit gewesen. Das spärliche Haar war kurzgeschoren und ergraut, und die kalten Augen, die unter zottelig buschigen Brauen hervorleuchteten, blinzelten nicht.

Er blickte unverwandt auf Cissy Kohler.

Westropp hüstelte und sagte: »Ich glaube, wir hatten noch nicht das Vergnügen …«

»Irrtum, Mr. Westropp, oder ziehen Sie Bellmain vor? Allerdings war es weniger ein Vergnügen. 1963, Mickledore Hall. Superintendent Andrew Dalziel. Nur damals war ich gerade mal ein junger Kripobeamter.«

»Ich fürchte, ich kann mich nicht an Sie erinnern. Namen sind keine hängengeblieben, bis auf den von Mr. Tallantire. Und was die Gesichter angeht, da haben wir uns wohl alle verändert.«

»Ja. Manches ändert sich, manches nicht.«

Er machte ein paar weitere Schritte ins Zimmer. Marilou folgte ihm auf dem Fuß, als habe sie Angst, er plane einen Angriff, und stellte sich hinter ihren Mann, die Hände auf seinen dünnen Schultern. Doch Dalziel blieb bei der Chaiselongue stehen und sagte: »Nochmals guten Tag, Miss Kohler. Nett, Sie zur Abwechslung mal trocken zu sehen.«

Sie sah ihn ruhig an und fragte: »Was wollen Sie?«

»Die Wahrheit.«

Leicht amüsiert verzog sie die Lippen.

»Sie haben sich Zeit gelassen.«

»Finden Sie? Wenn ich mich recht erinnere, haben wir 1963 anderthalb Tage gebraucht. Ich wüßte nicht, warum es heute länger als anderthalb Minuten dauern sollte.«

»Sie meinen, um meine Schuld zu bestätigen?«

»Sie geben es also zu?«

»Ich habe sie doch nie bestritten, erinnern Sie sich nicht?« Sie wandte sich an Westropp. »Jamie, in all den 27 Jahren ist kein Tag vergangen, an dem ich nicht an die kleine Emily gedacht habe.«

»Wirklich?« sagte Westropp. »Ich kann nicht für mich beanspruchen, das geschafft zu haben.«

Der wahre Test für einen Vertreter des englischen Adels ist nicht die Bläue seines Bluts, sondern die Kälte seines Schliffs.

Westropp war so kalt wie Dauerfrost.

Dalziel sah, wie etwas in Cissy Kohler bei der Berührung damit erstarrte. Doch als sie wieder zu sprechen anhob, war ihre Stimme so ruhig und gleichmäßig wie zuvor.

»In den Zeitungen klang es, als ob Absicht dahinter gesteckt habe, wie wenn man jemanden den heulenden Wölfen zum Fraß vorwirft. Daß zumindest das absurd war, müssen Sie doch gewußt haben, Mr. Dalziel, Sie waren dabei. Sah ich aus, als wollte ich weglaufen? Wohin hätte ich denn laufen können?«

Sie wandte sich ihm hilfesuchend zu. Doch da war sie an die falsche Adresse geraten.

Er sagte: »Sie haben schon alles drangesetzt, um zu entkommen, Schätzchen. Ich hab's gesehen, als Sie den Kahn wie eine Steichholzschachtel in der Badewanne zum Kentern gebracht haben.«

Risse begannen sich zu zeigen, als sie im Bemühen, sich die Szene zu vergegenwärtigen, das Gesicht verzog, und dann, als die Erinnerung über sie hereinbrach, lösten sich ihre Züge auf wie ein gebrochener Damm.

»Ich wollte nur irgendwo sein, wo es ruhig war und ich nachdenken konnte ... die Kinder waren so lieb ... in der Hitze sind sie eingeschlafen ... ich war allein unter den Zweigen der Weide, durch die das Sonnenlicht flimmerte ... es war fast, als könnte ich mich für immer darin verstecken. Und dann hörte ich plötzlich eine Stimme. Sie brüllte meinen Namen, dröhnte wie Donner über das Wasser. Da wußte ich, daß es kein Versteck gab. Ich paddelte unter den Bäumen hervor. Und wieder rief die Stimme. Ich konnte sehen, daß der See von Gestalten eingerahmt war … schwarzen Silhouetten wie auf dem Fries einer Urne –, und ich konnte ihnen nicht ins Gesicht sehen …«

Nun kamen Tränen, flossen wie die ersten in all den Jahren. Und doch blieb ihre Stimme irgendwie ruhig und gleichmäßig.

»Sie haben recht, Mr. Dalziel, ich habe versucht zu entkommen. Können Sie sich vorstellen, daß ich die Kinder völlig vergessen hatte? Da gab es nur mich und die Stimme und vor allem die eine Gestalt am Ende des Stegs und das Wasser. Kühl, dunkel, tief. Ich sprang und tauchte unter. Da fielen mir die Kinder ein. Ich begann, sie zu suchen … ich konnte nichts erkennen … ich sah kurz etwas sinken, sich drehen … ich wußte nicht, daß es Pip war, ich packte einfach zu und tauchte auf … das Boot war gekentert, es gab nichts, wo ich Pip hätte hinlegen können, während ich nach Emily tauchte … Pip spuckte Wasser in meinen Armen und versuchte zu weinen … plötzlich brach neben mir das Wasser auf, und ein Mann kam hoch und hielt Emily, und für einen Augenblick überkam mich solche Freude, daß ich alles andere vergaß … und dann sah ich Emilys Gesicht … und ich sah Ihr Gesicht … das waren doch Sie, Mr. Dalziel?«

»O ja. Das war ich«, sagte Dalziel.

Sie nickte. »Ich habe Ihr Gesicht oft im Traum gesehen.«

»Es ist das Gesicht des kleinen Kindes, an das ich immer denken muß«, sagte Dalziel mit grimmiger Miene.

Ihre Tränen versiegten so plötzlich, wie sie zu fließen begonnen hatten.

Sie richtete ihre Worte wieder an Westropp.

»Ich habe mir die Szene noch nie richtig ins Gedächtnis zurückgerufen. Am Anfang gab es eine Zeit, da war meine Erinnerung wie ausgelöscht. Ich wußte nur, daß ich mir keine Sorgen mehr um Entscheidungen zu machen brauchte. Ich war bereit, alles zu schreiben, was die Polizei wollte. Es ist doch eine gewisse Selbstsucht darin, wenn man etwas aus Liebe tut. Aber das Ich spielt nicht dieselbe Rolle, wenn das, was man tut, ein Sühneopfer ist.«

»Sühneopfer?« griff Westropp das Wort mit Spott in der Stimme auf, um seinen Schmerz zu verstecken.

»Ganz recht. Ich habe die schönen gebildeten Wörter gelernt. Weißt du noch, wie du mich immer ausgelacht hast, nur Amerikaner würden gelehrte Wörter benutzen, wenn einfache völlig ausreichten?

Ja, ich habe Zeit gehabt, mir eine richtige englische Bildung anzueignen.«

»Es ging mir weniger um dein bemerkenswertes Vokabular, als um deine Gedankengänge.«

Dalziel hatte plötzlich die Nase voll von Kohlers Seelenschürferei und Westropps kaltblütiger Selbstkontrolle.

Er unterbrach sie: »Paß auf, Schätzchen, wir sind beide ein bißchen knapp mit der Zeit, er, weil er bald ins Gras beißt, und ich, weil ich mein Mittagessen will. Warum spuckst du nicht einfach aus, was du sagen willst?«

Beide wandten sich ihm zu, augenblicklich vereint im Schock, und Marilou, die sich die ganze Zeit nicht gerührt hatte, machte einen ärgerlichen Schritt in Dalziels Richtung.

Es schellte an der Tür.

»Von der Klingel gerettet«, sagte Dalziel.

Marilou drängte sich an ihm vorbei und lief in die Diele. Man hörte, wie sich die Haustür öffnete.

»Pip!« sagte Marilou. »Ich bin froh, daß du da bist.« Dann veränderte sich ihr Ton von herzlich zu höflich: »Und du auch, John. Wie nett.«

»Wir trafen uns am Tor«, sagte eine junge Männerstimme. »Wie geht's Paps?«

»Gut. Er hat Besuch, vielleicht solltet ihr deshalb …«

Aber ihr Stiefsohn war schon an ihr vorbei und stand in der Tür.

»Hallo, Paps …« fing er an. Dann fiel sein Blick auf Dalziel und Cissy Kohler, und das Lächeln erstarrte ihm auf den Lippen. »Was zum Teufel haben Sie beide denn hier zu suchen?«

Dalziel betrachtete ihn interessiert. In dieser Umgebung erkannte man unzweifelhaft Westropps Sohn in ihm. Er hatte das gleiche schmale Gesicht und war ebenso dunkelhaarig und gutaussehend.

Er war auch der junge Ganove, den Dalziel in seinem New Yorker Hotel überwältigt hatte, und der junge Mann vom CIA, der Cissy Kohlers Bibel gestohlen hatte.

Aber noch nicht genug der Überraschungen!

»Pip, es ist alles okay, beruhige dich«, sagte Westropp. »John, schön, dich zu sehen. Du siehst gut aus.«

Hinter Philip Westropp war Jay Waggs aufgetaucht.

Cissy Kohler sah von ihm zu Westropp und zurück.

»*John?*« fragte sie. »Wer zum Teufel bist du? Was wird hier gespielt?«

Waggs antwortete: »Ich hätte dir das alles vorher erklärt, wenn du nicht abgehauen wärst. Ich hätte dich vielleicht auch beinahe noch eingeholt, doch ich wurde gewissermaßen aufgehalten.«

Er bedachte Dalziel mit einem schwachen Lächeln. Der kratzte sich seinen Stiernacken wie eine Katze, die sich leckt, um der Welt zu zeigen, daß nichts sie tangiert.

»Also, wer ich bin? Himmel, Ciss, du hast mich in den Armen gewiegt! Und es war die volle Wahrheit, Mr. Dalziel, als ich Ihnen sagte, daß ich aus Loyalität zu meiner Familie in diese Geschichte verwikkelt sei. Sie hatten sich nur in der Familie geirrt, das war alles. Ja, es stimmt. Ich bin John Peterson, Pam Petersons Sohn, und ich statte meinem armen, kranken Stiefpapa einen Besuch in der Hoffnung ab, endlich herauszufinden, wer genau der Mörder meiner lieben toten Mutter war.«

VIER

»Es kommt ein Tag, an dem für alle diese Dinge Rechenschaft abgelegt werden muß, und ich lade dann Euch ... vor, Rede zu stehen für Eure Untaten.«

Cissy Kohler schien von allen im Zimmer am wenigsten überrascht zu sein.

Sie nickte, als wolle sie Waggs Erklärung zustimmen, und sagte: »Ein Gefühl von Verwandtschaft hatte ich nie, doch du bist mir irgendwie vertraut vorgekommen.«

»Du bist ein paarmal mit mir im Park spazierengegangen«, sagte Waggs. »Ich war vielleicht fünf oder sechs. Ich habe mich in dich verknallt. Keine Angst. Ich habe es überwunden. Ich war nämlich zu dem Schluß gekommen, es sei in Wirklichkeit deine Schuld gewesen, daß mich meine Mutter einfach links liegen gelassen hat und sich mit Stiefpapa und den Schreihälsen nach England abgesetzt hat.«

»Wir haben dich nicht mitgenommen, weil du gerade eingeschult worden warst und es unvernünftig schien, dich da herauszureißen, ehe ich wußte, wohin man mich als nächstes versetzen würde«, sagte Westropp. »Das habe ich dir doch alles schon erklärt.«

»Ja, allerdings. Mein Stiefvater, der große Erklärer«, sagte Waggs zu Dalziel gewandt.

»Standen Sie die ganzen Jahre in Verbindung?« fragte der Dicke.

»Nein. Nicht direkt. Meine Tante Tessa, bei der ich aufgewachsen bin, hatte mir gesagt, meine Mutter sei bei einem Unfall ums Leben gekommen, und mein Stiefvater wohne ganz weit weg, schicke aber regelmäßig Geld zu meiner Unterstützung. Die Wahrheit erfuhr ich erst, als ich dreizehn oder vierzehn war.«

»Und wie lautete die Wahrheit?« fragte Dalziel nach einer Pause,

in der ihm klar geworden war, daß die anderen ihm nur zu gern den
Vorsitz überließen, bis sie sich wieder gefaßt hatten.

»Da können Sie mich ebensogut nach der Zeit fragen«, sagte
Waggs. »Das habe ich in Hollywood gelernt. Doch damals in Ann
Arbor, in den Siebzigern, da lautete die Wahrheit, daß Cissy und irgend ein Ekel von Engländer meine Mama ermordet hätten. Und das
andere Ekel, das meine Mama nach England mitgenommen hatte,
würde über einen Anwalt in Washington zur Beruhigung seines Gewissens eine gewisse Summe zahlen.«

»John, ich dachte, das sei seit langem zwischen uns bereinigt«,
sagte Westropp. »Was hat sich geändert? Habe ich richtig verstanden, daß du etwas mit Cissys Entlassung zu tun hast?«

»Das könnte man so sagen.«

»Aber warum ...?«

»Einen Moment«, unterbrach ihn Dalziel. »Ich für meinen Teil
fang immer mit den Titten an. Alles schön der Reihe nach. Was haben
Sie gemacht, als Sie die Wahrheit herausgefunden haben?«

Zornig starrte er Cissy Kohler an, wie um sie daran zu hindern,
abzustreiten, daß es die Wahrheit war, aber sie machte keine Anstal-
ten, etwas zu sagen.

»Ich war schon immer schwer zu bändigen gewesen. Jetzt hatte
ich einen Grund, ganz aus dem Ruder zu laufen und den weggetrete-
nen Teenager zu spielen. Ich fing an, meinen alten Namen zu benutzen, meinen richtigen Namen, John Petersen. Ich muß eine wahre
Pest gewesen sei. Meine Tante war wahrscheinlich erleichtert, als ich
zur Uni ging. Dort habe ich herumgegammelt, dauernd die Fächer
gewechselt, alles ausprobiert, aber nichts richtig, und im Grunde keine Ahnung gehabt, was ich eigentlich wollte. Doch es war sehr nützlich, zwei Namen zu haben, einen, der durch meine Geburtsurkunde
und einen anderen, der durch die Adoptionspapiere belegt war, die
meine Tante und John Waggs für mich bekommen hatten. Es bedeutete, daß die krummen Dinger, die ich aussheckte, nicht immer sofort
mir angehängt wurden. Zu Zeiten war ich Bürge und Referenz für
meine eigene Kreditwürdigkeit!«

»Du warst also ein richtiger hirnloser Vollidiot«, sagte Dalziel.
»Und dann hast du beschlossen, mit Westropp hier Verbindung aufzunehmen, um ihn anzuzapfen.«

»Nein!« explodierte Waggs. »So war es nicht. Es kam zu einer

Massenkarambolage. Tante Tessa und der alte John kamen darin um. Ich hatte nicht gewußt, wie sehr ich sie brauchte. John war immer ganz locker, dem war es egal, was ich anstellte, solange ich nicht sein Auto demolierte. Makaber, was? Aber ich habe ihn wirklich gemocht. Niemals Druck. Und was Tante Tessa betraf ... Ich habe sie Mami genannt, bis sie mir erzählt hat, was wirklich geschehen war, dann habe ich damit aufgehört. Mein Gott, wie muß sie das verletzt haben! Wie beschissen von mir! Wenn ich nachts wachliege und mir die Decke auf den Kopf fällt, kommt mir das immer als erstes in den Sinn. Ich habe sie nicht mehr Mami genannt.«

»Verdammte Scheiße!« sagte Dalziel. »Kein Wunder, daß ihr Kerle keinen Krieg mehr gewinnt. Das, was ihr da betreibt, ist schon keine Nabelschau mehr, bei euch steckt ja der ganze Kopf im eigenen Arsch.«

Westropp sagte: »Mr. Dalziel, sind Sie sicher, daß Sie nicht beim Auswärtigen Amt sind? Ich kann bestätigen, was John gesagt hat. Er hat nicht aus finanziellen Motiven mit mir Verbindung aufgenommen. Jedenfalls nicht beim ersten Mal.«

Er warf seinem Stiefsohn einen kurzen Blick zu und hätte fragend die Augenbraue hochgezogen, wenn ihm die Chemotherapie Haare gelassen hätte. Unter seiner fahlgelben Blässe zeigten sich hektischrote Streifen, wie Morgenröte am Monsunhimmel. Marilou beobachtete ihn, das Gesicht vor Sorge angespannt.

Waggs sagte: »Ich hatte einfach das Bedürfnis ... Jedenfalls fuhr ich zu dem Anwalt nach Washington und sagte ihm, ich wolle mich mit meinem Stiefvater in Verbindung setzen. Ich rechnete allenfalls mit einer Adresse in Singapur oder sonst irgendwo am Ende der Welt. Als ich erfuhr, daß er sozusagen um die Ecke wohnte, wohl etabliert und gemütlich mit einer neuen Frau, war ich richtig sauer. Blöd, was? Aber er sagte, er würde mich gern sehen, und so fuhr ich hin. Und es war okay. Nicht großartig, aber okay. Und sie hatten Pip aus England von der Schule kommen lassen, damit er hier zur Uni gehen konnte, so sprang dabei ein Halbbruder für mich heraus. Und das war auch okay.«

Er warf Philip einen liebevollen Blick zu, und die grimmige Miene seines jüngeren Halbbruders hellte sich für einen Augenblick auf.

Dalziel sagte: »Okay, überspringen wir alles bis zu dem Zeitpunkt, als es nicht mehr okay war.«

»Sie sind es, der bei der Kripo ist«, sagte Waggs herausfordernd. Aber auch hinhaltend. Er mag Pip, dachte Dalziel. Es stört ihn, daß der Junge dabei ist. In seiner Gegenwart möchte er nicht schlecht über seinen Vater sprechen.

Dalziel sagte: »Ich weiß zwar nicht wieso, aber ich vermute, der Briefwechsel zwischen Miss Kohler und Mr. Westropp hatte was damit zu tun.«

»Was zum Teufel wissen Sie denn darüber?« fragte Westropp.

»Ich weiß, daß Miss Marsh versucht hat, die Adresse Ihres amerikanischen Anwalts an Cissy Kohler zu verkaufen, und wahrscheinlich eine Abfuhr erhielt. Aber dann haben Sie wohl angefangen nachzudenken, was, Mädchen? Und Sie haben Daphne Bush rumgekriegt, die Adresse irgendwie aus Beddington College zu beschaffen und dann einen Brief an Ihren alten Chef aufzugeben. Nur als die Antwort kam, beschloß die Bush, sie Ihnen nicht zu zeigen, aus Selbstsucht vielleicht, vielleicht aber auch aus Liebe. Dann haben Sie sich gestritten, und sie hat Ihnen den Brief doch gezeigt und dabei ein paar Gemeinheiten an den Kopf geworfen. Und Sie haben sie umgebracht ...«

»Es war ein Unfall«, sagte Cissy Kohler. »Sie fiel hin. Niemand hätte es mir geglaubt, und mir war es sowieso egal, darum habe ich den Mund nicht aufgemacht ... Woher wissen Sie das alles?«

»Ich habe den Brief gelesen, Mädel. Im Ernst. Haben Sie geglaubt, er wäre mit Daphne begraben worden? Aber den Brief, den Sie an Westropp geschrieben haben, den kenne ich nicht. Was ist damit passiert, Mr. Westropp?«

»Ich weiß nicht. Ich denke, ich habe ihn zerrissen oder verbrannt ... ich weiß es wirklich nicht mehr. Ist es denn wichtig?«

»Oja, ich denke, es ist wichtig«, sagte Dalziel und sah Waggs an.

»Herr im Himmel, Sie kriegen wirklich einen Kick daraus, den großen Kriminalisten zu spielen«, sagte Waggs. »Ja, ich habe den Brief. Mein Stiefpapa hatte recht. Zuerst spielte Geld keine Rolle, aber dann ... Vor ein paar Jahren, als die Kerle von Hesperides den großen Druck machten, kam ich hierher. Ich wollte mir Geld von dir leihen, um sie loszuwerden. Aber das war an dem Wochenende, als es dir so schlecht ging, weißt du noch? Man hat dich in aller Eile ins Krankenhaus gebracht, und ich mußte den besorgten Sohn spielen. Komisch war, daß ich mir wirklich Sorgen machte. Ich sollte ein paar Sachen zusammenpacken und zu dir ins Krankenhaus bringen, während deine richtige Familie an deinem Bett saß. Das kam einer Genehmigung zum Stöbern gleich, also stöberte ich. Brauche ich dafür eine Entschuldigung? Ich könnte sagen, ich hätte nach Erinnerungsstücken von meiner Mutter gesucht. Und ich wurde mehr als fündig. Cissys Brief. Zerknittert und verblichen und auch nicht gerade glasklar, aber ich kapierte, worum es ging. Erstens hattest du mit deinem hübschen kleinen Kindermädchen hinter dem Rücken meiner Mutter rumgevögelt. Und zweitens, und das hat mich wirklich umgehauen, ging sie davon aus, daß du meine Mutter in der Waffenkammer von Mickledore Hall umgelegt hast.«

Er hielt inne. Um Atem zu holen oder um des dramatischen Effekts willen, es spielte keine Rolle, warum.

Alle Augen waren auf Westropp gerichtet. Selbst Marilou hatte die Hände von seinen Schultern genommen und einen Schritt zur Seite getan, als ob auch sie sein Gesicht sehen müsse.

Er sagte: »Wenn du geglaubt hast, was in dem Brief stand, lieber Junge, warum zieht sich dann mein Tod so endlos in die Länge?«

»Gute Frage. Mein erster Impuls war, zum Krankenhaus zu stürzen und dir die Wahrheit zu entreißen, aber als ich ankam, hatten die Profies bereits an dir herumgerissen. Als es dir wieder gut genug ging, hatte ich Zeit zum Nachdenken gehabt. Was hatte ich in der Hand? Die hysterischen Ergüsse einer Frau, die lebenslänglich in einem britischen Gefängnis eingelocht war. Wußte ich, ob sie nicht auch Briefe an den König von Siam schrieb? Ich mußte mich persönlich überzeugen, wie wahnsinnig oder wie vernünftig sie war. Aber wie zum Teufel kam ich an sie ran? Und dann griff Gott auf mysteriöse Weise ein.«

Er warf Dalziel einen kurzen Blick zu und sagte: »Es war tatsächlich so, wie ich heute morgen gesagt habe. Ich war so mit meinem Stiefvater beschäftigt, daß ich vergaß, mich zu verstecken, und die Schläger von Hesperides mich aufgriffen. Man muß sich nach der Decke strecken. Ich hörte mir dabei zu, wie ich ihnen die Story verkaufen wollte. Am Anfang aus schierer Verzweiflung, doch dann fing ich an, selbst davon überzeugt zu sein. Es mußte so klingen, als wäre ich wirklich eingeweiht, aber ich wollte meine Mutter nicht hineinziehen, also habe ich behauptet, mit Cissy verwandt zu sein. Und sie haben es mir abgenommen! Und so wie die Dinge stehen, sind sie überzeugt, daß sich ihre Investition lohnt. Ich habe sie mir vom Leib gehalten, indem ich sie davon überzeugt habe, wir müßten abwarten, was am Ende dabei herauskommt. Darauf kommt es doch wohl bei einer Geschichte an! Das hält die Kleinen davon ab, mit den Popcorntüten zu knistern oder in den Autokinos zu vögeln. Seht uns hier an! Niemand geht, bevor nicht der Abspann kommt. Das ist deine große Szene, Stiefpapa. Wie spielst du sie?«

Wieder waren alle Augen auf Westropp gerichtet. Dalziel ertappte sich, wie er dachte: Das wäre wirklich ein großartiger Film. Dann dachte er: Jesusmaria! Halt die Hand auf der Brieftasche, solange dieser junge Mann im Zimmer ist!

Westropp sah wie ein Mensch aus, der in jeder Hinsicht trocken war. Die Augen in dem faltigen Gesicht zogen an den erwartungsvollen Augen seiner Zuhörer entlang, berührten sie, aber blieben bei keinem hängen. Schließlich richteten sie sich aufs Telefon und blieben dort haften.

Es wird läuten, dachte Dalziel. Bevor ich bis drei gezählt habe.

Eins … zwei … drei …

Scheiße, dachte Dalziel.

Das Telefon läutete.

FÜNF

*»Es ist vor ihr geheimgehalten worden, und ich hoffe, sie soll nie et-
was davon erfahren. Nur ich weiß davon und eine andere Person, der
man trauen darf.«*

Marilou Bellmain nahm schließlich den Hörer ab.
»Hallo? Hören Sie, könnten Sie …?«
Wer auch immer am Apparat war, er konnte eindeutig nicht. Von
gewichtigen Worten mundtot gemacht, verstummte Marilou, lauschte und sagte dann zu ihrem Mann: »Es ist Scott Rampling. Er sagt, er
müsse unbedingt mit dir sprechen.«
»In diesem Fall …« erwiderte Westropp.
Mit einem entschuldigenden Blick in die Runde, als sei ein ver-
gnüglicher Aperitif vor dem Mittagessen unterbrochen worden, sagte
er: »Habt ihr etwas dagegen …?«
Waggs sah aus, als hätte er sehr viel dagegen. Desgleichen Pip,
doch Dalziel war schon auf dem Sprung und sagte: »Ich habe nichts
dagegen. Ich muß sowieso Pipi machen. Oben, nicht wahr, Schätzchen?«
Ohne Marilous Antwort abzuwarten, ging er in den Dielenflur
und rannte leichtfüßig die Treppe hinauf.
Der erste Raum, in den er schaute, war die Toilette. Er öffnete die
nächste Tür. Ein Schlafzimmer. Neben dem Bett, ein Telefon.
Behutsam nahm er den Hörer ab, legte die Hand auf die Sprech-
muschel und drückte das obere Teil ans Ohr.
Ein Augenblick verging. Dann sagte Westropp: »In Ordnung,
Scott. Was gibt's?«
»Ich habe gehört, du hast Gesellschaft«, sagte Ramplings Stimme.
»Ist noch jemand da?«

»Meine Gäste haben freundlicherweise für einen Augenblick das Zimmer verlassen«, sagte Westropp. »Wie kann ich dir helfen, Scott?«

»Ich will wissen, was los ist. Weißt du, daß die Kohler ein Tagebuch geführt hat? Kodiert, in einer Bibel. Gütiger Himmel! Aber ich habe es, und es ist eine interessante Lektüre. Sie ist davon überzeugt, dich zu schützen.«

»Und?«

»Und gar nichts. Und es ist also nicht so, wie es angeblich war. Und ich habe mir Gedanken gemacht: Wie war es wirklich?«

Westropp sagte mild: »Scott, das sind gramvolle Dinge, alt und fern und mehrere Kriege lang schon her. Mein Rat ist, laß sie auf sich beruhen.«

»Das habe ich ja versucht«, protestierte Rampling. »Ich habe meine Leute drauf angesetzt.«

»Du meinst das Mädchen?« lachte Westropp. »O Scott, du hast immer schon alles gewollt. Ich kann's mir genau vorstellen. Sempernel oder sonst so jemand warnt dich, daß Ärger im Verzug sei, und bittet dich, die Sache in Ordnung zu bringen. Du sagst, *na, sicher,* denkst aber, wenn *sie* die Angelegenheit bereinigt haben wollen, wäre es vielleicht nicht uninteressant, die Sache einfach laufen zu lassen und festzustellen, worum es sich dabei handelt. So daß die Schmutzarbeit an dem armen Mr. Dalziel hängen bleibt! Scott, du bist so verschlagen, daß du dich manchmal selber an der Nase herumführst.«

»Das Sterben macht dich richtig frech, James. Ich bin zur Zeit in Williamsburg, damit so ein Schlitzauge sich einbilden kann, er sei wichtig genug, um beschützt zu werden. Ich komme später vorbei, um zu hören, was nun eigentlich wirklich geschehen ist. In der Zwischenzeit würde ich dir raten, die Leute wegzuschicken. Jemand in deinem Zustand sollte nicht den Gastgeber spielen.«

»Deine Fürsorglichkeit ist beinahe unerträglich«, sagte Westropp. »Versuch die Ruhe zu bewahren, sei so lieb. Wie der französische Adelige auf dem Weg zur Guillotine so schön sagte, das ist nicht der richtige Moment, um den Kopf zu verlieren. Entschuldige. In deinem Fall ist das Bild ziemlich kraß, aber du weißt, was ich sagen will. A bientôt!«

Er legte den Hörer auf. Dalziel legte den seinen fast gleichzeitig

auf, ging vom Schlafzimmer ins Bad, drückte auf die Toilettenspü-
lung und rannte wieder leichtfüßig die Treppe hinunter.

Die anderen standen im Flur wie Bewerber für eine Stelle, die darauf warteten, wieder ins Besprechungszimmer gerufen zu werden.

Waggs fing Dalziels Blick auf und hob eine Augenbraue. Zumindest er hegte den Verdacht, daß Dalziels Verschwinden vielleicht
nicht durch seine Blase motiviert gewesen war.

Dalziel sagte: »Besser raus damit.«

»Sprechen Sie von der Wahrheit?«

»Darauf würde ich nicht Ihre Rente verwetten. Ein Wort unter
vier Augen?«

Er sah sich um. Marilou stand dicht an der Wohnzimmertür und
sah sie so fest an, als wolle sie das Holz mit ihrer Willenskraft durch-
dringen. Philip stand neben ihr, das junge Gesicht blaß und besorgt.
Cissy Kohler hatte sich eine Zigarette angezündet und lehnte mit leerem Gesichtsausdruck und starrem Blick an der Wand, selbst der
Rauch ihrer schlanken Zigarette blieb vor ihr in der Luft stehen.

Dalziel nahm Waggs Arm und schob ihn durch eine Tür in die
Küche.

»Wohin führt uns das alles?« fragte er.

»Das ist eine seltsame Frage für einen Polizisten.«

»Ach ja? Warum denn das?«

»Ich dachte, ihr Kerle würdet euch nur von den Tatsachen leiten
lassen.«

»Es gibt solche und solche Tatsachen.«

»Wie das? Ich dachte eine Tatsache sei eine Tatsache sei eine Tatsache.«

»Manchmal sind sie wie Porzellanscherben. Man setzt sie zusammen und kriegt eine wasserdichte Schüssel. Manchmal sind sie wie
Schokoladestückchen. Man kaut sie und hat nur noch Scheiße.«

»Großer Gott! Soll ich Ihnen mal was sagen, Dalziel? In Ihnen
steckt ein Dichter! Nach Ihrem Umfang zu schließen, würde ich sagen, daß eine ganze Anthologie ans Licht will. Großer Gott!«

Die zweite Anrufung des Himmlischen erfolgte von einer höheren
Sphäre aus, was heißen soll, daß Dalziel Waggs jäh auf den Elektro-
herd gesetzt hatte.

»Eigentlich sollte ich dieses Ding anstellen und ausprobieren, ob
ich dir etwas Sinn und Verstand einbrennen kann. Du willst wissen,

ob er deine Mutter umgebracht hat? Was bringt dir das? Du erreichst doch nur, daß du Pip einen Mörder zum Vater gibst und Marilou einen Mörder zum Ehemann.«

»Und Cissy?« schrie Waggs, dem es nicht an Mut fehlte. »Gebe ich ihr nicht auch etwas? Etwas, was sie verdient hat? Sie hat immerhin ein Leben verloren. Nichts, was dem Rest von uns zustoßen könnte, wäre auch nur annähernd mit dem vergleichbar, was sie hinter sich hat. Sie will den Kerl, für den sie ihr Leben gegeben hat, sehen, bevor er stirbt. Sie will etwas von ihm hören, das ihr bei dem Gedanken hilft, daß ihre Tat wenigstens ein ganz klein wenig sinnvoll war. Diese Chance verdient sie doch, oder?«

»Warum?« fragte Dalziel. »Sie hat drei Tote auf dem Gewissen. Für mich sind das mindestens zwei zu viel für eine zweite Chance. Hatten die drei den Tod verdient? Deine Mutter? Das kleine Mädchen? Daphne Bush? Verdient die Kohler noch etwas anderes als das, was sie gekriegt hat?«

Aber sehr überzeugend klang er nicht, auch nicht in den eigenen Ohren.

Er wandte sich um und trat wieder hinaus in den Dielenflur. Die anderen standen noch immer dort. Er ging in Richtung Wohnzimmer, doch Marilou stellte sich ihm in den Weg.

»Er ruft uns wieder herein, wenn er sein Telefonat beendet hat«, sagte sie.

»Das Telefonat ist schon lange zu Ende«, sagte Dalziel und schob sie beiseite. Philip sah einen Augenblick so aus, als wolle er den Kavalier spielen, aber Dalziel bedachte ihn mit einem Blick, der ein Pferd zum Stillstand gebracht hätte, von einem Ritter ganz zu schweigen, und öffnete die Tür.

Westropp lag in seinem Schaukelstuhl, die Augen geschlossen und sah wie etwas aus, bei dem Ägyptologen gerade die Bandagen abgewickelt hatten.

Marilou ging zu ihm und nahm seine Hände. Nun öffneten sich die Augen wie die einer Echse auf einem Stein. »Da seid ihr alle wieder«, sagte er. »Es tut mir leid, aber ich glaube, ich kann jetzt nicht mehr. Vielleicht ein anderes Mal. Ja, ein anderes Mal wäre schön. Doch bevor ihr geht, eine Entschuldigung. Vollkommen unangemessen, aber was habe ich sonst zu bieten? An dich gerichtet, Pip. An dich, John. Es war wirklich ein Unfall, glaubt mir. Ich habe eurer

Mutter vielleicht manchmal nichts Gutes gewünscht, aber ich habe ihr nie Schaden zugefügt. Und was kann ich zu dir sagen, Cissy? Nur, daß die Ereignisse an jenem schrecklichen Wochenende, besonders Emilys Tod, mir die Fähigkeit geraubt hatten, vernünftig zu denken und zu handeln – wie es auch bei dir der Fall gewesen sein muß, denn wie hätten wir sonst beide mit ansehen können, daß der arme Mick in den Tod ging? Ich bedaure diese … ganzen Mißverständnisse. Wie wenig man mit Worten ausdrücken kann, besonders wenn man alte Sprachen studiert hat. Jetzt würde ich gern, wenn ihr nichts dagegen habt, ein wenig mit Marilou allein sein.«

Cissy Kohler atmete so tief durch, als würde die Luft bald rationiert.

»Das ist *alles*?« stieß sie mühsam hervor. »Mehr kriege ich nicht?«

»Mehr ist da nicht«, sagte Westropp. »Manchmal ist es besser, ohne Hoffnung unterwegs zu sein, als anzukommen. Ich kenne das auch, glaub mir.«

Sie machte einen Schritt auf ihn zu und versuchte, den Verschluß ihrer Handtasche zu öffnen. Dalziel fing sie in seinen Armen auf, drehte sie um und schob sie aus der Tür. Durch seine massive Gestalt von den anderen abgeschirmt, steckte er die Hand in ihre Handtasche, entnahm ihr den kleinen Revolver und ließ ihn in seine linke Tasche gleiten.

Er drehte sich um und rief: »Mrs. Bellmain.«

Marilou sah ihn ungeduldig an, als er sagte: »Cissy geht es nicht gut.«

Es war das erste Mal, daß er sich überwunden hatte, sie Cissy zu nennen.

Marilou sah unglücklich von Jay Waggs zu ihrem Mann. »Ich komme schon klar, Liebes. Bleib nicht so lange.«

Sie ging in die Diele, und Dalziel kam zurück ins Zimmer.

Waggs machte einen Schritt auf den Mann im Schaukelstuhl zu, aber die Bewegung hatte nichts Drohendes. Es war eher so, als wolle er ihn von nahem sehen.

»Ich habe mich zu lange in der Unterhaltungsbranche herumgetrieben, um nicht zu riechen, wenn eine Sache ganz gewaltig stinkt.«

»Meinst du?« sagte Westropp. »John, du mußt mir glauben, daß es mir leid tut …«

»Ja, ja, ich muß nachsehen, ob Cissy okay ist. Aber das ist noch

nicht das Ende, Stiefpapa. Da können wir noch jede Menge Meter
Film rausholen.«

Er drehte sich um und schob sich an Dalziel vorbei.

»Der arme John«, sagte Westropp. »Wenn man bedenkt, daß er
sein Geld damit verdient, Ideen zu verkaufen, ist es doch traurig, wie
sehr er mit seinen Voraussagen danebenliegt.«

»Wenigstens macht er sich Sorgen um die Frau da draußen«,
knurrte Dalziel.

Westropp zuckte mit den Schultern. Es sah aus, als schüttele er
Knochen in einem Sack. Dann wandte er sich seinem Sohn zu.

»Pip, wir waren uns nie so nahe, wie ich mir das gewünscht hätte.
Ich habe zuviel von deiner Kindheit verpaßt, aber ich mußte dich zur
Schule schicken, bis ich endlich mit Marilou zur Ruhe gekommen
war ...«

Sein Sohn erwiderte: »Paps, bitte, es ist okay, hake es ab ...« Der
Kummer machte sein Gesicht weich. Er lehnte sich über Westropp,
als wolle er ihm einen Kuß geben, doch der Kranke wandte den Kopf
ab und tätschelte ihm die Schulter. In diesem Augenblick erkannte
Dalziel, wie widerlich ihm die Erinnerung an seine tote Frau noch
war.

Philip richtete sich auf. Westropp sagte: »Wir sprechen später darüber. Frag bitte Marilou, ob sie nichts dagegen hat, nicht eher herein-
zukommen, bevor Mr. Dalziel geht.«

Der junge Mann wandte sich ab, sah Dalziel an, als wolle er etwas
sagen, verließ dann aber wortlos das Zimmer.

»Komisch«, sagte Dalziel.

»Was?«

»Eine Menge Menschen würden sich mehr aus einem lebenden
Sohn als aus einer toten Tochter machen.«

»Sieh an. Ein Moralist erscheint von ungefähr, der Himmel weiß,
was ihn zu diesem armen Fleck geführt. Sie sind vielleicht selbst Vater, da Sie so viel von diesen Beziehungen verstehen?«

»Nein, aber ich kenne mich gut genug aus, um zu erraten, daß der
Junge wirklich zu bedauern ist. Ich würde um Geld wetten, daß es
Ihre Frau war, die darauf bestanden hat, ihn aus dem Internat zu ho-
len und hier bei Ihnen wohnen zu lassen.«

Er merkte, wie er ins Schwarze getroffen hatte, und hieb in die
Kerbe. »Arbeitet er schon lange für Rampling?«

»Wie bitte?«

»Wußten Sie nicht, daß er zu dessen Leuten gehört? In Hotelzimmer einzubrechen ist eine seiner Spezialitäten. Das heißt, eigentlich nicht, denn besonders geschickt hat er sich dabei nicht angestellt. Hat es wohl auch nur deshalb gemacht, weil man ihm gesagt hat, daß der Typ, um dessen Zimmer es ging, eine Bedrohung für seinen lieben alten Papi sein könnte.«

»Sie sprechen von Ihrem Zimmer? Das hat Pip gemacht? Sieh an.« Westropp runzelte die Stirn, dann sagte er: »Aber das lenkt uns ab. Dafür habe ich keine Zeit. Sie wollen etwas von mir, nehme ich an?«

»Die Wahrheit.«

»Tatsächlich? Und Sie würden mir als Gegenleistung ein oder zwei kleine Gefälligkeiten tun?«

»Zum Beispiel?«

»Man verläßt das Badezimmer immer so, wie man es vorfinden möchte. Das war eine der Maximen meiner alten Kinderfrau. Für mich ist die Zeit gekommen, klar Schiff zu machen. Als erstes könnten Sie vielleicht das hier entsorgen.«

Er holte eine kleine automatische Pistole unter seinen Kissen hervor. Dalziel nahm sie mit spitzen Fingern, prüfte, ob sie gesichert war und wollte sie in die linke Tasche stecken. Als er merkte, daß die bereits besetzt war, disponierte er um und steckte sie in die rechte.

»So bleibe ich im Gleichgewicht«, sagte er. »Wie Sie.«

»Glauben Sie?«

»Man muß sehr ausgeglichen sein, um das durchzumachen, was Sie durchgemacht haben, ohne einen Knacks abzukriegen. Oder von Anfang an einen gehabt haben.«

»Dazu kann ich nichts sagen. Ich weiß nur, daß die menschliche Leidensfähigkeit ein großes Hindernis auf dem Weg zum Fortschritt ist. Ach! sowie das Herz wird langsam älter, steht es vor solchem Anblick kälter und seufzt nicht mehr ...«

Dalziel dachte sich, daß es ein Gedicht sein müsse. In denselben komischen Tonfall verfiel der kleine Pascoe, wenn er sich ans Zitieren machte. Doch sein Gesicht war dabei nie so von Schmerz und Müdigkeit durchfurcht wie Westropps.

»Soll ich einen Quacksalber rufen?«

»Nein, danke. Ich habe meine Medikamente.« Er öffnete die Hand, um ihm ein Pillendöschen zu zeigen. Der Deckel sprang auf, als er ihn mit dem Finger berührte. Er entnahm der Dose eine grün-schwarze Kapsel und musterte sie fragend.

»Manchmal muß man Eulen nach Athen tragen«, sagte er. »Fangen Sie.«

Er warf die Dose Dalziel zu, der sie in der Luft auffing und dann das Wappen auf dem Deckel ansah.

»Ist alles in Ordnung. Ich habe sie nicht in Windsor mitgehen lassen. Sie gehört mir, ich habe sie geerbt.«

»Wird eine Kleinigkeit wert sein.«

»Wahrscheinlich. Behalten Sie sie. Als Souvenir.«

»Ich brauche nichts zur Erinnerung.«

»Ja, das brauchen Sie wirklich nicht. Das ist interessant. Behalten Sie sie trotzdem. Sie haben gesagt, daß Sie mir beim Aufräumen helfen würden. Machen wir schnell. Es bleibt nicht viel Zeit.«

»Ich dachte, Sie hätten noch Wochen vor sich.«

»Nicht Wochen, in denen ich mein eigener Herr bin. Wochen wachsender Schmerzen und zunehmender Hilflosigkeit. Nein, danke. Ich räume lieber selbst auf.«

»Mit meiner Hilfe?«

»Richtig. Aber es ist keine harte Arbeit. Was genau Sie hier machen, Mr. Dalziel – ich will nicht so tun, als wüßte ich es, und ich habe keine Zeit, es herauszufinden. Ich habe den Verdacht, daß Ihre Motive und Ihre Tätigkeit bei weitem alles überschreiten, was man als dienstlich bezeichnen könnte. Aber Sie geben einen, dessen bin ich mir sicher, eindrucksvollen Boten ab. Und Sie brauchen keine Bedenken zu haben, es könne Ihnen schlecht ergehen, denn die Botschaft ist eine gute.«

»Ach ja? Ich hoffe, sie ist auch kurz.«

»Sagen Sie ihnen ...«

»Wer ist ›ihnen‹?« unterbrach Dalziel ihn.

»Keine Sorge. Sie erkennen sie ohne Schwierigkeiten. Sagen Sie ihnen, daß ich im Vollbesitz meiner geistigen Kräfte gewesen sei, als Sie mich das letzte Mal sahen, und meine Versicherung, daß ich alles aufgeräumt hinterließe, überzeugend fanden.«

Dalziel dachte einen Augenblick nach, dann schüttelte er den Kopf und sagte: »Nein!«

»Nein? Ist die Nachricht vielleicht zu lang? Soll ich sie aufschreiben?«

»Komisch«, knurrte Dalziel, »was Sie da über Vollbesitz und Geisteskräfte sagen. Dafür brauche ich eine Menge mehr Beweise. Wie zum Beispiel die Wahrheit. Hören wir mit dem Rumgefurze auf. Haben Sie Ihre Alte nun umgebracht oder nicht?«

»Habe *ich sie* umgebracht?« sagte Westropp sinnierend. »Das klingt, als ob Töten die einzelne Tat einer einzelnen Person an einer anderen einzelnen Person sei.«

»Schluß mit dem verdammten Gelaber!« sagte Dalziel wütend. »Da draußen steht eine Frau, die wissen muß, was passiert ist.«

Westropp bedachte ihn mit einem dünnen, vielsagenden Lächeln.

»Muß *sie* es wissen oder müssen *Sie* es wissen, Superintendent? Um wessen Seelenfrieden machen Sie sich Sorgen?«

Selbst Pfeile, die ins Schwarze treffen, können einen Büffel im Angriff nicht ablenken.

»Sie war Ihre Geliebte. Sie waren ein Paar. Sie sind es ihr schuldig!«

Westropp schüttelte den Kopf.

»Wenn ich ihr wirklich etwas schulde, ist es soviel, daß ich es sowieso nicht wiedergutmachen kann. Welches Wissen ist für sie am besten? Denn ich habe sie diese ganzen Jahre für schuldig gehalten, Dalziel. Nicht notwendigerweise im Sinne des Urteils, aber dennoch für schuldig. Und ich denke das noch immer. Dergleichen tut man sich nicht an, es sei denn, man ist schuldig!«

»Oder besessen.«

»Schuld. Besessenheit. Genau besehen, sind sie ein Gespann, das zusammengehört. Wie Sie wohl wissen. Verstehen Sie die Frauen, Dalziel? Ich nicht. Und die Männer auch nicht, habe ich den Verdacht. Ich hatte eine Frau, die sich als Hure entpuppte. Nun, damit konnte ich leben. In der Oberschicht hat das eine alte Tradition. Alles ist in Ordnung, solange man nicht die Pferde scheu macht. Ich hatte noch nicht einmal allzu viel dagegen, als Mick auch noch einstieg. Doch es hat unsere Freundschaft kaputtgemacht. Er hat mich verachtet, weil es mir nichts ausmachte! Der liebe alte Mick. Seltsamer Mann. Aber er mußte natürlich dafür büßen. Pam wollte nämlich nicht nur seinen lilienweißen Körper, sie war wie besessen, sie wollte … alles! Ich habe von Zeit zu Zeit die kleine Cissy mit ins Bett genommen. Sie war jung, sie war attraktiv, sie war in Reichweite. Aber ich will verdammt sein – auch sie war irgendwann wie besessen! Warum erzähle ich Ihnen das alles eigentlich, Dalziel?«

Ins Leben zurückgerufen

»Weil ich Sie an Ihre Mutter erinnere. Und auch, weil sie Angst davor haben, daß Ihre Frau, wenn Sie es ihr erzählen, nicht besessen genug sein könnte, um sie weiterhin zu lieben. Also weiter. In groben Zügen. Das ist alles, was ich will. Das Wesentliche.«

»Und wenn ich nicht möchte?«

»Dann schüttele ich Sie vielleicht, bis die überflüssige Pille aus ihrer Tasche fällt, und spreche ein Wörtchen mit Ihrer Frau und Ihrem Quacksalber und sorge dafür, daß Sie den Löffel im Rahmen der Legalität, das heißt natürlich und sehr langsam, abgeben.«

Westropp musterte ihn von nahem und sagte: »Dalziel, ich wüßte zu gern, wovon Sie besessen sind.«

»Von Bier«, sagte Dalziel. »Meine Kehle ist wie ausgetrocknet und dürstet nach einem anständigen Humpen. Je eher ich also hier fertig bin, desto eher bin ich wieder in Yorkshire. Sitzen Sie bequem? Warum fangen Sie dann nicht an?«

FÜNFTER TEIL

GOLDJUNGE

EINS

*»Ich hoffe, daß wir auf der Straße keinem zwiebeligen oder tabaki-
gen Ersticktwerden in Form von gegenwärtigen Umarmungen in der
Runde begegnen.«*

Alles geht zu Ende, und alles beginnt von neuem. Die Gerechtigkeit
kehrt heim, Saturn herrscht allem zum Trotz*, und der erstgeborene
Sohn des neuen goldenen Zeitalters ist bereits aus den Gefilden der
Seligen gefallen und auf seinem Weg hinunter zur Erde.

Anders ausgedrückt, Dalziel war auf dem Rückflug.

Da er mehr für Menschen als für Wolken war, hatte er um einen
Sitzplatz am Gang gebeten, von wo aus er seine Mitreisenden einer
kritischen Prüfung unterwarf. Er wiegte sich in der Hoffnung, für
Heathrow denselben kostenlosen Passierschein wie in New York zu
ergattern. Eine Nonne, deren letzte Rasur schon eine Weile zurücklag, hielt seine Aufmerksamkeit für eine Weile gefangen, doch als er
sie dabei erwischte, wie sie drei Minifläschchen irischen Whisky in
ein Glas goß und es in drei Schlückchen leerte, erkannte er, daß eine
solch instinktive Affinität zur Dreifaltigkeit nicht vorgetäuscht sein
konnte, und folgte ihrem guten Beispiel mit Single Malt.

In Heathrow mußte er feststellen, daß er sich unnötig Sorgen gemacht hatte. Als er aus der Passagierbrücke vom Flugzeug zum Terminal auftauchte, näherte sich ihm lächelnd eine elegante junge Frau,
deren schwarzweiße Kleidung nach Uniform aussah, aber keine war,
und sagte: »Superintendent Dalziel? Ihr Mr. Sempernel wäre dank-

---

* Aus der Mythologie. Saturn rules O. K., heißt es im Original. Das ist Graffiti-
Sprache, typische Beispiele: Madonna rules O. K. »Statement of defiance« lautet die Definition in Nigel Rees' Buch ›Graffiti lives O. K.‹.

bar, wenn Sie einen Augenblick Zeit für ihn hätten. Wenn Sie mit mir kommen würden ...«

»Ach ja? Und was ist mit der Paßkontrolle und meinem Gepäck?«

»Das wird alles erledigt«, versicherte sie ihm.

»Das ist großzügig von meinem Mr. Sempernel. Gehen Sie vor, Mädel.«

Es war natürlich möglich, daß sie ihn zu einem Auto mit Vorhängen führte und ein schneller Ausflug zum Tower auf ihn wartete, aber wen schreckte das? Da müßten sie schon eine verdammt große Axt für ihn bereithalten.

Nach kurzer Zeit entfernten sie sich vom gemeinen Fußvolk und kamen in einen Korridor, der so gedämpft war, als wären sie in einem guten Hotel. Sie hielten vor einer unbeschrifteten Tür.

»Ich gebe Mr. Sempernel Bescheid, daß Sie angekommen sind. Es wird nicht allzu lange dauern, bis er hier ist«, sagte die junge Frau und öffnete die Tür.

»Danke, Schätzchen«, entgegnete Dalziel und betrat den Raum. »Nun will ich aber verdammt sein!«

Er war aus gutem Grund verblüfft. In einem bequemen Sessel saß Peter Pascoe, eine Tasse Kaffee in der Hand.

»Hallo, Sir. Guten Flug gehabt?«

»Ganz ordentlich«, erwiderte Dalziel und sah sich im Raum um. Der war mit einem dicken Teppich ausgelegt, frisch gestrichen und mit mehreren riesigen Sesseln ausgestattet, einem alten Eichencouchtisch und einem Sideboard, auf dem eine Kaffeemaschine blubberte, neben der ein Silbertablett mit einem bunten Gemisch von Flaschen stand.

»Nun sag ja nicht, du hast deinen Ring an Sempernel verhökert, und er hat dich zu seinem Toyboy gemacht.«

»Welch ein Glück, daß Ihr angeborener Charme beim Reisen keinen Schaden genommen hat«, erwiderte Pascoe. »Ich war gekommen, um Sie abzuholen, da wurde ich in der Ankunftshalle ausgerufen, und man sagte mir, daß man Sie in diesen Raum bringen würde. Hier ist es ein gewaltiges Stück besser als da unten, das können Sie mir glauben.«

»Das glaube ich dir gern«, sagte Dalziel und warf einen Blick aus dem Fenster. Er konnte die Landebahnen zwar sehen, aber zu hören war nur sehr wenig. Schalldämpfung von dieser Qualität mußte ein nettes Sümmchen kosten. Er bezweifelte, daß die armen Teufel in den Flugschneisen sich so etwas leisten konnten.

»Woher hat man gewußt, daß du mich abholst? Und wie zum Teufel kommt es, daß du mich überhaupt abholst?«

»Das hat Mr. Trimble arrangiert. Irgendwie hat er herausgekriegt, mit welcher Maschine Sie kommen, und er schien es für eine nette Geste zu halten. Außerdem konnte ich gleich zwei Fliegen mit einer Klappe schlagen.«

»Ach ja? Und wer war die andere glückliche Fliege?«

»Mr. Hiller. Sie hatten übrigens nicht recht. Er ist nicht umgekippt. Nun ist er suspendiert, solange die Ermittlungen wegen der Spesenabrechnungen laufen. Sein Team in Yorkshire bringt gerade alles zum Abschluß, deshalb brauchte er eine Mitfahrgelegenheit nach London.«

»Gütiger Himmel! Ich dachte, tiefer als Sempernels Toyboy könnte man nicht sinken, aber Adolfs Chauffeur! Gott sei Dank, daß wir ihn nur noch von hinten sehen.«

»Sie sind nicht fair!« protestierte Pascoe. »Für das, was er getan hat, braucht es Schneid. Und Integrität.«

»Ach ja? Er hat dir auf dem Weg hierher wohl sein Herz ausgeschüttet?«

»Wenn Sie es genau wissen wollen, nein. Mr. Hiller hat unmißverständlich klar gemacht, daß er nicht über die Angelegenheit zu sprechen wünscht. Meinetwegen, habe ich den Verdacht.«

»Gütiger Gott! Nun hat er dich sogar noch so weit gebracht, daß du ihm dankbar bist! Worüber habt ihr denn dann gesprochen?«

Pascoe zögerte, dann sagte er: »Es ging eigentlich um Sie. Also, Mr. Hiller hat mich gebeten, Ihnen eine Botschaft zu überbringen.«

»Und die lautet? Alles Liebe und tausend Küßchen? Oder ist es ein frommer Spruch?«

»Nein. Mehr eine Art Rat. Sozusagen.« Pascoe holte tief Luft. »Er sagte, ich solle Andy Dalziel fragen, ob er jemals daran gedacht habe, den Kopf in den Hintern zu stecken und eine Ladung Vernunft reinzuscheißen. Ende der Nachricht.«

Dalziel sah ihn erstaunt an. Dann brach er in Lachen aus.

»Das hat er gesagt? Dann habe ich ihn vielleicht ja doch falsch eingeschätzt, und es plätschert etwas mehr als nur kalter Tee durch seine Adern. Was mich daran erinnert …«

Er musterte die Flaschen, entschied sich für den Highland Park und goß sich eine dreifaltige Menge ein.

»Wie ist es daheim gelaufen?« fragte er.

»Ich bin mir nicht sicher. Ich habe das Gefühl, daß alles langsam zum Abschluß gebracht wird. Miss Marshs Leichenschau ging sang- und klanglos über die Bühne. Natürliche Todesursache. Ich glaube nicht, daß für Hiller ein Nachfolger kommt. Stubbs meint, daß es wahrscheinlich auf einen Bericht ohne schlüssiges Ergebnis hinausläuft, in dem von administrativen Irrtümern die Rede sein wird, die durch Kohlers Trauma verschlimmert wurden. So nach dem Muster, sie habe gewußt, was Mickledore getan habe, sei aber nicht aktiv beteiligt gewesen. Dadurch bleibt er schuldig, und sie kann begnadigt werden. Und das ist das Ende, denn die Sympathie der Öffentlichkeit ist nicht besonders groß, weil sie das kleine Mädchen ertrinken ließ und Daphne Bush definitiv getötet hat. Es sieht also so aus, als sei alles unter Dach und Fach. Außer wenn Sie ...«

»Ich? Ja, ich könnte das Boot noch zum Kentern bringen, wenn ich wollte.«

»Aber Sie tun es nicht?« fragte Pascoe, Zweifel in der Stimme.

»Solange niemand Wally Tallantire etwas am Zeug flickt, bin ich glücklich und zufrieden«, erwiderte Dalziel. »Hast du ein Problem, Junge? Du siehst aus, als hättest du in deinem Glas eine Spinne entdeckt.«

»Sie wollen sagen, Sie lassen die Dinge einfach laufen? Nachdem Sie so über Geoff Hiller hergezogen sind?« Vor Verblüffung schüttelte Pascoe den Kopf. »Haben Sie denn in den Staaten gar nichts rausgekriegt? Am Telefon klang es ... ist es Ihnen noch nicht einmal gelungen, die Kohler aufzutreiben?«

»Doch, ja, das habe ich geschafft. Sie hat sich ziemlich geziert, aber zu guter Letzt haben wir uns zusammengesetzt und ganz friedlich miteinander geplaudert. Das heißt, zumindest am Anfang ging es friedlich zu.«

Dalziel lächelte bei der Erinnerung an das letzte Treffen mit Cissy Kohler. Nachdem er das Haus der Bellmains verlassen hatte, war sie ihm noch einmal über den Weg gelaufen.

Waggs hatte sie zurück ins Hotel gebracht, und dort hatte er die beiden angetroffen, auf der Terrasse der Bar, mit Blick auf den Parkplatz. Er hatte sich zu ihnen gesetzt. Der Kellner war gekommen. Das hatte ihm an Amerika gefallen. Man fand oft einen Kellner, ohne daß man zu Drohungen oder Bestechung Zuflucht nehmen mußte.

Er hatte sich einen Scotch bestellt und auf die fast leeren Gläser der beiden deutend »noch einmal« gesagt.

»Und wie lautet nun die Parole, Dalziel?« fragte Waggs. »Nicht aufgeben und Solidarität mit dem Empire?«

»Nicht aufgeben? Ja, aufgeben ist das richtige Wort«, sagte Dalziel.

»Wie *aufgeben*?«

»Ich bezweifle, daß er das Ende des Tages erleben wird. Es war eine große Anstrengung für ihn.«

»Ist das eine medizinische Meinung? Oder eine polizeiliche Meinung?«

»Es ist eine Meinung. Wie fühlen Sie sich, Mädel?«

Cissy Kohler erwiderte leise: »Gefühle habe ich schon lange nicht mehr. Und ich will auch keine mehr haben. Nicht nach dem, was heute war.«

»Warum sind Sie dann zu ihm? Worum ist es dabei gegangen?«

»Jay hat gesagt, er liegt im Sterben. Ich habe gedacht: Früher oder später komme ich aus dem Knast raus, und wenn er tot ist, werde ich nie etwas begreifen. Nein, das ist nicht ganz wahr. Ich dachte, das ist vielleicht meine letzte Chance, daß ich rauskommen *will*. Auf das Wollen kommt es an. Ich war so viele Jahre eingesperrt gewesen. Ich hatte das Gefühl, ich sollte einen letzten Versuch unternehmen, das Ganze zu verstehen. Vielleicht war es ein Fehler.«

»Lassen Sie sich darüber keine grauen Haare wachsen, Schätzchen«, sagte Dalziel gemütlich. »Ich war die ganze Zeit draußen, und für mich ergibt es auch nicht viel Sinn.«

»Jesusmaria! Ich wußte gar nicht, daß Sie die Leute auch therapieren!« spottete Waggs.

»Gewissermaßen. Ihr beide habt euch also hierher auf den Weg gemacht, bevor Westropp stirbt, um … was zu tun? Um die befreiende Wahrheit zu hören? Was ist dabei herausgekommen?«

»Das erzähle ich Ihnen vielleicht dann, wenn ich die Wahrheit erfahre«, sagte Waggs.

»Damit kann ich dienen«, sagte Dalziel. »Nur so ganz einfach liegen die Dinge nicht. Pam Westropp stirbt. Wer ist an ihrem Tod schuld? Alle, sie selbst mit eingeschlossen. Es war ein Unfall, es war

Selbstmord, und wahrscheinlich war auch ein Anteil Mord dabei. Mickledore versuchte ein wenig aufzuräumen. Aus Nächstenliebe? Vielleicht. Aber seine eigenen Interessen kamen dabei auch nicht gerade zu kurz. Es ist unter seinem Dach passiert. Er hat mit der Toten rumgebumst, und wenn das rauskommt, wird sein reicher Schwiegerpapa allen Heiratsplänen einen Riegel vorschieben. Nur räumt er zu gut auf, besonders als er Hilfe von jemandem bekommt, der bereit ist, alles auf sich zu nehmen. Wie weit wären Sie gegangen, Miss Kohler, wenn Emily nicht ertrunken wäre? Selbst Ihr Motiv ist nicht eindeutig, oder?«

»Nun machen Sie aber mal halblang, Dalziel!« sagte Waggs. »Das ist doch alles nur Blendwerk für das britische Establishment. Wir holen die ganze Sache ans Tageslicht ...«

»Aber nicht mit Cissys Hilfe«, sagte Dalziel, der einen kurzen Blick in Cissy Kohlers Richtung geworfen hatte und seine Behauptung durch ihr ausdrucksloses Gesicht bestätigt fand. »Ich habe sowieso meine Zweifel, daß Sie es wirklich ernst meinen. Man müßte schon ein ganz schönes Stück Scheiße sein, um einen Blockbuster aus dem Mord an der eigenen Mutter zu machen. Besonders wenn man sich seiner Gefühle für sie nicht sicher ist. Immerhin hat sie Sie irgendwo geparkt, damit sie mit ihrer neuen Familie abhauen konnte ...«

Waggs war aufgesprungen, rot im Gesicht.

»Ich hab es nicht nötig, mir diesen Scheiß anzuhören –«

»Ganz recht, Junge«, stimmte Dalziel ihm zu. »In deiner Lage würde ich auch lieber darüber nachdenken, welches Märchen ich meinen Kumpeln in Los Angeles als nächstes auftische. Ganz wie in Tausendundeine Nacht, was? Eine Story pro Tag und die schweren Jungs bleiben dir vom Leib. Ich hoffe, daß dein Mundwerk im Augenblick gut geölt ist. Da steigen gerade zwei stramme Burschen aus einem Auto, und entweder ist es Liebe auf den ersten Blick oder sie sind auf der Suche nach jemandem.«

Waggs warf einen vorsichtigen Blick über das Terrassengeländer. Am anderen Ende des Parkplatzes standen zwei Männer. Einer deutete auf ihren Tisch. Nun kamen sie entschlossen näher.

»Ciss, du hörst von mir«, sagte Waggs.

Dalziel sah ihm nach, wie er die Beine unter den Arm nahm, und sagte: »Ein schlechter Kerl ist er nicht, aber er taugt wirklich nicht zum Racheengel.«

348   Reginald Hill

»Sitzt er tatsächlich in der Klemme?«

»Seit seiner Geburt. Machen Sie sich nicht zu viele Gedanken. Er hat viel Erfahrung, immer wieder auf die Füße zu fallen. Was haben Sie nun vor?«

»Sie machen sich wohl Sorgen?« Sie lachte kurz. »Ich hatte den Eindruck, als hätten auch Sie Ihren Spaß daran, Racheengel zu spielen, Mr. Dalziel.«

»Wie ich schon sagte, nichts ist schwarzweiß. An jenem Wochenende wurden alle auf die eine oder andere Weise an der Nase herumgeführt, aber Sie mußten die Rechnung bezahlen.«

»Sie vergessen Mick. Und Pam. Und die kleine Em. Ich lebe noch. Wenigstens bilde ich mir das ein.«

»Was haben Sie also vor?«

»Wer weiß? Meine Entschädigung kassieren, mich irgendwo niederlassen, einen Baum pflanzen und mich aufknüpfen.«

Eine Sekunde hielt Dalziel den Atem an. Er musterte sie genau, die Frau, die er über einen Ozean verfolgt hatte, weil er von ihrer Schuld überzeugt gewesen war. Er wußte, daß er das, was sie in all den Jahren ausgehalten hatte, nie hätte aushalten können. Er hätte entweder seine Zellentür demoliert oder sich dabei den Nacken demoliert.

Dieser Gedanke beruhigte ihn fast so sehr wie der feste Blick, mit dem sie seinem standhielt. Hier zeigte sich eine Stärke, auf die seine ansprach, so verschieden sie auch war.

Er sagte: »Wählen Sie eine Eiche, Schätzchen. Lassen Sie sich ein wenig Zeit zum Nachdenken.«

Eine Hand faßte ihn an der Schulter. Er sah auf und erkannte, daß er Waggs einen unnötigen Schrecken eingejagt hatte. Die beiden Männer vom Parkplatz waren am Tisch angekommen, und aus der Nähe sah sein frisch geschultes Auge, daß sie mit größerer Wahrscheinlichkeit zu Ramplings Jungs gehörten als zu den Schlägertypen von Hesperides.

»Sind Sie Dalziel?« fragte der größere der beiden, nicht unhöflich.

»Da bin ich mir nicht sicher, nicht bis ich weiß, mit wem ich die Ehre habe, mein Junge.«

»Nun mach schon«, sagte der kleinere Mann aggressiv. »Natürlich ist das Dalziel. Siehst du sonst noch einen häßlichen Fettwanst hier?«

»Nun sagt mir aber mal, wer euch diese Beschreibung gegeben hat?« sagte Dalziel nachdenklich.

»Entschuldigen Sie, Sir«, sagte der höfliche, »Mr. Rampling möchte gern mit Ihnen sprechen.«

»Das mag angehen. Aber seht ihr denn nicht, daß ich beschäftigt bin?«

»Jesusmaria. Diese Angelsachsen sind wirklich zum Kotzen«, sagte der Kurze. »Nun hör mal gut zu, Kumpel, und schieb deinen großen fetten Hintern von diesem Stuhl runter und komm mit uns, okay?«

»Sicher, daß ich aufstehen soll?« fragte Dalziel.

»Was sollte denn das sein? Doch nicht etwa eine Drohung?« spottete der Kurze.

»Bitte, Harry«, sagte sein Begleiter.

»Scheiß doch der Hund auf bitte. Der Kerl scheint sich einzubilden, er ist tatsächlich so gut wie sein Ruf. Was hast du vor, Freundchen? Willst du mich mit deiner Wampe überrollen? Oder hast du da drin vielleicht eine Waffe versteckt?«

»Nein, mein Junge«, sagte Dalziel, während er sich lächelnd erhob. »Die einzigen versteckten Waffen, die ich habe, sind die hier.«

Er ließ die Hände in den Taschen verschwinden und als er sie wieder hervorgezogen hatte, hielt er in beiden eine Pistole.

»Das hättest du sehen sollen!« sagte Dalziel. »Ich kam mir vor wie John Wayne. Die beiden Typen haben einen Hechtsprung gemacht – wie im Film! Stühle und Tische flogen kreuz und quer! Der zum Kampf gebürstete Kurze setzte über das Terrassengeländer und landete auf einem Autodach. Dabei hat er sich den Arm gleich zweimal gebrochen. Hat dem Auto auch nicht gerade gutgetan. Und der andere hat versucht, eine Pistole zu ziehen, nur daß sie sich in seiner Jacke verheddert und er sie nicht frei bekam. Ich hab schon befürchtet, er schießt sich gleich in die Eier!«

»Man hätte Sie umbringen können!« protestierte Pascoe. »Und was haben Sie derweilen gemacht?«

»Gemacht? Nichts. Gelacht. Ich bin beinahe vom Stuhl gefallen vor Lachen. Und nach einer Weile habe ich gemerkt, daß sie auch lachte. Nicht nur lächelte oder kicherte, nein, es war ein richtiges Lachen, das man einfach nicht bremsen kann. Bevor wir uns getrennt haben, wurde sie aber wieder ernst. Daß er wieder geheiratet habe, werfe sie ihm nicht vor. Draußen müsse man vergessen, sonst würde man verrückt, das habe sie gelernt. Aber ob er es wert gewesen sei? Ob er jemals so viel für sie empfunden habe, daß es die Sache auch nur für einen Augenblick wert gewesen sei? Und ich habe ihr darauf geantwortet, ja, er sei es wert gewesen. Er habe mir seine Pillendose gegeben, denn das Wappen sei seine einzige Entschuldigung für sein Verhalten. Nachdem er sein Gehirn wieder in Gang gebracht habe, habe er alles in Ordnung bringen wollen, nur wegen seiner Herkunft und Familienverbindungen habe man ihn unter Druck gesetzt und so lange bearbeitet, bis er nicht mehr wußte, was er tun sollte. Also habe er nichts getan, und er habe es sein ganzes Leben bereut, weshalb er scheinbar so gefühllos ihr gegenüber war, als sie ihn anschrieb. Es seien reine Schuldgefühle gewesen.«

»Und halten Sie das für die Wahrheit?«

»Nein«, erwiderte Dalziel. »Quark mit Blümchen. Ich glaube, er war ein richtiges Stück Scheiße. Wie die ganze Bande. Richtige Scheißkerle. Was mich daran erinnert – wo ist eigentlich Pimpernel? Ich wette mit dir, der Mistkerl filzt meinen Koffer! Wehe, wenn der meine Hemden zerknittert! Ich habe lange gebraucht, bis ich die Hemden richtig gepackt hatte!«

Er schenkte sich einen weiteren Whisky ein. Sein Glas war halbleer, als die Tür aufging und ein großer, grauhaariger Mann eintrat, dessen Hundegesicht von einem entschuldigenden Lächeln zerknittert wurde.

»Mr. Dalziel, es tut mir ja so leid, daß ich Sie habe warten lassen. Als ich hörte, daß Sie den armen James Westropp gesehen haben, mußte ich einfach diese Gelegenheit nutzen, um mit Ihnen zu reden. Er war ein guter Freund, ein guter alter Freund. Seit Jahren wollte ich ihn besuchen und habe es immer wieder aufgeschoben. Sie wissen, wie es ist, der Druck der Arbeit. Und nun ist er nicht mehr. Setzen Sie sich und erlauben Sie mir, Ihnen nachzuschenken. Erzählen Sie mir alles von ihm, dem armen lieben James. Hat er meinen Namen erwähnt?«

»Das hat er tatsächlich, Sir«, sagte Dalziel. »Er hat mich gebeten, Ihnen etwas auszurichten.«

Pascoe, dem die Nachricht einfiel, die er Dalziel gerade von Hiller ausgerichtet hatte, schloß die Augen und stöhnte innerlich.

Ins Leben zurückgerufen
351

»Was hat er gesagt?«

»Wenn ich Sie jemals sähe, sollte ich Ihnen sagen, daß er bis zum Ende die Treue gehalten und alles aufgeräumt hinterlassen habe. Er wollte, daß Sie das erfahren, Sir. Ich dachte, daß es etwas mit seiner alten Schulhymne zu tun haben müsse oder so in der Richtung.«

»Ganz richtig, Mr. Dalziel. Seine alte Schule. Unsere alte Schule. Ich bin gerührt, zutiefst gerührt. Ich danke Ihnen von ganzem Herzen.«

»Es war mir ein Vergnügen, Sir«, sagte Dalziel mit vor Aufrichtigkeit sonorer Stimme. »Es war mir wirklich ein Vergnügen.«

Sempernel betrachtete ihn einen langen Augenblick abwägend, dann entspannte er sich sichtlich.

»Sagen Sie mir, Superintendent«, fragte er in einem Ton, der nur knapp an der Herablassung vorbeiging. »War das ihr erster Ausflug nach Amerika? Was halten Sie von dem Land?«

Dalziel dachte eine Weile nach, dann verkündete er mit Stammtischüberzeugung: »Also ich meine, es wird so richtig nett, wenn es einmal fertig ist.«

ZWEI

»Aber es geht mich nichts an. Ich kümmere mich um meine Arbeit.
Seht meine Säge da – ich nenne sie meine kleine Guillotine. Ratsch,
Ratsch, Ratsch, Ratsch, Ratsch, Ratsch! Und herunter ist sein
Kopf!«

Schweigend fuhren sie auf der A1 gen Norden, sofern man Dalziels
Schnarchen als Schweigen bezeichnen kann. Sie folgten der Great
North Road oder wären ihr gefolgt, wenn der moderne Verkehr es
nicht erforderlich machte, daß die Straßen die Ortschaften meiden,
die sie einst miteinander verbanden. An Hatfield fuhren sie vorbei,
wo Elisabeth I. benachrichtigt wurde, daß sie Königin geworden war,
und auch an Hitchin, wo George Chapman, der Keats zu seinem berühmten Sonett inspirierte, Homer ins Englische übersetzte. An Big-
gleswade, wo die Römer eine Furt über einen Fluß anlegten und beim
Bau ihrer eigenen Straße in den Norden die Stadt gründeten; an Norman Cross, in dessen Nähe ein Bronzeadler vor sich hinbrütet – im
Gedenken an 1800 napoleonische Tote, die ihr Leben nicht auf dem
Schlachtfeld, sondern in einem britischen Gefangenenlager verloren.
Dann durchquerten sie ein Gebiet, das einst Rutland war, bevor
Wichte es zerstörten, deren Macht größer als ihre Weitsichtigkeit
war. Danach begannen Lincolnshires weite Flächen, und die Straße
führte an Stamford vorbei, die einst die geschäftige Hauptstadt der
Fens war, ehe sie in den Rosenkriegen schwere Zerstörungen hinneh-
men mußte. Und Grantham, da Gott sprach: ›Es werde Newton‹ und
Licht ward. Ein Jahrhundert später führte allerdings dieselbe Stadt
etliche eher dunkle Jahre herbei …
    Das und vieles andere mehr ging Pascoe durch den Sinn, und er
fragte sich, ob die Kreisläufe menschlicher Grobheit und Größe An-

Ins Leben zurückgerufen   353

laß zu Hoffnung oder Verzweiflung waren, bis sich die Straße zum westlich gelegenen Newark wendete, in dessen Feste jener König John starb, der widerstrebend die Magna Charta unterzeichnete, jene erste schwache Regung bürgerlichen Freiheitssinns.

Pascoe verlangsamte die Fahrt. Im selben Moment war der Dicke wach.

»Halten wir an? Großartig. Ich könnte ein Faß austrinken.«

»Ehrlich gesagt, habe ich mich gefragt, ob Sie wohl etwas gegen einen kleinen Umweg hätten. Wegen Ellie. Sie hatte sich so große Sorgen um ihre Mutter gemacht, daß sie sie ins Lincolnshire Krankenhaus gebracht hat. Die Untersuchungen waren gestern, und ich weiß, daß Ellie heute hinfährt, und da es sich nur um 20 Kilometer oder so handelt, dachte ich ...«

»Es ist dein Auto, Junge. Ins Lincolnshire? Du meinst doch nicht etwa das Privatkrankenhaus? Na, da wird man ihr aber die Kniescheiben durchschießen, wenn ihr Trotzky-Fan-Club davon erfährt!«

Pascoe lächelte gequält. Vielleicht war seine Idee doch nicht so gut gewesen.

Es stellte sich heraus, daß der Umweg in Richtung Osten etwas länger als 20 Kilometer war, aber Dalziel sagte nichts.

Auf dem Krankenhausparkplatz kratzte er sich gründlich, gähnte und sagte: »Ich geh mal davon aus, daß die da drin eine Bar haben.«

»Da hab ich meine Zweifel«, erwiderte Pascoe.

»Soll das ein Witz sein? Warum sind sie dann privat?«

»Einen Kaffee kriegen Sie mit Sicherheit.«

»Danke vielmals. In Krankenhäusern trinke ich grundsätzlich nichts, was nicht gebraut oder destilliert ist. Da schwirren mehr Keime rum als in einem Karnickelbau.«

Gemeinsam gingen sie durch die Reihen der dicht geparkten Autos.

Pascoe sagte: »Ehrlich gesagt, stehe ich noch immer auf der Leitung. Sie und Sempernel haben einander angegurrt wie ein liebestolles Taubenpärchen, aber was zum Teufel steckt dahinter? Und kommen Sie mir ja nicht damit, daß die Ihren Koffer durchsuchen wollten. Das hätten sie auch mühelos fertiggebracht, ohne Sie auf den Highland Park loszulassen!«

»Deine Birne ist seit meiner Abreise also doch noch nicht völlig weich geworden? Gut!« sagte Daziel befriedigt. »Was also hätten sie sonst nicht gekriegt?«

Nach einigem Nachdenken erwiderte Pascoe: »Nichts – außer unser Gespräch ... Gütiger Gott, wollen Sie damit sagen, daß Sempernel mitgehört hat?«

»Ja, Junge. Und er wird damit wahrscheinlich auch noch eine Weile fortfahren. Deshalb rede ich hier mit dir. Ich kann schließlich nicht immer einschlafen, um zu verhindern, daß du blöde Fragen stellst.«

Das war noch schwerer zu ertragen.

»Das Auto? Sie gehen tatsächlich davon aus, daß die das Auto verwanzt haben? Das glauben Sie doch selbst nicht!«

»Und warum nicht? Wessen Idee war es, daß du mit Adolf nach London fährst und mit mir zurück?«

»Mr. Trimbles.«

»Und wer hat ihm den Floh ins Ohr gesetzt? Wer hat ihm beispielsweise verraten, mit welchem Flugzeug ich komme?«

»Aber was in drei Teufels Namen wollten die denn hören?«

Dalziel setzte sein Wolfsgrinsen auf.

»Hören *wollten* sie genau das, was sie zu hören bekommen haben.«

»Das heißt ...« Pascoes Gedanken rasten durch einen Irrgarten, wurden aber immer wieder zurück in die Mitte gezwungen. Dalziel beobachtete ihn mit der Ungeduld eines alten Pädagogen. Wenn er einen Stock gehabt hätte, hätte er damit ermutigend gegen seine Wade geschlagen.

»Das heißt, alles, was Sie über Westropp gesagt haben, daß er seine Frau umgebracht hat und daß es von den Sicherheitsbehörden vertuscht worden sei, war nicht wahr?«

»Genau. Wie der Boden im Hühnerstall, ein Haufen Scheiße.«

»Und wer hat sie dann ...?«

»Mickledore natürlich. Wer denn sonst? Und zwar genau aus den Gründen, die Wally aufgedeckt hat. Die arme Cissy hatte ihn beinahe in flagranti erwischt. Er wußte, was zwischen ihr und Westropp lief, deshalb hat er sich blitzschnell das Lügenmärchen ausgedacht. Sie war so in Westropp verknallt, daß sie es ihm abgenommen hat. Ob sie es auf Dauer getan hätte, wenn das mit dem kleinen Mädchen nicht passiert wäre, weiß Gott allein. Doch als sie endlich wieder ihren Verstand beisammen hatte, saß sie schon seit Monaten ein und

Ins Leben zurückgerufen

355

war nur von dem einen Wunsch beseelt, die Nacht auf Mickledore Hall gründlich zu vergessen.«

Pascoe schüttelte den Kopf, nicht ablehnend, sondern um seine Gedanken zu klären.

»Aber dann ist doch alles bestens, das ist doch genau das, was Sie beweisen wollten, mehr oder weniger. Cissy Kohler ist zwar in die Falle getappt, aber daß sie brav drin sitzen blieb und nicht wieder rauswollte, dafür kann nun wirklich niemand was. Und wenn Mickledore tatsächlich schuldig war, dann hatte Wally recht. Wo ist das Problem?«

Dalziel schüttelte nun auch den Kopf, aber nicht um Klarheit zu gewinnen.

»Deine Birne ist doch weich geworden, Junge. Du nimmst doch nicht etwa was ein?«

Pascoe bekam einen Schreck. Wußte Dalziel, daß ihm sein Arzt mit Zustimmung Pottles ein mildes Beruhigungsmittel verschrieben hatte? Die Gesundheitsphilosophie des Dicken ließ sich in zwei Sätzen zusammenfassen: Menschen, die ihr Geld damit verdienen, anderen Drogen zu geben, sollte man Dealer nennen und nicht Ärzte, und jeder, der einen Psychiater aufsucht, sollte sich den Kopf untersuchen lassen. Sein Spionagesystem konnte doch nicht bereits Wind von seinen Sitzungen bei Pottle bekommen haben? Deshalb drängte es ihn noch immer zu fragen, warum das, was wie die Lösung eines Problems aussah, nicht die Lösung war …

Er sagte: »Wenn es nicht darum ging, Westropps Mord an seiner Frau zu vertuschen, muß es einen andern Grund gegeben haben, richtig?«

»Der Gehirntod ist also doch noch nicht eingetreten. Du bist schon ganz nahe dran. Nun mußt du nur noch die letzte Frage beantworten. Was hat Sempernel und seine Bande vor 27 Jahren dazu gebracht, wie ein Fliegenschwarm mit blauschwarzen Ärschen herumzuschwirren? Was war so wichtig, daß es sich lohnte, Mavis Marsh und wahrscheinlich auch den armen alten Wally ins Jenseits zu befördern, nur damit das Boot nicht kenterte? Wovor hatten sie Angst, daß es bei zu tiefem Schürfen ans Tageslicht hätte kommen können?«

»Abgesehen von der Partridgeaffäre, meinen Sie?«

»Ja. Die kam später. Sie gab Waggs das Mittel an die Hand, die Kohler loszueisen. Als er Cissy Kohler erzählte, Westropp liege im

Sterben, wurde sie so scharf darauf, ihn zu besuchen, daß sie Waggs verriet, wie sie die Marsh dabei erwischt hatte, als sie dem kleinen Tommy einen geblasen hat. Als die komischen Hengste erst einmal begriffen hatten, daß Waggs auch über das angebliche Kind informiert war, bekamen sie es mit der Angst zu tun, die ganze Geschichte könnte platzen, entweder weil Waggs nicht lockerließ oder durch die Marsh persönlich. Man hat sich keine Illusionen über ihre Empfänglichkeit für die hohen Schecks gemacht, mit denen die Skandalblätter wedeln würden, sobald sie von der Angelegenheit Wind bekamen.«

»Sie hat es doch aber gar nicht nötig gehabt«, sagte Pascoe. »Wissen Sie, was sie hinterlassen hat? Eine runde Viertelmillion! Gott weiß, welche Geschäfte sie noch laufen hatte.«

»Und alles hat damit begonnen, daß Pip Westropp in Beddington College auftauchte und die Marsh eine Möglichkeit entdeckt zu haben glaubte, das einzusacken, was die Kohler auf der hohen Kante hatte. Die Marsh konnte ihren Rachen nicht voll genug kriegen, aber sie stellte sich ganz schön gewitzt dabei an. Du hast von Partridges Lachen erzählt, als er hörte, daß das behinderte Kind weder etwas mit der Marsh noch mit seinem Sohn zu tun hatte? Es wird ihm ein Stein vom Herzen gefallen sein, sofern er eins hat. Die komischen Hengste müssen vor Wut gewiehert haben, als ihnen aufging, daß sie Jahre lang von einer kleinen alten schottischen Nanny an der Nase herumgeführt worden waren! Ich wette, sie haben es bedauert, ihren Paß nicht schon vor Jahren eingezogen zu haben!«

»Ja, doch warum haben sie sie nun umgebracht, nach all den Jahren?«

»Wahrscheinlich waren sie davon ausgegangen, sich darauf verlassen zu können, daß sie im eigenen Interesse die Klappe hält. Sie scheint ja auch die ganze Zeit mitgespielt zu haben. Als Waggs mit Cissys Geschichte bei ihr aufkreuzte, hat sie wahrscheinlich Partridge angerufen und der hat die komischen Hengste benachrichtigt. Waggs war klug genug, seinen Rücken zu decken, deshalb haben sie ihm einen Kuhhandel vorgeschlagen. Er solle Marshs ursprüngliche Version mit dem Blut verkaufen, die im Prozeß nie aufgetaucht ist, erinnerst du dich? Cissy würde mit gewissen Auflagen entlassen, der Partridge-Skandal würde vertuscht, und wenn alles gut ginge, wäre Westropp schon längst mausetot, ehe sie auch nur in seine Nähe käme.«

Ins Leben zurückgerufen

»Und warum haben sie die Marsh dann jetzt umgebracht?« fragte Pascoe hartnäckig.

»Weil du aufgetaucht bist, Junge, und deine Nase in die Angelegenheit gesteckt hast. Fragen gestellt hast und Fotos angesehen hast. Als man gehört hat, wie sie dich aufforderte, sich das Foto anzusehen, das die Verbindung zwischen ihr und Pip Westropp herstellte, war ihr Schicksal wahrscheinlich besiegelt.«

»Gehört hat …?«

»Du bildest dir doch nicht etwa ein, daß ihre Wohnung nicht verwanzt war? Und als die freche kleine Nanny einem pfiffigen Bullen gegenüber kleine Hinweise fallen ließ, nun ja, da mußte jemand Abschied nehmen. Nur daß du noch immer keine Ahnung hattest, und sie sich gerade zu fragen anfingen, wie viel Nanny Marsh wirklich wußte.«

Worüber nur? fragte sich Pascoe verzweifelt.

Was war denn noch schlimmer als ein weitläufiges Mitglied der königlichen Familie unter dem Verdacht, seine Frau umgebracht zu haben?

»Hast du's?« fragte Dalziel, der wie immer Gedanken lesen konnte. »Denk dran, daß es 1963 war.«

»Ich hab's!« sagte Pascoe. »Westropp hat Kennedy ermordet.«

Es sollte ein Witz sein, vielleicht ein ziemlich geschmackloser, aber die gefielen Dalziel gewöhnlich. Es war unglaublich und absurd, doch der Dicke war weit davon entfernt amüsiert zu sein, sondern nickte statt dessen ermutigend.

»Warm«, sagte er. »Es wird warm. Januar 63 verschwand Philby in Beirut und tauchte im Juli in Moskau wieder auf. Im Herbst erwischten die komischen Hengste Anthony Blunt zum ersten Mal. Mit ihm schlossen sie einen Kuhhandel. Warum? In der Hauptsache, weil er mal im Buckingham Palace geholfen hatte, die Bilder zu putzen oder so ähnlich! Wie würden sie dann wohl reagieren, wenn –«

»– Westropp, wenn ein Mitglied des Königshauses, sich als ein weiterer Spion der Kommunisten herausstellen würde. Verdammt!«

»Reife Leistung, Peter. Als hätte man einen Nonnenchor gezwungen, Eskimo Nell zu singen. Wenn du Maienkönigin werden willst, mußt du noch etwas an Gedankenschärfe zulegen.«

Dalziels Vorwurf war ziemlich von oben herab und auch nicht ganz ehrlich. Es stimmte zwar, daß Dalziel die Lösung gefunden hatte, aber doch erst, nachdem man ihm gewaltig auf die Sprünge geholfen hatte. Die Hinweise, die er Pascoe gegeben hatte, waren vergleichsweise nachgerade sibyllinisch gewesen.

Westropp hatte unbedingt reinen Tisch machen wollen. Später wurde Dalziel klar, daß Westropp Angst gehabt hatte, er könne Marilou auf dem Sterbebett alles beichten. Als Daziel also zu ihm sagte: »Sie waren nicht nur einer der unsrigen, sondern auch ein verdammter Spion der Roten!« verzog sich sein ausgemergeltes Gesicht zu einem beglückwünschenden Grinsen, das in einem Horrorfilm nicht fehl am Platz gewesen wäre.

»Und das war denen 1963 bekannt?«

»Man war sehr, sehr mißtrauisch, obwohl man es natürlich einfach nicht glauben wollte, was mir half. Ich glaube, Tony Blunt hat ihren Verdacht bestätigt. Seltsamerweise war Scott Rampling der erste, der es laut aussprach. Er hatte keine Hemmungen vor der königlichen Verwandtschaft. »Weißt du, James«, sagte er, »es würde mich überhaupt kein bißchen überraschen, wenn sich herausstellen sollte, daß du auch einer von den Cambridge-Kommunisten bist.« »Ach ja? Und was würdest du in einem solchen Fall tun?« Er erwiderte: »Zum Teufel, wenn ich den Beweis hätte, würde ich gar nichts unternehmen. Ich könnte dich und die Bande von Amateuren, für die du arbeitest, nach allen Regeln der Kunst nach meiner Pfeife tanzen lassen.« Er hatte recht, das war die Antwort eines Profis, aber zum Glück hielt er den Beweis erst in Händen, als es schon längst zu spät war. Geschwätzigkeit ist die amerikanische Volkskrankheit. Es ist ihm nicht im Traum eingefallen, daß meine Freunde mir etwas geben würden, womit ich ihn mundtot machen konnte.«

»Was haben die komischen Hengste nach Mickledore Hall mit Ihnen angestellt?« fragte Dalziel.

»Sie haben mich blitzschnell in der Versenkung verschwinden lassen. Das hätten sie ohnehin getan. So läuft es immer, wenn jemand in meiner Position zu sehr ins Rampenlicht rückt. Ich war nicht in der Verfassung, mich dagegen zu wehren, nicht nach Emilys Tod. Es war klar, daß es ihnen verdammt egal war, was wirklich passiert war. Man war noch nicht einmal besonders daran interessiert, ob ich nun Pam umgebracht hatte oder nicht. Sie wollten nur, daß ich auf jeden

Fall als sympathisch rüberkam. Der verratene Freund, Witwer, trauernde Vater. Man wußte natürlich von Cissy und mir. Inzwischen ist mir aufgegangen, daß ihre irrwitzige Treue sich zu ihren Gunsten ausgewirkt hat ...«

»Gunsten!« rief Daziel.

»Ja. Als Mickledores Geliebte war sie sicher, naja, ziemlich sicher. Wenn sie der Versuchung nachgegeben und publik gemacht hätte, daß sie meine Geliebte war, hätte man, fürchte ich, zu anderen Maßnahmen gegriffen, um sie zum Schweigen zu bringen. Erst nach dem Prozeß und nachdem der arme Mick hingerichtet worden war, kamen sie zu mir und sagten mir ins Gesicht, daß ich ein russischer Agent sei. Ich habe natürlich voll kooperiert – ich hatte ihnen überraschend wenig zu bieten – doch als sie den Vorschlag machten, mich wieder auf meinen Posten zu schicken, um mich als doppelten Doppelten einzusetzen, habe ich den Hut genommen. Ich hatte genug, müssen Sie wissen.

»Das hat ihnen nicht gefallen.«

»Wie wahr«, sagte Westropp. »Wäre mir in den Jahren nach meinem Ausscheiden ein kleiner Unfall zugestoßen, hätte mir niemand nachgetrauert. Doch auch wenn das Leben ziemlich grau für mich war, ist Grau eine Farbe, mit der der Mensch leben kann. Deshalb blieb ich einfach auf Trapp, bis ich eines Tages in Mexico City Marilou über den Weg lief und meine grauen Tage wieder Farbe bekamen. Schon als Student, Mr. Dalziel, war ich ein hinterhältiger Scheißkerl gewesen. Verschlagenheit gehörte zu meinem Beruf und wurde schließlich ein Teil meines Wesens. Sie können sich nicht vorstellen, welche Freude mir Marilous vollkommene Offenheit machte und noch immer macht. Ich hatte kein Recht, sie zu heiraten, aber ich konnte nicht anders, als sie zu heiraten.«

»Und Sie entschieden sich, ausgerechnet hier zu leben? Ein bißchen reichlich exponiert, oder? Wie der Truthahn, der kurz vor Weihnachten in der Geflügelschlachterei Zuflucht sucht. Besonders wenn Rampling Ihnen schon vor so langem auf die Schliche gekommen war.«

»Ganz im Gegenteil. Scott war der Hauptgrund, warum ich bereit war, hier zu wohnen«, sagte Westropp fröhlich. »Er war inzwischen so mächtig, daß er mich beschützen konnte.«

»Um der guten alten Zeiten willen?« fragte Dalziel skeptisch.

»Natürlich nicht. Weil ich ihn in der Hand hatte.«

Dalziel dachte einen Augenblick nach und sagte dann: »Sie spielen auf die Sache an, die Ihnen Ihre ausländischen Kumpel gegeben hatten, um ihn mundtot zu machen? Etwas, womit Sie ihn erpressen konnten, muß es gewesen sein. Herrgott, ich habe Menschen mit sauberen Händen als Sie und Ihre Freunde lebenslänglich hinter Schloß und Riegel gebracht!«

»Höre ich da Mißbilligung in Ihren Worten? Was genau stört Sie?« sagte Westropp.

»Zum ersten, daß jemand wie Sie sein Land verrät!« rief der Dicke aus. »Ich kann das meiste ertragen, aber keinen Verräter, besonders nicht von Ihrer Herkunft.«

»Es war meine Herkunft, die mich dazu gebracht hat, über den Zustand des Westens nachzudenken, Mr. Dalziel. Wenn der Patriotismus die letzte Zuflucht eines Schurken ist, dann ist Verrat der erste Ausweg eines ehrlichen Mannes. Sehen Sie aus dem Fenster. Diese Stadt ist in ihrem Originalzustand erhalten, weil die Amerikaner ihre Vergangenheit und ihre Vorfahren ehren wollen, die für ihre Freiheit gekämpft haben. Meine Ahnen in England haben diese Leute auch als Verräter bezeichnet.«

»Ach ja? Sie rechnen also damit, daß die Leute in hundert Jahren Geld dafür hinlegen, um das Bett zu sehen, in dem Sie gestorben sind?«

Westropp lachte und sagte: »Sie hätten wirklich in den diplomatischen Dienst gehen sollen, Dalziel! Wissen Sie was, ich hatte vorgehabt, Rampling nach meinem Tod nicht länger zappeln zu lassen. Ich habe ihn zu meinem Testamentsvollstrecker gemacht, mit der Absicht, ihm meine kleine Prophylaxe mit meinem Nachlaß in die Hände zu spielen. Aber nachdem ich heute zum ersten Mal erfahren habe, wie fest er Pip schon seinen Reihen einverleibt hat, frage ich mich, ob Scott solche Rücksichtnahme verdient.«

»Sie haben also gewußt, daß der Junge für den CIA arbeitet?«

»Ja. Der Gedanke, daß dies das letzte Stadium seiner Amerikanisierung war, hat mich amüsiert, aber ich finde es alles andere als gut, daß Scott ihn so tief in meine Angelegenheiten verstrickt hat.«

»Ich halte es für wahrscheinlich, daß sich der Junge freiwillig gemeldet hat, aus Sorge, ich könnte Ihnen schaden«, sagte Dalziel.

»Ein rührendes Bild. Vielleicht haben Sie ja recht. Also ich sage

Ins Leben zurückgerufen   361

Ihnen, was ich vorhabe. Da Sie Gefallen daran zu haben scheinen, den Schiedsrichter in Moralfragen zu spielen, gebe ich Ihnen das hier und überlasse es Ihnen, was Sie damit tun.«

»Und er reichte mir ein altes Büffellederetui«, sagte Dalziel.

»Und was war drin?« wollte Pascoe ungeduldig wissen.

»Ein Foto. Erinnerst du dich an den Mann ohne Kopf, während der Profumoaffäre? Ich glaube, der arme alte Partridge war einer von denen, die ihren Arzt darum bitten mußten, ihren Ständer mit dem Rechenschieber auszumessen, um zu beweisen, daß er nicht der Mann auf dem Bild war. Ich weiß nicht, ob das Bild damals dasselbe war, wie das, das Westropp besaß, nur seins hatte einen Kopf und zwar den des jungen Scott Rampling, der sehr stolz auf sich zu sein scheint, nicht ohne Grund. Und er wurde von einer erlauchten Gesellschaft sehr bewundert. Auf Grund des ein oder anderen erkennbaren Gesichts kann man schließen, daß es auf einem der kleinen Zusammenkünfte bei Stephen Ward entstanden sein muß. Das würde bedeuten, daß Scott Rampling nicht nur seinen Spaß an Orgien hatte, sondern auch nichts dagegen hatte, sie in einem Kreis zu feiern, dem ein russischer Offizier des KGB angehörte. Wenn es sich um Sex dreht, sind die Amis so scheinheilig wie wir, und noch ein ganzes Stück neurotischer, wenn es um Sicherheitsfragen geht. Wenn dieses Foto auf Wanderschaft ginge und Rampling erkannt würde, wäre es mit seiner Wahl zum städtischen Hundefänger aus und vorbei gewesen!«

»Was haben Sie also mit dem Foto angestellt? Es Rampling ausgehändigt?«

»Ich hatte daran gedacht, als ich endlich mit ihm sprach. Aber er war so verdammt unverschämt – sagte zu mir, als Ausländer könne er mich ausweisen lassen –, daß ich gedacht habe, scheiß doch der Hund drauf! Soll das Ekel doch ruhig schwitzen. Schlechte Manieren kann ich auf den Tod nicht ausstehen, Peter.«

»Ganz recht. Heißt das, daß Sie das Bild noch haben?«

»Du willst wohl einen Blick drauf werfen, was, Junge?« sagte Dalziel genüßlich. »Du würdest nur einen Minderwertigkeitskomplex kriegen und nachdem, was man so mitkriegt, hast du schon genug Ärger mit der Bumserei. Nein, ich hab's zerrissen und in Washington Airport in den Papierkorb geworfen.«

»Oh!«, sagte Pascoe, dem das ziemlich trivial vorkam.

Lachend fuhr Dalziel fort: »Aber vorher hatte ich dieses Faxgerät entdeckt. Man bezahlt sein Geld, wie bei einem Telefon. Da lag auch ein Telefonbuch. Man muß die Amis wirklich bewundern. Da gab es tatsächlich eine Nummer für das Weiße Haus. Wenn die von offener Regierung reden, dann meinen sie es wirklich. Ich habe mir also gedacht: Warum eigentlich nicht? Rampling war auf dem Foto noch sehr jung. Vielleicht erkennt niemand sein Gesicht. Und wenn man irgendeinen anderen Teil von ihm erkennt, dann ist das Ganze ein echter Test in Patriotismus, was? Ich habe also mein Geld bezahlt und es ins Weiße Haus gefaxt.«

Pascoe prustete so laut vor ungläubigem Gelächter, daß sich einige etwas weiter entfernte Schwestern alarmiert umdrehten.

Er sagte: »Es tut gut, daß Sie wieder da sind, Sir.«

»Nun werd ja nicht sentimental«, sagte Dalziel überrascht. »Solltest du dich nicht besser um dein Mädel kümmern? Du kannst es nicht ewig und drei Tage aufschieben.«

»Von aufschieben kann nicht die Rede sein«, sagte Pascoe temperamentvoll. »Und was ist mit Ihnen? Was machen Sie solange?«

»Och, ich tigere hier rum. Gib mir deinen Autoschlüssel, falls ich einfach nur da draußen sitzen will. Und du brauchst dich nicht abzuhetzen. Keine Eile. Grüße Ellie von mir. Und das Kind. Ich hab ihr was gekauft. Eine musikalische Banane. Ist sie überhaupt musikalisch?«

»Nicht, daß es auffällt.«

»Gut. Denn sie macht einen verdammt scheußlichen Lärm.«

»Ich bin mir sicher, daß sie begeistert sein wird.« Pascoe machte einige Schritte, zögerte und kam wieder zurück. »Sir, wenn das alles stimmt, sollten Sie wirklich auf sich aufpassen. Sie wollen doch nicht wie Geoff Hiller enden.«

»Suspendiert? Die Chancen stehen nicht gut«, sagte Dalziel grimmig. »Suspendiert wird man, wenn man verdammt noch mal alles weiß. Wenn man das weiß, was wir wissen, kriegt man das ab, was Mavis Marsh abgekriegt hat. Ich paß schon auf, Junge. Du aber auch. Ich hab dir das alles nur erzählt, damit du es ganz schnell wieder vergißt. Nun troll dich und sieh zu, daß du deine Frau so lange schüttelst, bis sie wieder zur Vernunft gekommen ist.«

Der Dicke hat ihm schon besseren Rat erteilt, wie man ihn auch auslegen mochte. Andererseits hatte er sich keinen anderen brauchbaren Weg überlegt.

Er nannte der Empfangsdame seinen Namen, und sie bat ihn, im Wartezimmer Platz zu nehmen. Durch den Glaseinsatz in der Tür sah er Ellie mit einem weiß bekittelten Arzt im Gespräch vertieft. Rose saß mit gegrätschten Beinen auf einem Stuhl und sah gelangweilt aus. Er stieß die Tür auf.

Rose sah ihn zuerst.

»Daddy!« schrie sie. Und fiel vom Stuhl. Prallte auf dem Boden auf. Überlegte sich, ob sie losheulen sollte. Beschloß, daß Tränen den Umständen nicht angemessen waren. Und rannte auf ihn zu, die Arme weit ausgestreckt.

Er fing sie auf und schwang sie herum, dann drückte er sie fest an die Brust. Ellie hatte sich umgewandt und sah ihn an. Ihr Gesicht trug den für sie so typischen ernsthaften Ausdruck, ganz unter Kontrolle, doch als sie ihren Mann sah, befand sie, daß Tränen durchaus angebracht waren. Er hatte Zeit zu erkennen, daß es keine Kummertränen waren, als er sie auch schon in die Arme schloß und eine protestierende Rosie zwischen ihnen einklemmte.

»Es ist alles in Ordnung, Peter. Sie ist alt und hat Arthritis und ihr Blutdruck ist schrecklich, aber es ist alles in Ordnung! 90 Prozent ihrer Vergeßlichkeit werden wahrscheinlich durch ihre Medikamente verursacht, und die anderen zehn Prozent, weil sie sich Sorgen macht. Man will versuchen, andere Medikamente einzusetzen und die Nebenwirkungen beobachten. Peter, es ist, als sei sie wieder auferstanden, als hätte ich sie aus dem Grab gerufen!«

»Das ist großartig. Und was für eine Empfehlung für die private Krankenversorgung, was?« spottete er.

»Es zeigt nichts weiter, als in welchem Chaos die Konservativen die staatliche Krankenversorgung hinterlassen haben«, erwiderte sie heftig, sah, daß er lachte und lachte mit ihm.

»Können wir sie besuchen?« fragte er.

»Ich war gerade auf dem Weg, das Auto zu holen, damit sie einsteigen kann.«

»Sie bleibt also nicht hier?«

»Was? Weißt du, was hier eine Nacht kostet? Es ist verdammt horrend!« rief Ellie, deren alte Antipathien wieder voll durchbrachen. »Man will den Fortschritt beobachten, den sie macht, aber dafür kann ich sie in die Ambulanz bringen. Nun erzähl mir aber, wie es dir ergangen ist, Peter. Ich meine, wirklich. Du siehst blaß aus. Der dicke Mistkerl läßt dich schuften, bis du auf dem Zahnfleisch kriechst, wenn ich nicht da bin, was?«

Es würde der Zeitpunkt kommen, ihr seine Sitzungen bei Pottle zu gestehen, aber nicht hier und nicht heute.

»Der dicke Mistkerl sitzt gerade draußen in meinem Auto. Du sagst am besten guten Tag und fragst ihn selber.«

Sie gingen zusammen über den Parkplatz. Rosie baumelte glücklich zwischen ihnen und plapperte in einem ununterbrochenen Monolog, der sie wie ein elektrischer Strom miteinander verband. Pascoe führte sie zielsicher an die Stelle, wo er geparkt hatte, und verlangsamte dann unsicher den Schritt.

»Wo ist das Auto, Papi?« fragte Rose.

»Es ist ... Ich glaube ... Zwischen dem grünen Lieferwagen und ...

Aber da war es nicht. Der Platz war leer. Nur seine Tasche stand ordentlich genau zwischen den weißen Linien.

»Da hat doch der Kerl tatsächlich mein Auto gestohlen!« rief Pascoe.

»Dann bleibst du wohl besser die Nacht über bei uns«, sagte Ellie.

So beiläufig werden Waffenstillstände angeboten.

»In Ordnung.«

Und so beiläufig werden sie angenommen.

Rose hatte sich losgerissen und war zur Tasche gerannt. Der Reißverschluß der oberen Hälfte stand offen, und sie zog etwas heraus. Es sah aus wie ein Bumerang aus Plastik mit violetten Pickelchen und Goldglanz.

»Gütiger Gott«, sagte Ellie. »Kaum dreh ich dir den Rücken, kaufst du bei Beate Uhse ein!«

»Was ist das, Papi?« fragte seine Tochter.

»Ich hab keine ... Wart mal! Natürlich. Es ist für dich, Liebes. Es ist ein Geschenk von Onkel Andy.«

»Das hätte ich mir denken können«, sagte Ellie.

»Das ist aber schön!« sagte die Kleine und untersuchte das grelle Gebilde genau. »Was macht man damit?«

Ohne eine Miene zu verziehen, erwiderte Pascoe: »Wie seinerzeit Kolumbus hat Onkel Andy ohne Zweifel viel Seltsames und Exotisches aus der Neuen Welt mitgebracht, aber nichts reicht an diesen

Gegenstand heran. Du hältst eine musikalische Banane in der Hand, die, glaube ich, in keinem amerikanischen Zuhause fehlen darf. Man bläst hinein. Doch paß auf, bevor du dieses seltene Geschenk annimmst. Es könnte unsere Zivilisation verändern.«

Rose nickte, als würde sie die volle Bedeutung der Warnung verstehen, und machte sich daran, das merkwürdige Ding ernsthaft und furchtlos zu untersuchen. Peter fühlte sich so sehr an ihre Mutter erinnert, daß ihm die Tränen kamen und ihn in den Augen kitzelten.

Dann setzte sie beherzt die Banane an die Lippen und blies hinein.

Dalziel hatte recht gehabt.

Der Ton war schauerlich.

DREI

»... und die Ruhe, in die ich eingehe, ist eine weit, weit bessere, als mir je zuteil wurde.«

Die Tür verklemmte sich an einem Haufen Werbung und Zeitungen, die er nicht abbestellt hatte, und die unangenehm feuchte Luft roch leicht nach Moder.

Während Dalziel seinen Bauch durch den Spalt quetschte, flatterte ihm fledermausgleich einer seiner Lieblingssprüche in den Sinn.

Man wird so empfangen, wie man es verdient.

Er schüttelte sich den Gedanken aus dem Kopf. Was zum Teufel hatte er denn erwartet? Das Ende eines altmodischen Kinoreißers, wie ihn der Stamper geschrieben haben könnte, mit einem Feuer im Kamin, einem Eintopf, der leise auf dem Herd blubberte, und Linda Steele, heißer als beides, breitbeinig auf dem Bett?

Er ging in die Küche. Auf dem Tisch stand ein verstaubter Karton, den er kurz vor seiner Abreise in der Abstellkammer ausgegraben hatte, und eine halbe Schweinepastete, an der dort, wo sie angebissen war, der Schimmel wucherte. Er nahm sie mit spitzen Fingern, öffnete die Hintertür und warf das Biotop in die Rolltonne.

Dann setzte er sich an den Tisch und betrachtete nachdenklich den Karton.

Eine Wolke zog vorbei, und ein Strahl blasses Sonnenlicht fiel durch die offene Tür auf die Vinylplatten des Fußbodens.

Langsam, wie eine Pflanze, die sich nach der Sonne ausrichtet, drehte er den Kopf.

Und er sah Mickledore, wie er aus der Bibliothek stürzte und einen Augenblick innehielt, als er in Richtung Freiheit und sonnenerleuchtetes Portal blickte, bevor er sich der Treppe zuwandte.

Er hatte sich entschieden, so viel hatte Dalziel registriert, aber er war ein grüner Junge gewesen, ehrgeizig, eifrig und sehr wohl in der Lage, eins und eins zusammenzuzählen und drei zu bekommen, aber er war sich noch nicht der Tatsache bewußt gewesen, wie viel wichtiger es war, Halbe und Viertel und Drittel zusammenzuzählen, bis man Eins bekam.

Deshalb hatte er sich an die Verfolgung gemacht und nur Sekundenbruchteile gestutzt, daß Mickledore sich nicht in seinem eigenen Zimmer, sondern in Westropps Ankleidezimmer stellte.

Bruchteile.

Er hatte nur seine glänzende Zukunft unter Tallantires Fittichen im Kopf, als er sich Mickledore näherte. Die Kleidung und die Beleidigungen, die dieser ihm entgegenschleuderte, kamen nicht bei ihm an. Auch, daß sich der Mann bei der ersten Berührung auf Anhieb beruhigte, fiel ihm nicht weiter auf. Er führte es darauf zurück, daß der göttliche Straßenfeger* ihm wieder einmal den Weg geebnet hatte, wie er es in letzter Zeit zu tun schien. Daß er den Leichnam des kleinen Mädchens vom Boden des Sees hatte hochholen müssen, war für sein Vorwärtskommen nur ein Problem am Rande gewesen, doch sie hatten die Schlampe, die daran schuld war, sicher in einem Auto verstaut, und dieser arrogante, aufgeblasene Trottel würde ihr bald folgen.

Als er fertig war, war er zu Tallantire gegangen, der sich auf der Terrasse aufhielt.

»Gute Arbeit, Junge. Kann sich sehen lassen, und ich werde es nicht vergessen. Ich schätze mal, daß wir morgen große schwarze Schlagzeilen machen.«

»Da wäre ich mir nicht so sicher, Sir«, warnte Dalziel ihn. »Es gibt jede Menge Leute, die diesen Fall lieber heute als morgen ungeschehen machen wollen.«

»Glaubst du? Da könntest du richtig liegen, Andy. Obwohl, es würde mich kein bißchen überraschen, wenn es da nicht eine gewaltig undichte Stelle gäbe, und die Presse und die Jungs vom Fernsehen wüßten, daß ich heute nachmittag jemanden mitbringe«, sagte Tal-

---

* Crossing-Sweepers sorgten im viktorianischen London dafür, daß die Fußgänger an jeder beliebigen Stelle die Straße überqueren konnten, wenn diese von den Fuhrwerken aufgewühlt war.

lantire und senkte ein Augenlid in der Andeutung eines Zwinkerns. »Ich muß los. Räum hier noch auf. Gute Übung für dich. Keine Sorge, du bekommst die Anerkennung, die dir hierfür zusteht. Und ich sorge dafür, daß die Kerle wissen, daß der Zirkus kommt.«

Einige Augenblicke später entfernte sich die kleine Prozession mit Sirenengeheul und blinkenden Lichtern.

Grinsend ging Dalziel ins Haus zurück, dachte nicht an Bruchteile, dachte an nichts, außer daß er in Kürze feiern und langfristig befördert werden würde.

Was ihn zurück in Westropps Zimmer geführt hatte, wußte er nicht. Das hatte Tallantire nicht gemeint, als er von Aufräumen sprach. Das war Arbeit für die Wirtschafterin oder den Butler, Diener oder Dienerin. Vielleicht war ihm allein die Vorstellung von Dienstpersonal schon so auf den Keks gegangen, daß er die Kleidungstücke, die Mickledore aus dem Schrank gezerrt hatte, persönlich wieder aufhängte. Oder vielleicht hatte er doch schon angefangen, ein Gefühl für Brüche zu entwickeln.

Er blieb jedoch bei ganzen Zahlen, als er die schwachen Farbflecken, grau und braun, auf den Manschetten des schmutzigen Hemds sah, das aus dem Wäschekorb gefallen war. Er schnüffelte an den Flecken, überzeugte sich, daß sie keinen Geruch hatten, suchte weiter, in der Hoffnung, nichts zu finden, stieß statt dessen auf ein Taschentuch, zerknittert, aber mit Knicken, die nahelegten, daß es eine Brusttasche geziert hatte. Es hatte Streifen, die von Öl herrühren konnten. Streifen, wie sie vielleicht entstehen, wenn man damit den Lauf einer frisch gesäuberten Schrotflinte abwischt.

Er wandte sich dem Schrank zu. Das dunkle Tuch der Smokingjakke ließ an den Ärmeln nichts erkennen, obwohl der dunkle Stoff bei einem Parafintest kein Schutz wäre.

Es war reine Vermutung, noch nicht einmal das, denn er ließ es nicht zu, daß er solch gefährliche Vermutungen anstellte. Nichts, was er hier hatte, war von Substanz, fest und greifbar ... und dann erfühlte er die Form eines Schlüssels in der Jackentasche.

Es gab keinen Grund, warum Westropp nicht einen solchen Schlüssel haben sollte. Es war ein gängiges Modell. Wenn sich natürlich herausstellen sollte, daß er mehr oder weniger identisch mit dem Schlüssel der Waffenkammer war und sich das Schloß damit nicht öffnen ließ ...

Ins Leben zurückgerufen

369

Es gab nur eine Methode, das festzustellen. Wenn er es feststellen wollte.

Langsam richtete er sich auf.

Hinter ihm sagte eine Stimme: »Entschuldigen Sie, Sir, aber unten spielt sich etwas ab, das Ihre Anwesenheit erforderlich macht, denke ich.«

Es war Gilchrist, der Butler. Trotz allem, was geschehen war, war sein Tonfall noch immer auf dem Niveau höflicher Neutralität angesiedelt, die Polizisten irgendwo zwischen Händlern und Wildhütern einordnete.

Dalziel verließ Gilchrist, der das unordentliche Zimmer mit einem Ausdruck des Widerwillens betrachtete, und ging die Treppe zur Eingangshalle hinunter. Es war augenblicklich klar, daß Tallantires undichte Stelle nur allzu erfolgreich gewesen war. Wenn der Hauptzirkus sich in der Stadt abspielte, so war doch die Nebenvorstellung, die sich hier anbahnte, nicht zu verachten. Die Familie Partridge war auf dem Weg zum Auto auf der Terrasse von einem Pressemob überfallen worden und hatte einen unrühmlichen Rückzug in die Bibliothek angetreten. Man hatte die Vorhänge gegen die neugierigen Kameras zugezogen und forderte Dalziel nun in der kräftigen Sprache von Stall und Wahlkampf auf, etwas dagegen zu *unternehmen*.

Es dauerte eine ganze Stunde, um die Reporter mit Drohungen, Lügen und Versprechen zu überzeugen, daß sich hier nichts tat und daß sie die eigentliche Story verpaßten, die sich in der Stadt abspielte, wo Ralph Mickledore genau in diesem Augenblick in einem goldenen Käfig durch die Straßen gezogen wurde.

Danach mußte das Gelände durchkämmt werden, um sicherzugehen, daß keine Guerillas zurückgeblieben waren, bevor Partridge bereit war, seine Familie ins Freie zu führen.

Er sah gerade dem Auto des Politikers nach, da ging das Telefon.

Es war ein Kollege von der Kripo.

»Andy, bist du noch immer da draußen? Setz deinen Arsch in Bewegung und komm her, sonst verpaßt du die Party. Im Schwarzen Bullen. Wally hat alle eingeladen. Wir sollten dir Bescheid sagen. Bist ein ganz schönes Goldjüngelchen, was?«

»Dann ist alles in Butter?« fragte Dalziel.

»Hat eingeschlagen wie eine Bombe. Presse und Fernsehleute treten sich auf die Füße, und der Polizeipräsident macht sich vor Wut in die Hose und will wissen, wer seinen Mund nicht halten konnte. Aber Wally hat das wunderbar gedeichselt. Ich schätze, wenn alles vorbei ist, steht er da wie eine Mischung aus Sherlock Holmes und Bobby Charlton.«

Plötzlich wurde der Schlüssel in Dalziels Tasche schwer wie Blei.

Er legte den Hörer auf und ging langsam und widerwillig zurück nach oben. Als er die Tür zu Westropps Zimmer aufstieß, fühlte er sich wie ein Mann, der die Lieblingsvase seiner Frau fallen gelassen hat und nun die Augen schließt und wieder öffnet, wobei er gegen alle Vernunft hofft, daß die Scherben irgendwie doch nicht da liegen.

Einen Augenblick lang wähnte er seinen Traum erfüllt. Das Zimmer war perfekt aufgeräumt, und ein Blick in den Schrank zeigte ihm, daß er so leer war wie der im Kinderlied von Mother Hubbard. Doch es ist Kriminalbeamten in Yorkshire nicht gestattet, aufzuwachen und festzustellen, daß alles nur ein Traum war. Er rannte nach unten und rief Gilchrist.

Der Butler erschien. Er strahlte Mißbilligung aus.

»Westropps Kleidung, was ist damit geschehen?«

»*Mister* Westropp wird begreiflicherweise nicht hierher zurückkehren«, sagte Gilchrist eisig. »Man hat uns gebeten, seine Sachen einzupacken und sie in seine Londoner Wohnung zu schicken.«

»Sie können doch nicht schon weg sein?«

»Mit Sicherheit nicht, Sir«, erwiderte Gilchrist so entrüstet, daß ihm die Höflichkeitsfloskel herausrutschte. »Wir würden doch seine Kleidung nicht ungewaschen schicken.«

»Sie wollen sagen, Sie machen das *jetzt*? Sie machen das *hier*?«

Gilchrist dachte offenbar, Dalziel sei so bestürzt, weil es ihn schokkierte, daß ein Butler sein hohes Amt so mit Füßen trat.

»Unter normalen Umständen würden es die Hausmädchen machen«, sagte er sich verteidigend, »aber sie sind beide … unpäßlich. Im übrigen sind Mrs. Gilchrist und ich froh, wenn wir in diesen tragischen Zeiten beschäftigt sind. Und selbst wenn das Lob aus meinem Munde kommt, so kenne ich doch niemanden, der besser als Mrs. Gilchrist das Hemd eines Gentleman zu stärken versteht, und ich bin noch immer in der Lage, einen Anzug mit dem Schwamm abzutupfen und zu bügeln, daß er wie neu aussieht.«

Er fragte sich, warum er einem Polizisten solche Intimitäten preisgab.

Ins Leben zurückgerufen

»Stimmt etwas nicht mit den Kleidern?«

Dalziel dachte nach.

Er dachte an die braunen Flecken auf den Manschetten, die auch von Bratensoße herrühren konnten, und an den Schlüssel in Westropps Tasche, der sein Hausschlüssel sein konnte. Er dachte an das Geständnis der Kohler und Wallys felsenfeste Überzeugung, daß Mickledore der Mann war, den er suchte. Er dachte an die Schlagzeilen, an die Fernsehaufnahmen und Goldjungen. Er dachte an das englische Schwurgerichtssystem mit seiner eingebauten Absicherung und an den geheimnisvollen Sempernel, der wie ein Gespenst aufgetaucht war, und sehr wenig gesagt hatte, bevor er sich wieder in das Nichts auflöste, aus dem er anscheinend gekommen war.

Er dachte an die Party, die gerade im Schwarzen Bullen anfing.

Er sagte: »Alles in Ordnung.«

Und es war auch alles in Ordnung gewesen. Damals. Und heute. Nur die Anordnung der Fakten war ein wenig umgestellt worden.

Hatte Mickledore Westropp betäubt? Vielleicht hatte er eine Kleinigkeit in seinen Brandy getan, damit sein Freund auch ja gleich schlief, sobald er sich hinlegte, und nicht aufwachte, wenn Mickledore sein Ankleidezimmer betrat, Hemd und Jackett ablegte und Westropps anzog, bevor er zu seinem Rendezvous in der Waffenkammer ging. Er trat ein, als die Stalluhr sich anschickte, mit gewohnter Lautstärke Mitternacht zu schlagen. Pamela saß in der Waffenkammer, finster, verärgert, unsicher, wie ihre Begegnung ablaufen würde, unsicher, was ihr Liebhaber vorhatte, als er mit geübter Hand die Patronen in die Schrotflinte schob. Dann ertönte der erste Schlag. Sein Finger auf dem Abzug. Den zweiten Schuß hat sie wahrscheinlich nicht mehr gehört. Nun den Draht um Schraubstock, die Waffe mit Westropps Taschentuch gewischt, Pams Hand um den Lauf gelegt, den Zettel, den er aus der Nachricht herausgerissen hatte, mit dem sie ihn zu dem tödlichen Treffen beordert hatte, auf den Tisch gelegt. Und als die Uhr zwölf schlug, trat er aus der Tür.

Und stieß mit Cissy Kohler zusammen.

Man muß einen Mann bewundern, der im Stehen denken kann, und Mickledore bewies nun, daß er genau das konnte.

Sein erster Gedanke muß gewesen sein, zu sagen, er habe Pam gerade gefunden, und sie habe sich umgebracht. Aber er konnte es sich noch nicht leisten, daß alle geweckt wurden. Die anderen, die weniger überreizt als Cissy Kohler waren, würden sich fragen, warum er eine Smokingjacke und ein Frackhemd trug, die beide eindeutig viel zu klein für ihn waren. Er mußte in Westropps Ankleidezimmer zurück, um sich umzuziehen. Die Kleidung seines Freundes stellte sowohl ein Schutz als auch eine Absicherung dar. Er hatte nicht vorgehabt, Westropp die Sache anzuhängen, außer wenn es unbedingt nötig sein sollte. Doch nun stellte sich seine Rückversicherung als perfekt heraus, um sich Kohlers Schweigen zu sichern, während er sein Wissen um ihre Liebe zu Westropp dazu mißbrauchte, sie zu seiner Komplizin zu machen.

Später hat er die Spuren dann noch mehr verwischt, als er sich dabei ertappen ließ, wie er versuchte, den Selbstmord zu vertuschen. Da muß er gedacht haben, daß er am Ziel war. Als Tallantires Skepsis nicht weniger wurde und Emily ertrunken war, wurde es plötzlich schwierig, Cissy zur Komplizin zu haben. Aber es war noch nicht tödlich. Zu guter Letzt würde sie doch wohl mit dem herausrücken, was sie für die Wahrheit hielt? Und diese schusseligen Kripoleute würden doch wohl irgendwann auf das getürkte Beweismaterial gegen Westropp stoßen?

Doch für den Fall, daß sie es doch nicht ...

Und so flüchtete er aus der Bibliothek wie ein demaskierter Mörder am Ende einer Mordgeschichte des Goldenen Zeitalters und ließ sich an der Stelle überrumpeln, wo er die Beweise seiner Unschuld seinem Verfolger vor die Füße schleudern konnte.

Der es gesehen hatte, verstanden hatte und sich abgewandt hatte – aus Gründen, die er nie zu ergründen wagte.

Es wäre nicht richtig zu sagen, daß Dalziels Gewissen ihm wegen Mickledores Hinrichtung all die Jahre keine Ruhe gelassen hätte. Die Erinnerung an das ertrunkene Mädchen hatte seinen Schlaf weitaus mehr gestört. Erwachsene Männer hatten schließlich in der Regel immer *irgendeine* Schuld auf sich geladen, und wenn nicht, dann mehr aus Glück denn aus Tugendhaftigkeit. Wenn ein Polizist klug war, ließ er das Gericht seine Zweifel beruhigen. Erst wenn Richter ihre Meinung ändern, entzünden sich alte Wunden.

Doch nun wußte er, daß er richtig gelegen hatte, von Anfang an, und immer recht haben würde, egal was ein Richter sagte. Es überraschte ihn, wie wenig ihn das befriedigte. Denn nun waren da andere Fragen, die seinen *nuits blanches* Farbe verleihen würden.

Ins Leben zurückgerufen

373

Auf seiner Suche nach Gerechtigkeit war Tallantire mit Cissy genau so schonungslos umgesprungen wie zuvor Westropp und Mickledore. Zugegeben, sie war ein williges Opfer gewesen, aber waren Polizisten nicht dazu da, Opfer zu schützen, auch willige?

War der Tod eines schuldigen Mannes das Leben einer unschuldigen Frau wert? Und welchen Unterschied hätte es für sein eigenes Verhalten gemacht, wenn er Cissy vor all den Jahren für unschuldig gehalten hätte?

Er öffnete den Pappkarton auf dem Tisch. Er war voll alter Schlüssel, die nutzlose Ansammlung der Jahre. Er betrachtete nachdenklich den obersten, ohne ihn zu berühren, den Schlüssel, den er am Abend, bevor er nach Amerika gefahren war, angesehen hatte. An den Zakken seines Barts waren deutliche Spuren einer Feile erkennbar.

Das war der Schlüssel, den Mickeldore bei seinem Affentheater vor der Waffenkammer benutzt hatte. Der Schlüssel, dessen Existenz Tallantire erschlossen hatte und wegen dessen Unauffindbarkeit er Cissy Kohler so unter Druck gesetzt hatte, daß sie schließlich aussagte, sie habe ihn in den See geworfen. Der Schlüssel, den Mick in Westropps Jackettasche getan hatte, um die schwerfällige Polizei in die Irre zu führen.

Wie hätte Tallantire sich wohl verhalten, wenn Dalziel ihm den Schlüssel gegeben hätte?

Wahrscheinlich kein bißchen anders, weshalb er sich gar nicht erst die Mühe gemacht hatte. Seine Maxime hatte vom ersten Tag an gelautet: Wo der Leithammel hält, halte auch ich.*

Und nun war das alles Geschichte und deshalb kalter Kaffee.** Und für den gab es nur den Weg alles Irdischen. Er nahm die Pappschachtel und warf sie samt Inhalt in seine Rolltonne. Dann machte er sich auf den Weg nach oben, zum Auspacken.

Auf dem Weg durch den Eingangsflur fiel ihm zwischen den ganzen alten Zeitungen und den Postwurfsendungen ein Umschlag mit dem Emblem seiner Bank auf. Die Adresse war mit Hand geschrieben, was ihn stutzig machte. Es steckten ein Computerdurchschlag und ein paar handschriftliche Zeilen des Bankdirektors darin.

---

* Where the buck stops, there stop I, heißt es im Original, mit Anspielung auf: Where the bee sucks there suck I – aus Shakespeares *Tempest*. Lied des Ariel.
** History is junk, heißt es im Original.

Das zur Bestätigung, daß Du Glencora-Aktien im Wert von 2000 Pfund Dein eigen nennst. Soeben habe ich erfahren, daß Inkerstamm die Destille übernommen hat, was bedeutet, daß Deine Aktien zum aktuellen Zeitpunkt 5000 Pfund wert sind. Glückskind oder Gauner? Ich will keine Antwort!

Gott ist gut, dachte Dalziel. Wetten, daß er sogar sonntags klempnert?

Leichtfüßig rannte er nach oben und blieb in der Tür zu seinem Schlafzimmer stehen.

Gott war in der Tat sehr gut, oder vielleicht auch nur ein Verfasser altmodischer Thriller.

»Hi«, sagte Linda Steele. »Ich hoffe, du hast nichts dagegen, daß ich mich ausgestreckt habe, aber ich bin erst vor ein paar Stunden gelandet und ehrlich und wahrhaftig groggy.«

»Das sieht man«, sagte Dalziel nachdenklich. »Bist du auf Geschäftsreise?«

»Komische Geschäfte, meinst du? Nein, aus der Branche bin ich ausgestiegen. Schreiben, Vollzeit, ist mein neuer Job. Ich hab mir überlegt, wenn ein grauhaariges Frauchen, das doppelt so alt ist wie ich, durch mich hindurchläuft wie durch eine Spinnwebe, was stellt dann ein richtiger Schläger mit mir an?«

»Und deshalb hast du beschlossen, dein restliches Leben damit zu beginnen, daß du mir einen Besuch abstattest?«

Er bemühte sich nicht, die Zweifel aus seiner Stimme herauszuhalten. Einem geschenkten Gaul fühlt man nicht auf den Zahn, pflegte seine alte Ma zu sagen, die ihre Sprichwörter am liebsten in bunter Mischung gebrauchte. Doch wenn ein geschenkter Gaul so perfekte Zähne hatte wie Linda Steele, von allem anderen ganz abgesehen, dann fiel es einem alten Bullen schwer, die Augen zuzumachen.

»Hast du ein Problem damit, Andy?«

»Vielleicht«, sagte er. Was heißen sollte, mehrere. Er war nicht gerade ein Weltmeister der Selbstanalyse. Das überließ er den Warmen, den Waschlappen und den Studierten. Doch wenn er seinen Blick tatsächlich einmal nach innen richtete, war er von derselben brutalen Schärfe, mit der er die Welt um sich herum wahrnahm. Er tat einen Blick und fand Unsicherheit. Wie zum Teufel sollte er denn glauben, daß ein Mädel wie Linda sechstausend Meilen weit reiste, nur weil es sie nach einem dicken, versoffenen Bobby mit schütterem Haar gelüstete? Nie und nimmer!

Zum Glück waren seine Zweifel eine rein intellektuelle Angelegenheit, auf seine fleischlichen Gelüste hatten sie keinen Einfluß. Während er seinen Blick nach innen gerichtet hielt und seine eigenen Attraktionen genauestens unter die Lupe nahm, war er keineswegs blind für Lindas, und er fühlte wie sein Slip stramm wurde.

Er fragte: »Hat Rampling dir ein Abschiedsgeschenk gemacht?«

Sie lachte. »Okay, Andy. Dich kann man nicht an der Nase herumführen. Konnte man noch nie. Also, im Endeffekt läuft es darauf hinaus: Ich wollte Schluß machen. Aber bei dem Job reicht man nicht einfach seine Kündigung ein und geht seiner Wege. Das heißt, nicht, wenn man Wert darauf legt, daß alles an einem unversehrt bleibt. Man trennt sich in Freundschaft. Ich habe Rampling persönlich gesprochen. Er sagte, es sei in Ordnung, wenn ich mir nicht vorstellen könnte, bei der Firma zu bleiben, das sei meine Sache. Aber ich würde ihm einen persönlichen Gefallen tun, wenn ich es anstellen könnte, dir über den Weg zu laufen und zu überprüfen, was du treibst und mit wem du seit deiner Rückkehr gesprochen hast.«

»Und dazu hast du ja gesagt.«

»Leute wie ich sagen immer ja zu Leuten wie Scott Rampling«, sagte sie ernst.

»Also bist du doch geschäftlich hier.«

»Ja, aber ich habe dich nicht angelogen, Andy. Ich bin nur deshalb geschäftlich hier, weil ich sowieso nach Großbritannien kommen wollte. Ich habe zu Rampling gesagt, ich wolle mein Glück hier suchen, mit anderen Worten, ich wollte einen ganzen Ozean zwischen seinen Stiefel und meinem süßen Hintern bringen. Da fing er dann von dem Gefallen an, den ich ihm tun könnte. Was ich ihm ebenfalls vorenthalten hatte, war, daß ich dich sowieso aufsuchen wollte.«

»Wegen meiner hübschen blauen Augen, willst du sagen?« fragte Dalziel zynisch.

»Nein. Weil ich gern bei jemandem sein wollte, der weiß, wie man zu jemandem wie Scott Rampling nein sagt«, sagte sie.

Er blickte sie abschätzend an. Die Zweifel waren noch immer da, aber dasselbe galt auch für den Druck in seiner Leistengegend. Ihr Blick schien beides zu erfassen.

»Das war's Andy. Mehr kann ich dir nicht bieten. Wenn das nicht reicht ...«

»Nein, Mädel«, sagte er und hielt eine furchteinflößende Hand hoch, als sie vom Bett rutschen wollte. »Mir fällt gerade ein – solange du noch mit denen in Verbindung stehst –, vielleicht hast du ja vor der Abreise daran gedacht, meine Spesen bei denen zu kassieren?«

Sie wurde sichtlich lockerer und lächelte spitzbübisch.

»Wie wär's mit American Express?« fragte sie.

»Nicht übel«, sagte Andrew Dalziel.

VIER

»*Ich trage keinen Fetzen Papier bei mir, der eine offene Beziehung dazu hätte. Es handelt sich ganz und gar um ein Dienstgeheimnis. Meine Beglaubigungs- und Einführungs- und Empfehlungsbriefe beschränken sich auf die paar Worte: ›Ins Leben zurückgerufen‹, und man kann unter ihnen alles verstehen.*«

So war es am Ende doch weder das beste Verbrechen noch das schlimmste Verbrechen gewesen, sondern nur ein weiterer Mord, der nichts zu Ende brachte, außer einem Leben.

Der Tod seiner ersten Frau belastete Westropps Gemüt kaum, als er in den Armen seiner zweiten verschied. Vielleicht hatte er sich in den letzten Tagen seines Lebens sogar zum ersten Mal verschwommen eingestanden, daß er, nachdem der massive Schock der Ereignisse auf Mickledore Hall überwunden war, durchaus erleichtert gewesen war, einen Vorwand zu haben, um von dem ermüdenden Geschäft des Verrats Abschied zu nehmen. Er hatte sich Dalziel gegenüber verteidigt, doch in Wahrheit fiel es ihm schon seit langem schwer, sich an die Gründe für seinen Entschluß zu erinnern, sein Land zu verraten – obendrein zu einer Zeit, als man dort noch viel besser leben konnte als heute, da er keinerlei Neigung mehr verspürte, es zu verraten.

Er öffnete ein letztes Mal die Augen, um das ehrliche, liebevolle, trauernde Gesicht Marilous zu sehen, und wußte schlagartig, daß sein Schweigen, das er immer für einen Schutz für sie gehalten hatte, in Wahrheit der größte Verrat von allen war. Er öffnete den Mund, um zu sprechen, doch sein Leben, so darauf erpicht, zu entfliehen, entwich wie ein Pfeil, und sein Körper mußte sich mit der etwas allgemeineren Sühne begnügen, zu guter Letzt zu ein wenig echt hannoveranischem Staub zu werden, der sich mit den ehrenhaften Überbleibseln der patriotischen Märtyrer Williamburgs mischen würde.

Es war ein stilles Begräbnis.

Westropps Familie war vertreten, erstens durch seinen Sohn Philip (der sich später als CIA-Mann hervortun sollte, dessen Spezialität es war, befreundete Regimes zu destabilisieren, damit sie dankbar blieben) und zweitens durch einen geschmackvollen Kranz roter und weißer Rosen mit blauen Bändern, der über die britische Botschaft geschickt worden war und an dem eine Karte ohne Unterschrift mit der Aufschrift steckte *In unseren Gedanken bei diesem traurigen Anlaß.*

Marilous Familie wurde von ihrem Sohn vertreten, jedoch nicht ihrer Tochter. Um der Wahrheit die Ehre zu geben, war William auch nur deshalb da, weil er sich auf dem Weg nach New York befand, um das Interesse seines amerikanischen Verlegers am *Goldenen Zeitalter des Mordes* zu wecken, und er den Umweg auf seine Spesenrechnung setzen konnte. Der Mord auf Mickledore-Hall wurde in dem Buch nicht mehr abgehandelt, obgleich das letzte Kapitel über die Pferderennen in Chester nach wie vor mit den Worten begann: *Es war das beste Verbrechen, es war das schlimmste Verbrechen*, was ein Beweis dafür ist, daß ein Schriftsteller bei seiner verzweifelten Suche nach Veröffentlichung alles opfert außer einer hübschen Formulierung.

Auch Scott Rampling war gekommen. Jahrelang hatte er seine Macht mißbraucht und Westropps Telefonate abhören und seine Post öffnen lassen, um einen Hinweis auf das verräterische Foto zu finden. Als Testamentsvollstrecker Westropps ging er die Unterlagen des Toten genauestens durch. Nichts. Gerade als er sich in völliger Sicherheit wiegte, warf ihm ein Berater im Weißen Haus ein Foto auf den Schreibtisch und sagte: »Ich dachte, das würdest du dir vielleicht gern einmal ansehen, Scott.«

Er brachte kein Wort heraus, sein Darm fühlte sich nach Durchfall an, seine Blase war schmerzhaft voll.

Der Mann fuhr fort: »Es kam vor einiger Zeit per Fax. Wahrscheinlich ein Scherzbold, aber wir haben es rumgereicht, und ein, zwei Leute werden das Gefühl nicht los, daß ihnen der Kerl mit dem Ständer irgendwie bekannt ist. Vielleicht lohnt es sich, daß du deine Leute dransetzt.«

»Mach ich«, sagte Rampling.

Ins Leben zurückgerufen

Kurze Zeit später hatte er sich eine Brille zugelegt und einen Schnauzer wachsen lassen, und den Mitgliedern seines exklusiven Sportvereins in Washington fiel auf, daß er nicht mehr wie früher alle Tage in die Sauna ging und hinterher ins kalte Wasser sprang.

Jay Waggs kam weder zum Begräbnis, noch schickte er Blumen. Das Durcheinander in seiner Jugend hatte dazu geführt, daß er sich nie seiner Motive sicher war, doch er hatte zu seiner Überraschung eine Zuneigung zu Cissy Kohler in sich entdeckt, die ihn zögern ließ, sie den Demütigungen des kreativen Journalismus auszusetzen. Doch solange sie nicht mitmachte, bestand keine Möglichkeit, Hesperides das zu liefern, was er ihnen schuldete, und so hatte er sich nach Kanada zurückgezogen, bis sein phantasiebegabtes Gehirn eine noch erstaunlichere Story liefern würde, die er den Raubtieren, die ihm auf den Fersen waren, zum Fraß würde vorwerfen können.

Cissy wartete, bis das letzte schwarze Auto davongekrochen war, und näherte sich dann dem Grab.

Sie war gekommen, nicht weil sie etwas empfand, sondern weil sie sich eine Empfindung erhoffte. Einen Augenblick lang hatte sie in ihrer Tasche herumgekramt, bevor Dalziel sie aus dem Zimmer geschoben hatte, in dem sie den befreienden Höhepunkt hätte finden können, aber selbst jetzt war sie sich nicht sicher, ob sie die Pistole oder das Taschentuch herausgezogen hätte.

Der Sarg war unter den Händen voll Erde, die auf ihn geworfen worden waren, noch immer sichtbar. Er war aus schlichter Eiche und hatte matte Griffe. Sie nickte zustimmend. Jamie war nie ostentativ gewesen, er würde sich nicht mehr gewünscht haben.

Aus dem Nicken wurde jäh ein wildes Kopfschütteln, als sie die selbstgefällige Annahme loswerden wollte. Was zum Teufel wußte sie denn darüber, was er mochte und was er nicht mochte? Was wußte sie überhaupt?! Sie hatte ihn mit der totalen Leidenschaft der ersten Liebe geliebt. Sie hatte sich rückhaltlos und ohne zu fragen hingegeben, und weil er ihre Gabe mit solchem Entzücken angenommen hatte, war sie davon ausgegangen, daß er sie so liebte wie sie ihn.

Aber es war nicht alles nur naive Selbsttäuschung gewesen. Als sie Mickledore in die Arme gelaufen war, als er aus der Waffenkammer kam und sie hinter ihm den blutenden Körper und den starren Blick ihrer Rivalin gesehen hatte, war es nicht nur der überzogene Egoismus der Liebe gewesen, der sie ohne Zögern seine Behauptung hatte glauben lassen. »Cissy, es ist schrecklich … Jamie hat Pam umgebracht … Er hat es für dich getan!«

Sie hatte gewußt, daß es stimmte, denn genau das hatten sie und Jamie geplant.

Nein. Nicht *geplant*. Das war ein zu präzises Wort, zu kalt, wenn sie an die Worte dachte, die zwischen ihnen gefallen waren. In den köstlich warmen Untiefen, die die abziehende Flut der Ekstase zurückläßt, hatte sie geflüstert: »Wenn ich jetzt sterben würde, wäre ich wahrhaft glücklich.« Er hatte gelacht und gesagt: »Nicht der eigene Tod bringt das wahre Glück, Cissy. Man muß die Kraft haben, den Tod anderer zu wollen, wenn sie einem im Weg stehen.«

»Ob ich diese Kraft hätte, weiß ich nicht.«

»Die haben nur wenige. Und wiederum nur wenige davon sind willens, sie zu nutzen.«

»Gehörst du zu den wenigen, Jamie?« hatte sie gefragt, da sie eine Bedeutung spürte, ein Versprechen.

»Aber ja doch«, hatte er gesagt und sie wieder zu sich gezogen und liebkost, daß sie die ferne Flut zurückwallen spürte. »Meine Kraft reicht für uns beide.«

Er hatte von Pam gesprochen – wovon denn sonst? Und von jenem Augenblick an begleitete sie die Gewißheit, daß dieses einzige Hindernis auf dem Weg zu ihrem ewigem Glück beseitigt werden würde.

Nun war es passiert. Die blutige Wirklichkeit der Beseitigung überwältigte sie fast, aber ihre Kräfte kamen wieder, als Mickledore die Gefahr beschwor, in der James schwebte, und ihr sagte, daß er versucht habe, es wie einen Selbstmord aussehen zu lassen. Wenn ein Mann aus bloßer Freundschaft so edel handeln konnte, wie viel mehr müßte Liebe vollbringen können?

Sie wollte mit Mickledore zu Jamie gehen, aber der sagte, das sei Wahnsinn. Der geringste Hinweis, daß zwischen ihnen eine engere Beziehung als Arbeitgeber und Angestellte bestehe, würde fatale Folgen haben. Sie war zu ihrem Zimmer zurückgekehrt und hatte die Verhöre mit der Stärke ertragen, die ihr die Liebe verlieh. Aber am Montag, nach einer weiteren schlaflosen Nacht, wußte sie, daß sie die Polizei nicht noch einmal würde ertragen können. Sie war mit den Kindern zur Insel hinausgerudert und hatte sich unter den schattigen Weiden versteckt, bis ihr Name wie ein Kanonenschuß über das glänzende Wasser donnerte und sie wußte, daß man sie zum Verrat an ihrem Geliebten rief.

Nach Emilys Tod war alles anders. Nun wußte sie, daß es nichts gab, was sie nicht tun würde, um Jamie zu schützen, und gleichzeitig wußte sie, daß ihrer keine Belohnung harrte. Es hatte eines ganzen Nachmittags bedurft, um herauszufinden, was der Kripochef von ihr hören wollte. Jedes Geständnis, das sie ablegte, schrieb er fein säuberlich auf, dann las er es ihr vor und fragte, ob es die Wahrheit sei. Immer wenn sie es bestätigte, warf er es weg und sagte, es sei wertlos. »Was soll ich denn sagen?« schrie sie ihn schließlich an. »Die Wahrheit. Daß Sie die Geliebte Mickledores waren, daß Sie und er den Mord geplant und durchgeführt haben, daß es einen falschen Schlüssel gab, den Sie in den See geworfen haben ...«

»Ja, ja, ja!« schrie sie, vor Erleichterung schluchzend. »Genau das ist wahr. Ich schreibe es auf!«

Daß Mickledore bereit war, für seinen Freund zu sterben, und daß Jamie nichts dagegen hatte, war kein Problem für sie. Er hatte seine Freundschaft verraten, indem er mit Pam geschlafen hatte, und sein Opfer war die angemessene Sühne. Ihre Strafe war härter, sie erduldete den längeren Schmerz, und sie hatte nicht den Willen, sich zu befreien, bis Jamie ihr das Zeichen gab, daß es reichte, daß das Konto ausgeglichen war.

Sie war so verrückt gewesen, schwach zu werden, als sie hörte, daß Pip in Beddington College war. Es war ihr wie ein Zeichen vorgekommen, das zwar nicht stark genug gewesen war, um die Hilfe der monströsen Frau zu bezahlen, aber ausreichend, um sich an Daphne Bush zu wenden und Versprechungen in Aussicht zu stellen, die sie nicht zu halten gedachte.

Jamies Brief hatte alle Hoffnung zunichte gemacht und zusätzlich, zufällig, Daphne das Leben gekostet. Noch mehr Schuld, noch mehr Jahre. Sie war noch einmal hinabgesunken, diesmal ohne Absicht, je wieder an die Oberfläche zu kommen.

Und dann war Jay mit der Nachricht aufgetaucht, daß Jamie im Sterben liege. Plötzlich hatte sie gewußt, daß dieses Leben im Tode alles sein würde, was sie je gekannt hatte, wenn sie ihn nicht vor seinem Tod noch einmal sehen würde.

Nun hatte sie ihn gesehen, und was hatte sich geändert?

Sie hörte einen Motor und blickte sich um. Der kleine Bulldozer, mit dem man die Erde ins Grab schob, war hinter der Kapelle aufgetaucht. Der Fahrer hielt inne, als er sie erblickte. Sie sah auch, daß sie nicht allein war.

Philip Westropp kam auf sie zu. In dunklem Anzug, mit düsterer Miene und einer Bibel in der linken Hand hätte er ein junger Prediger sein können, der seinen Trost anbieten wollte.

»Ich habe mir gedacht, daß du hier bist«, sagte er.

»Ich wollte keine Peinlichkeit.«

»Nach all den Jahren wolltest *du uns* nicht in Verlegenheit bringen?«

»Niemand von euch hat mir etwas getan. Ich habe mir selbst geschadet. Pip – was Emily angeht, ich war, ich bin, es wird mir immer wahnsinnig leid tun …«

»Das ist okay. Viel Wasser ist … Es liegt schon lange zurück.« Er lächelte schwach. »Als ich begriff, was geschehen war, bildete ich mir ein, daß du mich gerettet hättest, weil ich dein Liebling war.«

Sie schüttelte den Kopf.

»*Du* hast *mich* gerettet«, sagte sie. »Es war dunkel da unten. Verschwommene Formen und wogende Pflanzen. Ich habe einfach zugegriffen. Wenn es nicht etwas gegeben hätte, das ich hatte greifen können, wäre ich nie wieder nach oben gekommen.«

»Bist du froh darüber?«

»Deinetwegen natürlich. Meinetwegen? Ich weiß es nicht.«

»Was hast du jetzt vor?«

»Ist das offiziell?«

»Wenn du willst.«

»Dann lautet die Antwort, ich weiß es nicht. Aber ich werde mich still verhalten, das steht fest. Was ist mit dir? Arbeitest du wirklich für den CIA?«

»Warum nicht? Es liegt mir im Blut, sozusagen.«

»Du bist aber Brite …«

»Ich bin hier geboren, erinnerst du dich? Mutter war Amerikanerin. Und ich habe schon vor langem auf jeglichen Anspruch auf doppelte Staatsbürgerschaft verzichtet. Mir gefällt die amerikanische Lebensweise besser.«

»Weil sie besser ist?«

»Weil sie besser sein könnte«, sagte er. »Krankheit läßt sich kurieren, aber eine Leiche auferwecken, das geht nicht.«

Ins Leben zurückgerufen   383

Das Bild schien sie daran zu erinnern, wo sie waren. Sie blickten in das Grab und schwiegen eine Weile.

»Hast du ihn wirklich gekannt?« fragte Philip.

»Nein«, sagte sie überrascht. »Du etwa auch nicht?«

»Nein. Da war immer etwas ... eine Schranke ...«

Cissy griff in ihre Handtasche.

»Das hat ihm gehört«, sagte sie und hielt ihm die Pillendose hin. »Möchtest du sie?«

»Nein«, sagte er, ohne zu zögern.

»Okay.«

Sie öffnete die Hand und die wappengeschmückte kleine Dose fiel ins Grab.

»Lebwohl, Pip«, sagte sie.

»Lebwohl. Oh, die gehört dir, glaube ich«, und er reichte ihr die Bibel. »Wir können nichts damit anfangen.«

Sie nahm sie, öffnete sie und las die Widmung ihrer Mutter mit einem leisen Lächeln.

»Ich auch nicht«, sagte sie und warf sie zu der glänzenden Pillendose ins Grab.

Dann winkte sie dem wartenden Bulldozer, drehte sich um und schritt rasch davon.